BASTEI
LÜBBE

BASTEI LÜBBE FRANK ADAM IM TASCHENBUCH-PROGRAMM:

13 370 Der junge Seewolf
13 522 Die Bucht der sterbenden Schiffe
13 663 Segeln in Flammen
13 758 Die Bombay-Marine
13 892 Der Kapitän der Zarin
13 974 Verrat an Frankreichs Küste
14 215 Der König von Haiti
14 369 Der Kampf um die Sieben Inseln

Frank Adam

Der Kampf um die Sieben Inseln

Roman

BASTEI LÜBBE

BASTEI LÜBBE TASCHENBUCH
Band 14 369

1. Auflage: Juni 2000

Vollständige Taschenbuchausgabe

Bastei Lübbe Taschenbücher
ist ein Imprint der
Verlagsgruppe Lübbe

Originalausgabe

Lektorat: Rainer Delfs
Titelillustration: AKG, Berlin
Umschlaggestaltung: QuadroGrafik, Bensberg
Satz: KCS GmbH, Buchholz / Hamburg
Druck und Verarbeitung:
Brodard & Taupin, La Flèche, Frankreich
Printed in France

ISBN 3-404-14369-8

Inhalt

Vorwort

Die Geschichte der Kriege von 1793 bis 1815 mit Britannien und Frankreich als Hauptgegnern mit wechselnden Alliierten ist reich an aufregenden Ereignissen. Eigentlich handelte es sich ja schon damals um Weltkriege, denn von Indien bis Moskau, von Südamerika bis an die Küsten Chinas spannte sich der Rahmen der kriegerischen Handlungen.

Es gab herausragende Ereignisse, die den Gang der Weltgeschichte änderten, wie z. B. Nelsons Sieg bei Abukir, der Frankreichs Weg über Ägypten nach Indien endgültig versperrte. Diese Ereignisse werden auch in Romanen immer wieder geschildert.

Und es gab weniger herausragende Ereignisse, deren Wirkung auf die Geschichte sich erst später zeigen sollte. Dazu gehört auch die Gründung der ›Republik der Vereinten Sieben Inseln‹ durch die Schutzmächte Rußland und Türkei in den Jahren 1799 bis 1801. Diese Inseln, von denen wir sechs heute als ionische Inseln bezeichnen, waren der einzige griechische Staat, bevor die Türkei 1830 der Unabhängigkeit Griechenlands zustimmen mußte. Die Wirkung der Inselrepublik auf die Unabhängigkeitsbestrebungen auf dem griechischen Festland darf ebenso wenig unterschätzt werden wie die Tatsache, daß sich eine russische Flotte in das Geschehen an der adriatischen und ionischen Küste einmischte und als Schutzmacht für die orthodoxen Christen auftrat.

Auch die Vertreibung des Königshauses aus Neapel, die kurze Herrschaft der neapolitanischen Jakobiner und die Rückeroberung Neapels mit Hilfe der englischen Flotte sowie das Strafgericht gegen die Rebellen, in dem sich Nelson als willfähriger Handlanger eines perversen Königshauses erwies, mögen Randerscheinungen der Geschichte sein, aber sie werfen ein helles Schlaglicht auf die Verstrickung Nelsons durch Emma Hamilton in die sizilianische Politik und Gesellschaft, die er selbst seine »Sizilifikation« nannte.

Dieses Zwischenspiel in Neapel wird in den vorliegenden Flottenromanen nicht erwähnt. Mir erschien es darstellenswert, ebenso wie die Belagerung und Eroberung Maltas, die Englands Macht im Mittelmeer zementierte.

Der Leser weiß, daß ich mich um historische Genauigkeit bemühe. Aber ich will gleich hier einräumen, daß es eine britische Adriaflottille, wie sie David Winter in diesem Roman kommandiert, nie gab. Die Briten haben immer wieder verschiedene Schiffe zu den ionischen Inseln entsandt, wie z. B. einen bewaffneten Transporter unter Leutnant Woodhouse, der noch einige Tage vor Admiral Ushakow mit einer Proklamation Nelsons in Korfu eintraf. Oder wie die Brigg *El Corso*, deren Commander Lord Stuart einige Zeitzeugen Anteil an der Eroberung der Insel Vido zuschreiben. Oder wie die einzelnen Fregatten, die in die Adria bis Triest segelten.

Aber ich hätte dem Leser kein geschlossenes Bild der Ereignisse bieten können, wenn ich die Handlung immer wieder auf andere Schiffe und Kommandanten aufgeteilt hätte. Darum habe ich mir die Freiheit des Autors genommen, in David Winters *Thunderer* und ihren Begleitschiffen die Taten unterschiedlicher Schiffe zu verdichten. Vor Malta sind es z. B. die *Northumberland* und die *Lion*.

Ich habe wieder vielen für Unterstützung zu danken: Frau Diplombibliothekarin S. Winkler für die Hilfe bei der Literaturbeschaffung, Herrn Dr. Niemeyer vom

Wehrgeschichtlichen Museum Rastatt, der historischen Vereinigung der Stadt Parga und der Besatzung der *Argonaut,* die mir die Schönheit der ionischen Inseln zeigte.

Ich hoffe, daß ich meinen Lesern wieder spannende Unterhaltung, Information und Anregung bieten kann.

Frank Adam

Hinweise für den historisch interessierten Leser

Zur Information über Schiffe, Waffen und Besatzungen der britischen Flotte verweise ich auf mein Buch mit zahlreichen Abbildungen und Literaturangaben:

Adam, F.: Herrscherin der Meere. Die britische Flotte zur Zeit Nelsons. Hamburg: Koehler 1998.

Die Entstehung der Republik der Vereinten Sieben Inseln wird sehr detailliert dargestellt in:

McKnight, J. L.: Admiral Ushakov and the Ionian Republic. The genesis of Russia's first Balkan satellite. University of Wisconsin: Phil. Diss. 1965.

Wichtig ist auch immer noch:

Jervis, H.J.W.: History of the Island of Corfu and of the Republic of the Ionian Islands. Amsterdam: Grüner 1852, Nachdruck 1970.

Aus der Literatur über Ragusa (Dubrovnik) kann man heranziehen:

Carter, F.W.: Dubrovnik (Ragusa), a classic city-state. London und New York: Seminar Press 1972.

Einen umfassenderen Überblick verschaffen:

Saul, N. E.: Russia and the Mediterranean 1797–1807. Chicago und London: The University of Chicago Press 1970

sowie

Hüffer, H.: Der Krieg des Jahres 1799 und die zweite Koalition. Gotha: Perthes 1904.

Die Unterdrückung der Revolution in Neapel und Nelsons Rolle behandeln u.a.:

Badham, F.P.: Nelson at Naples. London: Nutt 1900.
Gutteridge, H.C. (Hrsg.): Nelson and the Neapolitan Jacobins.
Navy Records Society 1903.

Die Eroberung Maltas wird geschildert in:

Hardman, W.: A history of Malta during the period of the French and British occupations, 1798–1815.

Über die Windbüchsen kann man sich orientieren in:

Hoff, A.: Windbüchsen und andere Druckluftwaffen. Hamburg: Parey?
Hummelberger, W. und Scharer, L.: Die österreichische Militär-Repetierwindbüchse und ihr Erfinder Bartholomäus Girandoni. In: Waffen- und Kostümkunde, München: Deutscher Kunstverlag, Teil I: Jahrgang 1964, S. 81–95, Teil II: Jahrgang 1965, S. 24–53.

Hinweis: Große Entfernungsangaben auf See erfolgen in Meilen (1852 m) und Knoten (Seemeilen pro Stunde). Diese Angaben wurden beibehalten.

Kürzere Entfernungsangaben erfolgten in der Flotte in ›Kabellänge‹ (185,3 m), ›Faden‹ (1,853 m), ›Fuß‹ (30,48 cm), seltener auch in ›yard‹ (91,44 cm). Zur Vereinfachung für den Leser habe ich immer in Meter umgerechnet.

Personenverzeichnis:

Linienschiff *Thunderer:*

Kapitän und Kommodore	David Winter
Erster Leutnant	Ellis Watt
Zweiter Leutnant	Ludlow Shield
Dritter Leutnant	Robert Everett
Vierter Leutnant:	John Faulkner
ab August 1800:	Alexander Jaling
Hauptmann der Seesoldaten	Roger Ekins
1. Leutnant der Seesoldaten	George Thomson
2. Leutnant der Seesoldaten	John Campbell
Master	Charles Douglas
Schiffsarzt	James Cotton
Bootsmann	Bill Jenkins
Zahlmeister	Alan Conway
Stückmeister	George Lavery
Pfarrer	Dudley Pater
Sekretär und Schulmeister	Reginald Ballaine
Bootssteuerer der Kapitänsgig	Gregor Dimitrij
Kapitänskoch	Nicholas Cull
Diener des Kapitäns	Edward Crown
Berater für griechische Angelegenheiten	Mr. Demetros
Berater für türkische Angelegenheiten	Mr. Örgazan

Midshipmen	Alexander Jaling
	Gilbert Osgood
	Geoffrey Wilson
	Henry Heskill
	James Dixon
	Edward Grant
	Bryan Mahan
	Paul Ormond
	Frederick Ryan
	Eric Glover
	Quentin Goodrich

Fregatte *Shannon:*

Kapitän	Andrew Harland
Erster Leutnant	Thomas Foster
Zweiter Leutnant	Henry Burke
Dritter Leutnant	Phillip Woodfine
Leutnant der Seesoldaten	John Weidenfeld
Bootsmann	John Gibbs
Midshipman	Henry Hyde

Brigg *Bulldog:*

Commander	James Neale
Leutnant	Ernest Henderson

Kutter *Falcon:*

Kommandant	Leutnant Albert Ross

Verzeichnis der Abbildungen

Die Sieben Inseln in verschiedener Schreibweise

Die hier gebrauchte Schreibweise wurde fett gedruckt.

Korfu	Kérkira	
Paxi	Paxos	
Lefkada	Levkás	
Ithaka	Itháki	
Kefalonia	Kefalinía	Cephalonia
Zakynthos	Zákinthos	Zante
Kythira	Cerigo	

Der falsche Leutnant

(Januar und Februar 1799)

Britta und David standen auf jenem Teil der Heckgalerie, der sich um den Stern des Schiffes einige Meter nach vorn zog. Man konnte von hier aus gut voraus in die Fahrtrichtung des Schiffes schauen. Sir David Winter, Kommodore einer für die Verbindung zur russischen Flotte in der Adria bestimmten Flottille, war mit seiner Frau und seinen beiden Kindern auf die Galerie vor der Admiralskajüte gegangen, weil er dem Kapitän, den Deckoffizieren und Mannschaften auf dem Achterdeck beim Einlaufen in den Hafen von Gibraltar nicht im Wege stehen wollte.

Britta und die Kinder schauten mit großen Augen auf das Land, dem sie sich näherten. David wies mit dem Finger auf eine Bucht, die sie passiert hatten. »Dort ist die Bucht von Algeciras. Wenn ein Konvoi nicht so stark gesichert ist wie unserer, dann muß man sich schon vor spanischen Schiffen in acht nehmen.«

Davids Sohn Charles William mit seinen dreieinhalb

Jahren war auf Davids Arm und schaute gespannt zum Land, ob ein Spanier hervorkäme. Christina Margreta, die ein Jahr ältere Tochter, stand neben der Mutter, von dieser fest am Oberarm gehalten. Sie blickte nach vorn und schob mit dem freien Arm die Haare aus dem Gesicht, die ihr ein lebhafter, aber warmer Wind vor die Augen wehte. »Wo ist denn nun der große Felsen, Daddy?« fragte sie ungeduldig.

David lachte und sagte zu Frau und Tochter: »Genauso habe ich damals Charles Haddington gefragt, als ich zum ersten Mal Gibraltar vom Atlantik her anlief. Und er erklärte mir, was ich euch heute auch nur sagen kann: Der große Felsen zeigt sich, wenn man vom Mittelmeer her kommt. Da fällt er steil ins Meer ab. Auf der Atlantikseite dagegen steigt der Berg langsam an. Aber seht nur, da kann man schon die alte Mole erkennen, wo wir wahrscheinlich anlegen werden. Darüber, auf halber Berghöhe, könnt ihr das alte Maurenschloß sehen, rechts davon ist das Hospital.«

Britta und Christina folgten mit ihren Augen seinem Arm, aber Charles Williams Aufmerksamkeit galt einem Fischerboot, das mit prallen Segeln ihren Kurs kreuzte.

»Wo liegt der Gouverneurspalast?« fragte Lady Britta.

David zeigte mit dem Finger auf ein Gebäude rechts vom Hospital. »Dort! Man nennt das Gebäude hier Konvent.«

Das riesige Achtzig-Kanonen-Schiff, in dessen Admiralskajüte sie als Gäste von London nach Gibraltar gereist waren, kürzte weiter die Segel und lief langsam in den Hafen ein. David blickte zurück auf die Schiffe, die zu seiner Flottille gehörten, und überprüfte, wie ihre Segel standen und ob sie die Abstände hielten. Er fand nichts auszusetzen.

»Sie werden gleich Salut feuern!« sagte er zu Britta und den Kindern. »Erschreckt nicht, wenn es laut kracht.«

Charles lachte vergnügt. »Krachen macht Spaß!«

»Fang du bloß an wie dein Vater«, sagte Britta und sah David nachdenklich an.

»Schau doch nicht so ernst. Es war doch eine schöne Reise, und wir hatten viel Zeit füreinander.«

Sie lehnte den Kopf an seine Schulter. »Es waren wunderschöne Wochen, losgelöst von der Welt. Keiner von uns hatte Verpflichtungen. Es gab keine Admiralität und kein Gut. Wir hatten Zeit für uns. Ach, David, wenn es einmal Frieden geben sollte, möchte ich eine solche Reise mit dir noch einmal unternehmen. Ich verstehe jetzt, warum du das Meer so liebst.«

»Aber nicht, wenn es stürmt«, sagte David lächelnd.

»Mußt du mich jetzt daran erinnern? Es ist mir so peinlich, daß ich völlig hilflos war, daß du mich umsorgen und das Erbrochene von meinem Mund wischen mußtest. Und alle sagen, es wäre nur ein kleiner Sturm gewesen.«

»Ach, Britta. Es geht doch fast allen anfangs so. Einige werden die Seekrankheit nie los, auch wenn sie schon Jahre zur See fahren. Das ist dann wirklich schlimm. Aber du hättest den nächsten Sturm schon ohne Beschwerden überstanden.«

Sie kuschelte sich an ihn, zuckte aber dann zusammen, denn die Salutkanonen krachten ihren Gruß hinaus. Charles krähte vergnügt, und Christina schimpfte mit ihm. »Wie kann man sich über den Krach nur freuen? Jungen sind dumm!«

Im Hafen lagen zwei Linienschiffe, zwei Fregatten und einige kleinere Kriegsschiffe neben den üblichen Polaccas aus Italien und den Schebecken aus Nordafrika. David holte sein Taschenteleskop hervor. Das am weitesten rechts liegende Linienschiff war sein künftiges Flaggschiff, die *Thunderer*. »Sieh nur!« forderte er Britta auf. »Das ist mein Schiff. Es macht einen guten Eindruck, nicht wahr?«

»Ja, von weitem schon«, bestätigte seine Frau. »Hoffentlich können wir deine Kajüte noch schön einrichten.«

Der Salut war verstummt, und sie hörten den Midshipman, der nach ihnen rief. »Hier sind wir«, antwortete David.

Der junge Midshipman legte die Hand an seinen Zylinder und sagte: »Kapitän Barker läßt fragen, ob Lady Britta und Sir David nicht zum Achterdeck kommen möchten.«

»Wir kommen!« entschied David, und sie übergaben Christina und Charles in die Aufsicht von Victoria und Gregor und gingen voran an Deck.

Kapitän Barker trat lächelnd auf sie zu. »Nun ist die Stunde des Abschieds nahe. Ich danke Ihnen nochmals für die angenehme Gesellschaft, die mir und meinen Offizieren die Reise so unterhaltsam gestaltet hat. Ich werde mich zum Hafenkapitän begeben müssen und kann nicht persönlich Ihren Abschied überwachen, aber es ist für alles gesorgt, auch für ein Boot, das Sie, Sir David, zu Ihrem neuen Kommando bringt, wann immer Sie wollen.«

»Wir haben zu danken, Kapitän Barker. Gerade eben haben wir festgestellt, daß es eine so angenehme Reise war, daß wir sie im Frieden gern wiederholen würden. Das verdanken wir Ihrer Gastfreundschaft. Wir wünschen Ihnen für Ihren Dienst im Mittelmeergeschwader alles Gute und viel Erfolg!«

Sie schüttelten viele Hände. Auch Christina und Charles hatten Anklang gefunden, und dieser und jener hob sie noch einmal hoch. Die Midshipmen hatten für eine Puppe und ein kleines Schiff gesammelt, die Matrosen geschnitzt hatten. David und Britta verabredeten, wann sie sich am Abend treffen wollten.

»Ist es dir recht, David, wenn ich dir um acht Uhr eine Kutsche an den Kai schicke? Ich weiß ja noch gar nichts über das Haus, das uns der dänische Konsul auf Bitten meines Vaters mieten sollte. Aber mein Vater kennt den Konsul gut und hat volles Vertrauen zu ihm. Es wird uns schon gefallen.«

David war mit seinen Gedanken schon beim neuen Schiff und antwortete einsilbig. Britta lächelte. »Victoria und ich kümmern uns jetzt um die Kinder, und du kannst mit Gregor auf dein neues Schiff. Ich wünsche dir, daß du alles gut vorfindest.«

David drückte sie noch einmal ein wenig schuldbewußt, dann rief er Gregor die notwendigen Befehle zu und stieg in die Gig.

Die Wache an Bord der *Thunderer* rief sie an, und Gregor antwortete mit dem Schiffsnamen, um mitzuteilen, daß der neue Kapitän an Bord komme. Auf dem Linienschiff hatte man sie längst beobachtet, und daher standen die Wache und die Offiziere schon bereit. David stieg die Gangway empor, und als sein Dreispitz in Höhe der Reling war, wirbelten die Trommler ihre Schlegel, und die Querpfeifer intonierten eine Melodie.

»Herzen aus Eiche« hieß die volkstümliche Weise, wie sogar der unmusikalische David erkannte.

Ein hagerer Offizier mit auffälliger Hakennase trat auf David zu und stellte sich vor. »Ellis Watt, Sir. Erster Leutnant, Sir. Herzlich willkommen an Bord! Darf ich Ihnen die Offiziere vorstellen, Sir David?«

»Vielen Dank für die Begrüßung, Mr. Watt. Bitte stellen Sie mir die Herren vor!«

Ein mittelgroßer Offizier mit kräftigem Brustkorb und blauen Augen hob die Hand an den Hut, und Mr. Watt sagte: »Mr. Robert Everett, Sir, Dritter Leutnant.«

David reichte Mr. Everett die Hand, die dieser kräftig drückte, und sagte: »Auf gute Zusammenarbeit, Mr. Everett.«

Die Szene wiederholte sich beim Vierten Leutnant, einem kleinen, schmächtigen Mann mit dunklen Haaren und braunem Teint, der John Faulkner hieß. Dann stand noch ein großer, kräftiger Leutnant in der Reihe. Mr. Watt sagte: »Außerplanmäßig ist bis zur Admiralität in Palermo noch Mr. Richard Rossano an Bord, Sir.«

David blieb vor Erstaunen fast der Mund offen stehen. Er fing sich gerade noch, bevor es auffiel und sagte. »Wie war Ihr Name?«

»Rossano, Sir.«

David wiederholte den Namen akzentuiert. »Ich kannte einmal einen Leutnant Edmund Roskano und dachte erst, ein Verwandter reise nun mit uns. Ich hoffe, wir haben eine gute Fahrt.«

Dann begrüßte er die beiden Leutnants der Seesoldaten, George Thomson und John Campbell, und sagte ihnen, daß ihr Hauptmann wohl bald an Bord kommen werde.

Der nächste in der Reihe war der Master, Charles Douglas. David schüttelte die Hand des schon etwa vierzigjährigen Mannes und sagte: »Ich hoffe, wir können noch manches navigatorische Problem gemeinsam lösen.«

Eine Überraschung war der nächste Mann im dunkelblauen Jackett ohne Rangabzeichen. »Reverend Dudley Pater«, stellte der Erste vor.

David bekannte, daß er noch nie auf einem britischen Schiff einen Pfarrer an Bord gehabt habe. »Nur in der baltischen Flotte war auf meinem Vierundsiebziger ein Pope an Bord, ein begeisterter Kämpfer.«

Reverend Pater bekannte, daß er mehr ein Mann des Wortes sei. Leutnant Watt ergänzte: »Und ein sehr aufopferungsvoller und kompetenter Pfleger im Krankenrevier.«

Den Zahlmeister begrüßte David noch. Zu der Gruppe von etwa acht Midshipmen sagte David: »Zu Ihnen komme ich etwas später, meine Herren. Erst werde ich mich ›einlesen‹.«

Er trat an die Brüstung des Achterdecks, schaute auf die in der Kuhl und auf dem Vorschiff versammelte Mannschaft hinunter, zog seine Bestallung aus der Manschette und las mit lauter Stimme, daß ihn die Lords der Admiralität zum Kommandanten seiner Majestät Schiff *Thunderer* ernannt hätten und daß er dieses Kommando mit allen Rechten und Pflichten antrete. Nun erst war er im Besitz der Befehlsgewalt. Er sagte noch einige Worte zur Mannschaft und bat dann den Ersten Leutnant: »Bitte lassen Sie wegtreten, und kommen Sie dann bitte gleich in meine Kajüte!«

Zur Gruppe der Midshipmen bemerkte David: »Meine Herren! Ich muß sehr eilig etwas erledigen und kann mich Ihnen jetzt nicht widmen. Später werden Sie sich manchmal wünschen, ich hätte weniger Zeit für Sie. Aber jetzt müssen Sie mich entschuldigen. Nehmen

Sie die jungen Herren, die mich aus England begleitet haben, gut in Ihrer Mitte auf.«

David stutzte ein wenig, als er seine Kajüte betrat. Sie war groß, aber er hatte ja schon einmal in der baltischen Flotte eine solche Kajüte bewohnt. Sie war jedoch wenig ansprechend möbliert, und zudem fehlten hier und da wichtige Stücke. Wie der Mund eines alten Seemannes mit Zahnlücken und schwarzen Stummeln, dachte er. Aber schon ertönte ein Klopfen an der Tür.

Der Erste trat ein und nahm seinen Hut ab.

»Kommen Sie, Mr. Watt!«, sagte David. »Suchen wir uns einen Platz. Bewirten kann ich Sie noch nicht. Dafür habe ich eine Nachricht, die Sie überraschen wird.«

Watt sah ihn erstaunt an.

»Der Mann, der sich als Richard Rossano ausgibt, ist ein feindlicher Agent. Der echte Leutnant Rossano ist im Juni siebenundneunzig vor meinen Augen in der Karibik gefallen. Ich kenne aus der Flottenliste keinen zweiten Leutnant mit dem gleichen Namen. Wann kam er an Bord? Hat er einen Burschen mitgebracht?«

Mr. Watt hatte sich schnell gefaßt. »Er kam vor einer Woche, Sir, zeigte sein Patent und ein Schreiben des Kommandierenden Admirals, daß er zum Geschwader nach Palermo versetzt sei. Er brachte einen Burschen mit, der bei Gefechtsbereitschaft an einer Karronade eingeteilt ist, Sir.«

David stand auf und ging einige Schritte auf und ab. »Ich würde ihn gern nach Palermo mitnehmen und beobachten, was er im Schilde führt. Aber das geht nicht. Innerhalb der nächsten zwei Stunden kommen sechzig Mann an Bord, die fast alle Leutnant Rossano kannten. Ich kann sie nicht alle dazu bringen, daß sie unauffällig so tun, als sei ihnen ein Leutnant Rossano unbekannt. Ich gehe jetzt zum Hafenkapitän, veranlasse, daß uns ein Befehl ausgestellt wird, der die Spanier zu einer Aktion verlockt. Sie schicken in einer Stunde diesen Leutnant zum Hafenkapitän und sagen, er solle einen wichtigen Befehl abholen, der nur Offizieren ausgehändigt werde. Sie suchen drei clevere Burschen aus, denen sie völlig vertrauen können. Die gehen vorher an Land und beschatten den Leutnant so, daß immer nur einer in seiner Nähe ist. Wenn der Leutnant von Bord ist, nehmen Sie sich in der Kartenkammer den Burschen vor und holen aus ihm raus, seit wann er mit dem Agenten zusammenarbeitet. Ist alles klar?«

»Absolut, Sir. Um sieben Glasen der Vormittagswache schicke ich Leutnant Rossano zum Hafenadmiral. Drei fixe Jungen erwarten ihn am Kai und beschatten ihn unauffällig.«

»Gut! Offiziell bin ich jetzt zum Essen bei meiner Familie. Lassen Sie bitte die Gig fertigmachen!«

Der Sekretär des Hafenkapitäns wollte David nicht melden. Der Hafenkapitän sei auf dem Weg zum Kommodore des Konvois. Ob David nicht in zwei Stunden wiederkommen könne.

»Ich habe eine sehr wichtige und sehr dringende Angelegenheit. Melden Sie mich sofort!« David hatte die Stimme etwas erhoben.

Im Nebenzimmer wurde ein Stapfen hörbar. Dann riß jemand die Tür auf und fragte barsch: »Wer schreit hier herum?«

David sah den dicken Mann mit aufgeknöpfter Weste, bemerkte den Stock und die Prothese am rechten Bein und sagte ruhig: »Ich war es, Jerry.«

»Verdammt!« knurrte der Dicke und kniff die Augen zusammen. »Das ist doch David Winter, der Hannoveraner. Verdammt, die alten Zeiten stehen auf. Wann war das doch?«

»Anno siebenundsiebzig auf der *Shannon*«, antwortete David.

Der Hafenkapitän nickte. »Und heute ist sie in den Hafen eingelaufen, schmuck, wie eh und je. Komm rein!« Und zum Sekretär sagte er: »Keine Störung!«

David fürchtete, daß es jetzt zu einer langen ›Weißt-du-noch-Sitzung‹ kommen würde, denn Jerry Desmond hatte auch als junger Midshipman schon gern geklönt. Darum sagte er schnell: »Jerry, ich habe eben einen feindlichen Agenten an Bord der *Thunderer* entdeckt und brauche deine Hilfe!«

Aus Jerrys dickem Gesicht war das Lachen verschwunden. Er wirkte ernst und entschlossen. David erklärte in kurzen Worten, warum er sicher sei, daß der Mann nicht Leutnant Rossano sein könne, begründete, daß dieser in Gibraltar Helfer haben müsse und schlug einen fingierten Befehl des Kommandierenden Admirals für seine Flottille vor, den der Leutnant abholen solle und den er dann bestimmt zu seinem Verbindungsmann bringen werde, um ihn heimlich zu öffnen und zu lesen. »Aber der Befehl muß echt wirken!« schloß David.

»Das kriegen wir hin! Hast du Leute, die den Mann beschatten?« Als David bejahte, sagte er: »An die Arbeit! Aber ein Essen mit reichlich Wein und Zeit zum Erzählen habe ich gut, Sir David. O ja, ich weiß sehr wohl, wer da als Kommodore nach Gibraltar gesegelt kam. Aber man muß ja nicht immer alle Karten aufdecken, nicht wahr?«

Als David an Bord zurückkehrte, trafen gerade Leutnant Shield mit den Matrosen der *Apollo* und Hauptmann Ekins mit den Seesoldaten ein. David machte sie schnell mit Leutnant Watt bekannt und ließ dann Signal setzen, daß die Kommandanten seiner Flottille an Bord kommen sollten.

Kapitän Andrew Harland von der Fregatte *Shannon* kannte David aus gemeinsamer Zeit als Midshipman seit 1774. Zuletzt war Andrew sein Erster Leutnant in der Baltischen Flotte gewesen und hatte dann selbst die Fregatte *Nicholas* kommandiert. Commander James Neale hatte David während der letzten Jahre als Erster Leutnant begleitet und war nach dem Sieg über die *San Leon* zum Kommandanten der Zweimastbrigg *Bulldog* ernannt worden, die mit ihren achtzen Zweiunddreißigpfündern und den beiden langen Sechspfündern als Jagdgeschützen ihrem Namen alle Ehre zu machen versprach.

Nur der Kommandant des Kutters *Falcon* war David unbekannt. Leutnant Albert Ross war ein grauhaariger Mann von etwa fünfzig Jahren, aber seine Haltung war die eines viel jüngeren Mannes. David wußte aus seinen Personalpapieren, daß er auf Vorschlag von Admiral Duncan wegen außergewöhnlicher Tapferkeit in der Schlacht bei Camperdown vom Master zum Leutnant befördert worden war. Er begrüßte ihn herzlich und machte ihn mit den beiden anderen bekannt.

»Meine Herren, dies ist nur eine vorläufige Besprechung zur Regelung der wichtigsten Fragen. Sie sehen ja selbst, daß ich noch nicht eingerichtet bin, und der

Wein, der Ihnen angeboten wird, ist vom Transport noch unruhig. Aber wir werden alles später nachholen. Zunächst berichten Sie mir bitte, was Sie dringend brauchen, um mit Ihren Schiffen am achtundzwanzigsten Dezember auslaufen zu können. Der Hafenkapitän, Mr. Jerry Desmond, ist ein alter Bekannter von Kapitän Harland und mir und wird uns sicher nach Kräften unterstützen. Aber zunächst trinken wir auf das Wohl Seiner Majestät!«

Andrew Harland hatte bei Erwähnung des Namens Jerry Desmond kurz aufgelacht, trug aber jetzt ruhig und sachlich als dienstältester Kommandant seine Wünsche vor. Alle wollten Wasser, Obst und Frischfleisch übernehmen. Auf der *Bulldog* waren zwei Quota-Männer an Skorbut erkrankt. »Die hatten im Gefängnis anscheinend nur vom Suff gelebt«, bemerkte Mr. Neale sarkastisch. Sonst waren keine besonderen Ausfälle und Wünsche zu melden.

David entschuldigte sich. »Meine Herren, ich muß mich jetzt einem Problem widmen, über das ich Ihnen in wenigen Tagen berichten kann. Ich werde morgen früh Inspektion auf der *Thunderer* und der *Falcon* durchführen, einen Tag später auf der *Shannon* und der *Bulldog*. Morgen laufen wir im Anschluß an die Inspektionen zu Segelübungen im Verband aus. Einen Tag später werden wir Scharfschießen vor der afrikanischen Küste üben. In den nächsten Tagen werden wir noch ausführlicher über unseren Auftrag sprechen. Ich danke Ihnen.«

Harland fragte im Hinausgehen noch: »Wie geht es dem lieben Jerry, Sir David?«

»Er hat das rechte Bein verloren, geht am Stock, ist aber energisch und rührig wie immer. Wir werden uns einen Abend zusammensetzen, sobald ich zum Atmen komme.«

Mr. Watt meldete sich. »Der Agent kommt zurück, Sir. Sein Bursche wurde ihm vor zwei Wochen in Cadiz zugeteilt. Er war als Junge zehn Jahre mit seinen Eltern in Sussex, ist aber Spanier. Nach seinen Angaben weiß er nur, daß der Agent spionieren soll, kennt aber keine Verbindungsleute und Einzelheiten. Ich lasse ihn erst einmal im Lazarett verwahren.«

»Gut! Dieser sogenannte Mr. Rossano soll mir den Brief übergeben, dann werde ich ihn beauftragen, die Musketen der Matrosen zu inspizieren. Sie kommen bitte mit den drei Männern, die ihm gefolgt sind, zu mir, sobald sie an Bord sind. Hauptmann Ekins soll sich bereithalten. Ich werde ihn bald rufen.«

Der angebliche Leutnant Rossano brachte den Brief des Kommandierenden Admirals, hatte sonst nichts zu berichten und nahm den neuen Auftrag entgegen. David prüfte das Siegel. Es sah unbeschädigt aus. Dann meldeten sich auch schon Mr. Watt und die drei Matrosen. Es waren junge, selbstbewußte Burschen.

Sie berichteten, daß Leutnant Rossano nach dem Besuch beim Hafenkapitän eine Zeitung gekauft habe und dann zu einem Herrenschneider, Harris in der Main Street, gegangen sei. Dort sei er etwa eine halbe Stunde geblieben. Danach habe er noch in einem Straßencafé eine Tasse getrunken und sei dann an Bord zurückgekehrt.

David fragte nach: »Besteht die Möglichkeit, daß er beim Zeitungskauf einen Brief abgegeben hat und ihn im Café zurückerhielt?«

Die Matrosen verneinten. Der Brief habe immer aus der Manschette seines Jacketts herausgeguckt und sei beim Zeitungskauf und im Café nicht berührt worden.

»Ihr habt eure Sache gut gemacht. Jeder erhält ein halbes Pfund und einen Tag Hafenurlaub. Aber ihr dürft zu niemandem außer Leutnant Watt und mir über den Auftrag reden! Auf keinen Fall!«

»Aye, aye, Sir. Vielen Dank,Sir!« sagten sie fast im Chor und verschwanden.

»Jetzt bitte ich Hauptmann Ekins und Sie als Zeugen zu mir«, informierte David Mr. Watt. »Danach werden wir den Agenten mit dem Vorwurf konfrontieren. Er kann dann nicht an Land. Wir werden ihn auf der *Shannon* unter Arrest stellen. Bitte halten Sie ein Boot bereit!«

Der Agent erschien und war erstaunt, auch Mr. Watt und einen Hauptmann der Seesoldaten vorzufinden. »Das ist Hauptmann Ekins«, sagte David zum Agenten. »Er kannte den wahren Leutnant Richard Rossano genau wie ich. Leutnant Rossano fiel vor Haiti. Und jetzt retten Sie Ihren Hals und sagen, wer Sie sind, wie Ihr Auftrag lautet und welche Rolle der Schneider Harris spielt!« David legte eine geladene Pistole vor sich auf den Tisch.

Der Agent zitterte und rang um Fassung. »Ich habe ja gesagt, daß es Wahnsinn ist. Aber sie wußten alles besser und haben mich gezwungen. Sie hatten auf einem gekaperten Postschiff die Papiere Rossanos gefunden, die sein Kapitän an die Admiralität zurückschickte. Ich bin Alfredo Delgado, Leutnant in der spanischen Flotte. Wir lebten viele Jahre in England, und ich ging dort in die Schule.«

»Ein bißchen deutlicher, Señor Delgado. Wer gab Ihnen den Auftrag, was sollten Sie tun, und welche Rolle spielt das Schneidergeschäft?«

»Den Auftrag gab mir der Kapitän, der für den Nachrichtendienst zuständig ist, Kapitän Benitez. Er hatte die Scheine für meine Spielschulden aufgekauft. Ich sollte erkunden, welchen Auftrag diese Flottille in der Adria hat. Der Inhaber des Schneidergeschäfts leitet die Nachrichten weiter. Er hat auch den Brief geöffnet und den Inhalt notiert. Er kennt sich darin aus.«

David fragte nach: »Sollen Sie sich wieder bei Harris melden?«

»In zwei Tagen, Sir. Wenn ich nicht kann, soll mein Bursche einen Zettel bringen.«

»Was weiß Ihr Bursche?«

»Er weiß nur, daß ich einen Geheimauftrag habe. Er arbeitete in Cadiz als Übersetzer britischer Zeitungen. Er hat auch von Harris keine Ahnung.«

»Wem sollten Sie in Italien oder Griechenland die Nachrichten übergeben, Señor Delgado?«

»In Palermo ist es das Restaurant ›Miramar‹ am Hafen. In Korfu ist es die Taverne ›Papiris‹ in der Ogos Agias Theodoras, Sir. In beiden sollte ich nach einem Senor Las Casas fragen.«

David sah zu Mr. Watt und Mr. Ekins, aber keiner hatte weitere Fragen. »Señor Delgado, Ihre Offenheit kann Ihnen Ihren Hals retten, aber das entscheidet das Gericht. Sie werden jetzt meinem Sekretär alles diktieren, es dann unterschreiben und einen Zettel für Mr. Harris ausfertigen, daß Sie nicht von Bord können. Denken Sie sich einen guten Grund aus. Der Sergeant wird Sie jetzt nicht mehr aus den Augen lassen.«

Als der Agent gegangen war, sagte Mr. Watt: »Sehr professionell ist der Agent aber nicht, Sir, wenn Sie mir die Bemerkung erlauben. Ich hätte gedacht, Agenten hätten eine bessere Tarnung und seien weniger leicht zur Aussage zu bringen.«

David lachte: »Das habe ich früher auch gedacht, Mr. Watt. Aber dann habe ich vor der französischen Küste britische Agenten abgesetzt, die auch ziemlich dilettantisch vorbereitet worden waren. Vielleicht lernen wir die richtig professionellen Agenten nicht kennen, weil sie sich nicht auf Schiffen bewegen, sondern in Kommandozentren und für uns zu gut getarnt sind. Den Señor Delgado haben seine Leute jedenfalls auf ein Himmelfahrtskommando geschickt. Es hätte doch immer sein können, daß jemand im Naval Chronicle oder anderswo die Nachricht von Rossanos Tod gelesen hat.«

Als Delgado alles unterzeichnet hatte und auf die *Shannon* gebracht worden war, um nach Einbruch der Dunkelheit ins Gefängnis überführt zu werden, mußte David mit dem Zahlmeister erst die Abrechnungen und Anforderungen durchgehen, ehe er an Deck gehen konnte. David hatte die Zahlmeister seiner letzten Schiffe sehr geschätzt, aber bei diesem Mr. Alan Conway hatte er das unbestimmte Gefühl, daß er ihm genau auf die Finger schauen müsse. Na ja, da war ja auch noch Mr. Ballaine, sein Sekretär, dem so leicht niemand etwas in Buchführung vormachte.

Gerade wollte er aus der Kajüte gehen, da erschien ein Midshipman. »Eine Empfehlung von Mr. Everett, Sir David. Da liegen zwei Boote längsseits und haben Fässer und Kisten für Sie, Sir.«

David rief nach Nicholas Cull, seinem Koch, und gab ihm den Auftrag, mit Mr. Crown, Mr. Dimitrij und Mr. Ballaine die Sachen entgegenzunehmen und für die richtige Verstauung zu sorgen. Dann betrat er das Deck.

Auf dem Achterdeck griffen sich die wachhabenden Offiziere grüßend an den Hut und machten die dem Wind zugewandte Seite für den Kapitän frei. David sah, daß Händlerboote das Schiff umschwärmten und Waren ausriefen. Aber er sah auch, daß Seesoldaten in regelmäßigen Abständen an der Reling standen und die Kontakte vom Schiff zu den Booten überwachten.

»Mr. Everett«, rief er dem wachhabenden Leutnant zu. »Wie halten Sie es im Hafen mit diesen Bumbooten?«

»Niemand darf an Bord, der nicht eine besondere Erlaubnis des Ersten hat, Sir. Keine Warenannahme ohne Kontrolle durch Seesoldaten. Alkohol ist streng verboten, Sir.«

»Gut. Wir werden weiter so verfahren. Sind die Mannschaften und Seesoldaten aus England schon an Bord?«

»Jawohl, Sir. Der Bootsmann hat sie in die Quartiere eingewiesen, und Mr. Watt geht mit Leutnant Shield und Hauptmann Ekins die Wach- und Gefechtseinteilung durch.«

»Rufen Sie bitte den Senior der Fähnrichsmesse. Ich will mich ein wenig umsehen, und er soll mich begleiten.«

»Aye, Sir. Midshipman Jaling hat gerade Wache. Er steht hier.«

Als der Name gerufen wurde, schaute ein großer, schlanker Mann von knapp dreißig Jahren hoch, ging zu David, griff an seinen Zylinder und stellte sich als Alexander Jaling vor.

»Mr. Jaling, begleiten Sie mich bitte zu einem informellen Rundgang an Deck. Ich habe sicher Fragen, die Sie dann beantworten können. Zuerst interessiert mich, ob Sie Ihr Leutnantsexamen schon bestanden haben.«

»Jawohl, Sir. Vor einem halben Jahr, Sir. Ich bin erst vor drei Jahren als Maat von einem Westindiensegler zur Königlichen Flotte gewechselt und hoffe nun auf eine Kommission, Sir.«

»Sehr gut, Mr. Jaling, dann können wir Sie ja als Prisenkommandanten oder diensttuenden Leutnant einsetzen. Kommen Sie. Es sieht ja noch ein wenig unordentlich an Deck aus.«

»Ja, Sir. Die Übernahmen von den Schiffen aus England haben alles etwas durcheinandergebracht. Aber Mr. Jenkins, der Bootsmann, ist mit seinen Maaten schon dabei, alles aufzuklaren.«

»Natürlich«, sagte David mehr zu sich. »Bill Jenkins, darum kam mir der Mann so bekannt vor. Bitte rufen Sie Mr. Jenkins zu mir!«

Der Bootsmann kam strahlend auf David zu und grüßte.

David erinnerte sich. »Die *Shannon* anno zweiundneunzig, nicht wahr, Mr. Jenkins? Ihr Gesicht war mir vertraut, aber Namen merke ich mir nicht so gut.«

Mr. Jenkins antwortete: »Aye, Sir. Bootsmannsmaat *Shannon* anno zweiundneunzig, Bootsmann anno fünfundneunzig auf der *Jason*, Fregatte, und seit siebenundneunzig auf der *Thunderer*, Sir David.«

»Hoffentlich haben wir wieder eine erfolgreiche Zeit miteinander, Mr. Jenkins. Sie kennen ja meine Steckenpferde.«

»Aye, Sir. Ich habe meine Leute schon gewarnt.«

David mußte lachen und ging weiter. Hin und wieder sah er Gesichter, die ihm aus früheren Jahren bekannt waren, und er sprach die Leute an und frischte seine Erinnerung auf. Insgesamt war sein erster Eindruck gut. Die Mannschaften waren ordentlich gekleidet und erweckten einen disziplinierten und zufriedenen Eindruck. Bei allem gegenwärtigen Trubel erkannte man doch, daß das Schiff gut gewartet war.

Die Schiffsglocke wurde geläutet. »Wieviel Glasen ist es, Mr. Jaling? Ich habe gar nicht auf die Zeit geachtet.«

»Sechs Glasen der dog watch, Sir (19 Uhr). Es ist alles heute ein wenig durcheinander, Sir.«

»Ich entlasse Sie dann, Mr. Jaling. Ich muß mich noch um meine Kajüte kümmern, mit Mr. Watt sprechen und danach an Land gehen.«

In der Kutsche an Land wartete Britta mit den Kindern. Alle drei fielen ihm um den Hals, und Britta sprudelte los: »Wir haben ein süßes, kleines Haus, David, mit einer reizvoll gelegenen Terrasse und einem kleinen Garten für die Kinder.«

»Und ich habe dir so viel zu erzählen, Britta. Drei Tage würden nicht reichen. Wie wollen wir das nur alles schaffen? Morgen in aller Frühe muß ich ja schon zu den Inspektionen an Bord sein.«

»Die Kinder wollen mit dir spielen, und ich will ja auch noch etwas von dir haben. Da müssen wir wohl auf Schlaf verzichten. Gott sei Dank sind die Wände im Haus nicht so hellhörig wie die Holzwände auf dem Schiff.« Als sie es gesagt hatte, lächelte Britta etwas verlegen, und David freute sich auf die Nacht.

Aber erst mußte er das Haus bewundern, sich von den Kindern den Garten zeigen lassen, mit ihnen spielen und dann mit allen Abendbrot essen. Während Victoria die Kinder ins Bett brachte, konnte David endlich von seinen Eindrücken erzählen, dem Agenten und dem Wiedersehen mit Jerry Desmond. »Ihn und Andrew Harland müssen wir zum Essen einladen, Britta, sonst müßte ich mit ihnen im Gasthof speisen und wäre noch länger von dir getrennt.«

»Das wird ein volles Programm, mein Lieber. Am ersten Weihnachtsfeiertag ist ein Essen mit den Offizieren der *Thunderer* fällig. Die Kommandanten deiner

Flottille müssen auch berücksichtigt werden. Da ist es ein Glück, daß der Kommandierende Admiral, Lord St. Vincent, bei so schlechter Gesundheit ist, daß er nur seinen Arzt und seinen Sekretär für zwei Stunden am Tag sehen kann.«

»Mein Gott, St. Vincent. Ist er denn nicht bei seinem Geschwader? Ich hatte gar nicht an ihn gedacht, weil ich ja direkt der Admiralität unterstehe und nicht dem Mittelmeergeschwader zugeteilt bin. Aber wenn er hier ist, hätte ich ihn aufsuchen müssen.«

»Siehst du, Herr Kommodore, ohne mich bleiben dir die protokollarischen Feinheiten deines Amtes verborgen. Wie findest du denn den breiten Stander, den die *Thunderer* gehißt hat?«

David faßte sich mit der Hand an den Kopf. »Ich habe gar nicht hingeschaut, weil dieser Agent meine Gedanken so in Anspruch nahm. Aber morgen früh sehe ich mir den Stander des Kommodore genau an. Da bin ich dann doch eitel.«

Britta lächelte. »Und wann kümmern wir uns um die Ausstattung deiner Kajüte?«

»Da verlasse ich mich ganz auf dich. Ich habe morgen Inspektion für zwei Schiffe angesetzt. Danach muß ich mit den Sekretären für türkische und für griechische Fragen sprechen, die als Mischung von Berater und Dolmetscher an Bord kommen. Und dann sind die Offiziere und Deckoffiziere dran, die mir Ihre Aufgaben vorstellen und hören wollen, was ich für Änderungen wünsche.«

»Dann komme ich morgen früh mit an Bord, und während du deine Inspektion machst, gehe ich mit dem Möbeltischler die Ausstattung deiner Kajüte durch. Ich schicke gleich Alfonso zu ihm, damit er morgen früh am Kai ist.«

»Wer ist Alfonso, und von welchem Möbeltischler sprichst du?«

Britta sah ihn an, als ob er etwas schwer von Begriff sei. »Alfonso ist der Hausdiener. Wir haben auch ein Dienstmädchen und eine Köchin, denn Victoria und ich wollen Zeit für die Kinder und für dich haben. Und nach einem Möbeltischler habe ich mich gleich umgesehen, denn daß für deine Kajüte etwas getan werden muß, war doch klar. Und viel Zeit haben wir ja nicht, oder?«

»Nein, Frau Direktorin. Viel Zeit haben wir nicht. Darum laß uns mal gleich nach oben gehen.« Er zwinkerte ihr zu, und sie lächelte erwartungsvoll.

Am Morgen sah er den breiten Stander des Kommodore stolz am Mast seines Schiffes wehen. Ein schöner Anblick! Gregor war mit der Kapitänsgig am Kai. Die Bootsbesatzung hatte einheitlich rotweiß gestreifte Hemden und Strohhüte mit rotweißem Band. »Schick sehen sie aus«, sagte Britta, begrüßte Gregor und ließ sich von ihm ins Boot helfen. David folgte.

Auf der *Thunderer* hatte Mr. Jenkins schon gesehen, daß ein Bootsmannsstuhl gebraucht werde, und während David diesmal nicht nur mit Trommeln und Pfeifen, sondern auch vom Dudelsackpfeifer begrüßt wurde, der mit den Seesoldaten von der *Apollo* gekommen war, schwebte Britta bereits mit dem Stuhl an Deck.

Mr. Watt war keineswegs verlegen, begrüßte sie höflich und stellte ihr die Offiziere vor. Britta zeigte sich von ihrer charmantesten Seite, lud die Herren zum Weihnachtsdinner ein, plauderte noch ein paar Worte mit Mr. Cotton, dem Schiffsarzt, sah den ungeduldigen

Blick Davids und sagte: »Ich will Sie dann nicht länger von den Dienstgeschäften abhalten, meine Herren. Ich verschwinde in der Kajüte. Der Möbeltischler wird wohl schon auf mich warten.«

David sah die bewundernden Blicke, die ihr folgten, mit Genugtuung und begann seine Inspektion. Zunächst waren die Seesoldaten dran. Das war eine starke Gruppe, wenn man sie so vereint sah. 90 Mann, zwei Sergeanten und zwei Korporale. Da kam keine Fregatte mit. Die Koppel waren weiß wie frischer Schnee, die Patronentaschen und Stiefel frisch geschwärzt, die Bajonette blitzten. David ging langsam durch die Reihen und schaute genau hin. Wenn die Männer sich mühten und putzten, dann hatte der Kapitän auch davon Kenntnis zu nehmen. Den bekannten Gesichtern von der *Apollo* nickte er zu. Drei Neger hatte Ekins mitgenommen. Das gab dem Kontingent einen exotischen Anstrich.

»Wieviel Mann haben wir an Bord, Mr. Watt?« fragte David.

»Sechshundertsiebenundzwanzig, Sir. Nur dreiundzwanzig unter unserem Maximalstand.«

»Donnerwetter! Da könnten wir ja ordentlich Prisenbesatzungen delegieren, wenn wir Prisen fangen. So, nun kommt die Division von Leutnant Shield. Er wird seine Leute noch nicht kennen.«

»Er hat sich gestern schon intensiv um sie gekümmert, Sir, und er hat vier erfahrene Midshipmen und gute Maate.«

Bei den Divisionen war wenig zu bemängeln. Die Männer waren sauber rasiert und gut gekleidet. Wenn sie Zöpfe trugen, waren sie fest gebunden. Aber David ging nicht nur durch die Reihen. Er kletterte von den Bordtoiletten am Bug bis zur Kabelkammer im Unterdeck im Schiff herum. Er ließ die obersten Kanonenkugeln von den Haltern nehmen und prüfte, ob die unteren auch vom Rost befreit worden waren. Und da setzte es die ersten Strafen. Der Schreiber von Mr. Watt notierte sie mit saurem Gesicht.

David inspizierte die Kübel, in denen die Backschaften ihre Verpflegung holten. Er ließ einige Tische aus ihren Vertäuungen an der Decke lösen und sah nach, ob sie sauber gescheuert waren. Er tastete die Strohsäcke im Lazarett ab, ob sie frisch gefüllt waren, fuhr mit der Hand über die Messer in der Kombüse, schaute unter die Bänke in der Fähnrichsmesse, und überall fand er etwas. Am Schluß war für drei Wochen Latrinendienst vergeben, und dreiundzwanzig Mann konnten auf den nächsten Landgang verzichten.

Der Bootsmann schimpfte leise mit seinen Maaten. Mr. Watts Gesicht schien versteinert, und als David mit dem üblichen Zeremoniell verabschiedet wurde, um sich zur *Falcon* rudern zu lassen, gab einer der Seeleute der Meinung vieler Ausdruck: »Das ist ein ganz verdammter Korinthenkacker. Der Teufel soll ihn holen!«

Einer von den Seeleuten der *Apollo* wies ihn zurecht. »Das sagen alle, die gerne schlampen. Aber wenn es hart auf hart geht und die Kugeln fliegen, dann bist du manchmal verdammt dankbar, daß der Alte es so genau nimmt.«

Als die Pfeifen der beiden Bootsmannsmaaten ihn an Deck des Kutters *Falcon* begrüßten, klang das dünn im Vergleich zum lauten Chor auf dem Linienschiff. Aber David berührte es. Er schüttelte Leutnant Ross die Hand, blickte sich um, atmete tief ein und sagte: »So ein Kutter ist doch etwas Besonderes. Hier muß man noch

Seemann sein, nicht wie auf den dicken Pötten, die einem manchmal wie ein Frachtwagen vorkommen.«

»Haben Sie auch einen Kutter kommandiert, Sir David?«

»›Sir‹ genügt an Bord, Mr. Ross. Ja, anno achtzig vom Kanal nach Menorca und zurück. Und ich habe auf Kuttern und Schonern vor Amerika und in Westindien gedient. Es war eine schöne Zeit. Aber nun sagen Sie mir, wieviel Mann Sie an Bord haben!«

»Sechsundvierzig, Sir. Acht unter Sollstärke.«

»Sie haben etwa hundertfünfzig Tonnen, nicht wahr?«

»Exakt hundertvierzig, Sir. Acht Zwölfpfünderkarronaden und zwei lange Sechspfünder, Sir.«

»Das gibt Musik, Mr. Ross. Ich hatte damals auf der *Hunter* zehn Dreipfünder und zwei Vierpfünder, und trotzdem haben wir den Spaniern tüchtig eingeheizt. Aber bevor ich ins Plaudern komme, stellen Sie mir bitte Ihre Maate vor!«

Die Mannschaft der *Falcon* war schon lange ohne große Veränderungen beisammen, wie das bei kleinen Schiffen häufig der Fall war. Die *Falcon* war meist in Heimatgewässern und zum Kurierdienst eingesetzt gewesen. Dies war ihr erstes längeres Kommando im Mittelmeer.

Die *Falcon* hatte zwei Bootsmannsmaate, einen Steuermannsmaat, einen Stückmeistermaat und einen Sanitätsmaat, alles gestandene Männer über dreißig. »Ich werde Ihnen immer für zwei Monate zwei Midshipmen an Bord kommandieren, meine Herren, damit diese die Seemannschaft auf kleinen Schiffen lernen.«

Es war nicht zu übersehen, daß den Maaten der Gedanke gar nicht paßte, und Leutnant Roos sagte:

»Darf ich mir die Bemerkung erlauben, Sir, daß wir darauf kaum eingerichtet sind?«

David lachte. »Ich weiß, Mr. Ross. Die jungen Gentlemen stören die verschworene Gemeinschaft. Man ist nicht mehr unter sich, glaubt, man müsse sich besonders korrekt und förmlich verhalten, muß sich um neue Leute kümmern, sie anlernen und so weiter. Aber Sie und wir alle profitieren letzten Endes davon. Je besser die Offiziere ausgebildet sind, desto besser haben es die Mannschaften, desto schlagkräftiger ist die Flotte, desto besser schützen wir unser Land. Alle Seeleute schimpfen über die jungen arroganten Schnösel, die nichts von Seemannschaft verstehen und dennoch Kommandogewalt haben. Es ist unsere verdammte Pflicht, für Besserung zu sorgen. Ich hoffe, Sie sehen das ein und helfen mit besten Kräften. Ich erzwinge solche Selbstverständlichkeiten nicht gern. Und nun lassen Sie uns das Schiff besichtigen.«

Der Kutter war in gutem Zustand. Aber David wollte die ›alte‹ Besatzung auch nicht eingebildet werden lassen. Er wußte aus eigener Erfahrung, wo auf einem Kutter die Schwachstellen waren, wo es nur Sekunden dauerte, den Schmutz hinzukehren, aber Minuten, um ihn herauszukratzen. Und er war peinlich genau bei Waffen und Munition und wurde ärgerlich, als bei einer Blunderbüchse die Zündpfanne so locker war, daß sie jeden Augenblick abfallen konnte.

Dem Stückmeister und Leutnant Ross war das sehr peinlich, und als David beim Abschied sagte: »Morgen schicke ich Ihnen zwei junge Gentlemen«, hörte er nur ein ergebenes »Aye, aye, Sir!«

Am Nachmittag mußte sich David den beiden politischen Beratern widmen, Mr. Demetros für griechische und Mr. Örgazan für türkische Angelegenheiten. Beide lebten schon viele Jahre in Gibraltar, waren aber immer wieder im Auftrag der Regierung in den osmanischen Ländern oder auf den zu Venedig gehörenden ionischen Inseln gewesen. Sie kannten sich auch auf Malta und Süditalien aus und sprachen ein wenig italienisch und französisch.

Äußerlich waren sie ein ungleiches Paar. Demetros war groß und füllig, Örgazan klein und hager mit einem riesigen Schnurrbart.

Aber beide wollten, daß ihre Bedeutung anerkannt wurde. Als sie hörten, daß David noch nie in der Adria oder an der osmanischen Küste war, lächelten sie etwas herablassend. »Dann werden wir wohl eine Einführung voranschicken, ehe wir über die aktuellen Probleme sprechen, Sir David«, bemerkte Mr. Demetros salbungsvoll.

»Das ist immer gut«, entgegnete David gelassen. »Kennen Sie die russische Flotte, und sprechen Sie russisch?«

Als beide verneinten, erklärte er, daß er in der russischen Flotte gedient habe und ganz gut Russisch spreche. »Wenn Sie mich in die regionale Lage eingeführt haben, werde ich Ihnen zu gegebener Zeit die notwendigen Informationen über unsere Verbündeten geben. Gegenseitiger Erfahrungsaustausch ist die Mutter des Erfolges.«

David bot den beiden Kaffee an, und als er ihre skeptischen Gesichter sah, gestand er ihnen zu, daß sie Edward Cull, seinen Koch, in die Zubereitung türkischen Kaffees einweihen könnten, dem er selbst allerdings nichts abgewinnen konnte. Mr. Ballaine wurde zu dem Gespräch hinzugerufen, denn David hielt viel von seinem Urteil in politischen Fragen.

Die beiden erzählten, daß die sieben größeren ionischen Inseln bis etwa 1500 alle unter venezianische Herrschaft geraten waren und sich mit Ausnahme des dicht an der Küste gelegenen Lefkadas auch erfolgreich gegen die türkische Besitznahme wehren konnten. Wirtschaftlich lebten die Inseln vorwiegend vom Olivenanbau und vom Handel, der aber zurückging, als Venedigs Macht verblich. Lefkada war türkisch-islamischem Einfluß ausgesetzt. Die anderen Inseln orientierten sich kulturell stark an Italien. Die griechisch-orthodoxe Kirche war von Venedig anerkannt. Ihr Oberhaupt auf den ionischen Inseln war der ›Große Protopappas‹, der auf Korfu seinen Sitz hatte. Im Adel und in den Städten war auch die katholische Religion verbreitet. Die Franzosen hätten im Juni 1797 auf Befehl von General Bonaparte sofort die ionischen Inseln besetzt, nachdem Frankreich mit Österreich einen Vorfrieden unterzeichnet hatte, der Venedigs Macht ausschaltete.

»Und wie hat die Bevölkerung die Franzosen aufgenommen?« fragte David.

»Begeistert, Sir David«, antwortete Demetros ohne Zögern. »Nachdem General Gentili und sein Berater Arnault, ein Schriftsteller und Gelehrter, die Freiheiten verkündet hatten, die jedem Individuum nach der französischen Revolution zustanden, nachdem sie die Glorie der griechischen Vergangenheit gefeiert hatten, war die Mehrheit der Bevölkerung sehr von den Franzosen eingenommen. Nur der Adel stand abseits, weil er mit Recht um seine Privilegien fürchtete.«

»Haben die Franzosen alle Inseln besetzt?« wollte David wissen.

»Sogar ohne französische Truppen schlossen sich die Inseln Frankreich an. Nach den Nachrichten auf Korfu genügte das Erscheinen eines einzelnen französischen Hauptmanns, daß sich ganz Kefalonia auf Seiten der Franzosen schlug. Auf Zakynthos hat der französische Konsul eine Nationalgarde eingeführt, und auf Ithaka hat man an der Quelle des Odysseus in Stein gemeißelt: »Es lebe die Republik!«

»Hat diese Zuneigung für Frankreich länger angehalten?«

»Teils, teils, Sir David. Die Franzosen haben einiges getan. Sie errichteten die ersten öffentlichen Schulen, die erste Druckpresse, schafften die Zwangsarbeit in den Salinen ab, verteilten die Steuern gerechter und manches mehr. Auf der anderen Seite wurden auch viele französische Verwaltungsbeamte auf die Inseln versetzt, die oft ohne Fingerspitzengefühl Abgaben eintreiben sollten, denn Frankreich braucht immer Mittel für seine Eroberungskriege. Und dann blieben die französischen Soldaten monatelang ohne Sold. Sie begannen zu plündern und zu rauben und brachten die Bevölkerung gegen sich auf.«

»Und nun sind die vereinigten Russen und Türken auf den Inseln«, stellte David fest.

Jetzt kam Mr. Örgazan zu Worte. »Auf Korfu halten sich die Verteidiger noch in der alten Festung, Sir David, und auf anderen Inseln sind noch nicht alle Franzosen überwältigt. Außerdem greifen immer wieder französische Schiffe in die Kämpfe ein. Die Lage ist noch recht unübersichtlich.«

»Bald werden wir es genauer wissen«, sagte David. »Die Russen haben eine recht starke Flotte in der Adria, und ihr Admiral Ushakow führt den Oberbefehl über die vereinigte russisch-türkische Flotte. Im Schwarzen Meer hat er sehr erfolgreich gekämpft.«

Mr. Ballaine hatte noch eine Frage, obwohl er wußte, daß David andere Termine hatte. »Können Sie mir noch kurz verraten, welche Rolle der Ali Pascha spielt, von dem man immer wieder hört?«

Mr. Örgazan zwirbelte seinen Bart und lachte. »Das ist ein ganz skrupelloser Bursche. Offiziell ist er Statthalter des Sultans im Epirus. Tatsächlich ist er Alleinherrscher. Er hat von den Venezianern Geld und Waffen genommen, er hat das von den Franzosen getan und immer die Geber mit diesen Waffen bekämpft, sobald eine neue Macht auftauchte. Er strebt nicht nur die Macht über die venezianischen Besitzungen an der Küste an, wie z. B. Parga, sondern auch über die Inseln. Im Augenblick wird er sich mit den Russen in den Armen liegen, aber sie sollten aufpassen, daß er ihnen nicht den Dolch in den Rücken stößt.«

»Ein reizender Mensch«, sagte David. »Ich kann es kaum erwarten, ihn als Verbündeten zu begrüßen. Aber wir müssen das Gespräch ein andermal fortsetzen. Jetzt sind Mr. Watt und die Deckoffiziere dran.«

David hatte es schon so oft erlebt. Immer wenn ein Kommandant ein neues Schiff übernahm, mußte er sich in Gesprächen mit den leitenden Offizieren über den Zustand des Schiffes informieren, mußte Listen abzeichnen, die Wünsche der Offiziere erfahren und seine eigenen Forderungen anmelden. Neben dem Ersten waren die wichtigsten Leute dabei der Bootsmann, der Stückmeister, der Master, der Zimmermann und der Zahlmeister. Mit dem Zahlmeister hatte er schon gesprochen. Jetzt waren die anderen dran.

Mr. Watt bestätigte Davids ersten Eindruck, daß er ein besonders kompetenter Erster Leutnant war. Als er Mr. Watt auseinandersetzen wollte, wie er sich die Führung des Schiffes dachte, daß er Landungstrupps zusammengestellt haben wollte, Leute mit guter Nachtsicht als Ausgucke und daß die Leute erfaßt werden sollten, die Fremdsprachen beherrschten, hatte Mr. Watt schon die meisten Listen parat.

»Ich habe mich bei Mr. Shield erkundigt, Sir, wie Sie es halten, und schon einiges vorbereitet. Mit den Landungstrupps wird es noch etwas dauern, aber ich habe bereits mit Hauptmann Ekins gesprochen. Die Leute in jedem Trupp müssen ja auch zusammenpassen.«

»Respekt, Mr. Watt. Sie verschwenden Ihre Zeit nicht. Ich bin sehr froh, Sie an meiner Seite zu haben, denn als Kommodore kann ich mich der Führung des Schiffes nicht immer so widmen, wie ich es möchte.«

»Man hätte Ihnen einen Flaggkapitän zuteilen müssen, Sir.«

»Wir sind eine ganz kleine Flottille, Mr. Watt. Da ist man noch nicht so großzügig. Und nach allem, was so gewispert wird, achten die Admirale und Kommodores im Mittelmeergeschwader sehr darauf, daß keiner mehr erhält als sie. Nun sind wir schon vom Geschwader unabhängig und nur der Admiralität unterstellt. Da wollen wir nicht noch mehr Neid erwecken.«

Sie tranken sich zu und lächelten. Auf Davids Fragen beurteilte Mr. Watt den Bootsmann als gut und zuverlässig, den Stückmeister als erfahren, aber einfallslos, den Zimmermann als Zauberer mit Holz, den Master als erfahrenen Kenner aller Launen des Mittelmeers und den Zahlmeister als undurchschaubaren Kantonisten, auf dessen Abrechnungen man ein Auge haben müsse.

Der Empfang in ihrem kleinen Haus war wieder herzlich. Die Kinder überschlugen sich in ihren Erzählungen, was sie am Tag alles gesehen und erlebt hatten. Sogar die Affen auf dem Felsen hatten sie besucht. »Und deine Schiffe sehen von oben ganz klein aus, Daddy«, berichtete Christina.

Auch die Stadt hatten sie erkundet und Geschenke für Weihnachten eingekauft. Britta hatte noch Ausstattung für Davids Kajüte besorgt und freute sich, sie bald mit dem Möbeltischler einzurichten.

Liebe Julie!

schrieb Britta an Davids Kusine in Portsmouth,

Ich wünschte, du hättest die Seereise miterleben können. Es war so wunderschön, und ich verstehe jetzt die Sehnsucht unserer Männer nach der See ein wenig besser. Die Sonnenaufgänge und die Sonnenuntergänge sind unbeschreiblich schön. Man ist dem Alltag so entrückt, wenn man die Küste nicht mehr sieht. Stell dir vor, ich habe mir überhaupt keine Gedanken um das Gut und die Betriebe gemacht, sondern war nur für David und die Kinder da.

Wir hatten in der Admiralskajüte auch allen Komfort, den ein Kriegsschiff nur bieten kann. Wir sollten einmal eine Seereise unternehmen, wenn wieder Frieden ist. David meinte, man könnte eine kleine Brigg ohne viele Umbauten sehr komfortabel für den Transport von Passagieren einrichten und bräuchte auch nicht sehr viele Leute zur Bedienung der Segel. Wir müssen das mit deinem Bruder Henry besprechen.

Hier in Gibraltar ist David natürlich wieder fast nur mit seinen Schiffen beschäftigt. Gott sei Dank hat er einen sehr tüchtigen Ersten Leutnant, und seine Kommandanten sind auch kompetente Männer. Andrew Harland kennst du ja, Jerry Desmond vielleicht aus Erzählungen. Er ist als Beinamputierter jetzt hier Hafenkapitän. Sie waren als junge Midshipmen Ende der siebziger Jahre auf der Shannon, *und David war ihr Senior. Deinen William kennen sie auch aus dieser Zeit.*

Ach ja, stell dir vor, der Sohn des berühmten Kapitäns Grant ist jetzt als Midshipman bei David. Am Tage vor unserer Abreise kam seine Mutter mit ihm zu David. Sie wollte nach dem Seemannstod ihres Mannes nie, daß ihr Sohn Flottenoffizier wird. Aber mit dreizehn Jahren ist er von zu Hause ausgerückt und fand eine Stelle. Doch der Kapitän setzte das Schiff nach einigen Monaten auf eine Sandbank. Als das Schiff nun in eine Werft mußte und die Mannschaft auf Wohnschiffe kam, und du weißt, wie schrecklich es dort zugehen soll, meldete er sich bei seiner Mutter, die ihn sofort holte und zu David brachte, als sie merkte, daß ihr Sohn nicht von der See fernzuhalten war. Händeringend bat sie David, ihren Sohn zu einem guten Mann zu machen. Nun, sie haben Kapitän Grant alle viel zu sehr verehrt, als daß er seinen Sohn abweisen konnte. Er heißt übrigens Edward nach Kapitän Brisbane.

Gestern hatte David nach den Inspektionen Segelmanöver im Geschwader angesetzt. Kapitän Desmond schickte uns seinen Adjutanten mit einer Kutsche, und wir fuhren mit den Kindern hoch auf einen Aussichtspunkt. Es war ein wunderschöner Anblick, wie die Schiffe meilenweit entfernt wie winzige Spielzeuge ihre Linien zogen. Der Adjutant erklärte alles sehr fachmännisch mit ›Wenden auf Backbordbug‹, ›Halsen vor dem Wind‹, ›Wenden in Kolonne oder ›Wenden in Folge‹. Ich habe immer großes Interesse vorgetäuscht, aber verstanden habe ich nur, daß alles sehr gefällig aussah. Charles hat gelernt, durch das Teleskop zu schauen.

Es war zu lustig, wie er ein Auge zukniff und vorgab, mit dem anderen genau zu sehen.

Am Abend hatte ich dann Harland und Desmond zum Essen im Haus. Sonst hätte sich David mit ihnen im Restaurant treffen müssen, denn das Wiedersehen mußte gefeiert werden. Die beiden waren auch sehr charmant zu mir während des Essens. Danach habe ich mich bald zurückgezogen. Natürlich lebten die Herren nun erst auf, und um Mitternacht sangen sie von irgendeiner Kitty aus Jamaica, daß das ganze Haus erschallte.

Aber in aller Herrgottsfrühe sprang David wieder aus dem Bett, ließ sich von seinem Diener Edward mit kaltem Wasser übergießen, rasieren und sauste dann los, um Harlands und Neales Schiff zu inspizieren. Ich wußte, daß er mit der Flottille danach Scharfschießen üben wollte, aber in der Stadt soll es Unruhe gegeben haben, als fern von der See die Salven donnerten. Sie schießen dann auf Scheiben, so hat er es mir einmal erklärt, und das Geschütz, das schlecht trifft, hat danach allerlei Extradienst.

Am Abend werden wir heute nach kontinentaler Sitte für uns Heilig Abend feiern. Morgen essen wir auf dem Schiff, und ich habe für sechshundertdreißig Mann kleine Schokoladentörtchen anfertigen lassen, damit jeder etwas hat. Besseres Essen gibt es sowieso. Dann muß ich auch die Kajüte noch einrichten, und danach segelt mein Liebster wieder fort. Ach, Julie, mir ist das Herz schon jetzt schwer. Wenn David auf See ist, schließe ich den Brief und gebe ihn dem Postschiff mit. Mein Konvoi segelt ja erst Mitte Januar.

Britta wußte, daß David erschöpft war, als er am Heiligen Abend etwas früher als sonst in ihr Haus trat. Aber er ließ sich nichts anmerken. Die Kinder wollten ihren Vater voll und ganz. Sie warteten voller Unruhe schon auf die Bescherung.

Die spanischen Dienstboten hatten die Vorbereitungen mit leichter Verwunderung ertragen. Britta hatte dafür gesorgt, daß ein fichtenähnlicher Baum so geschmückt wurde, daß er an die Bräuche erinnerte, die David von Stade und sie aus Dänemark kannten und an denen sie festhielten. Vor dem Baum lagen die verpackten Geschenke. Dann wurden die Kerzen angezündet, und ein Glöckchen läutete. Die Kinder durften das Zimmer betreten, sahen die Lichter am Baum brennen und lugten zu den Geschenkpaketen. Aber erst mußte Christina noch ein Gedicht aufsagen, und auch Charles hatte einen Vers zu präsentieren. Dann sangen sie »Stille Nacht, heilige Nacht«, und nun erst war der Weg zu den Geschenken frei.

Für die Kinder waren natürlich die Spielsachen am wichtigsten. Dann erst schauten sie nach Kleidungsstücken. David hatte für seine Frau ein wunderschönes spanisches Spitzentuch und einen bezaubernden Anhänger aus Gold mit Diamanten und Rubinen gefunden. Sie schenkte ihm eine Schreibgarnitur, ein neues Taschenteleskop und eine Reisebeschreibung der ionischen Inseln, die sie in einem Antiquariat entdeckt hatte.

Als die Angestellten beschert worden waren, wurde das Essen serviert, und anschließend wollten die Kinder noch etwas mit den neuen Sachen spielen. Es war schon spät, als Britta und David Zeit für sich hatten. Sie traten auf die Terrasse hinaus und sahen die Lichter der Stadt und des Hafens unter sich. Von fern schimmerten einige Lichter an der afrikanischen Küste.

»Es ist wunderschön«, sagte Britta, »und so friedlich. Aber rings um uns lauern Feinde, die Spanier, die afrikanischen Piraten, die Franzosen. Und du läufst bald aus und segelst mit deinem Geschwader mitten in die Kämpfe hinein.«

»Seit Lord Nelson die Franzosen bei Abukir so vernichtend geschlagen hat, trauen sie sich ja kaum noch aus ihren Häfen, Liebste. Zur See sind wir die Herren. Aber ich habe meine Flottille noch nicht in der Hand. Sie ist noch keine Einheit. Wenn ich ein Schiff kommandierte, konnte ich die Leute mit Worten, Gesten und Blicken dirigieren. Aber hier bin ich auf die Signale angewiesen, die auf wenige Worte beschränkt sind.«

»Du willst immer zu viel und zu schnell, David. Sie werden sich an den Verband gewöhnen, und von Lord Nelson sagt man doch, er habe fast täglich mit seinen Kapitänen lange über Taktik und seine Auffassungen diskutiert.«

Am ersten Weihnachtsfeiertag war Gottesdienst auf den Schiffen der Flottille, und David hörte zum ersten Mal den Schiffspfarrer predigen. Er sprach schlicht, gefühlvoll und auf die Welt der Seeleute bezogen. David war angenehm überrascht. Dann dirigierte der Pfarrer einen Schiffschor, den er gegründet und eingeübt hatte. Das war nun wirklich eine kleine Sensation. So einen schönen Zusammenklang der Stimmen kannte David nur von russischen Schiffschören. Das letzte Weihnachtslied sangen alle mit, und dann gingen sie zum Essen.

Es gab nicht das gekochte Salzfleisch der üblichen Rationen, nein, Küchen vom Land hatten Braten geliefert, ein Extragrog wurde ausgeschenkt, und Brittas Schokoladentörtchen bildeten den Abschluß.

Nicht alle waren zufrieden und glücklich. In einer Backschaft maulte ein älterer Seemann, der schon lange auf der *Thunderer* diente: »Nun speisen sie uns wieder mit den Kinkerlitzchen ab und kommen sich noch großartig dabei vor. Der Kapitän soll doch wahnsinnig reich sein. Er ißt und trinkt jetzt bestimmt viel bessere Sachen mit seinen Offizieren, und wir machen die Arbeit und halten die Köpfe hin, wenn es kracht.«

Ein anderer Vollmatrose, früher auf der *Apollo,* sagte nur kurz: »Der Unterschied ist der, daß er ein Schiff führen kann, und zwar gut. Und du nicht!« Dann kaute er weiter.

»Ohne uns kann er mit dem Schiff gar nichts machen, oder denkst du, die Segel setzen sich alleine? Mich haben sie nie lernen lassen, wie man ein Schiff führt. Ich war immer für die Drecksarbeit da. Und die Offiziere leben von unserer Arbeit.«

Der von der *Apollo* hob beide Arme. »Mensch, hör doch mit dem Gesülze auf. Du hättest doch auch an Land etwas werden können. Hättest du immer fleißig gearbeitet, vor dem Herrn gekatzbuckelt, dann hättest du ein kleines Auskommen gehabt und wärst nie zur Flotte gepreßt worden. Und auch hier könntest du Maat werden. Du müßtest nur besonders eifrig sein, immer sauber, immer pünktlich. Ich will das auch nicht. Mir liegt die Arschkriecherei nicht. Ich will mal alle fünfe gerade sein lassen, mich auch mal besaufen, wenn ich Lust habe. Also werde ich nicht Maat, muß mich kommandieren lassen und die Drecksarbeit machen. Aber deswegen heule ich doch nicht rum wie ein Weib. Ich hab' es so gewollt, basta.«

»Du bist ja ein ganz besonderer Schlaumeier! Lassen die Offiziere nicht auch mal alle fünfe gerade sein? Saufen sie nicht auch? Und doch kommandieren sie. Wir sollten sie alle davonjagen, den Kapitän zuerst, und einen französischen Hafen anlaufen.«

»Jetzt hältst du sofort dein Maul! Deinetwegen will ich nicht in meuterische Umtriebe hineingezogen werden. Die Franzosen feiern dich eine Woche. Dann mußt die auf ihren Schiffen die Drecksarbeit machen, oder du landest im Steinbruch. Und unsere jagen dich auf der ganzen Welt, bis sie dich an die Rahnock knüpfen können. Du bist ein ganz dummes Arschloch, ein Sprüchemacher. Alle Offiziere davonjagen? Und dann? Dann zerfetzen sie dir den Rücken mit ihren Peitschen und schicken neue Offiziere. Wir haben einen guten Kapitän und gute Offiziere. Mehr kannst du nicht verlangen. Und wenn du uns unser Leben erschweren willst, polier ich dir persönlich die Fresse.«

Die Offiziere saßen im großen Tagesraum der Kapitänsunterkunft und lauschten gerade Leutnant Shield, der Geige spielte, und Leutnant Faulkner, der ihn auf der Flöte begleitete. Sie waren vom Hauptgang wohlig gesättigt und genossen den Augenblick des Träumens und Lauschens. Brittas Hand suchte unter dem Tisch Davids Hand, und als er zu ihr blickte, lächelte sie ihn an.

Frederick Ryan, kurz vor seinem zwölften Geburtstag, war als jüngster Midshipman eingeladen worden und hatte den Toast auf den König ausbringen müssen. Jetzt saß er, befreit von dieser Last, neben Geoffrey Wilson, achtzehn Jahre alt und schon erfahren vom Dienst auf der *Apollo.* Als die Instrumente schwiegen und alle klatschten, beugte sich Frederick zu ihm und flüsterte: »Geoffrey, erst heute habe ich es gesehen. Der Kommodore hat ja viele feine Striche im Gesicht. Sind das Narben?«

»Psst«, forderte Geoffrey Ruhe. Als dann der Nachtisch serviert wurde, antwortete er ihm leise: »Ja, das sind Narben. Jetzt sind sie gut verheilt, aber anfangs sah es schrecklich aus. Neger auf Haiti hatten ihn gefangen und gepeitscht.«

Frederick sah mit großen Augen zum Kommodore. Ein Kommodore gepeitscht und sogar im Gesicht. Das war ja unglaublich! Aber dann widmete er sich mit Inbrunst der Nachspeise. So gut würde er für Wochen nicht essen können. Wenn man doch etwas mitnehmen könnte. Britta sah ihm zu und mußte lächeln.

Tagesraum, Schlafraum und Arbeitsraum des Kapitäns entsprachen jetzt schon eher ihrem Geschmack. Der Tischler hatte alles mit den dunklen spanischen Möbeln ausgestattet, zu dem die hellen Berberteppiche einen lebhaften Kontrast bildeten. Neben ihrem Bild mit den Kindern schmückten jetzt auch zwei Landschaftsgemälde von Whitechurch Hill die Kabinen. Sie würden David an Plätze erinnern, die sie gerne aufgesucht hatten.

Am 25. und 26. Dezember hatten jene Mannschaften noch Ausgang, die bei den Inspektionen nicht negativ aufgefallen waren. Wie zu erwarten, hatten die Ersten Leutnants auf allen Schiffen um Mitternacht oder am nächsten Morgen Ärger mit den Matrosen, die nicht rechtzeitig zurückgekommen oder sogar von der Polizei eingesperrt worden waren.

David sagte, als ihm Mr. Watt die Liste mit den Bummelanten und Randalierern vorlegte: »Ich bin froh, wenn wir auf See sind und wochenlang keinen Hafen sehen. Dann kriegt man die Bande in den Griff.«

»Aber Ihre Familie, Sir.«

»Ja, Mr. Watt. Sie wird mir sehr fehlen. Aber jetzt bin ich auch nicht glücklich. Ich kann mich meiner Familie nicht in Ruhe widmen, wenn ich weiß, daß ich eigentlich auf den Schiffen noch dies und jenes hätte regeln müssen. Wenn wir diesen Auftrag hinter uns bringen und dann nach Hause kommen, ist das eine ganz andere Sache. Übrigens, morgen um acht Glasen der Nachmittagswache bitte ich alle Kapitäne und ihre Vertreter zur Besprechung. Danach ist kein Landgang mehr gestattet. Machen Sie das bitte bekannt!«

Nur Mr. Watt wußte von dem falschen Leutnant Rossano, und Kapitän Harland hatte etwas geahnt, als ihm für einige Stunden ein Offizier zum Arrest überstellt und nachts von den Leuten des Hafenkapitäns abgeholt worden war. Die anderen konnten ihre Überraschung nur mühsam verbergen, als ihnen David berichtete, daß sich ein spanischer Agent unter den Namen eines gefallenen Leutnants auf der *Thunderer* eingeschlichen hatte.

»Ich habe die Gelegenheit benutzt, um den Spaniern eine Falle zu stellen. Der Agent wurde zum Hafenkapitän geschickt, um einen Geheimbefehl abzuholen. Der Hafenkapitän, von mir eingeweiht, hatte einen Befehl fälschen lassen, nach dem die Brigg *Bulldog* den Sold für die Flotte nach Palermo transportieren soll. Unsere Flottille soll sie bis zur Höhe von Oran geleiten, dann nach Menorca abdrehen, und die *Bulldog* soll angeblich an der afrikanischen Küste entlang bis Kap Bon segeln und dann Sizilien ansteuern. Der Agent hat, wie zu erwarten, den Geheimbefehl zu einem Mittelsmann in Gibraltar gebracht, ihn heimlich kopieren lassen und erst dann abgeliefert. Ich nehme an, daß spanische

Schiffe bald hinter Oran auf der Lauer liegen werden, um die *Bulldog* abzufangen.«

Commander Neale meldete sich. »Sir, werden die Spanier nicht mißtrauisch, wenn der Agent nichts mehr von sich hören läßt?«

»Ich habe ihn eine Botschaft für seinen Mittelsmann schreiben lassen, wonach er auf die *Shannon* kommandiert sei und dort Urlaubssperre erhalten habe, weil er beim Glücksspiel ertappt worden sei. Aber sonst laufe alles wie geplant. Da ihn die Spanier wegen seiner Spielschulden in der Hand hatten, sollte das glaubhaft genug klingen«, antwortete David.

Dann fuhr er fort: »Damit wir die Falle rechtzeitig erkennen, segelt ein Fischerboot mit einer Signalcrew von uns vor der *Bulldog*. Sobald sie Spanier sichten, geben sie Signal. Die *Bulldog* sieht die Signale unmittelbar, die *Falcon* segelt seewärts und gibt sie an uns weiter. Es kommt dann darauf an, daß die *Bulldog* ihre Fahrt so verringert, daß wir unsere Falle schließen können, ehe die *Bulldog* zusammengeschossen wird. Mit zwei spanischen Fregatten müssen wir mindestens rechnen. Lassen Sie uns nun die Details besprechen!«

Es dauerte eine Stunde, bis alle Eventualitäten durchgesprochen waren und jeder wußte, was er in welchem Fall zu tun hatte. Dann ging David an Land, um die letzte Nacht mit seiner Familie zu verbringen.

Zu seiner Überraschung erwartete ihn der Adjutant des Hafenkapitäns am Kai. »Sir, wir haben den Burschen des Agenten aufgegriffen, als er zum Herrenschneider Harris gehen wollte. Er sitzt jetzt im Gefängnis.«

»So ein falscher Hund! Uns spielt er den unwissenden Gehilfen vor, dabei war er voll eingeweiht! Sagen Sie bitte Kapitän Desmond, daß er auch in vollem Umfang wegen Spionage angeklagt werden soll. Dem Harris hat er nichts mehr mitteilen können?«

»Ausgeschlossen, Sir David. Man griff ihn unauffällig vor Betreten des Hauses.«

Die Kinder waren noch aufgeblieben, damit sie sich vom Vater verabschieden konnten. Christina erfaßte die Bedeutung des Abschieds und weinte ein wenig, während Charles zu müde war, um mehr als einen üblichen Gute-Nacht-Kuß wahrzunehmen.

Dann waren Britta und David allein beim liebevoll angerichteten Dinner. Britta hatte leichte Speisen ausgewählt, einen leichten Weißwein und ein wenig Sekt. David bemerkte es und freute sich auf die Vereinigung mit ihr.

Sie liebten sich lange und leidenschaftlich. David stachelte ihre Lust immer wieder an, bis sie stöhnend nach Erfüllung verlangte und sich dann ganz von der Woge der Lust tragen ließ. David beherrschte sich lange, um Britta immer wieder zum Höhepunkt zu führen, aber dann ließ auch er sich laut aufstöhnend in den Strudel der Erfüllung fallen. Erschöpft klammerten sie sich aneinander und waren wie ein Körper und eine Seele. In dieser Nacht empfing Britta ihr drittes Kind.

Die Dämmerung war kaum zu ahnen, als sich David von Britta verabschiedete. »Schau uns von der Terrasse aus zu, Liebste. Ich werde doch keine Zeit haben, einen Blick zum Kai zu werfen. Bleib gesund, bis wir uns wiedersehen. Gott segne dich! Ich liebe dich.«

»David, komm bloß wieder! Wir brauchen dich doch so sehr. Ich liebe dich über alle Maßen. Geh jetzt schnell, ehe ich in Tränen versinke, und denk an uns!«

Eine letzte Umarmung, ein langer Kuß, dann riß er sich los und eilte zum Kai, wo Gregor mit dem Boot wartete. Da fiel ihm ein, daß sich ja auch Gregor von Victoria hatte trennen müssen, daß er das gleiche Los und das gleiche Leid trug. Er legte ihm die Hand auf den Arm, die die Ruderpinne hielt: »Hoffentlich sehn wir sie bald gesund wieder!«

»Es liegt alles in Gottes Hand, Gospodin«, antwortete Gregor ruhig.

Das Geschwader setzte Segel und nahm Fahrt auf, kaum daß die Sonne den Horizont erreicht hatte. Die Kanonen donnerten den Salut hinaus und würden manchen Bürger aus dem Schlaf schrecken. Aber nicht Britta, die mit tränenfeuchten Augen auf der Terrasse stand und zu den von oben so klein wirkenden Schiffen hinunterschaute.

David ging auf dem Achterdeck hin und her und beobachtete abwechselnd die Besatzung seines Schiffes und die anderen Schiffe, die ihm in Kiellinie folgten. Am wenigsten war er mit der *Shannon* zufrieden. Da mußte er Andrew Harland einen Wink geben, daß er seinem Bootsmann mehr auf die Finger sah. Die *Bulldog* segelte direkt hinter dem Flaggschiff, so, wie man ein Schiff plazieren würde, das eine so wertvolle Ladung trug, wie sie in dem falschen Befehl stand, der den Spaniern zugespielt worden war. Gestern abend waren unter Bewachung eines Zuges Soldaten noch Fässer auf die *Bulldog* verladen worden. Keiner der Zuschauer konnte ahnen, daß sie mit Sand gefüllt waren, der bei

Gefechtsbereitschaft aufs Deck gestreut werden würde. Die spanischen Agenten sollten Goldstücke vermuten.

David schaute noch einmal durch das Teleskop zurück. Bei seinem Haus war ein heller Punkt zu sehen, vielleicht Britta. Er seufzte und ging in seine Kajüte.

Mit leisem Brummen empfing ihn Alex, der junge Wolfshund, der jetzt Koljas Platz einnahm und auf der Decke an der Tür lag. David beugte sich zu ihm, kraulte seinen Kopf und sagte: »Nun werden wir lange von ihnen fort sein, Alex. Hoffentlich sehen wir uns alle gesund wieder und du auch deine vielen Verwandten auf dem Gut.« Alex' Schwanz klopfte leise auf die Decke.

Sie waren noch keine zwei Stunden gesegelt, da ließ sich David auf die *Bulldog* übersetzen. »Ordnen Sie bitte Geschützexerzieren an, Mr. Neale. Ich möchte den Mannschaften zusehen.«

»Aye, aye, Sir«, antwortete Neale und gab die Befehle.

David ging von Karronade zu Karronade und schaute den Bedienungen auf die Finger. Hin und wieder sagte er etwas zu Leutnant Henderson, der dann Leute umstellte oder Gegenargumente vorbrachte. Die Pulverjungen mußten imitieren, wie sie die Kartuschen anliefern würden, und David prüfte, ob die Lunten brannten, falls die Steinschlösser ausfielen, ob die Wassereimer gefüllt waren und manches andere mehr.

Nach einer guten Stunde sagte er zu Neale: »Bitte lassen Sie das Exerzieren einstellen, Mr. Neale. Ihre Besatzung ist gut in Form. Ich möchte Sie und Ihre Offiziere dann in der Kajüte sprechen.«

Commander Neale freute sich über die Anerkennung und gab einem Midshipman Befehl, Leutnant Henderson und die wichtigsten Deckoffiziere in die Kajüte zu bitten.

Sie hatten kaum auf das Wohl des Königs getrunken, als David in seiner ungeduldigen Art schon auf das Ziel zusteuerte. »Sie wissen, meine Herren, daß die *Bulldog* als Köder für spanische Schiffe dienen soll. Ich erwarte, daß die Spanier Ihnen zwischen Ténès und Cesarea auflauern werden. Ab Mers-el-Kebir läuft vor Ihnen ein Fischerboot mit einer Signalcrew von uns an Bord. Sobald es spanische Schiffe sichtet, die wahrscheinlich in einer Bucht oder hinter einem Felsvorsprung lauern, gibt das Boot Signal. Dann setzen Sie einen Treibanker aus, der ihre Geschwindigkeit deutlich verringert. Die *Thunderer* und die *Shannon*, denen die *Falcon* die Signale des Bootes übermittelt hat, setzen alle Segel und schließen zu Ihnen auf, wobei die *Shannon* den Spaniern den Weg nach Osten verlegen soll, während die *Thunderer* den Weg nach Westen blockiert. Ist soweit alles klar?«

Die Offiziere bestätigten, und David fuhr fort: »Sie haben jetzt die wichtige Aufgabe, die Spanier von unserer Annäherung abzulenken und sich so lange erfolgreich zu verteidigen, bis wir eingreifen können. Sobald Sie die Spanier sichten, sollten Sie Tumult an Deck vortäuschen, als ob ein Teil der Besatzung den Kampf verweigert. Sie können die Flagge niederholen, aber bevor der erste Schuß von Ihnen gefeuert wird, muß sie wieder wehen. Sie können an Bord durcheinanderlaufen, Musketenschüsse abfeuern, Geschrei und Geraufe vortäuschen. Aber Sie müssen jeden Augenblick bereit sein, ihre Karronaden schnell und wirkungsvoll einzusetzen. Sie sollten so dicht an Land gehen, daß die Spanier sie nicht von zwei Seiten angreifen können, aber studieren Sie die Karte und loten Sie! Die Einzelheiten wird Kapitän Neale anordnen, der so etwas ja auf der Apollo oft genug erprobt hat. Sind jetzt noch Fragen?«

Neale wollte wissen, wie sie sich verhalten sollten, falls Berberpiraten auftauchen würden.

David antwortete, daß er sich in Gibraltar erkundigt habe. »Die Piratenfürsten haben zugesichert, britische Schiffe ungehindert passieren zu lassen. Bei dieser Entscheidung hat sicher eine Rolle gespielt, daß unsere Flotte jetzt wieder stark im Mittelmeer vertreten ist. Sie zeigen also immer die britische Flagge. Sollte sich ein Pirat nähern, rennen Sie die Geschütze aus, damit er sein Risiko erkennt. Feuern Sie nicht zuerst, aber schlagen Sie mit aller Macht zurück, falls sich einer nicht an die Abmachungen hält. Wir sind ja bald bei Ihnen, sobald wir Kanonendonner hören. Übrigens: Nachts werden die Segel gekürzt, und die Leute mit guter Nachtsicht halten verstärkt Wache.«

David blickte sich um, aber da im Moment niemand etwas fragen wollte, verabschiedete er sich. »Machen Sie es gut, meine Herren. Gott sei mit Ihnen!«

David aß allein in seiner Kajüte und mußte sich Mühe geben, das geschmackvolle Essen zu würdigen, das sein Koch Nicholas zubereitet hatte. Immer wieder gingen seine Gedanken zum letzten Essen mit Britta zurück und zu den Umarmungen der letzten Nacht, die er noch zu spüren glaubte und die doch schon so unwirklich waren. Er ließ sich den Liegesessel, den Britta besorgt hatte, auf die Heckgalerie stellen und saß dort für ein Viertelstündchen und träumte.

Aber dann ließ er den Ersten Leutnant rufen, besprach mit ihm den Dienst für den Nachmittag und die Wachen für die Nacht. »Ich setze jetzt zur *Shannon* über, Mr. Watt. Lassen Sie bitte meine Gig fertigmachen, und geben Sie der *Shannon* Signal.«

Auf der *Shannon* wurde er mit allen Ehren empfangen, aber er sagte gleich nach der Begrüßung: »Bitte keine formellen Empfänge mehr, wenn wir uns von Bord zu Bord besuchen, Mr. Harland!«

In der Kajüte fragte er dann: »Wie sind Sie mit Ihrem Bootsmann zufrieden, Andrew?«

»Mr. Gibbs«, antwortete Harland langsam. »Ich bin mir noch nicht sicher. Manche Aufgaben bewältigt er hervorragend, andere wieder höchst unvollkommen. Ich weiß noch nicht, ob seine Kenntnisse und Erfahrungen so ungleichmäßig sind oder ob er manchmal nicht bei der Sache ist. Warum fragen Sie, Sir?«

»Weil die *Shannon* heute beim Segelsetzen schlechter abschnitt als die anderen.«

»Ich habe es auch bemerkt«, gab Harland zu. »Ich habe ein Donnerwetter losgelassen und Extradienst angesetzt, Sir.«

»Halten Sie die Augen offen! Jetzt würde ich gern dem Geschützexerzieren zusehen, Mr. Harland.«

»Aye, aye, Sir.«

Auch hier ging David von Geschütz zu Geschütz und mußte sich konzentrieren, um nicht von den Erinnerungen überwältigt zu werden, was er an diesem oder jenem Geschütz nicht alles als junger Midshipman oder als Kapitän der *Shannon* erlebt hatte.

Aber die Bedienungen waren gut gedrillt, und Leutnant Burke, der Geschützoffizier, schien seine Aufgaben zu beherrschen. »Haben Sie schon nach den Stricheinteilungen blind geschossen, Mr. Burke?«

»Aye, aye, Sir. Während der Fahrt in der Biskaya. Die Ergebnisse waren befriedigend, aber noch nicht gut, Sir.«

»Ja, wir werden das noch üben müssen, sobald wir die Angelegenheit mit der *Bulldog* hinter uns haben.«

David sagte Harland, daß er mit dem Exerzieren zufrieden sei, und bat ihn und die Offiziere in die Kajüte. Die Besprechung ähnelte der auf der *Bulldog*, nur daß er hier kurz beschrieb, welches Täuschungsmanöver die *Bulldog* durchführen würde, und ausführlicher auf die Rolle der *Shannon* einging.

»Ich rechne nach Rücksprache mit meinem Master in den nächsten Tagen mit vorwiegend westlichen Winden. Sobald uns die *Falcon* die Signale des Fischerboots übermittelt, muß die *Shannon* mit höchster Geschwindigkeit voraussegeln, dann wenden und den Weg nach Osten verlegen. Ich rechne mit etwa zwei spanischen Fregatten. Wenn mehr als zwei spanische Linienschiffe lauern, was sehr unwahrscheinlich ist, werden wir die *Bulldog* herausholen und ein Rückzugsgefecht führen müssen. Beachten Sie dann die Signale der *Thunderer*! Was möchten Sie noch diskutieren?«

Leutnant Burke wollte wissen, ob er auf Vernichtung oder Kaperung feuern solle.

»Vernichtung, Mr. Burke. Schalten Sie Geschütze und Mannschaften aus! Wir wollen nicht unnötige Verluste riskieren, um an Prisengeld zu gelangen. Wenn sich der Gegner ergibt, na gut.«

Der Bootsmann hatte kein Wort gesagt, und David fragte ihn direkt, ob er schon im Mittelmeer gedient habe.

»Nein, Sir David. Nur im Kanal auf der *Resolution*.«

David wunderte sich, daß jemand nach Dienst auf einem einzigen Schiff und in einem Seegebiet Bootsmann geworden war, aber jetzt war nicht der Augenblick, um zu klären, ob außergewöhnliche Verdienste oder höchste Protektion der Grund dafür waren. Nach dem Hinweis auf die Piraten ließ sich David zum Flaggschiff zurückbringen.

Während der Nacht ging David mehrmals an Deck und nahm Alex mit. Die Nachtwachen sollten sich an ihn gewöhnen, und der Hund sollte lernen, auf Geräusche um das Schiff zu achten. Gregor war bei David, und Alex mußte an verschiedenen Stellen der Reling horchen und schnüffeln. Auf dem Vordeck zeigte er Unruhe und knurrte. David lobte ihn, denn vor ihnen segelte die *Falcon*. Achteraus bemerkte Alex wiederum etwas, sträubte die Nackenhaare und knurrte leise. Das waren die *Shannon* und die *Bulldog*. »Gut gemacht, Alex!«

Die Umstehenden zeigten sich erstaunt. »Ich habe die besten Erfahrungen mit Hunden an Bord, meine Herren. Kolja, der Vater von Alex, hat uns mehrmals vor Gefahr bewahrt und uns zu guten Prisen verholfen, ganz abgesehen davon, daß er mir auf Haiti das Leben gerettet hat. Ich hoffe, der Alex macht seine Sache auch so gut.«

Die Reaktionen auf den großen Wolfshund waren unterschiedlich, wie David es von Kolja kannte. Einige hatten keinerlei Angst vor ihm und kraulten ihn, wie Hauptmann Ekins und die Midshipmen, die Kolja gekannt hatten, aber auch zu Davids Erstaunen Midshipman Grant, der mit Hunden aufgewachsen war. Leutnant Faulkner dagegen, Mr. Douglas, der Master, und Mahan und Ormand von den neuen Midshipmen hielten mißtrauisch Distanz. Nun, das würde sich schon finden.

Die Wachen waren alle auf Posten, und David ermahnte sie, nie ihren Sektor unbeachtet zu lassen, ganz gleich, was sich in anderer Richtung tat.

Der nächste Vormittag brachte Segelübungen im Verband, und die Signal-Midshipmen hatten tüchtig zu tun. Am Nachmittag war Waffendrill angesetzt, und eine Stunde vor dem Abendessen informierte David Mr. Watt, die anderen Leutnants, die Offiziere der Seesoldaten und den Bootsmann, daß er in zehn Minuten Feueralarm zur Probe auslösen werde. »Notieren Sie alle, die nicht auf ihre Posten rennen, meine Herren, und Sie, Mr. Jenkins, sorgen dafür, daß in der Kartenkammer ein Fäßchen mit altem Öl und Lappen Qualm erzeugt!«

Das Ergebnis war so, wie David es schon mehrmals erlebt hatte. Die meisten liefen auf ihre Stationen, zu den Wassereimern und zu den Feuerpumpen. Aber einige wollten nur ihre Haut retten, sprangen ins Wasser, um zu den Booten zu schwimmen, die sie nachschleppten, oder wollten sich an den Tauen hinablassen.

Am Schluß waren sechsunddzwanzig Matrosen notiert und standen an Deck. Ein Fall war besonders schwerwiegend, denn der Mann hatte einen Maat niedergeschlagen, der ihn auf seinen Posten weisen wollte. »Schließt den Kerl in Eisen!« befahl David. »Und ihr anderen solltet euch schämen! Jeder weiß, was er zu tun hat, um das Schiff zu retten, und ihr denkt nur an euch. Die vier Maate unter euch degradiere ich mit sofortiger Wirkung. Ihr alle habt zwei Wochen Pumpen- oder Latrinendienst und die nächsten zwei Hafentage Ausgangssperre. Wenn ihr beim nächsten

Alarm nicht eure Pflicht tut, wird es euch so schlimm ergehen, daß ihr das Feuer vorziehen würdet!«

Zwei Tage waren vergangen. Oran war an Steuerbord zurückgeblieben. Die *Bulldog* segelte jetzt relativ dicht am Land. Vor ihr lief in drei Meilen Abstand der Fischkutter. Seitlich zum Meer gestaffelt war die *Falcon*, von der aus der Fischkutter zu sehen war. Eine Meile hinter der *Falcon* segelten die *Thunderer* und die *Shannon*. Alle Ausgucke waren doppelt besetzt. David sprach mit seinen Offizieren noch einmal alle Eventualitäten durch.

Am nächsten Vormittag passierten sie Térès mit den eindrucksvollen Bergketten im Hintergrund. David ging auf dem Achterdeck auf und ab. Er konnte seine Unruhe nur schwer beherrschen. Warten war noch nie seine Stärke gewesen. Zum Essen nahm er sich nur wenig Zeit und war auch sehr kurz zu Mr. Ballaine, der Unterschriften von ihm brauchte.

Als die Mannschaften nach dem Essen wieder an Deck erschienen, um ihre kleine Pause zu genießen, rief der Ausguck: »Deck! *Falcon* signalisiert!«

»Hinauf mit Ihnen, Mr. Heskill!« befahl David dem Signal-Midshipman, nahm aber auch selbst sein Teleskop und spähte voraus. Wenn die *Falcon* auf einem Wellenkamm war, konnte er sie sehen. Zwei schwarze und eine rote Fahne glaubte er zu sehen. Jetzt rief auch Mr. Heskill: »Deck! Zwei schwarz, eine rot, drei weiß!«

»Zwei Fregatten, ein kleineres Schiff drei Meilen vor der *Bulldog*«, entzifferte David das Signal. »Mr. Watt! Alle Segel setzen! Klar Schiff zum Gefecht! Holen Sie heraus, was nur geht!« Dann drehte sich David um und blickte zur *Shannon*, die auch den letzten Fetzen Segeltuch ausschüttelte und an Fahrt gewann. Harland

Übersichtskarte Mittelmeer 1799

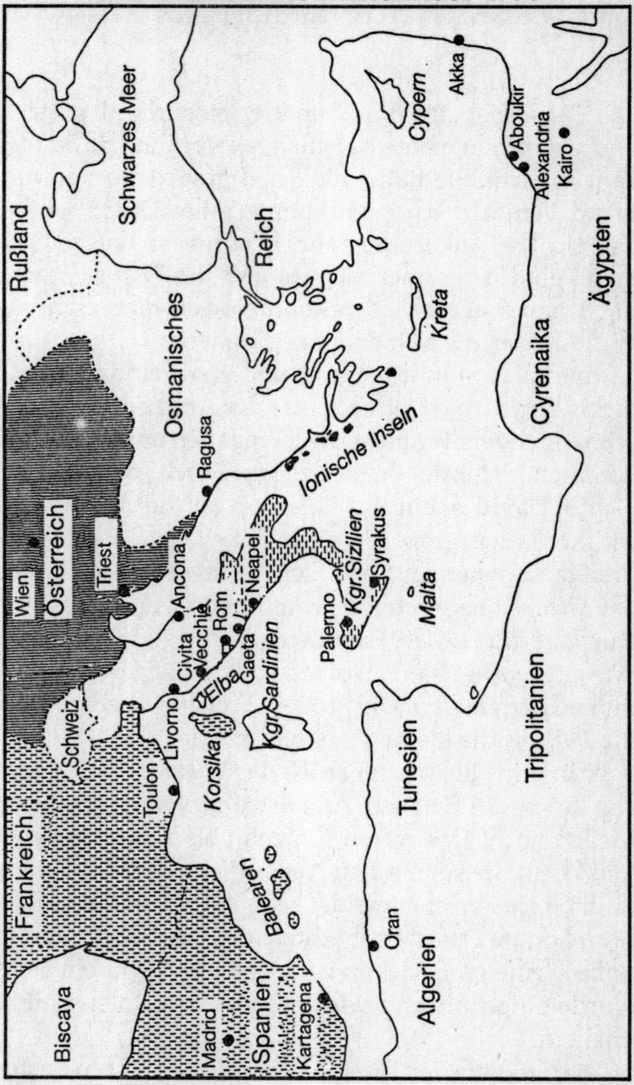

stand an Deck und winkte ihm zu. Alles nahm seinen Gang, wie sie es so oft besprochen hatten.

Die *Shannon* hatte die *Thunderer* steuerbord passiert und war schon einige Kabellängen vor ihr. Die *Bulldog* kam in Sicht. Sie hatte alle Segel gesetzt, so daß niemand Verdacht schöpfen konnte. Aber David wußte, daß ein Treibanker ihre Fahrt hemmte, so daß sie sich dem Feind langsamer näherte und die *Thunderer* und die *Shannon* aufschließen konnten. Seewärts erkannte er die *Falcon,* die sich dem Land näherte.

Eine halbe Stunde verging, und vom Feind war noch nichts zu sehen. »Deck!« schrie der Ausguck mit überschnappender Stimme. »Zwei Fregatten und eine Brigg kommen hinter der Felsspitze vier Strich steuerbord in Sicht!« David nahm das Teleskop an die Augen. Tatsächlich! Eine große Fregatte mit vielleicht achtunddreißig Kanonen und eine kleinere etwa von der Größe der *Shannon* segelten sich vom Land frei und nahmen Kurs auf die *Bulldog*. Eine Zweimastbrigg folgte ihnen. Wie er erwartet hatte, wollten sie die *Bulldog* von vorn und achtern fassen. Die größere Fregatte strebte hinter die *Bulldog,* die kleinere wartete auf sie.

Nun kam alles darauf an, ob das Theater auf der *Bulldog* ihnen die Zeit zur Annäherung verschaffte. Drei Meilen noch! Das waren fünfzehn bis zwanzig Minuten. Wenn die spanischen Ausgucke aufgepaßt hätten, müßten sie längst gemeldet sein. Aber durch das Teleskop konnte David beobachten, daß Mr. Neale auf der *Bulldog* eine große Schau veranstaltete. Sogar ein Segel wurde eingeholt und wieder gesetzt. Pistolenschüsse knallten.

Die Offiziere der *Thunderer* standen auf ihren Posten

und warteten ungeduldig auf ihren Einsatz. Mr. Shield gab den Geschützführern letzte Ermahnungen. Hauptmann Ekins prüfte, ob seine Seesoldaten feuerbereit waren. David schaute nach Gregor, der auf dem Topp des Vormastes mit seiner Rifle hockte, Nicholas Cull hinter sich, der die abgeschossene Rifle laden würde. Alles war bereit.

Die große spanische Fregatte feuerte der *Bulldog* einen Schuß vor den Bug. Aber die *Bulldog* steuerte nur näher auf die Küste zu und setzte ihr Theater an Deck fort. Der Spanier näherte sich ihr immer mehr. Die *Thunderer* war nur noch zwei Meilen entfernt. David beobachtete, wie die *Shannon*, die eine Meile vor ihnen segelte, zur Küste wendete. Wenn sie den Kurs beibehielt, würde sie östlich von der kleineren Fregatte liegen.

Noch einmal schoß der größere Spanier einen Warnschuß ab. Die spanische Brigg hatte sich der *Bulldog* noch mehr genähert und wollte sich zwischen Küste und die *Bulldog* schieben. Noch eine Meile für die *Thunderer*, dann würden die großen Zweiunddreißig-Pfünder krachen. Aber jetzt war der Spanier nur noch dreihundert Meter von der *Bulldog* entfernt, und die feuerte überraschend eine Salve mit ihren schweren Karronaden. David sah, wie sie die Aufbauten des Spaniers zerfetzten.

Der Spanier war anscheinend völlig überrascht. David beobachtete, wie auf der Fregatte erst jetzt die Geschütze ausgerannt wurden. Dann stotterte eine Salve hinaus. Aber, mochte sie auch schlecht gezielt sein, viel der Vierundzwanzig-Pfund-Kugeln konnte die *Bulldog* nicht vertragen. Die *Thunderer* war noch 600 Meter entfernt. »Wir müssen der *Bulldog* helfen, Mr.

Shield. Die untere Batterie soll feuern! Einzelfeuer nach Zielauffassung. Wir drehen ein paar Strich bei.«

David gab dem Rudergänger die Anweisung, und dann befahl er: »Feuer frei!«

Die ersten Zweiunddreißig-Pfünder schossen. Nur einige Schüsse trafen bei der großen Entfernung, aber sie zeigten dem Fregattenkapitän, welcher mächtige Gegner sich da unbemerkt herangepirscht hatte. Er strich die Flagge und ergab sich.

»Mr. Shield! Dreißig Seeleute und dreißig Seesoldaten unter Leutnant Thomson. Sie kommandieren die Prise. Offiziere auf die *Thunderer*! Sie wissen schon.«

»Die *Shannon*, Sir. Sie läuft aus dem Ruder!« rief der Midshipman der Wache aufgeregt.

David fuhr herum. Die *Shannon* hatte anscheinend versucht, sich vor den Bug der kleinen spanischen Fregatte zu legen, war aber aus dem Ruder gelaufen. Die Segel flatterten. Matrosen rannten, um die Segel so zu brassen, daß das Schiff mit den Segeln gesteuert wurde. Aber sie steuerte weiter auf die Küste zu.

Das Ruder muß zerschossen sein, dachte David und murmelte vor sich hin: »Laßt den Anker fallen, um Gottes willen!« Und jetzt rauschte der Anker der *Shannon* in die See, und die Segel wurden eingeholt. David sah, wie sie ein Boot aussetzten. Vielleicht wollten sie das Schiff herumholen. Aber nein, sie setzten erst ein Springseil auf das Ankertau und holten damit die *Shannon* so herum, daß ihre Breitseite auf die spanische Fregatte zeigte. Ausgezeichnet reagiert, dachte David.

Aber die kleinere spanische Fregatte strebte mit vollen Segeln auf das Meer hinaus und war schon dreihundert Meter entfernt, bevor die *Shannon* schießen konnte.

David sah, daß seine zwei Kutter bei der großen spanischen Fregatte anlegten. Die spanische Brigg hatte auch die Flagge gestrichen und wurde von Männern der *Bulldog* besetzt. »Alle Segel setzen! Jagdgeschütze auf den flüchtenden Spanier feuern! Tempo!«

Die langen Neunpfünder krachten und rissen Teile aus dem Heck der spanischen Fregatte. Auch die *Shannon* hatte getroffen, wie Löcher am Heck des Spaniers zeigten. Aber nichts hinderte die Fregatte, seewärts zu fliehen.

Sie war ein sehr schneller Segler, und nach einer halben Stunde sprach Mr. Douglas, der Master, aus, was auch David einsehen mußte: »Sie ist wesentlich schneller als wir, Sir. Wir haben keine Chance.«

»Da ist nichts zu machen, Mr. Douglas. Bitte segeln Sie zurück zum Treffpunkt!«

Noch bevor sie dort angekommen waren, wo die *Shannon* und die große spanische Fregatte vor Anker lagen, ließ David das Signal hissen, daß der Kommandant der *Shannon* zum Rapport kommen solle.

Als Mr. Harland das Deck der *Thunderer* betrat, ging ihm David entgegen und fragte: »Haben die Spanier Ihnen das Ruderseil durchschossen, Mr. Harland?«

Andrew machte ein betretenes Gesicht. »Nein, Sir, es ist wegen Abnutzung gerissen, als wir Ruder legen wollten.«

David war zunächst sprachlos und sagte dann kurz: »Bitte kommen Sie in meine Kajüte!«

Dort bot er Mr. Harland nicht einmal einen Stuhl an, sondern fragte sofort, kaum daß die Tür geschlossen war: »Habe ich richtig gehört? Es ist wegen Abnutzung gerissen? Hat denn niemand kontrolliert, wie es vorgeschrieben ist?«

»Es tut mir furchtbar leid, Sir. Der Maat, der die Ruderanlage regelmäßig zu kontrollieren hat, war zu faul, dort hinunterzukriechen. Der Bootsmann hat die Meldungen entgegengenommen und nie selbst kontrolliert. Und ich habe den Meldungen beider vertraut.«

»Ich kontrolliere so etwas auch nicht selbst, Andrew, aber wenn etwas passiert, bleibt es doch an uns hängen. Verdammt! Und eine spanische Fregatte konnte dadurch entkommen und schlägt nun Alarm. Aber Sie haben dennoch sehr gut reagiert, als Sie den Anker fallen ließen und die *Shannon* mit dem Springseil herumholten. Sind Sie übrigens sicher, daß das Seil nicht durchschnitten wurde? Sie erinnern sich an die Nicholas in der Ostsee, wo jemand das Steuerreep anschnitt?«

»Ja, Sir. Ich habe daran gedacht und es überprüft. Es handelt sich um normale Abnutzung an der Backbordrolle. Der Maat hat zugegeben, daß er seit Monaten nicht kontrolliert hat. Der Bootsmann, der nach meinen ständigen Befehlen einmal im Monat die Kontrolle zu überprüfen hat, gab auch zu, es lange nicht getan zu haben. Ich war zu vertrauensselig. Es tut mir leid, Sir.«

»Beide werden an Bord der *Thunderer* gebracht und in Arrest genommen, bis sie dem Kriegsgericht vorgeführt werden können. Lassen Sie alles protokollieren, Mr. Harland. Ich werde sehen, wer Ihnen als Bootsmann zugewiesen werden kann. Und kontrollieren Sie jetzt die Maate, daß denen der Kopf raucht. Die *Thunderer* nimmt die *Shannon* in Schlepp. In längstens drei Stunden müssen Sie das Steuerreep ausgewechselt haben. Wir segeln gemeinsam bis zur Höhe von Oran. Dann geleiten Sie die Prisen mit der *Falcon* zurück nach Gibraltar. Ich segele mit der *Bulldog* voraus nach Palermo!«

Der Kapitän der spanischen Fregatte, seine Leutnants und der Master wurden an Bord der *Thunderer* gebracht und von David begrüßt. Sie waren von Cartagena ausgelaufen, um die *Bulldog* abzufangen. David erklärte ihnen, daß die Falle für sie geplant war und sprach ihnen sein Mitgefühl aus, daß ihnen das Kriegsglück nicht gewogener war. »Ich bin sicher, meine Herren, daß Sie bei nächster Gelegenheit ausgetauscht werden. Leutnant Watt wird Ihnen nun Ihre Quartiere zuweisen. Wenn Sie mir Ihr Ehrenwort geben, an Bord dieses Schiffes keinen Befreiungsversuch und keine Maßnahmen gegen die Besatzung zu unternehmen, können Sie sich frei an Deck bewegen.« Sie gaben ihr Ehrenwort, aber David würde nach seinen Erfahrungen und seinem mißtrauischen Charakter dennoch Leute abstellen, die ein Auge auf sie haben mußten.

Signale riefen die Kapitäne der anderen Schiffe an Bord der *Thunderer*, und David ordnete an, wer Prisenbesatzungen für die spanische Fregatte und die Brigg stellen mußte. siebzig Mann für die Fregatte und dreißig für die Brigg sollten reichen. »Die *Falcon* klärt vor dem kleinen Konvoi auf, den die *Shannon* nach Gibraltar geleitet. *Thunderer* und *Bulldog* begleiten bis Oran und klären dann in Richtung Cartagena auf, bevor wir Kurs auf Palermo nehmen. Wir haben nicht alles erreicht, was wir wollten. Machen Sie Ihren Maaten klar, welche Folgen es haben kann, wenn einer seine Pflicht versäumt. Der älteste Maat der *Falcon* kommt nach Absprache mit Kapitän Ross als Bootsmann auf die *Shannon*, die einen jungen Maat auf die *Falcon* abgibt. Sagen Sie den Mannschaften, daß ich mit ihrer Leistung zufrieden war. Ich wünsche Ihnen viel Glück bis zum Wiedersehen in Palermo!«

Hauptmann Ekins wandte sich zu Leutnant Shield: »Was wird Richard Rossano im Himmel wohl sagen, Ludlow, daß er uns zu den schönen Prisen verholfen hat, weil jemand seinen Namen mißbrauchte?«

»Er wird sich freuen, Roger, denn er war ein guter Kamerad, kein falscher Leutnant.«

Der Weg nach Korfu

(Februar und März 1799)

Andrew Harland blickte vom Achterdeck seiner Fregatte voraus auf die Hafeneinfahrt von Gibraltar. Er sah übernächtigt aus. Die letzten Tage hatte er fast immer Tag und Nacht an Deck gewacht, um die beiden französischen Prisen im Auge zu behalten, die im Windschatten der *Shannon* segelten. Außerdem trieb ihn die Sorge um, ob die Spanier Schiffe aus Kartagena schicken würden, um die Prisen zurückzuerobern.

»Mr. Foster«, sagte er schließlich zu seinem Ersten Leutnant. »Lassen Sie bitte den Salut feuern! Und Mr. Hyde möchte zu mir kommen.«

Mr. Hyde war ein etwa siebzehnjähriger Midshipman, der nun erwartungsvoll vor Andrew stand und grüßte. »Wissen Sie, Mr. Hyde, wo die Familie des Kommodore wohnt?« Als Hyde verneinte, ging er mit ihm an die Reling. »Hier, nehmen Sie das Teleskop und richten Sie es auf den Konvent aus. Folgen Sie jetzt der Straße von uns aus nach links. Nach backbord, Mann!«

Mr. Hyde schien die an Land gebräuchlichen Richtungsbezeichnungen vergessen zu haben und hatte das Teleskop nach rechts bewegt.

»Halten Sie an der zweiten Straße inne, die hügelwärts führt. Was sehen Sie dort an der Ecke?«

»Ein Restaurant, Sir, und ein Obstgeschäft.«

»Folgen Sie dieser Straße nach oben, bis sie zwei Querstraßen passiert haben. Wie sieht danach das zweite Haus auf der linken Seite aus?«

»Rotes Dach, Sir. Blauer Anstrich, drei große Fenster zum Meer. Große Terrasse mit Tisch und Stühlen und Sonnenschutz.«

»Das ist es, Mr. Hyde. Sie nehmen sich einen vertrauenswürdigen Mann Ihrer Division mit Entersäbel. Sie beide gehen zu dem Haus und geben dort diesen Brief des Kommodore ab. Wenn seine Gattin nicht da ist, übergeben Sie ihn dem Hausmeister. Sagen Sie, daß wir in Kürze wieder auslaufen und ich daher nicht kommen kann. Berichten Sie, wenn gewünscht, von unserem Gefecht mit den Spaniern. Aber halten Sie sich nicht auf. Wenn Sie nicht in neunzig Minuten wieder an Deck sind, werden Sie es bereuen. Keinen Alkohol, keine Huren! Ist das klar?«

»Aye, aye, Sir.«

Die Kanonen schossen den Salut, und Andrew ließ sich vom Schreiber die Depeschentasche geben und ging zu seiner Gig, die ihn zum Hafenkapitän bringen würde. Er sah die *Falcon* schon im Hafen liegen und wußte, daß alles für die Übernahme der spanischen Gefangenen vorbereitet war. Die *Falcon* hatte schon ihren Kutter ausgesandt, um frisches Wasser zu übernehmen.

Die Mannschaften murrten, daß nur Zeit blieb, Wasser und Obst zu laden und Kranke im Hospital abzuliefern. Sie hatten auf Landgang gehofft. »Los, ihr faulen Burschen! Beeilt euch. Wir müssen zurück zum Kommodore. Was soll der denn ohne uns machen? Und die Nutten in Palermo sind viel besser als die faulen Schweineärsche hier im Hafen!« rief Mr. Gibbs, der Bootsmann.

Woodfine, jetzt Dritter Leutnant, hatte die Wasserübernahme zu überwachen und griente vor sich hin. Immer war der nächste Hafen viel besser, wenn es keinen Landurlaub gab. Das war das alte Lied eines jeden Bootsmannes.

Bevor sie nach drei Stunden Segel setzten, um den Hafen zu verlassen, kam ein Ruderboot vom Kai zur *Shannon*. »Post von Lady Britta für den Kommodore!« schrie der Zivilist, der im Heck des Bootes stand, mit schriller Stimme.

»Laßt den Korb runter!« befahl Mr. Harland. Nachdem der Zivilist den Brief in den Korb gelegt hatte, rief Harland: »Meine besten Empfehlungen an Lady Britta!«

Ein letztes Winken, dann wandte er sich ab und richtete den Blick nach vorn.

»Jetzt müßten sie schon in Gibraltar sein, Sir, wenn alles gut gegangen ist«, sagte Mr. Watt zu David, mit dem er auf dem Achterdeck auf und ab ging.

»Was sollte schiefgegangen sein, Mr. Watt? Wir haben doch keine feindlichen Schiffe gesichtet. Und wie ich Mr. Harland kenne, ist der schon wieder unterwegs, um uns vor Palermo einzuholen.«

Watt lachte kurz und fragte dann: »Wollen Sie heute wieder die Midshipmen eine Stunde unterrichten, Sir?«

»Ja«, antwortete David. »Ich muß sie besser kennenlernen. Mr. Osgood und Mr. Wilson stehen zu Ihrer Verfügung, die kenne ich genug. Und danach möchte ich die vier Landungstrupps inspizieren. Ich hoffe, Mr. Harland hat in Gibraltar Rangerjacken für Landeinsätze besorgen können.«

David sah die Midshipmen an, die vor ihm auf ihren Hockern saßen. Ihre Gesichter waren gespannt. Wie oft hatte er an ihrem Platz gesessen und war auch angespannt und ängstlich gewesen, ob er die Fragen des Kapitäns beantworten könnte.

»Mr. Ryan und Mr. Glover«, rief er zwei der jüngsten Midshipmen auf. »Zeigen Sie mir Ihre Hände!«

Bei Mr. Ryan waren die Fingernägel schwarz. »Sie melden sich nach dem Essen mit sauberen Fingernägeln bei mir. Haben Sie geglaubt, ein Kommodore kümmert sich nicht mehr um Fingernägel? Merken Sie sich für später: Ein Kommandant darf sich nicht ständig um jede Kleinigkeit selbst kümmern, sonst hat er keine Zeit mehr für wichtige Dinge. Aber von Zeit zu Zeit muß er selbst auch die Kleinigkeiten überprüfen, damit seine Leute immer mit der Möglichkeit rechnen. So, und nun melde sich, wer von Gibraltar aus Post nach Hause geschickt hat?«

Außer Mr. Mahan und Mr. Ormond meldeten sich alle. »Warum Sie nicht?« wandte sich David an Bryan Mahan.

»Ich bin mit meinem Brief nicht fertig geworden, Sir.«

»Wenn wir in den nächsten Hafen einlaufen, melden Sie sich bei mir mit einem fertigen und verschlossenen Brief. Ich habe keine Lust, Klagebriefe Ihrer Eltern beantworten zu müssen, meine Herren. Und Sie, Mr. Ormond?«

»Ich habe kein Zuhause mehr, Sir.«

»Tut mir leid, Mr. Ormond. Das wußte ich noch nicht. Schreibt Ihnen niemand?«

»Meine ältere Schwester, Sir.«

»Na, dann schreiben Sie ihr! Daheim warten sie immer auf Nachrichten.«

Ormond nickte.

»Noch eine einfache Frage, ehe wir auf die bei Ihnen so beliebte Navigation eingehen.« Aus den Augenwinkeln sah David, wie einige ihr Gesicht verzogen. Navigation war nicht bei allen beliebt. »Stellen Sie sich vor, in einem Hafen liegen zwei Schiffe. Auf dem einen weht die Flagge eines Konteradmirals der weißen Flagge und auf dem anderen die eines Konteradmirals der roten Flagge. Auf welchem Schiff ist der ranghöhere Admiral?«

Er zeigte auf Edward Grant. »Auf dem mit der weißen Flagge, Sir. Die Rangordnung ist: rot, weiß, blau, Sir.«

»Sehr gut, Mr. Grant. Und nun sollen Sie mir den Unterschied zwischen Oktant und Sextant erklären.«

Sie erklärten. Sie mußten ihre Kenntnisse am Sextanten demonstrieren, und David ließ noch einen alten Jakobsstab holen und zeigte ihnen, wie man vor hundert Jahren die Breitengrade ermittelte. Der Unterricht an Bord der *Thunderer* war gut organisiert. Mr. Ballaine hatte Mathematik und Geographie übernommen. Mr. Douglas, der Master, unterrichtete Kartenkunde, Navigation und die richtige Wahl der Segel. Mr. Lavery, der Stückmeister, weihte sie in die Geheimnisse der Ballistik ein, und Hauptmann Ekins trainierte in der Anwendung der Handwaffen. Zu Davids Überraschung hatte sich aber Mr. Pater, der Reverend, angeboten, Literatur und Geschichte zu unterrichten. David hörte selbst manchmal gern zu, so lebendig war sein Unterricht.

Die vier Landungstrupps zu je zehn Mann inspizierte David mit Hauptmann Ekins, der für ihre Ausbildung zuständig war. Es waren alles Männer, die sich an Land gut auskannten und sich in Wald und Feld zurechtfanden. Die alten Seeleute, die seit vielen Jahren nur Schiffsplanken und Hafenstraßen kennengelernt hatten, blickten etwas verächtlich auf diesen Haufen herab. Aber die an Bord gepreßten Förster und Wilderer hatten ein Feld der Betätigung und Anerkennung.

David ließ sich die Leute zeigen, die schon mit dem Messer werfen konnten. Es waren nur sechs. »Wir brauchen in jedem Trupp mindestens drei Messerwerfer. Wer interessiert ist, den will ich morgen selbst prüfen und ihm auch beim Training helfen. Und wir müssen auch Leute finden, die mit der Garotte, der Würgeschlinge, umgehen können. Lautloses Töten wird manchmal sehr wichtig sein.«

Mit Musketen waren alle vertraut. In jedem Trupp war auch mindestens ein Seesoldat, der sich auf Handgranaten verstand. Aber die festen und langen Messer, die David von den amerikanischen Waldläufern kannte, waren so gut wie unbekannt. David besprach mit Mr. Ekins, was der Bordschmied herstellen konnte und was sie an Land kaufen mußten.

»Wenn wir wieder in Küstennähe sind, werden wir Landungsübungen durchführen, Mr. Ekins.«

Aber als sie östlich von Algier wieder die afrikanische Küste erreichten, verhinderte ein unbekanntes Segel diese Übungen.

»Entern Sie auf, Mr. Jaling!« befahl David dem ältesten Midshipman. »Ergründen Sie, was uns da entgegenkommt!«

Mr. Jaling meldete bald darauf eine Schebecke mit Kurs auf Algier.

Der Master unterrichtete die Midshipmen gerade in einer Ecke des Achterdecks, und David bat: »Bitte informieren Sie die jungen Herren doch über diesen Schiffstyp, Mr. Douglas. Die meisten werden ja noch nicht im Mittelmeer gesegelt sein.«

Mr. Douglas unterrichtete ein wenig umständlich, wie David belustigt feststellte, aber es wurde doch deutlich, daß Schebecken meist dreimastige Schiffe mit Lateinersegeln waren, schnell und wendig, daher auch von Piraten bevorzugt, aber auch zu Handelszwecken geeignet. Zwanzig bis vierzig Kanonen hätten sie meist, und vor allem: Sie konnten auch noch gerudert werden.

Die Schebecke hatte erst versucht, einen anderen Kurs zu segeln, aber da die *Thunderer* den Windvorteil besaß, hatte sie es aufgegeben. Sie setzte wohl darauf, daß keiner der nordafrikanischen Herrscher gegenwärtig Krieg mit England führte.

»Deck!« rief Mr. Jaling vom Mast. »Schebecke heißt die Flagge des Beis von Algier. Das Deck ist voll von Menschen, die an den Händen gefesselt sind und jetzt die Niedergänge hinuntergetrieben werden.«

»Sie könnten aus Sardinien kommen«, sagte David mehr zu sich selbst als zu Mr. Watt, der neben ihm stand. »Aber der Bei von Algier würde doch in einem uns verbündeten Land keine Bürger fangen, um sie in die Sklaverei zu verkaufen.«

Dann befahl er laut: »Lassen Sie bitte ‹Klarschiff‹ anschlagen, Mr. Watt. Alle Scharfschützen sollen in die Masttopps. Ein Enterangriff wäre möglich!«

Sie kamen der Schebecke immer näher, und sahen, wie auch dort die Geschütze bemannt wurden. Aber das wirkte alles nicht sehr diszipliniert und reibungslos. Als der Abstand noch hundert Meter betrug, ordnete David an, die Segel backzubrassen, so daß sie Fahrt verloren. Er nahm die Sprechtrompete und rief laut in Englisch und Französisch: »Hier ist Seiner Britischen Majestät Linienschiff *Thunderer*. Welches Schiff seid ihr?«

Ein großer Mann im schwarzem Gewand und langem weißen Bart rief: »Das ist die Schebecke *Dar-el-Beïda* des Beis von Algier. Wir bringen Schiffbrüchige heim nach Algier.«

David bemerkte gerade zu Mr. Watt, daß sie dann wohl nicht mehr unternehmen könnten, als drüben vom Vorschiff ein Mann ins Wasser sprang und mit aller Macht auf die *Thunderer* zu schwamm. Die Nordafrikaner waren anfangs völlig überrascht, aber dann holten sie lange Flinten und schossen auf den Schwimmenden.

»Stellen Sie das Feuer ein!« rief David laut. »Sie gefährden uns!«

Als sie weiter feuerten, befahl David: »Mr. Shield! Ein Schuß direkt über das Deck!«

Nun kam alles zugleich. Der Schwimmer enterte am heruntergelassenen Tau empor und rief halb italienisch, halb englisch. »Helft! Das Pirates! Sie unsere Casa geplündert. Sardinia. Uns captito. Alles Sklaven.«

Auf der Schebecke riß der Weißbart auf dem Achterdeck eine Frau an seine Brust, setzte ihr sein Messer an die Kehle und brüllte: »Verschwinde, Engländer. Sonst Gefangene tot!«

David nahm die Sprechtrompete: »Schnell ein italienisch sprechender Mann aufs Achterdeck. Alle Geschütze ein Meter über das Deck richten. Alle Scharfschützen auf Piraten zielen, die Gefangene bedrohen. Nach Feuerbefehl hart Ruder legen. Wir entern! Geschütze bereit? Feuer frei! Ruder hart backbord! Fertig zum Entern!«

Die Kugeln rasierten die Schebecke dicht über dem Deck, warfen allein durch ihren Luftdruck viele Menschen um. Aber einige wollten zu den Geschützen, andere griffen sich Gefangene, um sie zu ermorden. Und nun schossen die Scharfschützen. Gregors Rifle traf den Kopf des Weißbarts, und sein zweiter Schuß streckte den Rudergänger nieder.

Dann krachte die *Thunderer* gegen die Schebecke, und mit David sprangen Dutzende von Briten brüllend auf das tiefergelegene Deck. Die Berber stemmten sich ihnen entgegen, schwangen die Schwerter und riefen Allah an. Aber die Briten waren stärker und disziplinierter. Sie mähten die Verteidiger nieder. Plötzlich erhielten sie Hilfe von den Gefangenen. Ein Brite hatte einem die Handfesseln durchgeschnitten und ihm das Messer in die Hand gedrückt. Er befreite andere, und mit bloßen Händen griffen sie nun die Afrikaner an, entrissen ihnen die Waffen und töteten sie ohne Gnade.

David hatte beide Läufe seiner Pistole abgefeuert und kämpfte sich nun mit seinem Schwert zum Achterdeck voran. Neben ihm schwang Gregor seine Keule und warf die Piraten reihenweise nieder. Jetzt sprangen immer mehr Piraten über Bord. Sie zogen Ertrinken der Abschlachtung durch die befreiten Gefangenen vor.

David trat zurück, ließ das Schwert sinken und sah sich nach Hauptmann Ekins um. Dort kämpfte er gegen einen kleinen Trupp der Piraten. »Mr. Ekins!« schrie er. »Die Seesoldaten sollen das Abschlachten unterbinden!« Ekins nickte, sammelte einige Seesoldaten um sich und schob die befreiten Gefangenen zurück.

Inzwischen rief David immer wieder auf englisch und französisch: »Die Waffen nieder! Kein Gefangener wird getötet!« Dann ließ er den italienisch sprechenden Matrosen kommen, und auch der mußte es immer wiederholen. Leutnant Thomson hatte ein Dutzend Seesoldaten gesammelt, ließ sie die Bajonette aufpflanzen, ließ Trommler und Pfeifer spielen und drängte die Gefangenen zurück, die in ihrem Rausch erst durch die Bajonette gebremst wurden.

Der Kampf erstarb. »Außer den Thunderers legt jeder die Waffen an Deck nieder. Wer in einer Minute noch eine Waffe hält, wird erschossen!« David wiederholte es auf französisch, der Matrose auf italienisch. Die Seesoldaten legten die Musketen an. Die befreiten G-efangenen warfen zögernd die Waffen an Deck. Die wenigen überlebenden Piraten hoben die Hände.

»Alle befreiten Italiener zum Achterdeck! Nach hinten«, wiederholte David für die Landbewohner und zeigte die Richtung. Der italienisch sprechende Matrose übersetzte.

»Alle Matrosen der Schebecke zum Bug!« ordnete David an und ließ die Piraten streng bewachen. Dann ging er mit dem italienisch sprechenden Matrosen zum Achterdeck. »Wer ist hier Bürgermeister?«

Ein älterer Mann meldete sich, wischte sich Blut und Schweiß aus dem Gesicht und überschüttete David mit einem italienischen Wortschwall. David gebot ihm mit einer Handbewegung Schweigen und fragte seinen Seemann: »Was sagt er?«

»Sie sind von der Insel San Pietro im Südwesten Sardiniens, Sir. Die Piraten sind bei Nacht gelandet und haben sie im Morgengrauen überrascht. Die alten Männer und Frauen und die Kleinkinder haben sie gleich getötet, die jungen Frauen vergewaltigt und alle immer wieder gequält und geschlagen. Wir sollten alle Piraten aufhängen.«

»Sag ihm, sie kommen alle vor Gericht. Jetzt sollen seine Leute sich noch ein wenig ruhig verhalten und zusammenrücken, wenn unsere Leute das Schiff durchsuchen. Der Arzt kommt gleich und hilft ihnen.«

Aber zuerst durchsuchten sie das Schiff und trugen ihre Verwundeten ins Schiffslazarett. Einige der ins Wasser gesprungenen Piraten griffen nach den Tauen, die über Bord geworfen wurden, andere stachen sich mit dem Messer ins Herz und trieben sterbend im Wasser.

Es dauerte einige Zeit, bis die Ordnung hergestellt war und David die Gefangenen vernehmen konnte. Sie gehörten nicht zur Flotte des Beis, sondern segelten auf eigene Rechnung, wie es einer ihrer Maate bezeichnete. Die Gefangenen wollten sie in einer der Küstenstädte verkaufen.

»Ihr kommt in Palermo vor Gericht und werdet hängen!« verkündete David ihnen.

»Wenn wir nicht gegen christliche Gefangene ausgetauscht werden, capitano«, erwiderte grinsend einer der Piraten.

Hätte ich sie doch abschlachten lassen sollen? dachte sich David, verwarf aber den Gedanken wieder. Die Piraten wurden in Eisen gelegt und auf die *Thunderer* und die *Bulldog* aufgeteilt. Die befreiten Gefangenen mußten sich auf der Schebecke einrichten. Die Briten stellten die Besatzungen, aber einige junge Italiener konnten an den Segeln helfen. Vier Stunden, nachdem sie die Schebecke gesichtet hatten, setzten sie ihre Reise fort. Acht tote Briten nähten die Segelmacher an Bord der *Thunderer* in Leinwand ein. Am Abend würden sie mit einem kurzen Gottesdienst dem Meer übergeben werden.

Am selben Abend saß der Leiter des französischen Geheimdienstes für die italienischen Staaten, Bürger Gravière, in seinem Büro in Ancona, das die Franzosen zum Kriegshafen ausgebaut hatten. Er wartete auf den Abgesandten des Direktoriums, der die Geheimdienste kontrollierte. Er war unsicher, denn man wußte nie, was die Herren aus Paris brachten: Anerkennung oder Bestrafung? Wollte man ihm vielleicht anhängen, daß die Bürger der ionischen Inseln nicht für Frankreich gekämpft hatten? Warum hatte Paris auch die Abgaben so drastisch erhöht?

Sein Schreiber eilte ins Büro und meldete, daß der Bürger aus Paris vorgefahren sei. Gravière erhob sich und ging zur Tür. Jean Crouzet, der Abgesandte des Direktoriums, war in schlichtes Schwarz gekleidet und schien noch der puritanischen Einfachheit zu huldigen, die bei den Jakobinern modern gewesen war. Er antwortete nur kurz auf Gravières devote Begrüßung, ließ sich von seinem Diener die Akten reichen und schickte dann alle außer Gravière aus dem Raum.

»Bürger Gravière, wir haben Nachricht erhalten, daß sich ein britisches Geschwader den Usurpatoren auf Korfu anschließen wird. Damit ist für unsere Herrschaft in der Adria und für die Befreiung Siziliens eine neue Situation geschaffen. Rußland ist weit. Die russischen Schiffe sind kaum noch seetüchtig, und in Korfus Werften können nur kleinere Reparaturen ausgeführt werden. Die türkischen Schiffe sind zwar gut, aber die Besatzungen sind schlecht trainiert, unregelmäßig bezahlt und meuterisch. Die beiden Flotten werden wieder verschwinden. Aber wenn die Engländer dort sind, bleiben sie auch dort. Sie sind der wahre Gegner!«

»Was haben Sie über die Stärke des britischen Geschwaders erfahren, Bürger Crouzet?«

»Es ist nur ein kleines Geschwader von einem Linienschiff, einer Fregatte und zwei kleineren Schiffen.«

Gravière hob die Hände: »Damit werden wir fertig, Bürger.«

Crouzet reagierte ärgerlich. »Reden Sie nicht so unüberlegt daher. Natürlich werden die Engländer gemeinsam mit Russen und Türken operieren. Und unsere Flotte traut sich doch kaum noch aus den Häfen, seitdem sie bei Abukir so vernichtend geschlagen wurde. Auch durch Überheblichkeit und Leichtsinn! Der Kommodore des Geschwaders heißt übrigens David Winter und stammt aus dem Königreich Hannover. Haben Sie schon von ihm gehört?«

»Nein, Bürger Crouzet.«

»Dann merken Sie sich gut, was ich Ihnen jetzt sage. Winter ist ein außergewöhnlich guter Flottenoffizier. Er hat auch in der baltischen Flotte gedient und kennt viele der russischen Offiziere in Ushakows Flotte. Er hat anno zweiundneunzig und dreiundneunzig im Kanal operiert, und wenn die kurzsichtige britische Regierung auf ihn gehört hätte, wäre es den Reaktionären aus der Vendée geglückt, ganz Frankreich in Brand zu setzen. Zuletzt war er in Saint Domingue, hat das Vertrauen Toussaint Louvertures gewonnen und diesem zu dem Abkommen über den britischen Abzug verholfen. Dadurch wurden General Rigaud und unser Kommissar zur Zweitrangigkeit verurteilt. Der Mann denkt und plant voraus. Das ist die Gefahr!«

»Was können wir tun, Bürger Crouzet?«

»Dieser Winter wird in Palermo bei Nelson vorsprechen. Nelson ist schon durch Weiber und das Spiel verdorben und wird vorläufig nicht aktiv. Setzen Sie auf den Winter ein oder zwei gute Frauen an, die ihn kompromittieren. Halten Sie auch Mörder bereit, die ihn an Land umbringen. Verbreiten Sie auf den ionischen Inseln Gerüchte, daß die Briten sie zur Kolonie machen und die Abgaben erhöhen wollen. Lassen Sie ausstreuen, daß sie die orthodoxe Kirche abschaffen und den Protestantismus einführen wollen. Und planen Sie auch dort vorsorglich Attentate auf diesen Winter!«

»Ich werde sofort die Vorbereitungen treffen, Bürger Crouzet.«

»Und was fällt Ihnen selbst ein?«

Gravière überlegte einen Augenblick. »Wir haben auf den Inseln noch Agenten. Ich könnte Gerüchte ausstreuen lassen, daß sich dieser Winter verächtlich über russische und türkische Offiziere geäußert hat. Wir könnten auch die einzelnen Inseln gegeneinander aufhetzen und zu Sabotage gegen die feindlichen Schiffe anstiften.«

»Tun Sie das, und sorgen Sie dafür, daß wir immer gut über die Pläne unserer Gegner informiert sind! Und nun lassen Sie uns über diesen albernen König von Neapel sprechen!«

Auf der Schebecke kehrte kein rechter Friede ein. Sie segelte im Kielwasser der *Thunderer*. An Bord regten sich die befreiten Sardinier über jeden Blick auf, den die englischen Seeleute den Frauen zuwarfen. Am dritten Tag dann kam es zum Eklat. Ein Brite, der sich seine Weinration von zwei Tagen aufgespart hatte, mißdeutete ein durch eine Welle verursachtes Taumeln einer Frau als Annäherung, griff sie und wollte sie hinter einem an Deck gelagerten Boot vergewaltigen.

Leutnant Faulkner, der Prisenkommandant, hatte immer vier Mann mit geladenen Gewehren am Achterdeck zu stehen. Als die Sardinier ihre Messer zogen und sich mit Gebrüll auf den Engländer stürzten, ließ er über die Köpfe schießen und trieb die Menge auseinander. Aber die Beweise waren eindeutig. Die Frau mit ihrem halbzerrissenen Kleid und der Seemann, der in trunkener Sturheit immer wieder behauptete: »Sie wollte es ja!«

Leutnant Faulkner schüttelte den Kopf. »Du dämlicher, geiler Bock. Und wenn sie es hundertmal gewollt hätte, der Kommodore hat bei strenger Strafe verboten, eine der Frauen anzufassen. Nun wirst du die neunschwänzige Katze spüren. Bringt ihn an Bord der *Thunderer*.«

David hörte sich die Zeugen an, erfuhr vom Divisionsoffizier des Mannes, daß er einer von denen war, die bei dem Feueralarm nur ihre Haut retten wollten, und entschied: »Zwei Dutzend Hiebe!«

Am nächsten Tag um elf Uhr war die Besatzung an Deck angetreten. Die Seesoldaten standen mit ihren Musketen bereit. Ein Holzgitter war aufgerichtet. Der Verurteilte wurde herangeführt. David verkündete die

Strafe und begründete sie nach den Kriegsartikeln. Der Mann wurde mit nacktem Oberkörper festgebunden. Ein Ledergurt schützte seine Nieren, und ein Lederband wurde ihm in den Mund geschoben, damit er sich vor Schmerz nicht die Zunge zerbeißen konnte.

»Bootsmann, walten Sie Ihres Amtes!« Der Bootsmann übergab die neunschwänzige Katze einem kräftigen Maat, und der führte die ersten sechs Hiebe mit der rechten, die nächsten sechs Hiebe mit der linken Hand. Dadurch sollte verhindert werden, daß die Striemen zu tief in die Haut einschnitten. Aber schon nach sechs Hieben platzte die Haut auf. Das Blut spritzte. Der Maat zog die Striemen der Peitsche nach jedem Schlag durch die Finger seiner Hand, um sie zu entwirren. Sein Arm tropfte von Blut. Midshipman Glover und Midshipman Ryan mußten sich übergeben und wurden weggeführt.

Der Verurteilte brüllte bei jedem Schlag so laut, daß es den befreiten Sardiniern auf der Schebecke kalt über den Rücken lief. Die jüngeren Seemänner auf der *Thunderer* sahen wie gebannt auf das zerfetzte Fleisch. Die älteren verzogen nur den Mund, weil der Kerl ihnen zu wenig aushielt. Als die Strafe vollstreckt war, wurde er abgebunden, mit Wasser übergossen und ins Lazarett getragen. Die Mannschaften traten weg.

»Wir werden nach dem Essen die Ägadischen Inseln erreichen, Mr. Watt. Dort werden wir mit den Landungstrupps das Ausbooten üben. Die anderen Leute können mit den Handwaffen trainieren«, ordnete David an.

Unter Deck war die Stimmung beim Essen gespalten. Einige hielten die Strafe für ungerecht. »Die Makkaroni-Weiber wollen doch immer bumsen. Warum sollte der nicht zugreifen? Und die Kerle sind doch alles Bauchaufschlitzer. Denen gehört der Rücken gegerbt!«

Andere sagten: »Der hatte schon längst die Katze verdient, dieser faule und linke Kerl. Nie konnte man sich auf ihn verlassen. Dauernd hatte er nur krumme Touren im Kopf.«

David dachte gar nicht mehr an die Auspeitschung, aber in der Offiziersmesse sagte Leutnant Everett: »Das war mal nötig. Die Burschen dachten schon, sie kommen immer mit Latrinenreinigen davon.«

Die Ägadischen Inseln waren eine kleine, von wenigen Fischern bewohnte Inselgruppe an der Nordwestspitze Siziliens. Die *Thunderer* und die *Bulldog* stoppten vor einem kurzen Inselstrand, hinter dem gleich felsige Hügel aufragten. Die Brandung war relativ hoch und hatte nicht viel Platz, um auszulaufen. Die Schebecke wurde angewiesen, nach Palermo vorauszusegeln. »Das liegt ja gleich um die Ecke«, sagte David salopp.

Die *Thunderer* hatte das Langboot und die Pinasse für die Landung vorgesehen, die *Bulldog* einen ihrer Kutter. Bootsmann Jenkins hatte seine Bootssteuerer um sich versammelt und instruierte sie noch einmal. »Bei einer Landung an feindlicher Küste immer die Boote an der dem Feind abgewandten Seite des Schiffes zu Wasser lassen! Natürlich möglichst auch in Lee. Nie die Flugbahn der eigenen Kanonen kreuzen. Wenn die Brandung ist wie jetzt, dann nehmt einen Anker mit einer dünnen und doch starken Trosse. Wenn ihr dem Strand so nahe seid, daß die Trosse reicht, dann werft den Anker, dreht den Vordersteven zur See und laßt die Trosse aus, daß ihr zum Land treibt. Vor jeder neuen Welle holt ihr sie kurz ein, damit ihr Fahrt gegen die Welle aufnehmt. Dann kann sie euch nicht umwerfen, und ihr kommt besser rüber. Sobald das Boot das Ufer berührt, alle Mann raus! Wer sein Boot umwirft, den kaufe ich mir persönlich!«

Die Bootssteuerer waren erfahrenen Seeleute und kannten das alles. Aber ergeben murmelten sie ihr »Aye, aye, Sir!« und taten, als hätten sie wichtige Neuigkeiten vernommen.

Die Truppführer hatten ihre Leute ebenfalls versammelt und erteilten ihre Ratschläge. Jeder sollte sein Pulver vor Spritzwasser schützen. Bei Landberührung sollten sie sofort ausschwärmen und kein dichtes Ziel bilden. Wer dazu bestimmt war, mußte wichtige Punkte besetzen und die Landung der anderen sichern.

David stand mit Mr. Watt und Hauptmann Ekins an Deck und beobachtete die Landung. Sie hatten nichts auszusetzen. Die Männer verschwanden in den Hügeln, und es knallte. »Ich habe angeordnet, daß sie auf Baumstämme schießen sollen, Sir. Wenn es nicht knallt, werden sie lustlos.«

David lächelte. »Na gut! Geben Sie das Signal zum Einbooten!«

Die Trupps liefen paarweise über den kurzen Strand zum Boot. Einige deckten immer die, die zum Boot liefen. Ein Boot legte ab und schützte das zweite. »Mr. Watt, lassen Sie bitte die Übung wiederholen. Und dann sollen auch alle Seesoldaten einmal ausbooten. Ich bin in meiner Kajüte und mache mit Mr. Ballaine den Schriftkram für den Admiral fertig.«

Sie hatten die Bootsübungen gerade beendet, als der Ausguck zwei Segel aus östlicher Richtung meldete.

David ließ sich nicht in seiner Arbeit stören. Zwei Segel vor Sizilien, das konnte keine Gefahr bedeuten. Er hörte, wie ihre Boote eingeholt wurden und wie die *Thunderer* wieder Segel setzte. Dann klopfte der Midshipman der Wache und meldete, daß *Falcon* und *Shannon* gesichtet worden seien. »Donnerwetter. Die müssen ja geflogen sein. Mr. Watt möchte bitte Signal setzen lassen, daß Mr. Harland zum Rapport kommen soll.«

Kapitän Harland wurde an Deck mit Pfeifen, Trommeln und dem Dudelsack begrüßt und schritt dann gleich mit Mr. Watt zur Kajüte. Mit stolzem Lächeln vernahm er Davids erstaunte Anerkennung, daß er alles so schnell geschafft hatte.

»Wir haben gerade die Ausbootung unserer Landungstrupps geübt. Haben Sie Rangerjacken besorgen können, Mr. Harland?«

»Nur durch Mr. Desmonds aktive Hilfe erhielten wir zwei Dutzend, Sir. Mehr war nicht drin. Aber der Prisenagent sagte uns gute Chancen voraus. Fregatten werden gebraucht, und die Brigg macht auch einen guten Eindruck.«

David kommentierte: »Das hört sich gut an. Sagen Sie es den Mannschaften, Mr. Watt. Das hebt die Stimmung.«

Harland bedauerte, daß er keine Zeit für einen Besuch bei Lady Britta erübrigen konnte. »Aber sie hat während des Auslaufens noch einen Brief für Sie abgeben lassen. Die amtliche Post hat mein Sekretär schon bei Mr. Ballaine abgeliefert.«

»Wunderbar!« befand David. »Dann wollen wir einen Schluck trinken und als kleine Flottille in Palermo einlaufen.«

Britta schrieb in ihrem Brief, wie erstaunt sie war, nach so kurzer Zeit von David zu hören. Sie gratulierte ihm zu den Prisen, bedauerte, daß sie vom Einlaufen der *Shannon* und der Kürze ihres Aufenthaltes überrascht worden sei. So habe sie gar nichts für David einkaufen können. Aber es gefiel ihr gut in Gibraltar, und auch die Kinder seien überrascht, was es dort für unbekannte Dinge zu sehen gäbe. »Und stell dir vor, ich habe einen Knüpfer dieser wunderbaren Berberteppiche kennengelernt, der nach England will. Ich habe ihm einen Posten in unserer Spinnerei und Weberei angeboten. Da hätten wir einen neuen Verkaufsschlager.«

David las noch, wie sehr ihn Britta liebte und vermißte, ließ den Brief sinken und lächelte. Sie war so geschäftstüchtig, seine Britta. Sie fand überall etwas, was für ihr kleines Geschäftsimperium nützlich war.

Als die Flottille am nächsten Morgen die weite Bucht von Palermo erblickte, lag die Schebecke dort schon vor Anker. Sie mußte am späten Abend eingelaufen sein. Ein Linienschiff im Hafen trug die Flagge von Konteradmiral Nelson. Davids Flottille begann mit dem Salut. Ein Kutter legte vom Linienschiff ab, und zu Davids Überraschung war Nelsons Flaggleutnant an Bord. Er wies ihnen nicht nur die Ankerplätze an, sondern informierte David auch, daß Lord Nelson seine Meldung im Palazzo Palagonia in der Nähe der Hafenmole erwarte.

»Ich habe für eine Kutsche am Kai und die Begleitung durch vier bewaffnete Seeleute vorgesorgt, Sir David. Palermo ist keine sehr sichere Stadt für uns Briten.«

David war erstaunt, entschied dann aber, daß Gregor Dimitrij ihn begleiten würde. Er ließ sich die erforderlichen Meldungen und Depeschen von Ballaine geben und setzte mit dem Flaggleutnant über zur Hafenmole. Unterwegs hörte er, daß Ferdinand, König beider Sizilien, sehr erfreut gewesen war, daß David die Sardinier befreit hatte. Die Piraten seien bereits im Kerker.

»Sie hoffen auf Austausch gegen christliche Sklaven«, sagte David.

»Soweit ich orientiert bin, besteht dafür nur eine Chance, wenn Seine Majestät ein Angebot über Sklaven erhält, die ihm wichtig erscheinen. Sonst zieht er das Vergnügen einer öffentlichen Hinrichtung vor.«

David blickte erstaunt zum Flaggleutnant, aber der verzog keine Miene.

Zum Palast Palagonia waren es wirklich nur ein paar hundert Meter, die sie bequem in der Kutsche zurücklegten. David war aufgeregt. In Kürze würde er dem Mann gegenübertreten, der nicht nur den Sieg bei Kap St. Vincent durch seine Eigenmächtigkeit ermöglicht hatte, sondern der auch gegen eine Übermacht den glorreichen Sieg bei Abukir errungen hatte. Ein Held, dem seine Offiziere und Mannschaften begeistert in den schlimmsten Kugelhagel folgten.

Vor dem Palast stand ein Doppelposten der Seesoldaten und präsentierte. Ein Offizier empfing sie und führte sie in einen Warteraum. Ein Haushofmeister holte David ab und geleitete ihn in das Arbeitszimmer des Admirals. »Seine Lordschaft wird gleich bei Ihnen sein, Sir David.«

David schluckte nervös, rückte seinen kostbaren Säbel zurecht und preßte den Dreispitz an seine Hüfte. Dann öffneten zwei Diener die Tür, und ein kleiner, schmächtiger Mann trat ein. Er trug die Galauniform eines Konteradmirals, und seine Brust war mit Orden bedeckt. Sein rechter Jackenärmel steckte leer in der Tasche des Uniformjacketts. David wußte, daß er ihm nach dem verunglückten Landungsunternehmen bei Teneriffa amputiert werden mußte. Er wußte auch, daß Steinsplitter Nelson die Sehkraft eines Auges zerstört hatten.

Nelson blickte nur flüchtig zu David, ließ sich auf seinen Stuhl fallen und sagte mit fistelnder Stimme: »Nehmen Sie doch Platz, Sir David. Wie ich erfahren habe, sind Sie nicht der Mittelmeerflotte zugeteilt und unterstehen nicht meinem Kommando.«

David hatte gehört, daß Nelson für Schmeicheleien empfänglich war, und erwiderte: »So hat es die Admiralität verfügt. Aber Eure Lordschaft können überzeugt sein, daß ich stets Ihren Rat suchen werde und daß es mir eine Ehre sein wird, Ihnen von Nutzen zu sein.«

Nelsons Gesicht hellte sich auf, und er blickte David wohlwollend an. »Mein lieber Kommodore, ich bin Ihnen für Ihr Vertrauen sehr dankbar. Sie müssen wissen, daß meine Situation alles andere als einfach ist. Ich soll Ägypten und Malta blockieren, die Franzosen aus Neapel vertreiben, das Kapitän Troubridge im Augenblick belagert, und Sizilien verteidigen. Wenn die Portugiesen, von deren Kampfkraft ich nicht viel halte, uns vor Malta nicht aushelfen würden, dann wären wir hoffnungslos überfordert. Und Admiral Ushakow weigert sich hartnäckig, uns vor Ägypten und Malta zu helfen. Kennen Sie ihn, Sir David?«

»Nein, Mylord. Ich diente in der baltischen Flotte im Krieg gegen Schweden, und Admiral Ushakow kommandierte im Schwarzen Meer.«

Nelson nickte, nahm eine Glocke vom Tisch und läutete: »Ein Gläschen Port wird uns nichts schaden, obwohl es mir gesundheitlich miserabel geht. Die Kopfschmerzen wollen nicht aufhören, und alle paar Tage muß mich der Arzt zur Ader lassen, sonst überwältigen mich Schwermut und Darmträgheit.«

Als der Diener den Portwein brachte und zwei Gläser einschenkte, hob Nelson sein Glas und sagte mit seiner hohen und näselnden Stimme: »Auf Seine Majestät, und Verderben seinen Feinden!«

Er lehnte sich zurück und fuhr fort, wobei er David beschwörend anblickte. »Nutzen Sie jede Möglichkeit, um Admiral Ushakow zu beeinflussen, daß er mit uns gemeinsam gegen Frankreich kämpft. Er liegt fast tatenlos vor Korfu. Gemeinsam mit uns könnte er Malta erobern, und sein Zar ist doch Großmeister des Malteser Ordens. Mit ihm gemeinsam könnten wir die Franzosen aus Süditalien vertreiben. Aber er will die Sieben Inseln wahrscheinlich als russischen Stützpunkt ausbauen. Ich traue ihm nicht über den Weg! Achten Sie auf meine Worte!«

»Ich werde mich stets an den Rat Eurer Lordschaft erinnern«, sagte David gerade, als die Tür aufging und eine Frau im weißen, wallenden Gewand eintrat. Sie hatte schwarzes Haar, sah recht hübsch aus, trug ein gewagtes Dekolleté und viel Schmuck für diese Tageszeit. Sie legte ihren Arm vertrauensvoll auf Nelsons Schulter, blickte David kokett an und sagte: »Horatio, mein Held! Ich wußte nicht, daß Sie Besuch haben.«

Nelson himmelte sie ergeben an und sagte: »Darf ich Ihnen Sir David Winter vorstellen, Lady Emma? Lady Emma ist die Gattin des britischen Gesandten, Sir William Hamilton. Sir David ist Kommodore einer kleinen Flottille, die Fühlung zur russisch-türkischen Flotte halten soll.«

»Dann werden Sie uns nicht lange erhalten bleiben,

Sir David«, bedauerte Lady Emma. »Aber Sie müssen unsere Empfänge besuchen und uns am Spieltisch Gesellschaft leisten. Wir haben so viel Spaß mit unseren Freunden, nicht wahr, Horatio?«

Nelson lächelt sie ein wenig dümmlich an und bestätigte: »Wie Sie es sagen, meine Liebe!« Sie streichelte seine Wange, und Nelson sagte zu David: »Ja, wir haben im Augenblick nichts zu besprechen. Bis später!«

»Au revoir«, flüsterte Lady Emma.

David verbeugte sich und sagte laut: »Auf Wiedersehen, Lady Emma, Mylord!«

Gregor hatte mit den anderen Seeleuten gewartet und begleitete David nun zum Kai. Dieser wirkte schweigsam und abwesend. An und für sich neigte er nicht zur Heldenverehrung, aber vom Sieger von Abukir hatte er eine besondere Ausstrahlung erwartet. So einen Menschen traf man doch nicht alle Tage. Da mußte man doch damit rechnen, beeindruckt zu werden! Und dann erlebte er dieses kleine Männlein, das vom Gewicht seiner Orden fast zu Boden gedrückt wurde, der über seine Leiden jammerte, die Frau seines Gastgebers wie ein junger Midshipman anhimmelte und für die Dienstgeschäfte nur wenige Worte erübrigte. David schüttelte den Kopf, atmete einmal tief durch und sagte dann zu Gregor: »Wenn wir an Bord sind, soll nach Kapitän Harland signalisiert werden!«

An Bord wurde David vom Vertreter seiner Prisenagentur Marsh & Creed erwartet, der ihm mitteilte, daß er Interessenten für die Schebecke habe, die aber nicht mehr als dreitausend Pfund zahlen würden. David fragte, ob er bei Abwarten mit besseren Angeboten rechne. Als der Agent verneinte, sagte David:

»Dann verkaufen Sie. Da der Gewinn auf vier Schiffe verteilt werden muß, bleibt für jeden doch nicht viel übrig.«

Der Agent ging, und Andrew Harland wurde gemeldet. David ließ seinen Diener eine Karaffe Wein und zwei Gläser bringen und bat ihn dann, alle Türen zu schließen. »Ich muß mit dir von Freund zu Freund reden, Andrew. Ich komme eben von Nelson und werde mit meiner Enttäuschung nicht fertig. Ich erwartete einen charismatischen Helden und fand ein kleines, eitles Männchen, das über seine Wehwehchen jammert und eine füllige Dame anhimmelt wie ein Junge.«

Andrew nickte. »Das paßt genau zu dem, was mir ein alter Freund eben erzählte, Erster Leutnant auf einem von Nelsons Schiffen. Sie sind alle maßlos enttäuscht. Nelson war bei Abukir wie ein wahrer Schlachtengott, furchtlos, entschlossen, genial, mitreißend. Und seitdem er am sizilianischen Hof lebt und von Speichelleckern umgeben ist, vergißt er seine Pflichten, verliert ungeheure Summen am Spieltisch, schläft mit der Frau des Gesandten, ist nie ohne Extrauniform mit Orden zu sehen, kurzum, er ist zum Nichtstuer und Schwächling verkommen.«

»Ich kann es nicht fassen«, murmelte David. »Wer ist denn diese Lady Emma?«

»Sie ist die Tochter eines Schmieds, hat sich in London als Mätresse reicher Jünglinge verdingt, und der viel ältere und verwitwete Sir Hamilton hat sie von seinem Neffen übernommen, der standesgemäß heiraten sollte. Dafür hat dann der Onkel das Flittchen geheiratet, und jetzt ist sie die Busenfreundin der Königin, einer Schwester der hingerichteten französischen Königin Marie Antoinette, und Geliebte Nelsons.«

David nahm die Hände vor die Augen und murmelte: »Das kann doch alles nicht wahr sein! Auf wen soll man denn noch bauen, wenn nicht auf Nelson?«

Andrew fragte: »Hat er etwas von Sir Sidney Smith gesagt?«

»Nein«, antwortete David. »Was ist mit dem?«

»Der bringt Nelsons Galle zum Überlaufen. Das ist ein exzentrischer Bursche, der auf schwedischer Seite diente, als wir in der baltischen Flotte kämpften. Er ist der ältere Bruder unseres Gesandten in Konstantinopel, und die Admiralität hat ihn beauftragt, mit einigen Schiffen den Türken zu helfen und sie stärker auf unsere Seite zu ziehen. Er fühlt sich als Kommodore, der von Nelson unabhängig ist, und das trifft diesen maßlos. Nelson will unbedingt Nachfolger des kranken Lord St. Vincent als Kommandierender Admiral werden und wittert überall Intrigen gegen sich. Sei vorsichtig, David!«

»Was wir eben gesagt haben, darf sonst niemand erfahren, Andrew. Aber ich mußte es loswerden und habe sonst niemanden, mit dem ich darüber sprechen kann.«

Leutnant Faulkner, Prisenkommandant der Schebecke, hatte eine gute Nachricht. »Sir, fünf junge Sardinier, die wir befreit hatten, fragen, ob sie auf unserem Schiff anheuern können. Es sind kräftige Männer, und drei waren Fischer. Sie haben nicht viel Chancen in ihrem kleinen Dorf und sind anscheinend abenteuerlustig.«

»Wir können sie gebrauchen nach unseren Verlusten. Mr. Cotton soll sie untersuchen, und wenn er keine

Bedenken hat, kann Mr. Watt sie in die Musterrolle eintragen lassen. Aber sie haben gemeinsam mit unserem italienisch sprechenden Matrosen drei Tage dienstfrei. Er soll ihnen alles zeigen und die wichtigsten Wörter auf englisch beibringen. Danach verteilt sie auf verschiedene Backschaften. Sonst reden sie doch nur italienisch.«

Danach erschien Mr. Ballaine mit düsterer Miene. »Sir, Mr. Conway, der Zahlmeister, wird Ihnen eine Rechnung für Orangen zu umgerechnet drei Shilling das Pfund vorlegen. Ich habe aber gesehen, daß sie sogar auf dem Markt nur zwei Shilling kosten.«

»Also versucht er es schon. Ich werde ihm die Hölle heiß machen. Danke, Mr. Ballaine.«

Als später der Zahlmeister vorsprach und tatsächlich für vier Säcke Orangen drei Shilling das Pfund berechnete, strich David die Summe aus und setzte anderthalb Shilling pro Pfund ein.

»Aber Sir!« reagierte der Zahlmeister erstaunt.

David blickte ihn ernst an und sagte in scharfem Ton: »Man kann Orangen auf dem Markt für zwei Shilling kaufen. Wenn Sie drei Shilling auf der Rechnung haben, sind Sie entweder ein Idiot oder ein Betrüger. Keines von beiden kann ich als Zahlmeister gebrauchen. Wenn Sie das noch einmal versuchen, sind Sie Ihre Stellung los. Ich kann Sie nicht zur Prügelstrafe verurteilen, aber ich werde dafür sorgen, daß Sie grün und blau geschlagen werden, wenn Sie mich betrügen. Haben Sie verstanden?«

»Aye, aye, Sir!« stotterte der Zahlmeister und zitterte vor Angst.

Als er aus der Tür flüchtete, stand dort der Midshipman der Wache und meldete: »Ein Offizier der königlichen Garde, Sir David!«

»Lassen Sie ihn herein!«

Der junge Mann in farbenprächtiger Uniform überreichte einen Brief mit dem königlichen Siegel. David erbrach es und las, daß er und die Kommandanten und leitenden Offiziere seiner Schiffe zu einem Ball des Königs eingeladen wurden. Der Ball fand am übernächsten Abend statt.

David war nicht erpicht auf dieses Ereignis, aber er mußte sagen: »Bestellen Sie bitte, daß wir uns sehr geehrt fühlen und die Einladung mit Vergnügen dankbar akzeptieren.«

Nicht lange nach dem Offizier erschien ein Bote des britischen Gesandten und bat David zu einer Rücksprache beim Lunch am morgigen Tag. Auch das war ein Termin, den David wahrzunehmen hatte.

David besprach sich anschließend mit Mr. Watt, dem die Einladung zum Ball willkommener war. »Ich wollte dieses ungleiche Königspaar schon immer sehen, Sir. Er soll ein Taugenichts und Schürzenjäger sein, der schon siebzehn Kinder als seine anerkennen mußte. Sie ist eine Habsburgerin und soll klug, energisch und tatkräftig sein. Man sagt, sie stecke mit der Gattin unseres Gesandten oft zusammen.« Dabei verzog er spöttisch sein Gesicht.

»Haben Sie etwas gegen die Frau des Gesandten, Mr. Watt?«

»Nein, Sir. Das stünde mir auch nicht zu.«

»Na gut! Bitte informieren Sie die Kommandanten und die Ersten Leutnants unserer Schiffe. Wir sollten auch Hauptmann Ekins mitnehmen und die Midshipmen Osgood und Wilson. Sie sind zwar keine leitenden Offiziere, aber woher sollen sie sonst lernen, wie man sich auf Bällen verhält? So, nun wollen wir noch bereden, was für die nächsten Tage anliegt. In drei Tagen möchte ich nach Korfu auslaufen, wenn der Wind günstig ist.«

Watt blieb noch stehen und sagte auf Davids fragenden Blick: »Sir, ich habe noch zu melden, daß das Kriegsgericht den Bootsmann der *Shannon* zum einfachen Matrosen degradiert und den Bootsmannsmaat zu sechsunddreißig Hieben und Degradierung verurteilt hat. Unser Seemann, der bei Feueralarm floh, erhält ebenfalls sechsunddreißig Hiebe. Die Bestrafung findet morgen auf der *Shannon* statt.«

»Das Urteil soll auf allen Schiffen verlesen werden, Mr. Watt. Vielleicht passen einige dann besser auf.«

Die Unterredung mit Sir Hamilton behielt David lange in angenehmer Erinnerung. Der Gesandte war ein kultivierter, höflicher Mann von knapp siebzig Jahren. Er war gut orientiert und plauderte mit David ein wenig über die Befreiung der Sardinier, die auch in Palermo begrüßt wurde, und dann über seine Leidenschaften: das Sammeln antiker Kunstdenkmäler und die Vulkankunde. Er zeigte David Kunstbände, deren Druck er veranlaßt hatte, ließ einige Worte über Nelson fallen, den Helden, dem man alles verdanke und den man verehren müsse, ehe er zu den politischen Fragen kam.

Er gab einen kurzen Überblick über die jüngste Geschichte der Sieben Inseln, die man auch die ionischen nannte, und empfahl David nachdrücklich die Kontakte mit dem britischen Generalkonsul, Mr. Spirido Foresti, der gegenwärtig auf dem türkischen Flaggschiff vor Korfu residierte und immer wieder auf die britischen Interessen bei diesem russisch-türkischen Unternehmen hinwies.

»Sehen Sie, Kommodore, wir müssen ja sehr vorsichtig taktieren. Wir brauchen Rußland als Verbündeten, vor allem mit seiner Armee. Natürlich kann England kein Interesse daran haben, daß die Sieben Inseln oder gar Malta zu russischen Stützpunkten ausgebaut werden. Daher müssen wir die russischen Interessen pfleglich und hinhaltend behandeln. Aber wir wollen natürlich auch unsere Optionen wahren und selbst dann beteiligt sein, wenn unsere Kräfte nicht für eine Machtdemonstration ausreichen, die, wie gesagt, auch sehr undiplomatisch wäre.«

Als Sir Hamilton einen Moment schwieg, warf David ein: »Ich hatte den Eindruck, daß Lord Nelson über Admiral Ushakows Kooperationswillen nicht erfreut ist.«

Hamilton lächelte. »Dann hat sich unser Held Ihnen gegenüber noch sehr vorsichtig geäußert. Ushakow mag im Schwarzen Meer ein Kämpfer gewesen sein. Hier verfügt er nur über verrottende Schiffe, ist eifersüchtig auf sein alleiniges Kommando bedacht, hat Ärger mit den Türken, ist grob und undiplomatisch und vor Korfu von einer unverständlichen Passivität. Alles andere als ein angenehmer Verbündeter.«

»Ich kenne seinen Flaggkapitän aus der Baltischen Flotte. Ein tüchtiger Mann.«

»Tun Sie, was Sie können, Kommodore, um Ushakows Aktivität anzuregen. Er soll nicht untätig vor Korfu liegen, sondern die Festung erobern, den Inseln einen Status geben, der auch britischem Einfluß Raum gibt, die Franzosen in Italien bekämpfen und vielleicht auch bei der Blockade Maltas helfen, ohne dort allerdings Einfluß zu gewinnen.«

»Das ist eine umfangreiche Wunschliste, Exzellenz.«

»Ja, ich weiß, Und außerdem müssen Sie noch die

Einwohner von Zante oder Zakynthos zurückhalten, die sich möglichst sofort Britannien anschließen möchten, da sie ihr Hauptprodukt, getrocknete Korinthen, fast ausschließlich nach England exportieren. Sie sehen, ungewöhnliche Aufgaben warten auf Sie, Sir David.«

David berichtete dann noch von dem spanischen Agenten, der im Restaurant Miramar einem Señor Las Casas berichten sollte, was er über die Aufgaben seiner Flottille erfahren habe.

»Sie kennen sich in Palermo und am Hof aus, Sir William, und können beurteilen, wie man mit diesem Agentennest verfahren soll.«

Hamilton nickte. »Ich werde mit den neapolitanischen und britischen Fachleuten beraten. Danke für die Information.«

Tags darauf betrat David den prächtigen Palast – ein ärmliches Domizil im Vergleich zum königlichen Palast in Neapel hatte ihn Davids Berater Demetros genannt – und wurde, als er in den großen Saal trat, vom Haushofmeister mit seinen Offizieren angekündigt. Die Gesellschaft applaudierte höflich, und David wurde mit seinen Offizieren zur Kopfseite des Saales geführt, wo der König mit seiner Gemahlin, Lord Nelson, den Hamiltons und Sir John Acton, dem Premierminister Siziliens, saß.

Der König begrüßte David huldvoll, dieser küßte der Königin und Lady Emma die Hand, verneigte sich vor Lord Nelson und dem Premierminister und stellte dann seine Offiziere vor. Er war froh, daß sogar die Midshipmen eine ernste und würdevolle Miene beibehielten und nicht über die riesige Nase des Königs grienten. »Jetzt versteh ich, warum er ›König Großnase‹ genannt wird«, flüsterte ihm später Andrew Harland zu.

Die Offiziere wurden zur Gesellschaft entlassen, während der Premierminister, ein gebürtiger Engländer, David noch ein wenig zurückhielt. »Lord Nelson sagte mir, daß Sie morgen bei günstigem Wind nach Korfu auslaufen, Sir David. Könnten Sie unseren Kriegsminister mitnehmen, der bei Admiral Ushakow auf seine Unterstützung bei der Wiedergewinnung Neapels drängen soll? Wenn Sie einverstanden sind, stünde er morgen früh bereit.«

»Es ist mir eine Ehre, Exzellenz, Ihnen diese Bitte zu erfüllen. Wenn der Wind nicht umschlägt, segeln wir um neun Uhr.«

Lady Emma kokettierte noch ein wenig mit David, dann konnte er sich unter die bunte Menge mischen. Er hatte Bälle in Indien und auf den westindischen Inseln erlebt, bei denen der Schmuck der Damen den hier gezeigten um vieles übertraf. Aber diese Gesellschaft war irgendwie leichter, zwangloser, sinnenfreudiger. Etikette galt nicht viel. Es wurde unverhohlen geflirtet, umarmt, auf die Wangen geküßt. Alle schienen viel Grund zur Freude zu haben und lachten ununterbrochen.

Nur ein Mann stand sehr isoliert in einer grünen und weißen Uniform. David erkannte ihn daran als Major der russischen Marineinfanterie. Er begrüßte ihn auf russisch und fragte: »Was tun Sie denn hier in Palermo, Gospodin Major?«

Der Russe war so glücklich, Worte in seiner Muttersprache zu hören, daß er David mit einem Wortschwall überschüttete. »Langsam!« bat David. »Mein Russisch ist ein wenig eingerostet.«

»Sie müssen der britische Kommodore sein, der zu Admiral Ushakow delegiert ist. Ich bin Major Fjedor Iwanowitsch Raskuta und bin Verbindungsoffizier zur sizilianischen Armee. Ich freue mich sehr, Ihre Bekanntschaft zu machen, Gospodin Kommodore.«

Ganz fremd schien der Russe auf solchen Gesellschaften nicht zu sein. Er winkte einem Bediensteten und zeigte zwei Finger. Kurz darauf kam der Diener und trug zwei große Gläser auf einem Tablett. David sah die klare Flüssigkeit und dachte erschrocken: Geht es jetzt schon los mit Wodka?

Der Major beseitigte jeden Zweifel. »Guter russischer Wodka, Gospodin. Nasdrowje!« Und er stürzte das Glas hinunter. David nahm einen kräftigen Schluck und sagte: »Ah, das ist ein Wässerchen. Ich habe es Jahre nicht getrunken und bin es gar nicht mehr gewohnt.« In der baltischen Flotte hatte er immer für eine ›Unterlage‹ mit Sardinen in Öl gesorgt, wenn er Wodka trinken mußte. Aber heute hatte er das nicht geahnt.

»Das wird schon wieder, Gospodin. Es gibt nichts besseres als Wodka.«

David wollte ablenken und fragte: »Was tut denn die sizilianische Armee? Ich habe noch nichts von ihr gehört.«

Der Russe geriet in seiner Muttersprache und angeregt vom Wodka immer mehr in Fahrt: »Sie vögeln alle Weiber, die sie sehen, und rennen weg, wenn ein Feind kommt. Als die Franzosen mit den Österreichern beschäftigt waren, waren sie mutig geworden und haben Ende November achtundneunzig Rom besetzt. Nachdem sie zwei Wochen gesoffen und gehurt hatten, kam eine kleine französische Truppe. Die Sizilianer sind so schnell gerannt, daß die Franzosen nicht folgen konnten. Erst auf Sizilien hielten sie wieder inne. Aber die Franzosen hatten nun Neapel besetzt, und Ihr Admiral mußte den Hof nach Palermo evakuieren.«

Er trank aus einem neuen Glas einen großen Schluck. David nippte und schloß eine neue Frage an. »Sie mögen die Sizilianer nicht?«

»Doch, Gospodin. Sie sind wunderbar. Alles ist eine *comedia*. Sie sind immer voller Leidenschaft und Pathos. Sie tanzen und singen hinreißend. Ihre Frauen sind so süß. Aber man sollte sie im Krieg nicht auf seiner Seite haben. Das ist gefährlich. Sie laufen zu schnell weg.«

David mußte lachen und verschluckte sich beinahe. Dem Major war etwas eingefallen. »Gospodin« sagte er. »Ich habe gehört, daß Sie morgen zu Admiral Ushakow segeln. Würden Sie bitte für mich Depeschen mitnehmen?«

»Selbstverständlich«, antwortete David. »Die Post muß um acht Uhr an Bord meines Flaggschiffes sein.«

David hatte schon eine Weile aus den Augenwinkeln bemerkt, daß eine schöne junge Frau ihn beobachtete. Jetzt hatte sie eine zweite herangewunken, und beide traten auf David und den Russen zu. »Zwei so gutaussehende Tänzer sollten sich ihren Verpflichtungen nicht entziehen. Dürfen wir bitten?« sagte die eine ganz ungezwungen und nahm Davids Arm. Die andere griff sich den Russen und führte ihn zum Parkett.

Das war ein Tanz, den David noch nie getanzt hatte. »Eine Variation eines Volkstanzes«, erklärte Davids Tänzerin. Die Tänzer hakten sich in den Armen ein, wobei einer nach vorn, der andere nach hinten blickte. Dann schwenkten sie sich im Kreise, umfaßten sich dann Körper an Körper, drehten sich, bis sie wieder untergehakt gegeneinander wirbelten. Es war ein sehr lebhafter Tanz, und er führte zu engem Körperkontakt.

Davids Tänzerin war ungewöhnlich schön. Ihre Taille war auch ohne Korsagen ganz schlank. Ihre Hüften und ihr Busen waren wohlgerundet. Ihr Dekolleté verbarg kaum etwas. Ihr Gesicht war ebenmäßig und fein. Ihre Lippen waren voll und öffneten sich im Eifer des Tanzes. Sie strahlte David aus schwarzen Augen an, die der Farbe ihrer gelockten Haare entsprachen. »Sie sind ein wunderbarer Tänzer! Bitte holen Sie uns etwas Champagner. Ich verdurste.«

Sie erwartete David an einer Säule und sah ihn bedeutungsvoll an, während sie trank. Auch David trank durstig. Als er sich nach dem Russen umsah, bemerkte er, daß er mit seiner Dame den Raum verließ. Seine Tänzerin zwinkerte ihm zu. »Kommen Sie! Wir trinken noch ein Glas, und dann tanzen wir wieder. Das Leben ist wunderbar!«

Sie tanzten und tranken. David wußte nicht mehr, was ihm mehr ins Blut ging, der Champagner oder diese wunderschöne junge Frau, die Englisch mit italienischem Akzent und eingestreuten italienischen Wörtern sprach. Den Text verstand er nicht immer, aber der Sinn war klar: Sie suchte ein Abenteuer mit ihm.

Sie gingen nach einem Tanz in einen anderen Saal. Dort saßen an vielen Tischen die Spieler. Bald erblickte David Nelson und Emma mit einer Schar sizilianischer Spieler. Vor Nelson lag ein Haufen Golddukaten, in den Emma ungeniert hineingriff und die Münzen auf Felder setzte. In der kurzen Zeit, während der David zusah, verlor sie Unsummen. Sie streichelte Nelsons Arm, und der lächelte sie ergeben an.

»Wollen Sie auch spielen?« fragte seine Begleiterin.

»Nein«, wehrte David heftig ab. »Keine Glücksspiele!«

»Dann spielen wir doch miteinander«, flüsterte sie und drückte ihren Körper an ihn. Ihr Unterleib suchte sein erigiertes Glied. Ein Diener tauchte mit zwei Gläsern auf, und er zeigte, als David wegsah, auf eines der Gläser. Sie reichte dieses David und nahm selbst das andere.

»Ich heiße Guiletta. Komm laß uns tanzen, und dann will ich dich spüren, ganz in mir, David.«

David wurde es ganz heiß. Sein Blut pulsierte heftig. War das vom letzten Glas oder von dieser zauberhaften Frau? Er drückte sich an sie, und sie tanzte auf einen kleinen Nebenraum zu, öffnete die Tür, zog ihn hinein und schloß die Tür von innen zu. Sie warf sich in seine Arme und küßte ihn voll leidenschaftlicher Begierde. Er konnte sich kaum zurückhalten, als ihre Hand an sein Glied fuhr.

»Komm!« flüsterte sie, ging zu einem Sessel, beugte ihren Oberkörper über die Lehne und warf den Rock über ihren Rücken. Sie war darunter nackt. Ein wunderschön gerundeter Po wölbte sich David entgegen. Sie bewegte ihn rhythmisch, fuhr mit der Hand zwischen ihre Beine und keuchte. »Komm! Nimm mich! Komm ganz tief!«

David nestelte an seiner Hose, um sie hinunterzustreifen. Aber mit einem Mal war nicht Guilettas aufreizend gereckter Po vor seinem Auge, sondern seine geliebte Tochter Christina. Es war auf dem Schiff vor Gibraltar. Christina konnte bei dem Wetter nicht auf die Toilette auf der Heckgalerie. Das Kindermädchen hatte sie in der Schlafkajüte auf den Topf gesetzt und war abberufen worden. Christina war fertig, stand auf, bückte sich und sagte ganz unbefangen: »Bitte abputzen, Daddy!« Ihr kleiner Po streckte sich ihm entgegen, und nach einem kurzen Zaudern, denn das hatten ihm immer die Frauen abgenommen, nahm er das Papier, bückte sich und wischte den kleinen Po ab. Christina krähte vergnügt.

David glaubte das Krähen zu hören, sah nicht mehr Guliettas aufreizende Bewegungen, sondern nur Christina in ihrer Unschuld. Mit einem Schlag waren alle Wollust und Gier von Scham und Schuldgefühl verdrängt. Er riß die Hose hoch, schnallte den Gurt fest, drehte sich um, schloß die Tür auf und stürzte hinaus.

Draußen rannte er fast zwei Männer um, die einen Schlüssel in der Hand hielten und ihn entgeistert ansahen. Sie griffen nach ihren Degen, aber er war längst vorbei. Unten an der Treppe hätte er fast Hauptmann Ekins umgestoßen, der eine Blondine in seinen Armen hielt. Ekins sah, wie sich David von dem Hausdiener seinen Säbel geben ließ und hinauslief.

Ekins ließ die Blondine los und rannte hinter David her. Er rief in die Seitentür, die zum Gesinderaum führte: »Gregor Dimitrij, schnell, kommen Sie!«

Ekins sah David die Straße hinuntereilen und in eine der Gassen gehen, die zum Hafen führten. Dann stand auch schon Gregor mit einem anderen Seemann neben ihm. »Der Kommodore ist weggelaufen! Dort entlang! Ich weiß nicht, warum. Schnell, hinterher!«

Gregor und sein Kamerad trugen Eichenknüppel von mehr als einem Meter Länge in der Hand und rannten voraus, Ekins hinterher. Er war unbewaffnet. Die Gasse öffnete sich auf einen kleinen Platz, und dort stand, mit seinem Rücken an ein Denkmal gelehnt, ihr Kommodore und wehrte mit seinem Schwert vier Banditen ab. Ein fünfter kletterte auf das Denkmal und wollte sich mit einem Messer auf Davids Rücken stürzen. Gregor stoppte, griff in seine Tasche, holte eine der Eisenkugeln heraus, die ihre Geschütze als Traubengeschosse abfeuerten, und warf sie dem Kletterer zielsicher an den Kopf. Der stürzte zu Boden.

Die drei rannten weiter und griffen die Banditen an. Zwei wurden sofort niedergeschlagen, einen traf Davids Schwert in die Brust, einen griff Ekins, als der wegrennen wollte.

Gregor setzte ihm einen Dolch an den Hals. »Wer hat euch bezahlt?«

»Französischer Agent, Guilettas Mann«, stieß der in Todesangst hervor.

Am Ende der Gasse waren Stimmen zu hören. »Laßt ihn laufen!« befahl David. »Schnell zum Schiff.« Sie liefen an den Kai, wo ihr Kutter lag.

»Mein Degen ist noch im Palast«, sagte Ekins.

David mußte sich zusammenreißen, um das Gesagte zu verarbeiten. »Mr. Ekins, Sie nehmen sich bitte zehn Seesoldaten und holen alle Offiziere vom Ball ab. Wir sind dort nicht sicher! Mich hätten sie beinahe gehabt.«

An Bord ließ David den Schiffsarzt rufen und sagte. »Man hat mir auf dem Ball etwas gegeben, was meinen Willen ausschalten sollte. Ich bin noch ganz benommen.«

Mr. Cotton fühlte seinen Puls, ließ sich die Zunge zeigen und hielt eine Kerze an seine Augen. »Ich hole etwas, damit Sie sich gleich übergeben müssen, Sir. Danach sollten Sie Milch trinken und schlafen.«

David wurde den Druck auf den Magen los, aber sein schlechtes Gewissen ließ ihn nicht schlafen. Vor nur etwa drei Wochen hatte er Britta in den Armen gehalten, und jetzt wollte er sie schon mit dem ersten schönen Weib betrügen, das es auf ihn abgesehen hatte. Ich bin ein willensschwacher Schuft, sagte er sich. Ich verdiene meine Frau und meine Kinder gar nicht. Wie hätte Britta mit der Schande leben sollen, wenn die zwei Kerle oben im Palast in das Zimmer gekommen wären und ihn erwischt hätten, wie er die Frau des einen begattete. Der hätte ihn abgestochen, und jedes sizilianische Gericht hätte Verständnis für den gehabt, der seine Ehre verteidigte. Er mußte an Christina denken, deren Bild ihn zur Besinnung gebracht hatte. Und mit diesem Gedanken schlief er ein.

Die *Thunderer* segelte mit der *Shannon* und der *Bulldog* im Kielwasser auf die Straße von Messina zu. Die *Falcon* war vorausgesegelt und sollte Ushakow ihre Ankunft melden. Der Wind war schwach, stand aber günstig für die Durchfahrt durch die Straße von Messina.

Wie immer nach einem Hafenaufenthalt hatten die Offiziere die Mannschaften beim Geschützdrill kräftig schwitzen lassen. Es war die feste Überzeugung der Offiziere, daß der Schlendrian des Landurlaubs durch harten Drill schnellstens wieder ausgetrieben werden mußte. Wer an Land gesoffen und gehurt hatte, ertrug den Drill schicksalsergeben. Aber die, denen der Landurlaub gestrichen worden war, weil sie bei der Inspektion oder dem Feueralarm aufgefallen waren, kochte die Galle.

»Da stolzieren sie umher und brüllen nur. Wir aber müssen schwitzen und uns die Haut von den Fingern schuften. Haben die nicht gesoffen an Land? Irgendwann rechne ich mit denen ab«, murmelte ein degradierter Maat.

David sah dem Exerzieren zu. Körperlich ging es ihm besser. Aber er machte sich Vorwürfe und dachte an Britta. Ob sie England schon erreicht hatte oder ob der Geleitzug durch einen Sturm zerstreut worden war? Was konnte ihr und den Kindern nur alles passieren? Und er war bei der ersten Versuchung bereit, sie zu betrügen. Britta würde ihn nie betrügen! Der Geschützdrill wurde beendet. Die Maate pfiffen zum Essen. David seufzte. Jetzt mußte er in seine Kajüte und mit dem sizilianischen Kriegsminister essen. Wenn der Wind nur etwas stärker wäre, dann würde der vielleicht seekrank werden.

Aber der Kriegsminister war ein recht angenehmer Gesellschafter. Er kannte viele Anekdoten vom Hofe zu Neapel und jetzt zu Palermo. Er wußte auch, daß seine Aufgabe, den russischen Admiral zur Hilfe bei der Wiedereroberung Neapels zu bewegen, schwer sein würde. »Ushakow hat ja auch nur wenig Infanterie an Bord. Er erwartet drei Bataillone aus dem Schwarzen Meer. Aber jetzt heißt es wieder, die Verstärkung soll mit der österreichisch-russischen Armee unter Marschall Suwarow kommen, die über die Schweiz nach Oberitalien marschiert.«

David wandte ein, daß die Franzosen doch bei Angriffen auf Oberitalien nicht viele Truppen in Neapel belassen könnten. Dann müßte die sizilianische Armee doch selbst Neapel befreien können.

»Die Armee«, seufzte der Minister und verdrehte die Augen. »Kardinal Ruffo, mehr ein Krieger als ein Seelenhirte, sammelt jetzt die aufständische Landbevölkerung in Kalabrien und Apulien und wird den

Franzosen zu schaffen machen. Er ist ein sehr aktiver Mann.«

Der Nachmittag brachte Segelübungen, und am Abend passierten sie die Straße von Messina. David hatte Gefechtsbereitschaft befohlen, denn französische Truppen sollten an der Straße bei Reggio stationiert sein, und man wußte nie, ob sie Kanonenboote gegen die Flottille einsetzen könnten. Aber nichts geschah, und sie konnten die Küste und die Berge des Aspromonte im Schein der sinkenden Abendsonne bewundern. Zur Nacht kürzten sie die Segel, denn David wollte am nächsten Morgen sehen, ob er eine französische Batterie am Golf von Squillace beschießen könne. Er setzte viel auf Schießübungen unter feindlichem Feuer. Am übernächsten Morgen würden sie dann Korfu erreichen.

Die *Bulldog* nahm am frühen Morgen eine Position dicht an der Küste und vor den beiden anderen Schiffen ein. Auf die Brigg würden auch Batterien feuern, die bei der *Thunderer* in Deckung bleiben würden. Vor Kap Rizzuto erhielten sie ihre Chance. Eine Landzunge trug seit alten Zeiten ein Kastell und war in den Karten auch als ›Le Castella‹ eingezeichnet. Als die *Bulldog* nahe an die Landzunge heransegelte, wuchsen vor ihr zwei Wasserfontänen aus dem Meer.

»Bitte signalisieren Sie der *Bulldog*, daß sie vom Land abhalten soll, Mr. Watt. Wir machen gefechtsklar und signalisieren der *Shannon* entsprechend. Mal sehen, wie stark die Batterie ist.«

Es waren allem Anschein nach sechs Vierundzwanzigpfünder, die es nun mit der *Thunderer* aufnehmen mußten. Die Küste war nicht übermäßig flach. Die *Thunderer* konnte bis auf vierhundert Meter herangehen. David ließ alle Geschütze nacheinander feuern, erst die obere, dann die untere Batterie. Die Batterieoffiziere beobachteten sorgfältig die Einschläge und machten ihre Notizen.

Die Mannschaften arbeiteten routiniert und schnell. Aber als die Kugeln der Batterie vor ihnen ins Wasser schlugen, durch die Takelage heulten oder gar im Rumpf einschlugen, da zuckte manch unerfahrener Kanonier doch zusammen und kam aus dem Takt. Einige rannten sogar zu der dem Feuer abgewandten Seite, aber die Maate holten sie schnell zurück und zogen ihnen eins mit dem Bambusrohr über.

David kümmerte sich nicht darum. Das war beim ersten scharfen Feuer üblich. Er studierte mit Aufmerksamkeit ihre Einschläge. Sie lagen fast alle gut. Aber einige Geschütze lagen weit daneben. Da würde er mit den Batterieoffizieren über Änderungen sprechen müssen. Die *Thunderer* kreuzte zurück, und die *Shannon* segelte an der Batterie vorbei. Sie schoß gut. Eine Explosion ließ einen der Türme des Kastells einstürzen.

»Wir segeln noch einmal vorbei, Mr. Watt. Haben wir bisher Verletzte oder größere Schäden?«

»Zwei leichte Splitterwunden, Sir, einige durchschossene Seile und zwei Einschläge unter der Wasserlinie, die aber unter Kontrolle sind.«

David lächelte ihn an und sagte: »Das ist ja dann für alle eine gute Übung. Was macht unser Gast?«

»Der Herr Kriegsminister sitzt unter Deck beim Schiffsarzt und läßt sich Stärkung verabreichen.« Watt machte die Bewegung des Trinkens, und David mußte lachen.

Der zweite Vorbeilauf brachte deutlich bessere Ergebnisse. Ihre Einschläge lagen deckender im Ziel. Nur drei der feindlichen Kanonen feuerten noch. Aber eine schoß ihnen eine Rah entzwei, und die Reparaturtrupps der Zimmerleute erhielten Arbeit. Splitter hatten einem Matrosen den Oberschenkel aufgerissen.

Die *Shannon* schaltete eine weitere Kanone aus und signalisierte ebenfalls nur leichtere Schäden. »Mr. Neale wird enttäuscht sein, daß er mit seinen Karronaden nicht zum Einsatz kam, Sir«, sagte Leutnant Watt.

»Seine Stunde wird noch schlagen. Wenn wir Kap Rizutto passiert haben, wollen wir französische Flaggen setzen; Mr. Watt. Ich gehe jetzt zu Mr. Ballaine, der mit seinem Schriftkram wartet. Sie lassen bitte mit Handwaffen exerzieren.«

Die Flottille segelte jetzt nicht in Kiellinie, sondern seitwärts gestaffelt. Die *Bulldog* war der Küste am nächsten. Zwei Meilen seewärts abgesetzt segelte die *Thunderer*, und drei Meilen östlich die *Shannon*. So konnten sie wie mit einem Fächer einen größeren Bereich abdecken.

Aber die Beute verfing sich nicht im großen Fächer, sondern sie ließ sich durch die französische Flagge der Brigg *Bulldog* verleiten und lief nicht Crotone an, wie alle nach dem Kurs zunächst vermutet hatten, sondern änderte den Kurs und segelte auf die *Bulldog* zu.

Es waren zwei Segel, und Midshipman Wilson, den David mit dem Teleskop zum Ausguck geschickt hatte, konnte sie zunächst nicht identifizieren. »Deck! Zwei Dreimaster!« meldete er etwas hilflos. David wurde schon kribbelig.

»Was denn für Dreimaster?« rief er durch die Sprechtrompete hinauf.

»Am Großmast Rahsegel, vorn und achtern Lateinersegel, mittlere Größe«, schallte es als Antwort zurück.

»Das könnten Polaccas sein, Sir. Eine typisch italienische Schiffsart. Ein Pfahlmast mit Rahsegeln, sonst Lateinersegel, meist hundertfünfzig Tonnen, Transportschiffe.«

»Schicken Sie einen Maat hinauf, der die Schiffe kennt, Mr. Watt!«

Der Maat bestätigte den Schiffstyp. Die Polaccas hißten französische Flaggen und näherten sich vertrauensvoll der *Bulldog*. Die *Thunderer* nahm Kurs auf beide. Als sich die Pollaccas der *Bulldog* auf dreihundert Meter genähert hatten und die *Thunderer* noch eine Meile entfernt war, hißte die *Bulldog* die britische Flagge und feuerte jeder Polacca einen Warnschuß vor den Bug. Eine drehte zum Meer ab, entdeckte die *Thunderer*, die auch die britische Flagge gesetzt hatte, und holte die Segel zum Zeichen der Aufgabe ein.

Die andere Polacca jedoch nahm Kurs auf die nahe Küste, setzte noch mehr Segel und lief mit voller Fahrt auf den Strand auf. Die Besatzung sprang ins Wasser und watete an Land. Einige ließen ein Boot zu Wasser und ruderten die paar Meter.

Die *Bulldog* war zu der gestoppt liegende Polacca gesegelt und hatte sie in Besitz genommen. David befahl, daß eines ihrer Boote die aufgelaufene Polacca überprüfen sollte. »Nehmen Sie Zimmerleute mit, die sie auf Schäden untersuchen. Mr. Mahan kann die Papiere beschlagnahmen und sich die Ladung ansehen, Mr. Jaling. Vielleicht können wir die Polacca freischleppen.«

Von der *Bulldog* kam ein Boot mit der Meldung, daß die gekaperte Polacca mit Nachschub für die Besatzung von La Valetta auf Malta unterwegs sei. »Lebensmittel, Pulver und Kugeln.«

»Das kaufen sie uns überall ab«, sagte der Master zum Dritten Leutnant. »Aber für das Schiff wird es nicht viel Geld geben.«

Von der anderen Polacca kehrte Midshipman Mahan zurück und brachte die Papiere. »Sie ist auf dem Weg von Brindisi nach La Valetta gewesen, Sir. Die Ladung besteht aus einigen Pulverfässern und sehr vielen Säcken mit Mehl. Als Ballast haben sie Kanonenkugeln verstaut, Sir. Mr. Jaling läßt melden, daß sie am Kiel keine Beschädigung aufweist. Sie ist sehr stabil gebaut, Sir.«

David entschied: »Wir versuchen, ob wir sie freischleppen können. Mr. Jenkins, lassen Sie bitte eine starke Trosse rüberbringen und am Großmast festmachen.«

Sie brachten die Trosse an. Die *Thunderer* stellte ihre Segel nacheinander in den Wind. Die Trosse hob sich aus dem Wasser, spannte sich zitternd. Die Masten und Rahen der *Thunderer* knarrten und ächzten, aber die Polacca rührte sich keinen Zentimeter. Es hatte keinen Sinn. Das Schiff hatte sich so im Sand festgesogen, daß sie es nicht herausziehen konnten.

»Dann verbrennen wir es«, entschied David. »Mr. Mahan, Sie haben mir gemeldet, daß nur einige Pulverfässer an Bord sind, meist aber Mehlsäcke.«

»Aye, aye, Sir. So ist es.«

»Gut, dann häufen sie alte Leinwand, Öl und Holz unter Deck an, aber so, daß sie zwanzig Meter Abstand zu den Pulverfässern haben. Das Schiff soll Ihnen nicht um die Ohren fliegen. Kommen Sie dann alle sofort zurück. Das Feuer wird sich schon ausdehnen. Bestellen Sie das genau so, Mr. Jaling.«

David ließ signalisieren, daß die *Bulldog* mit der Prise mit Kurs auf die *Shannon* absegeln solle. Dann beobachtete er, wie seine Leute auf der Polacca am Strand arbeiteten. Jetzt gingen sie an Bord ihres Bootes. Mr. Mahan, der das Feuer entzündet hatte, stieg in das Boot, und sie legten ab.

»Dann können wir uns ja auch wieder ...«, sagte David gerade zu Mr. Watt, als eine furchtbare Detonation die Luft erschütterte.

David drehte sich erschrocken um. Die Polacca lag nicht mehr am Strand. Eine Säule aus Rauch, Wasser und Sand fiel in sich zusammen, wo sie gelegen hatte. Ihr Boot schwamm in Trümmern im Wasser. Einige klammerten sich an. Andere schwammen zum Ufer.

»Boot zu Wasser! Mann über Bord! Tempo! Tempo!« schrie David, und die Maate trieben die Männer an. Das Boot platschte ins Wasser. Sie ruderten wie wild auf die im Wasser treibenden Gefährten zu.

»Mr. Jenkins! Den Kutter auch zu Wasser. Er soll die Leute vom Land holen. Ein Stückmeistermaat soll sie begleiten und sich am Strand umsehen, was da explodiert ist.« Dem anderen Boot rief David durch die Sprechtrompete zu, es solle zurückkommen, sobald es alle aufgefischt habe.

»Mr. Watt, die Polacca muß ja mit Pulver vom Kiel bis zum Deck gefüllt gewesen sein.«

»Aber Mr. Mahan hat doch Mehlsäcke gemeldet, Sir. Und Sie haben befohlen, das Feuer im sicheren Abstand vom Pulver zu zünden. Ich verstehe das nicht.« Mr. Watt schüttelte den Kopf.

»Und wenn Mr. Mahan schlampig untersucht hat und in den sogenannten Mehlsäcken Pulver war?«

»Sir«, sagte Mr. Watt. »So dämlich kann nicht einmal ein Midshipman sein.«

Das erste Boot kehrte zurück. Einige Männer mußten mit dem Bootsmannsstuhl an Bord gehievt werden. Andere kletterten blutverschmiert die Strickleiter empor. Der Schiffsarzt war mit seinen Helfern zur Stelle. »Mehrere Rippenbrüche, Sir, ein Beinbruch, mehrere Splitterwunden, soweit ich in der Eile feststellen konnte.«

»Und Mr. Mahan?« fragte David nach.

»Nichts, Sir. Verschmiert vom Blut anderer.«

»So, so«, murmelte David und blickte dem anderen Boot entgegen.

Der Stückmeistermaat kletterte zuerst an Bord und ging zu David. »Sir, der Strand ist bedeckt mit Säcken wie diesem. Die Rückstände sind eindeutig Pulver, wahrscheinlich Güteklasse II.«

Gott sei dank war von den Matrosen, die an Land geschwommen oder gewatet waren, niemand ernsthaft verletzt. »Mr. Mahan!« rief David. »Kommen Sie einmal her!«

Mahan meldete sich.

»Wie erklären Sie sich die Explosion?« fragte David.

»Ich, ich kann sie mir nicht erklären, Sir. Völlig unverständlich.«

David zeigte ihm den Sack, den der Stückmeistermaat gebracht hatte. »War das einer der Mehlsäcke?«

»Ja, Sir, davon war das Schiff voll.«

»Woher wissen Sie, daß das Mehlsäcke sind, Mr. Mahan?«

Mahan schüttelte verwundert den Kopf. »So sehen doch Mehlsäcke aus, Sir. Pulver ist in Fässern, Mehl in solchen Säcken.«

»Sie haben den Inhalt nicht weiter überprüft, Mr. Mahan?«

»Nein, Sir, warum?«

Jetzt platzte David der Kragen. »Weil Pulver in anderen Ländern auch in Säcken transportiert werden kann und weil Ihr Leichtsinn und Ihre Oberflächlichkeit das Leben unserer Männer gefährdet haben. Sie melden sich in einer Stunde in meiner Kajüte, aber in Ihrer besten Uniform!«

Mr. Mahan schlich davon, und die Umstehenden sahen sich bedeutungsvoll an.

David sagte zu Mr. Watt: »Lassen Sie bitte zur *Shannon* aufschließen und die alte Formation einnehmen. Die Prise kann in Lee vom Flaggschiff segeln. Kurs Nordwest zu West. Dienst nach Vorschrift. Ich schaue nach den Verletzten.«

Bevor sich Mr. Mahan meldete, erkundigte sich David bei Mr. Watt und bei Mr. Faulkner, seinem Divisionsoffizier, nach ihm. Er sei anstellig und eifrig, aber sehr oberflächlich und schluderig, war der allgemeine Tenor. »Ich werde ihn mit zwölf Stockhieben bestrafen, die er morgen früh hier in der Kajüte in Anwesenheit aller Midshipmen empfängt.«

Mr. Watt stieß die Luft durch die gespitzten Lippen aus. »Das wird er nicht so schnell vergessen, Sir!«

»Das soll er auch nicht. Einem Matrosen mußten zwei Finger amputiert werden, ein anderer wird vielleicht nie mehr ohne Schmerzen laufen, und die mit den Rippenbrüchen haben mindestens zwei Wochen nichts zu lachen. Mr. Mahan muß lernen, daß Verantwortung Sorgfalt erfordert.«

Als Bryan Mahan das Urteil verkündet wurde, stürzten ihm die Tränen aus den Augen. »Wenn Sie Ihre Strafe empfangen haben, werden Sie mich hassen, Mr. Mahan. Wenn eine Woche später die Schmerzen vergessen sind und Sie immer noch die Schuld an der Strafe und der Blamage auf mich oder andere schieben und nicht einsehen, daß Ihr leichtsinniges Verhalten Leben gefährdet hat, dann werden Sie nie ein guter Offizier. Ich wünsche Ihnen, daß Sie Ihre Schuld einsehen und sich ändern. Treten Sie ab!«

Am nächsten Morgen war die Südostspitze Korfus mit den Bergen des Epirus im Hintergrund schon in Sicht, als in der Tageskajüte des Kommodore die Bestrafung stattfand. Alle Offizieren außer dem wachhabenden Leutnant waren anwesend, aber kein Mannschaftsdienstgrad und von den Deckoffizieren nur der Bootsmann, der die Strafe auszuführen hatte. Der Schiffsarzt hielt sich bereit.

Bryan Mahan stand bleich und verängstigt vor den anderen.

»Meine Herren. Mr. Mahan ist zu zwölf Stockhieben verurteilt worden, weil er durch Leichtsinn und mangelnde Sorgfalt in Ausübung des Dienstes das Leben anderer gefährdet hat. Die anderen Midshipmen sind nicht darum anwesend, weil sie Schadenfreude bei der Bestrafung empfinden oder sich an seiner Qual weiden sollen. Nein! Sie sollen die Bestrafung sehen, um sich immer daran zu erinnern, daß ein Offizier die Pflicht hat, das Leben seiner Männer zu bewahren und es nie leichtfertig aufs Spiel zu

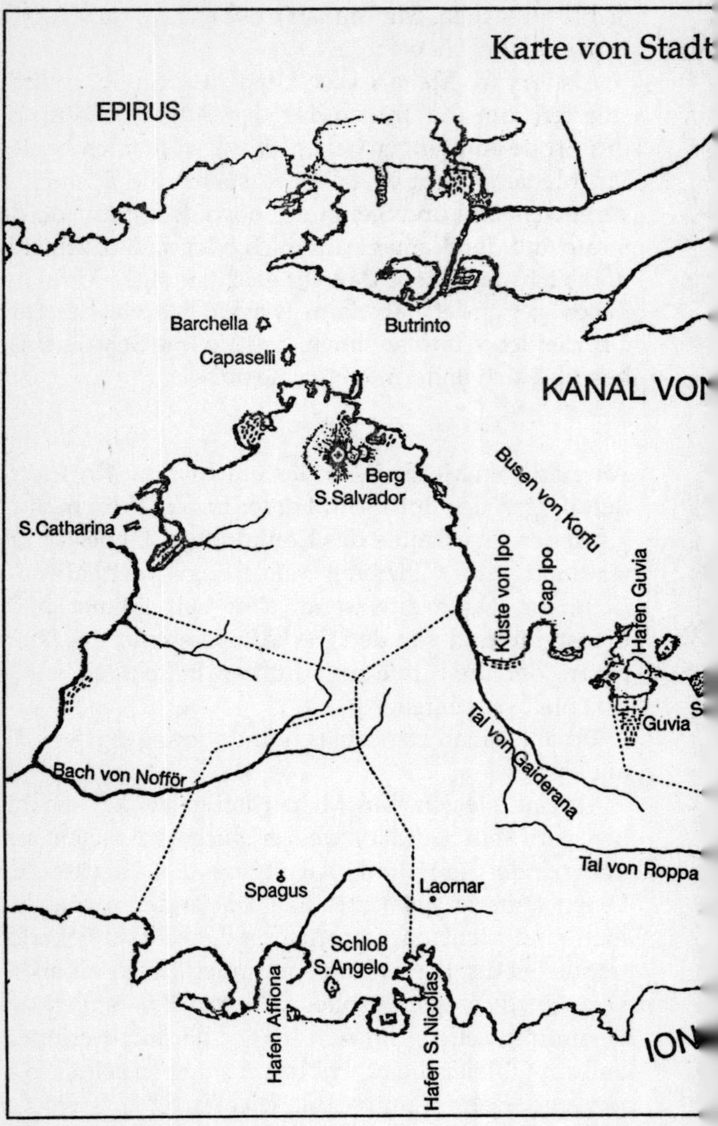
Karte von Stadt
EPIRUS
Barchella
Butrinto
Capaselli
KANAL VO
Berg
S.Salvador
Busen von Korfu
S.Catharina
Küste von Ipo
Cap Ipo
Hafen Guvia
S
Guvia
Tal von Gaiderana
Bach von Nofför
Tal von Roppa
Spagus
Laornar
Schloß
S.Angelo
Hafen Affiona
Hafen S.Nicolas
ION

und Insel Korfu

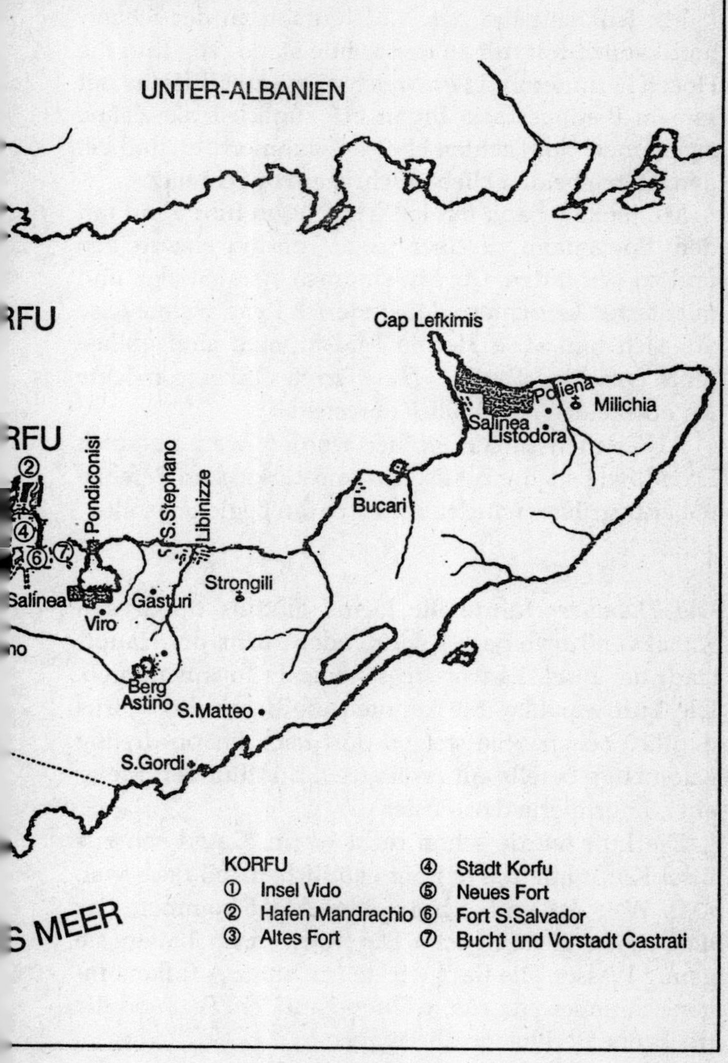

setzen, aus welchen Gründen auch immer. Bootsmann, walten Sie Ihres Amtes!«

Mr. Jenkins band den Midshipman an der Steuerbordkanone fest, die in der Kajüte stand, zog ihm die Hosen herunter und verabreichte ihm zwölf Hiebe mit seinem Bambusstock. Bryan biß zunächst die Zähne zusammen. Vom achten Hieb an wimmerte er, und bei den letzten beiden Hieben schrie er vor Schmerz.

Mr. Jenkins band ihn los. Mr. Cotton führte ihn mit dem Bootsmann zu einer Liege, um ihn einzureiben und zu verbinden. Die Midshipmen standen blaß und mit starren Gesichtern da. Frederick Ryan weinte leise vor sich hin. »Die Herren Midshipmen sind entlassen!« entschied David. »Die Herren Offiziere möchte ich noch einen Augenblick sprechen.«

Als Mahan hinausgeführt worden war, besprach David, wie sie die russischen und türkischen Befehlshaber begrüßen würden und wer ihn begleiten sollte.

Die *Thunderer* führte die kleine Flottille durch den Kanal von Korfu nach Kérkira oder Korfu, der Hauptstadt der Insel. Es war ein schöner Frühjahrsmorgen. Die Luft war klar. Sie konnten die Berge des Epirus deutlich sehen. »Sie steigen dort nach knapp dreißig Kilometern bereits auf zweitausendfünfhundert Meter auf«, informierte der Master.

Die Luft wurde schon recht warm. David sah zur Insel Korfu hin, die in ihrem südlichen Teil flach war. »Mr. Watt, lassen Sie bitte einen Maat kommen, der hier schon gesegelt ist.« Der Karte nach hatten sie genug Wasser. Die Insel wirkte fruchtbar. Anpflanzungen schimmerten grün, während auf dem Festland die trockenen Berghänge überwogen.

Der Maat, ein gebürtiger Italiener, näherte sich, grüßte und sagte auf Fragen: »Vor Korfu findet man hier an der Küste keinen vernünftigen Hafen, nur kleine Fischerdörfer. An der Küste dort drüben ist bei Igounenítsa ein Hafen, aber man weiß nie, wie die Türken gerade gelaunt sind.«

Der Ausguck meldete ein Segel. Kurz darauf war die russische Flagge zu erkennen. Die *Thunderer* und die anderen Schiffe hatten an allen Masten die britische Flagge gesetzt. Die *Thunderer* führte auch den breiten Wimpel des Kommodore. Die russische Korvette dippte ihre Flagge zum Gruß und setzte sich vor die Flottille.

Backbord voraus wuchs Korfu aus dem Meer. Der Master hatte die Midshipmen um sich versammelt und erklärte, was er aus Karte und Handbuch wußte. David bewunderte die Silhouette des alten Forts auf den zwei Bergen der östlichen Landzunge, die durch einen fünfundzwanzig Meter breiten Kanal, die Contrafossa, von der Stadt getrennt war. Was hatte diese Festung schon alles gesehen? Der deutsche Graf von der Schulenberg hatte sie 1716 monatelang gegen die Türken verteidigt.

Von den beiden Hügeln des alten Forts stiegen immer wieder Rauchwolken auf, ein Zeichen, daß es beschossen wurde und daß seine Kanonen antworteten. Die Stadt zu Füßen der Festung lag weitgehend in Trümmern. Erst im Nordwesten ragte auf einem Hügel das neue Fort auf. Aber nun war auch die Küste vor der Insel Vido einzusehen, und dort lagen die russische und die türkische Flotte in einem Halbkreis um die kleine Insel.

»Sir! Dort liegt das russische Flaggschiff *St. Paul* mit der Flagge des Vizeadmirals«, sagte Mr. Shield, der wachhabende Leutnant. »Vierundachtzig Kanonen, Sir.«

»Und das dort, das muß das türkische Flaggschiff sein«, mischte sich Leutnant Everett ein und deutete auf ein Linienschiff, das hinter der halbrunden Linie der anderen Schiffe lag.

David fragte sich, ob sein Achterdeck ein Markt sei, auf dem jeder ungefragt herumschreien könne. Aber dann schob er es auf die allgemeine Aufgeregtheit, nun das Ziel vor sich zu sehen. »Wenn Sie sich beruhigt haben, meine Herren«, diesen Sarkasmus verkniff er sich doch nicht, »dann wollen wir mit dem Salut beginnen. Mit dem letzten Schuß möchte ich zur *St. Paul* übersetzen. Bitte informieren Sie die *Shannon*, Mr. Heskill«, sagte er zum Signal-Midshipman.

Die Flottille schoß im gleichen Takt Salut. Ein roter Ball am Besanmast der *Thunderer* wurde nach unten gerissen, wenn das Feuerkommando erfolgen sollte. »Dafür, daß wir es nur einmal geübt haben, klappt es doch recht gut«, bemerkte Mr. Watt zu Mr. Shield.

David stand mit Hauptmann Ekins und den Beratern Demetros und Örgazan bereit, sein Beiboot zu besteigen. Der letzte Salutschuß verhallte. Die Ruderer nahmen die Riemen hoch, Gregor hielt das Fallreep fest, und Davids Begleiter stiegen ein, gefolgt vom Kapitän. Von der *Shannon* legte die Gig mit Kapitän Harland ab.

Sie näherten sich dem russischen Flaggschiff, und als das Boot der *Thunderer* anlegte und David das Fallreep bestieg, begann an Deck das Schiffsorchester zu spielen. Sie haben sogar ein Orchester mit Pauken und Trompeten, dachte David, und dann blickte er durch die Fallreepspforte und sah zwei Männer, die über das ganze Gesicht strahlten und die Arme ausbreiteten.

Nikolai Iwanowitsch Myatlev, zuletzt sein Erster Leutnant auf der *Konstantin* im Herbst 1790, jetzt Flaggkapitän von Admiral Ushakow, und Boris Nikolajewitsch Tomski, damals Hauptmann seiner Marineinfanterie, jetzt Oberst der Marineinfanterie in Ushakows Geschwader. Hauptmann Ekins sperrte Mund und Nase auf, wie die zwei Russen seinen Kommodore umarmten und auf die Wangen küßten und ihn immer wieder freudig »David Karlowitsch« nannten. Als Andrew Harland an Deck erschien, verteilte sich alles etwas, denn Oberst Tomski kannte Kapitän Harland vom gemeinsamen Dienst auf der Fregatte Nicholas und beglückte ihn nun mit seinen Umarmungen.

Die russischen Matrosen standen da wie die Ölgötzen, denn daß fremde Offiziere so begrüßt wurden, hatten sie noch nicht erlebt. Gerade blieb noch Zeit, Hauptmann Ekins und die beiden Berater mit den Russen bekannt zu machen, dann mahnte Kapitän Myatlev: »Nun dürfen wir aber den Admiral nicht länger warten lassen!«

Sie betraten die große Admiralskajüte, und Fjodor Fjodorowitsch Ushakow stand hinter seinem Schreibtisch auf und trat in die Mitte des Raumes. David hatte den Eindruck, einen müden Mann vor sich zu haben: Ushakow war vielleicht nur fünfzehn Jahre älter als er, aber er wirkte verbraucht.

David verbeugte sich und meldete: »Sir David Winter, Kommodore Seiner Britischen Majestät Adriaflottille, meldet sich als zur Unterstützung von Ihrer kaiserlich russischen Majestät Flotte in der Adria kommandiert, Gospodin Admiral.«

Ushakow schien nicht nur müde, sondern auch verbittert zu sein. »Zur Unterstützung oder zu Überwachung, Gospodin Kommodore?« fragte er.

»Zur Überwachung hätte auch eine Fregatte gereicht. Ich bin auch nicht der Mann, den man für Überwachungen aussucht, Gospodin Admiral.«

»Dann seien Sie willkommen. Sie haben gute Freunde in der russischen Flotte, die sehr viel von Ihnen halten. Ich hoffe, daß ich am Ende unserer Zusammenarbeit dieses Urteil bestätigen kann, David Karlowitsch.«

»Das hoffe ich auch. Erlauben Sie bitte, daß ich meine Herren vorstelle?« Er begann mit Kapitän Harland, betonte dessen Dienst in der baltischen Flotte, und ging dann zu den anderen über.

»Und nun lassen Sie uns auf Seine Majestät, den Zaren, und Seine Majestät, den britischen König, trinken«, forderte sie Ushakow auf. Diener reichten jedem ein Wasserglas Wodka, und sie tranken. Ekins war von David vorgewarnt, alle anderen kannten sich aus.

Sie setzten sich, und Ushakow bat Kapitän Myatlev, die Lage darzustellen. Dieser erklärte, daß die Franzosen in der Zitadelle und den Festungen blockiert seien. An Schiffen hätten sie noch die kaum bemannte, vormals britische *Leander*, eine kleine Fregatte und insgesamt elf kleinere Kanonenboote oder Galeeren. Die Franzosen verfügten über etwa tausendachthundert Mann, von denen allein etwa fünfhundert mit fünfzig Kanonen auf der der Stadt vorgelagerten Insel Vido stationiert seien. Die Insel verhindere jeden Landungsversuch an der Stadtseite.

»Ist die Insel befestigt?« fragte David.

»Nur mit Erdwällen und Palisaden, keine Steinwerke«, entgegnete Myatlev.

»Was hindert Sie, die Insel zu bombardieren und zu stürmen, Gospodin Admiral?« fragte David.

»Sie wird sich doch nicht mehr lange halten können. Verpflegung und Munition sind sehr knapp in Korfu geworden. Sie essen schon Ratten.« Ushakow schwieg eine Weile und sah David an. »Außerdem ist Kadir Bey nicht gut auf uns Russen zu sprechen, und sein Truppenkommandant gönnt Oberst Tomski keinen Erfolg und würde sich ihm nicht unterstellen. Die türkischen Soldaten stehen doch immer kurz vor der Meuterei.«

Dann lächelte Ushakow listig und sagte: »Aber überzeugen Sie meinen türkischen Kollegen, daß Sie sich mit Ihren Seesoldaten beteiligen und den Oberbefehl führen werden. Vielleicht ist er dann bereit. Wir stellen tausend Mann zur Verfügung.«

David hatte das Gefühl, daß er Ushakow nie zu weiteren Unternehmungen gewinnen könne, wenn er jetzt einen Rückzieher mache. »Es ist mir eine große Ehre, Gospodin Admiral, nominell die Eroberung von Vido zu leiten. Oberst Tomski weiß, daß ich den höchsten Respekt vor seinen infanteristischen Erfahrungen habe und nie seinen Rat ausschlagen werde. Wir werden mit hundertfünfzig Mann an der Landung teilnehmen. Als Termin schlage ich heute in drei Tagen vor, sofern Admiral Kadir Bey zustimmt.«

Ushakow nickte. »Man hat mir schon gesagt, daß Sie nichts anbrennen lassen, David Karlowitsch. Wir sind einverstanden.«

Als David die Kajüte des türkischen Admirals betrat, glaubte er, in einen orientalischen Palast versetzt zu sein. Edle Orientteppiche bedeckten Wände und

Boden. Kleine Tische mit Silber- und Kupferornamenten standen vor niedrigen Lederpuffs, auf denen die Gäste sitzen konnten. Kadir Bey lag halb auf einem Sofa.

Er stand nicht auf, sondern führte nur die Hand zu Brust und Stirn und verneigte sich. Seinen Kopf zierte ein großer Turban mit einem riesigen Edelstein. Eine weite, goldbestickte Jacke bedeckte den Oberkörper, Pumphosen die Beine. Nichts erinnerte David an eine kriegerische Uniform.

In der Kajüte standen zwei Männer, einer groß und kräftig, der andere eher schmal und mittelgroß. David stellte sich und seine Begleitung vor. Mr. Örgazan übersetzte. Kadir Bey winkte hoheitsvoll zu den beiden Männern und stellte den größeren als den Kommandeur seiner Infanterie, den anderen als seinen Flaggkapitän vor.

David verwies auf die traditionelle Freundschaft zwischen dem Osmanischen und dem Britischen Reich und gab seiner Freude Ausdruck, daß er jetzt mit der türkisch-russischen Flotte gemeinsam operieren könne.

Der Admiral nickte huldvoll, aber der Truppenkommandeur warf ein: »Die Russen unternehmen ja nichts.«

David hakte sofort ein. »Ich dachte mir, daß bei unseren türkischen Waffengefährten dieser Eindruck entstanden ist.

Es ist mir gelungen, von Admiral Ushakow die Zusicherung zu erhalten, daß er nach einem Bombardement in drei Tagen eintausend Mann zur Erstürmung Vidos bereitstellen wird, sofern ich den Oberbefehl übernehme und sich Eure Exzellenz ebenfalls mit tausend Mann beteiligt. Selbstverständlich ist mein

Oberbefehl mehr nomineller Art. Ich werde mich immer mit Ihnen und Ihrem Truppenkommandeur abstimmen.«

Kadir Bey bat nun endlich die anderen, Platz zu nehmen, ließ alkoholfreie Getränke anbieten und eine Wasserpfeife bringen. Der Truppenkommandeur ergriff zuerst das Wort und meinte, er könne Vido allein einnehmen.

Kadir Bey wies ihn mit einer Handbewegung zum Schweigen und sagte: »Ihr Vorschlag ist sehr interessant, Kommodore. Glauben Sie, daß Sie mit Oberst Tomski zusammenarbeiten können?«

»Ich bin sicher, Exzellenz. Wenn Sie am Nordufer der Insel landen und die Russen und Engländer am Westufer, dann sollten uns die Gottlosen nicht widerstehen können.«

Kadir Bey schien zufrieden und lächelte. »Unsere Götter sind nicht immer auf derselben Seite, Kommodore, wenn man den Priestern glaubt. Aber Mustafa, mein Truppenkommandeur, ist sowieso kein strenger Muslim. Wenn er mit Ihnen allein ist, wird er einen Wodka oder Wein nicht ablehnen.«

Der Truppenkommandeur wollte protestieren, aber David hatte gemerkt, daß Kadir Bey von möglichen militärischen Einwänden Mustafas ablenken wollte, und sagte: »Ich werde immer nur Oberst Mustafas militärische Erfahrung in Anspruch nehmen, ihn aber nicht als Muslim in Versuchung führen.«

Nun war die Situation recht informell geworden. Der Bey ließ ihnen Schläuche der Wasserpfeife reichen. David zog vorsichtig und fand den Rauch recht wohlschmeckend und mild.

Sie plauderten noch ein wenig, wobei sich Kadir Bey über den Mangel an Truppen beklagte und andeutete, daß man den Truppen Ali Paschas nicht trauen könne.

An Deck wartete ein westeuropäisch gekleideter, älterer Mann auf David und sagte: »Ich bin Spirido Foresti, Generalkonsul Seiner Britischen Majestät auf den Sieben Inseln. Haben Sie etwas dagegen, Sir David, wenn ich mich selbst zu einem kurzen Besuch auf Ihr Flaggschiff einlade?«

Mr. Foresti blinzelte dabei spitzbübisch, und David mußte lachen. »Nein, absolut nicht. Kommen Sie mit. Ich brauche von Ihnen viele Informationen.«

Schon auf der Fahrt mit dem Boot plauderte Mr. Foresti gewandt und interessant, zeigte ihnen die Insel Lazaretto, wo die Russen eine Batterie stationiert hatten, den Strand von Potamos, wo sie gelandet waren, und manche andere Details.

In seiner Kajüte fragte David, was Foresti trinken wolle, und der sagte, einen guten Gin habe er lange nicht vorgesetzt bekommen. »Sie sollen ihn haben. Mir erlauben Sie einen Port.« Dann berichtete er, daß er Ushakows und Kadir Beys Einverständnis zum Sturm auf Vido unter seinem Kommando erhalten habe.

»Kompliment, Sir David«, lobte Foresti. »Die beiden mögen sich nicht sehr. Keiner will dem anderen den Ruhm gönnen, und so haben sie sich gegenseitig blockiert. Ushakow ist außerdem eifersüchtig auf Lord Nelson und fühlt sich von diesem bevormundet. Oberst Mustafa haßt Oberst Tomski, vermutlich, weil dessen Truppen besser und disziplinierter sind. Die türkischen Besatzungen sind schlecht ausgebildet. Sie erhalten selten ihren geringen Sold und stehen immer am Rande einer Meuterei. Die russischen Schiffe sind dafür fast am Auseinanderfallen. Nur ein Teil hat gekupferte Rümpfe, und weit und breit steht ihnen keine große Werft zur Verfügung.«

»Das sind ja recht ernüchternde Informationen, Mr. Foresti.«

»Ach, wissen Sie, Sir David, eigentlich kann es uns nur recht sein, wenn sich die beiden Verbündeten gegenseitig in Schach halten. Wir haben nicht die Kräfte und nicht den diplomatischen Spielraum, um die Sieben Inseln unter britische Vorherrschaft zu bringen. Wir müssen nur sehen, daß Englands Interessen auf den Inseln nicht übersehen werden. Die wichtigen Männer sollen England als Wahrer ihrer Interessen sehen, in der künftigen Verfassung soll der britische Parlamentarismus erkennbar sein, die wirtschaftlichen Beziehungen sollen garantiert werden. Das wäre vor allem wichtig. Auf Malta dagegen sollten sich die Russen auf keinen Fall festsetzen. Sie können bei der Blockade helfen, aber Malta ist als Stützpunkt im Mittelmeer viel zu wichtig, als daß wir es in andere Hände fallen lassen dürften.«

David wandte ein, daß Lord Nelson auf die Teilnahme der Russen an der Blockade dränge.

»Seine Lordschaft denkt da stärker als Flottenoffizier. Als Diplomat müßte er die Russen auf die Adria beschränken. Dort können sie Frankreich schwächen, ohne uns in die Quere zu kommen. Ich bitte Sie ganz herzlich, Admiral Ushakow zu Angriffen auf Ancona und Brindisi zu ermuntern.«

»Erst einmal ist doch Korfu an der Reihe.«

»Wenn Vido fällt, wird General Chabot aufgeben. Er ist am Ende mit Vorräten und Munition. Sorgen machen mir dann vor allem die albanischen Regimenter der Türken.«

»Was ist mit denen?« fragte David.

»Sie werden in der Stadt so plündern und morden, daß die Franzosen als Heilige in Erinnerung bleiben und alle Verbündete der Türken zu Teufeln werden. Die Albaner sind wie wilde Tiere. Einer ihrer Hauptleute hält sich einen Harem minderjähriger Jungen zur sexuellen Befriedigung. Er ließ ihnen die Zähne herausbrechen, damit sie sein Glied nicht verletzen können. Er mißbraucht sie in kaum vorstellbarer Form. Eine Bestie! Kadir Bey braucht die Albaner und kann sie nicht zähmen. Ich überlege immer, wie wir sie bändigen könnten. Es sind ja immerhin etwa zweitausend Mann.«

»Mein Flottille ist leider nur auf dem Meer eine Macht, Mr. Foresti.«

»Ja, ich weiß. Wäre es Ihnen möglich, die nächstgelegenen Inseln zu besuchen, sobald Korfu gefallen ist? Es geht darum, Flagge zu zeigen und auf Zakynthos vielleicht sogar eine kleine Truppe zu stationieren.«

»Was spielt diese Insel für eine besondere Rolle?«

»Zante oder Zakynthos ist traditionell britenfreundlich. Es beliefert England vor allem mit Korinthen, und dieser Handel ist für die Insel lebenswichtig. Zur Zeit der Franzosen war er unterbunden, und nun suchen die Bewohner eine starke Schutzmacht, Rußland oder England. Sie kümmern sich nicht viel um die Einheit der Inseln. Nur als Gesamtheit können sie sich aber vor der türkischen Küste behaupten, wenn das auch kaum eine Inselbevölkerung einsieht.«

»Wir werden mit unserer Flottille alle Inseln besuchen, sobald Korfu gefallen ist. Aber bei dem Zustand der russischen Schiffe werden sie uns auch die ständige Überwachung der Straße von Brindisi übertragen wollen, damit die Franzosen nicht aus der Adria hinauskommen. Doch erst müssen wir Vido einnehmen, und darüber muß ich jetzt mit meinen Offizieren sprechen, Mr. Foresti.«

Die Inseln vor den Bergen der Feinde

(April und Mai 1799)

Sie hatten sich in der Tageskajüte des Kommodore zu einer Besprechung getroffen: Kapitän Harland, Mr. Watt und Hauptmann Ekins von Davids Flottille, Kapitän Myatlev und Oberst Tomski von den Russen sowie Oberst Mustafa von den Türken. Mr. Örgazan und Mr. Demetros standen als Übersetzer zur Verfügung.

Auf Davids Bitte erläuterte Tomski die Lage auf der kleinen Insel Vido, die die Franzosen ›Insel des Friedens‹ getauft hatten und die nun in den Brennpunkt des Krieges rückte, weil sie Strand und Hafen der Zitadelle schützte. Die Insel war flach, wie Tomski erläuterte, und lief nach Westen spitz zu. Vor dieser Spitze lag die Klippe Kondilonissi. »Da müssen sich die großen Schiffe bei der Beschießung in acht nehmen!« betonte Tomski.

Die Franzosen hatten auf der Insel etwa fünfzig Geschütze aufgestellt und circa fünfhundert Mann dort stationiert. Außer einer kleinen venetianischen Ruine gab es nur Befestigungen aus Erdwällen und Baumstämmen. »Aber«, warnte Tomski, »aus dem Hafen Mandrachio können Mörserschiffe vorgeschickt werden, die die Angreifer auf der Insel unter Feuer nehmen.« David hatte ein schwarzes Brett aufstellen lassen, und Tomski illustrierte mit Kreidestrichen, was ihm wichtig erschien.

»Wir hätten diesen Fliegenschiß auf der Landkarte längst erobert, wenn die Russen mitgemacht hätten!« polterte Mustafa, und Örgazan imitierte seinen Tonfall in der englischen Übersetzung recht gut.

David hob abwehrend die Hand und sagte auf russisch nur, daß die Türken die Insel schon längst hätten erobern wollen. In englischer Sprache betonte er, daß sie nun versammelt seien, um gemeinsam den besten Weg zur Eroberung zu finden. »Ich bin informiert worden, Oberst Mustafa, daß Ihr Admiral Kadir Bey eine zweistündige Bombardierung der Insel fordert, um die Verluste gering zu halten.«

Während die Übersetzungen durch den Raum schallten, sah David seine Offiziere an und dachte, daß er am liebsten bei Morgengrauen nach einer einzigen Salve völlig überraschend gelandet wäre. Aber hier mußte er den größten gemeinsamen Nenner finden. Die Russen waren kooperativ, und man einigte sich, daß die Russen die Insel von Westen und die Türken sie von Norden beschießen sollten. Die Schiffe müßten wie ein Dreieck postiert werden, wobei im Westen die Klippe auszusparen war.

David bestand darauf, daß an jeder Flanke zwei Briggs oder Korvetten hinter den Linienschiffen lauern müßten, um Mörserschiffe zu vertreiben, die aus dem Hafen vorstießen.

Dann schnitt er die Frage an, wie man Freund und

Feind unterscheiden solle. Die russische Marineinfanterie trug dunkelgrüne Jacken mit roten Manschetten und roten Hosen, die britischen Seesoldaten waren in rote Jacken mit weißen Aufschlägen und weißen Hosen gekleidet. Die Seeleute, die sie unterstützen, würden grüne Rangerjacken und weiße Hosen erhalten, aber wie die Türken gekleidet waren, wußte David nicht.

Mustafa informierte sie, daß sie fünfhundert Türken und fünfhundert albanische Söldner einsetzen würden. Die waren überwiegend in weiße Hemden mit weißen Hosen gekleidet, aber sie hatten keine strengen Uniformvorschriften. Nun wurde die Diskussion lebhaft, und die Übersetzer schienen alles noch mehr zu verwirren. David haßte solche Palaver, schlug die Hand auf den Tisch und hob sie, als er Aufmerksamkeit erregt hatte.

»Meine Herren, die Frage ist zu unbedeutend, um die Zeit so hoher Offiziere zu vergeuden. Ich schlage vor, daß wir Türken, Albaner, Russen und Engländer auf einem unserer Kutter an allen Schiffen mit Landungstruppen vorbeirudern lassen. Die Uniformierten zeigen sich allen, damit jeder die Uniformen wiedererkennt. Für Türken und Albaner schlage ich weiße Binden um den linken Arm vor.«

Da protestierte Oberst Mustafa und war nur mit grünen Binden einverstanden, denn grün sei die Farbe des Propheten.

David wollte schon antworten: »In Gottes Namen ...«, aber dann fiel ihm ein, daß er vielleicht religiöse Gefühle verletzen könne, und er sagte nur einfach: »Einverstanden.«

Sie besprachen noch die französischen Uniformen, bei denen es neben blauen Jacken und weißen Hosen auch verschiedene, fast zivile Kleidungen der Hilfstruppen gab, und David hatte den Eindruck, daß zum Schluß jeder nur noch auf jeden einschlagen könne. Aber die anderen schienen zufrieden, und David sicherte ihnen zu, daß er ihnen in Kürze die Lagepläne der Schiffe, ihre Beschießungssektoren und die Landeabschnitte zusenden werde. Jedenfalls war die Stimmung zum Abschied besser als zu Beginn.

Myatlev, Tomski und Harland blieben noch bei David. Er ließ Wodka bringen und sagte: »Ich hoffe, daß wir uns bald bei einer Siegesfeier sehen werden, aber vorher müssen wir doch noch ein paar Worte nur unter uns Russen wechseln.«

Sie lachten, tranken, und David fuhr fort: »Ich bin ja so neugierig, was aus den anderen Offizieren geworden ist, z. B. Leutnant Kalmykow, Kadett Kosargoff und Fürst Sorotkin. Ich kann Ihnen berichten, daß Stückmeister Duff seine alten Tage glücklich auf unserem Gut als Schmied verbringt und daß Dr. Lenthall leitender Arzt des Greenwich-Hospitals ist.«

Myatlev erzählte, daß Kosargoff gefallen sei, daß aber Kalmykow eine Fregatte kommandiere und Fürst Sorotkin Erster Leutnant auf einem Linienschiff sei. »Beide dienen in der Baltischen Flotte, aber vielleicht sieht man sich wieder.« Er zwinkerte und war nicht bereit, mehr zu verraten.

Als die Russen gegangen waren, sagte David zu Andrew Harland: »Das kann doch nur bedeuten, daß die Russen einen Teil der Baltischen Flotte ins Mittelmeer schicken werden. Davon ist unserer Admiralität noch nichts bekannt. Ich muß es Lord Nelson melden.«

Am Morgen des 1. März 1799 lag die *Thunderer* am südlichsten Ende der russischen Schiffslinie, neben sich das Flaggschiff *St. Paul*. Im Norden der Insel ankerten fünf türkische 74er in Linie, und als die *Thunderer* eine rote Leuchtrakete feuerte, begannen alle Schiffe mit dem Bombardement.

Es war ein ohrenbetäubender Lärm, wie ihn wohl noch keiner der Offiziere an Deck gehört hatte. Bei Einzelgefechten kämpften zwei Schiffe gegeneinander. In Seeschlachten waren die Linien meilenweit auseinandergezogen. Aber hier schossen, eng beieinander, zehn Linienschiffe ihre Kanonen ab, und von der Insel antworteten zunächst noch die Verteidiger. Zwischen den russischen Schiffen waren noch Mörserschiffe postiert, die ihre Steilfeuergranaten verschossen.

Für die Kanoniere auf den Geschützdecks war der Unterschied nicht so groß. Sie hatten ihre Ohren mit Tüchern geschützt und hörten sowieso kaum etwas anderes als ihre eigenen Geschütze. Sie erhöhten die Neigung ihrer Kanonenrohre alle Viertelstunde etwas, um auch die weiter entfernten Teile der Insel zu erreichen.

Von der Insel antwortete nach einer halben Stunde keine Kanone mehr. Nach einer Stunde schien die Insel von den sich kreuzenden Schüssen der Russen und Türken wie durchgepflügt. Leutnant Faulkner, der auf dem Mast nach Zielen spähte, konnte keine intakte Stellung mehr erkennen. Sicher werden noch Soldaten unversehrt in Gräben und Löchern hocken, aber ich möchte nicht mit ihnen tauschen, dachte Faulkner.

Eine grüne Rakete gab das Zeichen zum Einbooten. Hauptmann Ekins schüttelte den Kopf, als er im Boot einen Seesoldaten sah, der die britische Kriegsfahne an einer Stange trug. Mit Fahnen wie die Infanterie auf dem Schlachtfeld landeten die Seesoldaten sonst nicht, aber hier war es als Erkennungszeichen für die verschiedenen Kontingente verabredet worden. Die Boote lagen hinter den Linienschiffen zum Start bereit. Dort am Heck schien der Kutter mit David an Bord förmlich zum Sprung anzusetzen. Und dann stieg die weiße Leuchtkugel auf. Nun rissen die Seeleute die Riemen durch das Wasser. Jetzt nur schnell an den Strand und ausgebootet.

Es waren nur hundertfünfzig bis zweihundert Meter, aber sie erschienen unendlich lang. Die Ruhe war auch erschreckend nach dem lauten Kanonendonner. Noch kein Geschütz hatte von der Insel gefeuert. Aber David, der aufgerichtet am Bug stand, sah, wie französische Kanoniere eine Kanone aus der Deckung schieben wollten. Nun pfiffen ihnen auch Musketenschüsse entgegen. Dann war der Strand da, und sie sprangen ins seichte Wasser und rannten voran.

David merkte, wie er unwillkürlich »Hurra« brüllte. Und die Soldaten neben ihm schrien auch. Spar dir deinen Atem, sagte er sich, du bist kein Jüngling mehr. Er schwang auch seinen Säbel nicht länger, sondern sah auf den Boden, damit er nicht über Löcher, Holzbalken und Leichen stolperte, die immer häufiger herumlagen.

Neben David lief ein Trompeter der Seesoldaten, und David blickte nach rechts und links. Er mußte ja notfalls Kommandos geben. Aber im Augenblick ging es nur voran. Gregor war auch neben ihm und stapfte wie ein Nilpferd über alles hinweg. Vor ihnen tauchte so etwas wie ein Graben auf, aus dem sich Verteidiger ausgegraben hatten. Sie streckten ihnen ihre Gewehre entgegen. Dann krachten die Schüsse. David spürte einen leichten Schlag, und sein Hut war weg. Weiter!

Vor ihm erhob sich ein Franzose und hielt ihm das Bajonett entgegen. David schlug es zur Seite und stach dem Feind in die Brust. Dann mußte er anhalten und den Säbel herausziehen. Gregors mächtiger Fuß nagelte den Franzosen am Boden fest, und mit dem Kolben der Rifle schlug er ihm an den Kopf. Weiter!

Vorn hatten die Franzosen es geschafft und eine Kanone in Stellung gebracht. Sie luden sie, so schnell sie konnten. »Gregor!« rief David und zeigte auf die Kanone. Gregor stoppte, riß die Rifle an die Schulter, visierte, schoß, und der Mann mit der Lunte fiel um. Aber andere griffen danach. »Deckung!« schrie David. »Granaten werfen!«

Neben David sanken die Seesoldaten auf den Boden. Zwei nestelten an ihren Beuteln, holten Handgranaten heraus, zündeten sie und warfen, als die Kanone feuerte. Die Kartätschenkugeln wimmerten über sie hinweg. Hinten erschollen Schmerzensschreie. Vorn explodierten die Handgranaten und warfen die Kanoniere durcheinander.

»Auf! Voran!« befahl David und rannte weiter, vorbei an dem Geschütz. Jetzt hoben rechts und links Franzosen die Hände hoch. David rief immer nur: »Waffen weg! Runter zum Strand!« Doch nun liefen ihnen Franzosen entgegen, immer mehr. Sie hatten keine Waffen und schrien: »Pardon! Pardon!«

Was war los? David reckte sich hoch. Gregor konnte es besser sehen und sagte: »Da vorn sind die Türken. Sie schlachten alle Franzmänner ab. Die flüchten zu uns.«

»Trompeter, blas: Halt und Sammeln!«

Schweratmend hielten die Seesoldaten an und rückten zu David auf. »Nachladen! Bajonett aufpflanzen! Wo sind die Russen?«

Die Russen waren links neben ihnen und hielten jetzt auch inne. David sah Oberst Tomski, legte die Hände um den Mund und brüllte auf russisch: »Bitte Karree bilden! Gefangene in die Mitte!«

Tomski hob die Hand, und dann blies der russische Trompeter. Jetzt zeigte sich, daß Tomski seine Leute immer noch so gut drillte wie damals in der Baltischen Flotte. Die Russen rückten zusammen, bildeten zwei Reihen und formierten ein Karree.

David brüllte die fliehenden Franzosen an, in das Karree zu laufen. Als einige ihn verstanden, folgten immer mehr. Die Briten zogen sich langsam zu den Russen zurück. Die Franzosen waren keine Gefahr mehr, aber konnten die Türken und Albaner in ihrem Blutrausch gestoppt werden?

Hauptmann Ekins war jetzt bei David und ließ den Trommlerbuben schlagen, daß die Reihen zu schließen waren. Die Seesoldaten sahen sich an und lächelten erleichtert, wenn ihr Kamerad noch lebte. Ekins beauftragte einige, nach eigenen Verwundeten zu suchen und sie zum Strand zu schaffen.

Dann waren die Türken heran. Sie schrien wie in Ekstase. Vor David tobte einer wie ein Irrwisch. Sein Bart war feucht von Schleim und Speichel. Er schwang einen blutgefärbten Säbel. Ekins kommandierte: »Legt an! Trompeter: Blase Halt!« David rief: »Stop!«

Der Türke stürzte im Rausch auf ihn zu und wollte mit dem Säbel auf ihn einschlagen. Aber Gregor schlug ihn mit dem Kolben nieder. Ein anderer Türke stutzte, erkannte, daß er Briten vor sich hatte, ließ den Säbel sinken und wollte Gregor umarmen.

David sah sich um. Das russische Karree zog sich im Takt seiner Trommelschläger zum Strand zurück. Seesoldaten trugen Verwundete. Aber dann hörte er, wie die *Bulldog* feuerte, und sah zwei französische Kanonenboote, die ihren Bug und damit auch ihre feststehenden Mörser auf sie ausrichteten. David erblickte einen türkischen Befehlshaber und rief »Mustafa Bey«, weil ihm sonst nichts einfiel. Als der Türke ihn ansah, deutete er auf die französischen Schiffe.

»Ah, mortier!« rief der Türke und sah aufmerksam hin.

Jetzt stieg am ersten Mörser die Explosionswolke auf, und die Granate schraubte sich in den Himmel. Man konnte sie gut sehen. Jetzt auch die zweite. »Achtung Mörsergranaten!« rief David, so laut er konnte. »Hinlegen!« Dann schrie er es auf russisch Tomski zu. Alle um ihn herum warfen sich zu Boden. Für David war kein Platz mehr frei. Er stürzte sich über den Trommlerbuben und deckte ihn und seine Trommel ab. Und dann krachte es furchtbar laut.

David spürte einen Schlag gegen seinen Hintern, der sich über dem Trommler in die Höhe gewölbt hatte. Dann fielen Erde und Körperteile vom Himmel. Die Sprenggranate war in einer Türkengruppe explodiert. David stand auf und sah, wie die *Bulldog* die Mörserschiffe zusammenschoß. »Antreten!« befahl er. »Zurück zu den Booten!« Er winkte dem türkischen Offizier zu. Der winkte zurück und steckte seinen Degen ein. Aber nach wenigen Schritten spürte David Stiche im Hinterteil. Als er weiterging, wurde der Schmerz noch stärker.

Gregor sagte: »Sir, Sie bluten am ... na, da hinten.«

David faßte mit der Hand an sein Hinterteil und zog sie blutverschmiert zurück. »Mr. Ekins«, rief David.

»Übernehmen Sie. Ich gehe vor. Mir haben sie den Hintern abgeschossen.«

Ekins starrte ungläubig, sah das Blut, entgegnete: »In Ordnung!« und kommandierte zwei Soldaten ab, die David stützen sollten.

Am Ufer luden sie Gefangene und Verwundete ein. Vor der Reihe der Linienschiffe lagen jetzt Fregatten und Sloops, die näher ans Ufer konnten und bei der Einbootung halfen. Als David mit der zerfetzten Hose und dem blutenden Hinterteil angehumpelt kam, hatten die Matrosen der *Thunderer* Mühe, ein Lachen zu unterdrücken. Aber David blickte so ärgerlich drein, daß sie sich beherrschten. Er legte sich mit dem Bauch über eine Ruderbank und kletterte mühsam das Fallreep empor.

Mr. Cotton hatte bald Zeit für ihn, schnitt ohne viel Federlesens die Hose auf und entfernte mit einer Pinzette alle Eisensplitter und Kleiderreste. Dann schüttete er Alkohol auf die Wunden, was David laut aufschreien ließ.

»Schon vorbei!« kommentierte der Schiffsarzt lakonisch und trug dick seine Heilsalbe auf. Zuletzt wickelt er David den Unterkörper mit Verbandsmull ein. »Das nehme ich heute abend wieder ab, damit Sie sich besser bewegen können, Sir. Aber bis dahin sollten sie auf dem Bauch ruhen und die Medizin nehmen, die ich Ihrem Diener geben werde.«

Die Sanitätsmaate hoben David vorsichtig auf eine Trage und brachten ihn in seine Kajüte. Er ließ sich nicht in sein Kastenbett legen, sondern lehnte sich mit dem Bauch über das Sofa und rief nach dem Diener.

»Edward, Sie haben mir den Hintern zerschossen.

Komm, hilf mir aus den Sachen und bring mir meinen Morgenmantel, damit ich mit Mr. Watt reden kann. Und schaff mir einen Gin mit Zitronensaft her.«

Der Diener half David aus Jackett, Hemd und den Resten der Hose und zog ihm den Mantel an. Mit dem Getränk brachte er eine kleine Flasche. »Die Medizin, Sir! Es ist Laudanum drin.«

»Stell sie weg! Davon werde ich benebelt. Erst muß ich mit den Leuten reden. Leutnant Watt soll bitte kommen!«

Midshipman Heskill kam verschwitzt und verschmiert von der Insel zurück und wurde von seinem Freund Geoffrey Wilson an der Reling begrüßt. »Hast du schon gehört, wie sehr der Kommodore auf Ausgleich bedacht ist? In der Karibik haben sie ihm Brust und Gesicht zerfetzt. Jetzt hat er sich den Arsch zerschneiden lassen. Nun ist alles im Gleichgewicht.«

»Lästermaul!« antwortete Heskill. »Ist er schwer verwundet?«

»Nur Kratzer, sagt der Sanitätsmaat. Aber Sitzen soll schmerzen.«

Leutnant Shield rief dazwischen: »Wenn Sie genug gequatscht haben, Mr. Wilson, dann suchen Sie Hauptmann Ekins und bitten ihn zum Kommodore. Aber ein bißchen plötzlich, mein Herr!«

Watt und Ekins standen in Davids Kajüte. »Wir haben zwei Tote und acht Verwundete, Sir. Die Russen meinen, daß zweihundert Franzosen auf der Insel getötet wurden. Zwei oder drei Dutzend sind zur Stadt geflohen. Etwa hundert haben die Türken massakriert, und fast dreihundert wurden gefangen und vorläufig auf die Lazarett-Insel gebracht. Ihr General Piveron versucht mit allen Mitteln, eine Auslieferung an die Türken zu verhindern.«

»Das kann ich mir denken«, sagte David. »Die sind ja so barbarisch wie die malaiischen Piraten. Mr. Watt, schicken Sie doch bitte Mr. Dimitrij zu Oberst Tomski. Da ich nur leicht, aber sehr unbequem verwundet bin, lasse ich fragen, ob er mich morgen früh mit Kapitän Myatlev besuchen kann. Dann werde ich es schon schaffen, mit ihm über die nächsten Schritte zu beraten. Heute verlasse ich mich ganz auf Sie, Mr. Watt. Ankern Sie bitte etwas außerhalb der Bucht, und lassen Sie nachts doppelte Wachen aufziehen. Die Franzosen werden zwar genug an dem Rückschlag zu knabbern haben, aber man kann nie wissen.«

Als die beiden gegangen waren, empfing David nur noch den Arzt. Der legte einen bequemeren Verband an und sagte: »Das sind ja alles nur kleine Kratzer, Sir. Aber Sie wissen, wie leicht sich etwas entzünden kann. Nehmen Sie jetzt bitte die Medizin, und liegen Sie nachts bitte auf dem Bauch.«

Am nächsten Morgen stand David wieder an Deck und schaute dem Kutter entgegen, der die Russen zu ihm brachte. Oberst Tomski als der ältere kletterte zuerst das Fallreep empor, und David dachte, daß man ihm seine fünfzig Jahre kaum ansehe. Eigentlich hatte er sich in den letzten zehn Jahren überhaupt nicht verändert. Groß, kräftig, tapfer und zuverlässig wie eh und je.

Kapitän Myatlev war kleiner, untersetzt und hatte dicke schwarze Haare, die er kaum unter seinem Dreispitz unterbringen konnte. Er lachte gern und kam auch jetzt strahlend auf David zu. »Was hört man, David Karlowitsch, die Franzosen haben Ihnen den Hintern aufgerissen? Hoffentlich tut es nicht zu weh.«

David schüttelte ihm und Tomski die Hand und sagte: »Es geht schon wieder. Nur mit dem Sitzen habe ich Schwierigkeiten. Kommen Sie! Gehen wir an die Reling. Da kann ich mich aufstützen, und wir besprechen, wie wir die Stadt nehmen können.«

Sie schauten wie von einer Bühne auf die Stadt und ihre Forts. Vorn an der Spitze der Landzunge lag auf den Felsen das alte Fort oder die Zitadelle. Zwei Bergspitzen reihten sich von Ost nach West auf und wurden von der aufgehenden Sonne angestrahlt. Ein großer, breiter Graben trennte die Zitadelle von der Stadt.

Tomski wies auf die vordere Bergspitze, die von einer Kanonenbatterie gekrönt wurde. »Das ›Meerschloß‹ und dahinter das ›Landschloß‹, beide mit schweren Kanonen armiert. Überall unter den beiden sehen Sie die Bastionen mit ihren Schießscharten. Der breite, gemauerte Graben vor der Stadt heißt »Contrefosse‹ und ist trocken bis auf einen Ausstich, der sich in seiner Mitte hinzieht, und wo sie kleinere Schiffe unterbringen können. Natürlich wird diese Contrefosse mit Geschützen bestrichen, dürfte also schwer zu überwinden sein.«

David schaute auf die aus den Felsen aufsteigenden Bastionen und konnte sich auch nicht vorstellen, wie sie zu erobern wären. »Und wie ist es mit der Stadt und dem äußeren Festungsgürtel?« fragte er.

»Gestern haben sie uns noch einmal am neuen Fort …«, Tomski zeigte nach rechts, wo ein Berg von Festungsmauern gekrönt war, »… zurückgeschlagen.

Aber lange ist ihre Stellung nicht zu halten. Sie haben kein Pulver mehr und nichts zu beißen. Die Vorstadt unterhalb des Forts heißt Manduchio. Die Franzosen haben sie zerstört, weil sich die Einwohner gegen sie erhoben haben. Wir hatten sie aufgehetzt. Es sind richtige Mörder. Für Geld tun sie alles.«

Myatlev mischte sich ein. »David Karlowitsch, wir haben vorgesehen, daß die Engländer das Fort auf der anderen Seite der Halbinsel besetzen, das Fort St. Sauveur oder San Salvador. Zwischen ihm und dem neuen Fort liegen noch das Fort Abraham und das Fort Tenedos, das die Türken besetzen sollen. Von St. Sauveur aus beherrschen Sie Bucht und Vorstadt von Castrati, wo Ihre Schiffe ankern können.«

»Sie verteilen das Fell des Bären, bevor er erlegt ist«, wandte David ein.

»Die Franzosen können nicht mehr lange aushalten, David Karlowitsch. Unsere Spione in der Stadt berichten das übereinstimmend«, sagte Tomski. »Und wir müssen wissen, wie wir die Türken im Zaum halten, damit sie nicht die Bevölkerung ausrauben und massakrieren. Darum wäre es uns lieb, wenn die Engländer den Zugang zur Bucht von Castrati kontrollieren würden.«

»Na, da bin ich aber stolz, daß Sie uns nicht für Räuber halten, Boris Nikolajewitsch. Ob unsere Seesoldaten genügend Männer für die Besatzung abstellen können, muß ich noch mit Hauptmann Ekins besprechen. Aber jetzt kommen Sie erst einmal in meine Kajüte. Ich sehe Ihnen doch an, daß Sie ein ›Wässerchen‹ brauchen.«

Zur selben Zeit saßen in einer Bastion des Forts San Salvador fünf Männer des französischen Geheimdienstes zusammen. »General Chabot hat mir mitgeteilt, daß er morgen die Kapitulation von Korfu anbieten muß. Sie, Aristide, werden mit der Besatzung nach Frankreich transportiert werden, weil Sie nicht als Grieche untertauchen können. Wir anderen werden bei unseren Verbindungsleuten auf den Inseln unterschlüpfen und den Russen und Türken das Leben schwer machen.«

»Wie soll das geschehen, Bürger?« fragte der jüngste von ihnen, ein in Griechenland aufgewachsener Mittzwanziger.

»Durch Terror und Gerüchte. Ich gebe Ihnen zunächst eine Liste, auf der für jede Insel ein Kontaktmann steht. Lernen Sie die Namen, damit wir untereinander Nachrichten austauschen können. Dann habe ich hier eine Liste der Bewohner, die mit unseren Feinden zusammenarbeiten werden. Diese Kollaborateure müssen terrorisiert und ausgelöscht werden. Sie haben Geld, um Mörder zu bezahlen, und ich kann von Albanien aus Banden anfordern, die Gehöfte zerstören und die Bewohner umbringen werden.«

»Aber Bürger«, warf einer ein. »Ali Pascha, der verräterische albanische Hund, hat sich doch auf die Seite unserer Feinde geschlagen.«

»Ali, der sogenannte Löwe, ist immer da, wo er am meisten Beute wittert«, stellte der Anführer verachtungsvoll fest. »Aber er hat sich auch viele Feinde geschaffen, und die machen noch mit uns Geschäfte. Also: terrorisieren und Gerüchte über Untaten der Russen und Türken verbreiten. Dann bleiben noch die Engländer. In Palermo ist ihnen deren Kommodore entwischt. Er hat bei Guiletta nicht angebissen, und seine Leute haben eine Mörderbande vernichtet.«

»Guiletta kenne ich. Wer bei der nicht anbeißt, ist aus Eis oder ein Eunuch«, sagte Aristide.

Der Anführer schnitt die Diskussion ab. »Was immer er ist, mit Weibern versuchen wir es nicht mehr. Ich habe Leute aus Manduchio und von den Albanern an der Hand. Irgendwie werden wir ihn und ihren Generalkonsul erwischen. Vergeßt nicht, Bürger: Die Engländer sind die gefährlichsten Feinde. Die anderen segeln wieder ab. Die Engländer bleiben. So, jetzt lernt ihr noch die Listen. Dann vernichte ich sie. Heute abend schlüpfen wir durch ihre Linien. Viel Glück!«

Der Schiffsarzt war mit der Heilung von Davids Wunden sehr zufrieden. »In zwei Tagen können Sie wieder ohne Beschwerden sitzen, Sir. Es waren ja nur Kratzer. Auch die schwere Wunde am Bein, die Sie in Guadeloupe erhalten haben, ist erstaunlich gut verheilt. Sie hinken gar nicht mehr, wie ich beobachtet habe.«

»Ja, Sie haben mich immer gut zusammengeflickt, Mr. Cotton. Hoffentlich wartet nie Schlimmeres auf mich.«

An der Tür klopfte es. Midshipman Ormond meldete: »Mr. Everetts Kompliment, Sir. Ein Kutter vom russischen Flaggschiff hält auf uns zu.« Seine Stimme schwankte vom hellen Sopran bis zum tiefen Baß.

David verbiß sich ein Schmunzeln und sagte: »Danke, Mr. Ormond. Mr. Everett möchte den Boten dann zu mir schicken.«

Nach kurzer Zeit erschien ein Leutnant der Russen und meldete von Kapitän Myatlev. »Die Franzosen haben um die Bedingungen für eine Kapitulation ersucht, Gospodin. Sie möchten bitte den Kommandanten Ihrer Seesoldaten zu Oberst Tomski schicken, damit sie die Einzelheiten der Besetzung besprechen.«

David bat, Admiral Ushakow seine Glückwünsche auszurichten, informierte Ekins und ließ seine Kapitäne an Bord rufen. Noch im Verlauf des Tages verlegten die britischen Schiffe in die Bucht von Castrati, und Ekins stellte sein Kontingent an Seesoldaten von den verschiedenen Schiffen zusammen.

Die neunzig Seesoldaten der Briten boten die gewohnt glanzvolle Vorstellung, als sie am nächsten Tag durch das Tor Rimanda einmarschierten. Die Trommler und Pfeifer führten die Kolonne an, dann folgte zur Verwunderung der Zuschauer der Sergeant mit seinem Dudelsack. Sie marschierten im Gleichtakt durch Castrati, und ihnen folgten mit wiegenden Schritten etwa zwanzig Seeleute, meist Geschützführer und Richtkanoniere. Die Seesoldaten ließen sich durch die Zuschauer, die am Straßenrand jubelten und winkten, nicht beirren. Aber die Seeleute jubelten zurück, tranken zugereichte Weingläser und griffen auch schon mal den Frauen an den Busen.

Hauptmann Ekins sah es, ärgerte sich und rief Leutnant Campbell zu, er solle die Sauereien gefälligst unterbinden. Aber die Matrosen nahmen die Schimpfkanonade eines Leutnants der ›Hummer‹ nicht sehr ernst.

Fort San Salvador war mit seinen beiden Bastionen recht groß und hatte unter der Belagerung gelitten. Ekins besichtigte mit dem Leutnant und seinen Sergeanten die wenigen Häuser und die unterirdischen Galerien, um seine Männer unterzubringen. Aber zuerst mußten sie die Gewehre zusammensetzen, die Jacken ausziehen und ihre Quartiere säubern.

»Einmal nur möchte ich in ein sauberes Quartier kommen, wo ich nicht zuerst den Dreck von Jahrhunderten entfernen muß«, klagte Korporal Black.

»Ich wünschte, meine Olle wär hier. Die schafft den Dreck im Nu weg, und es macht ihr noch Spaß«, bemerkte ein Kamerad.

Die Midshipmen Heskill und Dixon untersuchten mit einem Stückmeistersmaat die Kanonen. Sie waren alle intakt und nicht beschädigt. Als er aus einer Schießscharte der nördlichen Bastion auf die dicht unter ihnen liegenden Häuser der Vorstadt blickte, machte James Dixon eine Entdeckung und rief Henry Heskill zu: »Schau mal da runter!«

Henry wollte es nicht glauben. Knapp hundert Meter entfernt stand ein von hohen Mauern umgebenes Haus, auf dessen Terrasse nackte Frauen umherliefen. Männer saßen in Bottichen. Die Frauen gossen Wasser hinein und hopsten dann zu den Kerls ins Wasser. Einige Paare liefen nach dem Bad zu einer Ecke der Terrasse, die eine Baumkrone verdeckte. Aber nach dem Geschrei und Gestöhne war nicht schwer zu erraten, was dort geschah.

»Mensch, James, die Türken haben da einen Puff. Das müssen wir uns genauer ansehen. Wenn wir da unten aus der Galerie rausklettern, können wir die ganze Terrasse sehen. Komm! Ich hole mein Teleskop.«

Henry Heskill war so aufgeregt, daß er Hauptmann Ekins kaum richtig Meldung erstatten konnte. Dann bat er noch, die nördliche Galerie kontrollieren zu dürfen. Ekins war über den Diensteifer erstaunt, hatte aber zu viel andere Dinge im Kopf und stimmte zerstreut zu. James und Henry eilten davon.

Vorsichtig kletterten sie aus einer der großen Schießscharten der Bastion und gingen auf dem Felsenvorsprung weiter, bis sie den ungehinderten Ausblick hatten. Henry Heskill sah zuerst durchs Teleskop. »Mensch, sind das Weiber. Da wäre ich auch gern Türke. Und der Kerl hat eine Latte!«

»Laß doch mal sehen!« forderte James Dixon ungeduldig. Schließlich reichte ihm Henry das Teleskop, und James konnte kaum fassen, was er sah. »Mensch, Henry, die rammeln ja einer dem anderen was vor. Und die Weiber streiten sich direkt um die Kerle. Jede will ran.«

»Komm, gib wieder her!« sagte Henry, trat einen Schritt auf James zu und stolperte. Gerade konnte er sich noch an James festhalten.

»Du Tolpatsch, paß doch auf! Wenn du hier runterfliegst, brichst du dir die Knochen.«

Henry sah sich an, worüber er gestolpert war. Es war der Rest einer Kiste, die jemand einfach aus einer Scharte geworfen hatte. Papierschnitzel hatten sich in einer Ecke gesammelt, so daß sie der Wind nicht davonwehen konnte. Er hob sie auf. Es war keine griechische Schrift, sondern lateinische, die er lesen konnte. Namen standen drauf, und als er zwei Schnipsel zusammenhielt, entdeckte er, daß den Namen Inseln zugeordnet waren. Das mußten die Franzosen geschrieben haben.

»Du, James, hier ist etwas, das müssen wir Hauptmann Ekins zeigen. Irgendwelche Listen der Franzosen. Sie haben sie zerrissen und dachten, der Wind treibt sie weit weg. Aber sie blieben in dieser alten Kiste liegen.«

»Deine Listen kannst du dir sonstwohin stecken. Ich will den Weibern zuschauen.«

Eine Stimme rief ihre Namen. »James, komm! Ich nehme die Schnipsel mit. Dann haben wir einen Grund, warum wir hier draußen waren.«

Leutnant Campbell sah sich ihren Fund genauer an. »Das sind Listen der Franzosen mit Namen von Griechen. Hier steht auch ›confidentiel‹, das heißt ›geheim‹. Das müssen wir dem Kommodore zeigen, wenn er heute nachmittag mit dem Generalkonsul kommt.«

Mr. Foresti konnte mit einem Teil der Namen etwas anfangen. »Das sind Männer, die für die Unabhängigkeit der Inseln eintraten und nicht mit den Franzosen zusammenarbeiteten. Die anderen Namen kenne ich zum Teil. Es sind Namen von Leuten, von denen man munkelt, daß sie mit den Franzosen heimlich mauscheln oder daß sie für jede Schandtat zu haben sind, wenn es etwas einbringt. Bei einigen habe ich nur den Namen gehört. Ich werde es mit meinen Agenten besprechen. Ich glaube, die Franzosen haben hier etwas vor.«

David sagte zu den Midshipmen: »Zeigen Sie mir doch einmal, wo Sie die Schnipsel gefunden haben!«

Heskill und Dixon führten ihn zu der Schießscharte und sagten: »Hier drunter, Sir.«

David reckte sich und sah nach unten. Dann hörte er fernes Juchzen und Gelächter und erblickte die Terrasse. Er schaute sich um und lachte. »Daher also Ihr Diensteifer, meine Herren. Naja, wenn wir dadurch Informationen erhalten, können Sie ruhig öfter nach nackten Weibern schauen.«

David schritt an der Spitze seiner Kommandanten und Offiziere über die große Brücke von der Stadt über die Contrefosse zur Zitadelle. Admiral Ushakow hatte am Abend des dritten Tages, den die Verbündeten in der Stadt waren, zu einem Empfang geladen. Es war ein Abend ohne Frauen, denn viele Griechen hielten ihre

Frauen strikt im Haus, und der Admiral war noch zurückhaltend bei der Auswahl einzuladender Griechen. Erst wollte er Klarheit haben, wer den Lockungen der Franzosen widerstanden hatte.

Alle Offiziere waren in Paradeuniform, auch die vier Midshipmen, die David begleiteten. Am Eingang der Zitadelle wartete Kapitän Myatlev auf sie, eine besondere Ehre.

»Ich werde Sie zum Gouverneurshaus begleiten, David Karlowitsch. Es sind nur ein paar Schritte.« Sie gingen auf das lange, zweistöckige Gebäude zu, das dem Tor gerade gegenüberlag. Vor dem Gebäude stand eine Statue aus weißem Marmor.

»Das ist Ihr Landsmann, David Karlowitsch, der Graf von Schulenburg, der die Festung 1716 verteidigte.«

David sah zu dem in römische Tracht gekleideten Feldherrn empor, der einen Lorbeerkranz auf dem Haupt trug und einen Marschallstab mit der rechten Hand vorstreckte. Der Sockel war mit einer lateinischen Inschrift versehen. David erklärte seinen Offizieren, wen das Denkmal darstellte, und fragte, wer noch gut genug Latein könne, um die Inschrift zu übersetzen.

Niemand war recht sattelfest, und sie konnten nur erschließen, daß ein Graf Matthias Johannes Schulenburg, Präfekt des gesamten Gebietes, die christliche Republik mit seiner Kraft und Tapferkeit gerettet habe. »Wir hätten den Reverend mitnehmen sollen«, meinte David und schritt voran.

Es war auch ohne Frauen ein buntes Gewimmel. Die etwa sechzig Offiziere trugen die unterschiedlichsten Uniformen, und die Türken sicher die farbenfreudigsten. Sie zeigten auch Diamanten und Edelsteine an ihren Turbanen und Jacken. Von den Briten fiel David durch den Orden des Nizzams von Haidarabad auf, und natürlich durch seine russischen Orden. Auch Hauptmann Ekins mit seiner roten Uniform hob sich deutlich von den überwiegend weißgrünen Uniformen der Russen ab.

Admiral Ushakow und sein Vertreter, der Türke Kadir Bey, ließen die Offiziere an sich vorbeiparadieren. Ushakow empfing David jovial, Kadir Bey war gemessener. David stellte seine Offiziere vor. Kadir Bey fragte etwas, und Mr. Demetros übersetzte: »Seine Exzellenz fragt, ob der sternförmige Orden mit den Diamanten und Edelsteinen von einem türkischen Herrscher verliehen wurde.«

»Nein«, antwortete David. »Er ist aus Indien vom Nizzam von Haidarabad für die Befreiung seines Sohnes aus Piratenhand.«

Es begann mit Wodka, und das ›Wässerchen‹ begleitete sie den ganzen Abend. Daneben wurden auch griechische und italienische Weine angeboten, französischer Kognak aus Beutebeständen, nur die Türken mußten mit Säften und Kaffee vorliebnehmen. Aber mancher mußte in seinen Kaffeetassen etwas anderes verborgen haben, denn einige wurden sehr lustig.

Das Essen war ausgezeichnet. David fragte sich, wie solche Fülle so schnell in die ausgehungerte Stadt gebracht worden war. Und dann betrat eine Gruppe russischer Matrosen den Saal. »Mr. Harland«, rief David über den Tisch. »Jetzt können wir wieder die schönen Volkslieder hören.«

Die Erinnerungen überwältigten David fast. Wie hatte er diese ergreifenden Weisen, diese Vollendung des Gesanges schon in St. Petersburg, Reval und

Kopenhagen genossen. Er war nicht sehr musikalisch, aber diese Lieder nahmen ihn immer ganz gefangen. Von einigen kannte er noch den Text, und Midshipman Grant stieß seinen Nachbarn an, damit der auch sah, wie der Kommodore die Lippen bewegte.

Nach den Gesängen folgten neue Speisen, und dann zeigte eine türkische Truppe einen Schwertertanz. Admiral Ushakow rief dazu auf, sich nun ein wenig mit den Waffenkameraden, er gebrauchte tatsächlich dieses Wort, bekannt zu machen, ehe man das Essen fortsetze. Um ein Beispiel zu geben, schritt er selbst auf David zu und sagte: »Kommen Sie, David Karlowitsch. Gehen wir ein wenig umher. Ich möchte Ihnen etwas mitteilen.«

Ushakow nickte hier und da einem Offizier zu, schüttelte einige Hände und informierte David, daß seine Schiffe in schlechtem Zustand seien. Nur wenige hätten gekupferte Rümpfe, und er könne nur einige Wind und Wetter aussetzen. Die meisten müsse er schonen. Er bat David, die Kontrolle der Adria zwischen Korfu und Otranto zu übernehmen. Er werde in Kürze eine Flottille nach Ancona senden.

David überlegte einen Moment. Generalkonsul Foresti hatte ihn überzeugt, daß es sehr wichtig sei, die Sieben Inseln zu besuchen und die britische Flagge zu zeigen. »Gospodin Admiral«, antwortete er schließlich. »Ich muß mich mit den Gewässern hier vertraut machen und zu diesem Zweck alle Inseln besuchen. Aber ich werde auch den Adriaausgang kontrollieren und auch in Richtung Ancona aufklären, wenn es zu den Gesamtoperationen paßt.«

Ushakow war mit der Antwort nicht so ganz glücklich, aber er nickte zum Einverständnis und sagte: »Da will Sie ein Landsmann sprechen.« Er zeigte auf einen russischen Kapitän, der sich ihnen näherte, und stellte ihn als Kapitän Thomas Messer vor.

Kapitän Messer schüttelte Davids Hand und erzählte, daß er unter Lord Howe seine Laufbahn begonnen habe, aber nach dem Ende des Krieges mit Amerika in russische Dienste getreten sei.

Als David die Parallelen in seinem Leben erwähnte, fanden sie manche gemeinsame Erinnerung. David war überrascht, als ihm Kapitän Messer noch sagte, daß relativ viele Griechen in der Schwarzmeerflotte als Offiziere dienten. »Wir sind eine recht bunte Mischung in der grünen Uniform, Sir David. Aber wir kommen gut zurecht. Und unser Admiral ist vielleicht zu ruhig und gesetzt, um eine blendende Erscheinung darzustellen, aber er ist ein ehrenhafter und gerechter Mann. Mir hat sehr imponiert, wie er auf den Inseln allen sogenannten Russenfreunden entgegentrat, die die Kollaborateure der Franzosen abschlachten wollten.«

Der Türke, den David auf Vido gesehen hatte, näherte sich nun. David winkte Mr. Demetros, damit er übersetzen könne. Aber der Türke sprach ihn französisch an, und David merkte bald, daß er besser Französisch konnte als er selbst. Der Türke stellte sich als Oberst Kemal vor und bedankte sich für den Hinweis auf die Mörserschiffe. Er gehörte zur Infanterie, die an Bord der türkischen Schiffe war.

Als David sehr vorsichtig die unterschiedliche Verhaltensweise gegenüber Gefangenen anschnitt, nickte Oberst Kemal. »Unsere Soldaten und besonders die Albaner haben eine andere Mentalität, Kommodore. Sie haben es selbst nicht anders erlebt in den Kriegen in Asien und auf dem Balkan. Der Sieger tötet die Männer, greift die Beute und nimmt sich die Frauen. So ist Asien, und ich kann sie mit Befehlen manchmal bändigen, aber ihre Natur nicht ändern. Sie werden doch noch andere Völker mit der gleichen Mentalität erlebt haben.«

David mußte zugeben, daß er im Indischen Ozean häufig Piratenvölker kennengelernt habe, die auch nichts anderes kannten. Bevor sie ihre Unterhaltung fortsetzen konnten, wurde geklingelt, um eine neue Vorführung anzukünden.

Eine griechische Truppe führte einen Männertanz auf. Interessant fand David nur die Trachten, aber sonst war das die schwächste Darbietung des Abends. Er merkte, daß er müde wurde und daß ihm das Sitzen doch wieder schwer fiel. Aber da erhob sich auch schon Admiral Ushakow und kündigte mit dem Hinweis auf die Anforderungen des Dienstes das Ende des Abends an. Eigentlich kannte David bei russischen Offizieren nur Feste ohne Ende, aber heute war ihm das sehr recht.

Er suchte Mr. Watt und bat ihn, das Kommando der *Thunderer* für die Nacht zu übernehmen. »Mr. Foresti hat mich so dringend gebeten, bei ihm zu übernachten. Ich glaube, er hat ein prächtiges Haus und möchte mich beeindrucken. Ich kann ihm den Wunsch nicht abschlagen. Ich komme morgen vormittag an Bord. Übermorgen früh laufen wir aus, um die anderen Inseln zu besuchen. Mr. Foresti wird uns begleiten. Sie können ja schon mit den Vorbereitungen beginnen.«

Die Offiziere der *Thunderer* schritten über die Brücke der Contrefosse und bogen nach links ab, wo am Kai ein Boot der *Thunderer* wartete, um sie zu ihrem Schiff vor Castrati zu rudern. Die vier Midshipmen gingen voran und scherzten ein wenig angeheitert. Es war dunkel und nieselte etwas.

An der Straße hinter dem Kai brannten noch die Laternen kleiner Hafenkneipen. Dazwischen lagen die dunklen Mauern von Lagerhallen oder Läden mit Schiffsbedarf. Ihr Boot war nicht zu sehen, denn der Maat hatte es dicht an der Kaimauer festgemacht und an zwei Rudern ein Segeltuch so befestigt, daß die Bootswache vor der Feuchtigkeit geschützt war. Die Seeleute, die zur Wache nicht gebraucht wurden, waren in die nahegelegene Taverne beurlaubt worden.

Ein Regenschauer stürzte vom Himmel, und Mr. Watt suchte mit den anderen Offizieren schnell Schutz unter einem Vordach. »Verdammt, wo ist das Boot?« fluchte er.

Midshipman Mahan antwortete »Es wird dort unten an der Kaimauer festgemacht haben, Sir.«

Bryan Mahan trug seinen neuen Umhang, den er sich in Palermo in übermütigem Vorgriff auf sein Prisengeld gekauft hatte. Es war ein leichtes, blaues Wollplaid, und seine Kameraden hatten mit ein wenig Neid gespottet, er sehe aus wie ein Admiral.

»Nun, Sie sind ja gegen Regen gut geschützt, Mr. Mahan. Dann gehen Sie mal nach vorn und rufen das Boot«, ordnete Mr. Watt an.

Bryan Mahan bestätigte und trat nach vorn, ging ein paar Schritte die Straße entlang und rief laut: »*Thunderer*!«

Die Bootswache schlug das Segeltuch zurück und meldete sich: »Hier, Sir.«

Einer der Matrosen wollte gerade aus dem Boot klettern, als zwei Schüsse dicht hintereinander folgten. Der Matrose richtete sich auf und sah, wie eine dunkle Gestalt im blauen Offiziersumhang vornüber stürzte. Er rannte die Stufen der Treppe hinauf und erkannte, daß seine Kameraden neugierig aus der Taverne liefen und wie sich gegenüber eine Gruppe von einem Haus löste.

»Hier *Thunderer*!« rief Mr. Watt. »Waffen bereit! Greift die Mörder!«

Alle sahen sich um. Wo waren die Schützen? Da rannten zwei Männer aus der Tür eines Lagerhauses auf die Straße und wandten sich einer nach links, der andere nach rechts. Jetzt schrien alle: »Da sind sie! Greift sie!«

Edward Grant hatte wie in einem Alptraum gesehen, daß sein Freund Bryan zusammensank. Jetzt wollte ein Kerl vor ihm schnell die Gruppe passieren und im Dunkel einer Gasse verschwinden. Edward reagierte wie als Junge bei den rauhen Spielen auf dem Dorfplatz. Er sprang drei Schritte vorwärts und grätschte dem Kerl zwischen die Beine. Der fiel zu Boden. Die Muskete schlitterte auf dem Pflaster der Straße entlang. Nun waren auch die anderen Offiziere heran.

»Wir haben ihn!« scholl es von der Taverne, und die Seeleute zerrten rauh den Burschen hoch, den sie eben zu Boden geworfen hatten.

»Haltet sie gut fest!« befahl Mr. Watt und lief zu Bryan Mahan. Er faßte ihn an der Schulter an und drehte ihn vorsichtig herum. Dann fühlte er am Hals nach dem Pulsschlag und schlug den Umhang zur Seite, um nach den Wunden zu sehen. Dicht oberhalb des Herzens waren zwei große Ausschußlöcher. Da war nichts zu machen. »Er ist tot. Bringt ihn unter das Vordach!«

Zwei Seeleute wollten Arme und Beine packen, aber Edward Grant und die beiden anderen Midshipmen sagten: »Laßt nur! Das machen wir.« Vorsichtig nahmen sie Bryan und legten ihn unter dem Dach nieder.

Mr. Watt hatte sich inzwischen die beiden Mörder

bringen lassen. Es waren der Kleidung nach Albaner. »Mr. Everett und Mr. Faulkner, gehen Sie bitte mit den Midshipmen an Bord. Mr. Örgazan, ein Korporal und vier Seesoldaten sollen kommen. Ach ja, eine Trage sollen sie mitbringen.« Dann wandte er sich an alle. »Wer weiß, wo Mr. Foresti wohnt?«

Mr. Jaling, der Senior der Midshipmen, meldete sich. »Ich habe ihn gestern begleitet, Sir. Es sind nur ein paar hundert Meter.«

»Dann laufen Sie bitte hin und holen den Kommodore. Nehmen Sie einen Mann mit Waffen mit!«

Grant und Paul Ormond baten Mr.Watt: »Dürfen wir bei Bryan bleiben, Sir, bis er abtransportiert wird?«

»Na gut«, entschied der Erste Leutnant. »Fragen Sie inzwischen in der Taverne, ob jemand englisch spricht.«

Die Albaner sagten kein Wort, ob die Seeleute drohten oder nicht. Von der *Thunderer* kehrte das Boot zurück, und fast gleichzeitig hörten sie das Rattern einer Kutsche auf dem Pflaster. David stieg aus. Mr. Foresti folgte ihm, und Gregor sprang vom Bock. Mit wenigen Worten hatte Mr. Watt David orientiert. Der sah die beiden Albaner an und sagte, ohne den Blick von ihnen zu wenden: »Ich brauche ein paar große Holzzwingen und ein Lagerhaus, wo uns niemand stört.«

Dann trat er zu Bryan Mahan, beugte sich zu seiner Leiche nieder und strich ihm übers Haar. »Legt ihn auf die Trage und bringt ihn aufs Schiff. Ich will keinen Midshipman mehr hier haben.« Gregor trat zu ihm und flüsterte etwas in sein Ohr. Dann lief ein Matrose heran und zeigte drei große Holzzwingen, wie sie die Zimmerleute brauchen, wenn sie Bretter aneinanderpressen, um sie zu verleimen. »Gut!« sagte er. »Schafft das Mordgesindel dort rein!«

David schaute noch einmal zu Bryan Mahan, den sie wegtrugen, und ging in das Lagerhaus. In seiner Erinnerung war es wieder Januar 1784. Er hatte das Kommando über die Sloop *Guardian* der Ehrenwerten Ostindischen Kompanie erhalten, und Schmuggler und Mörder hatten ihn gejagt. Damals hatte sein Freund William Hansen die Verbrecher mit Hilfe Isidor Latitres, den alle nur den ›Kanadier‹ nannten, zum Reden gebracht. Ihm war, als hörte er den Kanadier noch einmal. »Sie reden alle. Nirgendwo sind Männer so erfolgreich einzuschüchtern wie durch Qual und Zerstörung ihres Pimmels. Finger- und Zehennägel lassen sie sich zerquetschen, aber nicht ihren Mannesstolz. Ich habe die Methode von den Indianern übernommen.«

Der Kanadier war 1787 in Indien gefallen. Heute mußte er selbst das Mordgesindel zum Sprechen bringen.

Er ließ die Gefangenen in ein leeres Lagerhaus tragen und in verschiedene Räume führen. »Bindet sie so am Boden fest, daß sie mit gespreizten Beinen auf dem Rücken liegen und sich nicht bewegen können. Reißt ihnen die Hosen herunter!« befahl David. Er sah zu, wie einer der Albaner festgebunden wurde, und wog die große Schraubzwinge in der Hände. Nein, dachte er sich, ehe ich sie wirklich foltere, werde ich einen Trick versuchen.

Er bat Mr. Örgazan, seine Worte zu übersetzen und sagte zu dem Albaner: »Schau dir diese Schraubzwinge an, du Mistkerl. Damit werden wir deinen Schwanz zermatschen, und du wirst künftig weder pinkeln noch mit einer Frau schlafen können. Und an den Huris im Paradies wirst du keine Freude haben. Ich werde dir

Fragen stellen, und wenn du den Starken spielen und schweigen willst, dann drehen wir zu. Ich hab' schon Leute erlebt, die sind verrückt geworden, wenn sie ihren Schwanz als Brei sahen. Wir fangen bei deinem Kumpel an.«

Zwei Seeleute schoben unter wüsten Beschimpfungen den Penis des Gefangenen zwischen die Backen der Zwinge, und David nahm Mr. Örgazan zur Seite. »Sie werden jetzt Schreie und Stöhnen von nebenan hören. Machen Sie dem hier Angst. Sagen Sie ihm, wie furchtbar die Schmerzen sind und was er im Paradies versäumt. Ich muß wissen, wer den Auftrag gab und wen sie erschießen sollten. Mr. Mahan kann nicht ihr wahres Ziel gewesen sein.«

Er ging mit Gregor und zwei Seeleuten nach nebenan. Dort warteten andere mit dem zweiten Albaner. Er ließ ihn einen Raum weiter führen und am Boden festbinden. Dann drohte er ihm die Folter mit den gleichen Worten an wie dem ersten. Diesmal übersetzte Mr. Foresti und wurde kreidebleich bei Davids Worten. »Knebelt ihn!« befahl David und ging mit Gregor zurück in den Raum zwischen den beiden Gefangenen.

»Auf dem Flur liefen viele Ratten rum. Gregor, besorg mir eine!« Dann stellte er sich an die Tür, hielt die Hand vor den Mund und fing an zu schreien, wie ein Mensch in höchster Qual seinen Schmerz hinausbrüllt. Er stieß hohe, unzusammenhängende Schreie aus, wimmerte und jaulte zwischendurch und brach dann mit einem fast tierischen Brüllen ab.

Gregor kam zurück, eine halb zerquetschte Ratte in der Hand. »Das hat sich ja furchtbar angehört, Gospodin. Hier ist die Ratte. Sie ist ein bißchen zerquetscht worden, als meine Kugel sie traf.«

»Das ist gerade recht, Gregor«, sagte David. »Gib mir eine Schraubzwinge!« Als Gregor sie ihm reichte, beschmierte er die Backen der Zwinge mit Blut und Fleischfetzen und ging dann in den Raum, wo der erste Albaner lag.

»Sir, das können Sie doch nicht tun. Ich halte das nicht aus«, stammelte Mr. Örgazan und würgte, um sich nicht zu übergeben, als er die Zwinge sah.

Bewußt grob antwortete David: »Sie tun, was ich befehle. Basta!« Dann wandte er sich dem Albaner zu, der ihn mit entsetzten Augen anstarrte. Er hielt ihm die Zwinge vors Gesicht. »Da, das war der Schwanz deines Kumpans. Und geredet hat er doch. Hätte er es eher getan, hätte er jetzt keinen Brei zwischen den Beinen. Jetzt will ich es von dir hören, damit ich weiß, ob er die Wahrheit sagte. Wenn du nicht reden willst, drehe ich zu. Immer drei Windungen. Wen solltet ihr ermorden?«

Der Albaner brachte vor Angst die Worte kaum hervor, aber Mr. Örgazan übersetzte: »Den englischen Befehlshaber.«

David sagte: »Das hat dein Kumpel auch zugegeben. Und wer gab euch den Auftrag?«

»Ein Franzose. Ich weiß nicht, wie er heißt . Er wohnt in der Taverne Papiris in der Ogos Agias Theodoras, direkt an der Ecke zum Hafen.«

David kannte die Adresse. Der falsche Leutnant in Gibraltar hatte sie erwähnt, und er hatte vergessen, Mr. Foresti davon zu berichten. »Was habt ihr dafür erhalten?«

»Zwanzig Theresientaler.«

David nickte und sagte zu dem Seemann: »Kneble ihn!« Mr. Örgazan und Gregor winkte er, mit ihm zu kommen, und ging in den Raum, wo der zweite Albaner mit Mr. Foresti wartete. Er ließ ihm den Knebel herausnehmen, zeigte ihm wieder die blutverschmierte Zwinge und stellte ihm die gleichen Fragen.

Mr. Örgazan übersetzte diesmal viel sicherer, aber Mr. Foresti zitterte noch vor Grauen. Dieser Albaner wußte sogar den Namen des Franzosen. Monsieur Savois, ein mittelgroßer Mann.

David wandte sich an Mr. Foresti. »Beruhigen Sie sich! Niemand ist gefoltert worden, obwohl ich es getan hätte, wenn sie nicht auf den Trick hereingefallen wären. Diese Mörder verdienen es nicht anders. Sie bringen sie jetzt bitte mit den Seesoldaten zur russischen Wache im Fort und berichten, daß die beiden einen britischen Offizier ermordet haben. Morgen melden sich die Zeugen beim Gerichtsoffizier des Admirals. Ich gehe zu Monsieur Savois. Nimm die Schraubzwinge mal mit, Gregor.«

Die Engländer sicherten alle Ausgänge aus dem Haus. Dann ging David mit Mr. Watt und Gregor in die Taverne und fragte nach Monsieur Savois. Der Kellner zeigte zur Treppe und wies nach oben. David ging hinauf und klopfte an eine Tür. Ein Diener öffnete und antwortete auf Davids Frage, Monsieur Savois sei nicht mehr zu sprechen. David gab Gregor einen Wink, der setzte dem Diener ein Messer an die Kehle, und nun führte er sie zu Monsieur Savois.

Monsieur Savois saß im Schlafrock an einem Schreibtisch. Er deckte das Schriftstück schnell ab, als sie eindrangen, und stand auf. David fuhr ihn an: »Sie wollten mich ermorden lassen. Ihre albanischen Mordgesellen haben wir zum Reden gebracht.« Er zeigte die blutverschmierte Zwinge. »Auch Sie werden reden.«

»Aber ja«, antwortete der Franzose, nahm ein winziges Kristallfläschchen aus der Brusttasche seines Schlafrocks, streifte blitzschnell den Stöpsel ab und schluckte den Inhalt, ehe David seinen Arm zur Seite schlagen konnte. Er krümmte sich zusammen, die Augen traten hervor, dann sank er zu Boden. Ein Schaumbläschen bildete sich vor seinem Mund und platzte schließlich.

»Er war cleverer als wir«, stellte David bedauernd fest. »Es war ja auch sein Beruf. Mr. Watt, Sie untersuchen bitte mit Mr. Örgazan und zwei Seeleuten das ganze Haus und bringen alle Schriftstücke und was sonst verdächtig erscheint auf die *Thunderer*. Ich gehe voran und diktiere schon den Bericht an Admiral Ushakow. Ich werde auch die Russen informieren, daß sie die Leiche abholen sollen.«

Am nächsten Vormittag trat ein von den Russen eingesetztes Gericht zusammen und verurteilte die Albaner zum Tod durch Erhängen. Die Sichtung der Funde aus dem Haus von Monsieur Savois ergab Kontakte zu den Inseln, zu Ali Paschas Umgebung und einen Fonds von fünftausend Theresientalern.

Mr. Mahan beerdigten sie mit allen Ehren am Nachmittag auf dem Friedhof der Festung. David erklärte den Midshipmen, daß er den Eltern schreiben werde, ihr Sohn sei bei der Erstürmung der Insel Vido durch Herzschuß gefallen. Wer an die Mahans schreibe, möge das bitte auch so darstellen.

Nach der Beerdigung verabschiedete sich David von Admiral Ushakow und teilte seinen Kommandanten die Befehle für die kommenden Tage mit.

Als die Flottille am nächsten Vormittag die Bucht von Castrati verließ, sahen sie, wie auf der Esplanade, dem großen Platz zwischen Zitadelle und Stadt, an drei Galgen drei Körper hochgezogen wurden. Zwei zuckten noch eine Weile. Dann hingen alle still. Ein russisches Truppenkommando marschierte ab. Die Zuschauer standen noch herum und gafften.

Mr. Watt hatte es mit dem Teleskop beobachtet. »Sie haben sie regelrecht stranguliert, Sir. Und den Franzosen haben sie als Leiche aufgehängt.«

David nickte nur. Die Mörder kümmerten ihn nicht, aber Bryan Mahans Tod hatte die Erinnerung an den Tod seines Sohnes wieder wachgerufen. Er ging ruhelos auf dem Achterdeck hin und her und achtete nicht auf die hohen Berge Albaniens, die über die See zu ihnen herüberdrohten.

Die Flottille segelte in Kiellinie durch die Meerenge zwischen Albanien und Kap Stefanou. Der Master stand an Deck und wies die Midshipmen auf markante Punkte hin, den Pantokrator, mit über neunhundert Meter höchster Berg Korfus, und auf die kleinen Klippen Barchetta und Caparelli, die in der Meerenge den Schiffen gefährlich werden konnten.

Auf der albanischen Seite sahen sie eine Stadt, Türme und ein Fort. »Das ist Butrinto. Es war unter venezianischer Hoheit unabhängig, dann von Frankreich besetzt, bis es Ali Pascha im vorigen Herbst eroberte und die Einwohner abschlachten ließ«, erläuterte Mr. Foresti.

Dann gingen die Fregatte *Shannon* und der Kutter *Falcon* auf Westkurs, um zwischen Korfu und Kap Otranto auf feindliche Schiffe zu achten. Die *Thunderer* und die Brigg *Bulldog* segelten an der Westküste Korfus entlang nach Süden. »Wir wollen uns dem Hafen St.

Nicolas nähern, Mr. Watt, so heißt er jedenfalls auf meiner französischen Karte. Davor ist die Landzunge mit dem Schloß Angelokastro. Wenn wir zwischen Korfu und Kap Otranto patrouillieren müssen, wäre der Hafen viel günstiger als Korfu.«

Sie segelten dicht heran, setzten auch ein Boot aus und fanden einen geschützten Hafen, in den Bäche mündeten und in dessen Nähe Dörfer lagen. »Ein guter Ankerplatz«, bestätigte der Master.

Gegen Mittag erreichten sie die kleine Insel Paxi und steuerten ihre Ostküste mit den olivenbedeckten Hügeln an. David verabredete mit Mr. Watt, daß die *Thunderer* die Insel umrunden und die Buchten mit Booten erkunden werde. »Nach dem Handbuch soll es dort auch große Meerwasserhöhlen geben, Mr. Watt. Am Abend holen Sie uns hier ab.«

David stieg auf die *Bulldog* um, weil die *Thunderer* zuviel Tiefgang hatte, um den schmalen Meeresarm zwischen dem Dorf Gaïos und der Insel Agios Nikólaos zu passieren. Mr. Foresti und Leutnant Thomson mit einem Kontingent Seesoldaten begleiteten ihn. Über der von den Venezianern erbauten Festung auf der Insel wehte die russische Fahne, und die *Bulldog* schoß Salut. David ließ sich mit einem Boot an Land rudern und stattete dem Festungskommandanten einen Besuch ab.

Der Aufstieg zur Festung war kurz und steil, so daß das Seesoldatenkontingent nicht zur Geltung gekommen wäre. David ging mit Gregor und zwei Midshipmen zur Festung, und Mr. Foresti marschierte mit den Seesoldaten an der gaffenden und jubelnden Bevölkerung vorbei zum Bürgermeister des Dorfes.

Der Festungskommandant war ein Hauptmann, der mit dreißig russischen Soldaten und fünfzig griechischen Milizionären die Festung hielt. Er war froh über die Abwechslung und traktierte David sofort mit Wodka. Dann klagte er bitter über die Räuberei albanischer Banden, die nachts mit Booten kamen und einzelne Höfe überfielen. Sie mordeten alle Bewohner und schleppten fort, was nicht niet- und nagelfest war. Er erhob sich und winkte David, ihm zum Fenster zu folgen. »Sehen Sie dort, nicht einmal zwanzig Kilometer entfernt, ist die albanische Küste. Als letzte freie Stadt liegt dort Parga. Alles andere hat Ali Pascha im letzten Jahr in seine Hände gebracht. Er unterstützte die Belagerung Korfus mit einigen tausend Albanern, und gleichzeitig raubten seine Banden die Inseln aus. Ich habe bei Admiral Ushakow schon oft gefordert, daß Schiffe zwischen dem Land und den Inseln patrouillieren sollen, aber die liegen lieber im Hafen, saufen und huren. Ja, bei hellem Sonnenschein segeln sie manchmal vorbei, aber dann läßt sich natürlich kein Räuber blicken.«

David erklärte, daß er zuerst alle Inseln besuchen wolle, dann aber auch nachts die Meerenge überwachen werde.

Mr. Foresti sprach ebenfalls über die albanischen Banden, als er sich wieder mit David traf. Aber dann berichtete er auch über den guten Eindruck, den die Seesoldaten hinterlassen hätten. »Die Leute sind unzufrieden mit den Russen, Sir David. Der Hauptmann ist korrekt und hält seine Soldaten im Zaum. Aber sie sind alle furchtbar faul und passiv und beschützen die Bevölkerung nicht richtig. Ich habe den Griechen zugeredet, sich Vertreter zu wählen und sie nach Korfu zu senden.«

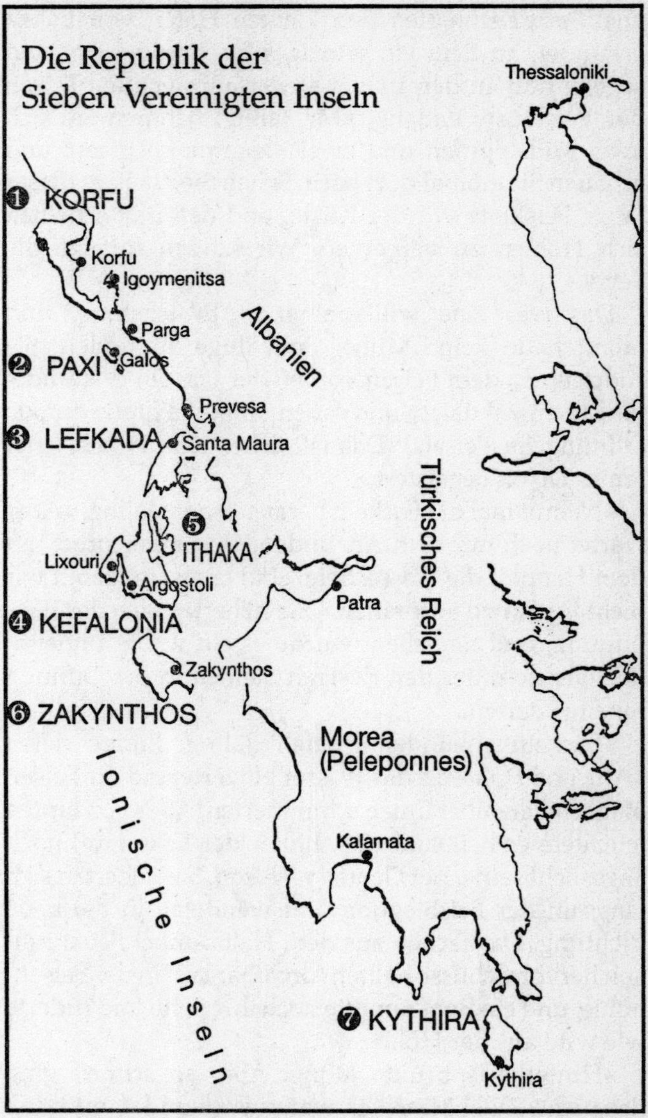
Die Republik der
Sieben Vereinigten Inseln
Thessaloniki
1 KORFU
Korfu
Igoymenitsa
Albanien
Parga
2 PAXI
Galos
Prevesa
3 LEFKADA
Santa Maura
Türkisches Reich
5
ITHAKA
Lixouri
Argostoli
Patra
4 KEFALONIA
Zakynthos
6 ZAKYNTHOS
Morea
(Peleponnes)
Ionische Inseln
Kalamata
7 KYTHIRA
Kythira

Die *Thunderer* hatten den kleinen Hafen von Lákka erkundet, an dem ein winziges Fischerdorf lag, und segelte nun an den immer steiler aufragenden Felsen der Westküste entlang. »Mr. Jaling, nehmen Sie sich zwei Midshipmen und zwei Steuermannsmaate und schauen Sie einmal dort nach. Sehen Sie, da liegt dieser lange Felsklotz vor der Küste, und dahinter scheinen sich Höhlen zu verbergen. Wir kürzen solange die Segel.«

Das war eine willkommene Abwechslung, und Jaling hatte keine Mühe, Freiwillige zu finden. Sie ruderten an dem Felsen vorbei, der wie ein gestrandeter Riesenwal dalag, und sahen dann die große dunkle Öffnung im Felsen. »Das ist sicher eine Höhle!« rief James Dixon begeistert.

»Nehmt mal die Fackeln heraus«, sagte Jaling. »Aber wartet noch mit dem Anzünden. Und einer prüft mit dem Handlot die Wassertiefe. Und langsam, damit wir nicht irgendwo aufprallen.« Sie näherten sich der Felsöffnung, und manchem wurde es ein wenig unheimlich, als sie unter den riesigen Steinen in die Öffnung hineinruderten.

»Fackeln anzünden!« befahl Jaling. Einige riefen »Ah« und »Oh«, als das Wasser glitzerte und die Felsen blauschwarz über ihnen schimmerten. Aber von hinten leuchtete es hellblau. »Da, hinter der Ecke muß noch Tageslicht sein«, rief Geoffrey Wilson. Sie näherten sich langsam der Felsbiegung und wendeten in die neue Richtung. Da stachen aus dem Halbdunkel Feuerzungen hervor, Schüsse hallten furchtbar laut in der Felsenhöhle, und ein Boot rammte noch ihre Seite und ruderte wie wild aus der Höhle.

»Hinterher!« brüllte Jaling. Aber so schnell ging das nicht. Zwei Matrosen waren verwundet, und drei

Riemen bei dem Anprall zerbrochen. Sie wechselten die Riemen aus, hoben die Verwundeten von den Ruderbänken, und dann pullten sie dem Boot hinterher.

Die *Thunderer* konnten sie noch nicht sehen. Sie war durch die Felsklippe verborgen. Aber dreihundert Meter vor ihnen war das fremde Boot und setzte jetzt ein Lateinersegel. »Schnell eine Leuchtrakete!« rief Jaling. »Und feuert eine Muskete ab!«

Auf der *Thunderer* hatte Leutnant Shield Wache und hatte sich über den krachenden Hall von Schüssen aus der Höhle gewundert. Wer weiß, was die Middis, so kürzten sie die Bezeichnung Midshipmen ab, wieder für Unsinn anstellten? Aber dann sah er ein fremdes Boot hinter der Klippe hervorkommen und Segel setzen. Er hörte einen Schuß und erblickte die Leuchtrakete. »Jagdgeschütze bemannen!« brüllte er. »Segel setzen! Melder zu Mr. Watt!«

Sie feuerten einen Warnschuß über das fremde Boot, aber das kümmerte sich nicht darum. »Zielt auf das Boot! Tempo! Ruder zehn Strich steuerbord! Hinterher!«

In Mr. Jalings Kutter schrien und winkten sie. »Euch holen wir später«, brummelte Mr. Watt und trieb die Kanoniere an. Der vierte Schuß eines der beiden Zwölfpfünder traf, fegte den Mast hinweg und zerschmetterte einen Teil des Dollbords. Mr. Watt wollte gerade befehlen, das Feuer einzustellen, als er sah, wie sie vom Boot mit Musketen schossen und ruderten, um davonzukommen.

»Das müssen Irre sein«, sagte er zu Mr. Shields. »Die haben doch keinerlei Chance. Warum geben sie nicht auf?« Der nächste Treffer zerfetzte das Boot vom Heck zum Bug. Die Trümmer sanken sofort.

»Mr. Jenkins, lassen Sie einen Kutter aussetzen und Überlebende bergen.«

Aber als der Kutter sich dem halben Dutzend näherte, das nicht versunken war, als sich Hände ausstreckten, um sie ins Boot zu ziehen, stachen die Fremden mit Messern nach den helfenden Händen. Ein Seemann, dem ein Schwimmer die Hand aufgeschlitzt hatte, ergriff einen Riemen und schlug ihn dem Kerl über den Kopf.

»Weg!« befahl der Maat. »Rudert zurück!« Aber von der *Thunderer* rief Leutnant Watt durch die Sprechtrompete, daß sie einen Gefangenen mitbringen sollten. Vergebens. Die Albaner stachen sich lieber ihren Dolch ins Herz, als daß sie sich retten ließen.

Als Mr. Watt David am Abend davon berichtete, sagte dieser: »Das muß eine der Räuberbanden gewesen sein, die die Insel immer wieder heimsuchen. Wir könnten die *Bulldog* bis zum Morgengrauen zwischen Insel und Festland wachen lassen. Sie kann uns ja dann schnell nach Lefkada nachsegeln.«

Sie verabredeten mit Commander Neale, daß er erst mit der *Thunderer* absegeln und dann im Schutz der Dunkelheit zurückkehren solle. Aber auch auf der *Thunderer* waren verstärkte Wachen aufgezogen, als sie mit gekürzten Segeln langsam die knapp dreißig Meilen zur Insel Lefkada zurücklegten. Die Ausgucke mit guter Nachtsicht standen bereit, und Alex, der junge Wolfshund, schlief an Deck und wurde alle halbe Stunde an die Reling geführt, um zu horchen und zu schnuppern.

Es war kurz vor Ende der Hundewache, etwa halb vier Uhr morgens, als Alex zu knurren begann und als sich seine Nackenhaare sträubten. Gregor wurde gleich geholt und sprach mit dem Hund. Aber der blieb unbeirrt, starrte immer in die gleiche Richtung und knurrte böse. »Da ist etwas«, entschied Gregor.

Mr. Faulkner, wachhabender Leutnant, spornte die Ausgucke an, scharf Ausschau zu halten und die Nachtteleskope zu benutzen. Schließlich konnten sie einen kleineren, dunklen Schatten in der Richtung sehen.

Mr. Faulkner schickte einen Melder zum Kommodore, und David erschien im Nachtmantel auf dem Achterdeck. »Die Ausgucke glauben, daß es ein kleineres Schiff ist, das vom Festland kommt, Sir«, meldete Faulkner. David kraulte Alex, der sich an ihn drückte, am Kopf und wartete ab. Seine Nachtsicht war nur durchschnittlich. Aber dann nahm er ein Nachtglas vor sein rechtes Auge und suchte mit ihm einen kleinen Sektor ab. Es fing ja auch an zu dämmern. Da, jetzt hatte er etwas erfaßt. Das waren doch aber sechshundert bis achthundert Meter.

»Mr. Faulkner, bitte leise Klarschiff!«

»Aye, aye, Sir!« bestätigte dieser, und die Melder sausten los.

David rief einen Stückmeistersmaat und ließ Leuchtraketen bereitlegen. Dann nahm er eine Sprechtrompete und hielt sie ans Ohr. Er konnte nichts hören. Entweder schliefen sie dort drüben, oder sie waren leise. Die *Thunderer* erwachte zum Leben. Überall huschten Schemen an die Kanonen und zerrten die Planen weg, die sie gegen Feuchtigkeit geschützt hatten. Mr. Watt erschien auf dem Achterdeck und wünschte David einen guten Morgen.

»Guten Morgen, Mr. Watt. Sehen Sie, ob Sie mehr erkennen können als ich. Es wird keine fette Beute werden, wenn überhaupt. Ein Küstensegler, der vom Festland kommt.«

Sie waren auf dreihundert Meter heran und immer noch unbemerkt. Ihre Jagdgeschütze zielten schon auf das fremde Schiff, aber David wollte noch näher heran. zweihundert Meter! Da erschollen drüben laute Stimmen. »Leuchtrakete feuern!« befahl David, und das Licht zeigte einen kleinen Küstensegler mit zwei Lateinersegeln und vielleicht vier kleinen Kanonen. »Schuß vor den Bug!«

Dann nahm David die Sprechtrompete und rief laut: »Hier ist ein britisches Schiff. Streichen Sie die Segel!« Er gab die Sprechtrompete weiter an Mr. Demetros und Mr. Örgazan, die das griechisch und türkisch wiederholten.

Das fremde Schiff änderte den Kurs zur Flucht, und David befahl: »Jagdgeschütze Feuer frei!«

Der dritte Schuß ließ den vorderen Mast umsinken, der vierte schlug ins Heck. Jetzt drehte der Küstensegler bei. »Das scheinen nicht so fanatische Räuber zu sein wie vor Paxi«, sagte Mr. Watt.

»Sie sind ja auch erst auf dem Weg zur Westküste der Insel. Vielleicht haben sie die Räuberei noch vor sich«, antwortete David.

Er sollte sich irren. Es waren Flüchtlinge aus Preveza, denen Freunde mit Bestechung zur Flucht aus einem Lager Ali Paschas verholfen hatten. Sie hatten noch nichts von britischen Schiffen bei den Inseln gehört und an einen Trick der Türken geglaubt.

Drei Griechen hatten Splitterwunden, und Mr. Cotton versorgte sie. Von ihrem Anführer erfuhr David von ihrem Leid. Als Ali Pascha vor gut einem halben Jahr von der Ankunft der russisch-türkischen Flotte gehört hatte, wußte er, daß Frankreich, sein bisheriger

Verbündeter, dem Angriff nicht widerstehen würde. Also wollte er in seiner bekannt skrupellosen Art den Franzosen soviel entreißen, wie er konnte. Die unter lockerer venezianischer Oberhoheit unabhängigen Städte Prevesa und Vronitza auf dem Festland waren nur durch schwache französische Kräfte unter General Salcette und einige griechische Kompanien geschützt.

Ali Pascha rückte mit fünftausend Mann gegen sie an. Die meisten Einwohner flohen auf die Inseln. Alis Truppen überrannten die Verteidiger, schlachteten die verbliebenen Einwohner nieder und plünderten die Städte. Die Franzosen, die kapituliert hatten, wurden nach Konstantinopel verschleppt. Die Reste der griechischen Verteidiger ließ Ali Pascha in einem Lager bei Prevesa zusammentreiben und hielt sie dort bei Hungerrationen und Quälereien in Reserve, falls er Geiseln zum Austausch brauchte. Die glücklich geflohenen Einwohner hatten Geld gesammelt und Wächter bestochen. Ein Teil der Gefangenen konnte fliehen, als sie an einer Straße arbeiten mußten. »Die anderen werden dafür büßen müssen«, sagte der Anführer erschöpft und mutlos zu David.

David beriet sich mit Mr. Foresti. »Diese Menschen würden sich doch nie wieder Ali Pascha ergeben. Sie würden bis zum letzten Blutstropfen kämpfen. Und ich habe gehört, daß die Inseln Kämpfer brauchen, falls sie die Selbständigkeit erlangen.«

»Ja, Sir David, wir müssen sie in Sicherheit geleiten. Entweder auf Lefkada oder auf Ithaka werden sie dringend gebraucht. Wenn Sie einverstanden sind, werde ich mit ihrem Anführer sprechen.«

Es ergab sich, daß die Flüchtlinge gerne auf Lefkada bleiben wollten. Da wären sie ihrer Heimat am nächsten. Die Zimmerleute der *Thunderer* reparierten den

Mast des Küstenseglers, und er folgte der Briten zur Hauptstadt der Insel.

Sie näherten sich ihr von Norden und sahen die drohenden Berge Albaniens immer an backbord. Von achtern kam die *Bulldog* auf, und gegen neun Uhr ankerten sie vor den Sandbuchten, die die Hauptstadt vom Meer im Norden trennten.

Die Insel war durch einen Wall mit dem Festland verbunden. Wo der Wall am Festland begann, lag die Festung Santa Maura. »Die Festung ist oft berannt worden, zuletzt vergeblich von Ali Pascha, Sir David«, erklärte Mr. Foresti. »Aber die Insel war als einzige der Sieben Inseln lange Zeit unter türkischer Herrschaft. Daher finden Sie hier auch Moscheen und türkische Sitten.«

David ließ sich mit Foresti, Demetros und Örgazan an Land rudern. Leutnant Thomson von den Seesoldaten begleitete ihn, da Hauptmann Ekins ja auf Korfu geblieben war. David war erstaunt, wie groß die Festung war, der sie sich näherten. Die Wälle waren etwa acht Meter hoch und gut hundert Meter lang. Türme überragten die Ecken. Geschützbastionen ragten aus ihnen hervor, um im Kreuzfeuer die Gräben vor den Wällen bestreichen zu können.

David und seine Begleitung wandten sich zum westlichen Tor und wurden von einem russischen Leutnant empfangen, der sie zum Kommandanten führte. Der Kommandant war Kapitän der russischen Flotte und gebürtiger Grieche, was den Kontakt zu Mr. Foresti sehr erleichterte. Es ergab sich eine freundliche, aber etwas sonderbare Unterhaltung. Der Kapitän sprach mit David russisch, mit Mr. Foresti griechisch, und Mr. Foresti übersetzte seine Unterhaltung ins Englische.

Bei gutem griechischen Rotwein erfuhr David, daß achtzig Russen, hundert Türken und dreihundert Griechen die Festung verteidigen sollten, was bei einem Angriff sicher nicht ausreiche. David erkundigte sich nach dem Verhältnis dieser Türken zu Ali Paschas Leuten auf dem Festland.

»Todfeinde«, antwortete der Kapitän lapidar. »Die Leute in der Festung sind Sulioten griechischen und albanischen Ursprungs, die von Ali Pascha seit vielen Jahren grausam bekriegt werden. Unter ihnen ist keiner, dem nicht ein Familienmitglied von Ali, dem Löwen, wie er sich nennen läßt, grausam hingeschlachtet worden ist.«

David sah fragend zu Foresti hin, und der nickte. Er berichtete nun von den Griechen aus Preveza, die sie auf See getroffen hatten, und von dem Lager, in dem andere gefangengehalten wurden.

»Die Männer sind uns hochwillkommen, wenn sie in unsere Dienst treten wollen. Wir werden auch genügend Freiwillige finden, die darauf brennen, die restlichen Gefangenen aus dem Lager zu befreien. Aber offiziell ist Ali unser Verbündeter. Wenn wir die Befreiten hier behielten, würde durch Gerede doch bald bekannt, woher sie kommen. Und in der Stadt Lefkada hat Ali Spione. Das gäbe Ärger. Wir werden sie befreien, aber wir werden sie auf der Insel Meganissi stationieren, die immer wieder von Räubern heimgesucht wird. Sie müssen einen feierlichen Eid schwören, nie zu sagen, daß sie aus einem Lager befreit wurden. Das müßte reichen.«

Mr. Foresti verabredete mit dem Kapitän, daß die bereits befreiten Griechen gleich nach Meganissi weitertransportiert und in die Obhut eines Vertrauensmannes übergeben würden. Ein russischer Offizier würde sie begleiten. David war froh, daß er sich nun nicht mehr um die Befreiten und um die noch Gefangenen kümmern mußte.

Die Boote hatten schon einige hundert Meter zu pullen, ehe sie von der Demata-Bucht zur Stadt Lefkada gelangten. Aber bei der Aussicht auf Landgang nahmen die Seeleute das gerne in Kauf. Die Stadt hatte etwa fünftausend Einwohner, wie Mr. Foresti wußte, und das versprach den Seeleuten viel Unterhaltung. Es würde schon genug Tavernen geben und sicher auch Bordelle.

»Ist ja alles gut und schön«, sagte einer der Feuerwerksmaate zu einem Kameraden. »Aber viel kannste nich machen, wenn die Taschen leer sind. Uns haben die Neuen doch gesagt, daß der Alte die Prisen anzieht. Und nu? Nischt is!«

»Was willst du hier auch kapern? Das sind doch arme Schlucker. Vielleicht fängt die *Shannon* was, draußen in der Adria. Wir sind ja an allem beteiligt, was in der Flottille aufgebracht wird. Das hat der Kommodore angeordnet.«

Sie gingen mit ihrem wiegenden Seemannsgang durch die Straßen, die von einstöckigen Holzhäusern gesäumt wurden, eine Vorsichtsmaßnahme bei den häufigen Erdbeben auf der Insel. Die Einwohner schauten ihnen nach. Die Wirte suchten sie in die Tavernen zu locken, und aus einer Seitengasse sprangen auch Huren heraus, umarmten die Seeleute und wollten sie mit sich ziehen. Die ersten ließen sich bereits verführen.

Als David etwas später mit Mr. Foresti in die Stadt

kam, hallten aus einigen Tavernen schon laute Gesänge. David hatte seinen Besuch beim Bürgermeister und beim Militärkommandanten der Insel abzustatten, und Foresti wollte mit den politisch einflußreichen Leuten sprechen. Wenn die Inseln unter russisch-türkischem Protektorat unabhängig würden, hinge viel von der Zusammensetzung des Inselrates oder -parlaments ab. Da war es höchste Zeit, die Fäden zu ziehen, wie Mr. Foresti David erläuterte.

»Ziehen Sie nur, Mr. Foresti«, sagte dieser. »Ich bin froh, daß ich damit nichts zu tun und mich nur mit der Navigation und den Verteidigungsanlagen der Inseln zu beschäftigen habe.«

Ein Kanonenschuß von der Bucht beendete jäh alle Gespräche und Vergnügungen der Landgänger. Durch die Gassen sah man überall Seeleute zum Strand rennen. Auch David hatte keine andere Wahl und mühte sich, mit den langen Beinen Gregors mitzuhalten. Kutter warteten am Strand und nahmen die Seeleute auf.

Auch die Gig des Kommodore lag dort. Gilbert Osgood empfing David. »Der Kutter *Falcon* lief soeben mit Nachrichten von der *Shannon* ein, Sir. Ein französischer Vierundsechziger ist mit einem Geleit von vier Polaccas in Bari eingelaufen, ließ Mr. Harland melden. Er soll wohl nach Valetta weitersegeln, Sir.«

»Dann ist keine Minute zu verlieren, Mr. Osgood. Bringen Sie uns an Bord.«

Als sie sich der *Thunderer* näherten, ließ David schon von weitem rufen: »Keine Zeremonie!« und eilte schnell an Bord. »Wir laufen sofort aus, Mr. Watt. Bitte stellen Sie fest, ob alle Landgänger an Bord sind. Eventuell noch ein Kanonenschuß. Signale bitte auch an *Bulldog*!«

»Verdammt!« schimpfte der Feuerwerksmaat. »Ich hatte der Nutte schon das Geld gegeben und gerade angefangen, mir es auf ihr bequem zu machen, da ballern die einen von den Weibern runter. Scheiße, das Geld ist futsch, und den Saft hab' ich immer noch.«

Inmitten des geschäftigen Treibens an Bord fanden die anderen noch Zeit für ein schadenfrohes Gelächter.

Mr. Watt deutete das Gelächter als Vorfreude auf Kampf und Beute. »Sie wollen wieder mal was erleben, Sir. Außer drei Landgängern sind alle an Bord.«

»Auf die können wir nicht warten! Ist Mr. Foresti auch da?«

»Dort kommt er mit einem griechischen Boot, Sir.«

Mr. Foresti fragte David, ob er an Land bleiben und dann wieder auf Kefalonia oder Zakynthos mit der *Thunderer* zusammentreffen könne. »Die Republik soll in Kürze ausgerufen werden, habe ich jetzt erfahren, und da muß ich noch viele Leute aktivieren, Sir David.«

»Ist gut, Mr. Foresti. Lassen Sie schnell Ihr Gepäck holen. Wir müssen segeln. Ein Konvoi ist vor Bari gemeldet.«

Mr. Foresti stieg kurz darauf mit seinem Gepäck ins Boot und winkte zum Abschied. David winkte zurück und sagte zu Mr. Watt: »Dann lassen Sie bitte Anker lichten. Kurs auf Bari.«

Leutnant Ross, Kommandant des Kutters *Falcon*, war noch an Bord, und David ließ sich berichten. »Wir von der *Falcon* sahen den Konvoi zuerst, Sir, signalisierten der *Shannon* und hielten uns am Rande der Sichtweite. Als wir merkten, daß sie Bari anliefen, hat mich Mr. Harland sofort zu Ihnen geschickt. Das war gestern abend, Sir. Vor morgen früh laufen die sicher nicht wieder aus.«

»Und wer sagt, daß Bari nicht ihr Zielort ist?«

»Wir haben einen italienischen Fischer mit Geld gespickt. Der hat uns verraten, daß sie einen Konvoi nach Valetta erwarten. Sein Vetter ist im Hafenamt.«

»Sehr gut, Mr. Ross. Haben Sie den Vierundsechziger klar erkannt?«

»Nein, Sir. Wir vermuteten es nur. Es könnte auch ein Vierundsiebziger sein.«

»Gut, Mr. Ross. Segeln Sie voraus! Nehmen Sie Kontakt mit der *Shannon* auf. Wir treffen uns vor Kap Leuca, aber außerhalb der Sicht des Landes. Doch vorher wollen wir noch die zwei Middis wechseln. Wie sind Sie denn mit den jungen Gentlemen an Bord ausgekommen?«

Ross schmunzelte. »Sie wissen, Sir, daß ich nicht begeistert war. Aber es lief viel besser, als ich es je erwartet hätte. Die älteren Maate entwickelten Vatergefühle und waren wohl auch stolz, wenn sie etwas erklären konnten. Es ergab sich ein richtiger Wettbewerb, wer ihnen am meisten beibringen konnte. Aber die jungen Herren waren auch sehr aufnahmebereit und dankbar.«

»Das höre ich sehr gern«, sagte David. »Dann nehmen Sie jetzt die nächsten beiden Middis mit und schicken die anderen zurück. Sagen Sie den Maaten, daß ich ihnen für die gute Anleitung danke.«

Die *Thunderer* hatte etwa zweihundertfünfzig Meilen zu segeln. Auch bei einem guten Wind brauchte sie mehr als vierundzwanzig Stunden und konnte in der Nacht nicht die Segel kürzen. Gegen Mittag standen sie vor Kap Leuca, aber die *Shannon* war noch nicht in Sicht. Erst zu Beginn der dog watch, gegen 16 Uhr, meldete der Ausguck ein Segel. Es war die *Shannon*, die unter französischer Flagge schnell näherkam. »Sie werden die *Falcon* als Fühlungshalter beim Konvoi belassen haben. Bitte setzen Sie Signal, daß sich Mr. Harland an Bord melden möchte. Ich gehe in meine Kajüte«, sagte David.

In der Kajüte begrüßte ihn zunächst Alex und ließ sich kraulen. Dann brachte ihm Edward einen Tee, und schließlich erschien Mr. Ballaine mit Schreiben, die zu unterzeichnen waren.

»Möchten Sie auch einen Tee, Mr. Ballaine? Edward kann uns auch noch Butterkekse aus der Heimat bringen.« Mr. Ballaine nahm das Angebot dankend an, und David bedauerte, daß er in letzter Zeit weniger mit ihm gesprochen hatte, da er mit Mr. Foresti und den Dolmetschern viel beisammen war.

»Ich habe mit den Middis viel Gesprächsstoff, Sir. Ich vereinsame noch nicht.«

»Das erinnert mich an den unglücklichen Mr. Mahan, der so sinnlos sterben mußte. Es tut mir leid, daß ich ihn noch zu der Stockstrafe verurteilen mußte.«

»Er hat es Ihnen nicht nachgetragen, Sir. Er hat seinen Fehler eingesehen und war zuverlässiger geworden.«

Es klopfte an der Tür, und der Midshipman der Wache, es war Mr. Glover, meldete, daß der Kapitän der *Shannon* an Bord käme. »Dann will ich ihn mal begrüßen«, sagte David, nahm seinen Hut , sagte Alex, daß er mitkönne, und ging an Deck.

Andrew Harland bestätigte, daß der Konvoi auf dem Weg sei und die *Falcon* vor ihm hersegele. »Ich nehme an, daß sie sich gut von Sizilien fernhalten werden, etwa auf dem sechsunddreißigsten Breitengrad nach Norden steuern und nachts La Valetta erreichen wollen.«

»Wie weit hinter Ihnen segelt der Konvoi?«

»Etwa fünfundzwanzig Meilen, Sir, denn wir haben in den letzten Stunden alle Segel gesetzt, und sie werden nachts die Segel kürzen.«

»Dann werden wir im Morgengrauen aus dem Golf von Tarent hinauslaufen, uns hinter sie setzen und mit dem Windvorteil angreifen. *Shannon* und *Thunderer* nehmen sich das Linienschiff vor, und *Bulldog* und *Falcon* sammeln den Konvoi ein. Ich stelle mir unser Zusammenwirken so vor, Mr. Harland.«

Und David erläuterte auf dem Tisch mit Zuckerdose und zwei Teetassen, wie die *Thunderer* versuchen würde, den Franzosen am Bug oder Heck zu treffen, und wie die *Shannon* windwärts lauern und auf den Franzosen zustoßen sollte, wenn sie seine Breitseite vermeiden und ihn am Heck treffen könne.

Als das Dienstgespräch beendet war, fragte David: »Willst du mit mir etwas zu Abend essen, Andrew? Dann können wir noch ein wenig plaudern.«

Mr. Harland wollte, und sie erzählten als alte Freunde von der Vergangenheit, von ihren Familien und von ihren Mannschaften, bis sich Mr. Harland übersetzen lassen mußte, um den Kutter zu erwarten. Die *Thunderer* lief mit gekürzten Segeln in den Golf von Tarent voraus.

In der frühen Dämmerung lauerten *Thunderer*, *Bulldog* und *Shannon* hinter der Landspitze von Kap Leuca auf den Konvoi. Zuerst erblickten sie die *Falcon* und signalisierten ihr, daß sie zur Flottille stoßen solle. Mr. Ross berichtete, daß es sich um einen 64er unter der Flagge der Parthenopeischen Republik handele.

»Was ist denn das für eine Republik?« wollte David erstaunt wissen.

»Der auf dem Festland gelegene Teil des Königreichs Neapel, Sir. Jetzt unter französischer Herrschaft ist er zur Vasallenrepublik geworden.«

»Dann haben die Franzosen ein neapolitanisches Linienschiff erobert, und jetzt segelt es in ihren Diensten. Was mag es wohl für eine Besatzung haben?«

Darüber wußte Mr. Ross nichts und begab sich auf seinen Kutter, nachdem er Instruktionen über seine Aufgaben bei der Kaperung des Konvois erhalten hatte.

Der Konvoi kam eine knappe Stunde später in Sicht, getrieben von einem Wind aus Nordost. Der 64er segelte etwa eine Meile hinter dem Konvoi, etwas nach Backbord versetzt. Die *Thunderer* signalisierte, daß sie den Konvoi vorüberlassen und dann mit Windvorteil von hinten angreifen würden.

Als sie dann auf den Konvoi zustießen, nahmen *Bulldog* und *Falcon* Kurs auf die vier dreimastigen Polaccas, während sich *Thunderer* und *Shannon* dem 64er näherten. Sie führten alle noch die französische Flagge, aber jetzt ließ David sie einholen, die britische setzen und dem 64er einen Schuß vor den Bug feuern.

Der 64er setzte alle Segel, segelte eine Wende und suchte ihnen mit Kurs auf die griechische Küste zu entkommen. David war völlig überrascht und sah Mr. Watt an. »Ist das nun ein ausgemachter Feigling, der seinen Konvoi in Stich läßt, oder soll das ein Trick sein? Egal! Wir setzen alle Segel. Lassen Sie bitte das Signal für die *Shannon* zur Verfolgung hissen.«

Thunderer und *Shannon* segelten nebeneinander her und schossen mit den Buggeschützen auf den 64er. Auf dem Vordeck ertönten Jubelschreie, wenn Treffer beim Gegner einschlugen. »Sorgen Sie bitte für Ruhe, Mr. Everett!« rief der Erste durch das Megaphon. »Die Kerls sollen schießen und nicht brüllen.«

David hatte sein Teleskop am Auge und lächelte. Mr. Watt war ein scharfer Hund. Vorn am Geschütz würden sie jetzt leise fluchen über das ›Großmaul› auf dem Achterdeck. Plötzlich rief David: »Was ist denn das?«

»Sir?« fragte Mr. Watt.

»Sie streichen die Flagge und holen die Segel ein. Können Sie das verstehen? Lassen Sie bitte Feuer einstellen.«

Als die Kommandos erfolgt waren und sie sich dem 64er so weit näherten, daß sie den Namen ›*Lutine*‹ am Heck sehen konnten, sah David auf dem feindlichen Achterdeck Kampf und Gedränge. Dann wurde die Flagge wieder gesetzt, und die *Lutine* drehte ihnen die Breitseite zu.

»Feuer frei! Ruder hart backbord!« brüllte David. Ihre Geschütze schossen wieder auf die *Lutine.* Die *Shannon* drehte zur anderen Seite ab, damit sie den Feind von vorn und achtern bestreichen konnten. Aber die *Lutine* feuerte keine Breitseite. Aus den Geschützluken wurden weiße Flaggen geschwenkt.

»Die Mannschaft will aufgeben. Mr. Shield und Mr. Thomson, setzen Sie mit drei Booten über und bringen Sie das Schiff unter Kontrolle!. Scharfschützen, nehmt das Achterdeck unter Feuer!« befahl David.

An Bord der *Lutine* wurde anscheinend immer noch

gekämpft. Aus den Niedergängen drängten Seeleute nach oben. Vom Achterdeck wurde auf sie geschossen. Auf dem Vordeck feuerte eine Kanone auf die Briten, was diese sofort mit ihren Jagdgeschützen beantworteten. Dann mußten sie das Feuer einstellen, denn ihre Boote waren an der *Lutine*. Einige Seeleute ließen sogar das Fallreep hinunter, aber andere schienen kämpfen zu wollen. Schüsse und Geschrei waren zu hören. David sah, wie immer mehr Männer auf der *Lutine* die Hände hoben und sich in der Kuhl zusammendrängten. Dann sank die Flagge erneut.

Aber die Briten ließen ihre Geschütze feuerbereit auf die *Lutine* gerichtet, bis nach einer knappen halben Stunde ein Kutter zurückkehrte. Er hatte Gefangene an Bord.

»Sir«, meldete Mr. Thomson, »der Kapitän hatte die Flagge streichen lassen und wollte sich ergeben. Da hat der Erste Leutnant, ein Franzose, den Kapitän niedergeschossen und befohlen, wieder zu feuern. Aber nur der kleinere Teil der Mannschaft gehorchte ihm. Es ist eine gemischte Besatzung, Sir. Etwa ein Drittel Franzosen, der Rest Neapolitaner. Sie haben mehr Tote und Verletzte durch ihren eigenen Kampf als durch unseren Beschuß.«

Seesoldaten führten den Ersten Leutnant der *Lutine* heran. »Nehmt ihm den Degen ab!« befahl David.

»Er ist ein Mörder!« schrie einer aus dem Trupp der Offiziere und Deckoffiziere. »Der Kapitän war ein guter Neapolitaner, kein Royalist, aber auch kein Fanatiker, der seine Besatzung für Frankreich in den Tod treibt!«

David sagte zum Ersten Leutnant der *Lutine*: »Monsieur, Sie haben gegen das Kriegsrecht verstoßen, als Sie den Kampf wieder aufnahmen. Sie haben ihren eigenen Kapitän ermordet und kein Recht, als Kriegsgefangener behandelt zu werden. Sie werden in Eisen gelegt und dem Gericht in Palermo übergeben.«

»Ich protestiere! Der Kapitän war ein Verräter. Ich hatte das Recht, ihn auszuschalten.«

»Stopft ihm das Maul und übergebt ihn dem Profos. Der Kerl widert mich an!« David drehte sich um und blickte mit dem Teleskop zum Konvoi. Alle vier Schiffe waren von *Bulldog* und *Falcon* aufgebracht worden und warteten mit gekürzten Segeln auf ihren Kommodore.

David wandte sich zu Mr. Watt. »Wir werden die Prisen bis durch die Straße von Messina geleiten. *Bulldog* und *Falcon* können sie dann in Palermo abliefern. Wir segeln nach Kefalonia und Zakynthos, und die *Shannon* nimmt ihre Patrouille wieder auf. Wie kommen wir mit den Prisenbesatzungen aus? Muß die *Shannon* noch aushelfen?«

»Auf jeden Fall, Sir. Die Seesoldaten, die auf Korfu verblieben sind, fehlen uns schon. Wenn wir vierzig Mann auf der *Lutine* belassen, müßte die *Shannon* noch dreißig Mann abgeben. Soll Mr. Shield das Kommando übernehmen?«

»Ich denke schon. Mr. Jaling können wir als diensttuenden Leutnant einsetzen. Bitte teilen Sie entsprechend ein. Wir nehmen Kurs auf die Straße von Messina. Der Konvoi soll sich anschließen.«

Die *Bulldog* näherte sich der *Thunderer*, und Mr. Neale fragte durch das Sprachrohr, ob er an Bord kommen könne. David ließ sein Einverständnis signalisieren, und kurze Zeit später wurde Commander Neale mit allem Zeremoniell empfangen.

»Gratuliere zur Kaperung des Vierundsechzigers, Sir«, sagte Mr. Neale. »Das war diesmal nicht so ein harter Brocken wie der Spanier.«

»Nein, wir haben nicht einen einzigen Verlust. Und wie steht es mit den Polaccas?«

»Lebensmittel und Pulver, vor allem, Sir. Aber es könnte ein Problem geben. Die Kapitäne sind aus Ragusa. Die Republik sei immer neutral gewesen, betonen sie. Die Ladungen seien für die Bevölkerung, nicht für die Verteidiger von La Valetta.«

David schüttelte den Kopf. »Die halten uns wohl für Anfänger. Pulver für die Bevölkerung von Malta. Wer soll denn das glauben? Sagen Sie bitte Mr. Shield, er möge die Papiere der *Lutine* durchsuchen und die gefangenen Maate vernehmen und alles protokollieren. Wir werden das hier mit den Offizieren auch tun, und Sie durchsuchen bitte die Papiere der Kapitäne. Ich habe schon vom neutralen Ragusa gehört, aber eine Versorgung von Kriegführenden fällt nicht unter die Neutralität.«

Bis sie die Straße von Messina ohne Zwischenfälle durchquert hatten, lagen ihnen genug Beweise und Zeugenaussagen dafür vor, daß der Konvoi für La Valetta bestimmt war. Unter der Besatzung kam Vorfreude auf das Prisengeld auf. David sagte zu Mr. Watt: »Dieses neutrale Ragusa werden wir uns auch noch einmal ansehen, aber erst wollen wir jetzt die Reise zu den Inseln fortsetzen.«

Auf Kefalonia und Ithaka ergab sich für David die erste Gelegenheit, das Leben auf den Inseln etwas genauer kennenzulernen. Die Inseln waren seit Monaten fest in russisch-türkischer Hand. Ali Pascha war weit genug entfernt, obwohl die Berge des Festlands bei guter Sicht immer noch bedrohlich nahe wirkten.

Kefalonia zeigte sich ihnen zunächst bergig und nur

wenig begrünt. Die *Thunderer* lief Argostoli an, die Hauptstadt, deren geschützter Hafen am südöstlichen Ende einer großen Bucht lag. Die Stadt war nicht sehr groß, etwa dreitausend Einwohner, und stieg mit ihren Steinhäusern wie ein Amphitheater zu den Bergen hin an. Auch hier waren die Häuser nur einstöckig, und Mr. Demetros erklärte den Offizieren, die vom Achterdeck zur Stadt hinüberblickten, daß Kefalonia häufig von Erdbeben heimgesucht werde. Mehrstöckige Häuser wären da zu gefährlich.

David ließ sich von einem Trupp Seesoldaten zum Bürgermeister begleiten, der ihn sehr freundlich empfing. Mr. Foresti hatte ihn schon aufgesucht und war nun im Inneren der Insel unterwegs. Morgen wollte er in Lixouri am anderen Ende der Bucht eintreffen. Der Bürgermeister bestand darauf, David einige Sehenswürdigkeiten in der Nähe zu zeigen, sobald er den Kommandanten der kleinen russischen Garnison besucht habe.

Der ältere Hauptmann, der die russische Kompanie kommandierte, war dagegen recht mufflig und wenig gastfreundlich, kaum daß er David und Mr. Demetros einen schlechten Wein anbot. Seine Aufgabe war nicht schwer. Die Einwohner von Kefalonia waren traditionell russenfreundlich. Viele, die in dem kargen Land kein Auskommen fanden, dienten in der russischen Flotte und Armee. Bevor die russische Flotte im vorigen Jahr vor der Insel erschien, hatten sie schon die französische Garnison entwaffnet. Nein, Kefalonia war für Russen ein angenehmer Aufenthalt.

David besprach mit Mr. Watt, wie sie die Landgänge organisieren sollten, und mit dem Zahlmeister, was hier gekauft werden könne. Dann suchte er mit Gregor und Mr. Demetros wieder den Bürgermeister auf. Der hatte einige Esel besorgt. Für Gregor wurde der größte ausgesucht, aber Gregor berührte mit seinen Füßen immer noch fast den Boden. Der Eselsführer beruhigte sie, daß der Esel stark genug sei, um noch mehr zu tragen.

Sie ritten hügelwärts und kamen an Ruinen vorbei. Der Bürgermeister sagte, das seien die Zeugen eines Erdbebens, das vor knapp fünfzig Jahren die Insel mehrere Wochen heimgesucht habe. Niemand habe damals mehr in einem Haus geschlafen. Auf einem hohen Berge erreichten sie dann die alte Festung, die auch zum Teil zerstört war. Drei Türme überragten die Mauern, die ovalförmig über steilen Felsen emporstiegen. Militärischen Wert hatte die Festung nicht mehr. Den Besucher war auch die Aussicht am wichtigsten.

Man sah nicht nur das Festland, sondern auch die Insel Zakynthos und den schwarzen Berg Enos, der auf Kefalonia über tausendsechshundert Meter aufragt. Der Berg hatte seinen Namen von den dunklen Wäldern, die seine Flanken bedeckten. Der Bürgermeister erzählte ihnen, daß die wenigen Bauern, die dort hausten, halbe Wilde seien, und daß die Wälder immer wieder Zuflucht für Räuberbanden boten. Dann wandten sie ihren Blick der Bucht zu, blickten auf Livadi, den Heimatort vieler Seefahrer, und Lixouri, das größer wirkte als Argostoli.

Auf eine entsprechende Frage Davids antwortete der Bürgermeister kurz und wegwerfend, und Mr. Demetros erklärte David später, daß eine ständige Rivalität zwischen beiden Städten herrsche. Lixouri sei größer und reicher, aber Argostoli sei Sitz der Inselverwaltung.

Der Bürgermeister hatte auf einem Packesel auch einen Imbiß mitgebracht, und sie genossen den Wein der Insel, frisches Brot und kaltes, würziges Fleisch mit großem Genuß. Der Bürgermeister erzählte lustige Anekdoten, und David dachte, das sei ein richtiger unbeschwerter Ausflug gewesen, wie er ihn gern auch mit Frau und Kindern erleben würde. Wie mochte es ihnen wohl gehen?

Aber für den Rückweg hatte der Bürgermeister noch eine Sehenswürdigkeit aufgehoben. Er ritt mit ihnen an die Küste und zeigte auf einen Wasserabschnitt am Ufer. Als sie näher kamen, sahen sie, daß das Meerwasser in großem Strom zum Land hin flutete und im Boden verschwand. David wollte das nicht glauben und ritt näher heran. »Vorsicht!« rief Mr. Demetros. »Der Bürgermeister sagt, daß das Wasser auch jemanden mitreißen kann.«

Es schien unfaßbar. Hunderte von Eimern flossen gleichzeitig landeinwärts in die Erde. David sah sich um. Nirgendwo war zu sehen, daß das Wasser wieder zutage trat. »Man weiß nicht, wo es hinfließt, Sir David«, sagte Mr. Demetros. »Vielleicht ist dort ein unterirdischer See.«

David wollte das nicht akzeptieren. Ein See müsse ja einmal gefüllt sein. Aber der Bürgermeister bestätigte auf Befragen, daß es diese Erscheinung gebe, solange hier Menschen lebten, und daß man nirgendwo in der Umgebung einen Wasseraustritt beobachten könne. Das Phänomen beschäftigte David noch, als er zurück an Bord war. Er erzählte es Mr. Cotton, weil er den Schiffsarzt als nüchternen und physikalisch gebildeten Menschen schätzte. »Das Wasser muß irgendwo wieder austreten, da bin ich ganz Ihrer Meinung, Sir. Aber das kann auch unter dem Meeresspiegel sein. Eines Tages wird die Wissenschaft die Antwort finden.«

Sie hatten am nächsten Tag nur wenige Kilometer nach Lixouri zu segeln, wo Mr. Foresti sie schon am Kai erwartete. Er bat David, doch mit einem Trupp Seesoldaten den Bürgermeister aufzusuchen. Es sei für das Ansehen Englands eine gute Geste. David tat ihm den Gefallen, legte seine Ausgehuniform an, beorderte drei Midshipmen zu seiner Begleitung und marschierte an der Spitze der Seesoldaten in die Stadt. Die Seesoldaten rissen bei jedem Schritt den rechten Arm zur Schulter und stampften so gleichmäßig mit den Füßen auf, als ob nur ein einziger Körper marschiere. Dagegen wirkten David, die Midshipmen und Mr. Foresti wie zivile Spaziergänger, aber der Eindruck mußte dennoch gut gewesen sein, denn die Menschen sammelten sich am Straßenrand und klatschten Beifall.

Mr. Foresti berichtete auf dem kurzen Wege, daß die Admirale der russisch-türkischen Flotte Ende April die ionischen Inseln zur Republik der Vereinten Sieben Inseln unter dem Schutz Rußlands und der Türkei erklärt hatten. Jetzt komme es darauf an, Einfluß auf die Verfassung und die Auswahl der gesetzgebenden Versammlung zu nehmen. Dabei schien Foresti den Adel zu bevorzugen. David sah sich mehr in der Rolle eines dekorativen Statisten, da er weder die Landessprache beherrschte noch die Verhältnisse genügend kannte.

Über die Verhältnisse wurde er beim abendlichen Dinner etwas aufgeklärt. Es war ein Essen, bei dem die recht hübschen Frauen nur auftrugen, aber nicht mit den Männern speisten. Der Bürgermeister hielt eine Rede. Mr. Foresti antwortete, und immer wurden die Gläser geleert. Gott sei Dank war es leichter Wein und kein Wodka.

Mr. Demetros saß zwischen David und Mr. Watt und

übersetzte zusammenfassend, was gesagt wurde. Mr. Cotton war neben Mr. Watt plaziert und fragte immer wieder bei diesem nach, und David fühlte sich verpflichtet, Mr. Jaling, seinen linken Nachbarn, in großen Zügen zu orientieren.

In venezianischer Zeit, so wurde ihnen erklärt, habe der Adel die Inseln regiert. Die Franzosen hätten diese Vorherrschaft abgeschafft und die Adelsregister verbrannt. Admiral Ushakow wolle jetzt eine verfassungsgebende Versammlung von dreiundachtzig Männern einberufen. Nun versuchte jeder Einfluß auf die Auswahl zu nehmen, wobei es zwischen den Inseln und auf jeder Insel selbst erhebliche Differenzen zu geben schien.

Auf dem Rückweg zum Schiff fragte Mr. Watt den Generalkonsul Foresti: »Kefalonia ist ein Fünftel größer als die Insel Korfu und liegt zentraler in der Inselgruppe. Warum hat Korfu dennoch diese beherrschende Stellung?«

»Korfu liegt an der kürzesten Verbindungsstrecke von Italien zum griechischen Festland und weiter nach Asien. Über Korfu lief der Handel. Kefalonias Lage ist dafür zu peripher.«

Als sie zur *Thunderer* gerudert wurden, rief ihr Wachboot sie an. David nickte befriedigt. Aber Mr. Watt flüsterte Mr. Cotton zu: »Die Burschen haben bei dem Hallo am Kai längst gewußt, wer da heranrudert. Wenn die uns anrufen, wollen sie nur ihren Eifer demonstrieren.«

Sie segelten durch den drei bis fünf Kilometer breiten Kanal, der Kefalonia und Ithaka trennt. Die Midshipmen waren Ziel verschiedener Bildungsbestrebungen.

Mr. Douglas, der Master, wies sie auf wichtige Punkte hin, zum Beispiel die Klippe Dascalia im Kanal und auf den Hafen Sami. Mr. Ballaine, Sekretär und Schulmeister, sowie Reverend Pater schilderten Ithaka als die Heimat des Odysseus und wollten aus den Midshipmen die klassische Bildung hervorlocken.

David hörte amüsiert zu und stellte zu seiner Beruhigung fest, daß die jungen Leute noch weniger gelernt hatten als er. Mr. Ballaine erzählte von der Belagerung Trojas und vom trojanischen Pferd. David hatte sich etwas abgewandt, um nicht zu neugierig zu erscheinen, aber ein Wechsel der Windrichtung trug ihm zu, wie Gilbert Osgood zu James Dixon flüsterte: »Auf die Idee hätte unser Alter auch kommen können.« Er mußte sich beherrschen, um nicht loszuprusten.

Sie rundeten die Nordspitze von Ithaka und kreuzten zurück, bis sie an der Bucht von Molos die Einfahrt nach Vathi erreicht hatten. »Nun drückt die Daumen, daß wir den richtigen Wind erwischen«, sagte Bootsmann Jenkins zu seinen Maaten, »sonst müssen wir die Boote aussetzen und das Schiff die zwei oder drei Kilometer in den Fjord hineinziehen.«

Sie hatten Glück, und die *Thunderer* glitt mit gekürzten Segeln langsam in die schmale, gewundene Meeresbucht hinein, vorbei an der winzigen Insel Lazaretto bis zur Reede von Vathi, einem winzigen Städtchen, umrandet von Bergen und nur zum Hafen hin offen. »Wir wollen Tag und Nacht Posten auf der Lazaretto-Insel stationieren, die uns melden, wenn jemand kommt. Veranlassen Sie das bitte, Mr. Watt.«

Mr. Foresti bereitete sich auf seine politischen Gespräche vor, aber David war nicht der Meinung, daß er auf dieser kleinen Insel repräsentieren müsse. Er teilte dem Generalkonsul einen Trupp Seesoldaten zu und schloß sich den Midshipmen an, die Mr. Ballaine und der Reverend zu den Stätten des Odysseus führen wollten. »Aber jeder zweite trägt eine Muskete bei sich, die anderen Säbel und Pistole, meine Herren«, erklärte er den Pädagogen. Gregor begleitete ihn mit seiner Rifle, und David hatte seine Pistole und seinen Degen. Ballaine und der Reverend schauten sich zweifelnd an.

Für David, Mr. Ballaine und den Reverend standen Esel bereit. Die anderen liefen zu Fuß. »Es ist nicht weit«, versicherte der Führer, den Mr. Demetros verpflichtet hatte. Mr. Ballaines Esel war besonders störrisch, und alle Midshipmen zogen und schoben an ihm, bis er endlich lostrottete. Alex war bei ihnen und kläffte den Esel an.

Sie mußten aber über eine Stunde kräftig bergan schreiten, bis der Führer auf eine Öffnung in der Felswand wies und meldete, sie hätten ihr Ziel erreicht. Er entnahm einer mit Sand gefüllten Kiste einige ölgetränkte Fackeln, die schon benutzt waren, entfachte mit Stahl, Stein und Zunder ein kleines Feuer, an dem er die Fackeln entzündete. Dann schritt er vor ihnen in eine Höhle hinein, und sie standen staunend und blickten auf die Tropfsteingebilde, die im Fackelschein schimmerten.

»Das ist die Grotte, in der Odysseus die Geschenke versteckte, die er von den Phäaken erhalten hatte«, erklärte Mr. Ballaine.

»Warum hat er sie versteckt, wo er doch in seiner Heimat war?« fragte Edward Grant.

»Er wußte nicht, was ihn an seinem Hof nach langer

Abwesenheit erwartete, ob nicht Fremde die Herrschaft übernommen hatten«, antwortete Mr. Ballaine.

Sie wanderten noch ein wenig umher, probierten die Lichteffekte aus, aber als niemand einen Schatz fand, machten sie sich auf den Rückweg. Mr. Ballaines Esel versuchte die gleichen Tricks, aber diesmal schnappte Alex gleich nach seinen Hinterschenkeln, und er trottete los. Mit Gelächter und Gespräch hüpften die jungen Burschen den Bergweg hinab.

David blickte in der bergigen und wenig bewachsenen Landschaft umher, als er am Berg jenseits der schmalen Schlucht eine Bewegung sah. Dort lief ein Mann hinter einen Felsstein. Gewohnheitsmäßig nahm David sein Taschenteleskop heraus und stellte es ein. Ein Gewehrlauf ragte hinter dem Felsen hervor. »Deckung!« schrie er. »Schütze drüben am Hang!«

Die Midshipmen duckten sich. Der Reverend sagte: »Das wird ein Jäger ....« Da krachte es, die Kugel schlug zwischen ihnen ein, und der Reverend erhielt eine Ladung Sand ins Gesicht. Gregor hatte seine Rifle gegriffen, füllte schnell Pulver auf die Zündpfanne, spannte den Hahn und schoß auf den Mann, der den Hang hinaufkletterte.

Der Mann riß die Arme hoch und fiel erst langsam, dann immer schneller den Hang hinunter, bis er über die Felswand in die Schlucht stürzte. »Ein guter Schuß, Gregor«, lobte David. Der Reverend schaute betreten drein. David sah nach unten. »Da kommen wir ohne Seile nicht hinunter. Mr. Osgood, laufen Sie mit zwei Ihrer Freunde voraus zum Schiff. Mr. Jenkins möchte vier gute Kletterer mit Seilen schicken. Vier Seesoldaten zur Sicherung. Mr. Dimitrij wartet hier mit Alex.«

Sie brachten den Mann nach einer Stunde zum Schiff. Niemand von den Einheimischen kannte ihn. Er hatte die Adresse einer Taverne in Vathi und zwanzig Theresientaler in der Tasche. Aber das half ihnen auch kaum weiter. »Da werden wir wohl auch hier ein Wachboot nachts um das Schiff rudern lassen müssen«, stellte Mr. Watt fest.

»Natürlich, Mr. Watt. Das gilt so lange, bis wir in einem befreundeten Hafen ankern.«

Als sie am nächsten Morgen Vathi verließen, segelte ihnen die *Bulldog* entgegen. »Signalisieren Sie, daß der Kommandant an Bord kommen soll!« befahl David dem Signal-Midshipman.

Mr. Neale erschien mit strahlendem Gesicht in Davids Kajüte. »Gute Nachricht, Sir. In Palermo wurde ein provisorisches Prisengericht etabliert, das die Polaccas aus Ragusa zu rechtmäßigen Prisen erklärt hat. Und der Vierundsechziger wird von der Neapolitanischen Regierung zurückgekauft. Der Vertreter Ihrer Prisenagentur erwartet einen guten Preis. Außerdem wartete Post für unsere Flottille. Ich habe die Post für die *Thunderer* dem Zahlmeister übergeben lassen.«

»Das sind wirklich gute Nachrichten, Mr. Neale. Kommen Sie, wir trinken einen Kaffee zusammen. Und einen Keks mit guter englischer Marmelade werden Sie auch nicht ablehnen.«

Sie saßen beisammen und sprachen über ihre Eindrücke der letzten Wochen. »Das ist eine andere Welt als Westindien, Sir. Westindien war lieblicher, verführerischer, weicher, wenn man das so sagen kann. Hier ist die Landschaft strenger, herber, aber von einer eigenen Schönheit. Und man atmet freier. Die mitunter so drückende Wärme der Karibik vermisse ich nicht.«

David nickte. »Die Felsküsten mit den Sandbuchten

erinnern mehr an England, wenn auch die Berge weniger bewachsen sind. Im Herbst wird wohl auch der Hauch von Grün noch von der Sonne verbrannt werden.«

Als Mr. Neale gegangen war, rief David ungeduldig nach seiner Post und vertiefte sich in Brittas Briefe. Sie war ohne Zwischenfälle nach England zurückgekehrt und hatte auch die Gastfreundschaft des Geleitkommandanten erfahren, der sie und die Kinder bei ruhiger See auf sein Linienschiff eingeladen hatte. »Erster Leutnant war ein Mr. Bennett, der in Indien auf Deiner Sloop als Midshipman diente. Eure Flotte ist wirklich eine Art Familie.« David schaute auf die Bilder, die Britta und die Kinder und ihre Heimat Whitechurch Hill zeigten, und träumte ein wenig.

Gott sei Dank war auch in Whitechurch Hill und den Geschäften Brittas alles in bester Ordnung. Mit König Georg hatte sie den verabredeten Austausch der Zuchtschafe vorgenommen, und in einem freundlichen Handschreiben hatte Georg III. auch für den Ehemann alles Gute gewünscht. Wie kommt ein so bescheidener und freundlicher Mann bloß zu so einem Sohn, fragte sich David.

Die etwa vierzig Meilen bis zum Hafen von Zakynthos auf der gleichnamigen Insel, die aber meist kurz Zante genannt wurde, legten sie ohne besondere Ereignisse zurück. Die Mannschaften mußten beim Kanonendrill schwitzen, denn der war nach Meinung der Offiziere während der Liegezeiten in Häfen sträflich vernachlässigt worden.

David saß in seiner Tageskajüte über den offiziellen Berichten, die mit der Post eingetroffen waren, und schrieb danach an seinen Briefen für Britta. Wenn die *Falcon* beim nächsten Mal seine Meldungen nach Palermo brachte, sollte sie die Briefe mitnehmen. Als die Meldung gebracht wurde, daß Zante in Sicht sei, ging er mit Alex an Deck.

Die Berge Moreas (Peloponnes) waren deutlich zu sehen. Steuerbord querab lag Kap Skinari, die Nordspitze von Zante. Man konnte die große Bergkette im Westen der Insel erkennen und weiter voraus auch die weniger hohe Bergkette im Südosten. Dazwischen sollte die fruchtbare Ebene liegen. Die Berge im Norden waren locker begrünt.

Der Hafen von Zakynthos lag in einer sanft geschwungenen Bucht und bot nicht viel natürlichen Schutz gegen starke Winde aus Südost oder Nord. Aber seit einigen Jahren wurde an einem Damm gebaut, der ins Meer hinausragte und den Hafen sicherte. Als die Schiffe die britische Flagge hißten und die russische und türkische Flagge in der Festung über der Stadt mit Salutschüssen ehrten, wurden im Hafen viele Boote bemannt. Sie ruderten den englischen Schiffen entgegen, und die Leute lachten und winkten.

»Hier scheinen wir ja wirklich beliebt zu sein«, sagte David zu Mr. Foresti.

»O ja, Sir David. Die Leute hoffen, daß England ihnen wieder ihre Sultaninen und Korinthen abkauft. Vielleicht glauben einige sogar, wir könnten ihren Schiffen Geleit geben.«

Die *Bulldog* legte an dem Damm an, die *Thunderer* neben ihr, so daß man über das Deck der *Bulldog* den Damm erreichen konnte.

Die Stadt dehnte sich an der Bucht weit aus. Die steinernen Häuser verrieten einen gewissen Wohlstand. Eine große Straße führte von einem Ende der Bucht zum anderen. Links fiel David ein besonders hoher Glockenturm auf. Er sei Dionysos geweiht, dem Heiligen der Insel, informierte M. Foresti. Reverend Pater verwickelte ihn sogleich in ein Gespräch über den Heiligen.

Am Ufer fuhren Kutschen an, und Mr. Foresti ließ sich zum Bürgermeister fahren, während David eine zum Festungskommandanten mietete. Außer Gregor begleiteten ihn wieder zwei Midshipmen. Die Festung oberhalb der Stadt war durch das letzte Erdbeben beschädigt worden und bot nur noch wenig Schutz vor Angreifern. Dennoch waren in ihr etwa fünfzig russische Soldaten stationiert, die mit vier schweren Kanonen den Hafen bestreichen konnten.

Zante war für die Russen anscheinend nicht sehr interessant. Der Oberleutnant empfand seine Kommandierung als Abschiebung, klagte über die mangelnde Akzeptanz in der Bevölkerung und die Unbequemlichkeit der Unterkunft. David hatte mit ihm nicht viel Gesprächsstoff und beschränkte sich auf einen kurzen Höflichkeitsbesuch.

Mr. Foresti hatte dagegen viel zu berichten. Er habe dem Bürgermeister ausreden müssen, sich sofort unter britischen Schutz zu stellen. Ohne die Gemeinschaft der anderen Inseln könne Zante politisch nicht existieren. Interessant sei, daß die französischen Mittelsmänner und Agenten auf der Insel anhand seiner Liste gut überwacht würden und daß jetzt ein Agent aus Korfu eingetroffen sei. In den nächsten Tagen könne man die Gruppe wahrscheinlich verhaften. Heute abend seien David und seine Offiziere zum Essen bei einem der größten Grundbesitzer eingeladen.

Mit Mr. Watt besprach David die Landgänge. Die Seeleute mußten ermahnt werden, in der britenfreundlichen Umgebung nicht zu randalieren. »Neben dem Wachboot wollen wir nachts auch auf dem Damm Posten aufstellen. Zwei Seesoldaten, die auf- und abmarschieren, und zwei Posten mit guter Nachtsicht an der uns abgewandten Dammkante«, ordnete David an.

»Auch in einem freundlichen Hafen, Sir?« Mr. Watt legte eine leichte Kritik in die Worte.

»Sie müßten doch allmählich wissen, Mr. Watt, daß ich ein mißtrauischer und ängstlicher Mensch bin«, sagte David lächelnd.

Mr. Douglas, der Master, hatte die Hafenwache übernommen. Die Offiziere und vier Midshipmen, Mr. Foresti und die Dolmetscher, der Schiffsarzt, der Pfarrer und Mr. Ballaine fuhren mit Kutschen etwa vier Kilometer zum Landhaus des Gastgebers. Das Haus wies auf gesunden Wohlstand hin.

Der Gastgeber begrüßte sie in fließendem Englisch, denn er hatte als Beauftragter der Exporteure drei Jahre in London gelebt und eine Engländerin geheiratet. David und seine Offiziere waren froh, daß sie sich wieder einmal ohne Dolmetscher mit Einheimischen unterhalten konnten. Außer dem Gastgeber sprachen noch einige Gäste englisch.

Die Gespräche beschäftigten sich mit der Zukunft der Insel, und die anwesenden Griechen befürworteten eine Staatsform nach dem Muster der Republik Ragusa. Sie wollten keine Republik nach französischem Muster. Die Mitwirkung sollte auf die beschränkt sein, die ein gewisses Einkommen aufzuweisen hatten, einen ehrbaren Beruf ausübten und nicht mit dem Gesetz in Konflikt gekommen waren. Gegen die Beschränkung auf

Adelsfamilien nach Geburtsrecht waren sie alle. David dachte bei sich, daß sie wie das englische Bürgertum die Staatsform nach ihrem Vorteil schneidern wollten.

Nach dem Essen lockerte die Gesellschaft ein wenig auf. Junge Männer und Frauen vom Gut zeigten Tänze der Region, und David erfreute sich der Aufmerksamkeit einer Frau, die knapp dreißig Jahre alt und verwitwet war. Sie sprach ein recht gutes Englisch. David merkte bald, daß sie mit ihm flirten wollte, vielleicht sogar ein Abenteuer suchte. Geschmeichelt ging er darauf ein. Als sie nach einer Weile vorschlug, man möge doch auf die Terrasse gehen, stand plötzlich die Situation in Palermo vor Davids Augen.

Es bestand kein ernsthafter Grund für diese Assoziation, denn die Dame war mit Sicherheit keine französische Agentin, und dennoch befiel David eine seltsame Unruhe, die er nicht unterdrücken konnte. Er blickte gehetzt hin und her, lockerte seinen Kragen, weil ihm heiß wurde, und konnte sich kaum noch auf das Gespräch konzentrieren. »Ist Ihnen nicht wohl, Sir David?« fragte die Dame besorgt.

David nutzte die Gelegenheit aus. »Ein altes Tropenleiden«, schwindelte er. »Entschuldigen Sie mich bitte.«

Er ging zu Mr. Foresti und sagte: »Bitte stellen Sie keine Fragen. Besorgen Sie mir nur eine Kutsche. Ich fahre mit Gregor schon zurück. Bitte entschuldigen Sie mich beim Gastgeber. Ein altes Tropenleiden macht mir zu schaffen.«

Mr. Foresti blickte erstaunt, antwortete aber dann: »Wenn Sie es wünschen. Könnten Sie bitte den jungen Mr. Ormond mitnehmen? Er hat wohl zu viel getrunken. Mr. Watt schaffte ihn aus dem Raum.«

David nickte, und als die Kutsche vorfuhr, trug Gregor den jungen Paul Ormond wie ein Kind auf den

Armen und legte ihn in die Kutsche. »Gib mir meine Pistole, Gregor, und mach auch deine fertig. Ich habe eine solche Unruhe in mir. Wenn mir so war, ist meist etwas geschehen.«

Sie rollten die Sandstraße entlang. Der zunehmende Mond war oft von Wolken verdeckt. Als sie die Hügel überquert hatten, lag Zakynthos unter ihnen. Am Hafen war die Stadt noch voller Leben. *Thunderer* und *Bulldog* lagen mit ihren Nachtlaternen wie dunkle Blöcke am Damm. David atmete erleichtert auf. War alles nur Einbildung gewesen?

Sie fuhren zur Hafenpromenade. Als sie den Hafendamm fast erreicht hatten, sah David plötzlich, wie sich ein unbeleuchtetes Boot aus der Dunkelheit der See den britischen Schiffen näherte. Es zog ein kleines Ruderboot hinter sich her. Dann deckte eine Wolke wieder die Boote zu.

»Schnell auf den Damm, Gregor. Ein Brander!«

Gregor schrie den Kutscher an. Die Kutsche ratterte vorwärts, bog auf den Damm ein. David sprang hinaus, zog seine Pistole und schoß in die Luft. »Alle Mann an Deck!« schrie er. »Ein Brander! Wachboot!« Er lief an der Bulldog vorbei zur Spitze des Dammes und rief unaufhörlich.

Auf den Schiffen hatten die Wachen ihn erkannt und gaben den Alarm weiter. Vorn am Damm lag ein kleines Ruderboot. »Gregor!« rief David und sprang hinein. Gregor kletterte ihm nach in das kleine Boot, griff die Riemen und zog sie mit seiner riesigen Kraft durchs Wasser.

Dort kam das unbekannte Boot. »Wachboot!« rief David laut. »Zieht es mit dem Draggen weg!« Aber kein Wachboot war zu sehen. Jetzt leuchtete auf dem dunklen Boot ein kleines Feuer auf. Sie zünden die Brandladung, dachte David. Und richtig! Am Heck des Bootes sprangen zwei Männer in das kleine Ruderboot, das der Brander geschleppt hatte. Jetzt kletterte ein Dritter zu ihnen, und sie legten ab.

Der Brander hielt immer noch auf die *Thunderer* zu und war nur noch dreißig Meter entfernt. Jetzt schlugen schon Flammen empor und beleuchteten Gesichter, die von der Reling der *Thunderer* entsetzt auf den Brander starrten. Männer mit langen Stangen liefen zu ihnen. »Holt die Spritzen und Eimer!« schrie David ihnen zu. Am Heck stiegen Männer in ein Boot. Wo war das Wachboot? Die anderen mußten zu spät kommen.

»Zum Bug des Branders!« rief David, und Gregor reagierte prompt. Die Flammen loderten hoch empor. David griff eine Kanne, die im Boot lag, schöpfte Wasser aus dem Hafenbecken und übergoß sich und Gregor. Dann faßte er den Anker, der im Boot lag und nichts anderes war als ein mittelgroßer Stein, an dem ein Tau befestigt war. »Näher ran an den Bug!«

Gregor stieß im spitzen Winkel auf den Brander zu. David nahm das Ankerseil und ließ den Stein kreisen. Jetzt! Die fünf Meter mußte er schaffen. Er warf den Stein so, daß er sich um das vordere Stag schlang. Dann zog er das Seil an, befestigte es am Heck des Bootes und rief: »Zieh nach backbord, Gregor!« Zur *Thunderer* brüllte er: »Pumpt doch endlich! Feuchtet das Deck und die Segel an!«

Seine Hand brannte, und er sah, wie Gregor mit fast übermenschlicher Kraft pullte. Die Muskeln am Hals traten hervor. Er keuchte vor Anstrengung. Der Bug des Branders kam herum. Aber Funken fielen auf David und Gregor nieder. David befeuchtete Gregor und sich wieder mit der Kanne. Der Brander segelte nicht mehr auf die *Thunderer* zu, aber er war gefährlich nah. Würden sie freikommen? Jetzt ruderte das Boot heran, das die *Thunderer* zu Wasser gelassen hatte. Und da kam auch das Wachboot. »Werft Draggen und zieht den Brander weg! Laßt dann Leine, falls sie Pulver an Bord haben!«

Nun war die Gefahr gebannt. David löste ihr kleines Ruderboot. Die anderen Boote zogen den Brander hinaus zur See und ließen ihn dann treiben. »Leuchtraketen!« rief David. »Sucht die Branderbesatzung!«

Die Leuchtraketen zeigten ihnen ein kleines Boot, das hinten im Dunkel den Strand erreichen wollte. »Hinterher! Bringt mir die Kerle lebend!« Dann bat David Gregor, zur *Thunderer* zu rudern.

»Mr. Douglas, wo war das Wachboot?« wollte David zuerst wissen.

»Ich hatte dem Maat befohlen, zwischen dem Ende des Dammes und der Hafeneinfahrt zu patrouillieren. Nachdem ich es dort gesehen hatte, habe ich erst die Wachen an Deck und dann am Damm kontrolliert, Sir. Dabei sah ich auch Ihre Kutsche heranrasen, Sir. Ich bin wieder an Bord gegangen und habe Feueralarm befohlen.«

»Gut, Mr. Douglas. Lassen Sie die Freiwachen wieder wegtreten. Wer hatte den Befehl über das Wachboot?«

»Bootsmannsmaat Lewis, Sir.«

»Ich will die gesamte Bootsbesatzung sprechen, wenn sie zurückkommen.«

Der Ausguck rief: »Leuchtraketen auf See!« David griff nach einem Teleskop und blickte hinaus. Dort stiegen Laternen an einem Mast empor. »Es ist die *Falcon*. Ich erkenne ihr Signal. Setzen Sie die Lampen für ›Kommandant an Bord!‹«

David drückte Gregor die Hand und dankte ihm. Dann schickte er ihn zum Sanitätsmaat, damit der mögliche Brandwunden verbinde. In seiner Kajüte zog ihm Edward die Jacke aus und sagte: »Sir, die gute Jacke hat Brandlöcher. Die ist ruiniert.«

»Besser die Jacke als das Schiff, Edward. Das war diesmal sehr knapp.«

Lärm erklang an Deck. Der Midshipman der Wache meldete: »Sie bringen die Branderbesatzung, Sir.«

»Edward, gib mir eine alte Jacke. Ich muß an Deck.«

An Deck hielten sie drei Mann fest. »Nennt mir eure Namen und eure Auftraggeber!« sagte David englisch und französisch. Die Männer schwiegen.

»Profos! Die Männer werden in Eisen geschlossen und getrennt voneinander untergebracht«, befahl David. Dann wandte er sich seinen eigenen Seeleuten zu.

»Besatzung des Wachbootes vortreten!« sechzehn Mann traten vor. »Sind das alle, Bootsmannsmaat Lewis?«

»Aye, aye, Sir.«

»Wo wart ihr?«

»Am Hafenkai, wo sie den Ausschank haben, Sir.«

»Was habt ihr dort getan?«

»Wir haben Wein getrunken, Sir.«

»Haben alle das Boot verlassen?«

»Alle, außer Vollmatrose Bart und den vier Seesoldaten, Sir. Sie waren dagegen und blieben im Boot.«

»Bart und die vier Seesoldaten einen Schritt vor!«

David blickte die fünf nacheinander an. »Ihr habt euch von dem schweren Vergehen der anderen ferngehalten. Aber ihr habt nicht recht gehandelt. Ihr habt zugesehen, wie sie zwei Schiffe und viele hundert Mann in große Gefahr gebracht haben. Ihr hättet rufen und das Schiff alarmieren müssen. Erzählt mir nicht, daß ihr die Kameraden nicht verraten konntet. Wer das Leben so vieler Kameraden riskiert, hat keinen Anspruch darauf, daß ihr zu ihm haltet. Ich bestrafe euch mit Hafenwache bei den nächsten beiden Hafenaufenthalten. Wegtreten!«

Dann ging David einen Schritt näher an den Rest der Wachbootbesatzung heran. »Ihr habt euch eines schweren Wachvergehens schuldig gemacht. Ihr habt den Tod eurer Kameraden und den Verlust von zwei Schiffen in Kauf genommen, weil ihr euer Vergnügen haben wolltet. Maat Lewis, ich degradiere Sie zum Matrosen. Sie können wählen zwischen sechsunddreißig Peitschenhieben oder der Übergabe an das Kriegsgericht.«

Lewis mußte nicht lange nachdenken. Sechsunddreißig Hiebe waren eine harte Strafe, aber das Kriegsgericht würde ihn vielleicht zum Tode verurteilen.

»Ich wähle die Peitsche, Sir.«

»Alle anderen Männer des Wachbootes verurteile ich wegen eines schweren Wachvergehens zu vierundzwanzig Hieben mit der neunschwänzigen Katze.«

Die Männer der Bootsbesatzung traf es wie ein Schock. David war ein Kapitän, der selten die Prügelstrafe anwandte. Und nun diese harten Strafen. Sie atmeten tief. Einige schlugen die Hände vor die Augen. Andere murmelten Flüche. »Profos, schließen Sie die Männer ein!« befahl David. Dann wandte er sich ab. Auch ihn bewegte das Urteil. Nicht darum, weil er nach den Kriegsartikeln nur zu maximal zwölf Hieben verurteilen durfte. Alle Kapitäne verhängten härtere Strafen, und die Admiralität billigte es stillschweigend. Nein, ihn bedrückte, daß auf seinem Schiff eine solche kollektive Pflichtverletzung möglich war, die nun eine so harte Strafe forderte, wenn er nicht alle Disziplin aufs Spiel setzen wollte. Er hatte geglaubt, die Leute hätten bei ihm gelernt, wie wichtig es zum Wohle aller sei, die Wachen gewissenhaft wahrzunehmen.

»Boot ahoi!« rief das neu eingesetzte Wachboot jemanden an.

»*Falcon*!« schallte die Antwort und zeigte an, daß der Kommandant des Kutters sich näherte. Schnell rief Mr. Douglas die Wache zusammen und ließ Mr. Ross formgerecht begrüßen, als er an Bord kam.

»Was war hier los?« fragte Mr. Ross.

»Ein Brander wollte uns Feuer unterm Arsch machen«, antwortete Mr. Douglas. »Aber der Kommodore erschien Gott sei Dank rechtzeitig. Kommen Sie, er ist gerade in seine Kajüte gegangen.«

David stand am Heckfenster und sah, wie am Hafen die Kutschen mit den anderen Offizieren anrollten, als ihm Leutnant Ross gemeldet wurde.

»Sir, ich habe dringende Depeschen von Admiral Lord Nelson.«

David streckte die Hand aus. »Geben Sie sie her. Edward, schenke Kapitän Ross ein, was er möchte. Ich bitte einen Augenblick um Entschuldigung.« Er ging an seinen Schreibtisch und trennte mit einem Messer die Leinenumschläge auf.

Er las mit wachsendem Erstaunen: ...Brest verlassen und ins Mittelmeer vorgestoßen. Nach Vereinigung mit Teilen der spanischen Flotte verfügt Admiral Bruix über eine drückende Überlegenheit, die Englands Position im Mittelmeer gefährden und dem Krieg eine entscheidende Wende geben könnte. Sie werden verstehen, daß wir jedes Schiff brauchen, das in der Linie kämpfen kann. Obwohl Sie meinem Befehl nicht unterstehen, bin ich sicher, daß Sie sich meinem Appell nicht verschließen und unverzüglich zu meinem Geschwader in Palermo stoßen werden …

»Sie wissen, was in den Depeschen steht, Kapitän Ross?«

»Sir, ich weiß nur, daß die Franzosen mit einer starken Flotte im Mittelmeer kreuzen. Ich nehme an, daß Lord Nelson alle Linienschiffe zusammenkratzt.«

»So ist es.« David lächelte. »Tut mir leid, daß ich Ihnen hier keine Hafenzeit gönnen kann. Sie müssen sofort los, die *Shannon* suchen und Kapitän Harland bestellen, daß er unverzüglich Korfu anlaufen soll. Wir werden auch dort sein. Sobald wir die Aufgaben neu verteilt haben, segelt die *Thunderer* nach Palermo, und Sie begleiten uns als Fühlungshalter. Die Befehle werden sofort ausgefertigt.«

Vor der Kajüte ertönte Lärm. Es klopfte, und Leutnant Watt trat ein, gefolgt von Leutnant Shield. »Entschuldigen Sie, Sir. Man sagt, das Schiff sei von einem Brander angegriffen worden, während wir an Land waren.«

»Das stimmt, meine Herren. Schlimmer ist, daß die Besatzung des Wachbootes ihre Pflicht versäumte und im Hafen soff. Das können Ihnen Mr. Douglas und Mr. Dimitrij erzählen, der sich übrigens ausgezeichnet hat. Wichtiger ist jetzt, daß die Franzosen und Spanier mit einer überlegenen Flotte im Mittelmeer kreuzen und daß Lord Nelson die *Thunderer* braucht. Wir werden morgen in aller Herrgottsfrühe nach Korfu auslaufen, den Rest unserer Seesoldaten an Bord nehmen und unverzüglich Palermo ansteuern. *Shannon* und *Bulldog* bleiben bei den Sieben Inseln. Bitte informieren Sie

Commander Neale und bereiten Sie alles vor. Morgen vormittag findet dann die Bestrafung der Bootsbesatzung statt. Und jetzt entschuldigen Sie mich bitte, meine Herren.«

Wehe den Besiegten

(Juni und Juli 1799)

Die Bootsmannsmaate saßen seit dem frühen Morgen an Deck und flochten die ›neunschwänzigen Katzen‹ für die heutige Bestrafung. Niemals wurde eine Peitsche zweimal benutzt. Für die neun ›Schwänze‹ nahmen sie dünne Taue mit gut einem halben Zentimeter Durchmesser, schnitten sie etwa sechzig Zentimeter lang ab und flochten sie in einen Griff aus dickerem Tauwerk. Dann steckten sie die Peitsche in einen roten länglichen Sack.

»Hast du schon mal elf Auspeitschungen hintereinander erlebt?« fragte ein jüngerer Maat einen älteren. Der spuckte seinen Priem über die Reling und sagte: »Ja, anno dreiundachtzig hatten wir zwanzig mit je sechsunddreißig Schlägen. Aber der Kapitän damals war ein Verrückter. Er wurde bald darauf entlassen. Bei unserem Kommodore hätte ich nie erwartet, daß es zu so einer Bestrafung kommt. Er liebt die Katze nicht.«

Die Seeleute, die an den Maaten vorübergingen,

sahen meist mit leichtem Schauder auf diese Peitschen, aber einer motzte die Maate an: »Da freut ihr euch wohl, was? Da könnt ihr mal wieder zeigen, wie stark ihr seid, und arme Teufel blutig peitschen. Habt ihr keine Angst, daß es euch einmal trifft?«

Der ältere Maat blickte ihn unbeeindruckt an. »Wer seinen Dienst ordentlich versieht und nicht das Leben aller Kameraden aufs Spiel setzt, der braucht bei unserem Alten keine Angst zu haben. Aber die mit der großen Fresse, die nur an sich denken, bei Feueralarm wegrennen wollen wie du, oder nur ihr Saufen im Kopp haben, die soll es treffen, und da schlag ich auch kräftig zu. Verlaß dich drauf!«

Um elf Uhr, gegen Ende der Vormittagswache, waren alle Divisionen an Deck angetreten. Die Offiziere standen an der dem Wind zugewandten Seite des Decks. Die Seesoldaten umringten die Delinquenten und bildeten eine Reihe zwischen der Mannschaft und dem Platz für die Bestrafung. Die Sanitäter standen bereit.

Sie segelten östlich von Ithaka entlang und sahen im klaren Tageslicht die Berge des Peloponnes. Der Wind war leicht und erfrischend. Es hätte ein schöner Tag sein können, aber zum Achterdeck hin waren zwei hölzerne Lukengitter angebracht, an die man die Auszupeitschenden festbinden würde. Die Bootsmannsmaate standen bereit.

Der Kommodore erschien. Leutnant Thomson bellte seine Kommandos. Die Seesoldaten präsentierten, die Offiziere lüfteten ihre Hüte. David dankte, nahm den Hut ab, zog ein Blatt Papier aus der Manschette und sagte mit lauter Stimme: »Dies ist ein schlimmer Tag für unser Schiff. Ich hätte nie erwartet, daß ich elf Männer zur Auspeitschung verurteilen muß. Noch nie habe ich so viele Strafen an einem Tag verhängen müssen. Aber noch nie haben auch auf einem Schiff, das ich zu kommandieren die Ehre hatte, so viele Männer ihre Pflicht verletzt und das Leben aller gefährdet. Nur ein glücklicher Zufall hat unser Schiff gerettet. Bei der Rettung des Schiffes und seiner Besatzungen hat sich Maat Gregor Dimitrij hervorragend bewährt. Er wird im Bericht an die Admiralität lobend erwähnt werden, und er erhält eine Prämie von zwanzig Pfund.«

David räusperte sich und fuhr fort: »Diejenigen aber, die ihre Pflicht versäumt haben, verurteile ich nach den Abschnitten siebenundzwanzig und sechsunddreißig der Kriegsartikel für Seiner Majestät Flotte. Und alle, die glaubten, bei mir gäbe es keine Prügelstrafen, warne ich nachdrücklich. Ich führe ein Schiff lieber, wenn alle freudig ihre Pflicht tun. Aber wer seine Pflicht sträflich versäumt, der wird mit aller Härte bestraft. Heute erhält der degradierte Maat Lewis sechsunddreißig Hiebe und die folgenden Voll- und Leichtmatrosen je vierundzwanzig Hiebe.« Er las die Namen vor und fügte dann hinzu: »Bootsmann, walten Sie Ihres Amtes!«

Der Bootsmann trat mit zwei Maaten vor, griff sich Lewis und band ihn an die Gräting. Ein breiter Ledergurt wurde ihm umgeschnallt, um die Nieren zu schützen. Er erhielt ein Lederstück in den Mund, damit er sich nicht die Zunge zerbiß. Bootsmann Jenkins nahm einen der roten Beutel, holte die Peitsche heraus und entwirrte die Taue, indem er sie durch die Finger zog. Der Trommler begann einen dumpfen Wirbel, Jenkins holte aus, und der erste Hieb knallte auf den nackten Rücken des Sträflings und hinterließ eine Flammenspur.

Die Offiziere standen mit entblößten Häuptern da und beobachteten die Bestrafung. Die Seeleute sahen ihr je nach Erfahrung und Temperament gelassen, erschrocken, verängstigt oder angeekelt zu.

Mr. Jenkins nahm nach sechs Hieben die Peitsche in die andere Hand und stellte sich auf die andere Seite. Zogen die ersten Hiebe ihre Striemen von rechts oben nach links unten, so kreuzten sie die nächsten von links oben nach rechts unten. Und nun hielt die Haut nicht mehr stand. Sie platzte auf. Blut spritzte herum. Mr. Jenkins zog die Taue nach jedem Schlag durch die Finger, und von seiner Hand tropfte Blut.

Der junge Midshipman Goodrich begann zu würgen. »Nehmen Sie sich zusammen!« zischte ihn David an. Die anderen sahen sich bedeutungsvoll an. Heute war mit dem Alten nicht gut Kirschen essen. Zorn und Enttäuschung füllten ihn völlig aus.

Lewis schrie nach dem zwanzigsten Schlag wie ein Tier. Nach dem dreißigsten wurde er ohnmächtig. Sie schütteten ihm einen Eimer Wasser über den Rücken und fuhren mit der Bestrafung fort. Nach dem zwölften Schlag war Jenkins durch einen Maat abgelöst worden und dieser wiederum nach weiteren zwölf Schlägen.

Sie schnitten Lewis ab, und die Sanitäter schleiften ihn ins Lazarett. Jetzt wurden immer zwei Delinquenten nebeneinander an die Grätings gebunden, und die Maate führten die Bestrafung durch. Sie mußten mit Eimern das Blut wegspülen, sonst hätten die Bootsmannsmaate keinen sicheren Stand mehr gehabt. Als das dritte Paar angeschnallt werden sollte, wehrte sich einer mit allen Kräften, so daß sie ihn kaum bändigen konnten.

»Mr. Watt, schicken Sie die Pulverjungen und Midshipmen, die noch nicht fünfzehn Jahre alt sind, bitte unter Deck!« ordnete David nun an. Dann ging es weiter, und David stand regungslos da und verzog keine Miene. Er schien nicht zu sehen, wie in der Besatzung Männer würgten und sich an der Reling übergaben.

Dann war alles vorbei. Er ließ die Mannschaften wegtreten und bat die Offiziere in seine Kajüte. »Meine Herren! Die Katze macht keinen schlechten Mann besser. Von den elf heutigen Delinquenten waren sieben auch bei dem ersten Feueralarm vor Gibraltar pflichtvergessen. Die milden Strafen haben sie nicht beeindruckt. Mindestens einige der elf von heute sind jetzt angefüllt mit Haß und Mordlust. Passen Sie gut auf, meine Herren! Wir segeln vielleicht in eine große Schlacht. Jeder Mann muß jederzeit seine Pflicht tun, ob freiwillig oder nicht. Ich bin entschlossen, das notfalls mit allen Mitteln zu erzwingen.«

Dann ließ sich David durch den Profos den ersten Mann der Branderbesatzung holen. Alle drei hatten gefesselt der Auspeitschung zusehen müssen. Zwei Seesoldaten hielten den Mann fest. Mr. Ballaine und Leutnant Campbell waren bei David.

Noch ehe David etwas fragen konnte, rief der Gefangene: »Ich bin Hauptmann Courzon der französischen Armee! Ich verlange eine Behandlung als Kriegsgefangener!«

David lachte sarkastisch: »Wie komisch, daß ich an Ihrer Kleidung kein Uniformstück erkenne und daß niemand an Ihrem Brander eine Flagge gesehen hat. Sie werden als Saboteur, Freischärler und Mörder behandelt, nichts anderes. Wenn Sie alle Agenten und Hintermänner nennen, werden wir Sie anders behandeln, sonst nicht.«

Der Franzose fluchte fürchterlich, und David ließ ihn abführen. Auch der nächste war zu keiner Aussage zu bewegen. Aber er schimpfte nicht, sondern verharrte in stoischem Schweigen. Doch der dritte, den die Seesoldaten hereinschleifen mußten, war durch den Anblick der Bestrafung gebrochen. Er war ein junger Grieche, der einige Jahre in Frankreich gelebt hatte.

Sie holten Mr. Demetros, und dann nannte der Gefangene mehr als ein Dutzend Namen, kaum daß Demetros mit dem Schreiben mitkam. Es waren alles Mitglieder des französischen Geheimdienstes. Er verriet Waffenlager und Treffpunkte mit französischen Nachschubschiffen. Sie erfuhren, daß David und die Briten ihr Hauptziel gewesen seien und daß ein Offizier aus Ushakows Stab bestochen worden war.

»Nun, das hat sich gelohnt. Der Mann wird ohne Fesseln in einer Kartenkammer untergebracht, Posten vor der Tür. Er darf vor- und nachmittags unter Bewachung eine halbe Stunde an Deck. Mr. Demetros, Sie übersetzen die Listen und anderen Angaben bitte für Mr. Ballaine.«

David war froh, als sie gegangen waren und er allein blieb. Er trat hinaus auf die Heckgalerie und sah auf das quirlende und schäumende Heckwasser. Was hatte er versäumt, daß es zu so massiven Pflichtverletzungen kam? Bis auf zwei waren alle Straffälligen zur Flotte gepreßt worden und keine Freiwilligen. Aber dennoch. Sie waren doch anständig behandelt worden. Er hatte ihnen oft genug erklärt, warum höchste Aufmerksamkeit beim Wachdienst erforderlich war. Sie hatten es beim armen Mr. Mahan erlebt, daß auch Offiziere die Strafe bei Nachlässigkeit nicht verschonte. Warum hatten sie sich dennoch einer so groben Pflichtverletzung schuldig gemacht?

Wenn der Maat Lewis nicht mitgemacht hätte, wäre es nicht geschehen. Er mußte mit den Offizieren und mit allen Maaten noch einmal reden und ihnen ihre Verantwortung ganz deutlich machen. Die Maate waren das Rückgrat der Flotte.

Eine Bewegung am rechten Rand seines Blickfeldes lenkte David ab. Eine Gruppe von etwa zwanzig Delphinen kreuzte ihren Kurs. Sie sprangen zu zweit oder dritt spielerisch im Gleichtakt aus dem Wasser und tauchten elegant wieder ein. Sie schienen dabei zu lachen, als er ihre Köpfe sah. David liebte Delphine und erinnerte sich gern der Geschichten, die ihm Dr. Lenthall über sie erzählt hatte, als er junger Midshipman war. Auf seinen Schiffen war es strikt verboten, Delphine zu angeln. Er war irgendwie erleichtert, als er in seine Kajüte zurückging.

Bevor sie Korfu erreichten, hatte David mit allen Offizieren und Deckoffizieren besprochen, was zu tun war, damit sie am nächsten Tag mit Kurs auf Palermo wieder auslaufen konnten. Kaum hatten sie vor Castrati Anker geworfen, strebten ihre Boote schon nach allen Seiten auseinander. Leutnant Campbell mußte Hauptmann Ekins informieren. Mr. Conway mußte die Händler antreiben, schnell die benötigten Lebensmittel zu liefern. Bootsmann Jenkins schickte zwei Maate aus, den Wassernachschub zu organisieren. Mr. Foresti eilte mit den Aussagen des Griechen vom Brander in sein Konsulat, und David ließ sich zu Admiral Ushakow rudern.

»Warum die Eile, David Karlowitsch?« begrüßte ihn Kapitän Myatlev.

»Die Franzosen sind mit einer großen Flotte im Mittelmeer, und Lord Nelson braucht jedes Linienschiff. Ich segle morgen. Werden Sie auch mit einigen Linienschiffen mitsegeln, Nikolai Iwanowitsch?« fragte David.

»Ich würde gerne, David Karlowitsch, aber der Admiral will seine Schiffe schonen und zusammenhalten. Auch seine Abneigung gegen Lord Nelson ist zu groß. Sie können nichts ändern.«

David konnte Admiral Ushakov nicht umstimmen. Der Zustand seiner Schiffe, seine Aufgaben in der Adria, er habe doch erst Brindisi besetzt, und seine Schiffe würden auch Bari und andere Häfen nehmen. Was wolle man denn noch mehr? Schließlich gab David auf, berichtete, daß ein russischer Offizier von den Franzosen bestochen worden war, und bat, man möchte den Gerichtsoffizier zur *Thunderer* senden, um drei französische Agenten abzuholen, die mit einem Brander die *Thunderer* vernichten wollten.

»Sie sorgen für Nachschub für den Galgen, David Karlowitsch. Ich wünsche Ihnen bei Ihrer Mission mit Lord Nelson viel Glück und bin froh, daß uns zwei Ihrer Schiffe bei der Bewachung der Adria helfen. Segeln Sie mit Gott!«

Als David auf die *Thunderer* zurückkehrte, erwarteten ihn schon Hauptmann Ekins und Oberst Tomski. »Wir haben ein Problem, David Karlowitsch«, sagte Tomski gleich nach der Begrüßung. »Wenn alle Engländer das Fort San Salvador verlassen, haben wir niemanden mehr, der die verdammten Albaner im Zaum hält. Hauptmann Ekins hat begonnen, achtzig Griechen auszubilden, die wir sorgfältig ausgesucht haben und die extrem feindselig gegen die Albaner eingestellt sind.

Ich kann auch noch fünfzig Russen in das Fort abkommandieren. Aber wir brauchen zwanzig erfahrene Briten, die die Ausbildung fortführen.«

David blickte skeptisch, aber Hauptmann Ekins unterstützte Tomski. »Sir, könnten wir nicht Leutnant Thomson, zehn unserer Seesoldaten und je fünf von *Shannon* und *Bulldog* abkommandieren. Dann hätten wir eine Lösung, die Bestand haben kann. Ich kann Ihnen auch zehn junge Griechen anbieten, die auf unseren Schiffen dienen wollen. Es sind Flüchtlinge aus Butrinto, die ihre Heimat und ihre Familien verloren haben, weil Ali Pascha sie niedermetzeln ließ.«

»Mr. Ekins, Sie sind wohl unter die Menschenhändler gegangen. Veranlassen Sie bitte, daß Mr. Cotton die zehn Griechen untersucht.« Und zu Tomski sagte er auf russisch: »Boris Nikolajewitsch, ich lasse Ihnen Leutnant Thomson und zwanzig erfahrene Seesoldaten hier, die die Ausbildung fortsetzen. Aber ich erwarte, daß meine Leute nicht von irgendwelchen Fatzken wie damals Graf Kafelnikow schikaniert werden. Halten Sie Ihre Hand über sie.«

Sie umarmten sich, und Tomski verabschiedete sich. Ekins schickte die Melder los, um die zehn griechischen Freiwilligen zu holen, und David besprach mit Mr. Watt, wie sie einzugliedern seien. Dann meldete Mr. Jenkins, daß eine der Pumpen repariert werden müsse, danach erschien Mr. Conway und klagte, daß er den bisher bezogenen Rotwein nicht mehr erhalte und eine andere Sorte kaufen müsse.

»Soll ich vielleicht noch kosten?« fragte David den Zahlmeister.

»Sir, bei ihrem Blackstrap sind die Leute eigen. Wenn wir da die falsche Wahl treffen, werden sie bockig.«

›Blackstrap‹ nannten die britischen Seeleute den

leichten italienischen Rotwein, der im Mittelmeer meist das Bier ersetzte. Italienischen Wein gab es hier sowieso nicht. David rief nach Mr. Cull, seinem Koch. »Mr. Cull, hier wird jemand gebraucht, der den Rotwein verkostet. Nehmen Sie sich einen erfahrenen Maat, und begleiten Sie Mr. Conway. Dann wird entschieden. In zwei Stunden sind alle Fässer an Bord.«

Davids Koch protestierte: »Sir, ich muß noch für Ihren Bedarf Fleisch, Obst, Brot und Gemüse kaufen.«

»Das tun Sie gleich anschließend, Mr. Cull. Sie sollen den Wein nur probieren, keine Orgien feiern. Und nun, meine Herren, lassen Sie mich wichtigere Dinge erledigen. Verdammt noch mal!«

Als die *Thunderer* gerade auslaufen wollte, erschienen *Shannon* und *Falcon* vor Korfu. David orientierte Kapitän Harland noch über die geänderte Aufgabenverteilung, übergab ihm schriftliche Befehle, die alles belegten, falls ihm etwas zustieß. Und dann mußte er der *Falcon* wieder die Hafenzeit beschneiden. »Ich kann Ihnen nur einen Abend und eine Nacht im Hafen gönnen, Kapitän Rost. Dann müssen Sie auslaufen und uns einholen. Aber wir werden auch mehr Zeit brauchen, da wir durch Geschützdrill und alle möglichen Übungen aufgehalten werden.«

Die *Thunderer* kämpfte sich in schwerer See mit Kurs auf die Meerenge von Messina voran. Backbord in vier Meilen Abstand lief die *Falcon* und war nur zu sehen, wenn sie einen Wellengipfel erklommen hatten. Sie hatten harte Tage hinter sich. Nach dem Auslaufen aus Korfu hatte David die Mannschaften gedrillt, daß ihnen »das Wasser im Arsch kochte«, wie es ein Maat deftig ausdrückte.

David selbst war zwischen den Geschützen umhergerannt, hatte die Kanoniere angefeuert, hatte Positionen verbessert, ihnen Handgriffe gezeigt und ihnen immer wieder gesagt, daß ihrer aller Leben von ihrem Tempo und ihrer Genauigkeit abhing. Er hatte sie aufgepeitscht und ihnen gesagt, daß die Froschfresser erst die britische Mittelmeerflotte vernichten und dann ihre Heimat besetzen wollten, so, wie sie fast ganz Italien besetzt hätten. »Sie werden eure Väter und Brüder erschlagen, eure Frauen nehmen und euren Besitz plündern. Wenn wir sie nicht besiegen, ist unser Land verloren.«

Aber nicht alle ließen sich patriotisch aufstacheln. Einige der Bestraften, die ihn haßten, murmelten dagegen: »Dem einfachen Mann tun die Franzmänner gar nichts. Dem geben sie die Freiheit. Nur den reichen Säcken, wie unserem Alten, dem können sie was wegnehmen. Soll'n sie doch! Der hat ja genug, und seinem geschniegelten Weib tut ein anständiger Bums auch ganz gut.«

Als sich das Wetter etwas beruhigt hatte, liefen sie durch die Straße von Messina nach Palermo. Nelsons Flotte lag nicht im Hafen. David ließ sich schnell zum Hafenkapitän bringen und erfuhr, daß Nelson mit seinen Schiffen vor der Insel Maréttimo, der westlichsten der ägadischen Inseln, liege. »Aber gestern sandte er ein Kurierschiff, Sir David, daß er in Kürze nach Neapel segeln werde. Wir haben heute den 19. Juni, und er wollte eigentlich in fünf Tagen in Neapel sein. Darf ich mir den Vorschlag erlauben, Sir David, daß Sie Ihren Kutter zur Flotte schicken und Befehle einholen? Wissen Sie übrigens, daß Lord St. Vincent das Kommando über die Mittelmeerflotte an Lord Keith übergeben hat?«

David war völlig überrascht und sagte in einer ersten Reaktion. »Das war keine Freudenbotschaft für Lord Nelson.«

Der Hafenkapitän fühlte sich zur Klatscherei ermutigt. »Er soll getobt und Vasen an die Wand geworfen haben.«

David wollte das Thema verlassen. »Nun, das liegt außerhalb dessen, was ich zu wissen und zu kommentieren habe. Ich danke Ihnen sehr für Ihren Rat und werde sofort die *Falcon* entsenden.«

Das Segel der *Falcon* tauchte am übernächsten Tag wieder am Horizont auf. Sie hatte das Signal gesetzt, daß sie Befehle bringe, und Leutnant Ross lief das Fallreep der *Thunderer* hinauf wie ein Jüngling. David fragte ihn, welche Befehle er habe, und Ross antwortete: »Wir sollen nach Neapel vorauslaufen, Sir. Lord Nelson folgt uns sofort.«

»Und die französische Flotte?«

»Sie soll in Toulon liegen, Sir, habe ich gehört.«

David bedankte sich bei Leutnant Ross, trank mit ihm einen Schluck Wein und öffnete dann die Befehle. Lord Nelson freute sich über seine Bereitschaft, sich mit der *Thunderer* an der Abwehr der französischen Flotte zu beteiligen. Über deren Aufenthalt sei gegenwärtig nichts bekannt. David wurde gebeten, nach Neapel vorauszusegeln, wo er in Kürze eintreffen werde. Kapitän Foote kommandiere dort die britischen Schiffe. Ein Wechsel im Kommando sei bis zu seinem Eintreffen nicht erforderlich.

David sah nachdenklich auf das Blatt. »Mr. Bal-

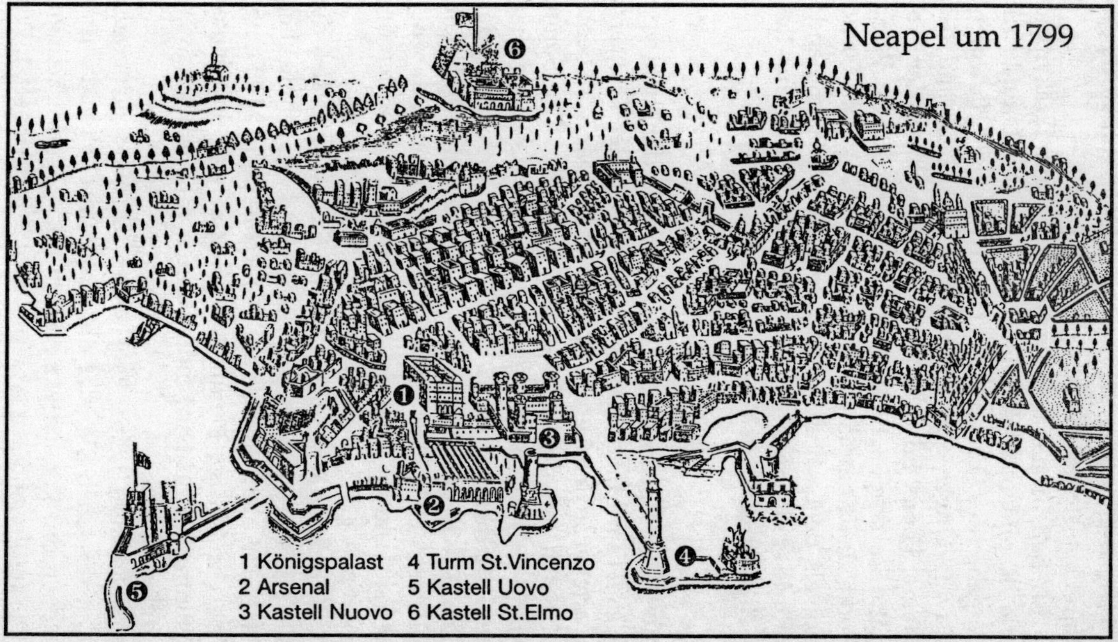
Neapel um 1799
1
2
3
4
5
6
1 Königspalast
2 Arsenal
3 Kastell Nuovo
4 Turm St.Vincenzo
5 Kastell Uovo
6 Kastell St.Elmo

laine«, rief er dann. »Bitte bringen Sie mir doch die Kapitänsliste der Flotte.«

Mr. Ballaine gab ihm die Liste der Admiralität, in der alle Kapitäne nach Dienstalter geordnet und mit Angabe des Ernennungsdatums angeführt waren. Davids Finger glitt die Liste entlang. Da stand der Name: Foote, Edward James, Kommandant der Fregatte *Seahorse,* 38. Er war drei Jahre dienstjünger. Wenn Foote das Kommando behalten sollte, konnte David nur als Beobachter agieren, denn Footes Kommando würde er sich nicht unterstellen. Nun ja, manches ließ sich informell regeln.

Zwei Tage später öffnete sich vor ihnen die Bucht von Neapel im Morgengrauen. Die Männer der *Thunderer* warteten an den Geschützen. David und Mr. Watt beobachteten mit dem Master das Einlaufen. Die Sonne stand noch tief und blendete, aber als sie höher stieg und sie ihre Augen so abschirmen konnten, daß das Land zwischen der hellen Sonnenscheibe und dem gleißenden Gewirr der Wellen sichtbar wurde, da wußten sie, warum diese Bucht als eine der schönsten der Welt galt.

Kein feindliches Schiff war in Sicht. David ließ die Gefechtsbereitschaft aufheben, und augenblicklich strömten alle Offiziere auf das Achterdeck. Mr. Douglas, der Master, kannte Neapel und wies mit lauter Stimme und schwingenden Armen auf die Sehenswürdigkeiten hin.

»Die Insel Ischia liegt schon backbord achteraus. Querab sehen Sie jetzt die kleine Insel Procida, und steuerbord können wir achtern noch Capri erkennen. Die Inseln sind seit Anfang April britisch besetzt. Wir segeln direkt auf den Hafen von Neapel zu. Vier Strich peilt jetzt der Vesuv, der immer noch aktive Vulkan. Wenn nachts die Lava die Hänge herunterfließt, ist das ein unvergeßlicher Anblick.«

David war auch durch die Schönheit der Bucht beeindruckt, aber andere Informationen waren jetzt vordringlich. Er blickte sich um, ob die Ausgucke auch alle ihre Sektoren kontrollierten, und rief dann laut: »Ausguck! Vielleicht erfahre ich bald etwas über die britischen Schiffe.«

»Deck, Fregatte in dreißig Strich, zwei Meilen, setzt gerade ihre Nummer: Zwei, acht, vier. Zwei Sloops in sechs Strich, zweieinhalb Meilen, noch ohne Nummern.«

»Mr. Watt, lassen Sie bitte unsere Nummer setzen«, ordnete David an, und der Signal-Midshipman hatte in seiner Kladde die Nummer der Fregatte gefunden und meldete: »*Seahorse*, 38, Sir, Kapitän Edward James Foote, Sir.«

Der Ausguck meldete nun auch die Nummern der beiden Sloops, und sie wurden als *Mutine* und *San Leon* identifiziert. »Soll ich Signal setzen ›Kommandanten an Bord!‹, Sir?« fragte der Signal-Midshipman.

»Nein«, beschied David lakonisch und erklärte Mr. Watt leise: »Lord Nelson wünscht, daß Foote das Kommando bis zu seinem Eintreffen behält. Wir sind also nur Gäste.«

Mr. Watt schaute David verwundert an, sagte aber nichts. Inzwischen war das Panorama der Stadt deutlich zu erkennen, und Mr. Douglas war wieder in seinem Element. Er wies auf die Festung hin, die auf einem Berg die Stadt überragte. »Das ist Fort St. Elmo.«

»Da weht ja noch die französische Flagge!« rief Midshipman Ryan.

»Man hat Ihnen noch etwas übriggelassen, Mr. Ryan. Stellen Sie sich schon mal eine Gruppe Seesoldaten zusammen«, scherzte David.

Mr. Douglas war nicht zu beirren. »Der große, wuchtige Turm in der Mitte ist der Turm von San Vincenzo. Rechts daneben ist ein schmaler Leuchtturm mit einem befestigten Haus. Das ist der Galeeren-Platz. Geradeaus dahinter mit den fünf Türmen sehen Sie das Kastell Nuovo. Links daneben das große rechteckige Gebäude ist der Königspalast. Backbord vor uns liegt Kastell Uovo.«

»Fertigmachen zum Ankern!« befahl David, und alle rannten auf ihre Posten.

»Von der *Seahorse* hat ein Boot abgelegt, Sir«, meldete Mr. Watt.

»Das wird wohl Mr. Foote sein, der dem dienstälteren Kameraden seine Aufwartung macht. Ist alles vorbereitet, daß er angemessen empfangen werden kann?«

»Aye, aye, Sir.«

Kapitän Foote wurde mit allen Ehren empfangen und wunderte sich wie die meisten über den Dudelsackpfeifer. Als er in Davids Kajüte mit einem kräftigen Händedruck begrüßt wurde, sagte er: »Vor fast zwanzig Jahren hätte ich nicht gedacht, daß ich Ihnen hier einmal die Hand schütteln würde, Sir David. Ich war nicht einmal sicher, ob Ihnen überhaupt noch jemand die Hand würde reichen können.«

»Sollte ich mich an Sie erinnern, Mr. Foote?« fragte David.

Foote lachte. »Kaum, Sir David. Es war im Frühjahr achtzig. Sie waren todkrank ins Hospital in Kingston eingeliefert worden. Ich war fast vom Gelbfieber genesen. Sie hatten mit einer kleinen Prisenbesatzung eine spanische Fregatte durch einen selbstgefertigten Brander vernichtet. Alle sprachen von einer Heldenbeförderung, aber niemand war sicher, ob Sie sie erleben würden. Bevor Sie gesund wurden, war ich schon wieder auf meinem Schiff. Daher kenne ich Sie, aber Sie mich nicht.«

David reichte Mr. Foote ein Glas Wein. »Lassen Sie uns zunächst auf den König anstoßen.« Sie tranken einen Schluck, und David fuhr fort: »Ich hatte schon ein schlechtes Gewissen, weil ich mir im allgemeinen Gesichter viel besser als Namen merke, aber an Ihr Gesicht konnte ich mich nicht erinnern. Vor allem anderen will ich Ihnen noch mitteilen, daß Lord Nelson morgen oder übermorgen mit seiner Flotte hier eintreffen wird und nicht wünscht, daß vorher etwas an den Befehlsverhältnissen geändert wird. Sie bleiben also im Kommando, und ich bin Ihnen gern eine Hilfe, wo Sie es wünschen.«

»Sehr freundlich, Sir David. Aber frei heraus: Mir wäre es lieber gewesen, Sie hätten mir die Last mit dem Kommando abgenommen. Es ergeben sich hier Probleme, die ein Flottenoffizier nicht lösen kann. Darf ich Ihnen die Situation schildern?«

»Aber gern«, sagte David und lehnte sich zurück.

Foote trank noch einen Schluck und erzählte: Kardinal Ruffo war mit seinen über zehntausend Freischärlern von Kalabrien herangerückt. Verstärkt und halbwegs bei Disziplin gehalten wurde dieser wilde Haufen durch vierhundert russische Marineinfanteristen unter Kapitän Baillie, einem gebürtigen Engländer. Rivigliano und Castellamare am Golf von Neapel hätten sich den Briten Mitte dieses Monats ergeben. Etwas später sei Ruffo in Neapel eingerückt. Kardinal Ruffo hätte als

Vertreter der Krone die Politik verfolgt, die aufständischen Neapolitaner durch Zugeständnisse zurückzugewinnen, um großes Blutvergießen zu vermeiden. Franzosen und Aufständische hofften ja immer noch, daß jeden Tag die große französische Flotte zur ihrer Befreiung einlaufen würde. Darum waren die Forts Uovo und Nuovo nur durch sehr kulante Bedingungen schließlich zur Kapitulation zu bewegen. »Ich war selbst über die Großzügigkeit erstaunt, als mir die Kapitulationsurkunde vom Kardinal Ruffo zur Unterschrift vorgelegt wurde, nachdem dieser, Kapitän Baillie für Rußland und Oberst Achmet für die Türkei bereits unterzeichnet hatten.«

»Wie sind die Bedingungen, Mr. Foote?«

»Die neapolitanischen Rebellen können wählen, ob sie nach Toulon gebracht werden oder in Neapel bleiben. Ihr Eigentum wird garantiert. Bis die Transportschiffe bereitstehen, dürfen sie die Forts Uovo und Nuovo besetzt halten.«

»Warum denn das?«

»Gegen den König haben vor allem das gebildete Bürgertum und liberale Aristokraten rebelliert, während die gläubige Landbevölkerung und der städtische Pöbel, die Lazzaroni, die Franzosen haßten. Kardinal Ruffos sogenannte Christliche Armee hat schon im Anmarsch auf Neapel alle abgeschlachtet, die der Sympathie mit Frankreich verdächtigt wurden, obwohl der Kardinal für Vergebung eintrat. Die Rebellen, die in den Forts sitzen, wissen, daß sie keine Stunde überleben würden. Und es sind Frauen dabei, Sir David.«

David nickte. »Ich habe Christliche Armeen in der Vendée erlebt und weiß, welche Grausamkeiten ein Bürgerkrieg hervorbringt. Ich verstehe Ihre Handlungsweise. Sie hatten keine andere Wahl. Ich bin zuversichtlich, daß Lord Nelson der gleichen Meinung ist. Gibt es mit den Franzosen in Fort St. Elmo irgendwelche Vereinbarungen?«

Foote verneinte und verabredete mit David, daß die *Thunderer* so ankern würde, daß sie Fort Nuovo beschießen könnte, falls notwendig, und daß Foote ihn zu Kardinal Ruffo und Kapitän Baillie begleiten würde. Hauptmann Ekins mit dreißig Seesoldaten sollte beide geleiten.

Es war nicht weit zu Ruffos Hauptquartier. Die Straßen wimmelten von ärmlich gekleideten Männern und auch einigen Frauen. Die reicheren Bürger schienen ihre Häuser nicht zu verlassen. Die meisten Läden waren geschlossen. Hier und da sah man Männer die Türen einschlagen und die Häuser plündern. »Sollen wir eingreifen, Sir?« fragte Hauptmann Ekins.

»Nein, Mr. Ekins. Wir haben hier keine Polizeigewalt. Das ist Sache der Neapolitaner. Ich werde Kardinal Ruffo berichten, der hier die königliche Macht vertritt.«

Kardinal Ruffo, ein sehr eloquenter Mann von etwa fünfundfünfzig Jahren, wirkte nicht wie ein Geistlicher. Er trug auch eine uniformähnliche Kleidung. Von den Plünderungen hatte er gehört und hob beide Hände. »Seine Eminenz mißbilligen jede Ausschreitung, aber er hat keine regulären Truppen, die dem Einhalt gebieten könnten«, übersetzte der Dolmetscher. »Die Freischärler und die Lazzaroni haben sehr unter der französischen Herrschaft gelitten und wollen sich nun rächen. Wir werden die Lage hoffentlich bald unter Kontrolle haben.«

David berichtete, daß Lord Nelsons Ankunft unmittelbar bevorstehe, und Ruffo schien sehr erfreut darüber.

Kapitän Baillie diente länger als ein Jahrzehnt in der russischen Flotte und äußerte sich wesentlich drastischer über die Freischärler und die Lazzaroni. »Diebe und Halsabschneider wie die Albaner. Wenn meine Marineinfanteristen nicht gewesen wären, würde zwischen Kalabrien und hier nicht einmal mehr ein Stück Vieh leben. Der Kardinal predigt immer Milde, aber er ist glatt wie ein Aal, und die Königin stachelt in ihren Briefen immer wieder Rachegefühle an. Dies ist kein Krieg, in dem man anständig bleiben kann.«

David vereinbarte mit Foote und Baillie, daß ein Kontingent seiner Seesoldaten Fort Nuovo umstellen und Kontakte zwischen den Rebellen und der Bevölkerung unterbinden würde. »Hoffentlich treffen die Schiffe für ihren Abtransport bald ein«, seufzte Foote.

Aber zuerst erschien Nelsons Flotte vor Neapel. Ihre Segel füllten am 24. Juni die Bucht, und die Seesoldaten vor Fort Nuovo berichteten, daß die Rebellen anfangs jubelten, weil sie glaubten, die französische Flotte sei erschienen. Aber es waren dreizehn britische und drei portugiesische Linienschiffe.

David stand auf dem Achterdeck und suchte nach dem Schiff, auf dem Lord Nelsons Flagge wehte. Da, nun sah er es. Es war das Achtzig-Kanonen-Schiff *Foudroyant*. Jetzt wurde dort ein Signal gehißt. »Mr. Dixon«, sagte David zum Signal-Midshipman. »Welches Signal hat das Flaggschiff eben gesetzt?«

James Dixon blätterte in seinem Signalhandbuch,

machte sich Notizen und sagte schließlich: »Das Signal lautet: Der Waffenstillstand ist widerrufen, Sir.«

David fragte: »Sind Sie sicher?«

Dixon antwortete: »Absolut, Sir.«

David wandte sich ab und ging an Deck hin und her. Wie konnte Nelson einen Waffenstillstand widerrufen, von dem er nichts wußte, außer daß die entsprechenden Flaggen auf den beiden Forts wehten? Er wußte nicht, wer ihn unterzeichnet hatte und was er beinhaltete. Das konnte Probleme schaffen. David rief Mr. Watt.

»Mr. Watt. Lord Nelson hat durch Signal die Übergabeverhandlungen widerrufen. Wir müssen die Steuerbordbatterie feuerbereit halten, falls das Fort die Feindseligkeiten wieder aufnimmt. Bitte benachrichtigen Sie auch den kommandierenden Offizier der Seesoldaten, daß er seine Männer in Deckung zurückzieht und vorsichtig abwartet.«

Aber es ereignete sich nichts, was David und die *Thunderer* betraf. Die Mannschaften murrten, weil wegen der unsicheren Situation in der Stadt kein Landgang gewährt werden konnte. Von Nelsons Schiffen wurden einige neapolitanische Soldaten ausgebootet. Eine Prunkbarke legte vom Ufer ab. David erkannte Kardinal Ruffo, der sich zur Nelsons Schiff bringen ließ. Zwischen Nelsons Flotte ruderten Boote hin und her. Nachdem Ruffo wieder an Land gebracht worden war, hielt auch eines auf die *Thunderer* zu.

David erhielt Nachricht, daß ein Boot mit einem Konteradmiral an Bord zur *Thunderer* ruderte. Sofort zog er seinen guten Rock an, ließ sich seinen Degen reichen und sah nach der Wache. Der Ausguck rief das Boot an und erhielt zur Antwort: »*Leviathan*«.

»Schlagen Sie schon nach!« herrschte David den Signal-Midshipman an. Der blätterte in den Listen der Admiralität und meldete: »*Leviathan*, 74, Flaggschiff von Konteradmiral Kelly, Sir.«

David murmelte nachdenklich »Kelly«. Ob das der Kelly war? »Steht ein Vorname dabei?« fragte er, und der Midshipman antwortete: »Nein, Sir.«

David schaute zur Person im Heck des Bootes. Aber der Offizier hielt den Kopf gesenkt, so daß er das Gesicht nicht erkennen konnte. »Wache bereit?« fragte er den diensthabenden Offizier.

»Aye, Sir«, war die verwunderte Antwort. So unruhig war der Kommodore doch sonst nicht. Aber David hatte Sorgen, ob jemand kam, um Befehle zu überbringen, die nicht damit zu vereinbaren waren, daß er ja nicht dem Mittelmeergeschwader unterstand.

Doch dann setzte die Musik ein, und die Seesoldaten präsentierten. David blickte zur Fallreeppforte und sah den Konteradmiral lächelnd an Bord kommen. Ja, das war er, das war Hugh Kelly, sein alter Kamerad und Freund. Sie schüttelten sich herzlich die Hände, und David begrüßte Admiral Kelly formell an Bord der *Thunderer* und bat ihn in seine Kajüte.

Dort umarmten sie sich dann, und David fragte: »Hugh, wie kommst du hierher?«

»Ich habe Nelson vier Schiffe von Menorca gebracht, aber was hast du hier zu suchen? Du gehörst doch gar nicht zum Mittelmeergeschwader?«

Sie sahen sich an, merkten, daß sie gealtert waren, daß Falten und Narben von erlebnisreichen Jahren kündeten. Sie tranken auf den König und auf ihre Gesundheit, riefen sich ihr letztes Treffen in Erinnerung, es war im September 1792 mit Charles Hamilton in London, streiften kurz den Beginn ihrer Freundschaft 1774 auf der *Shannon*, ihr Treffen in Indien und sprachen dann über das, was sie hier im Hafen von Neapel bewegte.

Kelly war seit einem halben Jahr Konteradmiral und noch von Lord St. Vincent mit vier Schiffen zur Unterstützung Nelsons kommandiert worden. »Nelson kann von St. Vincent anscheinend alles erhalten«, sagte Kelly. »Es wäre viel wichtiger, die Schiffe bei Baron Keith zu belassen, als sie Nelson zu schicken, der doch nur an das Königreich beider Sizilien denkt.«

David berichtete von seinen Gesprächen mit Foote, mit Ruffo und Baillie und fragte: »Was zum Teufel bedeutet dieses Signal, daß der Vertrag aufgehoben sei, Hugh?«

Kelly erzählte, daß Kardinal Ruffo auf Nelsons Flaggschiff mit Nelson sowie Sir und Lady Hamilton eine heftige Auseinandersetzung gehabt habe. Er wisse es vom Ersten Leutnant, der vorher sein Erster gewesen sei.

»Lady Hamilton war anwesend?« fragte David erstaunt.

Kelly zuckte mit den Schultern. »Na ja, sie übersetzte und es war ganz gut, sonst hätten sie sich womöglich geprügelt. Der Kardinal besteht darauf, daß er als Vertreter des Königs eine gültige Kapitulation abgeschlossen habe. Nelson besteht ebenso hartnäckig darauf, daß es nur ein vorläufiger Waffenstillstand sei, der besonders bei diesen laschen Bedingungen der Bestätigung des Königs bedürfe.«

David schüttelte den Kopf. »Welche Vollmacht hat denn ein englischer Admiral, sich in diese neapolitanischen Angelegenheiten einzumischen?«

Hugh Kelly vergewisserte sich, daß niemand im Raum war, beugte sich vor und sagte mit gedämpfter Stimme: »Keine, außer daß er mit Lady Hamilton schläft, die von der Königin dauernd Briefe erhält, damit sie Nelson zu äußerster Härte anstacheln soll, weil sie selbst jede Milde ablehnt. Und bei Nelson trifft sie auf offene Ohren, denn er haßt die Franzosen, viel mehr noch ihre Parteigänger. Ja, eigentlich sind alle Nichtengländer für ihn Menschen zweiter Klasse.«

»O Gott, der arme Foote«, seufzte David und berichtete Kelly von Footes Darstellung, daß bei der Ungewißheit über die Ankunft der französischen Flotte und der Gefahr von Mord und Totschlag in der Stadt milde Bedingungen die einzige Möglichkeit waren, die beiden Forts am Hafen bald in die Hände zu bekommen.

»Natürlich hat Foote richtig gehandelt«, bestätigte Kelly. »Aber ich weiß auch nicht, wie das weitergehen soll.«

Der nächste Tag überraschte sie wieder mit einer Fülle von Segeln, aber sie konnten ihre Gefechtsvorbereitungen bald abbrechen, denn es war nur die Flotte von vierzehn Polaccas, die die etwa tausendfünfhundert Rebellen aus den beiden Forts aufnehmen sollte.

Kapitän Foote besuchte David, entschuldigte sich, daß er wiederum seinen Rat suche und berichtete, daß Kardinal Ruffo und Kapitän Baillie und Oberst Achmet ein Protestschreiben an Lord Nelson gerichtet hätten, in dem sie sich energisch gegen die Aufhebung der von ihnen ausgehandelten Kapitulation verwahrten. »Ich soll auch unterschreiben, aber ich kann doch nicht gemeinsam mit anderen gegen meinen Admiral protestieren.«

Das könne er in der Tat nicht, bekräftigte David. Aber er könne im Gespräch mit Lord Nelson seine Beweggründe für die Unterzeichnung der Kapitulation aus den Zeitumständen rechtfertigen. »Seine Lordschaft wird das einsehen müssen.«

Danach sprachen Mr. Ballaine und Reverend Pater bei David vor und baten um die Erlaubnis, mit den dienstfreien Midshipmen die bedeutenden Bauwerke der Stadt zu besichtigen. Ein englischsprachiger Führer habe sich angeboten.

»Nur, wenn alle bewaffnet sind und ein Korporal mit zehn Seesoldaten sie begleitet. Und, meine Herren, Sie müssen sich in der Nähe des Hafens halten und sich nicht in den Schußbereich von Fort St. Elmo begeben. Die Situation ist so, daß hier jederzeit Unruhen ausbrechen können.«

Am nächsten Tag flatterte auf Nelsons Flaggschiff ein Signal, das alle Kommandanten zur Besprechung einberief. David ließ sich mit der Gig übersetzen, mußte aber warten, da andere, deren Schiffe näher an der *Foudroyant* lagen, vor ihm angekommen waren. Die Trommler und Pfeifer waren unaufhörlich in Aktion, die Seesoldaten präsentierten, Kapitän Hardy empfing die Kapitäne, der Flaggleutnant geleitete sie in die Admiralskajüte.

Nelson war der kleinste, aber seine Autorität hielt die anderen, die ihn um einen Kopf oder mehr überragten, auf Distanz, so daß David den schmächtigen, blassen Admiral in all seiner Ordenspracht sofort erblickte. Er wurde ihm und den anderen vorgestellt, auch Ball, Troubridge, Darby und Gould, den Helden vom Nil. Drei Portugiesen lächelten ihn höflich an, dann ergriff Admiral Kelly seinen Arm und flüsterte: »Kannst du morgen abend zum Dinner zu mir kommen?« David sagte zu.

Ohne daß es irgendeines Zeichens bedurft hätte, verstummte das Gesumme der Stimmen sofort, als Nelson mit seiner näselnden Stimme zu sprechen begann. »Meine Herren, die meisten von Ihnen kennen sich aus Jahren des Kampfes und der Siege. Wir stehen auch jetzt wieder zueinander im Angesicht der Bedrohung durch eine französische Flotte. Wir werden siegen, wenn sich der Feind zum Kampf stellt. Bis er das tut, halte ich es für meine wichtigste Aufgabe, das Königreich beider Sizilien wieder herzustellen und zu verteidigen. Kein anderer Stützpunkt kann diesen Verbündeten ersetzen. Nicht, wer Menorca oder Malta besitzt, beherrscht das Mittelmeer. Wer das Königreich beider Sizilien an seiner Seite weiß, ist Herr im Mittelmeer. Nach dieser Devise werde ich handeln. Lassen Sie mich einige Worte zu den Irritationen in Neapel sagen. Kardinal Ruffo hat eine Kapitulation zu Bedingungen abgeschlossen, die nach meiner Kenntnis nie die Zustimmung seines Königs gefunden hätten. Kapitän Foote hat ihr nach bestem Wissen und Gewissen zugestimmt, denn er mußte annehmen, daß der Kardinal im Namen des Königs handelte. Mr. Foote ist kein Vorwurf zu machen. Ich habe heute dem Kardinal geschrieben, daß ich die von ihm ausgehandelten Bedingungen respektieren werde. Lord Hamilton hat das auch bestätigt. Natürlich behalte ich mir vor, meine Haltung zu revidieren, wenn Seine Majestät, König Ferdinand, das fordert.«

Die Anwesenden erhoben ihre Gläser, tranken auf das Wohl ihres Königs Georg und begannen wieder zu plaudern. David wollte sich Hugh Kelly zuwenden, als Kapitän Myer-Thompson, den er von Grenada her in unangenehmster Erinnerung hatte, auf ihn zu trat. Die Augen in seinem dicken, roten Buldoggengesicht funkelten bösartig, als er sagte: »Sieh da, Kapitän Winter, der Prisenjäger. Wittern Sie hier wieder leichte Beute?«

David klopfte das Herz vor Wut, aber bevor er antworten konnte, hörte er Kellys harsche Stimme. »Was soll diese Injurie gegenüber einem Kameraden, Myer-Thompson? Ich weiß bei Sir David von drei Vierundsechzigern, die er erobert hat, bei Ihnen nicht von einem. Wenn Sie wollen, gehen wir zu Seiner Lordschaft und fragen, ob es in seinem Sinne ist, wenn hier Zwietracht unter seinen Kommandanten gestiftet wird.«

Myer-Thompson schrumpfte sichtlich und murmelte, er habe doch nur einen Scherz gemacht. Jede Kränkung liege ihm fern. Und er verschwand, als habe er nie neben ihnen gestanden.

»Irgendwann duelliere ich mich noch mit diesem dummen, neidischen Hundsfott«, flüsterte David.

»Dann achte aber darauf, daß kein Admiral in deiner Nähe ist, denn er müßte ein solches Duell verbieten«, antwortete Hugh Kelly leise.

Der nächste Tag brachte eine Fülle von Überraschungen. Fort Uovo und Fort Nuovo öffneten ihre Tore, und die Rebellen marschierten hinaus und begaben sich auf die Polaccas, die im Hafen lagen. Britische Seesoldaten schützten ihren Abzug und übernahmen später die Forts. »Nun können wir den Hafen wenigstens verteidigen, Sir, falls die französische Flotte kommt«, sagte Mr. Watt.

»Ja«, bestätigte David. »Es ist gut, daß wir die Forts erhalten haben, ohne die halbe Stadt in Trümmer legen zu müssen.«

Aber nicht alle Rebellen waren auf die Polaccas

gegangen. Etwa dreißig wollten nicht nach Frankreich gebracht werden, sondern in Neapel bleiben. Als sie am Abend die Forts verließen, sammelte sich im Nu eine Menschenmenge um sie, und vom Achterdeck der *Thunderer* hörten sie fürchterliche Schreie in den Straßen der Stadt. Gegröle und Jubel lösten die Schreie ab.

Leutnant Campbell, der im Fort Nuovo einen Kameraden besucht hatte, kam schreckensbleich auf die *Thunderer* zurück und berichtete David: »Sir, der Pöbel hat sie förmlich zerrissen und ihre Leichen mit den Zähnen zerfetzt. Ich sah, wie sie zu viert einem Mann den Arm ausrissen und mit dem blutenden Körperteil auf andere einschlugen. Sir, unter den Mördern und unter den Opfern waren auch Frauen. Was sind das nur für Menschen?«

»Waren denn keine Truppen da, die die Kapitulanten beschützten?«

»Nein, Sir. Als sich die Menge auf sie stürzte, wollten einige unserer Soldaten zu Hilfe eilen, aber Kapitän Troubridge hat es verboten.«

Als David Admiral Kelly davon berichten wollte, wußte der es bereits. »Und wir können nicht auf Besserung hoffen, David. Ich weiß, daß Nelson nur auf Nachricht aus Palermo wartet, um gegen die Rebellen und auch gegen Kardinal Ruffo mit aller Härte vorzugehen. Die Königin ist voller Rachsucht. Sie hat ihren sechsjährigen Sohn verloren, als sie auf der Flucht aus Neapel in einen schweren Sturm gerieten. Wenn je Milde gegen die Mörder ihrer in Paris guillotinierten Schwester Marie Antoinette in ihr war, so ist sie erloschen. Und der König tut in politischen Fragen, was sie rät. Und was sie sagt, betet Lady Hamilton nach. Da unser Admiral dieser hörig ist, kannst du dir denken, was uns erwartet.«

David blickte Kelly bedrückt an. »Mein Gott, Hugh, wir alle wissen, wie in der Regierung und auch in der Flotte intrigiert wird. Aber das ist hier der Gipfel. Der Held der Flotte empfängt seine Befehle im Bett einer alternden Kurtisane. Das kann doch nicht wahr sein.«

»Nun sei nicht ungerecht, David. Emma Hamilton ist immer noch sehr attraktiv und sicher sehr erfahren und gut im Bett.«

»Aber Hugh, Weiber von der Sorte gibt es doch überall dutzendweise. Jünger und verführerischer, wenn du willst. Muß er sich ausgerechnet eine suchen, die ihn zum Werkzeug der Politik dieses völlig verdorbenen Hofes macht?«

»Jetzt hör auf damit, David! Es führt zu nichts. Denken wir an die Tänzerinnen in Kalkutta, an denen wir uns erfreuten. Oder sprechen wir lieber von unseren Frauen, denn auch ich habe vor einem Jahr geheiratet. Noch nicht zu spät, denn meine Frau erwartet ein Kind.«

Damit lenkte er David nachhaltig von den niederdrückenden Problemen der Gegenwart ab, und sie unterhielten sich angeregt über ihre gemeinsame Vergangenheit und über ihre Familien.

David war am nächsten Morgen noch ein wenig verkatert, als die Wache ihn an Deck rief. »Sir, die Polaccas mit den Kapitulanten werden von Booten der Flotte näher an Lord Nelsons Schiffe geschleppt. Seesoldaten holen einzelne Menschen von den Polaccas herunter.«

David ließ sich ein Teleskop reichen und beobachtete die Szene. Die beim Flaggschiff liegenden Linienschiffe hatten die Kanonen ausgerannt und bedrohten die Polaccas. Auf den Polaccas zerrten Seesoldaten mit

Gewalt Männer und Frauen aus der Menge heraus, die ihnen von Zivilisten gezeigt wurden.

»Der Admiral hält sich nicht mehr an die Übergabeverhandlungen, die er gestern noch bestätigte. Was soll das nur bedeuten, Mr. Watt?«

»Ich verstehe es nicht mehr, Sir. Verträge sind doch heilig. Und ein britischer Admiral kann sich doch nicht zum Büttel des neapolitanischen Hofes machen, Sir.«

»Lassen Sie bitte meine Gig vorbereiten, Mr. Watt. Ich will zu Admiral Kelly.«

Kelly war nicht verwundert, David zu sehen. »Ich weiß, was du sagen willst. Lord Nelson hat heute früh Post aus Palermo erhalten. Der König und der Premierminister fordern ihn zur gnadenlosen Härte gegenüber allen auf, die ihrem König nicht die Treue hielten. Vor allem gegenüber Prinz Caracciolo. Sogar Kardinal Ruffo darf Nelsons Maßnahmen nicht mehr behindern. Lord Nelson schwenkt die Briefe wie ein Banner und zeigt sie allen, die sein Flaggschiff besuchen.«

»Wenn er jetzt die Briefe so hervorhebt, dann heißt das doch, daß er vorher keine Vollmacht aus Palermo hatte. Hugh, dann hat er die Ausführung der Kapitulationsbestimmungen von sich aus behindert und die Kapitulanten nicht absegeln lassen. Warum nur, Hugh? Er ist doch kein Minister dieses korrupten Hofes? Und wer ist Caracciolo?«

»Auf die erste Frage kann ich nur auf die uns beiden bekannte Hörigkeit gegenüber Emma Hamilton verweisen, denn ich hoffe sehr, daß das Gerücht nicht stimmt, wonach König Ferdinand ihm das Herzogtum Brontë auf Sizilien mit dreitausend Pfund Jahreseinkommen in Aussicht gestellt hat. Zur anderen Frage: Prinz Caracciolo stammt aus vornehmer neapolitanischer Familie, hat in der britischen Flotte während des amerikanischen Krieges gedient, war Kommandant in der neapolitanischen Flotte, hat den König nach Neapel begleitet, ist dann zurückgekehrt, weil die Franzosen sonst seine Güter beschlagnahmt hätten, hat die neapolitanische Flotte von Frankreichs Gnaden kommandiert und ist jetzt mit seinen fast siebzig Jahren auf der Flucht.«

David überlegte einen Moment. »Dann ist aber unbestritten, daß er seinen König verraten hat.«

Kelly hob die Schultern. »Es sieht so aus, aber ich weiß nicht, ob er gezwungen wurde oder welche Motive er hatte.«

Als sich David zur *Thunderer* zurückrudern ließ, riefen ihm die Gefangenen von den Polaccas nach: »Engländer Verräter, Engländer Mörder!« Die Ruderer sahen, wie er die Zähne zusammenbiß und starr geradeaus blickte.

An Bord seines Schiffes fand er den Flaggleutnant Lord Nelsons vor. Er sollte im Auftrag des Admirals fragen, ob David ein größeres Kontingent seiner Seesoldaten abordnen könne, das mit anderen nach Capua marschieren solle, um die Stadt zu belagern und von den Franzosen zu befreien.

»Setzen Sie sich doch, Mr. Brown. Möchten Sie einen Port, einen Kaffee oder einen Fruchtsaft, während ich auf die Karte schaue?«

Der Leutnant ließ sich von Edward Crown, Davids Diener, einen Kaffee reichen, während David auf die Karte sah und überlegte. Capua lag knapp fünfzig Kilometer landeinwärts. Wenn er seine Seesoldaten dorthin schickte, war er unlösbar in Nelsons neapolitanisches

Abenteuer verstrickt und konnte seinen Auftrag in der Adria nicht ausführen.

»Bitte bestellen Sie Seiner Lordschaft, daß es mir die Befehle der Admiralität nicht gestatten, Seesoldaten außerhalb der Sieben Inseln so weit landeinwärts zu senden. Ich habe das Verlassen meines Operationsgebietes den Lords der Admiralität gegenüber mit der Gefahr durch die französische Flotte gerechtfertigt. Wenn Seesoldaten der *Thunderer* hier in Neapel gegen die Franzosen eingesetzt werden sollten, so könnte ich das verantworten.«

Wenige Stunden später kam ein Major der Seesoldaten vom Flaggschiff, um mit David und Hauptmann Ekins den Einsatz von Seesoldaten bei der Belagerung von Fort St. Elmo zu besprechen. Kapitän Troubridge würde die Belagerung leiten.

An diesem Nachmittag erlaubte David gruppenweise für ausgesuchte Seeleute auch den Landgang. Aber sie mußten bewaffnet sein. Kaum waren sie von Bord, da bedauerte David diese Entscheidung. Am Kai vor dem Arsenal wurden Galgen aufgestellt. Eine Menschenmenge sammelte sich auf dem Platz vor ihnen.

Dann schleppten neapolitanische Soldaten mit ihren dunkelblauen Hosen, roten Jacken, schwarzen Schultergurten und Tschakos etwa zwei Dutzend Männer und einige Frauen heran. Die Soldaten drängten die johlende Menge zurück, Trommeln wurden geschlagen und die ersten fünf Gefangenen zum Galgen geführt. Als ihre Körper zuckend am Seil hingen, schrien die Gefangenen auf den Polaccas wieder laut: »Engländer Mörder! Engländer Verräter!«

David wandte sich ab und schrie die Seeleute an der Reling an, die gafften: »Geht an eure Arbeit!« Er schaute mit dem Teleskop zum Flaggschiff und sah, wie dort Lord Nelson die Exekutionen beobachtete. Welcher Dämon hatte nur von ihm Besitz ergriffen? Neben ihm standen Sir Hamilton und Lady Emma.

»Es ist vorbei, Sir«, sagte eine leise Stimme neben ihm. Es war Reverend Pater, der mit gefalteten Händen zur Hinrichtungsstätte blickte. »Möge Gott uns diese Verbrechen nicht anlasten.«

»Amen«, fügte David hinzu, und dann hörten sie, wie die Gefangenen auf den Polaccas wie ein riesiger Chor ein Lied sangen. »Es ist ein Lied, das die Katholiken gern bei Beerdigungen singen, Sir«, erklärte der Reverend. »Sie befehlen Gott die Seelen der Toten.«

Die Landgänger waren am Abend alle zurückgekehrt. Einige waren stockbesoffen, wie der Bootsmann schimpfte. Andere waren bedrückt und erzählten, wie überall in der Stadt der Mob plünderte und mordete.

Es war zwei Glasen der Vormittagswache (9 Uhr), als der wachhabende Offizier David rufen ließ. »Sir, ein Trupp Zivilisten hat zwei gefesselte Menschen an den Kai geschleppt und in ein Boot geworfen. Jetzt rudern sie auf uns zu.«

David blickte über die Reling und sah ein kleines Boot, das augenscheinlich nicht von Seeleuten gerudert wurde. »Lassen Sie die Bande nicht an Bord. Unser italienischer Maat soll erkunden, was sie wollen.«

»Sir, sie wollen uns den Verräter Caracciolo gegen Belohnung ausliefern.«

David erschrak. Sollte er jetzt auch noch Handlanger dieser Racheorgie werden? »Sagen Sie, wenn es wirklich der Prinz ist, erhalten sie eine Bescheinigung und können sich das Geld am Flaggschiff holen. Rufen Sie

Seesoldaten, die die beiden Gefangenen zum Arzt bringen.«

Der Pöbel wollte die Gefangenen nur für ein Papier nicht herausrücken, aber David ließ die Seesoldaten ihre Musketen spannen. Erst dann konnten die Gefangenen an Bord getragen werden. Beide trugen bäuerliche Kleidung. Einer war zierlich, alt und weißhaarig, der andere jung, nur mittelgroß, aber ungeheuer breit und muskulös. Er trug langes schwarzes Haar und blutete an Kopf und Körper.

Der Greis sagte in fließendem Englisch: »Ich bin Prinz Caracciolo. Ich verlange, vor Gericht gestellt zu werden.«

David bedeutete Gregor, der neben ihm stand, den Gefangenen die Fesseln durchzuschneiden. »Durchlaucht, zuerst erlauben Sie bitte, daß unser Arzt nach Ihnen schaut. Er kann es in meiner Kajüte tun, aber Ihr Begleiter sollte besser ins Lazarett gebracht werden, denn er scheint schwerer verletzt zu sein. Erlauben Sie noch, daß ich mich vorstelle. Ich bin Sir David Winter, Kapitän Seiner Britischen Majestät.«

»Ich danke Ihnen, Kapitän. Mein Diener wollte mich gegen den Pöbel verteidigen, aber es waren selbst für ihn zu viele. Bitte lassen Sie ihn versorgen.« Und er sagte in italienischer Sprache einige Sätze zu seinem Diener, der sich dann von Gregor und einem Seemann ins Lazarett führen ließ. Der Prinz folgte David in dessen Kajüte.

Dort ließ er sich erschöpft in den Sessel sinken und nahm dankbar das Angebot einer Tasse Kaffee und einiger Kekse an. »Ich bin seit Tagen auf der Flucht vor dem Pöbel, der Schuldige und Unschuldige gleichermaßen mordet«, sagte er, um seinen Appetit zu motivieren.

»Halten Sie sich für unschuldig, Durchlaucht?« fragte David.

»Eine direkte Frage, wie sie nur Soldaten stellen.« Caracciolo schwieg einen Augenblick. »Formal bin ich schuldig, gegen meinen König und seine Verbündeten gekämpft zu haben. Zur Rechtfertigung kann ich anführen, daß der König sein Volk zuerst verraten hat, als er heimlich aus Neapel floh, daß ich mit seiner Erlaubnis zurückgekehrt bin, um meine Güter zu retten, und daß ich gezwungen wurde, gegen den König zu kämpfen. Aber ein jüngerer und stärkerer Mann, jemand, der von der Integrität seines Königs mehr überzeugt wäre als ich, hätte wohl auch dem Zwang widerstanden. Ich selbst spreche mich von Schuld nicht frei. Aber ich weiß nicht, ob ich ein faires Gericht erwarten kann. Darf ich eine Bitte an Sie richten, Sir David, der Sie mir fair gegenübergetreten sind?«

Als David nickte, fuhr er fort. »Die Bitte betrifft nicht mich, sondern meinen treuen Diener. Er hat nur getan, was ich ihm sagte. Seine Treue ist unwandelbar. Meine Schuld ist nicht seine Schuld. Liefern Sie ihn nicht den Schergen aus. Bieten Sie ihm eine Zuflucht. Er wird es Ihnen mit seinem Leben danken.«

Bevor David antworten konnte, klopfte es an der Kabinentür. Mr. Cotton trat ein, und man sah Gregor und Caracciolos Diener vor der Tür. »Durchlaucht«, stellte David vor, »das ist Mr. Cotton, unser Schiffsarzt. Er wird Sie kurz untersuchen, ob wir Ihre Verletzungen behandeln sollten.«

Caracciolo nickte Cotton zu und fragte: »Können Sie mir bitte zuerst sagen, wie es meinem Diener geht?«

Cotton versicherte ihm, daß er nur oberflächliche

Schürf- und Schnittwunden habe. Dann untersuchte er den Prinzen und legte ihm zwei kleine Verbände an.

»Vielen Dank, Mr. Cotton. Können Sie nun bitte Gregor und den Diener hereinschicken?«

Als der Diener die Kajüte betrat, sank er vor dem Prinzen in die Knie und küßte dessen Hand. Der bedeutete ihm aufzustehen und bat David um etwas Kaffee und Gebäck auch für den Diener. »Können Sie meiner Bitte entsprechen und ihm Zuflucht bieten, Sir David?«

»Ich werde es tun, Durchlaucht, aber ich werde Ihnen nicht sagen, wo ich ihn verberge. Ich traue Ihren Richtern nicht. Bitte sagen Sie Ihrem Diener, daß mein Maat für ihn sorgen wird und daß er alles tun soll, was dieser von ihm verlangt. Nur dann können wir ihn in Sicherheit bringen. Er darf niemandem verraten, daß er Ihr Diener war. Er soll immer nur angeben, daß er Handelsschiffmatrose war. Und Sie geben bitte nur an, daß Sie ihn schwer verletzt hier zurückließen.«

Der Prinz bejahte und sprach auf seinen Diener ein, der zunächst abzulehnen schien, daß er sich von seinem Herrn trennen sollte.

David nahm Gregor an die Seite und sagte ihm, er solle den Diener, den sie fortan Alberto Rosso nennen würden, mit einem Sack verhüllen und ihn selbst und allein zur *Falcon* rudern. Dort solle er ihn mit einem Schreiben an Kapitän Ross übergeben. Bevor er die *Falcon* erreiche, solle er den Sack abstreifen. Auf der *Falcon* gelte Alberto als Freiwilliger.

Gregor bestätigte den Befehl, trat auf Alberto zu und reichte ihm die Hand. Alberto sah ihn prüfend an, lächelte und schlug ein. Niemand ahnte, daß das der Beginn einer unzertrennlichen Freundschaft war.

Als Gregor mit dem Diener gegangen war, sagte

David zum Prinzen: »Durchlaucht, ich muß Sie jetzt auf das Flaggschiff bringen lassen. Ich wünsche Ihnen gerechte Richter.«

Der Prinz reichte David zum Abschied die Hand. Hauptmann Ekins geleitete ihn mit einigen Seesoldaten zur *Foudroyant.*

Gegen Mittag suchte Leutnant Ross David auf. Er berichtete, daß er einen Maat habe, der in Italien aufgewachsen sei und sich gut mit dem Alberto verständigen könne. David eröffnete ihm, daß er sich bereithalten solle, morgen nach Korfu abzusegeln, um Admiral Ushakow und Kapitän Harland Nachrichten zu überbringen.

Nachdem Ross gegangen war, überschlugen sich die Ereignisse. Ein Boot mit einem neapolitanischen Offizier legte an der *Thunderer* an und wollte wissen, wo der Diener des Prinzen geblieben sei. David ließ den Offizier gar nicht an Bord kommen, sondern rief herunter, wenn er den Mann meine, der mit dem Prinzen abgeliefert worden sei, dann komme er zu spät. Der Mann sei von seinen Fängern so zerstochen worden, daß er an Blutverlust gestorben sei. Man habe ihn ins Meer geworfen. »Wir können doch nicht für jeden Verräter einen Festakt veranstalten. Suchen Sie in der Bucht nach, ob ihn die Haie noch nicht gefressen haben.«

Bald darauf ließ sich Admiral Kelly zur *Thunderer* rudern. In der Kajüte sagte er: »David, Lord Nelson hat sofort ein Gericht aus Neapolitanern gebildet mit dem Grafen Thurn, einem erbitterten Feind Caracciolos, als Vorsitzendem. Alle Bitten um ein britisches Gericht wurden abgelehnt. Ich zweifle nicht an einem baldigen Todesurteil.«

»Aber Hugh, das ist doch eine Angelegenheit der Neapolitaner. Was hat Nelson damit zu tun? Warum beruft er ein neapolitanisches Gericht auf seinem Flaggschiff ein?«

»Caracciolo hat als Kommodore der französischen Vasallenflotte auch auf britische Schiffe schießen lassen.« Kelly hob die Hand, als er sah, daß David ihm ins Wort fallen wollte. »Ich weiß selbst, David, daß das kein Grund für ein neapolitanisches Gericht wäre. Aber es geht doch hier auch nicht um das Gericht. Es geht um einen Vorwand für eine Hinrichtung, das ist alles. Ich schäme mich, britischer Flaggoffizier in Neapel zu sein.«

David faßte einen Entschluß. »Hugh, wenn du mir morgen früh deine Auffassung über die Geschehnisse in Neapel niederschreibst, ohne Anrede, nur als Gedankennotiz, dann kann ich dafür sorgen, daß sie dem Ersten Lord und dem Ersten Seelord zur Kenntnis gebracht werden.«

Kelly blickte David nachdenklich an. »David, das ist ein gefährlicher Weg. Nelson ist der Liebling des Volkes. Daran kann auch die Admiralität, nicht einmal die Regierung vorübergehen. Und er ist rachsüchtig. Wenn er erfährt, daß du über ihn Berichte schreibst, wird er dich vernichten. Aber wenn du das mit deinem Namen riskierst, dann will ich mich nicht um eine Notiz drücken.«

David hatte gerade Mittag gegessen und hing ein wenig seinen Gedanken nach. Da klopfte es an seiner Tür. Ärgerlich rief er: »Was ist denn los?« Der Reverend trat ein. »Bitte entschuldigen Sie die Störung, Sir. Ich war bei den Polaccas und habe Brot gebracht. Die Gefangenen erhalten ja keine Verpflegung. Da hat mich der Pfarrer des Flaggschiffs angerufen und mir mitgeteilt, daß Prinz Caracciolo mit Stimmenmehrheit des Gerichts zum Tode durch Erhängen verurteilt worden sei. Lord Nelson habe die Bitte um Erschießung abgelehnt und auch keine Berufung an ein britisches Gericht zugelassen. Die Hinrichtung wird sofort heute um zwei Uhr nachmittags auf der neapolitanischen Fregatte Minerva vollstreckt. Lord Nelson hat auch die Bitte des Gerichtsvorsitzenden um vierundzwanzig Stunden Pause abgelehnt.«

»Ist der Pfarrer des Flaggschiffs zuverlässig, Mr. Pater?«

»Absolut, Sir. Er würde sich lieber die Zunge abbeißen, als eine unbewiesene Behauptung verbreiten.«

»Warum ist sein Haß so maßlos?« sagte David in Gedanken.

»Große Männer sind oft auch groß in ihrer Schuld. Und sie quält ihn furchtbar. Es ist die Schuld gegenüber zwei Ehen, gegenüber dem Vaterland, weil er aus Wollust und Eitelkeit untätig war, schuldig vor brennendem Ehrgeiz, schuldig, weil er keinen Weg scheut, um der Hure Geld zu verschaffen. Schuldig, weil …«

»Mr. Pater, ich weiß nicht, wen Sie meinen. Aber ich weiß, daß wir das Gespräch abbrechen müssen. Ich danke Ihnen für Ihre Fürsorge für die Gefangenen und dafür, daß Sie mich benachrichtigten.«

Als David an Deck kam, hatte die Wache gerade begonnen, mit Handwaffen zu üben. Er trat an seine Seite des Achterdecks. Dann begrüßte er den wachhabenden Offizier und war nicht sehr erstaunt, daß auch der Reverend an Deck war. Er nahm sein Teleskop und suchte die *Minerva*.

Dort herrschte rege Geschäftigkeit. Seesoldaten nahmen Aufstellung. Die Mannschaft trat an. Ein Brett wurde in Höhe der Vorderrah über die Reling gelegt. Dann führten sie einen Mann mit verbundenen Augen auf das Brett. Eine Kanone wurde abgefeuert. Das Brett wurde zur Seite gestoßen. Der Körper pendelte und zuckte. Dann war er ruhig.

David nahm seinen Hut ab. Der Reverend faltete die Hände und betete.

David schrieb den Rest des Nachmittag an Britta, an Martin, Herzog von Chandos und Erster Seelord, und an Lord Spencer, Erster Lord der Admiralität. Immer wieder korrigierte er seinen Text. Er durfte keine Anklage gegen Nelson schreiben, keine Verdächtigungen äußern, sondern nur die Fakten sachlich anführen. Aber wer die Fakten las, mußte erkennen, wer sie zu verantworten hatte.

David gab immer wieder Mr. Ballaine, seinem vertrauten Sekretär, Seiten zum Kopieren. Dann ging er schlafen und befahl, ihn um halb fünf zu wecken.

Am Morgen näherte sich ein Boot der *Thunderer* und brachte einen an David adressierten Umschlag. Er las ihn in seiner Kajüte. Es war Hugh Kellys Bericht. Sachlich und schonungslos. Am Schluß war ein Absatz angefügt, der David den Atem verschlug. »Heute nacht erreichte Lord Nelson eine Botschaft des Oberkommandierenden Lord Keith vom 27. Juli, in der er aufgefordert wurde, mit den Schiffen seiner Flotte Menorca zu schützen. Lord Nelson hat es abgelehnt, dem Befehl Folge zu leisten, weil er den Schutz Neapels für wichtiger hält und er nicht in der Lage ist, die Seesoldaten, die Capua belagern sollen, so schnell zurückzuziehen.«

David schlug die Hand vor den Mund. Der Mann betrat ja den Weg der Meuterei. Fühlte er sich so unangreifbar, oder hatte er jeden Sinn für die Realität verloren? Ich muß hier weg aus Neapel, sagte er sich. Hier wird man vergiftet. Mit Ballaine verschloß er die Botschaften an Lord Spencer und an den Herzog von Chandos in Briefumschlägen für Britta. Das war unauffälliger. Sie würde sie weiterleiten. Dann ließ er das Signal setzen, das den Kommandanten der *Falcon* an Bord rief.

Als Mr. Ross erschien, wies er ihn an, diese Post in Palermo persönlich beim Vertreter des britischen Posthalters aufzugeben. Die Post für Ushakow und Harland übergab er getrennt und befahl, sofort abzusegeln. »Ich bin froh, wenn ich wieder auf See bin, Sir«, sagte Ross. »Nicht alles, was schön aussieht, hält, was es verspricht.«

David ließ sich zum Flaggschiff übersetzen und bat Lord Nelson um ein Gespräch. Der empfing ihn nach kurzer Zeit überaus freundlich und sagte: »Das muß Gedankenübertragung sein, Sir David. Ich wollte gerade um Ihren Besuch bitten, denn Sie könnten der Flotte einen großen Dienst erweisen.«

»Wenn es in meiner Macht steht, Mylord, selbstverständlich.«

»Ich bitte Sie, mit Ihrem Schiff in Richtung Leghorn (Livorno) aufzuklären. Lord Keith hat anscheinend den Kontakt zur französischen Flotte verloren. Sie wissen, wie knapp wir an Fregatten sind, und Ihr Schiff ist nicht nur ein guter Segler, Sie haben auch Ihre Seesoldaten schnell zur Hand, so daß Sie die erste Wahl sind. Könnten Sie das mit Ihren Anweisungen verbinden?«

»Jawohl, Mylord. Ich werde morgen früh unverzüglich auslaufen.«

»Das ist für mich eine große Erleichterung. Ich nehme an, daß Sie in etwa zehn Tagen Bericht erstatten können. Ach, da fällt mir noch ein: Ich hörte kürzlich, daß Sie mit dem Herzog von Chandos, dem Ersten Seelord, befreundet sind. Trifft das zu?«

»Jawohl, Mylord. Wir waren anno achtzig gemeinsam Leutnants auf der *Surprise* im Kanal. Damals hatte er den Herzogtitel noch nicht geerbt.«

»Nun, das ist ja eine lange Freundschaft. Ich wünsche Ihnen eine erfolgreiche Erkundung, Sir David.«

»Ergebensten Dank, Mylord.«

Als David wieder zurück in seine Gig stieg, fiel ihm auf, daß Nelson gar nicht gefragt hatte, warum er um ein Gespräch nachgesucht hatte. Nun, es hatte sich erledigt. Er wollte weg aus Neapel, und Nelson wollte ihn forthaben, weil er von der Freundschaft zum Ersten Seelord erfahren hatte und einen solchen Zeugen nicht in Neapel gebrauchen konnte.

Auf der *Thunderer* ließ David sofort die Offiziere und die wichtigsten Deckoffiziere in seine Kajüte rufen und eröffnete ihnen, daß sie morgen früh zur Aufklärung in Richtung Leghorn (Livorno) auslaufen würden. Die Nachricht löste überall Freude aus, wie er den Gesichtern ansah. »Leutnant Campbell wird sofort mit einem schriftlichen Befehl, den Mr. Ballaine ausfertigen wird, Hauptmann Ekins und alle Seesoldaten auf unser Schiff zurückholen. Alle anderen werden in ihren Verantwortungsbereichen dafür sorgen, daß wir auslaufbereit sind. Wenn Sie Anforderungen haben, die ich gegenzeichnen muß, teilen Sie mir das bitte sofort mit.«

Die Besatzung schien auch froh über den neuen Auftrag zu sein, der sich bald herumsprach. »Das war vielleicht 'ne Scheißstadt, dieses Neapel. Wenn de an Land warst, haben se dich mit der einen Hand umarmt, mit der anderen einen Rebellen abgeschlachtet, und nie wußte man, ob se einem nich das Messer in den Rücken stoßen. Und dreckig sind se ooch und geben dir gepanschten Gin für teures Geld.«

Aber nicht alle waren froh. Lewis, der degradierte Maat, der das Wachboot vor Zakynthos kommandiert hatte, steckte mit ein paar anderen die Köpfe zusammen und heckte einen Plan aus. Bootsmann Jenkins sah sie und trieb sie an die Arbeit.

David ließ sich am Abend noch zu Hugh Kelly übersetzen, um sich zu verabschieden. »Du Glücklicher«, sagte Kelly. »Hoffentlich kann ich auch bald hier weg. Ich wünsche dir alles Gute. Vielleicht erwischst du ein paar Prisen.«

»Das würde die Stimmung der Besatzung heben. Aber ich muß dir noch berichten, was Nelson sonst sagte.« Und er erzählte von der Erwähnung des Ersten Seelords.

»Wer ihm das wohl gesteckt haben mag? Nelson weiß, daß er auf schmalem Grad wandert. Da soll die Admiralität nicht so genau unterrichtet werden. Ich hoffe nur für ihn und für England, daß er bald wieder zur Vernunft kommt und wie vorher der große Flottenführer ist.«

»Darauf können wir anstoßen«, sagte David, und sie hoben ihre Gläser.

Mitten in der Nacht wurde David durch Geräusche, Rufe, Befehle und Angstschreie geweckt. Alex stand an der Tür zur Heckgalerie und schlug an. David öffnete die Tür, trat hinaus und sah, daß eines ihrer Boote nach achtern ruderte, wo fürchterliche Schreie aus dem Wasser ertönten. Die Ruderer schlugen mit Bootshaken ins Wasser und zogen schließlich etwas ins Boot.

Bevor sie zurückkehrten, hatte sich David einen Mantel übergezogen und war an Deck gegangen. »Was war los, Mr. Everett?« fragte er den Wachhabenden.

»Sir, die Wache hörte im Wasser Schreie. Ich sah achtern drei Schwimmer. Einer kämpfte anscheinend mit einem Hai. Ich ließ sofort ein Boot besetzen, um Deserteure zurückzuholen oder Seeleute in Not zu retten. Aber sie haben wohl nur einen fassen können, Sir.«

Sie schleppten einen Mann an Deck. Es war Lewis, der degradierte Maat. Sein linkes Bein war so hoch am Körper abgetrennt, daß man es gar nicht mehr abbinden konnte. Der Schock war so groß, daß er anscheinend keinen Schmerz fühlte und die Schwere der Verletzung nicht begriff.

»Mit wem wolltest du desertieren, Mann?« fragte David.

»Mit Jason und Wallis. Aber die können Sie nicht mehr prügeln lassen, und ich pfeife auf Ihre Peitsche und Ihr Mistschiff. Fahren Sie zur Hölle!«

»Holt den Pfarrer!« befahl David. »Und du Lewis, laß das Fluchen! Du wirst bald vor einem höheren Richter stehen. Möge er dir gnädig sein.«

Jetzt schien Lewis zu erfassen, daß er sterben mußte. Die Augen traten hervor, er öffnete den Mund zu einem furchtbaren Schrei, aber da kniete Reverend Pater schon neben ihm, legte ihm die Hände ineinander und betete: »Vater im Himmel, vergib deinem Kind John

Lewis seine Schuld. Nimm es in dein Himmelreich auf. Vater unser, der du bist …«

Lewis war still geworden, sah ihn mit großen Augen an und bewegte die Lippen. Dann fiel sein Kopf zur Seite, und er war tot.

Sie hatten am nächsten Vormittag die Bucht der Schönheit und der Leiden schon viele Meilen hinter sich gelassen, als die Mannschaft zur Beisetzung von Lewis antrat. Der Reverend sprach von Schuld, Sühne und der Gnade Gottes, und sie übergaben seinen Körper der See. Besondere Rührung war nicht zu spüren.

»Die Kerle taugten nichts«, sagte der Bootsmann zum Stückmeister. »Und dämlich waren sie obendrein. Jeder hatte doch gesehen, daß der Pöbel schon einige Tage lang die Haie mit Leichen angefüttert hatte. Wie kann da einer an Land schwimmen wollen?«

Auch David machte sich nicht viel Gedanken um den Verlust. Er stand mit Mr. Watt am Kartentisch und besprach ihre möglichen Operationen. »Die Franzosen in Italien sind stark unter Druck, weil die Russen und Österreicher über die Schweiz nach Oberitalien vorgestoßen sein sollen. Sie ziehen alle ihre Truppen nach Norden zurück. Sobald Capua gefallen ist, will Nelson in Richtung Rom vorstoßen. Wenn die Franzosen zur See Verstärkungen bringen wollen, können sie nur durch die Straße von Bonifacio zwischen Korsika und Sardinien vorstoßen oder aus dem Ligurischen Meer an Bastia vorbei. Ich möchte zuerst die Straße von Bonifacio kontrollieren.«

Mr. Watt nickte und fügte hinzu: »Schade, daß die *Falcon* jetzt nicht bei uns ist. Wenn wir bei Bonifacio nichts finden, Sir, müßten wir wohl erst ostwärts nach

Civitavecchia segeln, damit uns da keiner durchrutscht, ehe wir nach Norden vorstoßen.«

»Einverstanden, Mr. Watt. Und nun müssen wir die Leute wieder ordentlich drillen, damit wir unsere Standards erreichen. Morgen könnten wir auf Scheiben schießen, und dann suchen wir uns wieder eine Küstenbatterie zum Üben.«

»Hoffentlich ist der Brocken nicht zu groß, Sir«, lachte Watt.

Die *Thunderer* segelte unter französischer Flagge, und außer den Fischerbooten an der italienischen Küste hatten sie noch nichts gesichtet. In der Offiziersmesse kam schon Ungeduld auf. »Nun könnte bald was in Sicht kommen«, meinte Leutnant Campbell.

»Was hättest du denn gern?« foppte ihn Leutnant Faulkner. »Die französische Flotte oder ein Schatzschiff?«

»Dämliche Frage«, maulte Campbell.

Leutnant Shield, der gerne aß, was man ihm ansah, mischte sich ein. »Die jungen Herren sind immer so ungeduldig. Irgend etwas wird schon in Sicht kommen. Solche Unruhe beim Essen ist gar nicht gesund.«

Shield behielt recht. Es kam etwas in Sicht. Zwei Segel liefen vor ihnen mit Kurs auf Rom. Eines der Schiffe war eine Brigg, das andere, windwärts von der Brigg, ein Schoner, der die Segel gekürzt hatte, um der Brigg nicht davonzulaufen.

David war guter Laune, seitdem er Neapel hinter sich gelassen hatte, und sagte zu Mr. Watt: »Na, wollen wir wetten, daß das ein Kaper ist, der seine Prise nach Ostia bringen will?«

»Sir, Ihre Wettangebote sind etwas einseitig. Meine

Wette geht in die gleiche Richtung. Und ich fürchte, keiner hält dagegen.«

»Dann wollen mir mal sehen, daß wir die beiden nicht verängstigen. Lassen Sie Wäsche aufhängen, Mr. Watt, Hängematten und alles Zeug, was zeigt, daß wir nicht an Kampf denken. Aber in fünf Minuten muß alles wegzuräumen sein. Keine Seesoldaten an Deck!«

»Aye, aye, Sir«, bestätigte Mr. Watt lächelnd, und auch den Seeleuten schien die Maskerade Spaß zu bereiten. Sie hingen vorn über der Reling und winkten. Einer hockte auf dem Bugspriet und schwenkte ein Tuch. Aber an den Jagdgeschützen knieten die Kanoniere und visierten den Schoner an.

»Kann einer unserer Musikanten ein französisches Volkslied?« fragte David. Ein Fiedler und ein Pfeifer meldeten sich.

»Na, dann spielt es doch. Der Wind wird es denen zutragen. Bald ändern wir dann die Melodie.« Die Matrosen lachten.

Sie kamen tatsächlich auf hunder Meter querab vom Schoner, und niemand schöpfte Verdacht. »Melder!« befahl David. »Das untere Geschützdeck soll die Kanonen fertigmachen zum Ausrennen. Oberes Geschützdeck bereit zur Demaskierung!« Die Melder eilten davon.

Dann befahl David, die britische Flagge zu hissen, nahm die Sprechtrompete, rief: »Geschütze ausrennen! Jagdgeschütz ein Schuß vor den Bug!«

Man hatte den Eindruck, die Besatzung des Schoners habe der Schlag getroffen, als sich das Linienschiff als feindlich entpuppte und drohend die Reihen seiner großen Kanonen zeigte. Ein Teil der Besatzung rannte unter Deck, um sich unterhalb der Wasserlinie in Sicherheit zu bringen. Andere ließen ein Boot zu Wasser. Wieder andere rissen die Segel herunter.

»Was ist denn das für eine Flagge, die sie jetzt einholen? Ich habe die doch schon gesehen«, fragte David.

»Die Flagge der parthenopeischen Republik, Sir, der Vasallenrepublik im französisch besetzten Teil Neapels«, antwortete Geoffrey Wilson.

»Danke, Mr. Wilson. Sie sind gut informiert. Mr. Faulkner, nehmen Sie sich dreißig Mann und besetzen Sie den Schoner!«

»Sir, auf der Brigg wird gekämpft«, meldete Mr. Watt.

David blickte hinüber und rief: »Mr. Campbell, schaffen Sie mit zwanzig Seesoldaten und zwanzig Matrosen auf der Brigg Ordnung!«

Es zeigte sich, daß die Brigg etwa fünfzig britische Seeleute als Gefangene an Bord hatte. Die Hälfte davon stammte von einem anderen Schiff.

Mr. Watt rieb sich die Hände. »Seeleute können wir gut gebrauchen, Sir. Wir rutschten jetzt schon bedenklich unter unsere Sollstärke.«

»Ich weiß«, sagte David und wartete auf das Boot, das vom Schoner zurückkehrte. Es brachte den Kommandanten des Kaperschiffes, einen jungen Mann. Er stellte sich als Signor Tomba vor. David nannte seinen Namen und sagte: »Ich werde Sie nach Neapel bringen lassen müssen, Signor Tomba. Leider ist man in Ihrer Heimat im Augenblick gar nicht gut auf Rebellen zu sprechen.«

Signor Tomba schien ein recht schreckhafter Mensch zu sein, denn er wurde kreidebleich und stotterte. »Aber ich bin doch kein Rebell! Nie! Wie können Sie so etwas behaupten?«

»Sie führten nicht die königliche Flagge, mein Herr, und haben Verbündete Ihres Königs als Gefangene genommen.«

Tomba schien verzweifelt. »Nur unter dieser Flagge habe ich den Kaperbrief erhalten, als wir den Schoner kauften. In Neapel war kein König mehr. Nur als Kaper konnten wir überleben. Was sollte ich denn tun?« Er faltete die Hände.

»Können Sie mir denn etwas über französische Schiffe berichten, Signor Tomba?«

Man sah, wie Hoffnung in dem jungen Mann aufkeimte. »Alles, was Sie wissen wollen, Sir, alles! Aber nicht nach Neapel ausliefern. Können Sie uns nicht einfach an Land setzen?«

David zuckte mit den Schultern. »Vielleicht. Jetzt werden wir Sie in eine Kammer führen, die Sie nur mit meiner Erlaubnis verlassen dürfen.« Als der junge Mann weggeführt wurde, ließ David den Zimmermann, einen Bootsmanns- und einen Stückmeistersmaat rufen. »Meine Herren, prüfen Sie genau den Schoner, ob er uns zeitweilig als Tender dienen kann.«

Dann schickte Mr. Campbell einen Korporal mit dem ältesten britischen Maat von der Brigg. »Bitte kommen Sie doch in meine Kajüte. Da können Sie mir berichten und einen Wein zur Stärkung trinken.« Als der Maat seinen Hut abnahm, sah David eine der größten und blankesten Glatzen, die er je gesehen hatte. Der Maat schlürfte den angebotenen Wein, blickte kummervoll aus seinen kleinen Augen auf David und berichtete:

»Wir waren zwei britische Briggs auf dem Weg von Sizilien nach Gibraltar, als sie uns vor Sardinien schnappten. Die andere Brigg hatte Getreide und Salzfleisch geladen, und sie haben sie gestern mit ihren Leuten nach Civitavecchia vorausgeschickt. Nahrungsmittel werden dort knapp. Wir haben Essig, Wein und Salz geladen. Das war ihnen nicht so wichtig. Uns wollten sie in Ostia abliefern. Wir haben noch fünfundzwanzig Briten von der anderen Brigg an Bord zu unseren zwanzig. Die Spaghettis hatten uns zehn Mann geschickt, die uns bewachten.«

»Sie wissen, daß ich Ihre Leute für die Flotte abwerben muß.«

Der Maat nickte ergeben und zuckte mit den Schultern. »Man weiß bald nicht, was schlimmer ist: von einem Kaper erwischt zu werden oder von der eigenen Flotte.«

»Nun übertreiben Sie man nicht. Wer weiß, wie lange sie in einem französischen Internierungslager geschmort hätten. Ich schicke Ihnen fünf Mann, die Sie zum Prisengericht nach Palermo bringen. Fünfzehn Ihrer Leute können Sie behalten. Alle anderen suchen mein Erster Leutnant und der Arzt für den Dienst in der Flotte aus.«

»Verdammt, das ist happig. Können wir ein paar Italiener anwerben? Einige waren gute und freundliche Leute, denen ihr Gewerbe nicht gefiel. Dann hätte ich ein paar Hände mehr, wenn es nach Gibraltar geht.«

»Ich habe nichts dagegen. Aber lassen Sie niemanden von denen an Waffen heran. Wir bringen Sie dann noch ein Stück auf Südkurs, wenn alles eingeteilt ist.«

David unterrichtete Mr. Watt kurz über die Situation mit den britischen Seeleuten, und dann erwarteten sie die Maate, die den Schoner untersucht hatten. »Sir, das ist ein ehemals dänischer Schoner, weiß der Teufel, wie der ins Mittelmeer geriet. Er ist gesund im Holz und ganz gut in Schuß. Etwa siebzig Tonnen, fünfundzwanzig mal knapp vier Meter. Sechs Zwölfpfünder-Karronaden und zwei lange Sechser, aber als Pivotgeschütze, Sir. So etwas habe ich erst einmal gesehen.«

David wandte sich zu Mr. Watt: »Kennen Sie diese drehbaren Plattformen?«

»Nur von den Türmen auf den Kanalinseln, Sir.«

»Ich habe sie auch nur einmal auf einer Werft gesehen. Aber es ist ein sehr rationelles Prinzip. Man kann die Kanonen nach allen Seiten drehen. Nur den Rückstoß muß man in den Griff kriegen. Ich möchte den Schoner zeitweilig als Tender benutzen. Vierzig Mann sollten reichen. Leutnant Faulkner könnte ihn kommandieren.«

Watt stimmte zu und sagte: »Wenn Sie gestatten, Sir, gehe ich jetzt mit Mr. Cotton auf die Brigg und suche dreißig Mann für die Flotte aus.«

Es gab noch einiges Hin und Her, aber dann hatte der Schoner seine Besatzung, die zuerst wieder das Schiff säuberte. Auf der *Thunderer* waren die dreißig neuen Seeleute so verteilt, daß die größten Lücken gestopft wurden. Die gefangene Schonerbesatzung war in Räumen weggesperrt. Die Brigg mit Mr. Dixon als Prisenkommandant nahm Kurs auf Palermo, und die *Thunderer* und der Schoner begleiteten sie noch bis Anbruch der Nacht. Dann gingen sie wieder auf Nordkurs.

David ließ Mr. Tomba holen. Er bot ihm ein Glas Wein an und sagte: »Nun, Mr. Tomba, würde ich gerne von Ihnen hören, was Sie mir über die französischen Schiffe erzählen können.«

»Sir, ich kenne nicht die Operationspläne der französischen Schiffe. Ich weiß nur, daß sie mindestens einmal im Monat eine Fregatte en flûte nach La Valetta senden, und daß die französischen Stützpunkte an der Küste von Gaeta bis Civitavecchia praktisch nur noch über

See versorgt werden, weil die Straßen durch Freischärler unsicher gemacht werden. Auf See sind aber britische Kaper in letzter Zeit sehr aktiv. Darum laufen die Schiffe nördlich von Civitavecchia die Bucht beim Mont Argentario an und sammeln sich dort im Schutz einer starken Batterie, um in Konvois weiterzusegeln.«

»Wie stark ist denn die Batterie?«

»Sechs Zweiunddreißiger, Sir.«

David pfiff durch die Zähne. »Sollen wir uns da blutige Köpfe holen, Signor Tomba? Die Batterie wäre ein verdammt harter Brocken, sogar für uns.«

»Man kann sie ausschalten, Sir. Ich bin dort aufgewachsen. Meine Eltern sind erst nach Neapel gezogen, als ich zehn Jahre alt war. Die Batterie ist in einem alten Fort untergebracht. Die Pulverkammer ist in den Kellerräumen. Und zu diesen Räumen gibt es einen alten Zugang, der den heutigen Besatzern nicht mehr bekannt ist. Ich habe ihn vor zwei Monaten noch gesehen, als ich selbst dort einen Konvoi abholte. Unsere Eltern hatten die Tür mit einem großen Schloß versperrt, damit wir nicht in den Gemäuern spielen konnten. Das Schloß ist noch da, wenn auch verrostet. Mit einem Stemmeisen kann ein kräftiger Mann es öffnen.«

»Und dann, Mr. Tomba?«

»Nun, Sir. Wer die Pulverkammer sprengt, jagt die Batterie in die Luft. Dann sind die Schiffe ohne Schutz.«

David sagte sich, daß dieser Signor wirklich keine Loyalität gegenüber den Franzosen erkennen ließ, wenn er sie ohne jede Regung in die Luft jagen wollte. Oder war ihm alles außer seiner eigenen Haut gleichgültig? »Und wie gelangt man an diesen geheimen Eingang, Signor Tomba?«

»Man kann mit einem Boot an der dem Hafen abgewandten Seite anlegen und in wenigen Schritten die

Tür erreichen. Das Ufer ist dort etwas steil, aber es gibt eine Felsplatte, wo man anlegen kann.«

»Haben Sie Verwandte in Ihrer Besatzung, Mr. Tomba?«

»Meinen jüngeren Bruder und einen Cousin, Sir.«

»Beide bleiben an Bord, bis die Sache vorüber ist und wir sie zu dritt an Land setzen. Morgen abend wird Ihre Besatzung an Land gesetzt. Sie werden bewacht und dürfen nicht mehr mit einem Ihrer Leute sprechen.«

David brütete mit seinen Offizieren am nächsten Morgen über der Karte. Das alte Fort, die Bucht und der Ort waren eingezeichnet. Mr. Watt reckte seine Hakennase abenteuerlustig in die Luft. »Wir müßten wissen, ob sich schon genügend Schiffe versammelt haben und ob die Besatzungen die Tavernen im Ort besuchen oder ob das Nest so trübselig ist, daß sie an Bord bleiben.«

David nickte. »Wir könnten ein Fischerboot kapern und die Zahl der Schiffe auskundschaften. Aber zum Verhalten der Besatzungen muß ich Signor Tomba noch befragen.«

Signor Tomba gab Auskunft, daß am Rande der Bucht Tavernen und auch Bordelle die Kundschaft anlockten. Ihr Standort sei mindestens zweihundert Meter vom Fort und dem Schiffsliegeplatz entfernt.

Als er wieder abgeführt worden war, sagte David befriedigt: »Wenn wir nicht zu spät angreifen, können wir damit rechnen, daß auf den Schiffen nur eine kleine Wache zurückbleibt. Dennoch möchte ich das Landungskommando recht groß halten, damit wir die Schiffe schnell in unsere Gewalt bringen. Für das Sprengkommando dürften zwei Stückmeistersmaate und einige Mann zur Bedeckung genügen.«

»Und der Signor Tomba, Sir«, warf Mr. Shield ein.

»Natürlich«, bestätigte David. »Seinen Bruder und seinen Cousin behalten wir als Geiseln an Bord, bis alles vorbei ist. Das Kommando werde ich ....« Er legte eine Pause ein und beobachtete Mr. Watts angespanntes Gesicht. Innerlich mußte er lächeln. Mr. Watt hatte sicher gehört, daß er solche Kommandos gern selbst führte. Aber jetzt als Kommodore ging das nicht mehr. Wer sollte die Flottille in der Adria kommandieren, wenn ihm etwas zustieße? Also fuhr er lächelnd fort: »... Mr. Watt übertragen.«

Mr. Watts Gesicht entspannte sich, und David legte ihm die Hand auf die Schulter. »Sie werden es gut erledigen. Wenn wir morgen ein Fischerboot am Landeplatz vorbeischicken, sollten Sie an Bord sein und sich alles ansehen.«

Die *Thunderer* und der Schoner waren außer Sichtweite des Landes nordwärts gesegelt und hatten ihre Entertrupps mit Handwaffen gedrillt. Gegen Mittag hatte der Schoner ein Fischerboot aufgebracht, und Mr. Watt war mit einigen Seeleuten losgesegelt.

Am Nachmittag kehrte Mr. Watt zurück und betrat strahlend Davids Kajüte. »Es sieht gut aus, Sir. Eine Fregatte en flûte, eine Pinco, das ist ein großer genuesischer Dreimaster, eine Bombarda, das ist ein nach dem Plan von Mörserschiffen gebauter Frachter, und eine Dreimastschebecke.«

»Dann brauchen wir ja nur noch hundert Seeleute, um die Beute zu bemannen«, sagte David ironisch.

»Mit den Besatzungen wird es knapp, Sir. Aber wir könnten es schaffen.« Sie holten den Bootsmann, Mr.

Shield und Hauptmann Ekins und rechneten und teilten ein.

»Wenn uns dann zwei französische Fregatten begegnen, können wir alle unsere Schiffe nur noch am Strand auflaufen lassen und anstecken. Und mich stellen sie vors Kriegsgericht«, sagte David sarkastisch.

»Wir verteidigen Sie, Sir«, versprach Leutnant Shield.

»Verteidigen Sie sich man selbst, Mr. Shield. Sie übernehmen die Fregatte und das Kommando über das Geleit. Mr. Jaling nimmt die Pinco, Mr. Osgood die Schebecke und Mr. Wilson die Bombarda. Und Mr. Watt und ich bedienen auf der *Thunderer* die Achterdeckkarronaden.«

Sie lachten, aber sie waren mit Feuereifer bei den Vorbereitungen. Das Sprengkommando wurde von drei Messerwerfern und drei Musketenschützen begleitet. Alle hatten Anweisung, eine Flucht von Signor Tomba um jeden Preis zu verhindern. Die Boote mit den Entertrupps würden sich nach Einbruch der Nacht nur so weit den Schiffen nähern, daß sie gerade außer Sichtweite blieben und erst nach der Explosion mit aller Kraft heranrudern, entern, sofort alle Taue durchtrennen und Segel setzen. Jeder wußte, wo er anpacken mußte.

Der ältere Feuerwerker schärfte Signor Tomba ein: »Alles, was Sie an Metall in den Taschen haben, bleibt im Boot. Keine Schuhe mit Metallschnallen, keine Gürtelschnallen, nichts. Wir haben nur unsere Lunten bei uns und erledigen alles im Dunkeln. Gezündet wird vor dem Eingang!«

Die Mannschaften hatten ihr Abendbrot erhalten, aber keinen Wein. Den sollte es erst nach der Rückkehr geben. Zuerst bestieg die Sprengmannschaft ihr Boot und ruderte los. Dann booteten die Entertrupps ein und legten ab. Sie hielten sich beieinander und ruderten langsam und leise voran. David stand mit dem Master an Achterdeck und sah ihnen nach. »Verdammt dummes Gefühl, wenn man nicht dabei sein kann«, knurrte er vor sich hin.

Die Gig mit Signor Tomba schlug einen Bogen, um auf der den Schiffen abgewandten Seite des Felsens anzulegen. In dem schwachen Licht der Nacht dirigierte sie Tomba sicher an die Felsplatte, wo das Boot anlegte. Fünf Mann stiegen aus, einer bezog Posten auf der Platte, und drei zogen das Boot unter einen überhängenden Felsen.

Der Trupp erreichte nach kurzem Anstieg die Mauern des alten Forts. Sie schoben mit den Händen das Gestrüpp zur Seite und fluchten leise über die Brombeerzweige, die ihnen Hände und Gesicht aufrissen. Dann ertasteten sie die Tür und das Schloß. Der Mann mit dem Stemmeisen schob sich voran und setzte es ein. Die anderen hielten eine Decke über das Schloß, um Geräusche abzudämmen, und der Mann hebelte das Schloß auf. Zentimeter um Zentimeter öffneten sie die Tür, damit nichts quietschte.

Dann tasteten sie sich in den dunklen Gang hinein und standen wieder vor einer Wand. »Und nun?« flüsterte der ältere Feuerwerker.

»Geheimtür«, erklärte Signor Tomba, fühlte nach Scharnieren und öffnete die Wandtür. »Da ist das Magazin.«

Der Raum wurde von einer Lampe, die hinter einer dicken Glaswand im Nebenraum brannte, schwach erhellt. »Wie bei uns auf dem Schiff«, flüsterte der Feuerwerker. »Ein Glück, daß wir wie die Eulen im Dunkeln sehen. Ihr geht jetzt vor die erste Tür«, sagte er zu zwei Matrosen. »Sie, Signor Tomba, helfen uns. Wir müssen die Kisten hier vorsichtig öffnen und Pulver verstreuen, damit alles gleichzeitig in die Luft fliegt.«

Er nahm den Deckel von der Kiste, hob eine Papierkartusche hinaus, öffnete sie und ließ das Pulver an dem Kistenstapel an der äußersten Wand hinunterrieseln. Und so bereiteten sie Kiste für Kiste vor und gingen behutsam rückwärts. Die Lunte bedeckten sie mit Pulver. »Bald ist es geschafft«, flüsterte der Feuerwerker. Tomba waren die Hände schweißnaß. Er nahm sein Kreuz, das er um den Hals trug und führte es an die Lippen. »Passen Sie auf!« schimpfte der Feuerwerker und stieß ihn beim Rückwärtsgehen an. Tomba strauchelte und ratschte mit der Hand, die das Kreuz hielt, haltsuchend an der Steinwand entlang. Ein kleiner Funke nur schlug aus dem Stein, aber in der pulverschwangeren Luft löste er eine furchtbare Explosion aus. In dem Bruchteil der Sekunde, die ihm zum Denken blieb, fiel Tomba ein, daß sein Kreuz, seit Jahrhunderten im Familienbesitz, ja aus dem Stahl eines Kreuzritterschwertes geschmiedet sein sollte.

Auf der *Thunderer* sahen sie, wie sich das Fort mit einem gewaltigen Donnerkrach in die Luft hob und dann in einer Staubwolke in sich zusammenfiel. Danach schien alles totenstill zu sein. In den Tavernen war kein Laut zu hören. Steine rollten den Abhang hinunter. Und wer genau horchte, konnte das Knarren der vielen Riemen hören, die mit aller Kraft die Boote vorantrieben.

Die Wachen auf den Handelsschiffen starrten wie betäubt auf die riesige Staubwolke, die das Fort einhüllte. Jetzt hörte man dort Schreie. »Wir müssen helfen«, brüllte ein Wachhabender, aber dann fuhr ihm schon ein Messer in den Rücken. Die Briten waren aufgeentert und schwärmten über die Decks. Sie töteten, wer Gegenwehr leisten wollte. Sie durchtrennten mit Äxten und Messern Taue, die die Schiffe verankerten. Andere stiegen die Wanten empor und lösten die Segel. »Tempo! Tempo!« brüllte Mr. Watt, denn jetzt brauchten sie nicht mehr leise zu sein.

Am Ufer merkten die Landgänger, was sich abspielte. Sie rannten auf die Boote zu, die am Strand lagen, aber da kartätschten die Karronaden des Schoners dazwischen, der sich dem Strand genähert hatte. Platscher neben den Schiffen zeigten Mr. Watt, daß sich Überlebende an Land retten wollten. »Sichert die Pulvermagazine! Kämmt die Unterdecks durch!« rief er, und die Briten rannten los, ihre Entermesser in der Hand.

Dann füllten sich die Segel, und David erkannte mit seinem Nachtglas, daß sich aus dem dunklen Haufen einzelne Schiffe lösten. »Sie haben es geschafft! Aber das Sprengkommando sollte doch ein Lichtsignal geben. Haben Sie etwas gesehen?« fragte er den Master.

»Nein, Sir.«

Da rief ein Ausguck: »Boot ahoi?«

»Sprengkommando *Thunderer*«, kam die Antwort. »Wir haben Verwundete und brauchen den Bootsmannsstuhl.«

David wunderte sich, aber als zwei Verwundete an Bord gehievt und zum Lazarett gebracht waren, erstattete ihm der älteste Seemann Bericht. »Wir wissen nicht, was passiert ist, Sir. Wir waren im Boot, als plötzlich alles explodierte. Kein Feuerwerker war herausgekommen. Wir sind aus dem Boot gesprungen. Auf der

Plattform lag unsere Wache, die von Steinen getroffen worden war. Etwas weiter oben lagen die Posten, die es hinuntergeschleudert hatte. Sie sind wohl schwer verletzt. Wo der Gang war, konnte man nur noch Trümmer sehen. Es muß zu einer vorzeitigen Explosion gekommen sein, Sir. Die beiden Feuerwerker und Signor Tomba können nicht überlebt haben.«

David seufzte, aber zur Trauer blieb keine Zeit. Von den Schiffen, die sich näherten, erklangen Hurraschreie, und nun mußte organisiert werden, daß sie in richtiger Ordnung absegelten, um in Morgengrauen ihre Besatzungen auszutauschen.

Auf der *Thunderer* schrubbten die Seeleute morgens früh die Decks besonders schnell. Sie wollten mit allem fertig sein und ihr Frühstück hinter sich haben, wenn die gekaperten Schiffe nähersegelten und man erfahren konnte, was nun erbeutet war und ob gute Freunde beim Angriff verwundet oder gar getötet worden waren.

Routinemäßig wurden alle Geschütze bemannt, bis sich die Dämmerung so weit gelichtet hatte, daß die aufgeenterten Ausgucke kein feindliches Schiff in Sicht meldeten. Aber sie meldeten den Schoner, die Fregatte, die en flûte segelte, also nur mit einem Teil ihrer Geschütze und Mannschaften, um Raum für Ladegut zu schaffen. Sie meldeten die Dreimastschebecke sowie den großen genuesischen Dreimaster und die Bombarda. Jubel brandete zwischen den Kanonen auf, und David ließ die Gefechtsbereitschaft aufheben.

Von den gekaperten Schiffen lösten sich Boote, und die Prisenkommandanten ruderten auf die *Thunderer* zu, um Bericht zu erstatten. Das Achterdeck hatte sich mit den Offizieren gefüllt, die ihr Dienst nicht anderweitig fernhielt. Alle waren neugierig, was über die Schiffe und ihre Kaperung berichtet werden konnte. David betrachtete die Gruppe amüsiert. Er konnte sich natürlich auch in seiner Kajüte informieren lassen. Dann müßten die Offiziere warten. Aber war so eine formelle Prozedur erforderlich?

»Meine Herren«, sagte er lächelnd. »Ich werde mir an Achterdeck berichten lassen. Ich bin überzeugt, ich werde nicht weniger interessierte Zuhörer vorfinden, wenn wir später dann über die Eigenarten von Mörsern und Mörserschiffen hier an Deck mit dem Stückmeister sprechen, denn, meine Herren, wer genau hingesehen hat, weiß schon, daß die Bombarda kein Handelsschiff ist, sondern als Mörserketch ausgerüstet ist, wofür dieser Schiffstyp ja auch ursprünglich vorgesehen war.«

»Sir«, sagte Reverend Pater, »Mörser sind eines unserer Lieblingsthemen in der Messe.«

David und alle anderen mußten lachen, und Mr. Shield, der als erster Prisenkommandant das Deck betrat, wunderte sich. Sie wußten doch noch gar nichts über sein gute Botschaft, und waren schon so froh. »Sir, die Kaperung der französischen Fregatte *Toulon* hat uns drei Leichtverwundete gekostet. Nur elf Franzosen wurden an Bord gefangen, drei getötet. Die Fregatte ist mit Munition, Getreide und Proviant für La Valetta beladen und ...«, er machte eine kleine Kunstpause, » ... mit goldenen Louisdor im Wert von zwanzigtausend Pfund für die Bezahlung der Blockadebrecher aus Afrika.«

»Hurra!« schrie Mr. Ballaine spontan los.

»Sind Sie so knapp bei Kasse, Mr. Ballaine?« fragte David spöttisch.

»Nein, Sir. Aber noch zwei oder drei so gute Prisen, dann kann ich in England eine eigene Schule einrichten.«

David war betroffen. Er hatte sich so an Mr. Ballaine gewöhnt, so gern mit ihm zusammengearbeitet, und nun mußte er erkennen, daß dieser seine Zukunft an Land plante. Er setzte immer zu schnell voraus, daß alle die gleiche Leidenschaft für die See empfanden wie er. Nun gut, da wartete Mr. Jaling.

»Sir, wir hatten einen Toten und vier Verwundete bei der Kaperung des Genuesen. Sechs Mann der Wache wurden getötet, zehn gefangen. Das Schiff ist in gutem Zustand und hat Getreide, Fleischfässer und etwas Munition für Civitavecchia geladen.«

»Sehr gut, Mr. Jaling. Wenn Maate unter den Gefangenen sind, lassen Sie sie an Bord der *Thunderer* bringen. Und wer ist gefallen?«

»Vollmatrose Joseph Aquinto, Sir.«

»Einer aus Westindien also. Bringen Sie die Leiche an Bord, damit wir ihn mit allen Ehren beisetzen.«

»Sir«, drängelte sich jetzt Mr. Wilson vor. »Die *Vulcano* ist kein Handelsschiff, sondern ein Mörserschiff mit einem Dreiunddreißig-Zentimeter-Mörser und einem Fünfundzwanzig-Zentimeter-Mörser und der entsprechenden Munition. Fünfzehn Mann der Besatzung wurden gefangen, vier getötet. Wir haben leider zwei Tote und einen Verwundeten, Sir.«

»Wie heißen die Toten?«

»Billy Hand und Nathaniel Blair, Sir. Beides Leichtmatrosen.«

»Die Leichen und Maate von der Mörserketsch werden auf die *Thunderer* gebracht, und Sie lassen sich bitte in meiner Kajüte den ›Falconer‹ geben.«

Dann schilderte Mr. Osgood seine Verluste bei der

Kaperung der Schebecke, drei Leichtverwundete, und die Ladung, Wein, Olivenöl, Weizen und Fleischfässer.

»Ich danke Ihnen, meine Herren, für Ihre Umsicht und Tapferkeit. Sie haben dem Feind erheblichen Schaden zugefügt. Leider muß ich Ihnen sagen, daß bei der Sprengung der Batterie ein Unfall geschehen sein muß, der beiden Feuerwerkern und dem italienischen Maat das Leben kostete. Ich werde jetzt festlegen, wie die Prisen nach Palermo gebracht werden. Mr. Watt, lassen Sie bitte feststellen, wer schon auf Mörserketschen gedient hat. Ein Stückmeistersmaat ist besonders erwünscht. Danach wird uns Mr. Wilson eine kurzen Vortrag über die Einsatzmöglichkeiten einer Mörserketsch geben, damit Sie wieder Gesprächsstoff für die Messe haben.«

Sie lachten pflichtschuldigst, und David schlug mit Wilson in ›Falconers Universal Dictionary of the Marine‹ unter dem Stichwort ›Mörser‹ nach, um ihre Kenntnisse zu erweitern.

»Sir«, sagte Wilson, »der französische Stückmeister ist recht kooperationsbereit. Ich habe auch eine Tabelle für die Pulverladungen bei verschiedenen Entfernungen gefunden, aber mein Französisch ist nicht sehr gut. Könnte mir jemand bei der Übersetzung helfen?«

»Mr. Ballaine wird Sie unterstützen. Das bringt ihn vielleicht dazu, den jungen Herren im Unterricht mehr Dampf zu machen. Und vertrauen Sie dem Franzosen nicht zu sehr, sonst sprengt der Sie alle in die Luft.«

David war sich mit Mr. Watt einig, daß sie nicht auf Dauer den Schoner und die Mörserketsch gleichzeitig in der kleinen Flottille halten könnten. Das würde ihren Mannschaftsbestand überfordern. »Das Mörserschiff ist für die Unterstützung der Armeen an der Adriaküste wertvoller. Ich werde versuchen, der neuen Republik der Sieben Inseln den Schoner als Patrouillenschiff zu verkaufen.«

»Den könnten sie auch gut gebrauchen, um die Räuberbanden vom Festland abzuwehren, Sir.«

David entschied, daß der Schoner und das Mörserschiff die drei gekaperten Schiffe nach Palermo geleiten und dann weiter nach Korfu segeln könnten. »Mr. Wilson hatte immer besonderes Interesse für Ballistik. Wenn wir ihm einen guten Steuermannsmaat mitgeben, dann sollte er es schaffen. Wir werden den Konvoi bis etwa zur Höhe von Gaeta geleiten und dann in Richtung Leghorn (Livorno) aufklären.«

»Sir, erlauben Sie, daß ich Bedenken anmelde?«

»Nur zu, Mr. Watt:«

»Sir, wir haben zu wenig Besatzung für einen solchen Vorstoß. Bereits eine starke Fregatte könnte uns Probleme bereiten.«

»Das stimmt, Mr. Watt. Aber ich kann unseren Auftrag nicht unerledigt lassen, weil wir reiche Beute gemacht haben. Prisen sind nur dann gerechtfertigt, wenn sie die Pflichten nicht beeinträchtigen. Sonst müssen wir sie verbrennen. Das würde unserer Besatzung jeden Unternehmungsgeist rauben. Ich glaube, wenn wir vorsichtig sind, ist der Aufklärungsvorstoß zu rechtfertigen. Die Mannschaft wird sich Arme und Beine ausreißen, um den Erfolg zu sichern.«

Ein Stückmeistersmaat und zehn Seeleute hatten schon auf Mörserschiffen gedient. Einer davon sprach gut französisch, weil er von den Kanalinseln stammte. Bevor sie übersetzten, bot Mr. Wilson stolz seinen Einführungsvortrag auf dem Achterdeck dar.

Die Bombarda sei von den Franzosen als Mörserschiff konstruiert worden, dann aber auch als Handelsschiff benutzt worden, weil sie viel Frachtraum bot. »Sie hat einen besonders großen Hauptmast, der in oder etwas hinter der Schiffsmitte steht, um Platz für die nach vorn feuernden beiden Mörser zu schaffen. Der Kreuzmast hat auf der *Vulcano* ein Gaffelsegel. Der Großmast wird gegen Druck von vorn durch ein sehr starkes Kettenstag gesichert. Die Mörser sind auf der *Vulcano* fest in einem Winkel von fünfundvierzig Grad eingebaut. Starke Spanten und Balken sichern das Schiff gegen den gewaltigen Rückstoß. Gezielt wird mit dem gesamten Rumpf. Die Schußweite wird durch die Größe der Pulverladung bestimmt. Verfeuert werden Explosionsgeschosse, deren Explosion durch die Länge der Zündtube gesteuert wird. Die *Vulcano* hat außerdem sechs Achtzehnpfünder-Karronaden und einen langen Achtpfünder am Stern.«

Die Zuhörer applaudierten, und Mr. Wilson wurde rot. David beendete den Beifall. »Mr. Wilson ist jetzt schon verliebt in sein neues Spielzeug. Ich hoffe, daß er uns damit noch gute Dienste erweisen kann. Aber jetzt, meine Herren, müssen wir uns bereit machen. Hauptmann Ekins, der Stückmeister und ich setzen zur *Vulcano* über und inspizieren sie. Der Konvoi setzt Segel und geht auf Kurs!«

Die *Vulcano* erhielt eine Prisenbesatzung von dreißig Engländern und einem Steuermanns- und einem Stückmeistersmaat. Zehn Franzosen blieben auf der Ketsch, um bei der Bedienung der Segel zu helfen, und der französische Stückmeister. Während sie übersetzten, ermahnte David Mr. Wilson noch einmal zu äußerster Wachsamkeit gegenüber den Gefangenen.

»Die Ketsch ist kein guter Segler, Mr. Wilson. Ich

weiß, daß Sie am liebsten gleich mit den Mörsern schießen möchten. Aber zuerst kommt Segeldrill, damit Sie das Schiff in die Hand kriegen, dann folgen die Kanonen, und erst vor Zakynthos können Sie nach Absprache mit Mr. Faulkner auf eine kleine Klippe mit dem Mörser schießen.«

Mr. Wilson war die Enttäuschung anzumerken, und David fügte hinzu: »Sie werden genug zu tun haben, um sich mit den Tabellen vertraut zu machen und die Handhabung zu üben.«

Die beiden hintereinander eingebauten Mörser boten einen eindrucksvollen Anblick. Die großen, dreiunddreißig und fünfundzwanzig Zentimeter weiten Rohre ragten gleichmäßig um mehr als das Doppelte des Mündungsdurchmessers in die Bodenplatte hinein und hatten unten eine engere zylindrische Kammer. »Dort wird das Pulver eingefüllt, Sir«, erklärte der Maat. »Dreißig Pfund passen hinein, Sir, aber auch der erfahrenste Stückmeister nimmt nicht mehr als zehn Pfund, sonst ist der Rückstoß zu stark. Doch die Bombe fliegt auch so über dreieinhalb Kilometer.«

Er schleppte dann mit dem französischen Stückmeister eine Bombe heran, einen großen runden Ball mit zwei Handgriffen und dem Einfüllstutzen für die Zündtube. Sie demonstrierten, wie der Ball in das glatte Rohr paßte und auf der Kammer auflag, den Einfüllstutzen nach oben. »Hier wird erst die Zündtube gezündet, Sir, und dann dort die Kammer.«

David blickte dem Maat in die Augen. »Mr. Tall, das ist ein Teufelszeug, und ich ermahne Sie zur äußersten Sorgfalt im Pulvermagazin und beim Transport der Bomben. Denken Sie immer an die beiden Kameraden, die bei der Explosion zu Tode kamen.«

»Aye, aye, Sir«, bestätigte der Maat, und David hoffte, daß er an die Ermahnung denken würde.

Als sich die *Thunderer* vom Konvoi trennte, war David überzeugt, daß Mr. Shield den Konvoi gut im Griff hatte und daß er eigentlich Palermo sicher erreichen müsse, sofern nicht die französische Flotte seinen Weg kreuzte. Der Schoner und die Mörserketsch segelten windwärts von der Linie der Handelsschiffe. Mr. Wilson kam inzwischen auch mit den großen Rahsegeln an seinem Hauptmast gut zurecht, und David hatte gesehen, wie die Leute an den Karronaden gedrillt wurden.

»Nehmen Sie bitte Kurs auf die Meerenge zwischen Bastia und Elba, Mr. Watt. Ich bin in meiner Kajüte«, sagte David.

Sie trafen in den nächsten drei Tagen außer kleineren Fischerbooten kein anderes Schiff. Aber kaum hatten sie die Meerenge passiert und näherten sich bei trübem Wetter der Insel Capraia, da meldete der Ausguck drei Segel aus Richtung Leghorn.

»Jetzt wären mir nicht einmal drei fette Prisen willkommen bei unserem Mannschaftsdefizit von über hundertdreißig Mann«, sagte David zu Mr. Watt.

»Besser als drei Vierundsiebziger, Sir«, meinte Mr. Watt. »Die Prisen müßten wir dann wirklich verbrennen, aber vor Kriegsschiffen müßten wir flüchten.«

Es blieb ihnen nicht viel Zeit. Als Mr. Watt, der selbst mit dem Teleskop aufgeentert war, keinen Zweifel mehr hatte, daß dort drei Linienschiffe heransegelten, ließ David bereits wenden, aber noch nicht alle Segel setzen. Sie hißten das Geheimsignal für diese Woche und ihre Nummer, aber keine Reaktion erfolgte. »Das sind Franzosen, Sir«, stellte Mr. Watt fest.

»Ja, da wollen wir mal unsere Tücher ausschütteln. Mr. Jenkins, lassen Sie die Royalsegel setzen. Mit den Leesegeln warten wir noch etwas.« Dann wandte sich David an den wachhabenden Leutnant. »Mr. Everett, Sie messen jetzt bitte die Distanz alle halbe Stunde und sagen mir bitte nach der dritten Messung, wie sie sich verändert hat. Sonst ist Dienst wie üblich.«

Er ging in seine Kajüte, und das beruhigte die weniger erfahrenen Matrosen etwas. Drei französische Linienschiffe und sie selbst mit so wenig Leuten. Das war schon manchem in die Glieder gefahren.

Nach einer Stunde meldete Leutnant Everett: »Distanz dreieinhalb Seemeilen, Sir. Die Franzosen haben in der letzten Stunde fast eine Meile aufgeholt. Sie führen aber auch schon Leesegel.«

»Gut«, antwortete David. »Ich komme an Deck, und dann setzen wir auch die Leesegel.«

An Großmast und Fockmast wurden die Leesegelbäume mit Eisenringen aufgesteckt und die Leesegel daran angebracht. Dadurch wurde die Segelfläche backbord und steuerbord verbreitert. Als die Segel den Wind faßten, änderten die Masten ihre Vibration. Ein leichtes Brummen war hörbar, und die *Thunderer* wurde schneller.

David sah seitwärts nach vorn, blickte zu den Segeln und rief den Master und den Bootsmann. »Meine Herren, nach meinem Eindruck ist sie etwas topplastig. Was meinen sie?«

Mr. Douglas, der Master, schloß ein Auge und

visierte den Horizont über das Bugspriet an. »Ja, Sir, aber nicht viel.« Auch der Bootsmann stimmte zu.

»Dann lassen Sie bitte zehn Fässer aus dem vorderen in den achteren Vorratsraum bringen, Mr. Jenkins«, entschied David.

Mr. Everett konnte keine weitere Annäherung der Franzosen mehr messen und meldete sich von seiner Wache ab. »Vielen Dank, Mr. Everett. Sagen Sie bitte Mr. Jaling, daß er mit den Messungen fortfährt und mir meldet, wenn sich etwas ändert«, antwortete David und wandte sich an Mr. Watt: »Bitte begleiten Sie mich doch in meine Kajüte, Mr. Watt.«

Dort brachte ihnen Edward einen Becher Kaffee, und David fragte, was Mr. Watt an Maßnahmen vorschlage.

»Sir, wir haben jetzt ein Glasen der Nachmittgaswache (12.30 Uhr). Wenn nichts Unvorhergesehenes passiert, können wir ihnen in der Nacht entwischen. Es ist ja ziemlich bedeckt und wenig Mondschein.«

»Ich würde gern noch etwas nachhelfen, Mr. Watt. Die Franzosen sind zu dritt, und wenn sie abends in Suchformation nebeneinander segeln, kann das Entkommen schwierig werden. Ich habe vor vielen Jahren auf dem Weg von Menorca nach Gibraltar etwas ausprobiert, was Erfolg hatte.« Und er legte seinen Plan dar.

Mr. Watt war noch skeptisch. »Wir müßten es mit dem Zimmermann, dem Bootsmann und dem Master noch genau besprechen, Sir, aber schaden kann es ja auf keinen Fall.«

David war etwas enttäuscht, denn er fand den Plan überzeugend und hatte mehr Zustimmung erwartet. »Gut, dann treffen wir uns nach dem Essen in einer

Stunde in meiner Kajüte. Informieren Sie bitte die Herren.«

Das Ergebnis der Besprechung war eine rege Tätigkeit der Zimmerleute und Segelmacher am Nachmittag. Leere Fässer wurden herangeschleppt und mit Balken sowie Brettern verbunden. Eine große Spiere wurde auf der Plattform aufgebaut.

»Wat soll denn det werden?« fragte ein Matrose einen Zimmermann. »Baut ihr schon Flöße, weil die Froschfresser in Sicht sind?«

»Nee, wir woll'n dir an eener Insel aussetzen. Aber mal ehrlich: Ich weeß et ooch nicht. Der Olle soll wieda wat tricksen wollen.«

Als es dämmerte, war das Gebilde fertig, und David inspizierte es mit Mr. Watt, dem Master und dem Bootsmann. Es sah tatsächlich wie ein Floß ohne durchgehende Plattform aus. Ein Lateinersegel war in einer bestimmten Stellung fest verankert. Auch ein Ruder war in einer Position fixiert. David diskutierte mit den anderen, ob Segelstellung und Ruderlage bei diesem Wind den gewünschten Kurs garantieren würden. Nachdem der Segelmacher ein Tau straffer ziehen und neu beschlagen mußte, waren sie zufrieden.

»Nun müssen wir auf die Dunkelheit warten, und dann die Lampen vergleichen«, stellte David fest.

»Hoffentlich werden sie nicht mißtrauisch, daß eine Lampe leuchtet«, gab Mr. Douglas zu bedenken.

»Ich habe die Erfahrung gemacht, daß man dem Feind eher einen Fehler zutraut als sich selbst. Meine Sorge ist vielmehr, Mr. Douglas, daß wir bei den Maddalenas den richtigen Kurs erwischen und nicht auf eine Untiefe rennen.«

Der Master beruhigte: »Keine Sorge, Sir. Ich kenne das Revier und habe die Karten noch einmal gründlich studiert. Sofern wir Kurs ändern, wenn Porto Vecchio in neunzig und Bonifacio in siebzig Grad peilt, sind wir in sicheren Gewässern.«

Die Franzosen folgten ihnen unbeirrt. Die *Thunderer* nahm Kurs auf die Straße von Bonifacio zwischen Korsika und Sardinien. »Darf ich etwas fragen, Sir?« näherte sich der junge Edward Grant dem Ersten Leutnant.

»Nur zu«, ermunterte ihn Mr. Watt.

»Warum segeln die Franzosen nun schon acht Stunden hinter uns her, obwohl sie uns nicht mehr näher gekommen sind? Sie konnten doch schon lange nicht mehr annehmen, uns einzuholen, Sir.«

»Aber Sie haben gehört, das sie von Zeit zu Zeit eine Kanone abfeuerten?« Als Grant bestätigte, fuhr Mr. Watt fort: »Sie wußten auch, daß sie uns nicht treffen können, aber sie wollten andere Franzosen anlocken, die möglicherweise in der Nähe sind. Sie hoffen auch jetzt noch, daß uns einer in den Weg kommt und uns eine Weile aufhält oder daß eine Rah bei uns bricht. Bei Verfolgungen braucht man oft viel Geduld. Manchmal ist das eine Sache von Tagen. Darum will der Kommodore auch ein falsche Fährte legen.«

Als die Dunkelheit hereingebrochen war, zündeten sie achtern eine Laterne an und ließen sie halb verdeckt brennen, so, als sei etwas nicht richtig abgedunkelt. Am Floß wurde eine Talje angebracht, mit der man es über Bord heben konnte. Als eine große Wolke den schmalen Mond verhüllte, gab David den Befehl.

Auf dem Floß wurde die Lampe gezündet, jene am

Achterdeck gelöscht. Die Talje hob das Floß backbord in die See. Sie zogen es noch einige Minuten hinter sich her, dann lösten sie die Verbindung und drehten scharf nach backbord ab. An Bord herrschte Grabesstille, und kein Licht durchbrach die Dunkelheit.

David stand auf dem Achterdeck, blickte kurze Zeit auf ihr Floß und suchte dann mit dem Nachtglas nach den Franzosen. Alex stand neben ihm und begann jetzt leise zu knurren. David fühlte, in welche Richtung er schnupperte, aber er konnte nichts sehen.

»Sie segeln dort in Kiellinie, Sir. Beim mittleren ist ein Geschützdeck nicht richtig abgedunkelt«, meldete einer der Nachtausgucke.

Nun konnte es David auch sehen. Die Franzosen segelten weiter auf dem alten Kurs in die Straße von Bonifacio hinein. Nach einer halben Stunde hörten sie Geschützdonner. »Jetzt zerstören sie unser Floß«, lachte Mr. Watt. »Vielleicht melden sie noch, sie hätten ein englisches Linienschiff versenkt.«

Am Vormittag des 10. Juli 1799 lag die Bucht von Neapel im hellen Sonnenschein wieder vor ihnen. »Schauen Sie nur, die Berge, die hellen Häuser, das dunkle Grün der Zypressen und dort der Ätna mit seiner Wolke, ist das nicht ein wunderschöner Anblick?« schwärmte Mr. Ballaine dem Reverend vor.

»Hoffen wir nur, daß sich der Anblick nicht furchtbar verdüstert, wenn wir näher kommen. Wie ich sehe, sind die Polaccas immer noch im Hafen«, entgegnete Mr. Pater.

Der Midshipman der Wache meldete: »Die königliche Flagge weht mit der Flagge von Admiral Nelson auf dem Flaggschiff, Sir.«

David wandte sich an Leutnant Everett, der Wache hatte. »Bereiten Sie bitte den Salut vor. Einundzwanzig Schuß, die festgesetzte Obergrenze. Da müssen wir uns nicht den Kopf zerbrechen, wieviel Schuß einem befreundeten Monarchen zustehen. Admiral und König zusammen überschreiten auf jeden Fall die Höchstgrenze.«

Die Schüsse von den Oberdeckkanonen hallten über die Bucht, als Mr. Watt freudig erregt auf David zulief. »Sehen Sie nur, Sir. Die *Falcon* kommt dort hinter dem Linienschiff in Sicht. Sie läuft auf uns zu und ist vollgestopft mit winkenden Menschen.«

David blickte hin. »Das sind die Besatzungen unserer drei Prisen. Wie hat Mr. Ross das nur geschafft, sie alle zu transportieren?«

Die *Falcon* näherte sich. Ein Boot mit den Leutnants Ross und Shield legte ab. Leutnant Ross wurde mit dem gebührenden Zeremoniell empfangen, aber die Neugier aller galt Leutnant Shield. »Alle Prisen wurden unbeschädigt abgeliefert, Sir. Die vorläufige Schätzung des Prisenagenten beläuft sich auf dreißigtausend Pfund, zuzüglich die erbeutete Kriegskasse.«

Disziplin hin, Disziplin her. Auf dem Achterdeck wurde geklatscht. David war unsicher, ob es richtig war, diesen irregulären Ausbruch zu dulden. Er räusperte sich und wollte Mr. Shield in seine Kajüte bitten, als Mr. Pater entsetzt rief: »O mein Gott, welche Schande, welches Unglück!«

Alle wandten sich um und starrten in die Richtung, in die sein Finger wies. Neapolitanische Soldaten schleppten mit Gewalt Männer und Frauen, die sich kaum noch auf den Beinen halten konnten, von den Polaccas auf Boote und ruderten sie an Land. Dort schleppte der Pöbel sie an eine Reihe von Galgen, sofern er sie nicht vorher erschlug.

David nahm die Hände an die Wangen. Ein Seufzen ging durch die Reihen der Offiziere. Dann begannen einige leise und verbittert zu fluchen. Andere falteten die Hände.

David rief: »Mr. Dimitrij, ist meine Gig bereit?«

Gregor bejahte, und David bat Mr. Ballaine um die Depeschentasche, lehnte jede Zeremonie ab und ließ sich zum Flaggschiff übersetzen. Kapitän Hardy begrüßte ihn, und David bat ernst und verschlossen, den Admiral sprechen zu dürfen.

Hardy ging voraus, wandte sich dann noch einmal um und sagte: »Es sind schreckliche Zeiten. Bitte überlegen Sie gut, was Sie sagen, Sir David.«

David stutzte, sah Hardy groß an und sagte dann: »Vielleicht haben wir alle zu lange überlegt, Mr. Hardy. Auf jeden Fall danke ich Ihnen.«

Er trat ein und nahm seinen Hut ab. Nelson erhob sich und blickte ihn an. Er sah schlecht aus, blaß und übernächtigt. Aber er trug seine Extrauniform mit allen Orden. »Mylord!« sagte David mit fester Stimme. »Geschehen diese Morde mit Ihrem Einverständnis?«

Nelson biß sich auf die Lippen und erwiderte mit leiser Stimme: »Sie sind lange genug im Dienst des Königs, Sir David, um zu wissen, daß ich zuerst und vor allem ein Recht auf Ihren Bericht über Ihren Auftrag habe.«

»Selbstverständlich, Mylord. Ich bitte um Nachsicht.« Dann berichtete er in kurzen Worten von der Zerstörung der Batterie, der Kaperung der Schiffe und der Verfolgung durch drei französische Linienschiffe.

»Dann haben Sie den angenehmen Teil unserer Pflichten erfüllt, während ich hier die unangenehme

Seite des Dienstes zu versehen habe. Seine Majestät, König Ferdinand, ist seit vorgestern in seiner Hauptstadt. Er betritt das Land nicht, bevor es nicht von Verrätern gereinigt ist, und residiert auf meinem Flaggschiff. Er hat die Hinrichtungen angeordnet, und es ist nicht meines Amtes, ihm in den Arm zu fallen. Ich bin auch der Meinung, daß Verräter und Rebellen keine Schonung verdienen.«

»Mylord, es steht mir nicht zu, Ihre Einstellung zu kritisieren. Ich muß nur die Wirkung dieser Maßnahmen auf meine Leute berücksichtigen. Sie wollen ihr Leben für England einsetzen, wollen diesen Einsatz aber nicht mit dem Mord an Wehrlosen und Britanniens Rechtsprinzipien nicht mit irregulären Gerichtsverfahren beflecken. Sie leiden, wenn ihnen vorgeworfen wird, daß sie auch nicht anders handeln als die Betreiber der französischen Guillotinen.«

Nelson schüttelte den Kopf und schritt auf und ab, während er David fixierte und zu ihm sprach. »Ihre Leute wollen die angenehme Seite des Flottenlebens: Prisen und saubere Hände. Geht das denn überhaupt, wenn soviel auf dem Spiel steht? Der kleine Flottenleutnant mag mit solchen Kategorien zurechtkommen. Aber der Admiral muß das Wohl Britanniens sehen. Und hier im Mittelmeer ist Englands Stellung nur zu halten, zu festigen und auszubauen mit diesem König und diesem Hofe, nicht mit Ruffo oder ähnlichen Figuren. Also habe ich widerwillig, wie Sie mir glauben können, den Rachedurst des Königs unterstützt, der seine Rebellen bestraft sehen wollte. Nur so wurde er fest an England gebunden. Ich habe sogar noch mehr getan, Kommodore. Ich habe den Befehl des Oberkommandierenden Keith zum zweiten Mal abgelehnt, meine Linienschiffe nach Menorca zu schicken, und ich habe an die Admiralität geschrieben, daß diese Insubordination unumgänglich war, um Englands Macht zu erhalten, die im Mittelmeer nur in Verbindung mit diesem Königreich zu halten ist, nicht durch diesen Fliegenklacks Menorca. Ich muß riskieren, daß die Admiralität meiner Argumentation nicht folgt.«

»Ich danke Eurer Lordschaft für diese offenen Worte. Darf ich eine ebenso offene Frage stellen?«

»Bitte, Herr Kommodore!«

»Ist Englands Stellung wirklich gestärkt durch einen Staat, der einen König dieses Charakters hat, der so unter dem Diktat des städtischen Pöbels steht, dessen Königin dem eigenen Volk gegenüber nur Rachsucht kennt, keine Vergebung? Werden nicht diese Mordtaten, und als solche werden sie allgemein empfunden, Englands Gegnern mehr Unterstützung bringen als uns?«

»Sir David, begreifen Sie doch. Ich hatte keine andere Wahl! Vielleicht würden wir uns besser verstehen, wenn Sie die Entwicklung der Geschehnisse miterlebt hätten. So ist es zu spät. Darum bitte ich Sie: Segeln Sie nach Korfu und bewegen Sie Admiral Ushakow dazu, daß er mit seiner Flotte nach Neapel kommt und mit uns vereint eine große Tat vollbringt. Das könnte die Befreiung La Valettas sein.«

»Ich werde alles tun, was in meiner Kraft steht, Mylord. Adieu.«

An Deck atmete David zunächst die frische Luft ein und ordnete seine Gedanken. Er war einem großen Mann begegnet, der seine Schuld fühlte und sie gleichzeitig durch das höhere Recht seines Staates rechtfertigen wollte. Konnte jemand, der nicht in dieser Verantwortung stand, die Richtigkeit oder Unrichtigkeit dieser Argumentation überhaupt beurteilen?

Und dann sah David die Besatzung seiner Gig, wie sie mit verkniffenen Gesichtern nicht hinschauen wollte, wie man geschundene Menschen von den Polaccas holte. Wie einige sich die Ohren zuhielten, um die Schreie der Qual und des Schmerzes oder die Anklage »Engländer: Verräter, Engländer: Mörder« nicht mehr hören zu müssen. Nein, wenn Größe mit dieser Schuld erkauft werden mußte, dann wollte er sie nicht. Wenn der Fortbestand eines Staates nur auf dem Blut Unbeteiligter errichtet werden konnte, würde er keinen Bestand haben. Und ging es Nelson denn wirklich um das Wohl Englands oder nur um den Beifall seiner Geliebten?

Die Republiken an der Adria

(August und September 1799)

Die *Thunderer* war bei rauhen Winden an der Küste von Süditalien entlanggestampft, hatte die Straße von Messina passiert und war vor einem Tag in das Ionische Meer eingelaufen. Das neue Meer schien Lasten von den Schultern des Kommodores zu nehmen. War er vorher meist schweigend das Achterdeck auf und ab gegangen und hatte den Routinedienst mit verschlossenem Gesicht verfolgt, so plauderte er jetzt mit Leutnant Everett, der Wache hatte, und kündigte sogar an, daß er die Offiziersmesse wieder zum Abendessen einladen werde, sobald sie Zakynthos erreicht hätten.

Auch dem Unterricht für die Midshipmen, den Mr. Ballaine abhielt, hörte er ein wenig zu und stellte einige Fragen. Dann ließ er den Zahlmeister rufen und wollte wissen, was er an Proviant kaufen möchte, sobald sie Zakynthos erreichen würden.

Die *Falcon* hatte sie, nachdem wieder zwei Midshipmen ausgetauscht worden waren, immer mit etwa drei

Meilen Abstand begleitet. Auch jetzt war sie in Sicht, wie der Wachhabende auf Davids Frage bestätigte. Aber der Ausguck meldete fast im selben Augenblick, daß die *Falcon* signalisiere. »Fremdes Segel ein Strich Nord mit Kurs Süd«, las der Signal-Midshipman ab.

»Klar Schiff zum Gefecht, Sir?« fragte Leutnant Everett.

»Wir können uns noch etwas Zeit lassen«, antwortete David, denn er erwartete eines ihrer patrouillierenden Schiffe.

Kurz darauf meldete der Midshipman auch: »*Falcon* signalisiert: Segel ist *Bulldog*, Sir.«

David betrachtete die Annäherung ihrer Brigg *Bulldog* durch sein Teleskop. Au je, sie hat einige Treffer hinnehmen müssen, dachte er sich. Am Rumpf erkannte man Stellen, in die der Zimmermann neue Holzpropfen eingesetzt hatte. »Hoffentlich hat sie keine schweren Verluste erlitten«, murmelte David und sah gespannt der kleinen Brigg entgegen, die mit Commander Neale über die Wellen tanzte.

Neale wurde mit dem üblichen Zeremoniell empfangen und schien sich zu freuen, daß er David wiedersah.

»Sie sind ja ein wenig zerrupft worden, Mr. Neale«, sagte David zu ihm.

»Ja, Sir. Ein tunesischer Pirat hat Zakynthos heimgesucht und sich dann bei den Strophaden versteckt. Er lag so zwischen den Felsen, daß wir nicht herankamen, ohne daß er eine halbe Stunde ungehindert hätte auf uns schießen können. Da habe ich mit einem Kutter die *Vulcano* von Zante holen lassen. Die hat ihm aus sicherer Deckung ein paar Bomben über die Felsen ins Nest gelegt, daß er schnell aus dem Schlupfwinkel flüchtete.

Wir haben ihn dann zusammengeschossen, denn Pardon erwartete er nicht. Sie hätten sehen sollen, Sir, wie Mr. Wilson vor Stolz über sein Mörserschiff fast geplatzt ist. Junge Mädchen interessieren ihn nicht mehr, seit er mit der *Vulcano* herumexperimentiert.«

David mußte lachen. »Das wird sich auch wieder legen. Aber wie hoch waren Ihre Verluste, Mr. Neale?«

»Zwei Tote und vier Verwundete, davon zwei bereits wieder dienstfähig, Sir.«

David fuhr sich mit der Hand ans Kinn. »Wir werden wieder knapp an Mannschaften.«

»Aye, Sir«, bestätigte Neale. »Mr. Harland hat den Schoner schon mit Wache im Hafen Guin bei Korfu vor Anker gelegt. Der neuen Regierung konnte er ihn ohne Sie nicht verkaufen, Sir. Er hat auch Mr. Foresti gebeten, sich nach zuverlässigen griechischen Seeleuten umzusehen, die anheuern wollen.«

David war zufrieden. »Das ist gut. Hat Mr. Harland Verluste gehabt? Gab es sonst Probleme?«

»Mr. Harland hatte nur geringe Ausfälle durch Krankheit und Unfälle, Sir. Aber wir haben Probleme mit einem französischen Toppsegelschoner, der immer wieder die Küsten der Inseln heimsucht. Für uns ist er zu schnell, und für unseren Schoner ist er zu stark. Er operiert auch häufig nachts. Es geht ihm weniger um Beute als um Verunsicherung der Bevölkerung. Und wir werden mit den Räubern von der albanischen Küste nicht fertig, Sir.«

»Wieso denn das nicht, Mr. Neale?«

»Wenn wir nachts in der Straße von Korfu kreuzen, lassen sie sich nicht blicken. Segeln wir Patrouille in Richtung Otranto, dann sind sie sofort da.«

»Dann werden Ihre Aktionen verraten, Mr. Neale.«

»Aber es weiß ja vorher niemand, wann wir auslaufen, außer Mr. Harland und mir. Und wenn wir ausgelaufen sind, kann doch niemand schneller sein als wir.«

»Doch, Mr. Neale. Signale können schneller sein. Wenn jemand Ihr Auslaufen beobachtet und Lichtsignale nach Kap Lefchimo auf der einen und zum Berg Pantokrator auf der anderen Seite gibt, dann können von jeder dieser Stationen auch Signale an die albanische Küste weitergegeben werden. Bei klarer Sicht klappt das immer. Notfalls richtet man noch eine Zwischenstation ein. Sie brauchen nicht mehr als eine Sturmlaterne, die so verkleidet ist, daß sie nur in eine Richtung ihr Licht bündelt. Das richtet Ihnen jeder Schlosser in einer Stunde.«

Neale biß sich auf die Lippen und dachte nach. »Sir, mir fällt ein, daß wir die Räuber erwischten, wenn wir von Süden, also bei Kap Blanc, in die Straße von Korfu einliefen, und daß sie wegblieben, wenn wir aus Korfu ausliefen, aber nach Norden zur Patrouille in Richtung Otranto absegelten. Das würde zu Ihrer Theorie passen, Sir.«

David nickte lächelnd. »Die *Thunderer* wird von Süden einlaufen, sobald wir die Inseln besucht haben. Und beim nächsten Auslaufen aus Korfu werden wir an Land die Lichter beobachten lassen, ob eines wie ein Signal aussieht. Als ich anno achtzig aus Gibraltar auslief, wurden die Spanier durch ihre Agenten auch immer mit Lichtsignalen gewarnt.«

Midshipman Grant, der in der Nähe stand und die Ohren aufsperrte, damit ihm nichts entging, dachte sich: Da war ich noch gar nicht auf der Welt. Ziemlich alt, unser Kapitän.

Die *Bulldog* war in ihr Patrouillengebiet zurückgekehrt, und kurz vor Zakynthos trafen sie die *Shannon*. Kapitän Harland berichtete an Deck nur, daß sie während der Abwesenheit der *Thunderer* vier Pincos und drei Polaccas aufgebracht hätten, die entweder nach Malta oder zu den französischen Häfen in der Adria wollten. »Es ist ja ein Völkergemisch hier, Sir, da kommt man kaum durch. Einige der Pincos segelten unter tunesischer Flagge, andere unter der Flagge einer dieser neuen Republiken in Italien. Die Besatzungen waren türkisch, griechisch, maltesisch, italienisch, französisch, slowenisch, ich weiß nicht, was noch alles. Aber alle wollen am Schmuggel verdienen und sind raffiniert wie die Puffmütter in Portsmouth. Aber mit dieser Republik Ragusa müssen wir aufpassen, Sir. Ich hatte einen Kapitän dabei, der behauptete, daß er ein Recht habe, die französischen Häfen mit Proviant zu beliefern. Seine Republik hätte dafür bezahlt. Er wird vor dem Prisengericht klagen.«

»Soll er nur, Mr. Harland, aber kommen Sie in meine Kajüte, damit ich Ihnen einen Claret anbieten kann.«

Der Claret war ein guter roter Bordeaux, den Davids Koch auf einer der Prisen vor der italienischen Küste entdeckt hatte. Auf Davids Wunsch gingen sie zum freundschaftlichen Du über, sobald sie allein waren. David erzählte von der Niedermetzelung der Gefangenen in Neapel. »Ich habe dort anfangs mit Hugh Kelly reden können, der dich übrigens herzlich grüßen läßt. Aber als wir zuletzt Neapel anliefen, war er nicht da. Ich konnte mit niemandem über meine Unterredung mit Nelson sprechen, und ich muß es mir von der Seele reden und eine andere Meinung hören.«

Dann berichtete er über sein letztes Gespräch mit Nelson und dessen Vergleich von den Verantwortlichkeiten eines Flottenleutnants und eines Flottenadmirals. »Ich versteh' seine Argumente schon und will sie nicht beiseiteschieben. Aber es ist doch einfach nicht wahr, daß er sein Gewissen dem angeblichen Wohl Britanniens geopfert hat und darunter leidet. In Wirklichkeit ist er doch der Emma Hamilton verfallen und hat sich darum in die grausamen Rachepläne der Königin verstrickt. Es wird auch geredet, daß dieser König Ferdinand ihm das Herzogtum Brontë mit dreitausend Pfund Jahreseinkommen verleihen will. Bloß das konnte ich ihm nicht sagen. Nelson hat schon Schuldgefühle deswegen. Aber er hat nicht die Kraft, Englands Ehre rein zu halten und diesem Morden keinen Vorschub zu leisten. Oder was meinst du, Andrew?«

Andrew dachte einen Moment nach. »Das Herzogtum ist doch sicher für den Sieg am Nil, David.«

»Aber Andrew, der liegt ein Jahr zurück.«

»Wie dem auch sei, mehr konntest du wahrlich nicht sagen. Nelson wird dir deine Äußerungen sowieso nicht verzeihen. Um die abgeschlachteten Rebellen wird sich die Admiralität keine großen Sorgen machen. Die Gegner von Pitt werden im Unterhaus darüber lamentieren, aber Nelson ist nach allem, was ich höre, so außerordentlich populär beim Volk, daß nicht viel herauskommen wird. Eine andere Frage sind die Befehlsverweigerungen. Die Admiralität wird abwarten, was Keith meldet und fordert. Und ich weiß nicht, wie der reagieren wird. Er soll ein Mann des Ausgleichs sein. Ob er den Konflikt mit Nelson beginnen wird, wer will das voraussehen? Erwarte nicht zuviel, David.«

David antworte, daß er in all diesen Jahren gelernt habe, realistisch zu denken. »Aber wenn du es gesehen hättest, Andrew, dann hätte sich dir die Schande auch eingebrannt. Und eine solche bleibt es für unsere Flotte und für England. Wie sollen unsere Midshipmen zu Ehrgefühl erzogen werden, wenn Ihnen der Admiral so ein Beispiel gibt? Aber lassen wir das jetzt. Was kannst du mir über die neue Republik der Sieben Inseln sagen, Andrew?«

Andrew hob die Hand, als wolle er Erwartungen dämpfen. »Als die Republik ausgerufen wurde, am 23. April, warst du ja auch noch bei den Inseln. Aber mit der Proklamation wurde noch kein funktionierender Staat geschaffen. Ushakow hat sich nicht nur auf den Adel gestützt, den die Franzosen abgeschafft hatten, sondern auch auf das reiche Bürgertum. Drei Männer waren es, deren Rat und Hilfe er suchte: Spiridon Theotokis, Angelo Orio und Antonio Capodistrias. Mit ihnen hat er eine verfassunggebende Versammlung von etwa achtzig Männern ausgewählt, die dann in nur zwei Wochen eine vorläufige Verfassung ausarbeiteten mußten. Nun wurde gewählt, und außer dem alten Adel durften auch unbescholtene Männer mit gutem Einkommen wählen. Besonders hat mich amüsiert, daß die Minimalgrenzen für das Jahreseinkommen von Insel zu Insel wechseln, je nach wirtschaftlicher Lage der Insel. In Lefkada brauchst du z. B. nur fünfhundertvierzig Dukaten im Jahr, im reichen Zakynthos aber tausenddreihundertfünfzig, mehr als doppelt soviel. Ach ja, Christ muß man auch sein und ehelich geboren.«

»Die meinen, daß die Armen eher zu Unruhe und Veränderung neigen, Andrew. Was soll man erwarten, wenn die beiden rigorosesten Autokratien Europas gemeinsam eine Republik gründen. Na ja, auf das englische Wahlrecht kann man ja auch nicht unbedingt stolz sein.«

»Wenn du schon an England denkst, dann bezieh

auch Irland und Schottland mit ein. Die Differenzen zwischen den Inseln, die Rivalitäten, sind mindestens so groß wie in unserem Vereinten Königreich. Angelo Orio, ein früherer venezianischer Flottenkapitän, ist jetzt Präsident geworden. Aber wenn er nicht eine starke Zentralgewalt erhält, fliegt ihm diese Republik um die Ohren.«

»Sei mir nicht böse, Andrew, wenn ich jetzt kaufmännisch denke. Aber in dieser Situation und bei diesem Präsidenten müßten wir doch Chancen haben, den Schoner zu verkaufen.«

»Den Eindruck hatte ich auch, David.«

Sie liefen gemeinsam in Zakynthos ein, und Mr. Ballaine mietete gemeinsam mit Davids Diener und Davids Koch in einer guten Taverne an der Mole einen großen Raum für die Offiziere der *Thunderer* und der *Shannon* zu einem gemeinsamen Essen, zu dem David einlud. Der Wirt war überaus tüchtig und organisierte eine Gruppe, die griechische Tänze vorführte. Der Dudelsackpfeifer trug gegen ein kleines Honorar auch einige schottische Weisen vor. Die Speisen und der Wein waren vorzüglich. Für die Sicherheit der Schiffe hatte David in Erinnerung an den Branderangriff durch ein Wachboot und Posten an der Mole gesorgt. So konnte er sich gelöst amüsieren.

Aber die Heiterkeit verflog mit einem Schlag, als er auf die Straße trat. Ein Dutzend Seeleute zog grölend am Kai entlang und zerschlug alles Mobiliar, das vor den Tavernen stand. David sprang auf die Straße, stellte sich ihnen in den Weg und rief: »Aufhören! Alle Mann in Reihe antreten!«

Sie dachten nicht daran. Aus der Gruppe traten zwei

vor und grölten: »Aus dem Weg, du alter Fatzke, sonst machen wir dich alle!«

Bevor sie ihn zur Seite stoßen konnten, waren Gregor und Alberto Rosso heran, die beide in der Taverne gegessen, getrunken und auf David gewartet hatten. Jeder griff einen der Randalierer und warf ihn wie ein Bündel Lumpen in den Haufen der anderen, die durcheinander purzelten.

Als sie sich aufrappelten und eine Schlägerei beginnen wollten, waren die anderen Offiziere heran und standen mit gezogenen Säbeln vor den Randalierern. »Kommt nur, ihr Großmäuler!« sagte Hauptmann Ekins mit sarkastischer Schärfe. »Kommt nur, wir wollen auch ein bißchen Spaß haben.« Er reckte ihnen seinen Säbel entgegen, und die anderen taten es ihm gleich.

Nun wurden die meisten unter den Randalierern nüchtern und hielten ihre Kameraden zurück. »In zwei Reihen aufstellen, und dann marschieren wir zur guten alten *Thunderer*!« befahl Ekins betont ruhig, und sie folgten ihm wie die Lämmer.

David war wütend, aber Kapitän Harland beruhigte ihn. »Sie brauchen ein Ventil, Sir. Der Dienst ist hart, und jeder Tag kann der letzte sein. Morgen tut ihnen alles furchtbar leid. Vielleicht sind die beiden Rädelsführer wirklich üble Kerle, aber ich kenne sie nicht.«

»Wenn ihr Divisionsoffizier nicht gute Argumente zu ihren Gunsten hat, werden Sie die neunschwänzige Katze kosten. Verdammte Kerle, verderben einem einen so schönen Abend.«

Der Dudelsackpfeifer spürte, daß eine Aufheiterung notwendig war, band sein Instrument wieder um und spielte das beliebte Seemannslied ›Hearts of Oak‹, und die Offiziere faßten Tritt und sangen mit.

Einige Griechen standen am Kai und sahen belustigt zu. Ein Wirt schimpfte: »Deswegen komme ich morgen früh doch mit einer gesalzenen Rechnung für zerstörtes Mobiliar zu eurem Zahlmeister.«

»Ach, Aristoteles, das sind doch keine Russen. Die Briten zahlen doch immer. Und verdient hast du heute abend auch genug an ihnen«, wandte ein anderer ein.

Die *Shannon* lief früh am Morgen aus, um die *Bulldog* bei der Patrouille abzulösen. Kaum war ihr Segel im Meer versunken, da tauchte schon wieder ein Segel auf. »Kommen die etwa zurück?« fragte der Wachhabende den Master, aber der hob nur die Schultern. Sie mußten nicht lange warten, dann konnte der Ausguck die Mörserketsch *Vulcano* melden, die die Insel umrundet hatte.

Mr. Wilson hielt es nicht aus, bis die Ketsch geankert hatte. Er sprang in seine Gig und ließ sich zur *Thunderer* rudern. Dort begrüßten ihn Seesoldaten, Trommler und Pfeifer mit allen Ehren, die einem Kommandanten zustanden. Geoffrey Wilson wurde rot, und die Midshipmen feixten. Aber er ließ sich nicht aus dem Konzept bringen und schritt schnell auf David zu, um sich und sein Schiff zu melden.

»Nun, wie kommen Sie mit Ihrem Bombenspucker zurecht, Mr. Wilson?« fragte der lächelnd.

»Ausgezeichnet, Sir. Wir haben drei Übungen mit scharfer Munition durchgeführt. Zwei Einsätze haben wir auch hinter uns, einen gegen eine Batterie, die uns bei Astakos beschoß, und einen gegen einen Kaper bei den Strophaden. Beide waren erfolgreich, Sir. Mr. Tall bewährt sich hervorragend als Stückmeister, Sir. Wir sind jedoch sehr knapp an Besatzung, Sir.«

»Das ist unser aller Problem, Mr. Wilson. Wir müssen in den nächsten Wochen eine Lösung finden. In einer Stunde werde ich die *Vulcano* inspizieren.«

Geoffrey Wilson schüttelte seinen Kameraden noch schnell die Hände und eilte dann auf sein Schiff zurück.

»Dem strahlt das Glück des ersten Kommandos aus allen Poren, Sir«, sagte Mr. Watt lächelnd.

David nickte. »Ich werde ihm einen Midshipman abordnen. Der kann ihm helfen und gleichzeitig viel lernen. Was denken Sie von Mr. Grant?«

»Eine gute Wahl, Sir. Ich werde ihm sagen, daß er sich bereithält.«

David hatte zur Inspektion Mr. Lavery, den Stückmeister, und Mr. Jenkins, den Bootsmann, mitgenommen. Aber wo sie auch schauten, alles blitzte und glänzte. Die Besatzung schien von Wilsons Begeisterung angesteckt und demonstrierte alle Übungen schnell und perfekt.

»*Vulcanos*«, redete sie David zum Schluß an. »Euer Mörserschiff ist ein Stolz für unsere Flottille. Ihr habt es sehr gut im Griff. Ich ernenne Mr. Wilson zum diensttuenden Leutnant und hoffe, daß er sich mit dem Älterwerden ein wenig beeilt und sein Leutnantsexamen ablegen kann. Mr. Grant wird auf die *Vulcano* kommandiert. Die Besatzung erhält eine Extraration Blackstrap und Landgang. Auf seine Majestät, unseren König, ein dreifaches Hipp-hipp-Hurra!«

Die Besatzung schien vor Genugtuung zu wachsen, und Mr. Wilson wußte nicht, wie er seine Dankbarkeit ausdrücken sollte. »Heben Sie sich das schöne Gefühl des heutigen Tages für die trüben Stunden auf, die im

Österreich
Venedig
Triest
Kirchenstaat
Ancora
Dalmatien
Adriat. Meer
Rep. Ragu
Mon
Cattaro
Rom
Kgr. Neapel
Durazzo
Bari
Neapel
Salerno
Tarent
Brindisi
Otranto
Königreich
beider
Sizilien
Korf
Cotrone
Ionische
K
Palermo
Messina
Reggio
Kgr. Sizilien
Syrakus

Übersichtskarte
Adriatisches und
Ionisches Meer

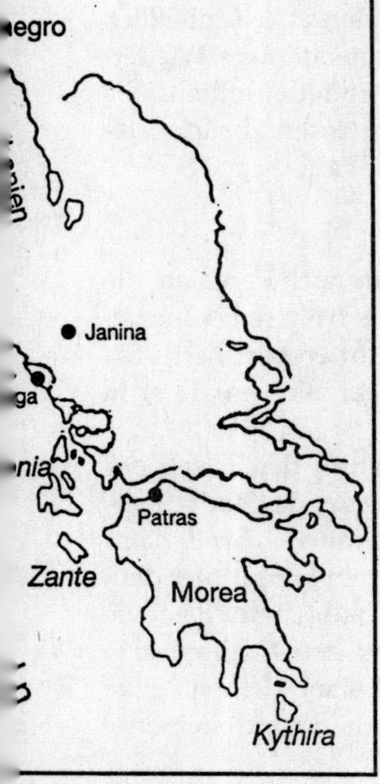

Leben jedes Kommandanten vorkommen. Sie begleiten morgen die *Thunderer* zu den anderen Inseln. Die *Falcon* segelt im Kurierdienst nach Palermo.«

Die Besuche der Inseln zeigten David wieder, welche große Bedeutung der diplomatische Teil seiner Mission hatte. Für jede Insel konnte er nur wenig Zeit erübrigen, da er schnell zu Ushakow wollte. Aber er merkte, wie sehr das Zeremoniell der exakt paradierenden Seesoldaten immer wieder die Bevölkerung beeindruckte. Und er spürte, daß sich die örtlichen Politiker in ihrer Bedeutung bestärkt fühlten und auch den britischen Standpunkt wohlwollend aufnahmen.

Aber er bemerkte wenig Zusammengehörigkeitsgefühl zwischen den Inseln. Zakynthos' Vertreter waren sehr englandfreundlich, hielten wenig von Russen und Türken und schimpften über die ärmeren Inseln, die nur Geld von den reicheren wollten.

Seine Gesprächspartner auf Kefalonia waren traditionell russenfreundlich, unterstützten Ushakows Vorschläge und waren nur über den türkischen Einfluß besorgt. Ithaka und Paxi fühlten sich von den größeren Inseln dominiert und suchten David zu überzeugen, daß sie mehr Vertreter im Senat haben müßten. Er erfuhr auch, daß die vierzehn gewählten Mitglieder des Senates keineswegs Ushakows Wünsche erfüllten.

Ushakow wollte kleine Delegationen mit seinen Vertrauten nach Konstantinopel und Petersburg entsenden, um die Zustimmung zur Verfassung einzuholen. Die Vertreter des alten Adels setzten aber schließlich zwölf Delegierte durch, die für eine stärkere Wiederherstellung der alten Adelsrechte eintreten sollten. »Sie schaffen es noch, daß wir die Franzosen zurückwünschen«, schimpfte ein Vertreter auf Paxi.

Auf dieser Fahrt lief David erstmals auch Parga an, die einzige Stadt auf dem Festland aus früherem venezianischem Besitz, die Ali Pascha nicht erobert hatte. Sie begeisterte David vom ersten Augenblick an, da er in die kleine Bucht einlief.

Backbord voraus krönte eine Festung den Felsen, der die sich nach steuerbord anschließende Stadt überragte. Die weißen Häuser säumten zwei sanft geschwungene Buchten und schienen kurz hinter dem schmalen Strand die Hügel emporzuklettern. Fast wie ein Deckel auf dem Krug lag vor den Buchten eine kleine Insel mit zwei Hügeln und einer kleinen Senke als Verbindung. Auch hier erkannte David steinerne Bauten, vielleicht eine Batterie.

Auf der Festung wehte die russische Flagge, und als die *Thunderer* Salut schoß, erwiderte die Festung den Gruß. Als sie Anker warfen, erkannten sie einen Trupp von etwa einem Dutzend Soldaten, die an die Pier marschierten und dort Aufstellung nahmen. Sie trugen weiße, kurze Jacken und rote Bauchbinden und eine Art Käppi, wie man es bei den Griechen häufig sah.

»Nun, Mr. Ekins, da muß sich Ihre Truppe wohl anstrengen. Es ist das erste Mal, daß uns hier ein Kontingent Soldaten empfängt«, sagte David.

»Wir werden uns nicht blamieren, Sir. Wenn Sie erlauben, begleite ich Sie selbst.«

So marschierte David in die kleine Stadt, vor sich die griechischen Soldaten, hinter sich die Seesoldaten mit ihrem von allen bestaunten Dudelsackpfeifer. Nach dem militärischen Aufgebot folgten Gregor und Alberto Rossi mit Alex an der Leine, der auch einmal wieder an Land umhertollen sollte.

Der Bürgermeister war ein energischer Mann von etwa dreißig Jahren, der David und Hauptmann Ekins freundlich begrüßte und sogleich versicherte, während ihnen ein Schluck Wein eingeschenkt wurde, daß er auch für die Erfrischung der Soldaten gesorgt habe.

»Ich freue mich, daß ich Sie als Vertreter der englischen Flotte in der Freien Stadt Parga begrüßen kann. Wir können jeden Verbündeten gebrauchen, der uns hilft, unsere Freiheit gegen die Tyrannei zu verteidigen. Ich setze voraus, daß Britannien dafür besonders Verständnis hat«, sagte der Bürgermeister und hob sein Glas.

Sie tranken, und David erkundigte sich, ob Parga Angriffe abwehren mußte.

»Wir haben 1657 die Türken zurückgeschlagen, und anno siebenundneunzig, vor zwei Jahren, hat uns

Admiral Ushakow vor Ali, dem Blutsäufer, gerettet. Wir hatten den Admiral an die Abschlachtung der Bevölkerung von Preveza erinnert, und er hat uns mit seiner Flagge beschützt und den Konflikt mit Ali riskiert. Das hat dieser nicht verwunden und lauert immer wieder in den Bergen. Wir haben seit kurzem eine kleine russische Garnison von fast hundert Mann, aber in erster Linie verlassen wir uns auf uns selbst.«

Der Bürgermeister führte sie selbst zu der Festung, die die Stadt überragte. Es waren starke Bastionen mit gut gewarteten Kanonen, meist vierundzwanzigpfünder. Die Besatzung machte einen disziplinierten Eindruck. Als David seine Bewunderung äußerte, freute sich der Bürgermeister und erklärte, neben Leuten aus Parga seien vor allem Sulioten in ihrer Truppe, Todfeinde von Ali, seitdem er ihr Volk mit Feuer und Schwert verfolge.

»Wir sind eine Art Fluchtburg für die Feinde von Ali Pascha, und wir unterstützen aus eigenem Interesse auch jeden Widerstand, der sich im Landesinneren gegen ihn regt.«

Der Festungskommandant wandte sich an David: »Darf ich Sie etwas fragen, Sir?«

»Nur zu«, ermunterte ihn David.

»Ich bin kein Fachmann für Schiffe, Sir, aber das kleinere Schiff scheint mir ein Mörserschiff zu sein. Können Sie mir sagen, welches Kaliber die Mörser haben?«

»Fünfundzwanzig und dreiunddreißig Zentimeter, Herr Major. Warum kommen Sie nicht mit uns und besichtigen das Schiff? Aber vorher gestatten Sie mir noch die Frage, warum Ihre Bastionen zur See hin deutlich schwächer sind als zum Land. Bedroht Ali Pascha Sie nicht auch von der See her?«

Der Major erklärte, daß der Sultan Ali Pascha nicht

erlaubt habe, in der Ionischen See Kriegsschiffe zu unterhalten. »Das gilt auch für die anderen Wesire an anderen Küsten. Die Flotte will sich das Sultanat vorbehalten. Nur die Franzosen haben Ali Pascha während ihrer Herrschaft ermutigt, Kriegsschiffe auszurüsten, um ihn auf ihre Seite zu ziehen. Aber bisher ist er damit nicht weit gekommen.«

Als David mit dem Bürgermeister und dem Major die steile Straße zur Stadt hinabstieg, stießen aus einem Nebenweg Gregor und Alberto zu ihnen, die Alex den ersehnten Auslauf gegönnt hatten.

»Was für ein starkes und schönes Tier«, bewunderte ihn der Bürgermeister. David erzählte ihm, daß der Vater ein Wolfshund aus Finnland gewesen sei. »Sir«, meldete sich der Bürgermeister etwas verlegen. »Ich habe eine ungewöhnliche Bitte. Ich habe eine Hündin von sehr ähnlicher Rasse, die gerade läufig ist. Würden Sie erlauben, daß Ihr Hund sie deckt?« Er blickte David verlegen an, was gar nicht zu seiner sonst so energischen Art paßte.

David war zunächst perplex. Dann mußte er daran denken, daß es Alex ja wohl kaum unangenehm sein werde. »Von mir aus, Herr Bürgermeister. Wenn die beiden Hunde sich mögen, steht einer Verbindung nichts entgegen. Gregor wird sie begleiten.«

So hatte Alex sein Vergnügen. Der Festungskommandant war begeistert von den großen Mörsern, und Geoffrey Wilson war glücklich, daß er erklären konnte und daß jemand seine Waffen so bewunderte. David sagte zu, daß die *Vulcano* hin und wieder Parga anlaufen werde und daß dann vereinbart werden könne, wie sie Parga bei einer Belagerung helfen könnte.

Als sie die *Thunderer* erreichten, meldete der wachhabende Leutnant, daß die *Bulldog* den Hafen anlaufe. »Ausgezeichnet«, sagte David. »Dann kann sie an unserer Unternehmung teilnehmen. Signalisieren Sie bitte, sobald sie Anker geworfen hat, daß beide Kommandanten zu mir kommen möchten.«

In seiner Kajüte brachte ihm Edward eine kühle Limonade, und David vertiefte sich einen Augenblick in ein Buch. Aber lange Zeit blieb ihm nicht. Gregor trat mit Alex ein, der sich sofort auf sein Lager an der Tür legte. »Na, Gregor, hat es geklappt?«

»Ja, Gospodin, er hat die Hündin gedeckt. Ein schönes Tier übrigens. Alberto und ich hatten Alex vorher ordentlich laufen lassen, weil er an Bord ja wenig Gelegenheit hat. Und nun noch die Hündin, da muß er sich erst einmal erholen.«

»Von mir aus. Aber heute nacht brauchen wir ihn. Da muß er horchen und schnuppern, Gregor.«

Der Posten meldete die beiden Kommandanten, und David entließ Gregor mit einem Lächeln und einem Wink.

Mr. Neale und Mr. Wilson hörten aufmerksam zu, als ihnen David seine Pläne für die Nacht erörterte. Sie verabredeten die notwendigen Signale, und auf Neales Vorschlag hin wurde festgelegt, daß die abgeschirmten Positionslampen, die auf das Nachbarschiff ausgerichtet waren, nur alle halbe Stunde für zwei Sekunden leuchten durften.

»Wenn der Master recht behält, meine Herren, wird es eine ziemlich dunkle Nacht mit acht Zehnteln Bedeckung. Die Nachtausgucke werden sich anstrengen müssen. Gönnen Sie ihnen vorher Ruhe. Und nun viel Glück!«

Es war etwa eine Stunde vor Mitternacht, als sie in den Kanal von Korfu einliefen. Steuerbord querab hatten vereinzelt Häuser vom Festland ihre Lichter gezeigt. Backbord blinzelten jetzt einige helle Punkte des kleinen Ortes Sparterá zu ihnen herüber. Die *Thunderer* segelt in der Mitte des Kanals, an der Küste Korfus schlich die *Vulcano* entlang, und an der Festlandseite patrouillierte die *Bulldog*. Alle Schiffe waren völlig abgedunkelt und gefechtsbereit. Alle halbe Stunde blinkte kurz die Signallampe auf, um die Position anzuzeigen.

Axel war mit Gregor und den Nachtausgucken am Bug. Der Hund hatte sich vom Auslauf und seinem amourösem Abenteuer erholt und folgte Gregor willig, wenn der ihn horchen und schnuppern ließ.

David stand auf dem Achterdeck und befahl, daß die *Thunderer* noch etwas zurückfallen sollte. »Warum wohl, Mr. Glover?« fragte er den als Melder eingeteilten Midshipman.

»Sir, weil ... Damit, Sir ...«

David machte der Stotterei ein Ende. »Wenn die *Vulcano* ein Boot aufstöbert, das zurück zum Festland flüchten will, dann feuert die *Vulcano* vielleicht hinterher, und die *Bulldog* empfängt es mit seinen Karronaden. Damit wir nicht in deren Schußbahnen geraten, haben wir uns etwas nach hinten abgesetzt. Haben Sie das verstanden?«

»Aye, aye, Sir.«

Sie waren schon eine Stunde mit gekürzten Segeln im Kanal unterwegs. Leichte Enttäuschung und Langeweile machten sich breit. »Wir wollen die Ausgucke ablösen, Mr. Watt. Sie werden sonst unaufmerksam.«

Mr. Watt erteilte die notwendigen Befehle mit der von ihm gewohnten Kürze und Präzision. David war sehr glücklich, ihn als Ersten Leutnant zu haben. »Ich gehe für einen Augenblick zum Bug, Mr. Watt«, sagte er zu ihm.

Vorn begrüßte ihn Alex schwanzwedelnd und schmiegte sich an ihn. David kraulte ihm den Kopf und sagte leise: »Horch!« Alex stellte die Ohren gehorsam auf, aber er knurrte nicht. Also immer noch nichts.

David ging zurück zum Achterdeck. »Das wird wohl heute nichts«, empfing ihn Mr. Watt. Aber da wurde die Nacht backbord voraus auf einmal erhellt, und Schüsse krachten. David riß sein Teleskop ans Auge. »Viele Boote bei der *Vulcano*!« rief er, und nun hörten sie auch Musketenfeuer und das Krachen leichter Bootsgeschütze.

»Kurs auf *Vulcano*! Alle Segel setzen!« befahl David. »Signal an *Bulldog*: Unsere Position einnehmen!«

Immer wieder stieg eine Leuchtrakete auf, und die Karronaden der *Vulcano* krachten. Aber das sind doch mindestens fünf Boote mit rund dreihundert Mann, dachte David. Geoffrey Wilson darf sich von ihnen nicht einschnüren lassen.

»Wenn er doch endlich mehr Segel setzen und ihnen davonsegeln würde«, sagte er zu Mr. Watt.

»Sie haben jetzt Segel gesetzt, Sir«, erwiderte dieser. »Aber Mr. Wilson hat zu wenig Leute, um gleichzeitig schnell zu schießen und Segel zu setzen. Er hat ein Boot leck geschossen, und jetzt setzt er schnell Segel.«

Es dauerte alles so lange. Von den zwei Kilometern bei der ersten Beobachtung hatten sie gerade fünfhundert Meter zurückgelegt. David sah im Geiste schon die Räuber über das Deck der *Vulcano* schwärmen und alle niedermetzeln. Dann nahm er wieder sein Teleskop und erkannte im Schein einer aufsteigenden Leuchtrakete, wie die *Vulcano* durch die Reihe der Boote stieß und nach beiden Seiten schoß. »Halt durch, Geoffrey!« flüsterte er.

Auf der *Vulcano* stand Geoffrey Wilson mit einem Mann am Ruder und steuerte die *Vulcano* so hart am Wind, wie es ging, damit sie Fahrt aufnahm. »Schießt schneller, Kerls«, rief er, »sonst kommen die Halsabschneider an Bord!«

Midshipman Grant stand bei den Karronaden und griff zu, wenn es Not tat. Sonst feuerte er Leuchtraketen in die Luft und zeigte auf die Ziele.

Sie waren ohne Vorwarnung in die Gruppe der Boote hineingesegelt, die anscheinend beieinander lagen, um sich vor dem Angriff auf einen Küstenort zu beraten. Als die Nachtausgucke die Boote meldeten, konnten sie gerade noch etwas Ruder legen, um einen direkten Zusammenstoß zu vermeiden.

Die erste Leuchtrakete zeigte ihnen vier große Boote mit Riemen und Hilfssegeln und zwei Boote nur mit Riemen. Sie schossen sofort mit ihrem Buggeschütz und ihren 18-Pfünder-Karronaden und hatten das Glück, bei zwei Booten die Breitseiten mit den Riemen so zu beschädigen, daß sie sich verkeilten.

Aber die Albaner fackelten nicht lange. Sie schossen mit den kleinen Drehbassen und mit Musketen, daß es auf der *Vulcano* überall wie im Hagelschauer krachte. »Weiterfeuern!« trieb Wilson seine Leute an, und ihre nächste Runde schaffte etwas Luft. Wilson rannte an das Ruder und schickte jeden freien Mann an die Segel. »Schnell! Wir brauchen mehr Fahrt, sonst kommen sie über uns!«

Die Männer rannten und schwitzten. Verwundete wurden zum Sanitätsmaat geschafft. Jetzt war eines der großen Albanerboote so leck, daß es zu sinken drohte. Nun werden sie erst ihre Leute bergen, dachte Wilson. Aber nein! Die ruderten weiter auf die *Vulcano* los und feuerten mit allen Musketen.

»Steuerbordbattereie bereit! Ich lege Ruder!« Und er legte das Ruder so herum, daß sie breitseits ihre drei Karronaden abfeuern konnten.

»Bravo!« brüllte er, denn ein weiteres Boot blieb leck zurück. Er steuerte wieder vorwärts, um etwas Abstand zu gewinnen, und rief der Backbordbatterie zu, sie solle sich bereithalten.

Aber als er das Steuer herumlegte, sah er direkt neben der *Vulcano* eines der großen Ruderboote. »Schießt es zusammen!« brüllte er, rief einen Mann ans Ruder und griff in den Kasten, wo er die Handgranaten hatte. Die Karronaden fetzten in das Ruderboot, aber das Wrack trieb gegen ihre Bordwand.

»Ruder herum!« rief Wilson und zündete seine Handgranate. Er hielt sie noch zwei oder drei Sekunden in der Hand. Dann sah er, wie sich die Albaner an einer Stelle zusammendrängten, und warf die Handgranate in ihren Haufen. Sie flogen durcheinander, und die *Vulcano* kam frei.

Eines der großen Boote verfolgte sie. Es hatte an jeder Seite etwa zwanzig Riemen ausgebracht und zusätzlich noch ein Lateinersegel gesetzt. Ich muß sie treffen, dachte Geoffrey Wilson. Eine Mörserketsch ist kein Rennpferd, und sie kommen auf. »Achtung!« schrie er. »Wir legen kurz Ruder, und die Steuerbordgeschütze feuern. Alles fertigmachen!«

Dann riß er mit dem Rudergänger das Ruder herum. »Feuer frei!« Die Karronaden bellten los, und das Buggeschütz krachte hinterher. Das Albanerboot war schwer getroffen. Das Segel hing über den Ruderbänken. Aber Geoffrey sah erschrocken, wie sein Feuerwerksmaat stolperte und über Bord fiel.

»Mann über Bord!« schrie er. »Ruder hart backbord! Fischt Mr. Tall auf! Schnell!« Mr. Tall, der Feuerwerksmaat, trieb zwischen ihnen und dem Albanerboot und ruderte mit den Händen, um zur *Vulcano* zu kommen.

Die Albaner hatten noch nicht begriffen, warum die *Vulcano* auf sie zuhielt. Sie hackten die Leinen entzwei, die das Segel hielten, um ihre Ruder frei zu kriegen. An der der *Vulcano* zugewandten Seite drängten sie sich zusammen, feuerten Musketen ab und schwangen Schwerter.

Mr. Tall war ein schlechter Schwimmer. Er kam kaum voran. Edward Grant, der Midshipman, riß sich Schuhe und Rock herunter, band sich ein Seil um den Leib und sprang über Bord. Mit kräftigen Stößen näherte er sich Mr. Tall. Drei Mann hatten das Seil gegriffen und ließen es durch ihre Hände gleiten. Jetzt hatten die Albaner die Aktion bemerkt, schrien und schossen auf die Schwimmer.

Mr. Tall riß eine Hand hoch und sank unter Wasser. Aber da war Edward Grant schon bei ihm, packte ihn und schrie: »Holt ein!« Die drei Seeleute rissen das Seil an Bord, daß Edward Grant fast nur unter Wasser war und alle Mühe hatte, Mr. Tall über der Oberfläche zu halten.

»Was macht der Wilson denn?« fragte David überrascht, als er sah, daß die *Vulcano* wendete und auf ein Albanerboot zuhielt. »Das Boot hat doch die dreifache Mannschaftsstärke. Da kann er doch keinen Nahkampf riskieren.«

Die *Thunderer* war auf dreihundert Meter heran.

Backbord lagen die angeschossenen Boote der Albaner und ruderten mühsam aus dem Kurs der *Thunderer*. »Buggeschütze: Feuer frei auf das Boot bei der *Vulcano*!« befahl David. »Backbordbatterie: Feuer frei auf Boote querab!« Die Melder sausten los unter die Decks.

Vorn an den Buggeschützen hatten sie den Befehl gehört, und Mr. Heskill ermahnte sie: »Zielt genau, damit ihr die *Vulcano* nicht trefft!« Dann krachten die ersten Buggeschütze und bald darauf auch die schweren Kanonen vom Unterdeck.

Die angeschlagenen Albanerboote an den Seiten der *Thunderer* hob es fast auf dem Wasser, als die schweren Kugeln einschlugen. Dann sanken sie, und das Wasser gurgelte in ihre Rümpfe. Überlebende schwammen im Wasser. Die *Thunderer* hielt weiter auf die *Vulcano* und das Albanerboot bei ihr zu. Immer wieder krachten ihre Buggeschütze. Jetzt drehten die Albaner ab und wollten das Weite suchen.

David sah im Schein einer niedersinkenden Leuchtrakete, daß sie auf der *Vulcano* etwas an Deck hievten. Er wunderte sich. Diese Piraten ließen sich doch sonst nicht retten und zogen den Tod der Gefangenschaft bei den ›Ungläubigen‹ vor.

Die *Thunderer* legte kurz Ruder, und ihre Breitseite zerfetzte auch dieses Albanerboot.

Dann lagen sie längsseits der *Vulcano* und brassten die Segel back. David griff zur Sprechtrompete. »*Vulcano*! Brauchen Sie den Arzt?«

»Ja, Sir! Mr. Tall hat einen Schuß in der Schulter, ein Mann ist tot, und vier sind verwundet.«

Mr. Cotton stand mit seinem Assistenten schon bereit. »Ich werde die Leute versorgen und melden, ob ich Operationen lieber auf der *Thunderer* durchführe, Sir.«

»In Ordnung, Mr. Cotton«, antwortete David. »Wir sind in der Nähe und sehen zu, ob sich jemand retten lassen möchte.«

Ihr Kutter traf immer wieder auf schwimmende Albaner, die die Briten verfluchten und Messer gegen die schwangen, die sie aus dem Wasser ziehen wollten. »Überlaßt sie den Haien!« befahl Mr. Faulkner. »Wir sehen uns bloß noch um, ob sie hier ein Floß oder ein kleines Boot haben.« Sie fanden nichts und ruderten zur *Thunderer* zurück.

Dann sahen sie den Jungen, der sich an ein Brett anklammerte und weinte. Mr. Faulkner, der wie viele Engländer glaubte, alle Welt müsse ihn verstehen, wenn er nur laut genug rede, rief: »Willst du an Bord kommen?«

Der Junge schluchzte, antwortete aber nicht. Ein Seemann, der bei einer Hure einige Worte aufgeschnappt hatte, rief auf griechisch: »Komm! Hand geben!«

Der Junge streckte seine Hand aus, und sie zogen ihn in den Kutter. Es war ein dünnes Kerlchen von zehn oder elf Jahren. Die naive Gutherzigkeit der meisten Seeleute äußerte sich darin, daß sie ihn in eine Decke hüllten und ihm auf die Schulter klopften.

David hatte nicht erwartet, daß sich jemand retten lassen würde, und war über den kleinen Kerl erstaunt. Das hinderte ihn nicht, den Jungen sorgfältig nach Waffen durchsuchen zu lassen. Erst dann ließ er ihm Essen und Trinken reichen und bat Mr. Demetros und Mr. Örgazan, ihn zu befragen. Der Junge war Vollwaise, und sein Bruder war in dem Albanerboot getötet worden.

»Wir sollten sehen, wer ihn an Land aufnimmt«, sagte David.

Mr. Demetros meldete sich zu Wort. »Sir, wie ich die Stimmung hier kenne, wäre es für einen Albanerjungen die Hölle. Können Sie ihn nicht als Pulverjungen aufnehmen, Sir?«

David blickte skeptisch und kratzte sich am Nacken. »Mr. Demetros, ich möchte kein Kuckucksei an Bord haben. Sie und Mr. Örgazan sprechen täglich mit dem Jungen, und sobald Sie Haß auf uns bemerken, kommt er von Bord. Jetzt soll ihn Mr. Jenkins der Frau des Stückmeisters übergeben und dem Senior der Pulverjungen sagen, daß sie den Burschen fair behandeln und ihm alles erklären sollen.« So wurde Mustafa, wie sie ihn nannten, in die Besatzung der *Thunderer* aufgenommen.

Korfu sah friedlich aus, als die *Thunderer* mit *Bulldog* und *Vulcano* im Kielwasser in den Hafen einlief und Salut für Admiral Ushakow schoß. An Land fuhren Pferdewagen die Uferstraßen entlang. Menschen liefen umher. Wäsche trocknete auf den Leinen.

An Bord von Ushakows Flaggschiff begrüßte Kapitän Myatlev David herzlich und erklärte auf seine Frage, daß Oberst Tomski an Land auf Korfu sei. »Kommen Sie, David Karlowitsch! Der Admiral hat einen Brief von Lord Nelson erhalten, über den er sich sehr ärgert. Ich hoffe, Sie können ihn besänftigen.«

Ushakow empfing sie mit verbissenem Gesicht. David ignorierte es, meldete, daß er sechs Albanerboote in der letzten Nacht versenkt habe, und bestellte Grüße von Lord Nelson.

Hatte sich Ushakows Gesicht bei der Nachricht über die Albanerboote aufgehellt, so verfinsterte es sich bei Nelsons Erwähnung wieder. Er nahm ein Blatt von seinem Schreibtisch und sagte: »Lesen Sie, was Ihr Admiral mir schreibt, Gospodin Kommodore!«

David griff nach dem Schreiben, trat ein wenig näher an das Heckfenster und las, daß Nelson die Übergabe des in Korfu als französische Prise erbeuteten britischen Schiffes *Leander* begrüße und wissen wollte, wann er eine Besatzung zur Übernahme schicken solle.

»Das ist aber eine noble Geste. Ganz England wird es begrüßen, daß über der *Leander* wieder die britische Flagge weht.«

Ushakows Augen quollen fast aus ihren Höhlen. »Sie unterstützen die Unverschämtheit? Wenn ich eine Prise verschenke, dann will ich darüber entscheiden und nicht, daß man so tut, als sei es eine Selbstverständlichkeit, daß ich dem großen Lord zu Willen bin.«

»Aber, Gospodin Admiral«, fiel ihm David ins Wort. »Hier muß es sich um ein Mißverständnis handeln. Lord Nelson würde einen solchen Brief nie schreiben, wenn er nicht von der Admiralität Nachricht hätte, daß der Zar die Rückgabe verfügt hat. Sie haben das Schreiben Ihres Admiralitätsrates nur noch nicht erhalten. Seine Majestät, der Zar, hat erfahren, was die *Leander* für alle Briten bedeutet, und edel gehandelt. Da bin ich ganz sicher. Die *Leander* hat bei Abukir mit ihren fünfzig Kanonen in der Schlachtlinie gekämpft und mit anderen das französische Achtzig-Kanonen-Schiff Franklin niedergerungen. Sie hat danach auf dem Weg nach Sizilien sechseinhalb Stunden dem französischen Vierundsiebziger *Généreux* widerstanden und erst aufgegeben, als ein Drittel der Besatzung tot oder verwundet war. Gospodin Admiral, das Schiff ist ein historisches Denkmal für Britannien. Lord Nelson wird dem Zaren und Ihnen für die Rückgabe unendlich dankbar sein.«

Ushakow blickte nachdenklich. »Sie meinen also, David Karlowitsch, daß ich die Verfügung des Zaren nur noch nicht erhalten habe. Aber die *Leander* ist eines der wenigen seetauglichen Schiffe, die ich noch habe. Die anderen halten keinen Sturm aus.«

»Korcula hat doch gute Werften, Gospodin Admiral. Dort könnten Sie die Schiffe überholen lassen.«

»Und womit bezahle ich, Gospodin Kommodore? Ich habe kaum Geld, um die Heuer für meine Seeleute aufzubringen. Unsere Verwaltung ist langsam, und die Hälfte allen Geldes wird veruntreut. Das sollten Sie doch wissen!« Ushakow sah verbittert drein, und David erkannte mit einem Mal, wie verzweifelt und unglücklich er war. Er sollte die Macht Rußlands im Westen demonstrieren. Aber er fand im Mittelmeer einen Seehelden, dessen Erfolg sein eigenes Bild überstrahlte, und er hatte eine Flotte, die weit entfernt von eigenen Werften die ganze Schludrigkeit des russischen Schiffbaus offenbarte. Außerdem verweigerte man ihm das notwendige Geld, und statt Macht zu demonstrieren, bot er das Bild eines verarmten Außenseiters.

David wandte seine ganze Beredsamkeit auf, um Ushakow zu zeigen, daß er von Nelson gebraucht werde. Er verwies auf die bedeutende Rolle, die Kapitän Baillie mit den russischen Marineinfanteristen bei der Rückeroberung Süditaliens geleistet habe. Er erklärte, daß Nelsons Kräfte bei der Belagerung Maltas, der Blockade Ägyptens und bei der Unterstützung der Alliierten an der ligurischen Küste überfordert seien und daß Rußlands Schiffe dringend gebraucht würden. Er stellte in Aussicht, daß der König von Neapel seine Werften in Palermo und Neapel zur Verfügung stellen könne, und deutete an, daß das tyrrhenische Meer reichere Prisen bot als das adriatische.

Ushakows Gesicht verlor den Ausdruck der Verbitterung. Er schien nachzudenken und sagte schließlich: »Ich werde mir Ihre Argumente überlegen, David Karlowitsch. Kommen Sie doch heute abend zum Essen zu mir und Kapitän Myatlew.«

David war etwas erleichtert, als er sich an Land rudern ließ, um mit Mr. Foresti, dem britischen Generalkonsul, zu sprechen. Er schilderte ihm sehr vorsichtig, in welchem Dilemma Ushakow stecke und daß in seiner Ablehnung Nelsons und Englands überhaupt ein gut Teil Neid verborgen sei.

Foresti nickte. »Ushakow ist in keiner beneidenswerten Lage. Die Kaufleute wollen seinen Zahlmeistern für Proviantlieferungen keinen Kredit mehr geben. Die türkischen Verbündeten muß er ständig vom Plündern abhalten. Der alte Adel will seine Macht auf den Inseln zurück. Ushakow meint, daß er mit dem Adel allein keine Republik aufbauen kann, aber die Petersburger Verwaltung wirft ihm Knüppel zwischen die Beine, wenn er das Bürgertum beteiligen will. Seine Schiffe sind so verrottet, daß sie keinen Machtfaktor darstellen. Ich erreiche meine Ziele am besten, wenn ich ihn vorsichtig unterstütze.«

David stimmte ihm zu, daß es für England am besten sei, wenn Ushakow als Ordnungsmacht nicht ausfalle. Er sei ein Puffer zu den Türken. »Aber was konnten Sie erreichen, um unsere Ausfälle bei den Besatzungen auszugleichen, Mr. Foresti?«

Foresti hatte fünfundvierzig Seeleute von den Inseln und aus Prevesa ausgewählt, die seit Wochen bei Leutnant Thomson mit den Seesoldaten auf der Festung waren und eine Grundausbildung erhielten. Unzuverlässige Kandidaten seien schon ausgesondert worden. »Alle kennen nun die wichtigsten Befehle in englischer Sprache und können mit Kanonen und Musketen umgehen. Die Heuer für diese Zeit habe ich verauslagt, Sir David, und auch einiges für Bekleidung.«

David lächelte. »Unser Zahlmeister wird das ausgleichen, und ich bin Ihnen sehr dankbar. Ich muß nun unbedingt den neuen Präsidenten, Mr. Angelo Orio, sprechen. Könnten Sie das vermitteln und mich begleiten?«

»Aber sicher, Sir David. Ich schlage vor, daß Sie jetzt mit meiner Kutsche zur Festung fahren, und in zwei Stunden gehen wir zu Präsident Orio. Er hat mich übrigens interessiert nach dem Schoner gefragt, den sie im Hafen Guin geankert haben.«

»Das trifft sich ausgezeichnet. Diesen Schoner will ich ihm anbieten.«

Leutnant Thomson ließ es sich nicht nehmen, die Truppen, die er ausgebildet hatte, in Paradeaufstellung und bei einigen Übungen vorzuführen. »Das Problem bei den Griechen ist nur, daß sie längere Kasernierung nicht gewohnt sind. Sie kamen sonst zusammen, wenn sie ihr Land verteidigen mußten oder wenn ihr Fürst einen Beutezug unternahm. Danach waren sie wieder in ihren Dörfern, verpraßten die Beute und arbeiteten etwas in der Landwirtschaft. Nur Soldaten zu sein sind sie nicht gewohnt. Ich muß oft mit ihnen in die Landschaft marschieren und dort Angriff und Verteidigung üben. Ich muß sie auch Arbeitsdienst tun lassen, um den Zwang der Kasernierung etwas aufzulockern.«

»Haben Sie denn Offiziere, die Ihre Aufgabe übernehmen können?«

»Ach, wissen Sie, Sir, es gibt Griechen, die in Venedig, Rußland, der Türkei oder auch im Königreich beider Sizilien als Offiziere gedient haben. Die meisten sind wie unsere Armeeoffiziere: arrogant und faul. Aber ich habe jetzt einen ehemaligen Hauptmann der russischen Marineinfanterie und einen Leutnant aus venezianischen Diensten. Beide haben sich aus dem Mannschaftsstand hochgedient, verstehen ihr Handwerk aus dem Effeff und werden von den Leuten respektiert. Ihnen kann ich die Truppe ohne Sorgen übergeben.«

»Das freut mich. Hoffentlich können Sie mir über unsere künftigen Seeleute auch Gutes sagen.«

»Ich habe sie nicht exerzieren lassen, Sir«, lächelte Thomson. »Aber sie kennen die wichtigsten Befehle in unserer Sprache und haben eine Grundausbildung mit Entermesser, Muskete und an der Kanone. Ich glaube, daß sich die, die durchgehalten haben, auf unseren Schiffen bewähren werden.«

»Gut, ich werde die Maate schicken. Wir übernehmen zwanzig auf die *Thunderer*, zehn auf die *Bulldog*, fünf auf die *Vulcano*, und zehn bleiben hier, bis die *Shannon* einläuft. Aber ich will mit Ihnen über einen Verdacht sprechen, der sich mir hinsichtlich der Albanerräuber aufdrängte.«

Und er schilderte Thomson seine Vermutung, daß die Albaner aus Stadt oder Burg beim Auslaufen der britischen Schiffe in den Kanal von Korfu durch Lichtsignale gewarnt würden. Thomson holte eine Karte, und sie überlegten, wie am Strand unterhalb der Burg, auf der Insel Vido und an der alten Mühle bei Castrati Beobachtungs- und Eingreiftrupps postiert werden könnten. Thomson würde vier Gruppen mit je zehn zuverlässigen Soldaten unter englischer Führung aufstellen und einen Trupp gleicher Stärke, der sie je nach Bedarf begleite. Als Melder sollten griechische Korporale dienen.

»Also dann bis übermorgen am späten Abend«, verabschiedete sich David.

Präsident Orio hatte zwei Posten in traditioneller korfutischer Tracht vor seinem Haus und zeigte in seinem Verhalten die Würde seines Amtes, ohne sie aufdringlich herauszustreichen. Er war ein welterfahrener Mann, der gut italienisch und französisch und sogar ein wenig englisch sprach.

Nach der Vorstellung durch Mr. Foresti sagte er David, daß er von der Vernichtung der Räuberboote in der letzten Nacht gehört habe, und bat um nähere Einzelheiten.

David berichtete, wo sie die Boote aufgespürt und vernichtet hatten. Er betonte, daß ihr Mörserschiff den größten Anteil daran hatte, weil es direkt auf die sechs Boote gestoßen sei. »Auch ein kleineres Schiff ist einem Rudel dieser Boote überlegen, wenn es gut geführt wird.«

Präsident Orio streifte David mit einem wachen, wissenden Blick und gab dann seiner Überzeugung Ausdruck, daß die Regierung des Sultans diese Räubereien auch verurteile, aber zu weit entfernt sei, um sie zu verhindern.

»Und Ali Pascha, Herr Präsident?« fragte David.

»Ali Pascha ist Statthalter des Sultans und hat ein großes Gebiet zu verwalten. Da sind solche Räuberbanden nicht zu kontrollieren. Wir müssen uns selbst schützen und danken Ihnen für die Hilfe, die Sie beim Aufbau einer Schutztruppe geleistet haben, Sir David.«

David hatte sehr wohl gemerkt, daß der Präsident kein Wort gegen die Türkei als eine Schutzmacht seiner Republik sagen wollte, und ging nun direkt auf sein Ziel los. »Für den Schutz zur See, den Ihnen Ali Pascha nicht garantieren kann, biete ich Ihnen einen schnellen, gut armierten Schoner, den Sie sicher schon in Guin liegen sahen, zum Kauf an, Herr Präsident.«

»Wir müssen unsere Küsten verteidigen, Sir David. Das ist klar. Aber ist der Schoner nicht ein wenig zu klein für diese Aufgabe?«

»Sie sind ein erfahrener Seeoffizier, Herr Präsident. Sicher braucht eine Inselrepublik von dieser Ausdehnung auch einmal ein größeres Schiff, wenn die russisch-türkische Flotte nicht mehr hier ist. Aber für die Überwachung der Küsten ist kein Schiff besser geeignet als so ein wendiger, schneller Schoner mit immerhin sechs Zwölfpfünder-Karronaden und zwei langen Sechspfündern.«

Der Präsident lächelte etwas verschlagen. »Nun ja, es wäre ein Anfang. An welchen Preis hätten Sie denn gedacht?«

»Herr Präsident, wir wollen die junge Republik nicht übervorteilen. Andererseits muß ich an das Prisengeld für meine Besatzungen denken. Ich schlage vor, daß ein Dreiergremium den Preis festsetzt, in dem uns Mr. Foresti vertritt, die Republik ein von Ihnen benannter Vertreter. Diese beiden wählen dann einen völlig neutralen Fachmann als dritten im Bunde. Es wird doch genügend Kapitäne neutraler Schiffe im Hafen geben, die als kompetent und ehrlich bekannt sind. Ich akzeptiere den Preis, den das Gremium für fair und angemessen hält.«

»Einverstanden«, sagte der Präsident. »Aber nehmen Sie es mir nicht übel, so richtigen Spaß macht das Handeln mit Ihnen nicht, Sir David.«

Sie lachten alle und schieden im besten Einvernehmen.

Der Tag fand einen erfolgreichen Abschluß im Abendessen mit Admiral Ushakow. Auch Oberst Tomski war von seinen Inspektionen auf der Insel zurück und begrüßte David herzlich. »Sie haben uns mit der Vernichtung der Albanerboote sehr geholfen, David Karlowitsch. Unsere Truppen an Land können nicht überall sein. Wir waren in dieser Nacht in der Nähe von Egrips. Aber Sie haben die Boote auf der Höhe von Messongi vernichtet. Wenn die hätten landen können, wären wir zu spät gekommen. Innerhalb einer halben Stunde plündern sie ein Dorf völlig aus und sind wieder auf den Booten. So schnell sind wir auch mit Dragonern nicht.«

David berichtete, daß der Präsident Orion wohl den Schoner kaufen und für solche Patrouillen einsetzen werde. Ushakow beklagte, daß er zu wenig kleine Schiffe habe.

Das Essen war gut, der Wodka wurde unaufhörlich nachgefüllt. Der Chor sang russische Volksweisen. Die Balalaika versetzte sie in sentimentale Stimmung, und Ushakow verkündete feierlich, daß er den Ruhmestaten der russischen Flotte eine neue hinzufügen und die Engländer bei der Belagerung Maltas und der Zusammenarbeit mit den Russen an der ligurischen Küste unterstützen werde.

»Und Sie werden mich zu Lord Nelson begleiten, David Karlowitsch, und ihm sagen, daß wir gute Waffenbrüder sind. In fünf Tagen werde ich erst nach Messina segeln und dann nach Palermo.«

David war über den Erfolg seiner Mission sehr froh.

Ob Nelson die Russen nun vor Malta haben wolle oder nicht, könne dieser selbst mit Ushakow ausmachen. »Es wird mir eine Ehre sein, Gospodin Admiral, zwei so berühmte Seehelden bekannt zu machen. Ich werde die *Thunderer* bei den Inseln belassen und mit der Fregatte *Shannon* nach Palermo segeln. Die Inseln könnten nach Ihrem Absegeln den Schutz benötigen. Aber vorher muß ich noch nach Ragusa, weil wir mit den Schiffen dieser Republik einige Probleme haben.«

»Lassen Sie sich aber nicht kaufen, David Karlowitsch. Die Pfeffersäcke kaufen jeden. Ich erwarte Sie dann in Messina.« Ushakow klopfte David jovial auf die Schulter und leerte noch ein Glas mit ihm.

Der nächste Morgen war schwer für David. »Für Essen mit russischen Offizieren sollte es besondere Auszeichnungen geben«, sagte er zu Leutnant Watt, als er am nächsten Vormittag mit schmerzendem Schädel und lichtempfindlichen Augen an Deck trat.

»Wie halten die Russen das nur aus, Sir?«

»Sie trainieren wahrscheinlich von Jugend an. Aber ein Erfolg ist zu melden: Ushakow segelt nach Palermo zu Lord Nelson.«

»Meinen Respekt, Sir. Das wiegt einen Brummschädel auf.«

»Es ist ja auch nicht Ihrer, Mr. Watt. Da können Sie leicht reden. Doch auch für Sie gibt es Überraschungen. Ich werde mit der *Shannon* nach Palermo segeln, damit die *Thunderer* die Inseln schützen kann. Kapitän Harland tauscht mit mir das Kommando. Gewähren Sie ihm bitte jede Unterstützung. Länger als drei Wochen wird es ja nicht dauern.«

»Aye, aye, Sir«, antwortete Mr. Watt unbewegt.

Am Abend stand David mit Leutnant Thomson und zwei Midshipmen am Rande der Esplanade, dem Exerzierplatz unterhalb des alten Forts von Korfu. Er hatte über Mittag etwas geschlafen und fühlte sich nun bereit für neue Unternehmungen. Die Soldaten und übrigen Melder hielten sich am Hang im Gestrüpp verborgen. Von der Kirche schlug die Glocke neun Uhr abends.

»Nun wird die *Thunderer* gleich auslaufen, Sir«, sagte Thomson leise.

David nickte und ließ seine Augen aufmerksam zwischen Festung und Altstadt hin und her wandern. Es war schwer, bei den vielen Lichtern, von denen manche im Wind oder durch vorübergehende Menschen flackerten, die zu erkennen, die möglicherweise Signale bedeuteten.

Aber jetzt sah er eins in der Stadt, das ohne Zweifel kurze und lange Lichtzeichen gab. Aber sie waren nicht auf die See, sondern zur Festung gerichtet. »Sehen Sie dort!« machte er Thomson aufmerksam. »Wo liegt das Haus?«

Gerade hatte Thomson geantwortet, das müsse direkt neben der Kirche des Spiridon sein, er erkenne deutlich den erleuchteten Glockenturn, da rief ein Midshipman: »Sir, auf der alten Burg wird signalisiert. Sehen Sie dort, an der oberen Spitze!«

David blickte hin. Diese Zeichen gingen zur See in Richtung Bucari und Kap Lefchimo. »Leutnant Thomson, gehen Sie mit fünf Mann zur Spiridon-Kirche. Ich eile mit fünf Mann zur alten Festung. Bitte, schicken Sie Melder aus, daß uns je ein Trupp zu Hilfe kommt.«

Mit schnellen Schritten rannte David voraus, ohne sich um die Männer zu kümmern, die ihm folgen mußten. Aber bis zum Eingang der Festung hatten sie ihn eingeholt. Die russischen Marineinfanteristen kannten den britischen Kommodore und fragten nicht weiter, als er nach dem Offizier der Wache rief. Der lief mit offenem Jackett herbei und wollte wohl fluchen, aber als er David sah, knöpfte er hastig die Jacke zu und fragte, was David wünsche. David erklärte ihm schnell, daß ein Verräter von der alten Burg Signale für die Albanerboote gebe und daß er mit ihm laufen möge, um den Burschen zu erwischen. Der Russe rief nach seinem Säbel und stürmte mit David voran.

Sie liefen an den Kasematten und Bastionen vorbei, eilten schwer atmend den auf großen Felsen verlaufenden Weg empor und erreichten den Aufgang zum alten Fort, als sie oben an der Treppe Schritte und Stimmen hörten. Zwei Schatten gingen recht sorglos die Treppen hinunter und sprachen miteinander.

David winkte seine Leute an die Seite und stellte sich mit dem Offizier hinter einen Pfeiler. Dann waren die beiden heran. Keiner folgte mehr. David und der Russe traten ihnen in den Weg. »Halt! Stehenbleiben! Keine Bewegung!« rief David und streckte mit dem Russen den Säbel vor.

Die griechischen Soldaten umringten sie jetzt. Die beiden Überraschten waren Russen. Sie hatten eine Signallaterne bei sich. Kein Zweifel! Sie hatten Signale gegeben.

»Wem habt ihr signalisiert, ihr Verräter?« brüllte sie der russische Offizier an, und die beiden schlotterten vor Angst.

»Wir haben doch nichts verraten, Euer Hochwohlgeboren. Der Kaufmann Othakis teilt so seinen Fischern mit, wo sie die Fische morgen früh anlanden sollen. Er gibt uns abends das Zeichen, und wir geben es dann weiter. Drei lang, zwei kurz heißt anlanden bei Lebenizze, drei kurz und vier lang bedeutet, daß sie bei

Egripo landen sollen. Das ist doch kein Verrat, Euer Hochwohlgeboren, und ein kleines Trinkgeld ist doch keine Sünde in diesen schweren Zeiten, sagt auch der Herr Hauptmann immer.«

David verbarg sein Schmunzeln. »Ich glaube, die beiden wußten wirklich nicht, was sie taten, Gospodin Leutnant. Aber ich wäre sehr dankbar, wenn Sie sie bis morgen getrennt einsperren könnten. Ich werde versuchen, in der Stadt herauszufinden, wer dieser Kaufmann Othakis ist.«

David und die Soldaten eilten jetzt schnell in die Stadt, passierten die Kirche Ton Xenon und waren nach wenigen Schritten an der Kirche des Heiligen Spiridon. Aus einem Torgang rief sie Leutnant Thomson an. »Sir, in dem Haus ist der albanische Hauptmann, der den Harem mit kleinen Jungen unterhält, denen er die Zähne herausbrechen ließ. Sie haben sicher auch davon gehört. Das Haus gehört einem gewissen Othakis, und der Albaner ist kurz vor uns mit zwei Mann ins Haus gegangen.«

»Die Soldaten sollen ihre Waffen laden und in Bereitschaft halten. Wir werden das Haus untersuchen. Auf der Festung haben wir zwei Russen gegriffen, die im Auftrag dieses Othakis scheinbar harmlose Signale weitergaben. Wir werden jetzt eindringen!«

Er schaute nach seiner Pistole und klopfte laut an die Tür. »Im Namen der Republik und der Schutzmächte: Öffnet die Tür.« Ein Diener öffnete erschrocken und wich zur Seite. Eine große Treppe führt ins obere Stockwerk. »Leutnant Thomson, postieren Sie in jeder Tür zwei Mann, die den Raum überwachen und aufpassen, daß niemand etwas verändert. Die anderen kommen mit.«

Er lief schnell die Treppe hinauf, und die Soldaten folgten ihm. Eine große Flügeltür öffnete sich zu einem Salon, in dem ein Grieche und der albanische Hauptmann standen. »Herr Othakis, von diesem Haus aus wurden Signale für die Feinde ausgegeben. Im Namen der Republik und der Schutzmächte müssen wir das Haus durchsuchen. Rühren Sie sich nicht vom Fleck!«

Der Albaner schrie in seiner Sprache, wechselte dann in ein schlechtes Französisch, dem man aber entnehmen konnte, daß er David einen Hund nannte, der ihm aus dem Weg gehen solle. Er riß seinen Säbel heraus und stürzte sich auf David. Es ging unfaßbar schnell. Der Albaner schlug mit dem Säbel nach David, der mit dem Degen abwehrte. Er täuschte eine Finte an, zielte auf Davids Brust und sprang vorwärts. David schlug den Säbel mit dem linken Arm zur Seite, der durch die Armmanschette mit den Wurfmessern gut geschützt war, und ließ den Albaner in seinen ausgestreckten Degen rennen. Der Degen bohrte sich ins Herz, und der Albaner war tot, ehe er den Boden berührte.

David zog seinen Degen aus dem leblosen Körper, ließ ihn herunterhängen und befahl: »Bringt die beiden Albaner her, die mit dem Bugger eintrafen. Immer zwei Mann durchsuchen jeden Raum bis zur Dachspitze. Es muß eine Signallaterne zu finden sein.«

Othakis, der Grieche, hatte entsetzt dem kurzen Kampf zugesehen und gezittert. Nun erholte er sich. »Wie können Sie sich unterstehen ...«, begann er, aber David fiel ihm ins Wort: »Mund halten! Zwei Mann zur Bewachung. Er darf nichts sagen!« Zwei Soldaten bauten sich neben dem Griechen auf und zeigten ihm ihre Bajonette.

Im Nebenraum polterte es. Leutnant Thomson brachte zwei albanische Unteroffiziere. »Sie wollten aus dem Fenster, Sir. Einer hat eine Tasche mit Geld und Papieren.«

»Nehmen Sie das bitte an sich, Mr. Thomson. Schauen Sie auch in den anderen Zimmern nach Papieren.«

Dann stapfte ein Soldat herein und hielt freudestrahlend eine Signallaterne in der Hand. David trat hinzu. Sie war noch warm. Ihm fiel ein Stein vom Herzen. Sie hatten den richtigen erwischt. »So, Mr. Thomson. Jetzt sollte ein Midshipman Mr. Foresti holen, und wir wollen uns mit Herrn Othakis unterhalten.«

Die Durchsicht der Schriften ergab, daß Othakis Aufstellungen geliefert hatte, was in den Küstenorten bei wem zu holen sei. Rechnungen bewiesen, welchen Anteil er an der Beute erhalten hatte. Angesichts der Beweise gab Othakis alles zu. Die beiden Albaner bestätigten, daß er regelmäßig Geld erhalten habe. Die britischen Schiffe habe er durch Helfer überwachen lassen. Die Russen wußten nur, was sie gesagt hatten.

»Das bringt ihn an den Galgen«, murmelte Foresti zu David, und der nickte.

»Wir müssen jetzt Präsident Orio informieren, Mr. Foresti. Ich wäre Ihnen dankbar, wenn Sie das übernehmen könnten. Ich muß den Namen dieses albanischen Kinderschänders erfahren und dann zu Admiral Ushakow und zu Kadir Bey. Leutnant Thomson wird die Gefangenen der russischen Wache übergeben. Auch die Schriften und das Geld. Aber gegen Quittung, bitte!«

Als David auf die *Thunderer* zurückkehrte, die am vorigen Abend nach kurzem Auslaufen schon heimgekehrt war, war sein Bedarf an Berichten gedeckt. Er wehrte alle Fragen ab, ließ sich von Edward ein schönes Frühstück mit einer Tasse Schokolade bereiten und sagte: »Jetzt setze ich mich eine Viertelstunde in den Liegesessel und bin für niemanden zu sprechen. Erst danach höre und rede ich wieder. Hast du verstanden, Edward?«

»Aye, aye, Sir!«

David saß da und genoß die stillen Minuten. Ushakow war überrascht gewesen von der Verräterei. Kadir Bey schien Verrat gewohnt, zeigte aber Befriedigung, daß er einen Grund mehr hatte, die Albaner zu Ali Pascha zurückzuschicken. Und der Tod des kinderschändenden Hauptmanns ließ seine Augen freudig blitzen. »Ich hoffe, Sie haben in nächster Zeit nicht vor, nach Albanien zu reisen, Sir David. Ich müßte Ihnen dringend abraten. Die Leute dort haben eine Leidenschaft für Blutrache. In meinen Augen liegt der einzige Vorteil darin, daß sich diese Halsabschneider gegenseitig dezimieren.«

Bundesgenossen gab es, dachte David, stand auf und wandte sich wieder seinen Aufgaben zu.

Der Wind schien unlustig und launisch. Mal füllte er die Segel, mal ließ er sie schlaff herunterhängen. Bootsmann Jenkins lief mit bösem Gesicht über das Deck, denn bei diesen Launen des Windes hinkte er mit seinen Manövern immer hinterher. Die *Thunderer* glich die Stöße des Winde durch ihr Gewicht und ihre Trägheit aus und pflügte gleichmäßig durch die See.

»Na, Mr. Douglas, wie lange hält der Wind uns noch zum Narren?« fragte David den Master.

»Gegen sechs Glasen der Nachmittagswache sollte er gleichmäßiger und kräftiger werden, Sir.«

»Ich hoffe, Sie irren sich nicht, Mr. Jenkins. Um die

Zeit sollen Mr. Demetros und Mr. Örgazan den dienstfreien Offizieren und dem Schulmeister eine Einführung in die Republik Ragusa geben. Sie sind natürlich dabei. Ich weiß gern, was mich erwartet, wenn ich einen neuen Hafen anlaufe.«

»Ragusa wird Ihnen gefallen, Sir. Ich war einmal vor fast zwanzig Jahren dort als Leichtmatrose. Eine schöne Stadt mit starken Befestigungen, Sir. Eine saubere und ordentliche Stadt mit sehr gastfreundlicher Bevölkerung. Papisten übrigens. Ich habe die angenehmsten Erinnerungen.«

Mr. Demetros hatte Ragusa (heute Dubrovnik) auch schon einmal vor einigen Jahren besucht und war wie Mr. Örgazan recht gut mit der heutigen Anlage der Stadt und ihren Regierungsformen vertraut, aber in der Geschichte fühlten sich beide nicht so sicher. Ja, Ragusa habe schon im 10. und 11. Jahrhundert existiert, damals unter byzantinischer Herrschaft. Danach habe Venedig die Stadt beherrscht, und eine eigene Republik sei erst nach 1400 gegründet worden.

»Wie kann sich ein Stadtstaat mit heute knapp dreißigtausend Einwohnern am Rande dieses türkischen Reiches seine Unabhängigkeit erhalten?« fragte David.

»Formal wird die türkische Oberhoheit ja anerkannt, Sir, und auch viel Tribut gezahlt. Ragusa ist für die Türkei und die anderen Großmächte reich und unabhängig nützlicher, als wenn es arm und abhängig wäre. Die Republik hat eine große Flotte von gut dreihundert Schiffen, von denen nicht mehr als achtzig im Küstenhandel tätig sind. Die anderen segeln vom Schwarzen Meer bis in den Atlantik. Als neutrale Schiffe unter der Flagge des heiligen Sankt Blasius können sie allen

Waren liefern. Wenn es Probleme gab, wenn jemand die Stadt zu etwas zwingen wollte, wie der russische Admiral Orloff 1769, dann zahlte sie viel Geld. Das war immer noch billiger als der Unterhalt einer eigenen Kriegsflotte und Armee. Und sie hat Österreich, Sizilien, Rußland und die Türkei immer gegeneinander ausgespielt. Sie hat auch im letzten russisch-türkischen Krieg England um die Entsendung einiger Fregatten gebeten.«

»Davon habe ich in meinen Instruktionen gelesen«, sagte David. »Aber nun informieren Sie uns bitte über die jetzige Regierungsform und den Zustand dieses Staates.«

Die beiden Berater erklärten den Briten, daß jeder Adlige, der älter als zwanzig Jahre war, Sitz im Großen Rat hatte. Das war die gesetzgebende Versammlung. Der Große Rat wählte fünfundvierzig Senatoren, die über vierzig Jahre alt sein mußten, und einen Kleinen Rat mit sieben Mitgliedern. Aus seinen sieben Mitgliedern wählte der Kleine Rat monatlich immer ein anderes Staatsoberhaupt, den Rektor.

»Jeden Monat ein neues Staatsoberhaupt?« wunderte sich Mr. Watt. »Werden dann auch die Minister neu vereidigt?«

»Nein, Sir«, belehrte Mr. Demetros geduldig. »Der Rektor ist ja nur Sprecher des Kleinen Rates, der eigentlich in seiner Gesamtheit den Staat regiert. Ohne Genehmigung des Kleinen Rates darf z. B. der Rektor nicht einmal seinen Palast verlassen.« Die Offiziere sahen sich verwundert an.

David mischte sich ein. »Nach Ihren Ausführungen, meine Herren, hat Ragusa eine Adelsherrschaft. Wie ist die Bevölkerung gegliedert? Gibt es Sklaverei?«

»Sir, Ragusa ist ein liberaler Staat und hat die Sklaverei schon kurz nach 1400 verboten.« Mr. Demetros sagte das mit persönlicher Anteilnahme und fuhr etwas ruhiger fort: »Der Adel bildet in allem eine hervorgehobene Schicht, Sir, und das Bürgertum gliedert sich darunter in das Besitzbürgertum mit Vermögen, das gewerbetreibende Bürgertum einschließlich der Seekapitäne und in das Landvolk, das mit dem Grund und Boden verkauft werden kann. Aber der Herr darf es nicht töten, und wenn er es schlecht behandelt, kann es zu einem anderen Herrn wechseln.«

»Hm«, knurrte David und blickte skeptisch.

»Sie werden sehen, Sir«, beteuerte Mr. Demetros, »die allgemeine Zufriedenheit ist groß.«

Sie sahen die Stadt am nächsten Vormittag bei ihrer langsamen Annäherung an das Land. Ragusa, das war ja nicht nur die eine Stadt, wie der Master den Midshipmen auf der Karte zeigte. Ein wenig Hinterland und einige Inseln gehörten noch zu dem Stadtstaat. Backbord sahen sie eine ganze Kette von der Insel Cazza bis zur kleinen Insel Calamotta liegen, und steuerbord passierten sie die Insel Lacroma, bevor der Hafen vor ihnen auftauchte.

Wie immer, wenn ein neuer Hafen bei gutem Wetter angelaufen wurde, hatten sich viele Offiziere und Deckoffiziere auf dem Achterdeck versammelt. Jetzt reckten sich die Arme, und »Ah« und »Oh« war zu hören. Ragusa bot ein beeindruckendes Panorama mit seinen großen Mauern und Bastionen.

Vor dem Hafen lag ein gewaltiger rechteckiger Wellenbrecher aus Stein. Backbord drohte die Festung, die heute St. John's heißt, steuerbord wachte das Revelin Fort. Darunter, Mr. Demetros zeigte es, lag das Lazarett,

Ragusa (Dubrovnik) und seine Umgebung

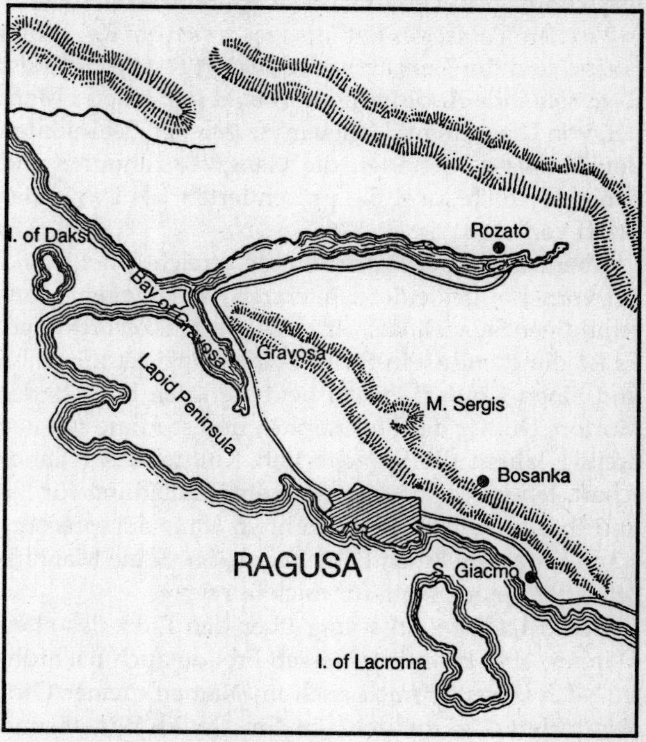

das als Quarantänestation diente. Und nun erkannten sie auch die Fahne über dem Palast des Rektors, das Bild des Stadtheiligen mit den Buchstaben ›S.B.‹ für ›Sankt Blasius‹.

»Salut für ein Staatsoberhaupt!« ordnete David an, und die ersten Schüsse hallten von den großen Mauern wieder.

»Was ist das dort steuerbord vorn für ein großer Komplex, Mr. Demetros«, fragte David.

»Die Abtei der Dominikaner, Sir. Ragusa ist katholisch, und der Rat erlaubt keine orthodoxe Kirche.«

Vor dem Palast des Rektors reckte sich ein Kai in den Hafen, und die *Thunderer* machte dort fest. Vom Palast löste sich eine Abordnung vornehm gekleideter Männer, von Dienern mit Hellebarden geleitet. Seesoldaten der *Thunderer* kletterten die Gangway hinunter und nahmen Aufstellung. Sie präsentierten, als David das Schiff verließ.

Aber bevor ihn die Abordnung erreichte, lief David ein vornehm gekleideter älterer Herr entgegen. »Entschuldigen Sie vielmals, Sir, daß ich mich so vordränge. Es ist die Freude, ein Schiff Seiner Majestät zu sehen und einen Landsmann zu begrüßen. Ich bin Charles Morton, Doktor der Philosophie, und studiere seit fast dreißig Jahren die Sprache und Kultur dieser Landschaft. Ich will nur jetzt schon eine Einladung für Sie und Ihre Herren Offiziere in mein Haus aussprechen, wann immer es Ihnen konvenieret, Sir. Seine Magnifizenz, der Rektor, kann für mich bürgen.«

David lächelte ein wenig über den Eifer des alten Mannes, aber er konnte dessen Freude auch nachfühlen. »Ich bedanke mich auch im Namen meiner Offiziere, Herr Doktor. Ich bin Sir David Winter und werde Ihnen Nachricht zukommen lassen, sobald es meine Verpflichtungen erlauben.« Sie verbeugten sich gegenseitig, und dann kam die Abordnung zu ihrem Recht.

Der Palast des Rektors war mit Teppichen und Bildern verschwenderisch ausgestaltet. Hauptmann Ekins, der David begleitete, sah beeindruckt zu Mr. Demetros, der es genoß, als sei es sein Palast. Der Rektor war in hellrote Gewänder gekleidet und erhob sich, als David eintrat, kam ihm aber nicht entgegen.

Er war sehr förmlich und distanziert, bedankte sich für die Wünsche des britischen Königs, die David überbrachte, und ließ Gebäck und Getränke anbieten. Er erkundigte sich höflich nach Davids Befinden, plauderte ein wenig über den Ruhm der britischen Flotte und fragte dann, welches Anliegen David habe.

»Magnifizenz, die Schiffe der Republik Ragusa verletzen die Blockadebestimmungen der britischen Admiralität. Sie liefern Getreide und sogar Pulver nach La Valetta, und Admiral Ushakow hat mir gesagt, daß auch die Franzosen in Ancona von Schiffen der Republik mit Konterbande beliefert werden. Ich bitte um Verständnis, daß wir das nicht dulden können und die Schiffe beschlagnahmen müssen.«

Der Rektor blickte einen Augenblick gelassen auf seine Hände, hob dann die Augen und sagte: »Die Republik Ragusa wahrt strikte Neutralität. Der Rat hat alle Bürger angewiesen, die entsprechenden Vorschriften zu beachten. Er bedauert es sehr, wenn einzelne Kapitäne die Politik des Rates mißachten. Sie werden verstehen, Sir David, daß der Rat bei so weit verzweigten Handelsverbindungen den Kapitänen viel Freiheit lassen muß. Aber jeder Kapitän, der unseren Anordnungen zuwider handelt, tut das in eigener Verantwortung und muß die Folgen tragen. Der Rat wird in diesen Fällen keinen diplomatischen Schutz gewähren.«

David bedankte sich für diese klare Aussage und versicherte, daß alle Besatzungen korrekt behandelt würden. Das Gespräch wurde dann ein wenig informeller, wandte sich der Kriegslage und dann den Handelsverbindungen beider Staaten zu, aber immer hatte David den Eindruck, daß sich der Rektor nur sehr diplomatisch und reserviert äußerte. Jede spontane und engagierte Stellungnahme fehlte. So war David ein wenig enttäuscht, aber auch etwas erleichtert, als die Audienz nach einer halben Stunde beendet war.

Der Sekretär des Rektors, der David die wenigen Schritte zum Kai begleitete, sagte, daß er David ja wohl keinen Führer zu den Sehenswürdigkeiten der Stadt anbieten müsse, da er ja schon die Bekanntschaft von Dr. Morton gemacht habe. »Kaum jemand von uns kennt die Stadt, ihre Geschichte und Kultur so gut wie Ihr Landsmann, Sir David.«

Die Besatzung der *Thunderer* war etwas enttäuscht, daß so wenig Schiffe im Hafen lagen. Bootsmann Jenkins, der sich bei Mr. Demetros kundig gemacht hatte, konnte erklären: »Ragusa ist Zwischenhändler, wie es bei uns im Kanal vor den großen Kriegen die Holländer waren. Seine Schiffe laufen nur selten die Heimat an, sondern bringen die Waren direkt vom Erzeuger zum Kunden.«

Die Mannschaften sahen mißtrauisch drein. Wenn wenig Betrieb war, dann waren die Kneipen und Bordelle meist langweilig. Aber Landgang erhielten am ersten Abend sowieso nur besonders bewährte Seeleute.

Mr. Demetros mußte Dr. Morton aufsuchen und fragen, ob ihm ein Besuch Davids am nächsten Vormittag angenehm sei. Mr. Demetros kehrte bald zurück, berichtete beeindruckt von dem großen Haus an der Piazza, das jedermann zu kennen schien, und überbrachte auch eine Einladung für David und die Offiziere am nächsten Abend.

Als David am nächsten Vormittag die Piazza betrat, schritt ihm zu seiner Verwunderung schon Dr. Morton entgegen. »Ich habe mir hier noch einen Kaffee gegönnt, Sir David. Es wäre schade, wenn sie ungeleitet hier entlanggehen würden, wo aus jedem Stein die Geschichte lebendig hervorschaut. Sehen Sie nur hier die Orlandostatue, das Symbol der Gerichtshoheit der Stadt, vergleichbar den Standbildern in den Hansestädten. Und schauen Sie hier der Glockenturm. Männlein aus Kupfer schlagen mit Hämmern auf die Glocke, um die Stunden zu verkünden.«

Und so wanderte David die Stradun, die breite Hauptstraße, entlang bis zur Abtei der Franziskaner und erhielt einen lebendigen und kenntnisreichen Einblick in die Geschichte dieser Republik.

Im Haus lernte er dann auch die Frau des Doktors kennen, eine immer noch sehr aparte ältere Dame, und erfuhr, daß eigentlich ein Zufall den vermögenden Privatgelehrten nach Ragusa verschlagen habe. Da er Italienisch aus Leidenschaft für die Sprache gelernt hatte, bat ihn sein Onkel um Vermittlung in einer sehr delikaten Vermögensangelegenheit, die Geschäfte in Ragusa betraf. Schon in der ersten Stunde sei er der Stadt verfallen und habe es nie bereut. Er spreche inzwischen alle Sprachen, die im Hinterland von Bedeutung seien, und habe die Werke des größten Dichters, Giovanni Gondola, ins Englische übersetzt.

Als David ihn auf die sehr formelle und diplomatische Haltung des Rektors ansprach, lächelte Dr. Morton verständnisvoll. »Ragusa hat immer überlebt, weil der Rat jede Verantwortung für die Handlungen seiner Untertanen ablehnte. Der Rat vertritt strikte Neutralität, aber er weiß genau, daß mit ein wenig Umgehung der Neutralität mehr Geld zu verdienen ist. Also schaut er weg und kassiert die Steuern. Aber kommen Sie! Es sind nur wenige Schritte, und ich bringe Sie zu Mr. Ragnina, dem Herrn der Zettel, einem Senator, der für das zuständig ist, was wir vielleicht Spionage nennen würden.«

David fühlte sich von dem agilen Landsmann überrumpelt. Eigentlich wollte er sich nicht in die Politik Ragusas hineinziehen lassen, aber dann stand er schon vor dem kleinen, dünnen Mann, den Dr. Morton mit herzlicher Umarmung und italienischem Redeschwall begrüßt hatte.

Mr. Ragnina sprach auch sehr gut ein etwas altmodisches Englisch und lachte, als ihn David fragte, warum er ›Herr der Zettel‹ genannt werde. Er stand auf, winkte David, ihm zu folgen, öffnete eine Tür und zeigte auf Regale, in denen Kisten über Kisten standen. Er nahm eine dieser kleinen Kisten in die Hand, öffnete sie und zeigte auf die vielen Zettel, die dort anscheinend in alphabetischer Ordnung aufgereiht aneinandergepreßt waren.

Zurück an seinem Schreibtisch, schenkte er ein Glas Wein ein und erzählte David, daß von allen Kapitänen, allen Handelsagenturen, allen Reisenden, konsularischen Vertretungen und vielen anderen ständig ein Strom von Informationen eintreffe. Auch werte man viele ausländische Zeitungen aus. Eine Schar von Sekretären ordne alles, und so sei man immer recht gut informiert.

»Wir wissen, daß Sie recht gut Russisch können, Freunde in der Flotte der Zarin haben, mit Toussaint Louverture fast freundschaftliche Bande knüpften, daß Sie ein reicher Mann sind, ein sehr fähiger Kapitän, daß Sie mit Ihren Vertrauten Hassan und Gregor ein kampferprobtes Team bildeten, das man auch ›die tödlichen

Drei‹ nannte. Aber Mr. Hassan Kudat ist ja nun zurück in seine Heimat.«

David mußte ein völlig verdutztes Gesicht gemacht haben, denn Dr. Morton lachte laut auf. »Nehmen Sie Signor Ragnina diese kleinen Tricks nicht übel. Es sind ja keine echten Geheimnisse, die er hier verraten hat.«

David mußte auch lachen. »Dennoch, wer erwartet schon, daß er hier an der dalmatinischen Küste in einem Kasten mit Zetteln aufbewahrt wird.«

»Sir David, Ragusa kann nur überleben, wenn es sehr gut orientiert ist. Was ich eben sagte, war natürlich nur eine kleine Kostprobe, die bei keinem Ihrer Nachbarn in England überrascht hätte, sondern nur hier in diesem fremden Land. Um uns dem Ernst des Lebens zuzuwenden, darf ich Ihnen sagen, daß der Rat von Ragusa sehr glücklich ist, daß englische Schiffe in der Adria weilen. Wir möchten Ihnen in jeder erdenklichen Weise behilflich sein.«

Scherzhaft antwortete David: »Dann verraten Sie mir, wo ich diesen französischen Kaperschoner erwischen kann, der immer wieder die Küsten Korfus und der anderen Inseln unsicher macht.«

Zu seinem Erstaunen stand Ragnina auf, trat an eine Karte und sagte: »Der Schoner stammt aus der Gegend von Venedig und heißt ›*Champion*‹. Er hat seine Basis hier bei Ravni auf den Kornaten, fast unbewohnten Inseln. Fischer haben uns berichtet, daß er kürzlich gekommen ist und in etwa vier Tagen wieder auslaufen wird. Ich bin sicher, daß er Korfu anläuft, denn er hat einen Trupp Albaner angeheuert, die als Räuber bekannt sind.«

David hatte angespannt gelauscht und auf die Karte gesehen. »Muß ich jetzt meine Seele verkaufen? Ihr Wissen kommt mir fast überirdisch vor.«

»Aber nein, Sir David. Wir haben unsere Ohren nur überall, und jeder weiß, daß wir für wichtige Informationen gut zahlen. Sie dürfen nur nicht sagen, von wem Sie die Informationen haben. Wir sind nämlich neutral, Sir, auch wenn wir den Franzosen manchmal die Pest an den Hals wünschen.« Und er lächelte maliziös.

David war noch immer verwirrt, als er auf die *Thunderer* zurückkehrte. Er ließ fragen, ob Mr. Watt mit ihm lunchen wolle. Mr. Watt konnte kaum ablehnen, war jedoch überrascht, als er David sah. Der wirkte etwas irritiert.

»Was würden Sie sagen, Mr. Watt, wenn an diesem entlegenen Ort ein Ihnen unbekannter Mensch Einzelheiten aus Ihrem Leben weiß, die nur gute Bekannte erfahren konnten.«

»Wer sollte sich hier für mein Leben interessieren, Sir?«

»Ein Geheimdienst, der vorsorglich alle, aber auch wirklich alle Informationen über Menschen sammelt, die irgendwann einmal für die Politik der Stadt wichtig sein könnten.«

»Aber, Sir, wie sollte ich für Ragusa wichtig werden können?«

»Sobald man Ihnen das Kommando über ein Schiff erteilt, was nicht mehr lange auf sich warten lassen dürfte, und Sie in die Adria kommandiert.«

»Und darauf wäre Ragusa vorbereitet?«

David nickte. »Was ich jetzt sage, ist streng vertraulich. Der französische Kaperschoner wird in etwa vier Tagen nach Korfu auslaufen. Ich möchte ihm dort eine Falle stellen und brauche dazu ein altes, abbruchreifes Schiff. Hören Sie sich um, ob jemand weiß, wo ein solches Schiff zu haben ist.« Und er erläuterte Watt seinen Plan, während sie ihren Lunch einnahmen.

Dr. Morton empfing sie mit seiner Frau an der Tür zum Saal seines Hauses. Kerzen brannten, der Tisch war festlich gedeckt, und einige einheimische Damen und Herren warteten auf David und seine Offiziere. »Dieser Morton muß stinkreich sein«, sagte Midshipman Dixon zu Mr. Jaling, dem Senior der Midshipmen.

»Halt dich trotzdem zurück beim Saufen, James«, sagte dieser. »Du weißt, daß der Kommodore sonst eklig werden kann.«

Nach der gegenseitigen Vorstellung klopfte Dr. Morton an sein Glas und begrüßte seine Gäste. »Ich bin glücklich, daß ich bedeutende Landsleute in meiner neuen Heimat begrüßen kann. Ich hoffe, daß Sie Ragusa noch gut genug kennenlernen werden, um meinen Stolz auf die neue Heimat verstehen zu können. Die kulturellen und humanitären Leistungen der Stadt könnten Beispiel für viele europäische Staaten sein. Ragusa bietet seinen Bewohnern seit fünf Jahrhunderten öffentliche Hygiene und Krankenpflege, es verfügt über die älteste Apotheke Europas, hat Findelhäuser und Altenheime eingerichtet. Und die Stadt tut viel für ein reiches Kulturleben mit Theatern und Konzerten. Mögen sich meine neue und meine alte Heimat stets mit Achtung und Wohlwollen begegnen.«

Sie applaudierten und tranken. Sie genossen die Spezialitäten des Balkans, die ihnen aufgetischt wurden. Sie schauten amüsiert und belustigt den Darbietungen einer Bauchtänzerin und eines Schwertschluckers zu, die auch einen Hauch von Orient boten. Als Zigarren gereicht wurden und sich die Damen einen Augenblick zurückzogen, trat Dr. Morton auf David zu. »Signor Ragnina gab mir noch ein Briefchen für Sie, Sir David«, und er reichte David einen kleinen Umschlag.

Der Inhalt lautete: »Wenn Sie Interesse an den berühmten Windbüchsen haben, nachdem Ihr Freund Hassan mit seinem Blasrohr nicht mehr bei Ihnen ist, dann gehen Sie morgen zum Büchsenmacher Vojnovic in der Prijeko. Er ist informiert.«

David hatte von den ›Windbüchsen‹, einer österreichischen Erfindung, einmal kurz etwas gehört, aber er erinnerte sich nur, daß sie mit gepreßter Luft schießen sollten. Er fragte Dr. Morton: »Wo ist der Büchsenmacher Vojnovic in der Prijeko?«

Morton blickte etwas verwundert. »Das ist in der nächsten Querstraße hinter dem Gebäude des Zollhauses.«

David ging am nächsten Vormittag mit Stückmeister Lavery und mit Gregor zu dem Büchsenmacher. Das Geschäft wirkte von außen nicht sehr beeindruckend, aber David wurde in die hinteren Räume geführt und traf auf den Büchsenmeister in einem geräumigen Büro. Vojnovic war im besten Mannesalter, groß, bleich im Gesicht von der ständigen Arbeit in der Werkstatt, aber lebhaft und gewandt. Er sprach nicht gut Englisch, aber er hatte in Österreich gearbeitet und sagte zu David: »Wie ich hörte, sprechen Sie Deutsch, Sir David. Vielleicht können wir uns in dieser Sprache unterhalten.«

Gibt es irgend etwas, was sie nicht über mich wissen, dachte David noch und stimmte zu. Es war ein etwas mühsames Unterfangen, da David für den Stückmeister und für Gregor übersetzen mußte und nicht immer die nötigen Spezialausdrücke kannte, wobei Mr. Vojnovic dann mitunter mit französischen Begriffen aushelfen konnte.

Mr. Vojnovic hatte während seiner Lehr- und Wanderzeit in Südtirol bei dem italienischen Büchsenmacher Bartholomäus Girandoni gearbeitet, der später in Wien berühmt wurde und die Windbüchse erfunden hatte. Von den knapp zweitausend Windbüchsen, die für die österreichische Armee seit etwa zwanzig Jahren hergestellt wurden, hatten einige auch ihren Weg nach Ragusa gefunden.

Mr. Vojnovic nahm jetzt ein Gewehr in die Hand. Es war etwa hundertzwanzig Zentimter lang, davon entfielen auf den Lauf gut achtzig Zentimter. Am hinteren Ende des Laufes war ein Kasten aus Messing angebracht. Rechts am Lauf saß ein Magazin für zwanzig Kugeln mit einem Kaliber von dreizehn Millimeter. Am Ende des Laufes war ein lederbezogener Druckluftbehälter aufgeschraubt.

»Das ist eine geniale Waffe, Sir, die allerdings auch Pflege und Fachkenntnis erfordert. Mit diesem Druckluftreservoir kann man zwanzig Kugeln abfeuern. Die ersten zehn sind auf hundertzehn Meter wirksam, die letzten noch auf neunzig. Geladen wird, indem man hier links gegen den Messingkasten schlägt, wodurch eine Kugel in den Lauf transportiert wird. Der Kasten verriegelt sich wieder durch Stift und Feder, bis eine neue Kugel benötigt wird.«

Als David übersetzt hatte, pfiff Stückmeister Lavery durch die Lippen. »Donnerwetter, kein Pulver, kein Stopfen des Laufes! Aber welche Durchschlagskraft hat das Gewehr?«

»Fünfundzwanzig Zentimeter Holz auf einhundert Meter«, antwortete Vojnovic und schlug vor, man möge doch in den Schießkeller gehen. In dem sehr praktisch eingerichteten Keller befand sich eine Schießbahn von fünfundzwanzig Metern Länge, die am hinteren Ende mit Matratzen ausgepolstert war. Davor stand eine Holzscheibe, aber an einem Haken hing auch ein Schweineschenkel.

Mr. Vojnovic erklärte, wie man die Waffe halte und den Abzug betätige. Dann schoß er selbst auf die Scheibe, klopfte links kräftig gegen den Messingkasten und übergab Mr. Lavery die Büchse. Der zielte und schoß. Es war nur ein Geräusch zu hören, als ob jemand stoßartig ausatme. Ein Gehilfe brachte die Scheibe. Beide Kugeln hatten das fünfundzwanzig Zentimter starke Holz glatt durchschlagen.

Dann mußte Mr. Lavery nachladen und auf den Schinken schießen. Danach folgte Gregor. Auch hier hatten beide Schüsse den gut dreißig Zentimeter dicken Schinken durchbohrt.

David interessierte jetzt besonders der Druckluftbehälter und wie er aufgefüllt werde. Mr. Vojnovic zeigte auf eine Handpumpe und erklärte, daß man eintausendfünfhundert mal pumpen müsse, um den Druck zu erzeugen. Die Behälter seien mit einem Druck von zweitausend Pumpbewegungen geprüft worden. Zu jedem Gewehr gehörten drei Magazine und drei Druckbehälter.

»Und was bieten Sie mir zum Kauf an, Mr. Vojnovic?«

»Zwei Gewehre mit Zubehör und ein Pumpgerät, Sir David, zu einem Gesamtpreis von achthundert Pfund.«

Jetzt pfiff David leise vor sich hin. Mr. Vojnovic schien unbeeindruckt. »Ich muß Ihnen noch etwas sagen, Sir David. Die Windbüchsen sind nicht nur selten und begehrt. Sie sind auch gefährlich. Der französische General Mortier hat jeden Besitzer, den er ergreifen konnte, erschießen lassen, und einige Kommandeure sollen immer noch so handeln. Sie halten die Windbüchse für eine heimtückische Waffe.«

Das könne er verstehen, sagte Mr. Lavery leise, und David fragte, ob Mr. Vojnovic mit seinen beiden Maaten noch außerhalb der Stadtmauern ein Entfernungsschießen veranstalten könne. »Wenn die genannten Distanzen erreicht werden, nehme ich Ihr Angebot an. Schicken Sie bitte einen Angestellten auf mein Schiff, dem ich eine Bankanweisung aushändigen kann. Ich gehe davon aus, daß niemand von meinem Kauf erfährt.«

Vojnovic lächelte. »Das hat mir Mr. Ragnina schon eingeschärft. Und auf das Distanzschießen bin ich vorbereitet.«

Am Nachmittag berichtete David Mr. Watt und Hauptmann Ekins über die neue Waffe. Lavery und Gregor zeigten die Windbüchsen und erzählten vom Probeschießen.

»Das sind teuflische Waffen, Sir. Sie übertreffen Mr. Kudats Blasrohr bei weitem. Für Sondereinsätze sind sie unbezahlbar, aber ich frage mich, warum sie sich in der Armee nicht durchgesetzt haben«, sagte Hauptmann Ekins.

Mr. Lavery meldete sich und sagte, daß er das auch gefragt habe. Der Büchsenmacher habe ihm mitgeteilt, daß in Österreich die Windbüchsen meist an einzelne Schützen in normalen Einheiten ausgegeben wurden. Die hatten dann nicht genug Kenntnisse und Gelegenheit, um sie angemessen zu pflegen. Und die Druckbehälter würden auch ohne Benutzung mit der Zeit den

Druck verlieren und müßten regelmäßig ausgetauscht werden.

»Also werden wir die Windbüchsen nur drei oder vier Scharfschützen in die Hand geben. Ich möchte auch nicht, daß die Anschaffung schon bekannt wird. Die Offiziere werden in den nächsten Tagen informiert, aber sonst werden die Scharfschützen heimlich am Strand trainieren. Bitte bereiten Sie das entsprechend vor.«

Mr. Watt hatte noch etwas auf dem Herzen und sagte David, daß im alten Hafen von Ragusa ein altes Handelsschiff liege, das man in Kürze versenken wolle, weil sonst nichts damit anzufangen sei.

David war sehr erfreut und bat Mr. Watt, den Bootsmann mit einigen Maaten zur Besichtigung hinzuschicken und bis zu fünfzig Pfund zu bieten, falls man das Schiff bis Korfu bringen könne.

Als die *Thunderer* am nächsten Tag aus Ragusa auslief, wartete hinter der Insel Lacroma schon das schwimmende Wrack auf sie. Eine kleine Mannschaft war an Bord, um das eine oder andere Segel zu setzen, vor allem aber, um das Ruder zu bedienen, wenn die *Thunderer* das Schiff abschleppte.

»In zwei Tagen müssen wir Korfu erreichen, Mr. Douglas«, sagte David. »Einige Vorbereitungen sind auch dort noch zu treffen.«

»Das sollten wir schaffen, Sir, wenn nicht ein Unwetter oder eine Flaute kommen.«

Als die *Thunderer* am Abend des zweiten Tages Korfu erreichte, hatte sie das alte Schiff im Hafen von St. Nicolas vor Anker gelegt, und jetzt spähten ihre Ausgucke nach den Schiffen der eigenen Flottille aus.

»Deck! *Shannon* und *Vulcano* vor Anker!« erscholl dann der ersehnte Ruf.

»Signal: Kommandanten an Bord!« befahl David, und nach kurzer Zeit legten die Boote beider Schiffe an, und Mr. Harland und Mr. Wilson wurden von der Wache empfangen. Es war ein herzliches Wiedersehen mit beiden, und Andrew Harland überraschte David mit der Nachricht, daß die russisch-türkische Flotte morgen früh nach Messina auslaufe. »Admiral Ushakow hat schon gedacht, Sie kehrten nicht rechtzeitig zurück.«

»Ich habe hier auch noch zu tun, wie ich Ihnen gleich berichten werde. Ich setze danach auf die *Shannon* über, sie übernehmen die *Thunderer*, und ich werde Ushakow schnell einholen. Heute abend muß ich ihm das dann noch erklären. Aber nun zu unserer nächsten Aufgabe.«

Er bat die beiden Kommandanten und Mr. Watt vor die Karte und erklärte, wie er in der kommenden und – falls erfolglos – in der Nacht darauf den Kaperschoner anlocken und vernichten wolle.

»Es könnte klappen, Sir, aber es wäre auch möglich, daß er nicht anbeißt oder einen anderen Kurs nimmt«, bemerkte Kapitän Harland skeptisch.

David zuckte mit den Schultern. »Damit müssen wir rechnen, aber ich fürchte, mehr als zwei Nächte kann ich nicht warten. Danach könnten Sie es noch einige Nächte versuchen, Mr. Harland, aber ohne die *Shannon* ist die Falle nicht so gut.«

Als die Kommandanten gegangen waren, rief er

nach Gregor und ließ seine Gig fertigmachen. Jetzt mußte er schnell zu Ushakow und ihm berichten.

Ushakow schien ein wenig konsterniert, daß David nicht mit der verbündeten Flotte segeln wolle. Er fand sich dann jedoch damit ab, daß David ihm keine Einzelheiten über die wichtige Angelegenheit mitteilte, die er noch vorher erledigen müsse. »Na, Sie werden wieder Futter für den Galgen bringen«, sagte er dann. »Der Othakis mit den Lichtsignalen wurde übrigens zum Tode verurteilt und vor zwei Tagen hingerichtet. Und die Offiziere dieses albanischen Hauptmanns sollen Ihnen den Tod geschworen haben, bevor sie Korfu verlassen mußten. Seine Knaben haben wir den Nonnen übergeben. Arme kleine Kerle!«

Sie wußten, daß der Schoner fast immer die Westküste Korfus entlang gesegelt war und dann bei einer Ortschaft zugeschlagen hatte. Die *Thunderer* hatte daher am Kap Kefali, am Kap Arila und am Kap Angelokastro Ausgucke mit Blendlaternen ausgesetzt, die den vorübersegelnden Schoner melden sollten.

Am späten Abend legte sich das Mörserschiff *Vulcano* in eine kleine Bucht nördlich von Angelokastro. Die *Thunderer* versteckte sich hinter der kleinen Klippe Ortholithos, und die *Shannon* wartete in einer Bucht. Vor der *Vulcano* ankerte das alte Handelsschiff. Die Dunkelheit war so weit vorgeschritten, daß man kaum noch etwas sehen konnte.

David stand auf dem Achterdeck der *Thunderer* und spähte durch sein Nachtglas. Alex stand neben ihm und begann leise zu knurren. David blickte sich um und sah den Pfarrer. »Ach, Mr. Pater, wollen Sie noch etwas frische Luft schnappen?«

»Ja, Sir, und ich bin neugierig, wie Sie den Schoner anlocken wollen.«

»Wenn uns sein Kommen gemeldet wird, Mr. Pater, will ich auf einen menschlichen Urinstinkt, die Neugier, spekulieren. Die *Vulcano* wird durch Schüsse ohne Kugeln ein Gefecht vortäuschen. Das Wrack wird zu brennen anfangen, und das Spektakel wird hoffentlich den Schoner anlocken, weil er auch sehen will, ob was für ihn abfällt. Dann schlagen *Shannon* und *Thunderer* aus der Dunkelheit zu. Ich kann nur hoffen, daß der Schonerkommandant nicht so ein mißtrauischer Mensch wie ich ist, der bei allem Ungewöhnlichen zuerst eine Falle vermutetet.«

»Sir, Sie sind doch nicht als Mensch mißtrauisch, nur als Kommandant, weil Sie die Verantwortung für Ihre Besatzung so stark empfinden.«

»Sie wollen mir doch nicht so spät am Abend noch Komplimente machen«, scherzte David und war ein wenig erleichtert, daß der Master hinzukam und meldete, wie sich der Wind in den nächsten Stunden verhalten werde.

Sie warteten in dieser Nacht vergeblich auf die Lichtzeichen, die den Schoner ankündigen sollten. Die Mannschaften schliefen an den Geschützen, aber David und die Offiziere gingen unruhig auf dem Achterdeck hin und her. Ab und an kam Edward und schenkte Kaffee aus.

Als die Dämmerung einsetzte, verbargen sich die Schiffe im Hafen St. Nicolas.

Am nächsten Abend begann die Warterei von neuem. »Und wenn der Schoner nun am Tag hier vorbeisegelt?« fragte Bootsmann Jenkins den Master.

»Am Tag fangen wir ihn sowieso nicht. Er ist viel schneller als wir. Nur bei nächtlicher Überrumpelung haben wir eine Chance. Und er ist ja auch meist nachts an der Küste aufgetaucht und hat ein Dorf überfallen.«

»Na, dann warten wir mal wieder«, sagte Jenkins resignierend.

Es war schon nach Mitternacht, als der Ausguck meldete: »Signal: Schiff bei Kap Kefali!«

David hatte das Zeichen auch gesehen und befahl dem Master: »Nehmen Sie die Zeit, Mr. Douglas!«

Auf der *Thunderer* wurden Schläfer wachgerüttelt. Bei allen stieg die Spannung. Mr. Watt schärfte den Nachtausgucken noch einmal ein, auf keinen Fall in das Feuer auf dem alten Kahn zu schauen.

»Da war wieder das Signal. Kurz-lang-kurz zur Einleitung. Dann zweimal lang und wieder kurz-lang-kurz. »Zweimal lang. Er ist also bei Kap Arila. Was für eine Geschwindigkeit ergibt das, Mr. Douglas?« fragte David.

»Drei Knoten, Sir.«

David überlegte. Bei diesem Wind würde der Schoner kreuzen müssen, um sich dem Land zu nähern. Noch zwei Meilen, dann könnte er das Geschützfeuer der *Vulcano* sehen. »Signal an *Vulcano*: In vierzig Minuten mit Schüssen beginnen. In einer Stunde Feuer auf dem Wrack zünden«, ordnete er an.

Auf der *Thunderer* standen sie an Kanonen und Segeln längst bereit. Die Buggeschütze würden mit Kettenkugeln versuchen, die Takelage des Schoners zu zerschießen, damit er nicht mehr fliehen könne. Die schweren Geschütze würden ihm dann den Rest geben.

Aber das war nur der Plan. In der Realität konnte es ganz anders kommen. David ging unruhig auf und ab.

Das Massiv der Klippe lag steuerbord von ihnen wie eine dunkle Wolke. Die Ausgucke starrten in Richtung Kap Angelokastro, und Alex horchte auch schon.

Da flackerte das Signal. Der Schoner stand querab von Kap Angelokastro. Backbord voraus zuckten Feuerzungen auf, und der Donner von Schüssen rollte herüber. Eine Leuchtrakete wurde geschossen und erhellte das Wrack. Dort zündeten sie Pulverpfannen, um Geschützfeuer vorzutäuschen. Und dann – endlich – flackerten auf dem Wrack Feuerzungen auf. Sie konnten nicht sehen, wie die kleine Besatzung vom Wrack wegruderte, und David hoffte, daß der Schoner es auch nicht sehen würde, sondern vom Geschützfeuer der *Vulcano* beeindruckt war.

Was würde der fremde Kommandant denken? Ein fremder Kaper, Tunesier vielleicht, der von einem kleinen russischen oder türkischen Schiff in Brand geschossen worden war? Was bewachte dieses Schiff dort? Ihm war es ja nicht gewachsen. Kam er näher?

Alex knurrte, und ein Ausguck rief: »Dunkler Schatten vierhundert Meter steuerbord querab!«

David ballte die Fäuste. Der Schoner mußte näher an das Wrack, sonst konnten sie ihn nicht packen. Er starrte durch sein Nachtglas, aber seine Augen waren nicht gut genug.

Der Nachtausguck meldete: »Schatten nimmt Kurs auf das Wrack! Er muß bald den Lichtkreis erreichen!«

David starrte in die Schwärze. Nur nicht die Augen vom Licht blenden lassen. Dort löste sich etwas aus der Dunkelheit. »Segel setzen! Kurs sechs Strich! Signal an *Shannon*! Batterien feuerbereit!«

Aus der Dunkelheit hörten sie, wie die Segel hinabrauschten und hier und da eine Öse quietschte. Unerträglich langsam nahm die *Thunderer* Fahrt auf. Erst jetzt gehorchte sie dem Ruder und konnte sich hinter den Schoner setzen.

Schneller, schneller! dachte David. »Zwei Strich mehr steuerbord!« Er spähte durch das Nachtglas und versuchte, die Entfernung zu schätzen. Dreihundert Meter vielleicht. Aber der Schoner konnte noch immer schnell zur See abdrehen. Jetzt änderte er den Kurs und segelte auf die *Vulcano* zu. »Kurs wieder sechs Strich!« befahl David. Jetzt hatten sie ihn gleich!

Zweihundert Meter! Sie mußten jetzt feuern, sonst geriet die *Vulcano* in ihr Schußfeld. »Buggeschütze Feuer frei!« rief David durch die Sprechtrompete. Sie schossen nicht sofort, sondern zielten sorgfältig. Dann krachten die beiden Schüsse fast gleichzeitig. Gut! Das große Segel am hinteren Mast war völlig zerfetzt.

David wartete noch eine Schußfolge der Buggeschütze ab, ließ dann das Ruder etwas herumlegen, so daß ihre Breitseitbatterien feuern konnten, und dann fetzten ihre Kugeln in den Schoner.

Auch aus der Dunkelheit jenseits des brennenden Wracks leuchteten Mündungsblitze auf. Die *Shannon* schoß auch. David atmete tief. Nun war es entschieden. Der Schoner entkam ihnen nicht mehr. Wenn er nicht die Flagge strich, würde er in Minuten ein hilfloses Wrack sein.

Der Schoner schoß noch auf die *Vulcano,* feuerte auch noch einige Schüsse in ihre Richtung, dann, als nur noch ein Mast stand und seine Breitseiten zerfetzt waren, strich er die Flagge.

»Mr. Watt. Nehmen Sie bitte die beiden Pinassen und sehen Sie, was dort noch lebt und geborgen werden kann. Vergessen Sie nicht die Pulverkammer, bevor sie entern!«

Auf dem Schoner sprangen jetzt einige über Bord.

Sogar ein Boot legte ab und wollte zum Land. David rief: »Buggeschütze Feuer frei auf das Boot! Mr. Everett und Mr. Campbell, Sie nehmen vier Landungstrupps und kämmen den Strand ab. Nehmen Sie die beiden Kutter. Gregor soll mit Alex mitgehen. Aber Tempo!«

Sie sahen im Schein der Fackeln, wie in den nächsten Stunden der Schoner an den Strand geschleppt wurde. Wenn die Ebbe kam, würde er auf Sand sitzen. Er war so beschädigt, daß er nicht mehr seetüchtig war. Die Pinassen brachten Pulver, Munition und auch Geschütze auf die *Thunderer*. Vierzig französische Gefangene halfen beim Umladen. Die Albaner und der Rest waren geflohen oder tot.

Am Strand flackerte Gewehrfeuer auf. Ihre Trupps jagten die Flüchtigen. Als die Leutnants Everett und Campbell im Morgengrauen erschöpft wieder an Bord stiegen, hatten sie zehn Männer getötet und die umliegenden Dörfer alarmiert. Wer ihnen durch die Lappen gegangen war, konnte jetzt nicht mehr gefährlich werden.

»So, die Gefahr durch den Schoner ist beseitigt. Bitte signalisieren Sie Kapitän Harland, daß wir jetzt die Kommandos tauschen. Sie bringen alles nach Korfu, und ich segle ab nach Messina. Auf ein gesundes Wiedersehen!«

»Danke, Sir, und Ihnen viel Erfolg.«

Maria Charlotta

(September und Oktober 1799)

Die Matrosen pfiffen und lachten beim Deckreinigen. Es war einer jener Morgen auf See, derentwegen man Stürme, Kälte, Regen, einfach alle Widrigkeiten der Seefahrt vergißt. Es war noch kühl, aber der Himmel mit der strahlend emporsteigenden Sonne und den vereinzelten Wolken ließ auf einen schönen Spätsommertag schließen. Heute würde man einen befreundeten Hafen erreichen. Prisengeld füllte die Taschen. Was wollte man mehr?

David stand mit einer Alltagsjacke, den obersten Knopf geöffnet, ohne Hut auf dem Achterdeck und unterhielt sich mit Thomas Foster, dem Ersten Leutnant, und Philip Woodfine, Dritter und Wachhabender, im vorigen Jahr noch Midshipman auf Davids *Ariadne*.

Der Kommodore wirkte auf die Offiziere gelöst wie selten. Und ihm war auch so. Als er auf die *Shannon* übersetzte, war es wie ein Eintauchen in seine Jugend. Hier hatte er 1774 seinen Flottendienst als Junge von dreizehn Jahren begonnen. Auf der *Shannon* war er zum Mann geworden. Auf keinem anderen Schiff hatte er so viele Jahre verbracht.

Und gestern hatte ihnen die *Falcon* auf ihrem Weg nach Korfu Post aus Palermo gebracht. Alle in der Heimat waren wohlauf, alle waren glücklich. Britta schrieb, daß sie selten einen so schönen Sommer erlebt habe. Die Insel Wight werde nicht mehr von marodierenden Soldatentrupps heimgesucht. Die Kinder seien in einer zufriedenen, glücklichen und heiteren Phase. Die Bewohner des Heims für Waisen und Invaliden hätten sich eingelebt und empfanden tiefe Dankbarkeit für die geschenkte Sicherheit. »Kaum auszudenken, wenn du noch hier wärst, mein Geliebter.«

David hatte gerade wohlig verträumt an diesen Brief gedacht und nicht gehört, was Phillip Woodfine soeben gesagt hatte. Er wiederholte es auf Davids Rückfrage: »Kap dell' Armi steuerbord querab, Sir.« David warf einen kurzen Blick zum Land und sagte: »Dann dauert es ja nicht mehr lange, und wir erreichen Messina.«

Das russische und das türkische Geschwader lagen auf der Reede von Messina, und die *Shannon* begrüßte sie mit Salut. David hatte seine Extrauniform angezogen und ließ sich zum Flaggschiff von Ushakow übersetzen. Gregor steuerte die Gig, und auch Alberto Rosso hatte wie Davids Diener Edward auf die *Shannon* gewechselt.

Ushakow begrüßte David gutgelaunt. »Sie kommen gerade rechtzeitig zu dem großen Ball, der heute abend zu Ehren der alliierten Flotten in Messina veranstaltet wird. Ich habe mit den Gastgebern schon besprochen, daß auch Sie und Ihre Offiziere herzlich willkommen sind.«

Flaggkapitän Myatlev wandte lächelnd ein: »Das war sehr leichtsinnig, Gospodin Admiral. David Karlowitsch ist sehr beliebt bei den Damen. Er hat uns schon immer in Kopenhagen, Riga oder St. Petersburg die schönsten Tänzerinnen abspenstig gemacht.«

Alle lachten, und David antwortete: »Keine Sorge, Nikolai Iwanowitsch. Inzwischen bin ich glücklich verheiratet und habe zwei Kinder.«

Ushakow hob den Zeigefinger und drohte lächelnd. »Kursiert in der britischen Flotte nicht das Sprichwort: ›Östlich von Gibraltar ist jeder Mann ein Junggeselle‹?«

David nickte schmunzelnd und beteuerte, das sei nur ein Sprichwort, keine Verhaltensregel.

Das helle Licht und die Hitze der vielen Leuchter empfingen David und seine Offiziere, als sie am Abend den Palast betraten. Es war eine farbenprächtige Gesellschaft, denn in Messina war auch eine Einheit der britischen Armee stationiert, die mit ihren roten Röcken dem Leutnant der Seesoldaten von der *Shannon* Konkurrenz machte. Das britische Flottenblau war in der Minderzahl. Die Russen mit ihrem Weiß-Grün dominierten, aber dann mischten die italienischen Damen mit ihren bunten Garderoben noch aparte Farbtupfer hinzu.

Ushakow, der Türke Kadir Bey, der königliche Statthalter, der Bürgermeister, sie alle mußten von David begrüßt werden. Er hatte ihnen die Offiziere vorzustellen, so daß er zunächst keine Zeit hatte, die Gesellschaft zu studieren oder sich den Getränken zu widmen.

Er steckte noch in dieser Empfangstour, als der Tanz

eröffnet wurde, und er merkte einigen seiner Offiziere die Ungeduld an. Kaum waren die letzten Höflichkeitsfloskeln gewechselt, da beurlaubten sich auch schon die jüngeren Herren und schwärmten aus, um sich bei Tänzerinnen einführen zu lassen. Der Erste Leutnant, Thomas Foster, schien kein Tänzer zu sein. Er blickte interessiert zum Nebenraum hin, in dem das Büfett aufgebaut war.

»Ich weiß nicht, wie Sie darüber denken, Sir David«, sagte er. »Ich habe als Midshipman mit Mühe ein Menuett gelernt. Aber jetzt zelebrieren sie ja Dutzende verschiedener Tänze. Mir kommt es vor, als tauche auf jedem Ball ein neuer auf.«

David mußte lachen. Es stimmte ja. Seit Ausbruch der Französischen Revolution vor zehn Jahren waren immer mehr ursprüngliche Volkstänze salonfähig gemacht worden und erfreuten sich bei der Jugend großer Beliebtheit, weil sie lockerer und weniger formelhaft waren.

»Sie sollten es probieren, Mr. Foster. Man braucht ja nicht mehr so kunstvolle Figuren zu beherrschen. Man hopst im Takt der Musik und kann seine Tänzerin ordentlich drücken, was wohl der Grund für die Beliebtheit dieser Tänze ist.«

»Nichts für mich, Sir David. Wenn Sie erlauben, erkunde ich mal das Büfett.«

David blickte umher. Der königliche Statthalter hatte Damen bei sich. Da mußte er zumindest einige Anstandstänze absolvieren. Die Dame, die er ausgewählt hatte, sah gut aus, tanzte leichtfüßig und mit Gefühl für die Musik. Aber sie sprach nur italienisch, und das begrenzte die Konversation sehr.

Bei der nächsten Dame war das rhythmische Gefühl weniger entwickelt, dafür aber sprach sie recht passabel französisch, so daß es zu einem Gedankenaustausch kam. David war erstaunt, wie ungeniert sie sich über ihren König lustig machte und auch offen darüber sprach, wie Lord Nelson und Emma dem britischen Gesandten Hörner aufsetzten.

David trank Champagner und merkte, wie er ihn beflügelte. Er tanzte mit einer sehr attraktiven jungen Dame, konnte mit ihr englisch sprechen und amüsierte sich köstlich. Er nahm sich einige Happen vom Büfett, trank noch ein wenig und ging dann zu einer geöffneten Tür, die den Blick auf den Balkon und den Hafen freigab.

Ihm kam eine junge Frau entgegen, die er zunächst nur im Halbdunkel sah, bis das Kerzenlicht sie erhellte, als sie unmittelbar vor ihm stand. Sie hatte lange, schwarzgelockte Haare, blasse Haut, ein feingeschnittenes Gesicht und eine wohlgeformte Figur. »Maria Charlotta, du?« stammelte er und faßte sich an den Hals.

»Woher kennen Sie mich?« fragte die junge Dame in akzentgefärbtem Englisch.

»Maria! Das ist doch über zehn Jahre her, und du bist unverändert, eher jünger. Wie ist das möglich? Maria Charlotta! Nun sag doch etwas!« stieß er hervor.

Die junge Dame schaute ihn mitfühlend an. »Sie müssen David Winter sein, der britische Kapitän der Zarin. Meine Tante erzählt immer von Ihnen. Kommen Sie.« Sie führte ihn an einen kleinen Tisch. David schien jede Initiative verloren zu haben. Ein Diener reichte ihnen Champagner. David trank der Dame zu und gewann wieder seine Fassung.

»Sie sprechen von einer Tante. Ich kannte anno neunundachtzig eine Maria Charlotta, die Frau des russischen Gesandten in Kopenhagen. Ich habe sie sehr bewundert.«

»Sie waren ihr Geliebter, die große Liebe ihres Lebens. Sie ist Witwe und lebt zurückgezogen an der Küste im früheren Staat des Heiligen Stuhls. Ich besuche sie sehr oft. Sie ist eine schöne und kluge Frau. Ich wurde auf ihren Vornamen getauft.«

Davids Augen schienen in die Vergangenheit zu blicken. Dann sah er die junge Frau an. »Sie sind ihr wie aus dem Gesicht geschnitten. Auch Ihre Mimik, Ihre Gestik, Ihre Sprache. Es ist, als ob sie Zwillingsschwestern wären.«

»Das sagen viele, und es macht mich stolz.«

»Das kann es auch. Sie sind wie Ihre Tante eine bezaubernde Schönheit. Würden Sie mir die Gunst erweisen und mit mir tanzen? Diesen Tanz hat auch Ihre Tante mit mir getanzt.«

Maria tanzte mit ihm. Sie tanzte leicht, paßte sich dem Partner an, plauderte und sah ihn prüfend an. Er erfuhr, daß der viel ältere Ehemann der Tante, der Gesandte, vor acht Jahren gestorben sei und ihr ein Vermögen hinterlassen habe, das es ihr ermöglichte, in ihre Heimat zurückzukehren und dort ein sorgenfreies Leben zu führen. Allerdings habe sie sich ein Palais im Kirchenstaat gekauft, weil ihr die neapolitanische Regierung zutiefst suspekt war.

Sie tanzten auch den nächsten Tanz und den übernächsten. Sie fanden Gefallen aneinander. David bezauberte ihre Schönheit, ihre Grazie, ihr natürlicher Charme. Maria Charlotta war beeindruckt von der männlichen Kraft, die David ausstrahlte, von dem Gesicht, dessen Falten und Narben von Erfahrung und Abenteuern zeugten, von seiner lebhaften Intelligenz, die wieder in den Vordergrund trat, nachdem er seinen anfänglichen Erinnerungsschock überwunden hatte.

Sie trennten sich nicht mehr an diesem Abend, und das fiel auf. Myatlev und Tomski traten ihnen lachend in den Weg, entschuldigten sich bei Maria für die Unterbrechung und sagten zu David: »Nun, was haben wir gesagt, immer hat David Karlowitsch die schönste Tänzerin.«

David übersetzte für Maria Charlotta, die sich für das Kompliment durch einen angedeuteten Knicks bedankte, und erklärte dann: »Boris Nikolajewitsch, erinnern Sie sich nicht an die Frau des russischen Gesandten anno neunundachtzig in Kopenhagen? Das ist ihre Nichte.«

Tomski griff sich an den Kopf. »Und ich grübelte immer, weil mir die junge Dame so bekannt vorkam. Was für eine Ähnlichkeit.« Er erklärte es kurz Myatlev, der in Kopenhagen noch nicht zu Davids Besatzung gehört hatte, und beide dienerten tief vor Maria Charlotta und küßten ihre Hand. »Ihre Tante war eine wunderschöne Frau, aber Sie sind fast noch schöner«, bekannte Tomski.

Maria Charlotta wurde rot, als David übersetzte, beugte sich vor und küßte Tomski auf die Wange. Der war beeindruckt.

»Sie haben einen tapferen und treuen Mann für immer als Verehrer gewonnen, Maria Charlotta«, sagte David.

»Hoffentlich nicht nur einen dieser tapferen und treuen Männer«, und sie sah David vielversprechend an.

David wich ihren Augen aus. Sie hatte in seinem Inneren etwas getroffen, was er bisher verdrängt hatte.

Er war ja auf dem besten Wege, Britta untreu zu werden. Was war er nur für ein Mensch? Er liebte Britta, liebte seine Kinder, aber wenn eine schöne, charmante junge Frau ihm Avancen machte, dann zählte das alles nicht. Sei doch nicht so prüde, schalt er sich im gleichen Augenblick. Es ist doch nichts geschehen. Und wenn, wer muß es erfahren? Östlich von Gibraltar ist jeder Mann ein Junggeselle. Und dann überwog wieder das Schuldgefühl alles andere.

Mit dem Instinkt der klugen Frau spürte Maria Charlotta, daß David mit Schuldgefühlen kämpfte. »Sir David, warum stellen Sie und Kapitän Tomski mir nicht die Herren vor, die mit Ihnen gekommen sind? Und dann wird es wohl auch Zeit für mich zu gehen.«

Tomski stellte ihr einige russische Offiziere vor und erwähnte immer, daß ihre Tante die Frau des russischen Gesandten in Kopenhagen war. »David Karlowitsch und ich haben sie anno neunundachtzig kennengelernt.«

David stellte ihr Leutnant Foster vor, der sich noch den Mund vom Büfett abwischte, und den jungen Phillip Woodfine, der vor Bewunderung stotterte. Schließlich kam sie, bei beiden Kavalieren leicht eingehakt, auch zu Admiral Ushakow, und der königliche Statthalter stellte sie als Tochter eines sizilianischen Adelsgeschlechtes vor.

Ushakow küßte Maria Charlotta galant die Hand und betonte, daß Rußland und England in edler Waffenbrüderschaft vereint der Schönheit huldigten. Maria Charlotta versank im Hofknicks, sagte noch einige freundliche Worte und bat dann: »Würden Sie mich bitte zur Garderobe führen, Sir David? Dann wird man mir die Kutsche rufen.«

David reichte ihr seinen Arm und führte sie durch

den Saal. »Werden wir uns wiedersehen?« fragte er leise.

»Ich kann Ihnen Messina und seine nähere Umgebung zeigen, Sir David, wenn Sie im Palais Margotta mitteilen lassen, wann es Ihnen recht ist. Ich bedanke mich für den wunderschönen Abend, den ich in Ihrer Gesellschaft erlebte.«

David schlief nicht gut in dieser Nacht. Er konnte seine Gedanken nicht von Maria Charlotta lösen, die der wunderbaren Geliebten der Kopenhagener Zeit so ähnlich war. Aber mit ihrem Bild schob sich auch immer Britta mit den beiden Kindern in seine Gedanken. Hatte er sich zur Treue entschlossen, dann lockten ihn Maria Charlottas Arme. Wollte er ihr folgen, dann traten lachend Britta und die Kinder dazwischen.

Die Wachen wunderten sich, warum er so oft mit Alex an Deck erschien und umherschaute. »Wat is denn det für eena, dein Kommodore?« fragte ein Maat am nächsten Morgen Gregor. »Alle paar Stunden kommt der an Deck und schnuppert mit die Töle umher.«

Gregor antwortete: »Er riecht Gefahren oft vorher. Daher sind die *Thunderer* und die *Bulldog* nicht verbrannt. Naja, mal kann er sich auch irren.«

David hatte sich am nächsten Tag gerade entschlossen, eine Nachricht zu Maria Charlotta zu senden, da bat ihn ein russischer Fähnrich zu Ushakow. David warf sich seufzend in seine gute Uniform und ließ sich zum Flaggschiff rudern. Bei Ushakow waren der russische Gesandte an Neapels Hof und ein Herr Italinski, der Koordinator für die russischen Militäraktionen in Italien. Weitaus bedeutender als Ushakows Rolle waren für Italien ja bisher Marschall Sukurows russische Truppen, die über die Schweiz nach Norditalien einmarschiert waren und die Franzosen in mehreren Schlachten geschlagen hatten.

Beide Herren wollten nun Ushakows Besuch bei Nelson in Palermo vorbereiten und orientierten sich bei David über die britische Position. David konnte ihnen wenig sagen. Von den Sieben Inseln aus wußte er ja nicht, wie die augenblicklichen Planungen für Malta, Ägypten oder Norditalien standen.

Aber am nächsten Tag verwirklichte David seinen Plan, und bald war die Ausfahrt mit Marie Charlotta für den Nachmittag arrangiert. Es war nicht einfach, den treuen Gregor fernzuhalten, der David ja auf allen Landausflügen beschützen wollte. David benutzte verschiedene Notlügen, ließ sich erst zum Hafenadmiral rudern und an einer nahegelegenen Kirche von der Kutsche abholen.

»Haben Sie die Kirche besichtigt oder haben Sie gebetet, Sir David?« fragte Maria Charlotta nach der Begrüßung. Er schob eine Besichtigung vor, und sie schlug sofort viel schönere Kirchen vor. »Lassen Sie uns doch erst ein wenig die Umgebung erkunden«, bat David, und sie gab dem Kutscher die entsprechenden Instruktionen.

Sie trug ein Sommerkostüm, das ihre Figur betonte und ihr sehr gut stand. Sie wirkte auf David aber unsicher und verwirrt. Er bestritt die Unterhaltung zunächst und erzählte von den Sieben Inseln und ihrer Gefährdung durch albanische Räuber und nordafrikanische Piraten.

»Woher haben Sie die Narben im Gesicht, die feinen Linien?« fragte sie unvermittelt.

David sprach nicht gern über diese Wunden und war daher in seinem Bericht über die Folterung im Vodoo-Lager eher wortkarg. Dennoch erschütterten sie die Qualen, die er damals erdulden mußte, sehr. Sie griff nach seiner Hand und sagte: »Sie Armer. Gibt es für Sie denn auch eine angenehme Erinnerung an dieses furchtbare Haiti?«

»O ja!« antwortete David und erzählte von seiner Bekanntschaft mit Toussaint Louverture. Seine Bewunderung für diesen Mann ließ ihn lebhaft werden, und seine Schilderung des Abschieds rührte Maria Charlotta.

»Was für aufregende Dinge erleben Sie. Wie anders ist Ihr Leben als das der Landbewohner, die hier in diesem kleinen Dörfchen wohnen. Große Ereignisse lassen Menschen groß werden, sagt man doch.«

David wehrte ab und verwies darauf, daß auch das Leben in diesem kleinen Dörfchen an der Straße von Messina seine Höhen und Tiefen habe. »Lassen Sie uns ein wenig aussteigen und zu dem kleinen Brunnen dort gehen, aus dem die Winzer sicher ihr Wasser schöpfen, wenn sie in den umliegenden Weingärten arbeiten.«

Sie setzten sich auf eine kleine Steinbank, die an dem Brunnen stand, und blickten auf das Meer und die Berge des gegenüberliegenden Festlandes. Ruhe und Frieden waren fast mit Händen zu greifen. Nach einer Zeit des Schweigens sagte Maria Charlotta: »Meine Tante sagte einmal zu mir, es gäbe für eine Frau nichts Schöneres, als von einem Mann wie Ihnen in die Liebe eingeführt zu werden.« Sie sah David dabei nicht an.

David war von widerstreitenden Gefühlen zerrissen. Einerseits wollte er dieses schöne, junge und unschuldige Geschöpf in seine Arme ziehen und es mit Küssen überschütten. Andererseits wollte er Britta, die er liebte, die er achtete und der er vertraute, und seinen Kindern treu bleiben.

Er seufzte und sagte dann: »Ich wäre überglücklich, Ihre Liebe zu erringen, nach der sich jeder Mann nur sehnen kann. Aber ich darf es nicht. Ich liebe meine Frau und meine Kinder. Wie soll ich ihnen unter die Augen treten? Wie könnte ich Ihre Liebe verdienen, wenn ich Ihnen nicht mein ganzes Leben geben kann.«

Sie sah lange schweigend auf das Meer, folgte mit den Blicken den Möwen, die kreischend von den Felsen zum Wasser stürzten, und blickte dann auf ihre Hände.

»Vielleicht müßte ich mich schämen, für das, was ich gesagt habe und noch sagen werde. Aber ich kenne Sie durch meine Tante doch schon so lange und so intim. Wenn ich an einen Liebhaber und künftigen Mann dachte, war er wie Sie. Nun weiß ich, daß Sie nicht mein künftiger Mann sein können. Aber wem nehmen wir etwas weg, wenn wir uns hier, fernab von England, lieben? Ich weiß nicht, ob es Sünde ist. Meine Tante, die sehr eigenwillig im Glauben ist, würde sagen, daß es Sünde sei, mich mit einem viel älteren Mann verheiraten zu lassen, ohne vorher gelebt und geliebt zu haben.«

David atmete heftig und legte seinen Arm um sie. »Du hast in allem recht, Maria Charlotta. Aber ich bin innerlich noch nicht bereit. Laß mir bitte etwas Zeit. Ich bete dich an und begehre dich. Aber ich kann dir noch nicht geben, worauf du Anspruch hast.« Er zog sie an sich und küßte sie auf die Wange. Sie lehnte sich einen Augenblick an ihn und sagte dann »Komm, wir fahren zurück.«

Sie sagten nicht viel auf der Rückfahrt, und als David

die Kutsche verließ, sah er Tränen in ihren Augen. Er küßte ihre Hand und ging davon.

Die nächsten Tage nahm der Dienst David sehr in Anspruch. Ushakow hatte von der russischen Verwaltung hunderttausend Rubel für ausstehende Heuer, für dringende Reparaturen und die Ergänzung der Vorräte erhalten. Er schien förmlich aufzuleben, entsandte eine russische Flottille nach Neapel und eine andere nach Genua.

David sprach zu Myatlev über diese neue Aktivität, und dieser sagte: »Sie kennen ihn nur fern der heimatlichen Stützpunkte und von Sorgen über seine verrottenden Schiffe und seine fast unlösbare Aufgabe zerfressen. Er ist anders. Ich habe hier viel von Lord Nelsons Verhalten in Neapel gehört. Das würde Admiral Ushakow nie tun. Er ist auch auf den Sieben Inseln immer denen in den Weg getreten, die sich an unterlegenen Feinden rächen wollten. Ein Wehrloser und Gefangener braucht bei ihm nichts zu fürchten. Ich bin stolz, einem solchen Mann zu dienen.«

David schwieg betreten.

Als dann nach einigen Tagen die Sehnsucht nach Maria Charlotta übermächtig wurde und er im Palais Margotta nachfragen ließ, ob ihr eine Ausfahrt angenehm sei, richtete man aus, sie sei abgereist. Nein, man sei nicht ermächtigt, ihr Reiseziel zu nennen.

David machte sich die heftigsten Vorwürfe, daß er die Liebe dieser begehrenswerten jungen Frau zurückgewiesen habe, und betrank sich allein in seiner Kajüte, was er sonst nie tat. Edward, sein Diener, mußte ihn in sein Bett bringen und konnte sich gar nicht genug wundern.

Dann erschien Ushakows Flaggleutnant und meldete, daß die Flotten am nächsten Morgen nach Palermo absegeln würden. David war es recht. In Messina kam er nicht mehr zur Ruhe, und auch im Hinblick auf seine Aufgabe bei den Sieben Inseln nagte die Wartezeit an seinen Nerven.

Am 1. September 1799 erreichte die russisch-türkische Flotte die Bucht von Palermo und fand nicht nur die britische Flotte vor Anker, sondern auch russische Linienschiffe und Fregatten. »Das ist bestimmt ein Teil der baltischen Flotte«, sagte David zu Leutnant Foster. »Und wenn mich nicht alles täuscht, treffe ich hier auf zwei Kameraden aus meiner Zeit in der baltischen Flotte.«

Aber erst mußte sich David bei Lord Nelson melden, der ihn auf seinem Flaggschiff *Foudroyant* erwartete, und traf ihn in einer fast melancholischen Stimmung. Nelson schien inaktiv, begrüßte zwar das Erscheinen der russisch-türkischen Flotte, erwartete aber wenig Ergebnisse von seinem Treffen mit Ushakow.

David teilte Nelson mit, daß Ushakow tatkräftiger geworden sei, seitdem er eine größere Summe aus Rußland erhalten habe. »Admiral Ushakow war ja auch in einer wenig beneidenswerten Situation. Seine Flotte verrottete, seine Mannschaften hatten lange keine Heuer, jede der Sieben Inseln verlangte eine andere Politik von ihm, und die ungeliebten Türken mußten mühsam gebändigt werden, damit sie nicht die eigenen Verbündeten ausplünderten.«

Nelson sah ihn von der Seite an. »Wie schön, daß Sie soviel Verständnis für unseren auch nicht ganz einfachen Verbündeten haben, Sir David. Es wäre mir lieb, wenn Sie morgen bei meinem Besuch bei Admiral Ushakow anwesend wären, um die Einführung zu erleichtern.«

Als David zur *Shannon* zurückkehrte, sah er schon ein Boot der neuen russischen Schiffe bei der *Shannon* liegen. Vorfreude stieg in ihm auf.

Auf dem Achterdeck standen zwei russische Offiziere mit Leutnant Foster und bemühten sich um eine Unterhaltung, die sehr mühselig war, da Foster kein Wort Russisch und nur wenige Worte Französisch sprach, während der englische Wortschatz der Russen auch sehr begrenzt war.

Als die Russen hörten, wie die Wache präsentierte und Pfeifen und Trommeln zu Davids Begrüßung an Bord erklangen, drehten sie sich erwartungsfroh um und strahlten David entgegen. David blickte auf Alexej Gregorowitsch Kalmykow, einst sein Midshipman und dann sein Vierter Leutnant auf dem Linienschiff *Konstantin,* jetzt in der Uniform eines Kapitäns, gereifter, männlicher. Und neben ihm Fürst Sorotkin, einst sein Midshipman, nun Leutnant.

Die Erinnerungen überwältigten David fast. Als er die beiden zuletzt gesehen hatte, waren sie ihm nach seinem Duell bei der Flucht aus Rußland behilflich gewesen. Diese unwandelbar treuen Gefährten! Er breitete die Arme aus, und sie umarmten sich vor den staunenden Augen der britischen Besatzung, küßten sich auf die Wangen und stammelten ihre Namen.

Gregor sah ihnen zu und rieb sich die Augen. Neben ihm sagte einer: »Guck dir doch diese Rußkis an, und unser Kommodore ist ja auch ein halber. Die knutschen sich was ab.«

Gregor sah ihn böse an und ballte die Faust. »Das sind hervorragende Kämpfer und Freunde. Ein Dutzend von deiner Sorte wiegt nicht einen von denen auf.«

Da sahen die beiden Russen Gregor. »Der junge blonde Riese ist noch bei Ihnen, David Karlowitsch. Er ist ja noch kräftiger geworden.«

David sagte: »Er ist immer mein treuer Gefährte, war mit mir im Kanal und in der Karibik.« Er winkte Gregor heran, und der war schon Engländer genug, die ausgestreckten Hände der russischen Offiziere zu schütteln und nicht ergeben zu küssen, wie er es als Muschik gelernt hatte.

David ging mit den beiden Russen in die Kajüte, und Edward hatte schon den Wodka herausgestellt. Sie stießen an, und dann wollten alle fast gleichzeitig alles wissen über »Weißt du noch?« und »Wie ist es dir seitdem ergangen?« Nach einer Weile hielten sie inne, und Kapitän Kalmykow sagte: »Heute abend müssen Sie mein Gast sein, David Karlowitsch. Myatlev und Tomski haben auch zugesagt. Aber ein Abend reicht ja nicht, um alles zu erzählen.«

»Alexej Gregorowitsch«, antwortete ihm David. »Ich muß morgen früh anwesend sein, wenn Lord Nelson Admiral Ushakow besucht. Da kann ich am Abend vorher nicht Eimer voll Wodka in mich hineinschütten. Und das haben Sie doch vor.«

Kalmykow beteuerte lachend, er wisse ja, daß David kein richtiger Russe sei, und werde ihm nur ein kleines Gläschen anbieten. Fürst Sorotkin ergänzte: »Wir haben auch einen guten Portwein für Sie, wenn Ihnen der Wodka zu gefährlich ist. Meine Tante, die Sie übrigens herzlich grüßen läßt, sagte mir, daß Sie gern einen Port trinken.«

Nun scherzte David noch etwas über die jungen Leute, die keinen Respekt mehr vor dem Alter hätten, und dann trennten sie sich bis zum Abend.

Der nächste Morgen war hart, obwohl David nur die Hälfte der ihm in die Hand gedrückten Gläser getrunken hatte. Er lief nackend an Deck und ließ sich zum stillen Amüsement der Mannschaft mit der Deckpumpe abspritzen. Edward mußte ihm viel Kaffee servieren, ehe er sich endlich in seine beste Uniform kleidete und von seiner Gig zu Nelsons Flaggschiff rudern ließ. Er stieg in Nelsons Boot um, und dann kam dieser schon das Fallreep hinunter, und sie wurden zu Ushakows Schiff gerudert.

Nelson stieg als ranghöchster Offizier zuerst das Fallreep hinauf, begleitet von den Klängen der russischen Kapelle. Aber an Deck wartete Nelson, bis David neben ihm stand, und trat erst dann zur Begrüßung auf Ushakow zu, der ihn an Deck erwartet hatte. David übernahm die Vorstellungen. Ushakows Uniform war nur mit einem einzigen Orden geschmückt, während Nelsons Brust wieder völlig bedeckt war. Beide begrüßten sich distanziert, und David hatte nur Formeln über die Genugtuung des persönlichen Kennenlernens, die Vertiefung der Waffenbrüderschaft und ähnliche Allgemeinplätze zu übersetzen.

Dann wurde Vizeadmiral Kartsov vorgestellt, der das baltische Geschwader nach Palermo geführt hatte, Kapitän Myatlev und Oberst Tomski von der russischen Seite, Kapitän Hardy und ein Oberst der Seesoldaten von der britischen Flotte.

In der Kajüte war David danach vorwiegend Zuschauer, denn beide Admirale hatten ihre zivilen

Dolmetscher, die nun nicht nur die Trinksprüche, sondern auch das amtliche Gespräch übersetzten.

David konnte nur mühsam seine Überraschung verbergen, als Nelson berichtete, daß die Portugiesen ihre Schiffe von Malta abgezogen hätten und daß bei dem Mangel an Soldaten nun auch keine Möglichkeit bestehe, La Valetta, die Hauptstadt, in absehbarer Zeit einzunehmen. David wußte, daß Nelson die Portugiesen zur Fortsetzung der Blockade bewogen hatte und daß Nelson Soldaten zugesagt worden waren. Aber Nelson wollte die Russen nun nicht auf Malta haben, und da schienen ihm falsche Angaben eine erlaubte List.

Ushakow, der den Wunsch des Zaren kannte, als Maltas Schirmherr die Insel zu befreien, antwortete brummig und ungehalten, das werde seinen Plan, nach Malta zu segeln, nicht beeinträchtigen. Nelson redete nun lebhaft auf ihn ein, nannte ihn schmeichelnd den Befreier der Adria und beschwor ihn im Namen König Ferdinands, nach Neapel zu segeln und mit der Vertreibung der Franzosen aus den italienischen Staaten sein Befreiungswerk zu krönen.

Ushakow blieb bei seiner Position, und während die Offiziere in einer Gesprächspause zum Büfett gingen, wurde David von Kapitän Hardy beobachtet. Er sah, mit welcher Herzlichkeit einige der Russen mit David umgingen, wie auch Ushakow ihm freundlich begegnete, während sich sonst sein Gesicht verschloß, wenn ein Brite auf ihn zutrat. Hardy blieb nicht verborgen, daß auch Nelson das bemerkte. Hardy wußte, daß David loyal war und Nelsons Tricks nicht verraten würde. Aber er sah Nelsons Gesicht an, daß der davon nicht überzeugt war.

David war nicht aufgefallen, wie seine Kontakte mit

seinen alten Kameraden beobachtet worden waren. Aber er kannte Nelsons Vorbehalte ihm gegenüber und war nicht sehr überrascht, als ihm mitgeteilt wurde, seine Anwesenheit beim Gegenbesuch Ushakows auf Nelsons Flaggschiff sei nicht erforderlich, da sich die Herren ja nun kannten. Gleichzeitig wurde ihm aber die Einladung zum Ball des Königs am folgenden Abend überbracht.

Nun gut, dachte David und setzte für den folgenden Tag eine Inspektion auf der *Shannon* an.

Leutnant Foster und die Offiziere der *Shannon* wußten nichts von den Erfahrungen, die David bei seinem ersten Ball in Palermo gesammelt hatte, und waren daher erstaunt, daß er einen Trupp Seesoldaten zur Begleitung abordnete und verbot, daß jemand einzeln zum Schiff zurückkehre. Auch Gregor und Alberto begleiteten sie mit ihren Waffen.

Diesmal wurde David von Nelson persönlich dem König und der Königin vorgestellt und begrüßte dann noch Sir Hamilton und Lady Emma sowie den Premierminister. Dann entließ man ihn in das Gewühl, und die russischen Offiziere, die sich ein wenig fremd fühlten, gesellten sich zu ihm. Kapitän Hardy sah, wie sich Nelsons Gesicht verfinsterte.

Ushakows Kapitän Myatlev zog David auf die Seite. »David Karlowitsch, Sie wissen, wie sehr Ushakow darauf brennt, Malta für den Zaren zu erobern. Aber Nelson betont immer wieder, daß er keine Schiffe für die Blockade und keine Soldaten für die Erstürmung La Valettas habe. Und die Minister König Ferdinands beschwören Ushakow, er solle Italien befreien. Was soll ich ihm nur raten?«

David atmete tief. »Nikolai Iwanowitsch, auch als alter Freund kann ich Ihnen nicht helfen. Das müssen Sie selbst entscheiden. Selbst wenn ich etwas wüßte, was Lord Nelson verschweigt, ich dürfte es Ihnen aus Loyalität gegenüber meinem Land nicht sagen. Das müssen Sie verstehen, Nikolai Iwanowitsch. Wenn Sie persönlich meine Hilfe brauchen, geht mir die Freundschaft über die Loyalität. Aber in politischen und militärischen Fragen muß ich anders handeln.«

Myatlev nickte. »Ich verstehe Sie, David Karlowitsch. Hoffentlich wird Ihnen Ihre Loyalität nicht schlecht gelohnt.«

David war die Lust am Fest vergangen. Er ging auf ein Büfett zu und ließ sich ein großes Glas Kognak reichen. Er trank es in einem Zug aus. Dann tanzte er mit einer Hofdame der Königin und war fast entschlossen, das Fest zu verlassen, als das Feuerwerk angekündigt wurde. Er drängelte sich mit anderen auf den großen Balkon und sah die Raketen am Himmel zerspringen. Unter den Sonnen und Feuerregen lagen die Kriegsschiffe mit ihren Lampen wie große, langgesteckte Gebäude. Die Schiffe sind meine Heimat, dachte David. Was soll ich in euren Palästen?

Er drehte sich um, und sie stand vor ihm. »David« flüsterte sie leise. »Ich hatte solche Sehnsucht nach dir.«

Er schluckte, weil seine Kehle trocken war vor Überraschung und jäh aufsteigender Begierde. »Maria Charlotta, du. Ich kann es nicht fassen. Ich hatte so sehr gehofft ...«

Sie nahm seine Hand und zog ihn mit sich. Er ging neben ihr durch den Saal, einen Flur entlang, eine Treppe hinunter, um ein paar Ecken. Dann standen sie vor einer Tür, die ein Diener bewachte. Maria sprach schnell mit ihm. Er öffnete die Tür. David sah eine kleine Gasse, kaum erleuchtet. Maria zog ihn zu einer anderen Tür, schräg gegenüber. Sie klopfte, sagte wieder einige Worte, und es wurde geöffnet. Wieder schritten sie wortlos über Treppen und Gänge. Dann öffnete sie eine andere Tür, ließ ihn in ein erleuchtetes Zimmer eintreten, schloß die Tür ab und warf sich in seine Arme.

Sie küßten sich, als müßten sie aus dem anderen die Kraft saugen, um nicht zu versinken. Seine Hände glitten über ihren nackten Rücken, und sie krallte sich in seinen Schultern fest. Sie stammelten zärtliche Worte, aber eigentlich hörte keiner den anderen, so sehr begehrten ihre Körper einander. Maria wollte sich lösen, um ihr Kleid zu öffnen, aber David tat es für sie.

Er ließ es nicht zu, daß sie hinter den Wandschirm trat. Vor dem Spiegel entkleidete er sie und bedeckte ihren Körper mit Küssen. »Schau dich an, wie schön du bist! Freu dich deiner Schönheit! Sieh, wie ich dich begehre.«

Er hatte sein Jackett abgestreift, und sein Glied drückte sich gegen die enge Hose. Maria spürte es und zitterte. Ihre Brustwarzen waren steif, und sie zerrte an seinem Hemd. Jetzt half er ihr. Dann streifte er die Hose hinunter. Beide drängten sich nackend aneinander und wollten im anderen aufgehen.

Er hob sie auf und trug sie zum Bett. Er legte sich neben sie, streichelte und küßte sie, bis sich ihr Unterleib immer wilder an ihn drängte. Dann drehte er sie auf den Rücken, stieg zwischen ihre Beine und drang langsam und behutsam in sie ein.

Sie zuckte und erschauerte. Dann schien sie Schmerz zu spüren, und er hielt inne und bewegte sich nur vorsichtig hin und her, während er ihre Brust küßte. Erst als ihr Unterkörper sich ihm gierig entgegenhob, stieß er tiefer in sie hinein, hörte ihren Schrei und bewegte sich nun rhythmisch in ihr. Sie stöhnte. Er wurde schneller. Sie öffnete ihren Mund und warf den Kopf hin und her. Jetzt stieß ihr Unterkörper im Rhythmus gegen seinen, und sie stöhnte vor Lust.

Er hielt seine Gefühle zurück, bewegte sich langsamer und schob seine Zunge in ihren Mund. Sie sog sie an und bewegte sich hastiger. Dann stieß er zu, so heftig und schnell er nur konnte. Maria schrie ihre Lust laut hinaus, und er ergoß sich auf ihren Leib.

Sie lagen nebeneinander und atmeten heftig. Sie schob ihr Gesicht an seinen Hals, aber er faßte sie zärtlich unter das Kinn und hob ihr Gesicht seinem entgegen. Er küßte sie sanft und zärtlich und sah, daß einige Tränen aus ihren Augen quollen. »Tut es weh?« fragte er leise.

»Das ist vorbei. Ich bin so glücklich, so unendlich erfüllt von Liebe, wie ich es nie geglaubt hätte.« Sie schmiegte sich an ihn, und sie lagen beieinander, bis ihr Atem ruhiger wurde. Nach längerer Zeit löste sie sich leise von ihm und huschte in einen Nebenraum, wo sie sich wusch, wie er dem plätschernden Wasser entnahm. Er sah auf einer Kommode ein Laken liegen, zog schnell das alte mit ihrem Blut vom Bett und legte das neue auf. Sie hatte es gewußt und gewollt, dachte er, und es störte ihn nicht.

Maria kam zurück und stellte sich ohne Scheu vor ihn hin. »Willst du dich auch ein wenig erfrischen?« fragte sie. »Und dann öffne uns bitte die Flasche mit dem Champagner. Ich bin so durstig. Aber laß mich nicht zu lange allein, bitte.«

David erfrischte sich ein wenig. Dann drängte es ihn wieder zu Maria. Er öffnete die Champagnerflasche, goß ein und reichte ihr ein Glas. Sie tranken in kleinen Schlucken und küßten sich zwischendurch. Kaum war das Glas geleert, da sogen sich ihre Lippen aneinander fest, und ihre Körper drängten aneinander. Sie reckte ihren Busen seinem Mund entgegen und stöhnte wohlig, als er ihre Brustwarzen küßte.

»Oh, ist das schön«, stammelte sie und zog ihn mit beiden Armen fest gegen ihren Körper. Sie schmiegte sich an sein steifes Glied und schob ihren Körper hin und her. David verging fast vor Lust. Er bog ihren Körper zurück aufs Bett, drängte sich zwischen ihre Beine und öffnete ihren Schoß. Diesmal fühlte sie keinen Schmerz, nur Wonne und zerfloß vom ersten Augenblick an. Ihr leidenschaftliches Stöhnen steigerte seine Wollust, und er mußte alle Beherrschung aufbieten, um die Erfüllung zurückzuhalten.

Er drehte sich auf die Seite, hob sie auf seinen Körper und zeigte ihr, wie sie auf ihm reiten sollte. Sie bäumte sich auf, und er umfaßte ihre Brüste. Sie hob und senkte ihren Unterleib und stöhnte im Rhythmus. Er stieß dagegen, und dann warf sie sich mit einem lauten Schrei über ihn, und er konnte seinen Orgasmus nicht mehr zurückhalten, seufzte laut auf und bedeckte ihren Hals mit Küssen.

Ihr Körper lag noch auf seinem. »David, o David. Und wenn ich morgen ins Kloster müßte, ich hätte mein ganzes Leben etwas, an das ich voller Wonne denken könnte. Es ist viel, viel schöner, als meine Tante je gesagt hat.« Langsam ließ sie sich auf die Seite gleiten, kuschelte sich an ihn. »Mein Hals ist schon wieder ganz trocken. Gibst du uns noch einen Schluck?«

David goß ein, und sie tranken beide und sahen sich an. Sie hatte sich verändert. Man sah ihr die Liebe an. Sie war reifer, wissender und noch schöner. David strich ihr übers Haar und küßte ihre Augen. Aber dann konnte er das Geräusch, das sich aus der Ferne schon seit einiger Zeit herandrängte, nicht mehr überhören. »Was ist das?«

Sie löste sich von ihm und schob den Fenstervorhang zur Seite.

David trat neben sie und sah in der Ferne Feuerschein. Er öffnete das Fenster ein wenig, und sie hörten Menschen schreien, als ob sie kämpften.

»Mein Gott«, sagte er. »Meine Leute werden mich suchen. Ich muß zu ihnen. Sie wissen, daß sie nicht allein aufs Schiff zurückkehren dürfen.« Er streifte sich hastig die Kleider über.

Maria stand nackend daneben und schien nicht zu begreifen, was geschah. »Sind zwei Stunden genug für ein ganzes Leben?« murmelte sie leise vor sich hin. David war ihr schon entrückt. Er strich die Uniform vor dem Spiegel zurecht, beugte sich zu ihr, küßte sie zärtlich und fragte: »Kannst du dir einen Morgenmantel überwerfen und mich aus dem Haus lassen, damit ich zu meinen Leuten komme? Morgen bin ich wieder bei dir.«

Sie antwortete nicht, zog sich wortlos einen Mantel über und führte ihn zur Tür. Vor der letzten Ecke hielt sie inne, drückte sich an ihn, küßte ihn und sagte: »David, mein David, du bist für immer und ewig in mir.«

»Ich komme morgen wieder, liebste Maria«, flüsterte er, aber sie wandte sich ab, ging voraus zum Türhüter und befahl ihm, David zum Palast zu bringen und dafür zu sorgen, daß er in die Festsäle geführt werde.

Dann huschte sie davon, kaum, daß David noch ihre Hand streicheln konnte.

Im Festsaal standen die Offiziere der *Shannon* schon beieinander. »Wir haben Sie nicht gefunden, Sir«, sagte Leutnant Foster. »Gerüchte vermelden, daß in der Stadt gekämpft wird.«

»Wir müssen uns in den Sälen verpaßt haben«, sagte David. »Aber nun sollten wir aufs Schiff. Die Gesellschaft hier hat sich ja auch schon sehr gelichtet. Kommen Sie, gehen wir zu unseren Seesoldaten!«

Sie fanden die Seesoldaten mit ihrem Korporal, mit Gregor und Alberto in guter Stimmung in den Gesinderäumen. Auch sie hatten keinen Mangel an Speisen und Getränken gelitten. »Korporal«, befahl David. »Fertigmachen zum Abmarsch! In der Stadt sind Unruhen. Ich hoffe, Ihre Männer haben einen klaren Kopf.«

Leutnant Weidenfeld von den Seesoldaten kommandierte den Trupp, und sie schritten die nächste Straße zum Hafen flott voran. Sie bogen in eine Gasse ein, die zur Mole führte, aber bevor sie die Mole erreichten, war das Ende der Gasse mit Menschen gefüllt, die heftig aufeinander einschlugen. Türkische Seeleute und sizilianische Bürger prügelten mit Waffen und mit Latten aufeinander ein. Das war keine Schlägerei, das war eine Schlacht. »Sie wollen sich gegenseitig umbringen!« rief Leutnant Foster.

David blickt sich um. Zurück konnten sie nicht mehr, denn auch dort füllte sich die Gasse. Gegenüber war ein schmales Haus etwa fünf Meter hinter der Frontlinie der anderen erbaut und schuf einen Raum, den sie abschirmen konnten. »Schnell dorthin!« befahl David. »Bajonett aufpflanzen und eine feste Linie bilden. Die

Offiziere mit ihren Säbeln dahinter. Schreit immer: ›Briten und Inglesi‹, wenn sie uns bedrängen.«

Die Seesoldaten streckten ihre Bajonette vor. Die kämpfenden Türken und Sizilianer mieden die bewehrte Front, sahen an den roten Röcken und hörten an den Rufen, daß das keine Gegner waren. Ab und an stürmte einer in besinnungsloser Kampfeswut gegen ihre Linie. Aber dann schlug ihn ein Seesoldat mit dem Kolben nieder.

»Sir David, sie stechen sich gegenseitig tot!« rief Leutnant Foster entsetzt.

»Nicht einmischen, Leutnant Foster, sonst sind wir alle verloren! Die Masse erdrückt uns, ehe wir einmal nachladen können.«

Aber dann entwickelte sich eine Situation, die David zum Eingreifen zwang. Zwei Sizilianer schleiften den jungen Flaggleutnant des türkischen Admirals Kadir Bey an den Beinen vorüber. Sein blutender Kopf schurrte über das Pflaster. »Gregor, Alberto!« rief David. »Schnell, schlagt sie unauffällig bewußtlos. Wir verstecken den Türken hinter unseren Linien. Die Sizilianer werft drüben über die Mauer.«

Für die beiden mit ihren gewaltigen Kräften war das eine Angelegenheit von Sekunden. Die beiden Sizilianer spürten den Schlag an den Kopf kaum noch, dann fingen die beiden sie auf, trugen sie ein paar Schritte zur Seite und warfen sie über die Mauer. David hatte mit dem Korporal den türkischen Leutnant hinter ihre Reihen gezogen, und nun schlüpften auch Gregor und Alberto wieder hinter ihre Linie.

Ein Soldat verband den Leutnant, die anderen schrien immer wieder: »Inglesi, Briten!«, und die Kämpfenden strömten vorbei. Aber dann wurde es noch einmal gefährlich. Neapolitanische Truppen säuberten die Straßen. Sie nahmen keine Rücksicht, auf wen sie einschlugen und einstachen. Wahrscheinlich töteten sie mehr, als vorher im Kampf umgekommen waren. Die britischen Seesoldaten streckten ihre Bajonette weit vor, und Alberto rief auf italienisch: »Wir sind Briten von der Fregatte *Shannon* mit dem britischen Kommodore!« David fiel auf, daß er mit betont britischem Akzent sprach.

Dann erschien ein Hauptmann, der seinen Trupp fest in der Hand hatte. »Wir werden Sie zu Ihrem Boot geleiten, Sir«, bot er an, und nicht lange danach waren sie in Sicherheit. Der Schiffsarzt stellte bei dem türkischen Leutnant nur Fleischwunden fest, verband ihn, und David ließ ihn durch Leutnant Weidenfeld auf das türkische Flaggschiff bringen.

Der Morgen war nicht mehr fern, und er brachte Unruhe. Auf den türkischen Schiffen erscholl Trommelklang. Boote ruderten zum britischen und russischen Admiralsschiff. Die *Foudroyant* signalisierte, daß der Kommandant der *Shannon* an Bord kommen solle. David warf sich wieder in seine beste Uniform und ließ sich hinüberrudern. Noch vor ihm legte Kapitän Myatlev an.

Nelson empfing sie erregt. »Meine Herren! Admiral Kadir Bey droht, Palermo zu beschießen. Über ein Dutzend seiner Matrosen wurden heute nacht im Streit erschlagen, mehr als fünfzig sind verwundet, und gut vierzig sind noch nicht auf ihre Schiffe zurückgekehrt. Wenn er das Feuer auf die Stadt eröffnet, sind wir gezwungen, seine Schiffe zu versenken. Erklären Sie das Admiral Ushakow, meine Herren. Ich rechne auf seine Unterstützung.«

David übersetzte Myatlev schnell Nelsons Worte. Er wußte, daß Ushakow die Türken gerne loswerden würde, und bot Nelson seine Dienste an. »Darf ich einen Vorschlag unterbreiten, Mylord?«

»Nur zu!«

»Mylord, meine Offiziere und ich wurden gestern auf dem Rückweg vom Ball in die Straßenkämpfe verwickelt. Es gelang uns, den Flaggleutnant von Admiral Kadir Bey verletzt zu retten. Ich bin bereit, zu Kadir Bey zu gehen, ihm im Namen Eurer Lordschaft zu versichern, daß alle in Palermo festgehaltenen türkischen Seeleute unverzüglich seinen Schiffen übergeben werden. Ich werde ihn beschwören, alle Feindseligkeiten zu unterlassen und ihm versichern, daß die britische und die russische Flottenleitung es nicht als Verrat an der gemeinsamen Sache ansehen, wenn er mit seinen Schiffen nach Konstantinopel zurückkehrt. Ich weiß, Mylord, daß die Türken das schon seit Wochen wollen. Sie sind so lange Auslandsaufenthalte nicht gewohnt, haben lange keine Heuer erhalten und wollen heim.«

»Mein Einverständnis haben Sie, Sir David. Und was sagen unsere russischen Verbündeten, Kapitän Myatlev?«

»Diese Lösung wäre ganz in unsrem Sinne, Mylord.«

»Na, dann versuchen Sie Ihr Glück, Sir David. Ich schicke meinen Flaggleutnant sofort zur Polizei in Palermo, damit alle Verhafteten auf die türkischen Schiffe geschafft werden.«

David wurde auf dem türkischen Flaggschiff mit den ihm zustehenden Ehren empfangen. Aber Kadir Bey erwartete ihn nicht in seiner Kajüte, sondern stand mit umgegürtetem Schwert auf dem Achterdeck. Er blickte ernst. David legte die Hände aneinander und verneigte sich vor dem türkischen Admiral.

Dieser war einen Augenblick erstaunt, lächelte dann ein wenig und sagte: »Sie wollen etwas, nicht wahr, Sir David?«

»Ja, Exzellenz, und ich bringe etwas. Ich bringe die Zusicherung Lord Nelsons, daß alle in Palermo festgehaltenen türkischen Seeleute unverzüglich zu Ihren Schiffen gebracht werden. Ich bitte Sie im Namen der verbündeten Admirale, keine Maßnahmen zu ergreifen, die die Waffenbrüderschaft gefährden könnten. Alle bedauern, was geschehen ist. Die Herren hätten volles Verständnis, wenn Sie in Ihre Heimathäfen zurückkehren.«

Kadir Bey ging einige Schritte auf und ab und dachte nach. »Sie haben meinen Leutnant aus der Hand des Pöbels befreit. Dafür bin ich Ihnen dankbar und auch dafür, daß Sie jetzt nicht diese Dankbarkeit einforderten. Wir werden alle Feindseligkeiten gegen die Stadt unterlassen und Segel setzen, sobald unsere Leute an Bord sind.« Er trat auf David zu und reichte ihm die Hand. »Es ist eine Freude, mit Ihnen zusammenzuarbeiten, Sir David. Ich werde es nicht vergessen, falls wir uns wiedersehen sollten.«

David informierte Ushakow und Nelson von der Entscheidung der Türken, und noch nie hatte er sie so einig in ihrer Zustimmung erlebt. Beide waren froh, die Türken absegeln zu sehen. Ushakow wußte, wie nahe die türkischen Seeleute vor einer großen Meuterei standen, die Palermo und die verbündeten Flotten in große Schwierigkeiten geführt hätte.

David nutzte die Gelegenheit, sich zum Pier rudern

zu lassen und in Gregors Begleitung den Palast aufzusuchen, in dem er in der letzten Nacht soviel Glück erlebt hatte. Er betätigte selbst den Türklopfer und atmete heftig vor Erwartung. Ein dunkel gekleideter Diener öffnete, schien wenig überrascht, einen britischen Offizier zu sehen, und fragte: »Sir David Winter?«

David bejahte.

»Dann habe ich den Auftrag, Ihnen diesen Brief zu übergeben, Sir.« Er griff auf einen kleinen Beistelltisch, nahm einen Umschlag und reichte ihn David.

David war perplex. »Ich möchte Comtessa Maria Charlotta sehen«, sagte er schließlich.

»Die Comtessa ist abgereist, Sir. Der Brief erklärt alles. Wenn Sie mich jetzt bitte entschuldigen wollen, Sir.« Er schloß die Tür, und David begriff immer noch nicht.

»Gospodin, soll ich die Tür eintreten?« fragte Gregor.

»Nein, laß nur«, antwortete David abwesend und ging zurück zum Pier. Gregor war ratlos, was sich abspielte, aber er merkte, daß David nicht reden wollte, und sorgte dafür, daß er auf dem schnellsten Wege zur *Shannon* zurückkehrte.

David erwiderte zerstreut den Gruß des wachhabenden Offiziers und eilte in seine Kajüte. Er griff nach dem Brieföffner und schlitzte den Umschlag auf. Er las und begriff doch nicht. Er hielt den Brief in der Hand, schaute durch die Fenster auf den Hafen und las noch einmal.

Mein über alles geliebter David!

Ich bin auf dem Weg, um irgendwo auf dem Festland eine Ehe einzugehen, die meine Familie aus drängenden finanziellen Sorgen retten soll. Ich werde die Frau eines sehr alten

Mannes, der mir außer Reichtum nur seine Achtung und Freundschaft bieten kann und dafür erwartet, daß ich sein Haus schmücke und repräsentiere. Aber ich habe ja jene unendlich erfüllten Stunden, die du mir schenktest und die für immer in meinem Herzen verschlossen sind. Und mach dir keine Vorwürfe, David. Du hast geschenkt und nicht genommen. Gott segne deine Wege. In Liebe

Maria Charlotta

Langsam begriff er. Es war wie in Kopenhagen. Es gab kein Wiedersehen. Seine Augen füllten sich mit Tränen. Und nun erfüllte ihn auch der Gedanke an Britta. Er hatte in den rauschhaften Stunden der Liebe nicht an sie gedacht und auch heute noch nicht. Was hatte er ihr angetan? Und dann hob er den Brief noch einmal, wischte sich die Augen und las: »Du hast geschenkt und nicht genommen.«

War das nicht zu einfach? Er hatte Liebe und Treue geschworen und den Schwur gebrochen. Oder doch nicht? Er liebte Britta ja unvermindert. Er ging zu dem Bild, das sie mit den Kindern zeigte und das ihn immer begleitete. Er würde es ihr nie sagen können, aber irgendwie glaubte er, daß sie ihm verzeihen würde.

Es klopfte an der Tür. Auf seinen Ruf trat Leutnant Foster ein. »Sir, die türkische Flotte lichtet Anker. Salutieren wir der Flagge?«

»Ja, Mr. Foster. Ich komme an Deck!«

Zwei Tage später lief die *Shannon* mit Kurs auf die ionischen Inseln durch die Straße von Messina. Die Mannschaft war guter Dinge, denn Palermo trauerte keiner nach. »Die haben ja dufte Weiber«, sagte ein Seemann zu seinem Kameraden. »Aber wenn sie dich umarmen, mußt du immer denken, daß ihr Macker auftaucht und dir den Hals durchschneidet.«

David hatte aufgehört, ständig über Maria und Britta zu grübeln. Er hatte seine Schuldgefühle zurückgedrängt und sich gesagt, daß nur ein Heiliger dieser Versuchung hätte widerstehen können. Die Erinnerung war wunderschön, aber seine Liebe zu Britta und den Kindern konnte sie nicht gefährden.

Nelson hatte ihn freundlich, aber distanziert verabschiedet und ihm geraten, sich immer auf den Rat von Konsul Foresti zu verlassen. »Der Mann weiß alles über die Inseln und hat großen Einfluß.«

Ushakow hatte ihm zu seiner Überraschung mitgeteilt, daß er nach Neapel und Genua segeln werde. Ohne Soldaten habe er auf Malta keine Chance. Aber Ushakow machte sich Sorgen um die Zukunft der ionischen Republik während seiner Abwesenheit. »Sie haben nun einen Senat, und ihre Delegierten ersuchen in Konstantinopel und St. Petersburg um die Zustimmung zu ihrer Verfassung. Aber ich weiß, wie uneins sie sind und daß viele in Konstantinopel diese liberale Verfassung ändern und eine reine Adelsherrschaft errichten wollen. Sie hätte keinen Bestand, denn das Volk will sie nicht. Und der Adel will nicht die Einheit der ionischen Inseln, sondern nur seine partikularen Interessen. Ich beschwöre Sie, David Karlowitsch, stärken Sie die Zentralmacht, wann immer sie können. Und ganz im Vertrauen: Hören Sie nicht auf Ihren Konsul Foresti. Er will die reine Adelsherrschaft, aber die hat keine Zukunft.«

David hatte gelernt, daß Ushakow in der jungen Republik keine russischen Machtinteressen durchsetzen wollte, sondern daß ihm dieser zerbrechliche Staat, den er aus der Taufe gehoben habe, am Herzen lag.

Seine Achtung vor diesem gewissenhaften Mann, den nicht einmal sein eigene Regierung voll unterstützte, war weiter gewachsen.

Drei Tage später sichteten sie die *Thunderer*, und David freute sich auf den Komfort seiner Kajüte, auf Leutnant Watt, Hauptmann Ekins und alle die vertrauten Gesichter. Auch die Besatzung der *Thunderer* schien sich zu freuen, denn sie drängten sich, ihn zu sehen, als er zum Klang der Pfeifen, Trommeln und des Dudelsacks an Bord kam. Kapitän Harland strahlte und schüttelte ihm kräftig die Hand. David bestellte ihm die Grüße von Kalmykow und Fürst Sorotkin, und Harland war begierig, mehr zu erfahren.

Aber erst begrüßte David die anderen Offiziere an Deck und hörte von Leutnant Watt, daß sie zwei tunesische Piratenschebecken versenkt und zwei venezianische Polaccas mit Getreide für Malta gekapert hätten. »Das wird auf Korfu gebraucht und bringt einen guten Preis.«

Harland berichtete in der Kajüte genauer über die Zeit seines Kommandos. Die Piraterie habe beängstigende Ausmaße angenommen, seit die russische Flotte bis auf ein kleines Kontingent die Inseln verlassen habe. Auf den Inseln herrsche verbreitet Unruhe. Besonders Kythira (Cerigo) befolge keine Anordnung der Zentralregierung und leide sehr unter den Piraten aus Tunis.

»Segeln Sie mit der *Shannon* sofort dorthin, Andrew. Bedrängen Sie die Verantwortlichen mit allen Mitteln außer mit Waffen, daß sie die Zentralregierung respektieren sollen und daß Ushakow sonst bei seiner Rückkehr harte Strafen verhängen wird. Und sehen

Sie zu, daß Sie etwas gegen die Piraterie unternehmen können. Aber in zehn Tagen erwarte ich Sie wieder in Korfu.«

Sie trafen die *Bulldog* und die *Vulcano* in den ihnen zugewiesenen Patrouillenräumen, und vor Korfu holte sie auch der Kutter *Falcon* ein. Endlich einmal wieder hatte David das Gefühl, wirklich Kommodore zu sein und eine kleine Flottille zu kommandieren. Er freute sich auch über das Wiedersehen mit dem unverwüstlichen James Neale, dem Gefährten seiner karibischen Abenteuer, mit dem ruhigen und verläßlichen Leutnant Albert Ross und mit dem jungen und immer noch von seinen Mörsern begeisterten Geoffrey Wilson.

Sie berichteten von ihren Gefechten mit Kaperschiffen und Piraten und von der Aufbringung von Schiffen mit illegaler Ware. »Wir haben eine kleine Polacca erwischt, Sir, die war mit russischen Waffen und Uniformen zu Ali Pascha unterwegs. Der russische Verwalter, der das Zeug verschieben wollte, baumelte einen Tag später schon am Galgen«, berichtete Mr. Wilson. Leutnant Ross hatte acht Stunden einen Kaperschoner verfolgt, ehe er ihn endlich zur Aufgabe zwingen konnte. »Er hatte einen Kaperbrief einer dieser neuen italienischen Republiken, aber das waren eher Piraten, Sir.«

Von den gekaperten Schiffen wurden die meisten nach Palermo gebracht, aber sie hatten auch schon einige in Korfu verkauft. »Mr. Foresti hat viele Verbindungen, Sir, und war sehr behilflich.«

Als die kleine Flottille in Korfu eingelaufen war, suchte David Mr. Foresti in seinem Büro auf und informierte ihn, daß die türkische Flotte zurücksegele und daß sich Ushakow nach Neapel begeben habe. Foresti wußte schon davon. »Die Türken haben auf ihrer Rückreise noch einmal Korfu angelaufen, Sir David. Stellen Sie sich vor, anderthalbtausend Mann sind desertiert und nach Albanien geflüchtet. Ob Kadir Bey die Schiffe überhaupt noch zurückbringen kann, weiß ich nicht. Nur gut, daß sie aus Korfu verschwunden sind. Und noch besser ist die Nachricht, daß Ushakow in Neapel ist und nicht auf Malta. Dort haben die Russen nichts zu suchen. Malta muß britisch werden.«

»Vergessen Sie nicht, Mr. Foresti, daß der Zar Großmeister des Ritterordens auf Malta ist und von seinem Admiral sicher die Eroberung dieses Prestigeobjektes erwartet hat.«

»Aber, Sir David, mit Malta hätte Rußland einen fast uneinnehmbaren Stützpunkt mit Werften und Arsenalen für seine Flotte und könnte dauernd im Mittelmeer präsent sein. Das kann nicht in Englands Interesse liegen.«

»Das ist mir völlig klar, Mr Foresti. Aber ich habe Admiral Ushakow sehr respektieren gelernt und erkenne auch die Tragik in seinem Wirken. Er hat die Inseln befreit und mit Gerechtigkeit versucht, Adel und Kaufleute zu versöhnen und der Republik eine ausgewogenen Verfassung zu geben. Und auch dieses Werk droht in Intrigen, Eifersüchteleien und Rivalitäten unterzugehen.«

»Sir David, halten Sie es meinem Alter zugute, daß ich diese Vorstellungen etwas romantisch und weltfremd finde. Ushakow hätte den Adel in seine alten

Rechte einsetzen und allein regieren lassen sollen. So hat er nur dem Jakobinertum Vorschub geleistet.«

»Das ist eine erstaunliche Stellungnahme für einen Vertreter Englands, Mr. Foresti. Wir beteiligen das besitzende Bürgertum doch auch in starkem Maße an der Regierung, und soweit ich weiß, ist die wirtschaftliche Stellung des Adels auf den Sieben Inseln sehr unterschiedlich und keineswegs beherrschend. Man kann doch die Ärzte, Rechtsanwälte, Kaufleute und Reeder nicht einfach den Jakobinern zurechnen.«

Die *Shannon* war in Korfu eingelaufen, Leutnant Thomson war mit seinen Seesoldaten auf die Schiffe zurückgekehrt. Endlich hatte David seine Flottille wieder einmal vollständig beisammen. Die Offiziere waren am Abend seine Gäste. Er hatte das Gefühl, daß das Zusammengehörigkeitsgefühl gestärkt werden müsse, da sie oft lange allein auf Patrouille waren. Und er mochte die meisten Offiziere ausgesprochen gut leiden und freute sich auf den Abend mit ihnen. Nicholas Cull, sein Koch, scheuchte seine Helfer schon den ganzen Nachmittag, und Gregor ging mit dem Diener Edward Crown noch einmal durch die Räume, ob auch alles sauber und akkurat aussah.

Einige der Gäste hatten sich wochenlang nicht gesehen und waren sofort in Gespräche vertieft. James Cotton, der Schiffsarzt, mußte berichten, wie es Mr. Tall ging, der sich als Stückmeistersmaat auf der *Vulcano* die Kopfhaare verbrannt hatte, als er an den Mörsern herumexperimentierte. Es würde alles wieder wachsen, und sie könnten sich die Sammlung für eine Perücke sparen, beruhigte sie Mr. Cotton.

Geoffrey Wilson benutzte die Gelegenheit, um

David darauf hinzuweisen, daß er Munition für die Mörser brauche. »Sir, wir haben dreimal albanische Räuber ausgeräuchert, die sich hinter Sandbänke gerettet hatten. Aber nun sind wir knapp, und auf Korfu ist nichts zu holen.«

»Hat jemand einen Vorschlag, meine Herren, wo wir Mörsergeschosse auftreiben können?« fragte David.

Die Anwesenden waren ratlos und schwiegen. Aber Mr. Ballaine, der zivile Sekretär und Schulmeister, kam unter all den Offizieren auf eine vielversprechende Idee. »Sir, Österreich hat sich seit dem Frieden von Campo Formio doch an der dalmatinischen Küste festgesetzt. Sie werden sich erinnern, daß der neue mächtige Nachbar in Ragusa gar nicht erwünscht war. Die Österreicher müssen französische Magazine übernommen haben und sind doch unsere Verbündeten. Und wir sollen auch in die Adria hinein vorstoßen.«

»Sie sollten unser Chefstratege werden, Mr. Ballaine. Bei einem Vorstoß an die dalmatinische Küste können wir die Kaperschiffe verjagen, können auch an der ligurischen Küste die Franzosen bekämpfen und mit unseren österreichischen Verbündeten Kontakt aufnehmen.«

Sie lachten und stießen auf ihren Sekretär an. Dann wandte sich nach einer Bemerkung von Hauptmann Ekins die Aufmerksamkeit Robert Everett zu, Dritter Leutnant. Ekins erzählte David, daß jedesmal, wenn sich die *Thunderer* Lixouri auf Kefalonia nähere, als erstes ein Boot mit einer Botschaft für Leutnant Everett bei ihnen anlege. »Es bringt eine Einladung, Sir, für den künftigen Schwiegersohn des reichen Kaufmanns Pandreo, der seine schwarzäugige Tochter an unseren blonden und blauäugigen Seehelden verheiraten will.«

Everett war rot geworden und wehrte ab. »Das ist

doch nur eine nette Familie, Sir, die sich gern mit mir unterhält. George« – und er zeigte auf Leutnant Thomson – »war auch schon dort. Wir wurden sehr gut bewirtet.«

Leutnant Thomson warf ein: »Aber die älteste Tochter hatte nur Augen für dich, Robert, auch wenn ich mir alle Mühe gegeben habe, denn sie ist wirklich sehr hübsch.«

David mußte lächeln, und Reverend Pater verwickelte ihn in ein Gespräch, in dem er feststellte, daß die Briten bei den reicheren Schichten sehr gut angesehen seien, während die ärmeren Schichten eine Präferenz für die Russen hätten. »Da spielt der gemeinsame orthodoxe Glaube eine große Rolle, während der Adel ja überwiegend katholisch ist. Na, und die Türken sind bei allen verhaßt.«

Leutnant Watt bestätigte: »Ja, sie haben seit langem keine Heuer gesehen und plündern, wo sie können. Unsere Seeleute sind auch in den Tavernen und Bordellen am liebsten gesehen, orthodoxer Glaube hin oder her, weil sie am meisten Geld haben. In Lefkada gab es vor einigen Wochen eine Schlägerei mit türkischen Matrosen. Da haben sich die Griechen auf unsere Seite geschlagen und die Türken fürchterlich verdroschen.«

David sah um sich herum nur fröhliche und vom Wein gerötete Gesichter. Am unteren Tischende stopften sich Frederick Ryan und Eric Glover, die beiden jungen Midshipmen, noch ein Stück Pastete in den Mund. David mußte schmunzeln. Ob sich das je ändern würde, daß Midshipmen immer hungrig waren und eine Einladung an den Tisch des Kapitäns für eine Freßorgie nutzten? Der Eric sah jetzt schon aus, als müsse er sich übergeben.

Am nächsten Morgen lief die Flottille zu einer Patrouillenfahrt zu den Inseln aus. Die Matrosen hatten kaum die Decks geschrubbt und mit Wasser abgespült, da sagte David auf dem Achterdeck zu Leutnant Watt: »Ich habe die hohe Politik und den Umgang mit den Admiralen so satt, Mr. Watt, ich muß mal wieder in das Innere eines Schiffes hinabsteigen und den Teer und die Bilge riechen. Bitte rufen Sie mir Mr. Jenkins. Er soll mich begleiten, und Mr. Goodrich und Mr. Ormond können auch mitkommen. Es wird den Midshipmen nicht schaden.«

Mr. Watt war es nicht recht, daß David im Schiff herumschnüffeln wollte. Für den reibungslosen Ablauf des Schiffsalltags hatte der Erste Leutnant zu sorgen, und wer wußte, was der Kommodore alles finden mochte, was er übersehen hatte. Aber was blieb ihm anders übrig, als sein »Aye, aye, Sir« möglichst unauffällig auszudrücken?

Bootsmann Jenkins und die beiden Midshipmen meldeten sich bald bei David. »Die jungen Herren holen sich jetzt zwei gut gefüllte Laternen. Passen Sie auf, daß die Dochte gut geschnitten sind, und dann steigen wir hinunter in das Innere des Schiffes. Von Zeit zu Zeit sollte jeder vom Achterdeck auch einmal die Eingeweide inspizieren. Mr. Jenkins wird uns ein guter Führer sein. Auf geht's!«

Sie stiegen den ersten Niedergang hinunter, wandten sich am Hauptkapstan nach achtern und kletterten dann die steile Stiege hinab zum Kanonendeck mit den großen Geschützen. Leutnant Everett beaufsichtigte das Säubern der Kanonen und Kugeln. David zeigte auf einen der großen Zweiunddreißigpfünder, in dessen Rohr die Kanoniere eine Kugel eingefüllt hatten. Nun senkten sie es ganz langsam, Zentimeter um Zentimeter, und zwei von ihnen strichen mit einem Pinsel eine schwärzlich-ölige Masse von hinten nach vorn auf das Rohr.

»Weiß einer von Ihnen, was die Kanoniere dort tun?«

Quentin Goodrich antwortete sofort: »Sie streichen das Kanonenrohr nach, Sir.«

»Wozu dient die Kugel, und was streichen sie auf das Rohr?«

Auch das wußte Quentin: »Sie haben die Kugel vorher in der Kombüse sehr stark erhitzt und rollen sie langsam nach vorn, damit die Hitze ins Rohr geht. Dann hält die Farbe, ein Gemisch aus Teer und Öl, besser.«

David war überrascht. »Donnerwetter! Sie wissen aber gut Bescheid.«

Goodrich schaute ein wenig verlegen auf Paul Ormond und sagte dann: »Mr. Everett hat es uns gerade vorgestern erklärt, und wir mußten es an einer Kanone ausprobieren, Sir.«

»Sehr ehrenwert, daß Sie das gesagt haben. Aber ich bin sicher, Sie wissen es in drei Monaten auch noch.«

Sie gingen weiter und trafen auf einen Trupp, der neben einem Rack, einem Behälter für Kanonenkugeln, hockte, Kugeln zwischen den Beinen hielt und mit einem Hammer darauf einschlug oder sie mit Eisenwolle abrieb. »Jetzt sind Sie dran mit der Erklärung, Mr. Ormond«, sagte David.

»Die Kugeln werden vom Rost gereinigt, Sir, und dann neu angestrichen.«

David nickte. »Wenn Sie später einmal ein Geschützdeck inspizieren müssen, dann lassen Sie unten aus dem Rack eine Kugel herausholen und sehen nach, ob die Burschen aus Faulheit bloß immer über den Rost rübergestrichen haben. Ich habe schon Kugeln gesehen, die hatten solche Beulen, daß sie in kein Rohr mehr paßten. Nur mit glatten, runden Kugeln ist gutes Schießen möglich.«

Sie brauchten die Laternen noch nicht, denn durch die geöffneten Luken fiel genug Licht ein. David blickte auf die Beutel und Zuber, die an den Wänden hingen und in denen die Mannschaften ihre Habe aufbewahrten. Dann ging es noch tiefer hinab, und hier, neben dem Hauptmast, arbeitete ein Zimmermannsmaat mit seinen Leuten an einer Pumpe.

»Na, Edwards, was ist los mit der Pumpe?«

»Sie zog nicht mehr richtig, Sir, und nun kontrollieren wir die Pumpenscheiben.«

»Lassen Sie die jungen Herren einmal hineinschauen, Edwards. Man sieht so etwas ja nicht oft. Drehen Sie die Dochte der Lampen hoch.«

Goodrich und Ormond spähten in den dunklen Tunnel, sahen Gestänge, Schrauben und Scheiben, konnten sich aber kein rechtes Bild machen.

Der Maat merkte es und erklärte. »Die Pumpe läuft über ein Rad oben und eins unten immer rund herum. Hier sehen Sie die kurzen Gestänge, die miteinander durch die beweglichen Schrauben verbunden sind. Dadurch können sie sich über die Räder drehen. Und hier, nach ein paar Gestängen kommt immer eine Scheibe, innen Holz, außen Leder, die den ganzen Schacht ausfüllt. Die Scheiben werden durch die Gestänge nach unten gebracht, wo das Wasser in den Pumpenraum kommt. Wenn die Scheiben nun auf der anderen Seite wieder nach oben laufen, heben sie das Wasser hoch und leeren es oben aus. Das läuft immer rund, bis die Scheiben kein Wasser mehr fassen. Wenn aber eine Scheibe bricht oder das Leder zu brüchig wird, dann transportiert die Pumpe nicht mehr richtig. Wir suchen jetzt, welche Scheibe kaputt ist.«

»Gut erklärt, Edwards«, sagte Davids und ging mit seinen Begleitern weiter. Nach einigen Schritten hielt er an. »Sie sollten wissen, daß Pumpen besonders anfällig für Sabotage sind. Mir ist es auf einem Schiff passiert, daß einer eine Eisenstange von oben in den Pumpenschacht geworfen hat. Dadurch wird eine Pumpe schwer beschädigt. Darum sollte man sie von Zeit zu Zeit ausprobieren.«

Jetzt waren sie im untersten Deck, und der faulige Bilgegeruch war besonders stark. »Wann haben Sie das Wasser zuletzt gewechselt, Mr. Jenkins?«

»Vor vier Tagen, Sir. Übermorgen ist es wieder dran.«

»Gut«, sagte David und wandte sich an die Midshipmen. »Die Bilge ist ein beliebtes Versteck für geschmuggelten Alkohol. Leuchten Sie mal auf die Planken, ob wir Drähte oder dünne Taue sehen, mit denen sie die Flaschen festbinden und im Wasser hängen lassen.«

David nahm selbst eine Lampe in die Hand und fühlte an einer Planke entlang. »Ha, hier ist ein Nagel und ein Draht.« Er zog vorsichtig, schob die Planke etwas zur Seite und holte eine Rumflasche aus dem Bilgewasser. Mr. Jenkins schluckte und sah betreten zur Seite. David kümmerte sich gar nicht darum, löste den Korken und goß den Rum ins Bilgewasser. »Das verbessert den Geruch. Nehmen Sie die leere Flasche, Mr. Ormond, und werfen Sie sie oben über Bord. Sie sagen an, daß ich die Flasche gefunden habe, Mr. Jenkins, sonst fühlt sich noch jemand bestohlen.«

Weiter ging es, am Magazin, am Füllraum, in dem die Kartuschen gefüllt wurden, vorbei, am Lichtraum, der durch eine dicke Scheibe den Füllraum erhellte. David stieg die vordere Leiter zum nächsthöheren

Deck hinauf. Hier würden sie bald auf die Räume stoßen, in denen Zimmerleute und Stückmeister ihr Material lagerten. Aber vorher mußten sie noch einige Verschläge passierten, in denen alles lagerte, was vielleicht einmal wieder gebraucht wurde. Das waren alte Säcke, Taue, Bretter und ähnliches Gerümpel.

Auf einmal hielt David abrupt an, hob die Hand, damit die anderen stehenblieben, und forderte mit einem Zischen absolute Ruhe. Jetzt hörten es alle. Vor ihnen in einem Verschlag stöhnte jemand in rhythmischen Abständen. Irgend etwas quietschte und knarrte auch, und nun sahen sie auch einen Lichtschimmer.

David gab den Midshipmen Zeichen, die eignen Lampen hinunterzudrehen, bewegte sich ganz leise an den Verschlag heran und spähte durch eine Spalte. Was er sah, jagte Wut und Übelkeit in ihm hoch. Ein Mann, ein junger Bursche anscheinend, lag bäuchlings über einem Haufen alten Zeugs, hatte einen Knebel im Mund, und ein anderer zog seinen Oberkörper an den Armen nach vorn, so daß der nackte Rücken nach vorn gebeugt war. Hinter ihm stand ein starker Kerl mit heruntergelassener Hose und stieß ihm sein Glied immer wieder in den After. Der junge Bursche wimmerte und wand sich. Aber der andere hielt fest, und der große Kerl stöhnte voller Lust. Dann sah er noch zwei andere, die meckerten: »Nun laß uns auch mal ran.«

David wandte sich um, trat einen Schritt zurück, nahm Ormonds Kopf und flüsterte: »Sie ziehen ganz leise die Schuhe aus, laufen lautlos wie eine Maus zum nächsten Niedergang und holen einen Trupp Seesoldaten. Sie kommen denselben Weg zurück. Ganz schnell. Ab!«

Dann zog er Goodrichs Ohr an sich. »Leise die Schuhe aus! Rennen Sie nach oben und führen Sie einen

Trupp Seesoldaten durchs unterste Deck am Magazin vorbei die Treppe hoch, die wir eben gekommen sind. Tempo!«

Die beiden Jungen sausten leise und flink davon. Jenkins schob sich an David heran. »Bugger?« fragte er ganz leise.

David bejahte. »Mindestens vier. Haben Sie ein Messer?« Jenkins klopfte an seinen Gurt. David ärgerte sich, daß er die Armmanschette mit den Wurfmessern nicht umgeschnallt hatte. Aber wer hätte an so etwas gedacht? Jenkins drückte ihm einen Holzscheit in die Hand, den er leise aus einem Verschlag gezogen hatte. David flüsterte: »Wir warten auf die Seesoldaten. Dann drehen wir die Lampen auf.«

Er spähte noch einmal durch die Lücke und sah den kräftigen Kerl, der immer noch stieß und stieß. An seiner rechten Hinterbacke hatte er einen Eiterpickel, und dieser Anblick war wie der letzte Tropfen in einem Glas. David mußte würgen und wandte sich ab. Jenkins sah hindurch und schüttelte den Kopf.

Oben war das Trappeln mehrerer Füße zu hören. Das waren sicher die Seesoldaten. David griff zur Laterne und tastete nach der Dochtschraube. Aber dann hörte er zu seiner Überraschung, daß oben jemand die Trommel schlug, wie es sonst geschah, wenn Seesoldaten vorrückten. Ist da jemand so blöd, oder will er die Kerle hier warnen?

Im Verschlag war das Stöhnen schlagartig verstummt. Aufgeregte Stimmen klangen durcheinander. Dann rief einer: »Weg hier! Und du Bursche, halt deinen Mund, sonst schneiden wir dir die Gurgel durch. Wir kriegen dich immer.«

Die Tür vom Verschlag wurde aufgestoßen. David drehte den Docht seiner Lampe hoch, leuchtete die Tür an und rief: »Halt! Keiner rührt sich. Hier spricht der Kommodore.«

Der große Kerl in der Tür war eine Sekunde verwirrt und blinzelte. Dann riß er ein Messer aus dem Gurt, stieß es vor und stürzte sich auf David. Der konnte nur schnell den Holzscheit heben und mit aller Kraft auf das Handgelenk mit dem Messer schlagen, daß der Kerl das Messer fallen ließ. Es rutschte in den Raum zurück. Aber der Kerl packte David mit beiden Händen und drückte ihn gegen die andere Wand des Ganges. Die Lampe fiel zu Boden.

Der Bootsmann schrie laut: »Seesoldaten hierher. Meuterei!« und schlug mit seinem Bambusstock auf die anderen ein, die in den Verschlag zurückwichen.

David hatte sich von der Überraschung erholt, stieß sein Knie mit aller Kraft nach oben dem Kerl in den Unterleib. Der sackte stöhnend nach vorn, und David hieb ihm mit zusammengefaßten Händen in den Nacken. Nun sackte der Kerl zusammen.

Und da huschte der nackte junge Bursche aus der Tür und stieß dem Kerl das Messer, das er vom Boden gegriffen hatte, mit aller Wucht von hinten ins Herz. Der junge Bursche war noch geknebelt und konnte nur gurgeln, aber er schüttelte die Faust und sackte dann zusammen.

David trat zur Seite, damit ihn der Blutstrahl nicht besudelte. Dann nahm er die Lampe, drehte den niedergestochenen Kerl mit dem Fuß auf den Rücken. Seine Augen waren starr. Aus der offenen Hose ragte das immer noch erigierte Glied und wirkte doppelt obszön. Die anderen Kerle standen wie versteinert da, und dann füllten die Seesoldaten mit ihren Musketen den Gang.

»Zwei Mann führen den jungen Burschen hier zum

Schiffsarzt! Nehmt ihm den Knebel heraus. Er hat den Mann hier niedergestochen, als der mich angriff. Die anderen hier werden zum Profos gebracht, der sie in Eisen schließen soll. Sie werden der homosexuellen Vergewaltigung nach Paragraph 24 der Kriegsartikel angeklagt. Sie dürfen kein Wort untereinander und mit niemand anderem sprechen. Schlagt ihnen notfalls die Zähne ein. Ab mit ihnen!«

David blickte auf Jenkins. »Wir wollen es dabei belassen, daß der junge Bursche mich retten wollte. Ich kann seinen Haß nachfühlen und möchte ihn nicht vor Gericht bringen, weil er sich an einem Bugger rächte.«

»Niemand wird von mir etwas anderes hören, Sir. Der Tote hier war ein übler Kerl. Ein Quota-Mann, der an Bord schon zweimal ausgepeitscht wurde. Es hat nichts geholfen.«

Der Schiffsarzt kam in Davids Kajüte, noch bevor der die Mittäter verhören konnte. »Der junge Bursche ist einer von den Griechen, die wir in Korfu angeworben haben, Sir. Er wurde von dem gleichen Kerl schon mehrfach mißbraucht. Er hat ihm mit dem Tod gedroht, und der Junge war ängstlich und hatte niemanden, dem er traute. Er hat Verletzungen im Analbereich, die in ein paar Tagen ausheilen werden. Aber er müßte zu einem sehr guten Maat, der ihn aufbaut und ihm Selbstvertrauen gibt.«

»Ich werde mich darum kümmern, Mr. Cotton. Wir haben so etwas früher nicht erlebt, nicht wahr? Die neunschwänzige Katze wird immer öfter gebraucht, aber sie ändert nichts. Was mache ich nur falsch?«

»Sir, Sie sind wie immer ein guter Kommandant. Aber wir haben nicht mehr die Freiwilligen, die wir in früheren Jahren hatten. Jetzt sind auch die Gepreßten und die Quota-Männer an Bord und mit ihnen Verbrecher, die wir nicht mehr ändern können. Aber die meisten, Sir, sind noch gute und vertrauenswürdige Leute.«

Keiner der Mittäter hatte schon selbst einen Jungen an Bord mißbraucht. Aber einer hatte aktiv geholfen, und die anderen waren dazu bereit gewesen.

»Ihr habt die Kriegsartikel oft genug gehört und wißt, daß euer Leben nach Paragraph 24 verwirkt ist. Homosexualität und Sodomie werden mit dem Tode bestraft, und die Kriegsgerichte neigen da nicht zur Milde. Ihr könnt wählen: Kriegsgericht oder vierundzwanzig Peitschenhiebe und du, der du den Jungen festgehalten hast, zweiunddreißig Hiebe. Also, was wollt ihr?«

Alle sagten nacheinander: »Die Katze, Sir.«

David warnte sie: »Wenn ihr euch danach bessert, ist alles vergessen. Wenn ihr euch aber wieder etwas zuschulden kommen laßt, werde ich daran denken, daß euer Leben eigentlich schon verwirkt war.«

Sie bestatteten den Schänder in einem kurzen Gottesdienst, und der Pfarrer sprach von Schuld, die nur Gott in seiner Güte vergeben könne. Sie mögen alle in sich gehen und den rechten Weg suchen.

Danach sahen alle der Auspeitschung zu, und fast alle waren mit der Strafe einverstanden, denn ›Bugger‹, wie man die Homosexuellen nannte, waren nicht beliebt an Bord.

David sprach anschließend zu allen Pulverjungen, Leichtmatrosen und allen Maaten. Er ermahnte die Jungen, Vertrauen zu haben und es immer zu melden, wenn sie einer sexuell mißbrauchen wolle. »Habt keine

Angst, wenn sie euch drohen. Wir sind mehr und sind stärker. Geht sofort zum nächsten Maat oder Offizier, der in der Nähe ist. Sie helfen euch. Ihr könnt auch direkt zu mir kommen. Buggerei ist eine Seuche, die ein Schiff verderben kann. Helft mir, daß es nie dazu kommt.«

Die folgenden Wochen waren so von Routine geprägt, daß David fast immer die gleichen Eintragungen im Bordbuch las. Sie jagten Kaperschiffe und versenkten zwei. Sie fingen drei Schiffe mit Nachschub für die Franzosen. Sie hörten auf allen Inseln immer die ähnlichen Klagen über die Zentralverwaltung, die es anscheinend nie richtig machen konnte, denn was die einen forderten, verdammten die anderen.

Diebstähle und Räubereien auf den Inseln nahmen zu, und mehrfach rückten die Seesoldaten aus, um die Verwaltung zu unterstützen und bewaffnete Räuber festzusetzen.

Die eigenen Mannschaften genossen jede Liegezeit im Hafen, denn sie wurden überall willkommen geheißen. Sie hatten ihre Heuer, und sie zerschlugen im Suff auch nicht mehr als andere.

Auf See drillten die Kommandanten ihre Schiffe und hatten bald auch im Verband eine schnelle Präzision in allen Manövern erreicht. »Nun können wir die Österreicher besuchen, ohne uns zu blamieren«, sagte David seinen Kommandanten. »Wir segeln so nach Korfu zurück, daß wir immer nachts zwischen den Inseln und dem Festland kreuzen. Ich hoffe, daß wir dabei noch viele der albanischen Räuber verjagen können. Dann ergänzen wir unsere Vorräte und segeln in die Adria hinein.«

Der russische Festungskommandant in Korfu, der Ushakow vertrat, und sein politischer Berater empfingen David ausgesucht höflich. Sie hatten seinen Bericht gelesen und beglückwünschten ihn, daß er unter den albanischen Räubern so furchtbar aufgeräumt hatte. »Acht große Boote in vier Nächten, Gospodin Kommodore, das sind fast achthundert Mörder weniger, die die Küstenorte heimsuchen.«

»Ich hatte nicht mit solcher Zahl von Räubern gerechnet«, sagte David.

Der politische Berater erklärte: »Viele von ihnen sind Meuterer und Deserteure aus der türkischen Flotte, die sich jetzt so ihr Geld verdienen. Und die Republik der Sieben Inseln, der drei Regimenter zugebilligt sind, hat sie aus Geldmangel nur zum Teil aufstellen können. Die von Ihnen gedrillten Truppen bilden einen guten Kern, Gospodin Kommodore. Auch der Schoner hat sich bewährt.«

David schüttelte den Kopf. »Auf Zakynthos habe ich erlebt, wie die Stadt diesem Schoner Wasser und Proviant verweigerte. Ich mußte mit einem Einmarsch meiner Seesoldaten drohen, ehe man den Schoner der eigenen Zentralregierung verproviantierte.«

»Ja, Zakynthos«, seufzte der Festungskommandant. »Unser eigener Hauptmann Thiesenhausen intrigiert gegen die Zentralregierung, wo er kann, und ist eine Art heimlicher Despot. Er hat soviel Rückhalt unter dem Adel, das ihm wohl nur noch der Admiral selbst Einhalt gebieten kann. Und zu allem werden jetzt auch die Österreicher von der dalmatinischen Küste aus aktiv und lassen durch ihre neuen Konsuln verbreiten, wie attraktiv doch Österreich als Schutzmacht wäre.«

David mußte lachen. »Die Österreicher haben doch

so gut wie keine Flotte in der Adria. Wie wollen sie den Inseln Schutz gewähren? Da habe ich gleich ein Gesprächsthema mit General Brady, wenn ich in Kürze nach Cattaro (Kotor) segele.«

Kreuzfahrt in der Adria

(Oktober 1799 bis November 1799)

Auf der Landzunge, die aus der Richtung Castelnuovo (heute: Hercegnovi) die Bucht von Cattaro (heute: Kotor) begrenzte, stand ein palisadenbewehrtes Blockhaus mit einem Turm. Auf dem Rundgang, der den Blick über die Palisaden erlaubte, patrouillierte ein junger Bursche in der Uniform eines ungarischen Linienregimentes. Er hatte sein Gewehr geschultert und blickte pflichtgemäß vor allem zur Landseite.

Der Mann auf dem Turm hingegen, etwas älter und der Uniform nach Unteroffizier desselben Regimentes, richtete sein Teleskop immer wieder seewärts, von Zeit zu Zeit aber auch auf die Landzunge, die von Süden die Bucht von Cattaro begrenzte und die ein ähnliches Blockhaus trug.

Die lässig bequeme Haltung des Unteroffiziers änderte sich plötzlich. Sein Körper straffte sich, und er fixierte mit seinem Teleskop einen Punkt auf See. »Verdammte Sonne, blendet so, daß man kaum etwas sehen kann«, fluchte er vor sich hin. Dann aber erkannte er im flirrenden Funkeln der sonnenbestrahlten Wellen drei feste, dunkle Körper.

Dem Posten auf der Galerie war die Anspannung des anderen nicht entgangen. »Gibt es was zu sehen, Herr Korporal?« fragte er im singenden Tonfall, den die Ungarn an der Grenze zu Österreich sprechen.

»Sei er nicht so neugierig«, beschied ihn der Unteroffizier barsch. »Wenn er etwas wissen muß, wird man es ihm sagen.« Und er blickte wieder scharf zu den drei Körpern hin. Das waren keine Fischerboote, da war er jetzt ganz sicher. Das erste mußte sogar ein großes Schiff sein. Er erkannte zwei oder drei Masten und breite Segel.

Er stieg die Turmtreppe hinab und rief in die Öffnung einer Falltür zum Blockhaus: »Herr Leutnant, es nähern sich große Schiffe von der See.«

Nach einiger Zeit kletterte ein junger Mann aus der Klapptür, setzte sich seine Mütze verwegen auf den Kopf und zwirbelte seinen Schnurrbart. »Was wird da schon kommen, Hermann? Ein alter Transporter mit verschimmeltem Proviant, und wenn wir Glück haben, ein Wiener Journal, das zwei Monate alt ist.« Er zog sein eigenes Teleskop hervor, ließ sich vom Unteroffizier die Richtung zeigen und spähte nun selbst hinaus.

»Bei meiner Seel'!« rief er dann erstaunt. »Das ist kein alter Transporter. Das ist eine kleine Flotte. Ein Dreimaster, ein Zweimaster und ein kleineres Schiff. Wer hat denn hier solche Schiffe? Die Russen? Die Franzosen? Zieht die Signalflagge auf: ›Unbekannte Schiffe in Sicht!‹ und sattelt mein Pferd. Ich reite zum Hauptmann, und ihr besetzt die Kanone. Hast du verstanden, Hermann?«

»Akkurat, Herr Leutnant. Pferd satteln, Kanone

bemannen.« Der Unteroffizier murmelte unhörbar vor sich hin: »Was soll der kleine Vierpfünder, wenn wirklich eine Flotte kommt?«

Nach einer knappen halben Stunde kam der Leutnant zurück, begleitet vom Hauptmann und zwei Meldern. Der Hauptmann keuchte schnell die Stiege zum Turm hinauf und studierte die Schiffe, die nun recht gut zu sehen waren. »Das große ist ein Linienschiff, das zweite eine Brigg, und das dritte sieht wie eines dieser Lastschiffe aus, die sie auch bei Triest haben. Aber ich kann die Flaggen nicht erkennen. Auf jeden Fall soll ein Melder los. Meldung an die Kommandantur in Cattaro, daß drei Kriegsschiffe die Bucht anlaufen. Die werden dann selbst die Augen offenhalten.«

Eine weitere halbe Stunde später starrten die beiden Offiziere etwas ratlos auf das Buch mit den Flaggen und Signalen, das sie sich hatten geben lassen. »Das sind Engländer, kein Zweifel. Was wollen die denn hier?«

»Aber wir sind doch verbündet, nicht wahr, Herr Hauptmann?«

»Natürlich! Wenn Sie sich mehr um Ihre Aufgaben und weniger um die Weiber kümmern würden, brauchten Sie nicht so deppert zu fragen.«

»Aber Herr Hauptmann, hier gibt es doch keine Weiber.«

»Nun halten Sie mich nicht für senil. Ich weiß schon, wie oft sie stolz in Castelnuovo einreiten und so schlapp wieder herauskommen, daß Sie sich kaum auf dem Gaul halten können. Lassen Sie Ihre Leute an der Flagge antreten. Wir dippen die Flagge zum Gruß und salutieren.«

»Sollen wir Salut schießen, Herr Hauptmann?«

»Um Gotteswillen. Schauens doch nur, was der für Kanonen hat. Die pusten uns um. Das sollen die auf dem Fort in Cattaro erledigen.«

Der Melder scheuchte die Kommandantur in Cattaro auf. Ein Bote lief zum General. Ein anderer suchte den Oberst auf dem Exerzierplatz, und der Schreiber informierte seine Freunde. Bald summte die kleine Stadt von Gerüchten. Es war ein buntes Völkergemisch, das hier am südlichsten Stützpunkt der Donaumonarchie versammelt war.

Die Einwohner waren Montenegriner, Albaner, Kroaten und Serben, und nun brachten die neuen Herren Österreicher, Ungarn, Slowaken und Tschechen ins Land, wenn auch in geringer Zahl. Im Hafen lag eine kleine Kanonenschaluppe, die den Kaperschiffen der Franzosen und Nordafrikaner kaum gefährlich werden konnte.

Die Batterien des Forts bemannten slowakische Kanoniere. Die Ungarn waren außer einer Infanteriekompanie mit einer Schwadron Husaren vertreten. Die Tschechen und Österreicher stellten Infanterie, Sanitätskorps und Nachschub.

General Brady ließ den Obersten rufen, der die Truppen gedrillt hatte. Er mochte diesen kräftigen, derben Truppenoffizier nicht, aber was half es. Er brauchte seine Erfahrung.

»Was mögen die Engländer nur wollen, Herr Kamerad?« fragte er leutselig.

Der Oberst zuckte mit den Schultern. »Kontakt aufnehmen, Proviant ergänzen, Maßnahmen gegen Piraten verabreden. Ich weiß nicht, Herr General.«

»Was schlagen Sie zur Vorbereitung vor, Herr Kamerad?«

»Ich habe den Artilleriekommandeur warnen lassen, daß der Salut klappen muß. Ich lasse den besten Zug unserer Infanterie am Kai antreten. Die Husaren können die Kutsche mit den Engländern zu Ihrer Residenz geleiten. Ich habe den Bürgermeister unterrichten lassen, daß die Bordelle vorbereitet sein müssen und die Polizei. Die deutschen Soldaten werden abends Patrouille gehen. Sie müßten überlegen, ob Sie ein Fest geben wollen, Herr General.«

Der General strich den Bart nach links, nach rechts, starrte vor sich hin und sagte schließlich: »Sehr gut so weit. Wer ist am besten als Dolmetscher geeignet? Und von wem soll ich das Geld für ein Fest borgen? Sie wissen so gut wie ich, daß wir wegen der verdammten Piraten kein Geld aus Triest geschickt erhalten können.«

Der Oberst zögerte keinen Augenblick. »Leutnant Jason soll gut Englisch sprechen. Ich hoffe nur, es ist besser als sein Deutsch. Und der Kaufmann Rabani gibt uns Kredit.«

»Nun gut, veranlassen Sie alles. Ich ziehe mich um.«

Am Hafen drängten sich die Neugierigen und zeigten sich die Flaggen der Gäste, die riesigen Masten mit den halb gerefften Segeln. Und dann hielten sich die meisten die Ohren zu, denn die Salutschüsse dröhnten. Die Slowaken machten ihre Sache gut. Aber die Engländer feuerten auf allen drei Schiffen wie mit einer einzigen Kanone, und diese Präzision ließ den Oberst, der am Kai das Begrüßungskomitee leitete, ein »Verdammt!« nach dem anderen murmeln. Sein Adjutant wußte, daß dies die höchste Form seiner Anerkennung war, aber der Bürgermeister fragte ängstlich: »Aber es macht sich doch alles recht gut, Herr Oberst?«

Die Briten holten im Gleichtakt die Segel ein. Sie ließen die Anker wie einen einzigen in das Hafenbecken rauschen. Auf dem Linienschiff wurde ein Boot ausgesetzt. Das Fallreep wurde heruntergelassen, und dann stiegen zwei Zivilisten und ein rotberockter Offizier ins Boot, ehe oben an der Treppe ein Offizier mit weißen Kniehosen, dunkelblauem Rock und Dreispitz erschien. Und nun schallten die Trommeln und Pfeifen zum Kai hinüber und dazu sonderbare Klänge, die gänzlich ungewohnt waren.

»Was ist das, Herr Oberst, halten zu Gnaden?« fragte der Bürgermeister devot.

»Der kommandierende Offizier verläßt das Schiff zuletzt, und ihm zu Ehren spielen Trommler und Pfeifer. Und was Sie sonst noch hören, ist ein Dudelsack. Ich habe ihn durch Schotten in Triest kennengelernt.«

David betrachtete das Komitee der wenigen Offiziere und Zivilisten aus dem Boot heraus mit belustigter Miene. Das wird eine Aufregung für diese Garnison am Ende der österreichischen Welt sein, dachte er sich. Dann sah er, wie ein Zug Husaren eine Kutsche zum Kai geleitete und wie die Infanterie präsentierte. »Gut gemacht, nicht wahr?« flüsterte er Hauptmann Ekins zu, und der nickte.

Am Kai hob der Oberst seine Hand an den Mützenschirm, beugte ruckartig den Oberkörper etwas vor und sagte: »Oberst Schmidtleitner, zu Diensten. Ich begrüße Sie im Namen von General Brady in Cattaro. Mit wem habe ich die Ehre?« Ein Leutnant trat vor und übersetzte in ein stark akzentgefärbtes Englisch, was David schon verstanden hatte, obwohl der Oberst einen österreichischen Dialekt sprach, der ihm ungewohnt war. Aber er wollte seine Deutschkenntnisse noch nicht preisgeben und beschloß, englisch zu antworten.

Er legte die Hand an seinen Dreispitz. »Sir David Winter, Kommodore der Adriaflottille Seiner Britischen Majestät. Neben mir sehen Sie Hauptmann Ekins von Seiner Majestät Seesoldaten und Mr. Demetros und Mr. Örgazan als Berater und Dolmetscher.«

Mr. Demetros sprach etwas Deutsch und gab sich redliche Mühe, aber David merkte, daß er doch wohl seine eigenen Sprachkenntnisse einsetzen müßte. Er wurde schneller dazu gezwungen, als er dachte.

In General Bradys Residenz war nach der Begrüßung bald das Gespräch auf die Pläne der britischen Flottille gelenkt worden. David erklärte, daß er mit der Fregatte, die in der Adria kreuze, und mit dem Kutter, der vor der Bucht liege, die Piraten bekämpfen und die russisch-österreichischen Truppen bei der Eroberung von Ancona unterstützen wolle. Außerdem hoffe er, daß er für seine Mörserketsch Geschosse aus den ehemals französischen Arsenalen erhalten könne.

Oberst Schmidtleitner, der wohl bemerkte, daß Mr. Demetros gerade eine Frage ihres Dolmetschers beantwortete, redete schnell auf General Brady ein. »Herr General, das ist unsere Chance. Wir geben die Munition nur raus, wenn uns der Engländer das Piratennest ausräuchert und viel Geld für die Munition zahlt.«

David räusperte sich und sagte: »Meine Herren! Ich sollte Sie nicht im unklaren lassen, daß ich im Königreich Hannover aufgewachsen bin und die deutsche Sprache beherrsche, wenn mir Ihr Dialekt auch etwas fremd ist. Mit Rücksicht auf meine Begleitung sollten wir dennoch die englische Übersetzung nicht unterlassen. Aber Sie müssen wissen, daß ich Sie mit meinen Schiffen als Verbündeter im Kampf gegen Piratenfestungen unterstützen werde, andererseits auch darauf bestehe, daß meine Bedürfnisse eine faire Berücksichtigung finden.«

»Selbstverständlich, verehrter Herr Kamerad«, entgegnete Brady. »Unsere Länder sind seit Jahren verbündet, und so wollen wir auch handeln. Oberst Schmidtleitner scherzt gern. Aber lassen Sie mich erklären, was uns bedrückt.«

General Brady erklärte in knappen und präzisen Worten, daß auf der praktisch unbewohnten kleinen Inselgruppe Palagruza in der Mitte der Adria ein Piratennest entstanden sei. Ein alter venezianischer Festungsturm und ein kleiner Hafen seien von französischen Kapern und nordafrikanischen Piraten ausgebaut worden, die von dort ständig den Handel an der dalmatinischen Küste heimsuchten.

»Sie wissen, verehrter Sir David, daß die Republik Ragusa keine Streitkräfte unterhält. Wir sollen helfen, und man will uns bezahlen. Aber ich verfüge nur über eine kleine Kanonenschaluppe und drei Ruderkanonenboote. Damit kann ich gegen das Piratennnest überhaupt nichts ausrichten. Aber wenn sie es mit Ihren großen Schiffen und Ihrer Mörserketsch beschießen, dann kann es unsere Infanterie stürmen. Ragusa kann uns unsere Dienste bezahlen, und Sie erhalten Ihre Mörsermunition.«

David mußte innerlich schmunzeln. Wenn er nicht die Sprache der beiden alten Gauner verstanden hätte, wäre für ihn die Arbeit geblieben, und sie hätten sich von Ragusa bezahlen lassen. »Herr General, ich bin sicher, daß wir auf dieser Basis zu einer Zusammenarbeit kommen. Lassen Sie uns morgen früh mit unseren Offizieren beraten und jetzt auf unsere Waffenbrüderschaft trinken!«

Es wurde noch ein recht fröhliches und informelles Gespräch. Die beiden Österreicher beklagten ihr Schicksal, das sie in diesen fernen Winkel verschlagen habe. »Es ist schön hier, und auch das Klima ist angenehm«, gab Schmidtleitner zu. »Aber glauben Sie, Herr Kommodore, um uns herum hausen doch nur Halsabschneider. Die haben in ihren Bergen Jahrhunderte gegen die Türken gekämpft und immer auch gegeneinander. Einen zivilisierten christlichen Staat sind die überhaupt nicht gewohnt. Wie sollen wir das mit unseren wenigen Soldaten und noch weniger Beamten und Schulmeistern ändern? England herrscht in Indien auch mit wenigen Beamten und Soldaten über eine riesige Bevölkerung. Aber das ist eine andere Bevölkerung. Verglichen mit diesen Berglöwen sind das Lämmer.«

David mußte zustimmen. Ohne die religiös begründete Ergebenheit der meisten Inder wäre die britische Herrschaft unmöglich.

Das Treffen der Offiziere am nächsten Morgen wurde nicht durch die Randale getrübt, die britische Landgänger am Abend vorher angerichtet hatten. Das war man in der Hafenstadt gewohnt. Der für das Arsenal zuständige Offizier beurlaubte sich mit Mr. Wilson und dem Stückmeister, der Zahlmeister setzte sich mit dem Verpflegungsoffizier und Vertretern der Kaufmannschaft zusammen, und David, Hauptmann Ekins und Commander Neale standen mit General Brady, dem Obersten, einem Artillerieoffizier und dem jungen Leutnant der Kanonenschaluppe an den Karten und erörterten die Aufgabe.

Palagruza war seit vielen Jahrzehnten ein Schmuggler- und Piratennest. Als Venedig stark war, hatte es die kleine Inselgruppe durch einen Turm gesichert und mit seiner Flotte die Piraten unter Kontrolle gehalten. Aber Venedigs Macht war geschwunden. Es war in Österreich aufgegangen, das Mühe hatte, seine italienischen Besitzungen gegen die Franzosen zu halten. Zur See war Österreich praktisch nicht existent, und nicht nur die französische Flotte hatte das genutzt, auch französische Kaper schwärmten von den eroberten italienischen Häfen aus. Und die nordafrikanischen Piraten waren zahlreich wie seit Jahrzehnten nicht. Sie hatten mit den französischen Kapern eine kaum verborgene Interessengemeinschaft geschlossen und nutzten beide den Schlupfwinkel auf Palagruza.

»Nun zeigen Sie mir bitte, wo der Turm steht, wie stark er bestückt ist, welche Wassertiefen wir vorfinden und wo die Infanterie landen kann«, forderte David.

Der junge Leutnant von der Schaluppe antwortete recht knapp und präzise, aber bis alles übersetzt war, konnte es David vor Ungeduld kaum aushalten. Er nahm sich ein Papier und skizzierte die möglichen Angriffspositionen für die *Thunderer* und die *Vulcano* sowie Landungsplätze für die Truppen. »Ich sehe keine Probleme«, faßte er zusammen. »Die *Thunderer* kann mit ihren schweren Geschützen den Turm ausschalten. Die *Vulcano* kann die vorgelagerte Bastion am Hafen und Schiffe im Hafen bekämpfen, und die *Bulldog* kann mit ihren Karronaden eine Landung an diesem Platz vorbereiten. Das müßte ohne erhebliche Verluste zu schaffen sein.«

General und Oberst stimmten zu, aber der Leutnant gab zu bedenken, daß die Boote bei der Landung mit großen Steinbrocken am Ufer rechnen müßten. »Wenn die Bastion noch schießen kann und die Bootsführer überstürzt handeln, kann das in einem Fiasko enden.«

David meinte, daß er das beachten werde. »Wir werden für die Landung vier große Boote mit Ruderern zur Verfügung stellen. Ich schlage vor, daß sie gemeinsam mit Ihren Booten und Ihrer Infanterie die Landung an einer ähnlichen Küste üben werden. Mein Erster Leutnant ist dafür ein kompetenter Instrukteur.«

Alles nahm einen unerwartet guten Verlauf. Geoffrey Wilson und der Stückmeister waren von den Granaten begeistert. Mr. Watt war mit den Übungen zufrieden und bescheinigte der österreichisch-ungarischen Infanterie viel Elan. Der Oberst sei ein alter Hase und sehr kooperativ. Die Mannschaften sahen in der bevorstehenden Aktion eher ein unterhaltsames Abenteuer, besonders, da sie an Land nicht kämpfen sollten.

Wenige Tage später lief die kleine Armada aus. *Thunderer* führte vor *Shannon*, *Bulldog* und *Vulcano*. Die beiden kleinen Polaccas, die mit hundertzwanzig Infanteristen vollgestopft waren, segelten seitab in Lee und schleppten ihre Boote hinter sich her. Die *Falcon* war mit Depeschen nach Korfu unterwegs.

Am frühen Vormittag erreichten sie die Insel und sahen, wie noch eine Schebecke in den kleinen Hafen schlüpfte. David betrachtete den Turm, die Bastion und die Insel sorgfältig durch sein Teleskop. »Ich kann nichts entdecken, was uns zu einer Änderung unserer Pläne zwingen würde. Oder haben Sie etwas bemerkt, meine Herren?« fragte er Mr. Watt und Mr. Ekins. Beide verneinten.

»Dann signalisieren Sie: ›Positionen einnehmen‹«, befahl er dem Signal-Midshipman. Die *Thunderer* tastete sich an die Küste heran und warf zwei Anker aus. Die *Vulcano* ankerte seitlich von ihr und richtete das Schiff auf die Bastion aus. Die *Bulldog* segelte weiter zur Landungsstelle, und die *Shannon* blieb in Reserve. Am Turm lösten sich einige Rauchwolken, und kurz vor der *Thunderer* stiegen Säulen aus dem Wasser.

»Ich tippe auf Vierundzwanzigpfünder«, sagte Mr. Watt zum Master. David befahl: »Feuer frei!«, und kurz darauf wurde das Schiff von den Rückstößen der schweren Kanonen erschüttert. Von den ersten Schüssen traf nur einer voll ins Ziel. Die anderen lagen zu kurz. Aber schon von den nächsten schlugen die meisten ein, und große Löcher klafften in der Mauer des Turms.

Nun griff aber die Bastion in den Kampf ein. Sie verfügte nur über zwei oder drei Geschütze, war aber flach und schwer zu treffen. »Wie lange braucht denn Mr. Wilson noch?« bemängelte David gerade, als die *Vulcano* erst einen und gleich darauf den zweiten Mörser abfeuerte.

»Teufelskerl!« murmelte Mr. Watt, denn beide Granaten schlugen in der Bastion ein und wirbelten Balken, Dreck und Körperteile in die Luft. Nach einer halben Stunde feuerte keine Kanone der Piraten mehr. David spähte durch sein Fernrohr. »Sollen wir mit der Landung beginnen, Mr. Ekins?«

Der bejahte, und David befahl dem Midshipman, der *Bulldog* das Signal zum Angriff zu geben. Die *Bulldog* segelte dicht vor den Strand und deckte ihn mit

Traubengeschossen und Kartätschen ein. Dann ruderten die Boote los und wurden bei der Annäherung nur durch einige Musketenschüsse gestört. Das konnte sie nicht aufhalten, und die Infanterie rannte mit lautem Hurra den Strand hinauf.

Aus der Bastion und vom Turm erklangen nur einige Schüsse, bevor die Soldaten die Gebäude erstürmten. Aber die Schiffe im Hafen feuerten mit Musketen und Kanonen auf die Infanterie. »Signal an *Vulcano*: ›Hafenbecken beschießen‹, Signal an *Bulldog*: ›Einlaufen in den Hafen vorbereiten!‹«, befahl David.

Die Mörserketsch feuerte nur wenige Granaten, bevor die Schiffe ihr Feuer aufgaben. Die *Bulldog* segelte mit ausgerannten Geschützen in das Becken ein und setzte Boote aus, die die Schiffe in Besitz nahmen. Die zuletzt eingelaufenen Schebecke schien schwer getroffen, aber ein Schoner, der schon im Hafen gelegen hatte, war fast völlig unbeschädigt. »Ich rieche Prisengeld«, flüsterte Commander Neale zu Leutnant Henderson, bevor er den Befehl gab, mit dem Signal zu bestätigen, daß der Widerstand gebrochen war.

David lud General Brady ein, mit ihm die Insel zu besichtigen. Brady hatte sich im Hintergrund gehalten, um die Führung der *Thunderer* nicht zu stören, schritt aber nun energisch zum Fallreep. In Unkenntnis der seemännischen Bräuche wollte er David höflich den Vortritt lassen, bis ihm dieser erklärte, daß ein Kapitän sein Schiff immer als letzter verlasse und als erster wieder betrete.

Bradys Adjutant war mit im Boot, Hauptmann Ekins, Stückmeister Lavery sowie Gregor und Alberto mit Gewehren, deren Kolben und Magazine durch Segeltuch geschützt waren. Es waren die Windbüchsen, die dadurch auch gegen zu schnelle Entdeckung getarnt waren.

Am Kai des kleinen Hafens begrüßte sie Oberst Schmidtleitner und meldete stolz die Eroberung des Piratennestes. Die meisten Verteidiger seien gefallen. Nur wenige waren gefangen worden. An eigenen Verlusten beklage man einen Toten und vier Verwundete. »Stellen Sie sich vor, meine Herren. In den unteren Gewölben des Turms hielten sie Geiseln gefangen, vorwiegend reiche Männer und Frauen von den Küsten. Sie sind in jämmerlichen Zustand und werden gerade heraufgebracht. Anscheinend sind auch noch Schätze dort versteckt. Kommen Sie, gehen wir dorthin.«

David sagte Hauptmann Ekins, er möge signalisieren lassen, daß Schiffsarzt Cotton an Land käme, ehe er mit Gregor und Alberto den anderen folgte. Sie stiegen über Trümmer und geborstene Balken zur Treppe, auf der sich verhungerte und verwahrloste Gestalten heraufdrängten. Soldaten stützten sie. Männer hielten die Hände ihrer Frauen. Einige Frauen umarmten kleine Kinder. Sie murmelten auf italienisch und serbisch Dankesworte und Gebete. Einige wollten den Offizieren die Hände küssen.

David konnte seine Rührung kaum verbergen. Er brauchte einige Zeit, bis er dem lauten und unternehmungslustigen Oberst Schmidtleitner in den Keller folgte. Er war unzerstört, aber es stank nach Kot und Urin der Gefangenen. Der Oberst war mit General Brady zu einem großen, massiven Schrank gelaufen, der am Ende des Ganges stand. David befahl Gregor und Alberto, den Gang abzusperren, und ging zu den Österreichern.

Schmidtleitner hatte die Tür aufgebrochen und jubelte, als er drei Kisten sah. Er öffnete die erste und rief: »Schmuck und Geld! Das ist reiche Beute!« David wollte hinschauen, als er bemerkte, wie sich die Hinterwand des Schrankes bewegte.

»Zurück!« schrie er, sprang selbst mehrere Meter zurück und zog seine Pistole. Aber Brady und der Oberst wühlten im Schmuck und merkten zu spät, wie die Schrankwand zurückschwang und wie zwei Männer heraussprangen, die Österreicher umfaßten und ihnen Messer an die Kehlen hielten.

Sie riefen David etwas zu, was er nicht verstand und wiederholten dann radebrechend in Französisch. »Waffen runter! Soldaten oben sagen: Waffen runter! Weg frei zu Schiff, sonst Kommandanten tot.«

David tat, als ob er nicht verstehe und rief schnell auf Russisch zu Gregor. »Geht nach oben und postiert euch so, daß ihr sie abknallen könnt, wenn ich das Zeichen gebe.« Dann fragte er die Geiselnehmer auf Deutsch: »Was wollt ihr?«

Die Piraten brüllten jetzt: »Du Pistole weg! Nach oben! Alle Soldaten Waffen weg. Weg zu Schiff frei! Sonst Kommandant tot!«

David hatte bemerkt, daß Gregor mit Alberto ohne Zögern verschwunden war, und ließ die Pistole fallen. »Ist gut!« sagte er langsam und deutlich. »Eure Forderungen werden erfüllt. Folgt mir langsam. Ich werde den Soldaten sagen, daß sie die Waffen niederlegen.«

»Geh!« schrie der ältere Pirat, ein Weißbart mit schwarzem Hut. »Nix Trick, sonst tot.«

David schritt langsam die Treppe aufwärts. Oben rief er laut: »Piraten haben den General und den Oberst gefangen und werden sie ermorden, wenn ihr nicht die Waffen niederlegt. Also runter mit den Waffen! Macht den Weg frei zum Kai!«

Die Infanteristen gehorchten, und die Piraten stießen

ihre Gefangenen aus der Tür, die Messer immer an ihre Kehlen drückend. Die gerade befreiten Gefangenen schrien und jammerten vor Wut, aber die Soldaten drängten sie zurück. Der ältere Pirat musterte mißtrauisch die Lage. »Besatzung Schoner freilassen sofort. Sollen alle an Deck stehen. Sechs Soldaten ohne Waffen hierher.«

David wiederholte die Forderungen laut und fügte hinzu. »Gehorcht, und keine Eigenmächtigkeit ohne meinen Befehl!« Ein Offizier schickte sechs Soldaten zu den Piraten, und die befahlen, daß sie die drei Kisten aus dem Schrank im Keller zum Schoner tragen sollten. Zwischendurch ritzten sie ihren Gefangenen die Kehle, und General Brady rief: »Tut, was sie wollen!«

Auf dem Schoner sammelten sich freigelassene Piraten, rissen die Arme hoch und jubelten. Die sechs Soldaten schleppten die Kisten zum Kai, und auf dem Schoner machten sie ein Boot fertig.

»Wir gehen zu Boot. Du voran! Wenn niemand uns folgen, dann Gefangene frei an Küste. Sonst Folter und Tod!« befahl der ältere Pirat.

David hob die Hände hinter den Kopf und ging langsam voran. »Gregor, seid ihr bereit?« rief er russisch.

»Ja«, klang es zurück.

David war jetzt an den Schatzkisten. Er bückte sich und machte eine auf. »Seht! Eure Schätze sind alle da.«

Er hatte richtig spekuliert. Der ältere Pirat schrie: »Finger weg!« Aber er beugte sich wie der andere vor, um besser zu sehen, und beide lockerten den Druck ihrer Messer.

David rief russisch: »Feuer!« und griff nach einem Wurfmesser in seiner Manschette, falls ein Schuß nicht traf. Er hörte keinen Schuß, aber er sah, wie fast gleichzeitig die Schädel der Piraten aufbrachen und Blutfontänen hinaussprangen. Er stürzte vorwärts, um die Arme mit den Messer wegzureißen, aber Schmidtleitner hatte selbst das Messer weggestoßen und dem anderen Piraten war die Hand herabgesunken, als ihn der Schuß traf.

David richtete sich auf. »Nehmt die Waffen auf und bringt die Männer auf dem Schoner in eure Hand!«

Einige auf dem Schoner wollten Segel setzten, aber Schüsse vom Ufer vertrieben sie. Gregor und Alberto kamen herbeigelaufen. »Sehr gut, ihr beiden«, lobte David. »Jetzt paßt auf die Kisten auf, bis der Oberst einen Offizier schickt.«

Schmidtleitner klopfte den beiden auf die Schulter und drückte David die Hand. »Ich wußte ja, daß Sie zwei Windbüchsen haben, und etwas Russisch verstehe ich auch. So war ich auf eine Befreiung gefaßt.« Auch General Brady trat hinzu und bedankte sich. »Und die Beute ist auch gesichert«, fügte er hinzu.

David wandte sich zu ihm und sagte leise: »Herr General, vieles davon dürfte den Unglücklichen dort gestohlen worden sein. Man würde uns an beiden Küsten verfluchen, wenn wir das Leid nicht lindern und uns an dem Diebesgut bereichern.«

Brady sah David an und nickte dann. »Aber ich lasse nicht zu, daß sich hier jeder nimmt, was er will. Sie sollen ihre Verluste meinen Offizieren zu Protokoll geben, und die werden dann sehen, ob die Stücke hier dabei sind. Und Mitgefangene werden es ja bestätigen können.«

Die kleine Flottille lief am nächsten Tag in Cattaro ein. Die befreiten Zivilisten wurden im Spital und in Privathäusern bis zur Rückkehr aufgenommen. Die Piraten trieb man unter den Schmährufen der Bevölkerung ins Gefängnis, und der General ließ das Gericht schon am selben Abend zusammentreten.

Auf den britischen Schiffen herrschte freudige Stimmung. Es war ein leichter Sieg gewesen, aber die Österreicher waren dankbar und nahmen die Seeleute herzlich auf. Gregor und Alberto erhielten Geld im Wert von je zehn Pfund, und die anderen rechneten sich von dem übrigen Schmuck und vom Verkauf des Schoners noch ein kleines Prisengeld aus.

Der nächste Tag brachte ein Fest, wie es David noch nicht erlebt hatte. Am einen Ende des Kais wurden viele Tische und Holzbänke aufgestellt. Am anderen Ende errichtete man zweiundzwanzig Galgen. »Wollen die hier mit uns tafeln, während sie dort die Piraten aufhängen?« fragte David seinen Ersten.

Mr. Watt war nicht überrascht. »Hinrichtungen sind immer ein Volksfest, wenn es Piraten und Räuber trifft, Sir. Denken Sie nur daran, wieviel Menschen sich in London versammeln, wenn vor dem Old Baley gehenkt wird. Ich kam einmal vorbei, als fünf Galgenvögel noch am Strick hingen, und die Menge soff und vergnügte sich.«

David schüttelte den Kopf. »Komisch. Ich habe Hängen eigentlich nur erlebt, wenn mein Schiff kurz danach auslief. Nun ja! Mitleid mit den Strolchen wäre wohl fehl am Platze.«

Die Österreicher gestalteten die Hinrichtung sehr eindrucksvoll. Eine Kompanie sperrte die Galgen ab. Trommeln ratterten. Der Militärrichter verkündete mit lauter Stimme das Urteil. Priester standen bei den Verurteilten. Ein Schuß dröhnte, und alle Falltüren öffneten sich gleichzeitig. Mönche sangen einen Choral, und dann wurde an den Tischen ausgeschenkt und Speisen aufgetragen.

David hatte noch nie eine so riesige Bewirtung erlebt. Allen Briten und allen beteiligten Infanteristen wurden Wein, Brot und kaltes Fleisch vorgesetzt. Orchester der verschiedenen Nationalitäten spielten. Gruppen zeigten Volkstänze, und Chöre sangen. Den stärksten Eindruck hinterließ der Chor der *Thunderer*. Reverend Pater ließ zunächst ein geistliches Lied singen, das die Seelen der Sünder der Gnade Gottes empfahl. Dann folgten Seemannslieder und englische Volksweisen und wurden heftig bejubelt.

David saß bei General Brady, der noch einmal betonte, wie dankbar er für seine Errettung sei. David packte die Gelegenheit beim Schopfe. »Darf ich einmal sehr unfein und unbescheiden sein, Herr General, und eine Bitte äußern?«

Brady konnte sein Erstaunen nur schwer verbergen. »Tun Sie es nur, Herr Kommodore«, sagte er dann.

David sprach von dem schweren Start der Sieben Inseln, bedrängt von Piraten und Türken. Er äußerte seine Überzeugung, daß Admiral Ushakow keine russische Machtbasis dort schaffen wolle oder könne. »Herr General, bitte unterstützen Sie die Selbständigkeit und Einheit dieser jungen Inselrepublik. Keinem wäre geholfen, wenn sie zum Zankapfel der Großmächte wird.«

Brady sah ihn verschmitzt an. »Hätte mich auch gewundert, wenn Sie einen persönlichen Wunsch geäußert hätten. Sie haben also gehört, daß wir auf den Inseln für Österreich werben?«

David nickte.

»Nun gut«, fuhr Brady fort. »Ich werde einen Botschafter nach Korfu senden. Wenn er sicher ist, daß die Russen dort keinen Satellitenstaat errichten, dann werden wir unsere Propaganda einstellen und die Republik unterstützen.« Und er reichte David die Hand, die dieser ergriff und schüttelte.

Der Posten auf dem Turm an der Landzunge rief ins Blockhaus: »Herr Leutnant. Die britische Flottille läuft aus, aber von der See nähert sich ein Segel. Ein kleines Schiff.«

»Was regt er sich auf«, schimpfte der Leutnant. »Die Engländer sind unsere Verbündeten und werden mit dem einen Segel schon fertig werden, wenn es feindlich ist.«

Auch auf der *Thunderer* war das Segel auf See beobachtet worden. »Deck!« rief der Ausguck. »*Falcon* in Sicht!«

»Das gibt Depeschen und hoffentlich auch private Post«, sagte Leutnant Shield zu Reverend Pater.

Leutnant Ross zeigte beim Übersetzen auf die *Thunderer* ungewöhnliche Eile. Er stürmte förmlich das Fallreep hinauf, grüßte nur kurz und lief zu David. »Eine Eildepesche der Admiralität, Sir, die mit höchster Dringlichkeit nach Korfu gebracht wurde.«

»Geben Sie her, Mr. Ross, und seien Sie willkommen.« Dann bat David den Signal-Midshipman um ein Messer, schnitt den Umschlag auf, trat an die ihm vorbehaltenen Seite des Achterdecks und las. Es waren nur drei kurze Absätze. Dann wandte er sich an die Offiziere und Deckoffiziere. »Meine Herren, der General

Bonaparte, der die Ägyptenexpedition befehligte, ist durch die lockere britische Blockade nach Frankreich entkommen und dort Anfang Oktober gelandet. Die Lords der Admiralität zweifeln nicht daran, daß er die Macht in Paris an sich reißen wird. Dann wird er neue Feldzüge beginnen. Wir werden ersucht und angewiesen, die Eroberung von Ancona und die Kämpfe gegen die noch in Italien verbliebenen Franzosen zu unterstützen. Lassen Sie mich hinzufügen, daß dieser Bonaparte schon einmal Italien im Sturm von Nord nach Süd aufgerollt hat und es wieder versuchen wird. Wir müssen alles einsetzen, um das zu verhindern.«

Die Offiziere sahen sich bedeutungsvoll an. Jeder kannte den Ruf Bonapartes als eines militärischen Genies, und keiner war in diesem Moment bereit, auch nur einen Schilling auf das Königreich beider Sizilien zu setzen. Aber dann sahen sie den Postsack, den ein Maat der *Falcon* an Bord brachte, und sie waren neugierig auf Nachricht aus der Heimat.

David bat Leutnant Ross in seine Kajüte, bot ihm ein Glas Wein an und sagte: »Klären Sie bitte mit der *Falcon* vor der Flottille auf. Wir segeln zunächst nach Korcula, um dort zwei Familien abzusetzen, die wir aus Piratenhand befreiten.« Mr. Ballaine brachte die private Post für David. Leutnant Ross trank schnell sein Glas aus und verabschiedete sich, denn er konnte sich denken, daß David die Briefe lesen wollte.

Es war ein kleines Bündel mit Briefen aus aller Welt. Aus Indien, das war sicher Hassan. Aus Kanada, das konnte Charles Hamilton sein. Und aus England von den Hansens, von den Barwells und drei Briefe von Britta. David griff zum letzten Brief von Britta und schnitt ihn auf. Er hatte kaum ein paar Zeilen gelesen, da ließ er den Brief sinken, lachte kurz auf, strich sich über die Stirn und las weiter. Was war das? Britta gratulierte ihm zu einem Sohn. Er goß sich einen Kognak ein, stürzte ihn hinunter und las noch einmal.

Mein geliebter Mann, uns wurde am 21. September ein gesunder Sohn geboren. Er wog fast acht Pfund, hatte den schwarzen Haarschopf der Winters und ist bei bester Gesundheit. Wir haben ihn Edward Martin Winter getauft und hoffen, daß du einverstanden bist. Edward heißt er nach deinem ersten Kapitän, Sir Edward Brisbane, der uns die hohe Ehre seiner Anwesenheit erwies, obwohl er mit seinen fünfundsechzig Jahren sehr von der Gicht geplagt ist. Martin haben wir ihn nach Martin Balcor, Herzog von Chandos, genannt, deinem guten Freund. Zwei Admirale als Taufpaten, ich hoffe, daß ihn das nicht für eine Laufbahn in der Flotte prädestiniert. Wenn mein Sohn auch immer so lange fort wäre wie mein Mann, das hätte ich nicht gern.

Du kannst dir denken, daß es eine schöne Taufe war mit den vielen alten Freunden. Dr. Lenthall hatte sich nicht nur rührend um mich gesorgt, er nahm sich auch seines alten Kapitäns Brisbane an. Und William Hansen und die Barwells konnten nicht genug um Admiral Brisbane sein. Ich hatte auch Mrs. Grant eingeladen, die Witwe von Brisbanes Erstem, der ja dann auch dein Kapitän war. Sie hat sich mit Lady Margaret, Brisbanes Frau, angefreundet. Sie werden sich wohl oft besuchen.

Alle waren von deiner Stiftung, den Wohn- und Arbeitsstätten für die Invaliden, die Witwen und von den Schulen für ihre Kinder und die Waisen sehr angetan. Und mir kam der Gedanke, warum du nicht Mr. Ballaine, der eine eigene Schule aufmachen will, ermunterst, es hier zu tun. Wir haben Kinder, die gute Förderung verdienen, und aus der Umgebung könnte er viele Internatsschüler gewinnen.

Aber ehe ich mich verplausche und über meine Landwirtschaft schreibe, will ich dir noch sagen, daß auch Martin ein gesunder Sohn geboren wurde, den sie George Martin David genannt haben. Ich konnte es dir nicht vorher schreiben, denn die Einladung zur Taufe konnte ich wegen meiner Schwangerschaft nicht annehmen, und nun hat mein Vater dich als Taufpate vertreten. Der Sohn ist gesund, und Susan hat sich nach einem Monat wieder recht gut erholt. Es war wohl eine schwere Geburt. Leicht hatte es dagegen Victoria, Gregors Frau, mit ihrem Sohn Alexander David Dimitrij, der neun Pfund wog und einen halben Kopf größer ist als unser Sohn. Aber das ist bei diesem Riesen von Vater und der großen Victoria auch kein Wunder.

David legte den Brief hin, atmete tief und stand auf. Er konnte es noch gar nicht richtig fassen. Er hatte einen zweiten Sohn, und er und Britta waren gesund. Bei Martins und Susans Sohn war er Taufpate, und auch Gregor war ein Sohn geboren worden. Welch ein Glück! Hatte er das überhaupt verdient? Aber die Skrupel schob er beiseite. »Edward!« rief er. »Bring mir sofort den Maat Dimtrij hierher.«

Er goß zwei Gläser Wodka ein, und als Gregor die Kajüte betrat, fragte er: »Hast du deine Post schon gelesen, Gregor?«

»Nein, Gospodin. Ich übe gerade mit der Besatzung der Gig.«

»Dann bin ich der glückliche Bote und kann dir zu einem gesunden Sohn gratulieren, den Victoria dir geschenkt hat. Mutter und Kind sind wohlauf. Sie haben den Jungen Alexander David getauft.«

Gregor stand da, als hätte ihn der Schlag getroffen. »Ich, ein Sohn, Gospodin? Sind Sie sicher? Victoria hat nichts von einer Schwangerschaft geschrieben.«

»Meine Frau schrieb mir auch nichts davon. Aber jetzt haben beide Söhne zur Welt gebracht. Beide sind gesund. Nun freu dich endlich, Gregor. Hier ist ein Glas Wodka. Stoßen wir auf unsere Söhne an. Mögen sie auch so gute Gefährten werden wie wir.«

Nun strahlte Gregor, griff nach dem Glas, stürzte es hinunter und hätte David wohl umarmt, wenn nicht der Respekt vor dem Kommodore zu groß gewesen wäre. Aber er ergriff seine Hand, schüttelte sie und sagte lachend. »Gottes Segen auch für Sie und den Jungen und die Lady. Welch ein Glück, Sir, Gospodin, gesunde Söhne. Ich muß es Alberto sagen.«

»Geh nur und freu dich«, sagte David. »Ich werde noch die anderen Briefe lesen, ehe ich es den Offizieren sage.« Aber er hatte nicht mehr die rechte Konzentration. Er überflog mehr, was Britta über die wirtschaftlichen Erfolge ihrer Unternehmungen schrieb und was William über die schwache Gesundheit der Barwells und die Blüte der Reederei mitteilte.

Mehr fesselte ihn schon Hassans Bericht über seine neue Dreimastbarke, sein Haus in Penang und die hoffnungsvollen Geschäfte. Von Charles Hamilton hörte er mehr Flottenroutine von der neuen Station in Halifax. Aber auch das Glück der Ehe mit einer Frau, die bei ihm war und die ein Kind erwartete. Mein Gott, dachte David. Kriegt denn alle Welt Kinder? Und nun wollte er es seinen Offizieren sagen.

»Edward«, ordnete er an. »Nimm drei Flaschen Champagner aus dem Kühler und bitte alle Leutnants, die abkömmlich sind, den Master, Mr. Cotton, Mr. Ballaine und den Reverend zu mir. Es gibt etwas zu feiern.« Edward verneigte sich und entschwand. Nie hätte er sich anmerken lassen, daß er die Neuigkeit schon aus dem lauten Dialog mit Gregor wußte.

Als sich die Geladenen versammelt hatten und gemeinsam eintraten, schenkte Edward ein, und David sagte: »Meine Herren, ich habe eine erfreuliche Nachricht erhalten. Meine Frau hat mir einen gesunden zweiten Sohn geboren, der nach meinem ersten Kapitän, Admiral Sir Edward Brisbane, und nach meinem Freund Martin Balcor Edward Martin getauft wurde. Bitte erweisen Sie mir die Ehre und stoßen Sie mit mir auf die Gesundheit meines Sohnes an.«

Sie hoben ihre Gläser, stießen an und tranken, und Mr. Watt gratulierte im Namen der gesamten Besatzung und wünschte Mutter und Kind alles Gute. David hatte viele Hände zu schütteln und konnte nun auch mitteilen, daß Gregor ein Sohn geboren worden war. »Er ist schon jetzt einen halben Kopf größer als mein Sohn.«

»Mit dem Riesen kommen Sie nicht mit, Sir, bei allem Respekt«, bemerkte Hauptmann Ekins, und sie lachten. Als sie wieder gingen, bat David Mr. Ballaine, noch einen Moment zu bleiben, und erzählte ihm von Brittas Anregung. »Ich weiß nicht, wie Sie über unsere Idee denken, Mr. Ballaine, daß alle Kinder auch handwerklich geschult werden. Es galt ja auch mehr für die elementare Schule, während wir für Sie an eine Lateinschule dachten.«

»Sir, ich bin über Lady Brittas Anregung sehr glücklich. So erfüllt sich mein Traum vielleicht eher, als ich zu hoffen wagte. Und die Verbindung von geistiger Schulung und Handarbeit wird jetzt von mehreren Pädagogen vertreten. Da muß ich mich noch intensiver drum kümmern.«

Als David Brittas Briefe wieder in die Hand nahm, sah er ein Blatt, das er bisher übersehen hatte. *Lieber D.,* stand dort. *Deine Nachrichten waren mir sehr wertvoll. Über den Oberbefehl ist nun endgültig entschieden. K., der bisher nur vertrat, wird es. Den anderen Herrn werden wir demnächst zurückberufen. Ich bin nicht weniger empört als du, daß er sich so vergessen konnte. Aber die Regierung wird wegen seiner Popularität nichts unternehmen. Die Sache kam im Parlament als Vorwurf gegen die Regierung zur Sprache. Da mußte sie ihn verteidigen, da auch die meisten Abgeordneten wegen der Ausländer nicht den eigenen Helden demontieren wollen. Hoffentlich besinnt er sich wieder. Der König ist empört. Sei vorsichtig! Der Herr ist sehr empfindlich und sehr nachtragend und hat hier viele neue Freunde. Alles Gute, dein M.*

David drückte nachdenklich die Zähne gegen die Oberlippe. An den unterschiedlichen Nachrichten hatte er ein paar Tage zu knabbern. Aber Nelson war jetzt weit weg. Wenn er zurückberufen werden würde, könnte er ihn möglicherweise gar nicht mehr treffen. Jetzt mußte er überlegen, wie er mit seinen Schiffen den Franzosen möglichst viel schaden konnte.

Korcula im Sonnenlicht, das war ein Traum für einen Liebhaber schöner Küstenstädte. Die *Thunderer* hatte die Vielzahl kleiner Inseln passiert, die sich zwischen den großen Inseln Peljeac und Korcula in dem tiefblauen Meer malerisch drapierten, und steuerte vorsichtig den Hafen der Inselhauptstadt Korcula an. An Deck standen mit feuchten Augen auch die beiden befreiten Familien, und die Männer umfaßten Frauen und Kinder.

»Das sieht vor dem Hintergrund der dunklen Wälder vielleicht noch schöner aus als Ragusa«, sagte Mr. Cotton zu Mr. Ballaine. »Unsere englischen Küstenstädte sind demgegenüber doch richtig fad, so ausufernd wie Eierkuchen.«

Ballaine lachte. »Unsere Städte müssen sich ja seit Jahrhunderten auch nicht mehr gegen ständige Angriffe von Piraten schützen. Sie können ihre Bauten in der Landschaft verteilen. Aber hier droht jeden Tag ein möglicher Überfall. Darum drängen sie sich auf der Felsenhalbinsel wie hier zusammen, errichten Mauern und schützen sich gegenseitig. In Verbindung mit der kontrastreichen Landschaft sieht das sehr reizvoll aus. Aber ob es dir gefallen würde, James, wenn du so dicht neben dem Nachbarn leben müßtest, daß ihr alles voneinander mitbekommt, auch den Gestank der Nachttöpfe, die ihr morgens in die Straßenrinne schüttet, und wenn deine Kinder keinen grünen Fleck zum Spielen hätten. Ich glaube, du würdest dann lieber auf die Schönheit verzichten.«

»Du bist ein Miesmacher, Reginald. Sieh doch nur! Dort spielen die Kinder am Kieselstrand. Dort rudern Einwohner mit kleinen Booten. Sie haben eine andere Mentalität und lieben die Nähe von Mitmenschen. Und sieh doch nur, diese herrlichen Bauten.«

»Bitte zur Seite treten, meine Herren«, mahnte der Erste. »Klar für Ankermanöver!« Der Anker der *Thunderer* rauschte ins Wasser, die Segel wurden eingeholt. Die *Thunderer* kam zur Ruhe. Die Befreiten winkten zum Ufer. Jetzt wurden sie erkannt, und nun rannten Menschen die Straßen hügelwärts und verbreiteten die Nachricht. Bewohner traten auf die Straße und liefen zum Hafen. Eine riesige summende, jubelnde, winkende Menge sammelte sich und machte der offiziellen Abordnung des Magistrats nur zögernd Platz.

David befahl, außer seiner Gig auch einen Kutter auszusetzen und die Befreiten und einen Zug Seesoldaten mit den Beratern Demetros und Örgazan an Land zu bringen.

Die Begrüßung sollte mit den paradierenden Seesoldaten eindrucksvoll wirken, aber einer der Befreiten stürzte sich in die Arme des Bürgermeisters und dieser umarmte tränenreich David, ohne auf Formalitäten zu achten. »Sie haben meinen Bruder gerettet«, stammelte er immer wieder auf griechisch und italienisch, und die Berater übersetzten. »Und seine Frau und sein Kind. Gott segne Sie, Herr Kapitän. Unsere Stadt ist Ihre Stadt.«

Die Seesoldaten erfüllten doch noch eine Funktion. Sie stellten sich vor und hinter den Befreiten und dem Magistrat auf und geleiteten alle unter dem ohrenbetäubenden Jubel der Anwohner in die Stadt. David wurde vom Bürgermeister mitgezogen, der ihn mit einem Arm unterhakte, mit dem anderen seinen Bruder und ständig in die Menge rief, die je nach Temperament jubelte und weinte.

Die Treppengasse weitete sich zum Platz, und David sah beeindruckt die Markuskathedrale auf der einen, die Adelspaläste auf der anderen Seite. Der Bischof stand mit seinen Priestern auf der Treppe und empfing die Befreiten mit seinen Segen. David wurde mit in die Kirche hineingezogen, und auch die Seesoldaten standen rechts und links an den Seiten und starrten verwundert auf den papistischen Prunk. Aber es war keine Zeit für theologische Differenzen. Bewohner gingen zu den Soldaten, zeigten ihnen, wann das Knie gebeugt werden mußte, und sangen das feierliche Tedeum, dem die Briten ergriffen lauschten.

David hatte den Eindruck, nicht mehr über sich verfügen zu können. Selbstverständlich tafelten er und seine Offiziere mit den Honoratioren am Abend im prächtigen Ameri-Palast, und ebenso selbstverständlich waren die Maate und Seeleute Gäste der Stadtbevölkerung. Der Zahlmeister mußte nicht handeln. Obst und Gemüse wurden ihm aufgedrängt, und David erhielt das Angebot, seine Schiffe in den berühmten Werften der Stadt reparieren zu lassen. Aber sie bedurften keiner Reparatur.

»Siehst du, Reginald, die Menschen haben eine andere Mentalität als wir«, sagte der Schiffsarzt zu Mr. Ballaine, als sie sich gegenseitig beim Weg zum Hafen stützten. »Und ich sage dir, das hat auch mit dem engen Zusammenleben, mit dem Zwang zum Miteinanderauskommen zu tun.«

»Jetzt glaube ich dir alles, James. Das sind wirklich wunderbare Menschen, und es war ein wundervoller Abend.«

Es sollte der einzige Abend in Korcula bleiben. Am frühen Morgen tauchte das Segel der *Falcon* auf, und Leutnant Ross überbrachte die Bitte von Kapitän Voinovitsch, dem Befehlshaber der vor Ancona stationierten russischen Schiffe, David möge ihn doch mit seiner Mörserketsch bei der Belagerung von Fano und dann auch vor Ancona unterstützen.

Als David einen Boten zum Magistrat gesandt hatte und als die *Thunderer* seeklar machte, kam in aller Eile der Bürgermeister mit seinem Vertreter und überbrachte David als Abschiedsgeschenk ein schönes Ölgemälde der Stadt Korcula und die herzliche Einladung, den Besuch bald zu wiederholen.

Es war für alle so eine gemütvolle Unterbrechung unse-

res normalen Dienstes, daß nicht einmal der hartgesottenste Matrose ungerührt blieb. Sie wurden von dieser Herzlichkeit so gefangengenommen, daß es keine Schlägerei und keine Randale gab, was bei den Strömen von Wein einem Wunder gleichkommt. An Deck sehe ich heute nur Gesichter mit einem weichen, verklärten Schimmer, und ich nehme an, in neun Monaten wird Korcula die Geburt einiger kleiner Briten erleben. Aber der Dienst wird uns bald wieder in Kämpfe und Gefahren führen, und so hatten sie einen Blick auf das andere Leben, das ich bei meiner Familie von Zeit zu Zeit so glücklich genießen darf, schrieb David an Britta.

Bevor sie Fano erreichten, hielt David mit seinen Kapitänen Kriegsrat. »Fano ist nur ein kleines Nest mit einem unbedeutenden Fischerhafen genau wie Senigállia, das die Franzosen auch noch besetzt halten.« David wies auf der Karte auf die beiden Orte an der Adriaküste nördlich von Ancona. »Die Orte sind nur von Bedeutung, weil sie die Belagerung Anconas von der Landseite her stören könnten, für die jetzt auch die Österreicher Truppen heranführen. Bisher waren es ja vor allem italienische Freischärler, die die Russen und Türken bei der Belagerung unterstützten. Da die Russen keine Mörserschiffe vor Ancona haben, ist unsere *Vulcano* gefragt.«

Andrew Harland zeigte, daß er etwas sagen wollte, und David forderte ihn auf zu sprechen. »Der russische Befehlshaber, Kapitän Graf Voinovitsch, hat den Ruf, äußerst ungehobelt, unzuverlässig und launenhaft zu sein, Sir. Wir sollten ihm nicht vertrauen, Sir.«

David nickte. »Ich habe ähnliches gehört. Aber wir sind ja in keinem Verhältnis der Über- oder Unterordnung und leisten nur Waffenhilfe, so daß ich hoffe, wir können Ärger vermeiden.«

Aber der Wunsch sollte sich nicht erfüllen. Nachdem sie das russische Flaggschiff, eine Fregatte, gesichtet und die Flaggengrüße getauscht hatten, unternahm man auf dem russischen Schiff keine Anstalten, ein Boot auszusetzen. »Der Herr erwartet doch wohl nicht, daß ich ihn aufsuche«, sagte David zu Leutnant Watt. »Nehmen Sie bitte meine Gig und einen Dolmetscher und laden Sie Graf Voinovitsch zu einem Gespräch ein. Wenn er meint, ich solle kommen, verweisen Sie bitte auf meinen Rang als Kommodore, mein höheres Dienstalter, die höhere Einstufung unseres Schiffes und vor allem darauf, daß er etwas von uns, wir aber nichts von ihm wollen.«

Voinovitsch erhob sich nicht, als Watt seine Kajüte betrat, sondern fragte nur barsch: »Warum kommt Ihr Befehlshaber nicht?«

Watt konnte sehr arrogant wirken, wenn er wollte, und er näselt hoheitsvoll: »Sie erlauben, mein Herr, daß ich mich vorstelle, Ellis Watt, Erster Leutnant auf Seiner Majestät Linienschiff *Thunderer*. Ich bin hier im Auftrag von Kommodore Sir David Winter, der Sie auf sein Schiff zu einem Gespräch einlädt, mein Herr.«

»Ich befehlige hier die vereinigten Flottenstreitkräfte, also hat Ihr Kommandant mich aufzusuchen. Sagen Sie ihm das!«

»Sir David ist Kommodore, Sie nicht. Wir sind nicht Teil der vereinigten Flottenstreitkräfte, sondern ein unabhängiges britisches Geschwader. Sie wollen etwas von uns. Wenn Sie diesen Wunsch nicht in der nächsten halben Stunde unserem Kommodore auf seinem Schiff vortragen, werden wir absegeln und Admiral Ushakow einen Bericht schicken. Ich verabschiede mich, mein Herr.«

Voinovitsch schlug mit der Faust auf den Tisch, daß ein Glas umfiel, aber Mr. Watt hatte sich schon umgedreht.

Als er David berichtete, lachte dieser herzlich. »Sie sind ja auch ein guter Diplomat, Mr. Watt. Hier war die grobe Tour erforderlich. Warten wir ab. Kommen Sie, trinken Sie ein Glas mit mir.«

Nach einer Viertelstunde, David wollte schon den Befehl zum Segelsetzen erteilen, löste sich ein Boot von der Fregatte, und Graf Voinovitsch ließ sich übersetzen.

Auf der *Thunderer* traten die Seesoldaten, die Trommler, Pfeifer und der Dudelsackbläser an, um Voinovitsch formgerecht zu empfangen. Mr. Watt führte ihn in Davids Kajüte. Dieser hatte den Rock mit seinen russischen Orden an, trat Voinovitsch freundlich entgegen und sagte: »Ich begrüße Sie an Bord der *Thunderer*, Graf. Ich bin Sir David Winter, Kommodore Seiner Britischen Majestät Adriaflottille. Darf ich Ihnen ein Glas Wodka anbieten? Trinken wir auf die Waffenbrüderschaft unserer beiden Staaten.«

Voinovitsch schüttelte Davids Hand und griff nach dem Glas, von dem er einen großen Schluck nahm und zufrieden schmatzte. »Ein gutes Wässerchen, Gospodin Kommodore.«

»Setzen Sie sich nur. Ich habe noch mehr davon«, sagte David und winkte Edward, damit er nachgoß. »Wie können wir Ihnen helfen, Graf?«

Voinovitsch ließ sich nicht davon abhalten, noch einen großen Schluck zu nehmen und mit dem Handrücken genüßlich über den Mund zu fahren, ehe er antwortetet: »Wir belagern mit gut vierhundert Russen und Türken Fano und werden von etwa zweihundert italienischen Patrioten unterstützt. Aber dieses Fano hat eine Bastion, die uns sehr zu schaffen macht, da wir kein schweres Belagerungsgeschütz besitzen. Von See aus können unsere Kanonen gegen die Erdwälle nicht viel ausrichten, aber ihre Mörserketsch könnte die Bastion ausschalten, und dann wäre der Ort nicht mehr zu halten.«

David bestätigte die Erfahrung, daß Schiffsgeschütze bei Erdwällen meist sehr wenig bewirkten, und sicherte die Hilfe der *Vulcano* zu. Voinovitsch nickte zufrieden.

»Wenn Sie gerade dabei sind, Gospodin Kommodore, könnten Sie uns doch auch vor Ancona helfen. Die Bastionen Lazaretto und Castello hindern uns sehr bei der Aufstellung unserer Belagerungsbatterien. Wenn Sie sie einen Tag in Deckung zwingen, können wir unser Werk vollenden. Ich kann Ihnen Kapitän Messer schicken, Ihren Landsmann, der Ihnen vor Ancona die Situation erklären könnte.«

»Das wäre sehr freundlich. Kapitän Messer wurde mir in Korfu von Admiral Ushakow vorgestellt. Dann können wir unsere Unterhaltung fortsetzen. Ich werde jetzt Kurs auf Fano nehmen, und dann werden wir sehen, was sich für Ancona ergibt.«

Fano war wirklich nur ein kleiner Küstenort, und David konnte kaum verstehen, warum er noch nicht eingenommen war. Doch die Franzosen mit ihren etwa siebenhundert Mann wehrten sich verzweifelt, und die Bastion beherrschte mit ihren sechs großen Geschützen einen erheblichen Teil des Vorfeldes. Die *Thunderer* legte sich so vor den Strand, daß sie mit ihren schweren

Geschützen die Bastion eindecken konnte, und neben ihr richtete Geoffrey Wilson seine *Vulcano* auf die Bastion aus.

Wilson schätzte die Entfernung und beriet mit seinem Stückmeistersmaat Tall, welche Pulvermenge sie in die Kartusche füllen sollten. Aber der Probeschuß lag zu kurz. »Ich gebe fünf Unzen dazu«, bemerkte Tall und lief in sein Magazin. Er selbst brachte die nächste Kartusche und bettete sie vorsichtig wie ein Baby in die untere Aussparung des großen Rohres.

»Direkt vor dem Wall!« rief der Ausguck nach dem nächsten Schuß.

»Noch zwei Unzen, Mr. Tall!« ordnete Wilson an, und Tall richtete die Menge neu.

Diesmal lag der Einschlag genau in der Bastion, und die Explosion erfolgte kurz nach dem Aufschlag.

»Wir können das Zündrohr der Granate noch ein wenig kappen, Sir«, schlug Tall vor.

»Einverstanden. Dann explodiert sie früher und richtet mehr Schaden an. Noch ein Schuß, und dann Dauerfeuer.«

David sah vom Achterdeck der *Thunderer*, wie Schuß um Schuß in der Bastion einschlug und unmittelbar am Boden oder kurz darüber explodierte. Dann wies ihn Mr. Watt darauf hin, wie die Besatzung aus der Bastion hinausrannte, um sich in Sicherheit zu bringen.

»Sie werden keine Unterstände haben, um sich zu schützen«, bemerkte er zu Mr. Watt. Bevor der antworten konnte, meldete der Ausguck vom Mast, daß ein Parlamentär mit weißer Flagge die Stadt verlasse und auf die Belagerer zureite. Jubelschreie ertönten an Deck, und Mr. Watt nickte David freudig zu. »Das war schnelle und entscheidende Hilfe, Sir.«

»Ja, dann wollen wir abwarten, wann uns Kapitän Messer nach Ancona geleitet«, meinte David.

Aber als Messer nach zwei Stunden eintraf, konnte er sich nur wortreich entschuldigen, daß anders disponiert werden mußte. Der Stab der italienischen Patrioten spreche mehrheitlich auch Englisch, und so erleichtere es die Zusammenarbeit sehr, wenn er die russisch-türkischen Landtruppen befehlige, die nach Senigállia vorrücken sollten. »Vielleicht treffen wir uns dann vor Ancona wieder. Aber der dortige Befehlshaber, General Monnier, ist ein trickreicher und harter Bursche. Stellen Sie sich nur vor, er hat doch einen Oberst Alix als Parlamentär zu Kapitän Voinovitsch geschickt. Er sollte über einen Gefangenenaustausch verhandeln, bevor wir Gefangene hatten. Da waren wir mißtrauisch und haben den Herrn Obersten untersucht. Und er hatte einen Brief von General Monnier an den Kommandanten der Festung, der diesem die Kapitulation verbot. Nun ist er selbst Gefangener. Aber zu Ancona: Mein Batterieoffizier wird Sie begleiten, Sir David, und Sie mit jeder gewünschten Information versorgen.«

Ancona war eine stark befestigte Hafenstadt. David war auf den vorderen Masttopp gestiegen, wobei er sich wieder einmal ärgerte, wie steif er geworden war, und studierte die Befestigungsanlagen durchs Teleskop. Der Hafen war auf beiden Seiten durch lange Molen geschützt. Von der nördlichen Mole gingen wieder Bastionen ab. Die Einfahrt wurde durch drei Linienschiffe gedeckt, aber mindestens eines lag auf Grund. Alte venezianische Kähne dachte David, und nahm die Bastion Lazaretto ins Visier.

Das war ein Brocken! Zur See hin wurde die Bastion durch die andere Mole geschützt. Sie selbst war aus großen Steinen geformt und war mindestens mit einem Dutzend schwerer Kanonen bestückt. Zur Landseite hin deckte sie ein Dutzend kleinerer Schiffe. Aber Lazaretto war durch die *Vulcano* zu erreichen. Doch Castello, das mußte die Bastion hinter der ersten Hügelkette sein, war zu weit entfernt.

David sagte das dem russischen Batterieoffizier, und der stimmte zu. »Sehen Sie, Gospodin Kommodore, dort haben wir eine russische und dort eine türkische Batterie. Wir wollen sie an diesen Knick am Ufer vorziehen, der Ponte Conachia genannt wird. Dazu müßten aber Lazaretto und die kleine Bastion davor, die Santa Lucia heißt, ausgeschaltet werden.«

David kratzte sich an der Schläfe und befahl dem Signal-Midshipman: »Mr. Watt und Mr. Wilson möchten sich bitte zu mir bemühen.« Dann ließ er wieder das Teleskop von einer Seite zur anderen wandern.

Pulverdampf stieg von den landwärts gelegenen Bastionen auf. Dort beschossen sich Verteidiger und Belagerer. Und nun versuchte auch Lazaretto einen Schuß in ihre Richtung. Dreihundert Meter zu kurz. Spart euer Pulver, murmelte David in sich hinein. Ihr werdet es brauchen, wenn wir euch unter Feuer nehmen.

Mr. Wilson enterte leichtfüßig die Wanten empor. Mr. Watt war etwas langsamer, wie David beruhigt feststellte. Er wies sie ein und fragte, was sie meinten.

»Castello liegt sicher außerhalb unserer Reichweite, Sir, zumindest, solange uns Lazaretto hindert, dicht an die Mole heranzusegeln. Lazaretto und Santa Lucia können wir beschießen. Aber Wirkungen werden nicht leicht zu erzielen sein, Sir, wenn die Kanonen in

Die Belagerung des Hafens und des Hinterlandes von Ancona 1799

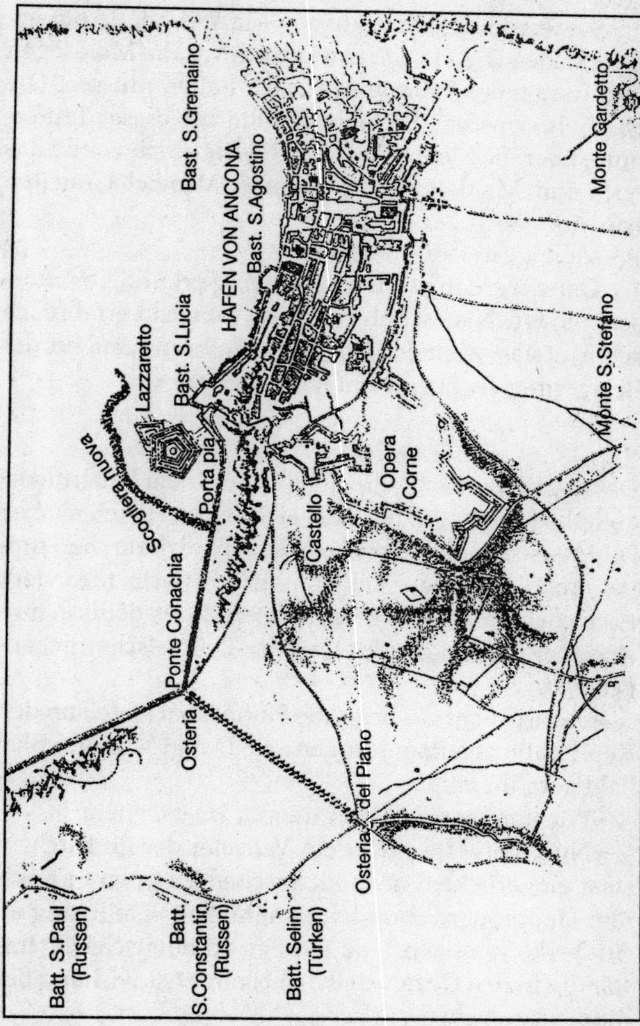

nach oben und hinten gedeckten Bastionen stehen. Ich weiß auch nicht, wie die Mörser bei Dauerfeuer reagieren.«

»Sie werden kühlen müssen, Mr. Wilson, da bin ich ganz sicher. Die *Thunderer* wird sich vor die Mole legen und die untere Batterie in Schach halten müssen. Die Flugbahn unserer Kanonen müßte bei dieser Entfernung über die Mole hinwegreichen, aber ich werde das noch mit Mr. Lavery ausrechnen. Wieviel Granaten haben sie noch, Mr. Wilson?«

»Vierzig für jedes Kaliber, Sir.«

»Dann werden wir uns rechtzeitig erkundigen müssen, wo wir Nachschub erhalten. Vielleicht erfahre ich schon etwas, wenn ich jetzt mit dem Kommandeur der Belagerungstruppen Kontakt aufnehme.«

David traf den Generalmajor Skal in einem Bauernhaus außerhalb der Stadt. Der eigentliche Befehlshaber, Feldmarschall-Leutnant Fröhlich, inspizierte die Truppen im Hinterland. Skal war zunächst sehr reserviert, auch nachdem David gesagt hatte, daß sie deutsch miteinander reden könnten und der Dolmetscher gegangen war.

»Beansprucht die britische Flotte auch Anteil an den Kapitulationsverhandlungen, Sir David?« fragte Skal bald geradheraus.

»Wie kommen Sie denn darauf, Herr General?«

»Nun, vorgestern war ein Vertreter der im Kirchenstaat eingerückten neapolitanischen Truppen in unserem Hauptquartier und verlangte eine Beteiligung an den Verhandlungen. Und Kapitän Voinovitsch liegt uns ständig in den Ohren, daß nichts ohne Mitwirkung der Russen geschehen dürfte.«

»Seien Sie beruhigt, General Skal. Meine Schiffe wollen nur helfen, sonst beanspruchen wir nichts. Die russischen Forderungen scheinen mir nicht unberechtigt, denn Russen und Türken wirken zu Lande und zu Wasser an der Belagerung mit. Aber bei den Neapolitanern brauchen Sie nur laut in die Hände zu klatschen, dann laufen sie schon.«

General Skal mußte lachen, wurde umgänglicher und bot David einen Obstschnaps an. »Sir David, ich verstehe ihre Argumente, aber die Praxis mit Russen und Türken ist schwierig. Wir hätten sie lieber auf ihren Schiffen. Die Blockade wird so lässig und lückenhaft durchgeführt, daß die französischen Schiffe immer wieder unsere Truppen bombardieren. Und zu Lande plündern Russen und Türken und prügeln sich mehr mit ihren Verbündeten, als daß sie dem Feind schaden. Ich weiß nicht, ob sie Kapitän Voinovitsch kennen, aber er hat einen Ton an sich, der kann einen schon in Weißglut bringen. Unser Feldmarschall-Leutnant explodiert schon, wenn er nur den Namen hört.«

David lächelte und nickte. »Ich habe vor zehn Jahren in der russischen Flotte gedient und weiß, was für fabelhafte Soldaten sie bei richtiger Führung sind. Aber ich kenne auch die Schwachstellen im Offizierskorps und in der Verwaltung. Graf Voinovitsch ist übrigens kein gebürtiger Russe, sondern Dalmatiner. Kapitän Messer ist Engländer und Kapitän Konstantinov Grieche.«

Skal klatschte in die Hände. »Das ist ja ein Gemisch. Gott behüte uns vor den Dalmatinern! Wir müssen zu jeder dalmatinischen Kompanie eine deutsche legen, sonst meutern sie.«

»Die russische Flotte ist jung, General. Sie brauchten

jede mögliche Hilfe. Wenn man zeigt, daß man sie ernst nimmt, dann lassen sie sich beeinflussen.«

»Sir David, ich bin Soldat, kein Doktor. Lassen Sie uns lieber über den Einsatz Ihrer Mörser sprechen.«

Die *Thunderer* und die *Shannon* segelten hintereinander an der Molen vor der Festung Lazaretto entlang und schossen auf die Bastionen. David wollte seine Schiffe nicht vor Anker legen, bevor die Batterien nicht schon beschädigt waren.

Und die Franzosen zeigten, wie berechtigt seine Vorsicht war. Sie schossen verdammt gut. Die Briten segelten mitunter durch Vorhänge an Gischt, die die Kugeln aufwarfen. Kugeln wimmerten durch die Takelage und schlugen in den Rumpf und die Aufbauten ein. Splitter sirrten umher und bohrten sich ins Fleisch. Die Sanitäter mußten mehrere Kanoniere ins Lazarett schleppen.

David ging auf dem Achterdeck hin und her. Immer wieder blieb er stehen und sah durchs Teleskop zur Festung. Ihr Bombardement zeigte bis jetzt nur wenig Wirkung. Erst nach dem dritten Vorbeilauf schwiegen zwei Kanonen, und beim fünften Vorbeilauf explodierte in einer Bastion der Kartuschenvorrat.

»So, Mr. Watt, jetzt ankern wir vor der Mole. Signal an *Vulcano*: ›Schußposition einnehmen!‹ Signal an *Shannon*: ›Noch ein Vorbeilauf!‹«

Die *Vulcano* ankerte in Nähe der *Thunderer*, und Mr. Wilson richtete sie auf das Fort aus. Die *Thunderer* schoß ohne Pause, und nach drei Probeschüssen hatte auch die *Vulcano* ihr Ziel genau im Visier und ließ Granate um Granate in der Festung explodieren. Nach einer Stunde feuerte nur noch eine Kanone aus Lazaretto.

David ließ der *Vulcano* signalisieren, daß sie das Feuer auf Santa Lucia verlegen sollte. Mit seinem Teleskop konnte er beobachten, wie an Land die Russen und Türken ihre Kanonen vorzogen und neue Batteriestellungen errichteten. Mit Pferdewagen schleppten sie Faschinen und Säcke voller Sand heran, wühlten sich in die Erde und ließen schließlich die Kanonen voranziehen. Nach fünf Stunden waren sie in gedeckten Stellungen.

»Feuer einstellen, Anker lichten, *Vulcano* soll Munitionsbestand melden!« befahl David. Die *Vulcano* hatte noch fünf Granaten, und Mr. Watt meldete, daß auch die *Thunderer* eine Ergänzung ihres Vorrats gebrauchen könne. »Ich gehe zu General Skal und lasse mir Nachschub anweisen.«

General Skal lachte vor Freude und dankte David herzlich. »Morgen können wir das auf der anderen Seite wiederholen, Sir David.«

David erklärte ihm, daß er erst Munition auffüllen müsse, und wies auch auf seine acht Verwundeten hin, damit Skal das Ganze nicht für eine risikolose Flottendemonstration hielt.

»Schade um die Unterbrechung, Sir David. Aber selbstverständlich werden wir für Munition sorgen. Ich gebe Ihnen eine Anweisung für das Arsenal in Zadar. Das ist gut bestückt und liegt an der Gegenküste der Adria, knapp zweihundert Kilometer.«

Das Arsenal war in der Tat gut bestückt mit Geschossen aller möglichen Kaliber. Aber die Beamten und Offiziere waren unfreundlich. Mehrfach mußte der Stückmeister protestieren, weil man ihm Ausschuß andrehen wollte. Der Stadtkommandant wahrte gerade die notwendigsten Formalitäten und sprach keine Einladung aus.

Keiner trauerte der Stadt nach, als sie den Hafen wieder verließen. Nicht nur das Wetter war an diesem Novembertag kühl und frostig. »Was für ein Unterschied zu Korcula«, sagte Mr. Watt. »Dabei ist Zadar doch auch ein hübsches Städtchen mit seinen Wällen und den schönen Kirchen.«

Mr. Demetros mischte sich ein. »Ja, aber es wird vom Zweiten dalmatinischen Regiment besetzt, und einige der Offiziere stehen im Verdacht, mit den Franzosen illegal Geschäfte zu machen. In uns sehen sie wohl Störenfriede.«

Thunderer und *Vulcano* tasteten sich durch den engen Kanal zwischen den Inseln und Dugi Otok wieder zurück in die freie See, als David Mr. Watt mitteilte: »Ich werde für kurze Zeit auf die *Vulcano* übersetzen. Übernehmen Sie bitte das Kommando, Mr. Watt.«

Mr. Wilson war viel zu stolz auf ›seine‹ *Vulcano* und ihre Erfolge, als daß er dem Kommodore ängstlich entgegengetreten wäre. »Nun, haben Sie alles gut verstaut, Mr. Wilson?«

»Aye, aye, Sir. Alles gut verstaut und gesichert. Wir sind bereit zu neuen Taten.«

David antwortete nicht sogleich, denn seine Gedanken waren vom Anblick des umgekehrt auf dem hinteren Deck verstauten Bootes abgelenkt worden. »Sie haben sicher zwei Boote ineinander geschachtelt, Mr. Wilson.«

»Jawohl, Sir. Ein Sieben-Meter-Boot und eins mit sechs Metern. Außerdem haben wir ein Floß am hinteren Niedergang vorgefunden, eine geniale Konstruktion, Sir. Es ist zusammenlegbar. An den Balken sind leere Fässer zum Auftrieb, und den Boden bilden zwei Lagen des dicksten Segeltuches.«

»Das müssen Sie mir einmal zeigen. Aber zuerst möchte ich wissen, wann zuletzt die Notverpflegung mit Zwieback und Wasser bei Booten und Floß kontrolliert wurde.«

Wilson wurde plötzlich sehr verlegen, stotterte herum und sagte schließlich: »Das mögen wohl zwei Monate sein, Sir.«

»In einer Viertelstunde ist alles in Ordnung, Mr. Wilson, sonst gibt es Ärger.«

»Aye, aye, Sir«, bestätigte Wilson und rief Befehle. Edward Grant zwinkerte ihm zu, aber Wilson hatte keine Zeit dafür, sondern folgte David, der die Befestigung der Karronaden kontrollierte. Hier war nichts auszusetzen. Er wandte sich zum Niedergang, um sich das Floß anzusehen, als ein Kanonenschuß ertönte.

Erschrocken blickte David zur *Thunderer*. »Sie holen die Segel ein. Das Signal für Sturmwarnung weht!« rief der Ausguck.

David blickte zurück zum Küstengebirge. Da war es wieder, dieses helle Leuchten, diese unnatürliche Farbe, wie er sie auch vor Südamerika erlebt hatte, als sich ein Fallwind ankündigte. »Eine Bora!« schrie er. »Alle Segel bergen, Sturmfock setzen! Alle Luken verschalen! Tempo, es geht um Leben und Tod!« Er befahl vier Mann ans Ruder und schickte Mr. Grant unter Deck, damit er Fässer leeren und mit Tauen versehen ließ, damit man sie zusammenbinden und sich an ihnen festklammern konnte.

Die Besatzung arbeitete schnell und routiniert. Sie spannten Seile über das Deck, sicherten alles, was sich lockern konnte. »Mr. Wilson«, sagte David. »Lassen Sie die Pumpe überprüfen und unten die Beile so bereitlegen, daß sie nicht umherwirbeln. Gleich ist die Bora über uns.«

Wilson gab die Befehle weiter und starrte zurück zu den Inseln. Der Sturm hatte die schon erreicht. Im Nu waren sie in einem Gewirbel von Sand und umherfliegenden Bäumen nicht mehr zu erkennen. Und dann kam die Wand auf sie zu. *Thunderer* und *Vulcano* hielten Kurs aufs offene Meer und würden den Sturm von achtern erleben.

Nur noch die unentbehrlichen Wachen waren an Deck. »Festhalten!« schrie David und schlang sich an einem Tau fest. Dann schlug die Welle über ihm zusammen und drückte ihm die Luft aus den Lungen. Kaum war sie über das Schiff hinweggerauscht, peitschte das Gemisch aus Luft und Salzwasser mit unvorstellbarer Geschwindigkeit ihre Gesichter. Die *Vulcano* legte sich auf die Seite und drohte, aus dem Ruder zu laufen.

»Vier Strich backbord!« brüllte David durch den Sturm und hängte sich mit in die Speichen des Ruders. Die *Vulcano* richtete sich wieder auf. Wasser lief vom Deck zurück in die See. Aber es gab ja kaum noch einen Unterschied zwischen Meer und Himmel. Alles war eine brodelnde und donnernde Masse.

Ein Brett löste sich vom Ruderhaus und flog wie ein Speer durch die Luft. »Vernagelt die Lücke!« schrie David und rannte dann selbst nach vorn, wo ein Seil an einer Karronade krachend zerrissen war. Mit zwei Matrosen zog er neue Seile fest. Immer wieder mußten sie sich vor den Wellen ducken und wurden aneinandergeschleudert, daß David die Rippen schmerzten.

Dann änderte sich die Windrichtung, und die *Vulcano* legte sich auf die Seite. »Fünf Strich steuerbord!« brüllte er und warf sich wieder ins Ruder. Es gab keine

Pause. Und dann krachte es furchtbar. »Der Großmast ist über dem Topp gebrochen!« schrie ein Maat entsetzt.

Der riesige Baum hing mit zwei Dritteln seiner Länge an der Steuerbordseite in die See und zog die *Vulcano* herum. »Gegensteuern!« rief David. Hastig blickte er um sich. Dort war ein Beil! »Hackt die Taue los! Über Bord mit dem Mast!« Und er lief voran und hackte auf die Wanten ein, damit sie vom Mast freikamen.

Schließlich schrammte der Rest des Masts über Bord, glitt an der Bordwand entlang, und dann packte ihn eine Welle und warf ihn mit furchtbarer Wucht gegen die Bordwand, bevor er verschwand.

Mein Gott, dachte David und rief nach unten: »Bordwand auf eingedrückte Planken kontrollieren!«

Nach einer Weile kam Mr. Grant an Deck gekrochen und hangelte sich an den Seilen zu David. »Es hat zwei Planken auf etwa drei Meter eingedrückt, Sir. Wir haben verschalt und abgedichtet, aber es leckt noch immer ziemlich. Wir pumpen, aber lange werden sie es nicht schaffen,«

»Lassen Sie ein Segel vorbereiten, das wir außen über die Bordwand ziehen, wenn es etwas ruhiger ist. Wahrscheinlich werden wir auch die Karronaden über Bord geben müssen.«

Unaufhörlich schlugen die Wellen über sie hinweg. Sie duckten sich schon ganz mechanisch. Die *Vulcano* wurde immer schwerer im Wasser und reagierte immer langsamer.

David ließ Mr. Wilson rufen. »Drei Taue fertigmachen, die vom Bug aus unter dem Kiel durchgefiert werden. Das Lecksegel muß an einer Seite drei kurze Taue haben, die wir festlaschen können. An der anderen Seite drei lange Taue.«

»Aye, aye, Sir. Wir arbeiten schon daran.«

»Und dann bilden Sie Ketten, Mr. Wilson, damit der größte Teil der Munition über Bord kommt. Danach sind die Karronaden dran.«

Wilson war geschockt. »Aber Sir, dann können wir nicht mehr kämpfen.«

»Mr. Wilson, jetzt geht es nur noch um Leben oder Tod. Tun Sie alles, damit viele überleben.«

Wilson wandte sich wortlos um und ging.

Sie verloren jedes Zeitgefühl. Immer wieder rissen sie das Ruder herum. Immer wieder zurrten sie fest, was sich loszureißen drohte. Dann kamen die Männer mit den drei langen Tauen und hangelten sich zum Bug vor. Einer achtete nicht auf die riesige Welle, die sich herangepirscht hatte. Sie riß ihn weg, und sie sahen nichts mehr von ihm.

Die anderen zogen die Taue unter dem Kiel durch und standen bereit, als der Trupp mit dem Lecksegel kam. »Vorsicht! Welle!« schrie einer; und sie klammerten sich fest. Dann vertäuten sie schnell die kurzen Taue mit den anderen und griffen die anderen Taue am Lecksegel.

»Holt fest!« schrie der Bootsmannsmaat, und sie zogen das Lecksegel straff über das Leck. »Macht fest!« Sie vertäuten die Taue, und das Wasser half ihnen, indem es das Lecksegel an den Stellen ansog, wo Wasser eingeströmt war.

Hoffentlich hilft es etwas, dachte David. »Mr. Wilson!« rief er. »Der Koch soll Kaffee heiß machen und verteilen. Und lassen Sie die Deckwachen abwechseln.«

David konnte sich kaum noch aufrecht halten. Aber

für die jungen Midshipmen war es der erste große Sturm. Da mußte er an Deck bleiben. Wieviel Stunden harrte er schon aus? Einer der Seeleute berührte seine Schulter und wies dorthin, wo Osten liegen mußte. Es wurde grau. »Der Morgen kommt, das ist gut«, stammelte David aus salzverkusteten Lippen.

Die *Vulcano* lag wieder etwas leichter im Wasser. Lecksegel und Gewichtsverlust zeigten Wirkung. Mr. Wilson hangelte sich zu David. »Wie lange kann denn eine Bora dauern, Sir?«

»Sie kommt oft noch als Sturm an der italienischen Küste an, und weit weg können wir nicht mehr sein. Lassen Sie Ausguck voraus halten.«

Und dann kam noch die eine große Welle von achtern. Es krachte dumpf am Heck, und David wußte sofort: Sie hatte Deckplanken eingedrückt. Der Bootsmann rief: »Wir sinken!«

David rief, so laut er konnte: »Alle Mann an Deck! Boote und Floß zu Wasser lassen! Fässer verknoten! Alle Mann von Bord!«

Sie hackten die Taue weg, die die Boote gehalten hatten, stemmten sich gegen den Wind, der ihnen die Boote aus den Händen reißen wollte, und brachten sie zu Wasser. Das Floß wurde den Niedergang hinaufgereicht, und nun konnte David dieses technische Wunderwerk bestaunen. Mit wenigen Griffen waren die vier Balken verschraubt, die von leeren Fässern getragen wurden. Dann zogen sie das doppelte Segeltuch über den Rahmen und banden es fest. Zehn Mann konnte es bestimmt tragen.

Das bauen wir nach, schwor sich David und half einigen über Bord, die sich an leeren Fässern festhielten. »Zusammenhalten!« rief er. »Zieht Taue zwischen den Booten und den Fässern!«

Mr. Grant, Mr. Wilson und er standen noch an Deck. »Alle Mann von Bord, Sir«, meldete Wilson.

»Dann los!« rief David, hielt sich an einem leeren Faß fest und sprang.

Neben ihm platschte Grant in die schäumende See. »Voran zum Boot!« rief David und strampelte aus Leibeskräften. Aber Grant hing fast unter dem Faß und kam nicht voran. »Was ist los?«

»Ich kann nicht schwimmen, Sir.«

»Sie Rindvieh, das hätten Sie längst lernen können! Los, ich schubse Sie zum Boot. Greifen Sie die Taue, und ziehen Sie sich hoch.«

Im Boot war noch Platz. Sie halfen Grant hinein. Dann schrie einer auf und deutete zur *Vulcano*. David blickte zurück. Mr. Wilson tauchte aus dem Niedergang auf, schwang etwas in der Hand und warf es ins Wasser. Im letzten Augenblick hatte es David erkannt. Es war die Box mit den Geheimsignalen, bleibeschwert und mit Schlitzen versehen, damit sie sofort versank. Jeder Kommandant war verantwortlich, daß sie nicht in feindliche Hände fiel. Aber wo das ganze Schiff versank, war das doch überflüssig.

Die Männer im Boot schrien auf. Der hintere Mast hatte keinen Halt mehr und stürzte über Mr. Wilson, ihn mit dem Gewirr seiner Wanten begrabend. Die *Vulcano* richtet sich auf und rauschte mit dem Mast und dem armen Wilson in die Tiefe. Ein Schwall, einige lose Bretter, dann nichts mehr. Einige schrien entsetzt auf. David senkte den Kopf und schloß die Augen. Wie oft würde er noch den Tod junger, hoffnungsvoller Menschen erleben müssen. »Möge Gott seiner Seele gnädig sein«, sagte er schließlich. Dann blickte er sich um. »Kommt näher! Alle zusammen!« Die Lebenden brauchten ihn.

Sie vertäuten die Boote, das Floß und die Fässer, damit sie nicht auseinandertreiben konnten. Aber David sah, daß einige Männer, die sich an Fässer klammerten, in den Regenschauern abtrieben. Keiner hatte die Kraft, sie zurückzuholen.

Sie rückten eng aneinander, um sich zu wärmen, und schützen sich mit Segeltuch gegen den Wind und das Spritzwasser. David ließ Zwieback und etwas Wein ausgeben. Sie tauschten alle halbe Stunde die Plätze mit denen an den Fässern. Das Wasser war nicht wärmer als zwölf Grad. Das hielt niemand lange aus.

»Singt ein Lied!« befahl David. Einer stimmte an: »Herzen aus Eiche«, und alle mußten mitsingen. Dann begann einer ein Lied, bei dem sie in die Hände und auf das Knie klatschen mußten. Da lachten sogar einige. »Reibt euch die Arme und Beine warm!« ordnete David an und machte es vor. Er rubbelte Grants Rücken, und der traute sich bei ihm gar nicht recht, bis er rief: »Doller!«

Es war etwas heller geworden. David sah, wie ein Mann, der sich an einem Faß festgehalten hatte, ohne einen Ton im Wasser versank, und sein Mut sank. Wie lange trieben sie schon in der rauhen See? Er nickte etwas ein und träumte von Britta. Dann rüttelte ihn Edward Grant wach und rief: »Ein Segel, Sir. Sollen wir uns bemerkbar machen? Es ist anscheinend ein Franzose oder ein Kaper.«

»Schießt die Leuchtpatrone ab!« befahl David. Eine Zweimastschebecke steuerte auf sie zu und holte die Segel ein, als sie bei ihnen war. Die Mannschaft warf Taue hinunter und setzte ein Boot aus, denn einige waren zu schwach, um die Taue festzuhalten.

Feinde oder nicht! Jetzt waren sie Retter. Sie gaben ihnen Decken und heißen Kaffee. »Reibt euch trocken!

Wir geben euch alte Sachen«, radebrechte einer. Sie hockten sich an den Aufbauten hin und genossen die Wärme, die sich langsam in den Gliedern ausbreitete.

»Wer ist euer Kapitän?« fragte der fremde Kommandant. David meldete sich.

»Wie sieht es in Ancona aus?« wollte der Kaperkapitän wissen.

»Die Russen, Türken und Österreicher belagern es. Mehr wissen wir auch nicht. Wir kommen aus Zadar.«

»Da hat euch die Bora voll erwischt. Uns hat sie nur am Rande berührt«, sagte der Fremde mitfühlend. Sie erhielten noch warme Suppe und dösten oder schliefen dann ein wenig.

Schreie weckten sie. Die Franzosen rannten an die Kanonen und stießen sie beiseite. Vor ihnen lagen die Hafenmolen von Ancona und zwischen den tiefliegenden Wolken jagte von Steuerbord eine Zweimastbrigg heran. »Das ist die *Bulldog*!« rief Grant.

Der Kaperkapitän brüllte Befehle, und die Matrosen jagten sie hoch und hielten ihnen Entermesser unter die Nase. »Umdrehen! Hände auf den Rücken!« Sie fesselten ihnen die Hände und verbanden sie alle mit einem Tau. Dann mußten sie an der Reling Aufstellung nehmen.

Die *Bulldog* schoß ihnen eine Kugel vor den Bug, aber der Kaper ließ sich nicht beirren. Die *Bulldog* setzte sich neben sie und zeigte ihre Breitseite mit der drohenden Reihe der Karronaden. »Mein Gott! Wenn sie feuern, haut es uns alle in Stücke«, stöhnte ein Seemann neben David. Andere riefen laut: »Wir sind es, die *Vulcanos*!«

David erkannte Commander Neale auf dem Achterdeck, der sie sorgfältig durchs Teleskop musterte und dann seinen Ersten Leutnant rief, der sie auch studierte. Dann winkte Neale, und die *Bulldog* drehte ab.

»Na bitte!« lachte der Kaperkommandant, und die Schebecke lief ungefährdet in den Hafen von Ancona ein.

Soldaten nahmen die Briten am Kai in Empfang und trieben sie mit Kolbenschlägen voran. Das waren keine Retter, das waren Schinder. David rief laut: »Wir sind Kriegsgefangene. Behandelt uns anständig!« Einer der Soldaten schlug ihm auf dem Mund, daß er taumelte.

Dann trieb man sie in ein großes Gebäude in der Stadt. Ein Trupp von Gefängniswärtern erwartete sie, allen voran ein dicker Kerl mit eingedrückter Nase. »Wir werden euch in das dreckigste Loch werfen, damit euch die Würmer fressen!« schrie er sie an.

»Wir sind Kriegsgefangene, und zwei von uns sind Offiziere. Wir haben Anspruch auf anständige Behandlung«, protestierte David.

»Du bist ein Haufen Scheiße. In ein paar Tagen wirst du mir aus der Hand fressen«, fluchte der Dicke.

David taumelte vor Erschöpfung und Wut. Plötzlich stand eine Szene aus seiner Kindheit in Stade vor seinem Auge. Der Kutscher seines Vaters und Hausdiener für alles stritt sich mit einem anderen Kutscher und schrie: »Du dämliches Arschloch!« David imponierte das Wort damals mächtig, und er wiederholte es zu seiner Mutter. Die hielt ihm den Mund zu und verbot ihm, das böse Wort noch einmal zu benutzen. In seinem Dämmerzustand hörte er es jetzt wieder und sagte auf deutsch: »Du dämliches Arschloch!«

Er erwartete den Schlag mit dem Stock und schloß die Augen. Aber der Dicke guckte überrascht und fragte: »Bischt du ein Deitscher? Wo kommschst du her?«

»Aus Hannover«, antwortete David mechanisch.

»Und was machscht bei die Engländer?« forschte der Dicke.

»Hannover gehört zu England. Ich bin englischer Offizier. Wir sind Schiffbrüchige.«

»Ich bin aus dem Elsaß«, sagte der Dicke. »Da kommt hier einer aus Deitschland. Bringt sie nach oben in den Saal und die Offiziere in die Kammer daneben!« wies er dann seine Leute an. »Gebt ihnen zu essen und zu trinken. Es sind Kriegsgefangene. Maurice, du läufst zur Kommandantur!«

Und zu David sagte er leise: »Da seid ihr gut untergebracht. Es dauert doch nur noch wenige Tage, dann ischt hier alles vorbei.«

David bedankte sich und legte sich in der Kammer auf die Pritsche. »Was haben Sie denn gesagt, Sir, daß er uns so gut unterbringt?«

David übersetzte es ihm. »Und das hilft, Sir?« fragte Grant entgeistert.

»Manchmal«, sagte David und schlief ein.

Nach einer Stunde wurde er wachgerüttelt und sah Brot und Suppe auf dem Tisch. »Essen Sie schnell, Sir«, sagte Grant. »Sie sollen verhört werden.« Kurz darauf führten zwei Posten David in ein Nebengebäude, wo ein Zivilist an einem Tisch saß.

»Setzen Sie sich. Ich soll Ihre Identität überprüfen. Ihre Leute sagen, Sie seinen Sir David Winter, Kommodore.«

»Das stimmt.«

»Dann sagen Sie mir einmal, wie die Frau hieß, die Sie im Februar in Palermo in einen Nebenraum lockte.«

David sah die Situation wieder vor sich. »Guiletta«, sagte er leise.

Der Zivilist lächelte maliziös. »Und wie hieß der Mann, der vor ihren Augen in Korfu Gift nahm?«

David dachte einen Augenblick nach. »Savois oder Sauvoir, so genau weiß ich es nicht mehr.«

»Savois, ein guter Mann«, sagte der Zivilist. »Und noch mancher andere gute Mann ist Ihnen zum Opfer gefallen, Sir David. Ich würde Sie gern nach Frankreich vor Gericht bringen, aber Ancona ist fest umschlossen. Ihre Verbündeten wissen, daß Sie in unserer Hand sind, und haben schon einen Parlamentär geschickt. So kann ich Sie auch nicht mehr heimlich umbringen lassen.«

»Wer sind Sie, und warum hassen Sie mich so?«

»Ich bin Charles Gravière, der Leiter des hiesigen Geheimdienstes. Persönlich interessieren Sie mich überhaupt nicht. Aber als englischer Befehlshaber sind Sie unser gefährlichster Feind. Und Sie haben alle Versuche, Sie zu töten, vereitelt.«

»Haben Sie keine Angst, daß man Sie nach der Kapitulation verurteilt?«

»Ich komme verkleidet immer durch die Linien. Aber vorher werde ich noch einige Minen legen, damit sich ihre Verbündeten gegenseitig an die Kehle fahren.« Er stand auf und befahl dem Posten: »Bringt ihn zurück!«

Die Engländer merkten, daß die Stadt vor der Kapitulation stand. Die Kanonen dröhnten unentwegt. Ein Arzt untersuchte alle Gefangenen, und sie wurden gefragt, was ihnen von ihren Leuten gebracht werden sollte.

»Meine Uniform und vernünftige Kleidung für die Männer«, forderte David.

Als die Sachen abgeliefert wurden, erschien auch ein Offizier und fragte nach ihrem Befinden. Der dicke Gefängniswärter bat David: »Legscht ein gutes Wort für mich ein. Ich hab' euch doch nicht schlecht behandelt.«

»Wann kapituliert ihr dann?« fragte David.

»Morgen, aber nur zu den Österreichern, nicht mit den russischen Barbaren. Freier Abzug mit allen Ehren.«

Es war eine unruhige Nacht für David und seine Mitgefangenen. Würden sie morgen frei sein, oder würden in der Phase, da keine Autorität mehr in der Stadt herrschte, enttäuschte Republikaner ihr Mütchen an ihnen kühlen wollen? Kurz vor dem Morgen wurde David wachgerüttelt.

»Hören Sie nur, Sir«, flüsterte Grant.

Vor der Tür zu ihrem Gefängnis war lautes Geschrei, Klirren von Waffen und Schläge von Äxten zu hören. Die Tür sprang auf, und betrunkene Kerle stürmten herein. »Wo sind unsere Kameraden?« brüllten sie und leuchteten mit Fackeln durch die Gitter.

Der Aufseher versuchte sie zu beruhigen. »Sie sind ein Stockwerk tiefer. Macht doch keinen Unsinn. Alle kommen doch frei.«

Die Meute stürmte weiter und zerrte den Aufseher mit sich. Nach einer Weile kamen sie mit den befreiten Gefangenen zurück, anscheinend Kriminelle. Sie hatten schon Weinflaschen am Hals, und der Aufseher wurde mit einem Strick um den Hals mitgeschleift.

»Da sind die verdammten Engländer!« schrie einer. »Zündet ihnen doch das Stroh an, damit sie es ein wenig wärmer haben!« Er warf eine Fackel in den Raum, in dem die britischen Matrosen waren.

David rüttelte am Gitter und brüllte: »Aufhören! Ihr Mörder!«

Von draußen riefen Stimmen: »Hier entlang!« Und dann tauchten Gregor und Alberto in der Tür auf, schleuderten alle anderen zur Seite. Ihnen folgten Seesoldaten mit schußbereiten Musketen. »Hände hoch und zur Seite!« schrie Alberto.

Das Feuer war schnell gelöscht. Der Aufseher öffnete die Türen, und die Briten lagen ihren Befreiern in den Armen.

»Wieso sind Sie schon da?« fragte David Leutnant Campbell.

»Hauptmann Ekins hat gesagt, bei solchen Übergaben geht alles drunter und drüber, und die Froschfresser haben sowieso keine Ordnung, Sir. Da sind wir in der Nacht mit dem Kutter vorausgerudert, Sir. Die *Thunderer* läuft bei Morgengrauen ein.«

Sie sperrten die Kriminellen und ihre Befreier ein und warteten auf die erste Patrouille der Österreicher, um einem Offizier die Verantwortung für das Gefängnis zu übergeben. Dann marschierten sie zum Kai und erblickten erlöst und glücklich die *Thunderer* in der Hafeneinfahrt.

»Dat is, als wenste nach Hause kommst«, sagte einer der Überlebenden, und David, der es hörte, konnte es nachfühlen.

Aber die *Thunderer* war nicht das erste Schiff, das in den Hafen eingelaufen war. Eine russische Fregatte setzte ihre Boote aus, die zu den verschiedenen Schiffen ruderten und dort die russische Flagge setzten. »Sie wollen sich auch einen Teil der Beute sichern, Sir«, sagte Leutnant Campbell.

»Das kann ich verstehen. Sie haben lange genug allein um Ancona gekämpft«, antwortete David.

Sie marschierten weiter, dorthin, wo die *Thunderer* wahrscheinlich ihre Boote an den Kai schicken würde. »Sir, sehen Sie doch nur!« rief einer der Seeleute, und David drehte sich um.

Österreicher liefen den Kai entlang und rannten auf die Schiffe, um die russische Flagge herunterzureißen. Hinter ihnen legte ein russisches Boot an, und ein Leutnant mit Marineinfanteristen stieg zum Kai empor.

»Die Schiffbrüchigen gehen weiter. Die Seesoldaten, Gregor und Alberto kommen mit mir. Waffen bereit!« entschied David und ging zurück.

Er erreichte den russischen Leutnant, als sich ein Haufen österreichischer Soldaten zum Angriff auf ihn bereitstellte.

»Ich bin Sir David Winter, Kommodore der britischen Adriaflottille. Sie haben sicher von mir gehört«, sagte er auf russisch.

Der Leutnant salutierte und zeigte dann auf die Österreicher: »Helfen Sie mir, Gospodin. Die Burschen reißen unsere Flaggen herunter. Ich lasse schießen.«

»Ich helfe Ihnen, Leutnant. Aber geschossen wird nicht. Die Österreicher tun Ihnen Unrecht, aber sie sind Verbündete. Da werden Differenzen nicht durch Schießen geregelt. Wer jetzt schießt, gefährdet ein Bündnis in ganz Europa. Seien Sie jetzt ruhig und besonnen. Es wird alles geregelt.«

David wandte sich um, weil er den Österreichern entgegengehen wollte, die ein korpulenter Oberleutnant kommandierte. Aber während des Umdrehens sah er einen Gewehrlauf, der aus dem Fenster einer Kutsche geschoben wurde, die nur zwanzig Meter entfernt gehalten hatte. »Gregor, Alberto!« schrie er. »Schießt auf die Kutsche!« Und er sprang zurück und riß den russischen Leutnant zur Seite.

Der rief: »Was soll denn das?«, und seine Marineinfanteristen hoben die Waffen.

»Dort in der Kutsche wollte Sie jemand erschießen«, erklärte David laut in russischer Sprache.

Alle blickten auf die Kutsche. Der Kutscher war zusammengesackt. Die Tür öffnete sich langsam, und heraus sank ein Mann mit einem Gewehr in der Hand und fiel auf das Pflaster. Jetzt liefen alle auf die Kutsche zu. Auch der österreichische Oberleutnant kam.

Vor ihnen lag Monsieur Gravière, der Leiter des französischen Geheimdienstes. Er war tödlich in Brust und Hals getroffen. Blutblasen entquollen seinem Mund. Er sah David starr an und röchelte: »Sie müssen mit dem Teufel im Bunde sein. Ich verfluche Sie!« Dann war er tot.

»Sehen Sie, mein Herr. Hier liegt der Leiter des französischen Geheimdienstes, der die Verbündeten aufeinanderhetzen wollte. Wollen Sie sein Geschäft vollenden, und die Flagge Ihres Verbündeten schänden, Herr Oberleutnant?« Dann wiederholte er die Sätze auf russisch.

Die Offiziere schauten betreten drein. »Meine Herren, ich schlage vor, daß die Flaggen beider Staaten nebeneinander wehen, bis durch Verhandlungen eine Einigung erreicht worden ist. Bitte stimmen Sie mir zu.« Die beiden nickten und gaben sich auf Davids Wunsch die Hände.

Der Österreicher sah noch einmal zum toten Geheimdienstler hin und sagte: »Wie ist er denn getötet worden? Außer seinem Schuß habe ich nichts gehört.«

»Herr Oberleutnant«, sagte David. »Wir Engländer haben ganz geheime und gefährliche Waffen.« Dann grüßte er und ging zu den Booten der *Thunderer*.

Als David zur *Thunderer* gerudert wurde, fiel ihm auf, daß der Wimpel des Kommodore nicht gehißt war. Mehr als die förmliche Begrüßung mit Pfeifen, Trommeln und Dudelsack beeindruckte David das Gedränge der lachenden und strahlenden Gesichter. »Wir sind so glücklich, Sir, daß Sie alle gerettet werden konnten«, sagte Leutnant Watt, und die Matrosen jubelten.

Während David die Hände der Offiziere schüttelte, umarmten die Matrosen ihre geretteten Kameraden, die an Deck kletterten. »Ich habe wichtige Nachrichten für Sie, Sir, die ich Ihnen gern in der Kajüte mitteilen würde.«

»Gehen wir«, sagte David und war ein wenig neugierig geworden.

»Während wir nicht wußten, ob Sie lebten, Sir, mußte ich die amtliche Post öffnen. Die Admiralität hat verfügt, daß nach der Eroberung Anconas die Adriaflottille aufzulösen sei. Wir werden dem Mittelmeergeschwader unterstellt. *Thunderer* und *Falcon* sollen sich an der Blockade Maltas beteiligen, während Shannon und Bulldog den Handel in der Adria schützen müssen. Für die Kommandanten beider Schiffe wurden spezielle Instruktionen beigefügt.« David schwieg, und Mr. Watt fuhr fort: »Es tut mir so leid, Sir, daß diese Einheit aufgelöst wird. Ich habe die harmonische und erfolgreiche Zusammenarbeit sehr geschätzt.«

David sagte, während er das Gehörte noch verarbeitete: »Darum ist der Wimpel des Kommodore nicht mehr aufgezogen.« Er merkte, daß ihn die Auflösung der Flottille stärker berührte, als er erwartet hatte, und wechselte das Thema. »Hat man sonst etwas von der *Vulcano* gefunden?«

»Ja, Sir, ich hätte zuerst diese gute Nachricht erwähnen müssen. Drei Matrosen wurden an Fässer gebunden am Strand angespült. Zwei davon überlebten. Damit verringert sich die Zahl der vermißten und wahrscheinlich Ertrunkenen auf acht, einschließlich des armen Mr. Wilson.«

»Ja, er war ein so vielversprechender junger Mann«, ergänzte David.

Mr. Watt wartete noch etwas und fragte dann: »Wenn Sie mich nicht mehr brauchen, Sir?« Aber ehe David antworten konnte, fiel ihm noch etwas ein. »Ach ja, Mr. Ross hat auch die Nachricht mitgebracht, daß Lord Nelson von König Ferdinand am 1. November zum Herzog von Brontë ernannt worden ist.«

David blickte auf. »Also doch!«, und er wußte, er würde den Gedanken nie loswerden, das sei die Belohnung für die Unterstützung bei den Rachemorden in Neapel.

Als Mr. Watt gegangen war, kam Edward, der Diener. »Darf ich Alex jetzt von der Heckgalerie hereinlassen, Sir? Während Mr. Watts Anwesenheit hätte er nur gestört.«

»Ja, laß ihn rein. Ich wußte doch, daß noch etwas fehlte.«

Alex stürmte auf David zu, drückte sich an ihn, winselte und wedelte, schlängelte sich um David herum und wußte nicht, wie er seiner Freude Ausdruck geben sollte. David war es wie eine Erinnerung an die Begrüßung, die er sonst nur daheim erfuhr. »Du treue Seele«, sagte er und streichelte den Hund.

Edward beobachtete das Wiedersehen. David sah es und sagte: »Ich brauche jetzt ein wenig Zeit, um meine Gedanken zu ordnen. Wir segeln in Kürze ab nach Malta, Edward. Aber vorher müssen wir noch alle Kommandanten zu einem Abschiedsessen einladen. Sag doch bitte Nicholas Bescheid. Ich rufe, wenn ich etwas brauche.« Und er wandte sich wieder Alex zu und kraulte seinen Hals, während seine Gedanken wanderten.

Von Korcula nach La Valetta

(Dezember 1799 bis September 1800)

Shannon und *Bulldog* segelten zum letzten Mal in Kiellinie der *Thunderer*. Die Kommandanten hatten nicht nur vor Ancona mit David Abschied gefeiert. David hatte auch bei den Österreichern und Russen seine Abschiedsbesuche absolviert und sich noch einmal die gegenseitigen Vorwürfe über den Flaggenstreit anhören müssen, der nach seiner Intervention erneut aufgeflammt war. David gab eindeutig den Österreichern die Hauptschuld an diesem Zerwürfnis, das das Bündnis von Österreich und Rußland zu sprengen drohte, und hatte entsprechend an die Admiralität und an Admiral Ushakow berichtet.

Jetzt stand er auf dem Achterdeck und blickte mit Stolz und Wehmut auf die kleine Flottille. Die *Falcon* lief windwärts etwas voraus abgesetzt. »Auch die schönste Zeit hat einmal ein Ende, nicht wahr Mr. Watt«, sagte er. »Lassen Sie bitte signalisieren: ›Detachiert nach Plan! Viel Glück!‹.«

»Aye, aye, Sir«, bestätigte Mr. Watt und ging zum Signal-Midshipman. *Shannon* und *Bulldog* dippten ihre Flaggen zum Gruß. Auf dem Achterdeck standen die Offiziere und winkten. An der Reling grüßten die Matrosen ihre Freunde, die sie in den vergangenen Monaten gefunden hatten.

»Es war eine gute Kameradschaft im Verband, Sir, und ich möchte die Bekanntschaft mit manchem Offizier nicht missen.« David nickte, und Mr. Watt fuhr fort: »Ich werde jetzt mit dem Geschützexerzieren beginnen, Sir.«

»Tun Sie das, Mr. Watt. Ich schaue den beiden Schiffen noch einen Augenblick nach und gehe dann an meinen Papierkram.«

David hing seinen Gedanken nach. Östlich würden sie bald Korcula passieren und kurz darauf westlich an Palagruza vorbeisegeln, wo sie das Piratennest zerstört hatten. David mußte an Oberst Schmidtleitner denken und lächelte.

Der Ausguck rief eine Meldung, und Leutnant Everett, Wachhabender, wiederholte: »Susac peilt backbord a ...«

Warum bringt er den Mund nicht zu, wunderte sich David noch, als er auch schon die Wucht des Stoßes spürte und gleichzeitig mit Everett zu Boden geschleudert wurde. Der hat ja den Mund immer noch offen, dachte David, aber dann schoß ihm der Gedanke in den Kopf: »Schiffbruch!«

Die Feststellung löste eine ganze Reihe von eingeübten Reflexen aus. Er rappelte sich auf die Beine, mißachtete die Schmerzen, griff nach einer Sprechtrompete und schrie in schnellem Tempo, wobei er jeden Befehl wiederholte: »Alle Mann auf Notstation! Pumpen bemannen! Segel bergen! Hauptmann Ekins, lassen Sie die Spirituosen sichern! Mr. Jenkins kontrollieren Sie mit dem Zimmermann den Schaden. Signal setzen für Seenot, und Signalkanone feuern! Mr. Douglas, lassen Sie den genauen Standort durch Peilung und Distanzmessung bestimmen! Mr. Dimitrij, loten Sie rund um das Schiff! Alle Boote zu Wasser. Mr. Heskill, lassen Sie in hundert Meter Abstand loten!«

Die *Thunderer* lag fest. Der Bug hatte sich ein wenig gehoben, und sie neigte sich eine Kleinigkeit nach steuerbord. Ein Glück, daß wir bei dem leichten Wind nur geringe Fahrt machten, sonst wäre wohl mehr weggebrochen als die Vor- und die Großbramstenge, dachten die meisten. Auf dem Schiff herrschte rege Aktivität. Die Maate schrien und trieben die Matrosen an, die die Segel bargen und die gebrochenen Stengen loshackten.

Mr. Jenkins eilte an Deck und meldete David, daß sie auf einem Unterwasserfelsen aufsaßen, der ihnen den Vordersteven gut einen Meter eingedrückt habe. »Wir sitzen so fest drauf, Sir, daß kaum Wasser einsickert. Der Zimmermann meint, daß er das Leck großräumig mit Planken und Balken abdichten und abstützen muß, damit wir mit geringer Fahrt geschleppt werden können.«

»Gut, er soll Material und Leute bereitstellen, ich komme gleich. Sie lassen das Heck durch zwei Anker seitwärts absichern, damit wir jetzt nicht schwojen. Schicken Sie mir den Segelmacher!«

Mr. Watt kam mit den ermittelten Daten: »Sir, wir sind zwei Meilen vor Susac und sechsunddreißig Meilen vor dem Hafen von Korcula. Ich habe die Karten überprüft, der Master die Handbücher: Hier ist kein Felsen vermerkt!«

»Das hilft uns vor dem Kriegsgericht, aber nicht

jetzt. Lassen Sie bitte vom Segelmacher ein Lecksegel mit Werg füttern, Mr. Watt. Ich bin sicher, daß wir es brauchen, wenn wir das Schiff vom Felsen wegziehen. Die vorderen Batterien müssen geräumt werden. Vielleicht können wir die Kanonen auf *Shannon* und *Bulldog* übergeben, die uns ja Gott sei Dank noch zu Hilfe kommen können. Lassen Sie alles vorbereiten, aber noch nicht damit beginnen. Ich gehe nach unten und sehe mir das Leck an.«

Der schwarze Fels glitzerte vor Nässe, und David hatte den Eindruck, daß er schadenfroh seine Masse in das Schiff hineinschob. An seinen Seiten strömten Rinnsale in das Schiff, die größer wurden. David winkte den Zimmermann heran. »Der Vordersteven ist eingedrückt. Ist der Kiel in Mitleidenschaft gezogen?«

»Im vorderen Teil sicher, Sir. Man sieht noch, daß das Griep zersplittert ist. Die Stemposten sind eingedrückt und der Binnenvorsteven völlig zerstört. Wir müssen in eine Werft, Sir. Mit Eigenmitteln ist hier nichts zu machen.«

»Wir sind nicht weit von Korcula. Aber wie kommen wir dorthin?«

»Ich muß den ganzen Schlamassel mit Planken verschalen, abdichten und mit Balken versteifen. Und auch dann können wir nicht mehr als zwei Knoten laufen.«

»Wie lange brauchen Sie für die Arbeiten?«

»Vier bis sechs Stunden, Sir.«

»Gut! Fangen Sie sofort an, und sagen Sie mir, wann wir die vorderen Batterien entladen können. Ich lasse auch ein Lecksegel vorbereiten.«

Gregor erwartete David an Deck und meldete, daß

nur der eine Felsen in der Nähe des Schiffes zu loten sei. Sonst sei unter dem Schiff und an allen Seiten tiefes Wasser. Mr. Heskill kam kurz darauf und berichtete: »Kein Grund, Sir, in hundert Meter Umkreis.«

David schüttelte den Kopf. »Wären wir zehn Meter weiter back- oder steuerbord gesegelt, hätten wir nichts bemerkt. Nun ja, es hätte schlimmer kommen können.«

Von *Shannon* und *Bulldog* eilten die Kommandanten an Bord, beklagten das Mißgeschick und boten ihre Hilfe an. In den nächsten Stunden bewies sich wieder einmal die Kompetenz der britischen Deckoffiziere. Die Zimmerleute von den anderen Schiffen kamen denen der *Thunderer* zu Hilfe. Mannschaften, die nicht gebraucht wurden, setzten auf die anderen Schiffe über. Das vordere Pulvermagazin wurde geräumt. Und als die Zimmerleute das Zeichen gaben, schwebte eines des schweren Geschütze der vorderen Batterien nach dem anderen zur *Shannon* und *Bulldog* und wurde dort verzurrt.

Als das Vorderschiff leichter wurde, näherte sich der Augenblick, da sich ihr Bug vom Felsen lösen würde. David stand mit Mr. Watt, Mr. Jenkins und dem Zimmermann beisammen, und sie erörterten, wie die Trennung am besten zu bewirken sei. Ebbe und Flut konnten sie in diesem Teil des Mittelmeers vernachlässigen. Die Gewichtsverlagerungen, die sie durch den Transport von Kanonen vom Vorder- zum Achterschiff und durch Zug auf die Anker erreichen konnten, würden mehr bewirken.

»Einmal müssen wir es riskieren«, entschied David. »Mr. Jenkins und die Leute des Segelmachers stehen bereit, das Lecksegel sofort durchzuziehen und festzumachen. Mr. Watt bringt Zug auf die Heckanker. Mr. Shield überwacht auf dem Unterdeck die Verschiebung der Kanonen. Aber, Mr. Shield, die Leute sollen vorsichtig sein. Das Deck kann sich ruckartig neigen, und dann müssen sie Stopper bereithaben.«

Ein Pfeifensignal ließ Mr. Shield beginnen, und nachdem die ersten vier Kanonen den Standort gewechselt hatten, gab David das Zeichen für Mr. Watts Kolonne. Die Ankertaue strafften sich. Nervös biß sich David auf die Unterlippe. Dann krachte es. Eingedellte Bretter brachen am Vordersteven weg. Die *Thunderer* schwamm wieder. Die Segelmacher zogen und knoteten. Von unten kam der erlösende Ruf: »Kein Wassereinbruch!«

Mr. Watt, der sonst anzügliche Redewendungen peinlich vermied, sagte erleichtert: »So, nun kann es vorsichtig vorangehen mit der Jungfrau.«

Die *Falcon* lief voraus nach Korcula. Die *Shannon* schleppte die *Thunderer* quälend langsam. Die *Bulldog* sicherte beide auf der Windseite. Sie brauchten achtzehn Stunden, ehe der Konvoi in Korcula einlief.

Stadt und Werft waren vorbereitet. Ein riesiger Doppelleichter schob seinen mächtigen Verbindungsbalken unter den Rumpf der *Thunderer*, und sofort wurden auf jedem Leichter vier Pumpen in Betrieb genommen, um das Wasser herauszupumpen, damit der Bug der *Thunderer* noch angehoben werden konnte.

Der Bürgermeister kam mit den Fachleuten der Werft auf das Schiff, und bald wußte Mr. Demetros kaum noch, wie er die Fachausdrücke der Zimmerleute und Konstrukteure übersetzen sollte. Aber sie wurden sich einig und berichteten in Davids Kajüte: »Das Schiff muß auf die große Längshelling. Vordersteven, ein Teil des Kiels und die vorderen Planken müssen ersetzt werden, und natürlich muß die Verkupferung ausgebessert werden. Diese Arbeiten dauern etwa vier Wochen.«

»Mein Gott!« stöhnte David. »Wir werden doch vor Malta gebraucht.«

Der Bürgermeister sah ihn betreten an. »Sir David, es tut mir sehr leid, Ihnen noch eine schlechte Nachricht mitteilen zu müssen. Unsere große Längshelling ist mit einem Schiff noch zwei Monate belegt. Wir sind gerade in der Mitte der Arbeit und können es nicht herausholen. Wie Sie wissen, haben wir die einzige Längshelling dieser Größe weit und breit. Ohne sie ist das Schiff nicht aus dem Wasser zu ziehen, wie es für eine solche Reparatur erforderlich ist.«

David schlug die Hand vor die Stirn. »Schlimmer hätte es ja kaum kommen können.«

»Doch, Sir David«, sagte der Bürgermeister ruhig. »Sie und ihre Männer könnten auf dem Boden des Meeres liegen. Sie wissen doch besser als ich, zu welch furchtbaren Überraschungen das Meer jederzeit fähig ist.«

Die *Thunderer* wurde entladen. Die Kanonen und die Munition wurden in großen Hallen gelagert. Der Proviant wurde in anderen Hallen verstaut. Für die Mannschaften räumte man Häuser außerhalb der Stadt. David bestand zum Erstaunen aller Einwohner darauf, daß der Liegeplatz der *Thunderer* vor der Längshelling durch zwei Batterien mit je zwei ihrer großen Kanonen geschützt wurde.

»Aber Sir David«, hatte der Bürgermeister betont, »unsere Hafenbefestigungen sollten doch ausreichen.«

»Wir haben vielen Piraten und Räubern das Geschäft verdorben. Die könnten versuchen, dem hilflosen Gegner jetzt den Todesstoß zu geben. Und wenn sie mit mehreren Schiffen angreifen, könnte es ihnen gelingen. Ich werde auch das Werftgelände von der Landseite sichern lassen und bitte Sie, daß Ihre Leute auf alle fremden Gesichter besonders achten.«

Der Bürgermeister war nicht überzeugt, aber er sicherte es David zu.

Die ersten zwei Wochen waren mit Entladen und Einrichten ausgefüllt. Danach hatten die Mannschaften ihren Dienstplan, der auch Geschützdrill vorsah, denn mehrere Zwölfpfünder hatte David in die Mannschaftsquartiere schaffen lassen. Er ordnete nach seiner Erfahrung mit Mr. Grant auch Schwimmkurse für alle Nichtschwimmer an.

Das führte zu Mißstimmung und passivem Widerstand bei vielen. Die Seeleute waren der Meinung, daß Schwimmen den Todeskampf beim Untergang des Schiffes nur qualvoller mache. Erst als David Geldprämien für die besten Lerner aussetzte, gaben sie sich mehr Mühe.

Aber dann wurde David die Zeit sehr lang. *Shannon* und *Bulldog* kreuzten in der Adria auf der Jagd nach Piraten.

Die *Falcon* brachte die Meldungen über den Schiffbruch zu Admiral Keith. Was an Britta zu schreiben war, war geschrieben. Auch alle anderen Bekannten und Verwandten waren bedacht. Um seinen rastlosen Verstand zu beschäftigen, begann er mit seinen Offizieren das ›Vademecum für den künftigen Deckoffizier in Seiner Britischen Majestät Kriegsflotte‹ zu verfassen, jenes kleine Lehrbuch, das seinen Namen nach der Veröffentlichung im übernächsten Jahr noch bekannter machen sollte.

Weihnachten und Neujahr waren vorüber und mit manchen Verbindungen zur Bevölkerung angenehm gefeiert worden. Ende Januar wurde die Längshelling für ihr Schiff frei, und sie waren wieder einige Tage intensiv beschäftigt, die *Thunderer* die schräge Arbeitsfläche hinaufzuwinden und immer die Stützen auf den riesigen Radwagen zu befestigen. Ihre Handwerker arbeiteten auch bei der Reparatur mit.

Aus Korfu kamen Gerüchte, daß die russische Flotte zurück in das Schwarze Meer befohlen werden solle. Ein russischer General hatte während Ushakows Abwesenheit hohe Abgaben von den Bewohnern erpreßt. Die Stimmung auf den Inseln war gegen die Russen derart aufgeladen wie seinerzeit gegen die Franzosen. Im Mittelmeer war Admiral Keith endgültig als Oberkommandierender der Flotte bestätigt worden.

In der Längshelling hatte David zum ersten Mal den Schaden in seinem ganzen Ausmaß sehen können und war auf dem Weg in seine Unterkunft schon mit der Formulierung der Meldung an die Admiralität beschäftigt, als er den Pulverjungen Mustafa wie gehetzt die Straße zu einem der Mannschaftsquartiere entlanglaufen sah.

»Mustafa!« rief er laut. »Komm her!«

Der kleine Albaner zögerte zunächst, ging dann aber zu David und hob zwei Knöchel der rechten Hand zum Gruß an die Stirn, wie er es gelernt hatte. »Sir?« sagte er fragend und schien ganz grau im Gesicht.

David merkte, daß der Junge panische Angst hatte, legte ihm die Hand auf die Schulter und sagte beruhigend: »Geh ein paar Schritte mit mir. Wie gefällt es dir hier auf der Insel?«

Mustafa konnte Englisch schon gut verstehen und radebrechte es auch schon passabel. Wie schnell Kinder doch eine fremde Sprache lernen, dachte David, wenn sie nichts anderes hören.

»Gutt, Sör«, antwortete er. »Menschen nett. Essen gutt. Dienst nix schwer. Ich haben Freunde.«

David blieb stehen, sah ihm in die Augen und sagte. »Das ist fein. Und wovor hast du so große Angst? Du kannst es mir ruhig sagen.«

Mustafa schaute zur Seite, stotterte: »Nix, nein, Sir.«

David legte ihm wieder die Hand auf die Schulter. »Mustafa, du wirst nicht bestraft. Sag es mir.«

Dann sprudelte es aus Mustafa hervor. David mußte nachfragen und erfuhr schließlich, daß Mustafa gerade zwei Offiziere des albanischen Hauptmanns gesehen hatte, der auf Korfu die Jungen wie in einem Harem gehalten und mißbraucht hatte. David hatte ihn im Kampf getötet, nachdem die Signale an die Räuberboote entdeckt worden waren. Die beiden Offiziere waren eben in ein Haus gegangen.

David überlegte einen Moment. »Komm mit. Gregor und Alfredo begleiten dich und du zeigst ihnen das Haus. Die beiden sind so stark, da kann dir keiner was tun.« Mustafa nickte.

Gregor kehrte nach einer Stunde zu David zurück und berichtete, in dem Haus wohne der Leiter der Kalfaterer der Werft, wie er durch vorsichtige Befragung gehört habe. David bekam einen Schreck. Die Kalfaterer verstopften die feinen Abstände zwischen den Planken mit Werg und Teer. Sie arbeiteten ständig mit

Teeröfen am oder im Schiff. Wenn so einer es darauf anlegte, konnte er die *Thunderer* in Brand setzen.

»Gregor, du gehst zu unserem Zimmermann zur Werft. Er soll einen Mann abstellen, der den leitenden Kalfaterer unauffällig beobachtet. Aber keiner soll zu einem anderen ein Wort sagen. Dann suchst du dir vier Mann aus, die mit dir und Alfredo unauffällig das Haus im Auge behalten. Denkt auch an die Rückseite!«

Seinen Diener Edward schickte David zu Mr. Watt, dem er von dem Verdacht berichtete. »Sie halten es für möglich, daß der Mann erpreßt wird, nicht wahr, Sir? Sonst brauchten wir ja nur ihn zu verhaften.«

»Ja, Mr. Watt. Außerdem weiß ich nicht, wer noch mit im Komplott ist. Darum möchte ich noch etwas beobachten. Informieren Sie bitte Mr. Ekins, und inspizieren Sie unauffällig die Feuerpumpen in der Werft. Ich gehe zum Bürgermeister.«

Der Bürgermeister empfing David in der gewohnt freundlichen Art. David fragte ihn, ob er den Kalfaterer näher kenne.

»Ja, er wohnt seit seiner Kindheit hier und hat sich in der Werft hochgearbeitet. Ein tüchtiger Mann, Konstantidu mit Namen. Seit drei Jahren ist er auch ein glücklicher Mann, nachdem ihm nach vielen Ehejahren endlich ein Kind geboren wurde, ein Sohn. Warum fragen Sie?«

David berichtete ihm von der Beobachtung.

Der Bürgermeister war erschrocken. »Wenn der Mann etwas gegen Ihr Schiff unternimmt, dann nur, weil er erpreßt wird, Sir David. Um das Leben seines Sohnes zu retten, würde er sicher alles tun. Ich könnte ihn heimlich auf der Werft befragen. Wenn wir ihm zusichern, daß wir alles tun werden, um seinen Sohn zu retten, wird er mit uns zusammenarbeiten. Er ist ein ehrenhafter Mann.«

David war einverstanden und verabredete sich mit ihm für den nächsten Morgen auf der Werft. Dann bat er noch um den Namen eines vertrauenswürdigen Nachbarn, der das Haus des Kalfaterers kenne.

»Sie wollen wissen, wie das Haus innen aussieht, nicht wahr, Sir David? Ich war einige Male dort, bevor der Kalfaterer einzog, und werde Ihnen eine Skizze der Zimmer zeichnen. Der Nachbar, den ich gleich zu Ihnen schicken werde, kann dann weitere Angaben machen. Aber ich weiß nicht, ob er sich selbst eine Zeichnung zutraut. Er ist ein einfacher Mann.«

Der Nachbar erzählte, daß niemand Frau Konstantidu und den Sohn in den letzten zwei Tagen gesehen habe. Herr Konstantidu habe gesagt, sie sei mit dem Kind spät am Abend zu ihrer Mutter gerufen worden, die in einem Dorf nicht weit von der Stadt wohne. Die Männer in seinem Haus seien Leute, die von ihm gute Arbeiter empfohlen haben wollten. Und dann beschrieb er noch das Innere der Wohnung.

David fragte Mr. Demetros, der übersetzt hatte, wie man den Mann zum Schweigen verpflichten könne. »Nur indem Sie ihn hier behalten, Sir. Sonst hat er in einer Stunde alles seiner Frau erzählt und die schaut im Nachbarhaus in die Fenster. Ich könnte zu seiner Frau gehen, ihr ein paar Münzen geben und ihr sagen, daß er auf Empfehlung des Bürgermeisters etwas für Sie erledigt und erst morgen abend wiederkommt. Er würde dann den Rest des Geldes bringen.«

David war einverstanden und beriet sich danach mit Mr. Watt.

Der Kalfaterer konnte sich am nächsten Morgen gar nicht beruhigen, nachdem ihn der Bürgermeister heimlich auf die Seite gerufen und ihm auf den Kopf zugesagt hatte, daß ihn die Albaner erpreßten. Erst als David ihm mit Nachdruck versicherte, sie wollten seinen Sohn und seine Frau doch befreien und bräuchten seine Mithilfe, faßte er sich etwas und beantwortete ihre Fragen.

Er hatte die Albaner vorher nie gesehen, aber sie wußten über seine Arbeit und seine Familie Bescheid, als sie vor drei Abenden an sein Haus klopften. Innerhalb der nächsten drei Tage würden mehrere Schiffe den Hafen angreifen. In dem Trubel solle er einige Teeröfen umstoßen und das Schiff in Brand setzen. Dann seien Frau und Kind frei.

Als David etwas überlegte, packte Herrn Konstantidu wieder die Angst. »Wie wollen Sie mein Kind denn retten? Einer der drei hält immer Wache, und sie haben Gewehre und Pistolen.«

David sagte abwesend: »Das schaffen wir schon«, aber Mr. Demetros schmückte die Übersetzung mit Taten aus, die David und seine Männer schon alle vollbracht hätten, so daß sich der Kalfaterer wieder beruhigte. Er erhielt Anweisung, sich völlig unauffällig zu verhalten. Das Leben seines Sohnes hänge jetzt davon ab, daß man ihm nichts anmerke. Morgen werde er erfahren, wie die Befreiung vor sich gehen würde.

An diesem Tag ging David in der Kleidung eines griechischen Kaufmannes am Haus des Kalfaterers vorbei und prüfte auch, was er aus den Seitenstraßen von der Rückfront sehen konnte. Dann besprach er sich mehrere Stunden mit Mr. Watt und Hauptmann Ekins. Auch Gregor und der Bürgermeister nahmen an dem Gespräch teil.

Am nächsten Morgen erfuhr der Kalfaterer, daß am Abend, wenn er sein Haus betrete, die Befreiung stattfinden werde. Sobald er die Tür öffne, würden mehrere ›Feuer!‹ schreien. Dunkle Rauchwolken würden das Haus einhüllen. Er solle sich aber keine Sorgen machen, es brenne nicht wirklich. Aber er müsse sofort ›Feuer!‹ schreien und nach Frau und Kind rufen.

Am Nachmittag rückten die Männer der *Thunderer* an. Zwei Trupps kamen von den Rückseiten mit Leuten des Bürgermeisters in die gegenüberliegenden und die Nachbarhäuser und postierten sich hinter den Fenstern. Andere bereiteten den ›Brand‹ vor. Die geschicktesten Kletterer stiegen auf das Nachbardach und lockerten vorsichtig die Ziegel auf Konstantidus Dach. Mehrere Wagen ratterten währenddessen auf der Straße vorbei, und Straßenhändler riefen ihre Waren aus.

Als Konstantidu am Abend seine Straße erreichte, konnte er kaum einen Fuß vor den anderen setzen, so zitterten seine Knie. Die haben gut reden, die Engländer, dachte er bei sich. Das sind Krieger, und ihr Sohn ist nicht in Gefahr. Aber ich bin nur ein friedlicher Handwerker. Nie habe ich Streit und Kampf. Aber dann sah er wieder das Gesicht seines kleinen Sohnes mit den lockigen schwarzen Haaren, und er schritt voran.

Als er zwei Häuser entfernt war, wurden die geteerten Lappen gezündet. Als er fünf Meter von seiner Tür anhielt, lüfteten sie die Abdeckung der Fässer, und die dunklen Rauchschwaden wälzten sich durch die kleine Straße. Er lief weiter, griff nach der Tür, und einige Männer und Frauen riefen laut »Feuer!« und rannten die Straße entlang.

Konstantidu öffnete die Tür, rief auch »Feuer« und die Namen von Frau und Kind. Einer der Albaner stürzte an Konstantidu vorbei auf die Straße und blickte um sich, als der Kalfaterer plötzlich sah, wie ein großes Loch an Stelle seines rechten Auges aufbrach und Blut wie eine Fontäne herausspritzte. Konstantidu schrie vor Entsetzen. Der albanische Wachtposten spähte oben aus dem Fenster und rief etwas. Ihn erschoß Alfredo mit seiner Windbüchse vom gegenüberliegenden Haus aus.

Auf dem Dach hatten sie die Ziegel weggerissen und sprangen auf den Speicher und zur Speicherluke. Unten drangen mehrere in den Flur ein, und der dritte Albaner, der geschlafen hatte, wurde durch einen Pistolenschuß von Leutnant Campbell getötet. Alles war vorbei. Ein Seemann trug den Sohn die Treppe hinab, ein anderer stützte die Frau. Konstantidu war in der Tür zusammengesunken, aber als er seine Lieben sah, rappelte er sich hoch und schloß sie weinend in die Arme.

David trat mit Demetros zu ihm und sagte: »Es war so die einzige Chance. Die Banditen hätten sie ermordet, sobald Sie unser Schiff angezündet hätten. Sie waren sehr tapfer.«

Wer auch immer vom Geschehen in der Stadt erzählen wollte, er kam nicht aus der Straße hinaus. Seesoldaten und Männer des Bürgermeisters verwehrten jeden Kontakt zur Stadt. Man wollte sichergehen, daß die Schiffe nicht gewarnt wurden, die in Kürze angreifen würden.

Sie liefen am nächsten Morgen den Hafen an, drei an der Zahl. Sie führten Flaggen von Ragusa und Korfu und wirkten wie friedliche Handelsschiffe. Auf der Höhe der Werft hißten sie dann die tunesische Flagge, rannten die Kanonen aus und begannen ihr Bombardement.

Aber schon nach den ersten Schüssen erfuhren sie eine furchtbare Antwort. Von allen Hafenbefestigungen, von den Batterien der *Thunderer* und von der *Falcon*, die hinter einer Landspitze hervorkam, donnerten die Geschütze. Vor allem die Zweiunddreißigpfünder, die die *Thunderer* an Land aufgestellt hatte, schlugen riesige Löcher in die Schiffswände. Eines der Piratenschiffe sank nach zehn Minuten. Die beiden anderen waren schwer getroffen. Die *Falcon* näherte sich und ließ ihre Karronaden krachen.

Die Angreifer hatten keine Chance. Aber sie gaben nicht auf, sondern ließen sich zusammenschießen. Als auch die beiden anderen Schiffe zu sinken begannen, stießen Boote vom Land ab und griffen mit ihren Drehbassen und den Musketen der Seesoldaten in den Kampf ein. Keiner der im Wasser treibenden Piraten bat um Pardon. Sie ließen sich abschießen oder stachen sich selbst den Dolch ins Herz.

»Es war wie immer mit diesen Piraten eine grausame Metzelei. Das ist kein Sieg, der beflügelt, Sir. Mir ist ganz übel bei dieser Schlachterei. Nur der Gedanke, was sie tun würden, wenn wir in ihre Hände fielen, läßt einen weiter kämpfen. Wir haben einen Toten und drei

Verwundete, Sir. Die Piraten haben mindestens dreihundert Tote«, meldete Mr. Watt.

»Und sie werden immer wieder versuchen, ihre Blutrache zu erfüllen, solange sie uns erreichen können. Sie müssen Informanten in der Stadt haben, sonst hätten sie nicht gewußt, wen sie wie erpressen können. Ich werde dem Bürgermeister sagen, daß er seine Leute auf die Suche schicken soll.«

Es wurde Anfang Februar, bis die *Thunderer* repariert und wieder ausgerüstet war. Als sie Korcula verließen, war es wie der Abschied aus einem Heimathafen. Viele standen an den Kais und winkten, und manche Frau weinte bittere Tränen.

Die *Thunderer* passierte Korfu und die anderen Inseln außerhalb Sichtweite, weil David den schnellsten Kurs nach Malta einhielt. Aber er ging gedankenverloren auf dem Achterdeck hin und her und dachte über das künftige Schicksal dieser unglücklichen Inseln nach. Keine Schutzmacht war stark und nah genug, um die inneren Zwistigkeiten und die Überfälle aus Albanien und durch Piraten zu unterbinden. Sollten alle Kämpfe und Mühen wieder vergebens gewesen sein? Es wird Zeit, sagte sich David, daß ich in diesem Krieg einmal erlebe, daß eine Landoperation mit Hilfe der britischen Flotte erfolgreich abgeschlossen wird.

Am 14. Februar 1800 morgens meldete der Ausguck südlich von Syrakus mehrere Segel voraus. Sie näherten sich und erkannten große Linienschiffe. Der Ausguck rief die Nummern, und der Signal-Midshipman meldete: »Die Queen Charlotte, Sir, Vizeadmiral Keith und Kapitän Todd, und die Foudroyant, Konteradmiral Nelson und Kapitän Berry.«

Vizeadmiral Keith war ein gutaussehender, höflicher Mann, der in Davids Geburtsjahr 1761 in die Flotte eingetreten war. David war bekannt, daß er der Sohn des Lord Elphinstone war, einmal den Titel erben würde und seiner Verdienste wegen den Titel eines irischen Barons verliehen bekommen hatte.

Sir George Keith wußte von Davids Schiffbruch und äußerte seine Freude, daß David nun die Blockade von Malta verstärken könne. Er beglückwünschte David zu seinen bisherigen Erfolgen und erkundigte sich, wie zufrieden er mit den Reparaturen in Korcula sei.

»Man hat gute Arbeit geleistet, Sir George, nachdem wir leider lange warten mußten, bis die große Längshelling frei wurde. Ich kann die Werft jederzeit empfehlen. Sie hat uns in die Lage versetzt, nun unter Ihrer Flagge dienen zu dürfen, Sir George.«

»Ich will selbst sehen, was wir tun können, um den Fall von La Valetta zu beschleunigen. Seit vierzehn Monaten hält die Festung aus, obwohl man zugeben muß, daß unsere Belagerungstruppen oft schwächer waren als General Vaubois mit seinen eingeschlossenen Kräften. Aber nun sollten wir zur See und zu Land stark genug sein, mehr zu erreichen. Morgen, wenn wir vor Malta ankern, werde ich einen Kriegsrat in Anwesenheit von Kapitän Ball, dem vorläufig ernannten Gouverneur der Insel, von Lord Nelson und den anderen Herren Kommandanten sowie von General Graham abhalten. Bitte beachten Sie mein Signal.«

Sie passierten die Nachbarinsel Gozo, die sich seit längerem den Briten ergeben hatte, und ankerten in der Bucht von Marsaxlokk. Neben dem mächtigen Hundert-Kanonen-Flaggschiff *Queen Charlotte* und Nelsons

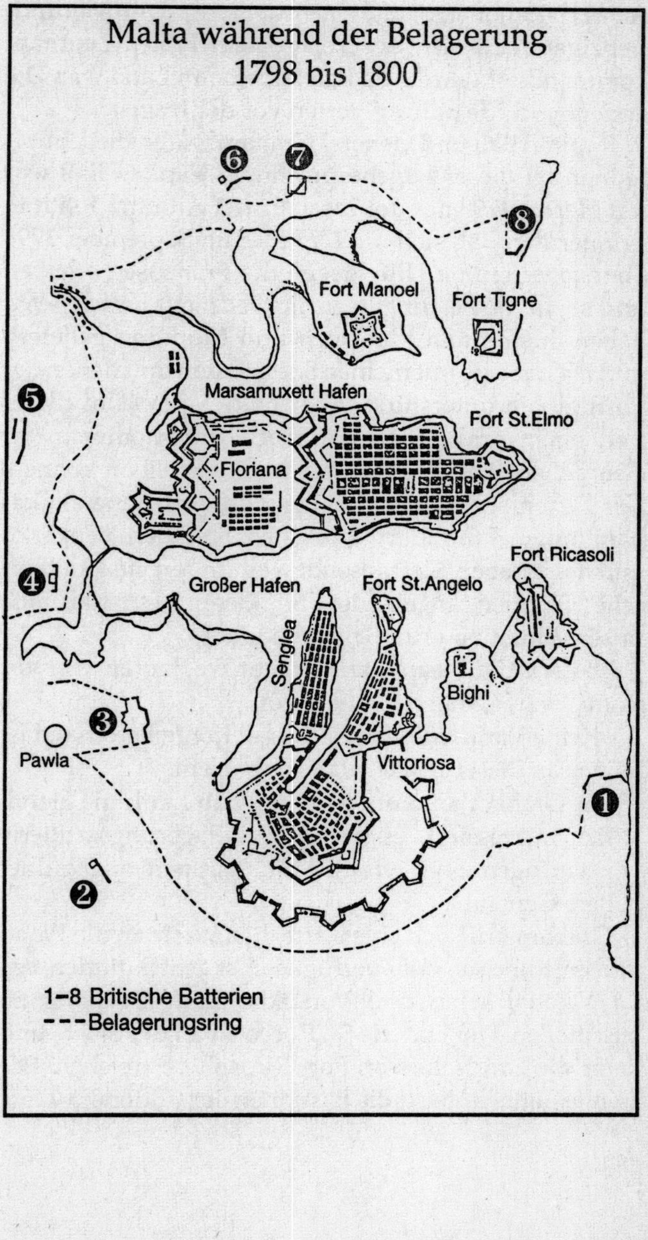
Malta während der Belagerung
1798 bis 1800
6
7
8
Fort Manoel
Fort Tigne
5
Marsamuxett Hafen
Fort St.Elmo
Floriana
Fort Ricasoli
4
Großer Hafen
Fort St.Angelo
Senglea
Bighi
3
Pawla
Vittoriosa
1
2
1–8 Britische Batterien
---Belagerungsring

Achtzig-Kanonen-Schiff *Foudroyant* lag Balls Vierundsiebziger *Alexander*, der von seinem Ersten Leutnant kommandiert wurde, da Ball fast nur an Land war. Die anderen Schiffe patrouillierten vor der Insel.

Kapitän Ball und General Graham waren die Hauptredner bei dieser Lagebesprechung. Kapitän Ball war seit Herbst 1798 auf der Insel. Er rief Admiral Keith in Erinnerung, daß sich die Malteser im September 1798 ohne jede fremde Hilfe gegen die Franzosen erhoben und sie in die Festungen zurückgedrängt hätten. »Wir haben ihnen dann Musketen und Munition geliefert, und ich habe sie mit meinen Seesoldaten und denen der Portugiesen unterstützt. Aber hätte Vaubois in dieser Zeit einen ernsthaften Ausbruch unternommen, Sir George, er hätte uns von der Insel vertreiben können. Seit Dezember neunundneunzig hat uns General Graham mit achthundert britischen Soldaten verstärkt, und nun haben Sie tausendzweihundert neapolitanische Truppen angelandet, Sir George, so daß sich unsere Situation grundlegend ändert.«

»Sofern die Neapolitaner nicht weglaufen wie vor Rom«, warf General Graham ein.

»Keine Vorurteile bitte, General! König Ferdinand ist Souverän dieser Insel«, warf Nelson ein.

Als Graham antworten wollte, hob Keith die Hand. »Mich interessiert, über welche Belagerungsartillerie wir verfügen und wie Sie die Truppen angeordnet haben, General.«

Graham griff sich eine Karte, hängte sie an die Wand und entrollte sie. »Wir verfügen über acht Batterien, um La Valetta, seine drei Vorstädte und die Forts zu beschießen. Die Batterie St. Rocco ist an der Küste und kann die Landseite von Fort Ricasoli bestreichen. Die zweite Batterie deckt die Bastionen der Cottonera-Linie ab. Die dritte bedroht den großen Hafen und die Flanke von Floriana. Die vierte liegt direkt gegenüber Floriana, und auch die fünfte deckt uns noch gegen diese Festung. Die sechste Batterie beherrscht die Straße nach Fort Manoel, die siebente liegt dem Fort selbst gegenüber, und die achte schließlich liegt wieder an der Küste gegenüber Fort Tigne. Aber, meine Herren, das sieht auf der Karte großartiger aus als in Wirklichkeit. Die Kanonen der Festung sind unseren Geschützen weit überlegen. Wir haben hinter jeder Batterie ein Blockhaus errichtet, in das sich unsere Kanoniere, meist Seeleute, zurückziehen können, falls die Franzosen einen Ausfall unternehmen, was sie glücklicherweise bisher vermieden haben. Es ist ganz ausgeschlossen, daß wir mit diesen Batterien diese Festung sturmreif schießen könnten.«

Keith blickte Nelson an, und dieser sprach, zu Graham gewandt: »Ich höre immer von der Gefahr durch Ausfälle. Wo stehen Ihre Truppen, und wie stark sind sie?«

Graham antwortete gelassen: »Außer den Truppen, die mit Ihnen eintrafen, Mylord, und über deren Wert ich mir noch ein Urteil bilden muß, verfügen wir über vierhundert Seesoldaten und Seeleute, achthundert britische Soldaten und tausendfünfhundert maltesische Milizen, von denen etwa sechshundert unserem Standard entsprechen. Vaubois hat mindestens viertausend Mann. Natürlich gibt es noch mehr maltesische Männer mit Waffen. Aber sie sind ungeübt und halb verhungert. Diese Insel, meine Herren, hungert seit Wochen, und die Bevölkerung rumort, weil angeblich das Getreide in Sizilien gehortet wird.«

Bevor sich Nelson einmischen konnte, sagte Keith: »Haben Sie vielen Dank für Ihre eindrucksvollen Informationen, meine Herren. Ich spreche Ihnen meine Anerkennung für die Leistungen aus, die Sie unter diesen Umständen vollbringen. Ich weiß, daß es in La Valetta schlimmer aussehen würde, hätte ich die Blockadeschiffe nicht im Mai für zwei Monate abziehen müssen, als Admiral Bruix aus Brest ausgebrochen war. Ich werde alles tun, was in meinen Kräften steht, damit Verpflegung und Verstärkung herangeschafft werden. Aber Sie wissen, daß ich auf die Truppen der Armee in Menorca keinen Einfluß habe. Ich schlage vor, daß wir nach dem Lunch einen Teil der Landbefestigungen besichtigen.«

David hatte noch nie so riesige Befestigungsanlagen gesehen, wie sie von La Valetta und Floriana aus den Großen Hafen schützten. Im Hafen lagen mehrere große Schiffe, und Nelson sagte: »Da ankern die *Guillaume Tell* und die beiden Fregatten, die uns bei Abukir entwischten.«

»Und die anderen Linienschiffe?« fragte Keith.

»Das sind alte Vierundsechziger, Sir George, die früher dem Johanniterorden gehörten«, antwortete Kapitän Ball.

An den Mienen der anderen merkte David, daß sie auch von den gewaltigen Mauern und Türmen beeindruckt waren und im Kontrast dazu auch erkannten, wie dünn und kraftlos der Belagerungsring war. Nein, mit diesen Kanonen war diese Festung nicht sturmreif zu schießen, und mit diesen wenigen Leuten konnte man die Wälle nicht überrennen. Aushungern war die einzige Lösung.

Als sie zurückritten, war General Graham an Davids Seite. »Gut, daß Sie die Blockadeschwadron verstärken,

Sir David. Vaubois hat viele Einwohner von La Valetta aus der Stadt geschickt, weil er sie nicht ernähren kann. Wir können es auch nicht, und ich werde verbieten, daß noch ein Zivilist aus der Festung herausgelassen wird. Wir müssen den Druck auf Vaubois erhöhen.«

Und wieder zu Lasten der Zivilisten, dachte David. Was ist das bloß für eine Kriegsführung an Land.

Am nächsten Tag segelte die *Thunderer* die nach Nordosten in Richtung Sizilien weisende Küste Maltas entlang. Hier und im Südosten lagen die Buchten und Häfen, an denen Menschen und Material angelandet werden konnten, während die Afrika gegenüberliegende Küste schroff und ohne nennenswerte Häfen war. Einer von Kapitän Balls Leutnants begleitete sie, um sie auf die wichtigen Punkte hinzuweisen.

Die Bucht von Marsaxlokk war ein großer natürlicher Hafen, in dem auch viele buntbemalte Fischerboote ihre Heimat hatten. Balls Leutnant erklärte, daß hier auch die Rückzugslinie hinführte, falls die britischen Belagerer von der Insel verdrängt werden sollten.

Einige kleinere Buchten folgten, dann eine lange, kaum gegliederte Küstenlinie, und dann lag die Einfahrt nach La Valetta vor ihnen. »Lassen Sie näher herangehen, Mr. Watt«, befahl David.

Watt blickte zu Balls Leutnant, aber der nickte unmerklich. Sie steuerten auf Fort St. Elmo an der Spitze von La Valetta zu und drehten erst sechshundert Meter vorher bei. Die Franzosen könnten sie mit ihren schweren Geschützen erreichen, aber sie wollten wohl das Pulver sparen.

David setzte das Teleskop gar nicht mehr ab. »Backbord sieht man die Einfahrt in den Großen Hafen, nicht wahr? Und Fort Ricasoli und dahinter Fort St. Angelo sind auch noch zu erkennen.«

Balls Leutnant bestätigte und ergänzte: »Beachten Sie hinter Fort St. Elmo die gewaltigen Häusermassen von La Valetta mit ihren schachbrettartig angeordneten Straßen. Steuerbord von La Valetta schließt sich dann der Marsamuxett Hafen mit den Forts Tigne und Manoel an.«

David war beeindruckt. »Was für eine riesige Festung und was für hervorragende Häfen! Das müssen Sie jetzt bitte unseren Offizieren und Midshipmen noch einmal in Ruhe erklären«, wandte er sich wieder an Balls Leutnant.

Mr. Watt war angesichts der hohen Mauern und Türme skeptisch. »Ob wir da jemals einlaufen und die Stadt besuchen können, Sir?«

»Wenn wir den Nachschub verhindern können, Mr. Watt, dann bestimmt. General Graham hat zuverlässige Informationen aus der Stadt, daß für Ratten schon hohe Preise gezahlt werden. Die Franzosen haben nichts mehr zu beißen.«

Von Fort St. Elmo donnerte ein Schuß herüber, als sei man es leid, so lange bestaunt zu werden. Er lag nur zwanzig Meter querab. »Lassen Sie bitte wieder Kurs auf St. Pauls Bucht nehmen, Mr. Watt, sonst kratzen die noch unser gerade repariertes Schiff an«, bat David.

Sie tauschten auf dem Wege Flaggengrüße mit der Fregatte Success, die Kurs auf Gozo hatte, um dort den Zugang zu den Inseln zu überwachen. In der St. Pauls Bucht, einem anderen großen natürlichen Hafen, lag ein anderer Vierundsiebziger, die *Audacious* unter Kapitän Gould. David stattete ihm einen kurzen Höflichkeitsbesuch ab und hörte von ihm, wie eintönig der Blockadedienst sein könne.

Diese Eintönigkeit erlebte die *Thunderer* nur einen einzigen Tag. Am Morgen des 18. Februar hörten sie Kanonendonner im Süden von Malta, und der Ausguck meldete mehrere Segel. Als es hell genug war, sahen sie die *Alexander,* kommandiert von Balls Erstem Leutnant, den Feind angreifen. *Thunderer* und *Foudroyant* lagen nördlich von La Valetta und hatten den Wind gegen sich.

David konnte vor Ungeduld kaum ruhig stehen und die Meldungen des Ausgucks abwarten. Der feindliche Konvoi bestand aus einem Linienschiff, zwei Fregatten oder Korvetten und zwei oder drei Transportern. »Deck!« meldete der Ausguck. »Ein Transporter hat sich *Alexander* ergeben.«

»Was ist mit den anderen?« rief David.

»Die kleineren Schiffe und ein Transporter fliehen mit Kurs Süd-Ost. Das Linienschiff steuert weiter Kurs Nord. *Alexander* folgt mit weitem Abstand.«

David wandte sich an Leutnant Watt. »Die Alexander kann das Linienschiff vorläufig nicht einholen. Ich entere auf zum Mars und seh mir die Lage an.«

Er enterte die Wanten auf, so schnell er konnte, und wußte doch, daß keiner seiner Maate mit seinem Tempo zufrieden gewesen wäre. Dann atmete er tief ein und aus, hob das Teleskop und atmete ganz flach, als er Schiffe sah. Der Rest des Konvois floh unerreichbar. Das französische Linienschiff hielt klaren Abstand von der *Alexander*. *Thunderer* und *Foudroyant* mußten mehrfach kreuzen, um es verfolgen zu können. Aber da war noch eine Fregatte, die den Windvorteil hatte. Es mußte die Sussex sein. Sie soll ihn doch angreifen, um ihn aufzuhalten. Und tatsächlich, die *Sussex* nahm Kurs auf den Franzosen.

»Mr. Watt! Lassen Sie wenden. Kurs Ost. Wir segeln einen Schlag, bis wir den Windvorteil haben.«

Die *Sussex* feuerte mehrfach auf den Franzosen und hielt sich vorsichtig von seiner Breitseite fern. Der Franzose legte mehrfach Ruder wie ein wütender Stier, der sich den Hunden zuwendet, die nach seinen Hinterbeinen schnappen. Aber die *Sussex* wich immer aus. Das kostete den Franzosen Zeit. Gut gemacht, dachte David und lächelte. Dann stieg er hinab aufs Achterdeck.

»So, jetzt können wir dem Franzosen folgen. Lassen Sie alle Segel setzen, Mr. Watt, und lassen Sie sie auch mit den Deckspumpen befeuchten, damit sie besser ziehen.«

»Aye, aye, Sir. Soll ich auch Hängematten aushängen und mit Kugeln beschweren lassen, Sir?«

»Ich halte nicht viel davon, Mr. Watt. Nach meiner Erfahrung bringt ein optimaler Trimm mehr. Sobald wir alle Segel gesetzt haben, werde ich den Trimm überprüfen.«

Die *Foudroyant* stürmte neben ihnen durch die See. »Sieht toll aus, nicht wahr?« sagte der junge Eric Glover zu Edward Grant. »Ob wir auch einen so schönen Anblick bieten mit den Segeln und der Bugwelle?«

»Einen schöneren«, antwortete Midshipman Grant. »Bei uns stehst du ja noch auf dem Achterdeck. Das schmückt ungeheuer.«

Mr. Watt, der es gehört hatte, grinste vor sich hin.

Es war eine jener langen Verfolgungsjagden, in denen man sich dem Gegner nur langsam näherte. Ohne die klugen Angriffe der *Sussex* hätten sie es vielleicht gar nicht geschafft.

Aber dann ging alles sehr schnell. Die Jagdgeschütze der Verfolger erreichten den Franzosen und trafen ihn schwer. Er drehte bei, feuerte eine Salve ›für die Ehre‹, wie man in solchen Fällen sagte, und strich die Flagge.

Die Seeleute jubelten. Die Offiziere schauten sich verwundert an. David befahl: »Mr. Everett, setzen Sie mit einem Kutter über. Aber Tempo! Wir wollen der *Foudroyant* doch nicht alles überlassen.«

In Admiral Keiths Kajüte war die Stimmung sehr aufgeräumt. »Woche um Woche läßt sich kein Franzose blicken, und kaum sind Sie hier, Mylord, kreuzt ein Geleitzug auf, und Sie kapern den Vierundsiebziger *Généreux* und einen Transporter«, sagte Kapitän Ball zu Nelson.

»Es kann auch an Sir David liegen«, antwortete dieser charmant. »Man sagt doch, daß er die Prisen förmlich anziehe.«

»So schnell hat sich mir noch nie ein Vierundsiebziger ergeben, Mylord. Er muß vor Ihnen Angst gehabt haben.«

Keith dämpfte das Gelächter. »Konteradmiral Perrée, der Kommandant, wurde zu Anfang des Kampfes tödlich verwundet. Er war ein tapferer und honoriger Gegner. Er hätte es Ihnen nicht so leicht gemacht. Aber das soll die Verdienste von Kapitän Peard nicht schmälern, der nach Lord Nelsons Bericht seine *Sussex* hervorragend geführt hat.« Alle applaudierten.

Als er wieder zurück auf der *Thunderer* war, berichtete David, was Admiral Keith gesagt hatte. »Ich bin sicher, meine Herren, daß jeder von Ihnen nach meinem Tode dieses Schiff besser im Kampf führen würde, als es die französischen Offiziere taten. Sie haben ihrem Admiral keine Ehre eingelegt.«

»Die ersten Pflaumen sind madig, wie man bei uns sagt«, meinte der Master zum Bootsmann einige Wochen später. »Nun kreuzen wir schon Woche um Woche vor La Valetta hin und her und nichts läßt sich blicken. Mal ein Urlaub an Land, mal ein Kurztörn nach Syrakus, um Transporter zu geleiten, da wird ja das Blut dick vor Langeweile.«

»Und wenn wir mal nicht da sind, was passiert dann? Lassen die doch glatt eine französische Korvette durch, als wir in Syrakus waren«, schimpfte der Bootsmann.

»Die wird nicht viel geholfen haben«, beruhigte Mr. Douglas. »Das kann doch für jeden der paar tausend Leute nur einen Zwieback ausgemacht haben.«

Keith war schon längst nach Leghorn (Livorno) abgesegelt. Am 9. März erreichte David die Nachricht, daß auch Nelson mit der *Foudroyant* nach Palermo zurückkehren werde und die Blockadeschiffe dem Kommando Kapitän Sir Thomas Troubridges unterstelle. Als die *Foudroyant* am nächsten Morgen die Anker lichtete, war David gerade auf dem Weg zu Troubridges Schiff, da sich in der letzten Nacht ein Deserteur mit wichtigen Informationen aus La Valette auf die *Thunderer* geflüchtet hatte.

David kannte Troubridge von Neapel her. Er wußte,

daß dieser einige Jahre älter war als er selbst, mit Nelson als Midshipman gedient und sich in der Schlacht von St. Vincent und in anderen Kämpfen ausgezeichnet hatte. Als Flottenoffizier schätzte David Troubridge sehr, war aber nicht damit einverstanden, daß dieser Nelson bei der Niedermetzelung der neapolitanischen Jakobiner so willfährig unterstützt hatte.

Troubridge war in einem Zustand hochgradiger Erregung, als David in der Kajüte mit ihm allein war. Er goß David einen Brandy ein, schüttete seinen hinunter und goß sich sofort nach. »Dieses Weib hat ihn verhext. Wie lange wird das noch dauern, bis er wieder zur Besinnung kommt? Hier ist sein Platz, um diese verdammte Festung endlich zur Übergabe zu zwingen. Aber erst war er überhaupt nicht an Malta interessiert, nur an Sizilien, dann wollte er die Russen um keinen Preis auf die Insel lassen, schwärmte nur noch von der Bedeutung Maltas, und jetzt segelt er ab, weil es ihn nach der Hure verlangt. Wir haben ihn geliebt und verehrt, fragen Sie Ball, aber jetzt hört er auf keinen von uns.«

David hatte dem Ausbruch schweigend zugehört. »Ich bin nicht sicher, Sir Thomas, ob ich weiß, von wem Sie reden, aber wer auch immer es ist, niemand kann sich dem Rat so loyaler Kameraden lange verweigern.«

Troubridge hatte den Ausbruch überwunden und blickte David an. »Bei Ihnen bin ich sicher, daß nichts aus diesem Raum hinausdringt. Sie haben zwar ein mir unverständliches Mitgefühl mit den neapolitanischen Verrätern gezeigt, aber ich respektiere Sie. Und inzwischen bin ich soweit, daß ich diesen König selbst erdolchen könnte, wenn ich sehe, wie er die Menschen hier hungern läßt, die er seine Untertanen nennt. Er selbst hortet die Vorräte und lebt in Saus und Braus.«

David trank Troubridge zu: »Unter diesem König wäre ich auch zum Revolutionär geworden, Sir Thomas.«

David war ein wenig beruhigt, weil Nelson zugesagt hatte, die *Foudroyant* sofort nach Malta zurückzusenden. In La Valetta lag immerhin noch die *Guillaume Tell* mit ihren achtzig Kanonen, die bei Abukir entkommen konnte und inzwischen völlig repariert war. Wenn sie aus dem Hafen ausbrach, sollte man ihr möglichst nicht nur Vierundsiebziger entgegenstellen können.

Die *Foudroyant* kehrte zurück und brachte Post und Zeitungen. Die Briefe bestätigten David, daß seine Familie wohlauf war und nur den Gatten und Vater entbehrte. Die Zeitungen berichteten, daß Sir Hamilton als Gesandter Englands aus dem Königreich Sizilien abberufen werden solle. Was wird Nelson dann tun, fragte er sich. Emma muß ihren Ehemann begleiten. Wenn sie bei Nelson bliebe, wäre der Skandal zu offensichtlich. Und Nelson? So, wie ihn David in den letzten Monaten erlebt hatte, würde er es nicht ohne die Geliebte aushalten und wahrscheinlich die Hamiltons begleiten. Er schüttelte den Kopf. Das würde Troubridge und Ball hart treffen.

Auch am Abend, als David Gast der Offiziersmesse war, brachte Leutnant Thomson das Gespräch auf Hamiltons Abberufung, aber zu Davids Beruhigung lenkte Mr. Watt auf das Thema Bonaparte hin. Dieser hatte nach geglückter Flucht aus Ägypten das Direktorium in Paris gestürzt und sich selbst die Macht als ›Erster Konsul‹ durch das Volk bestätigen lassen. Nun organisierte er den Staat mit fester Hand, und David hörte zu seiner Überraschung, daß er die Vendée mit

Konzessionen beruhigt habe und den Emigranten die Rückkehr nach Frankreich gestatten wolle.

»Was mag wohl aus dem Grafen Lejeune geworden sein, Sir?« fragte ihn der Schiffsarzt, der schon mit David vor der Vendée gesegelt war.

»Ich hoffe, daß er alles überlebt hat«, sagte David. »Und wenn man so hört, was dieser Napoleon Bonaparte tut, dann ist er der Monarchie näher als den Jakobinern. Vielleicht gibt es nun auch für Lejeune wieder eine Aufgabe in seinem geliebten Vaterland.«

Noch vor Anbruch der Dämmerung weckte sie der Donner der Batterien gegenüber Fort Ricasoli und Fort Tigne. »Es war doch kein Sturmangriff geplant, Sir. Ob die Franzosen ausbrechen?« fragte der wachhabende Leutnant Everett, als David an Deck erschien.

»Die französischen Truppen sind zu krank und schwach für einen Ausbruch. Es wird die *Guillaume Tell* sein, mit oder ohne die beiden Fregatten. Lassen Sie alles vorbereiten zur Verfolgung und die Ausgucke doppelt besetzen!«

Der Wind wehte aus dem Süden. *Foudroyant* und *Thunderer* hatten den Wind nicht aus dieser Richtung erwartet und lagen zwischen St. Pauls Bucht und La Valetta vor Anker, mußten also wieder gegen den Wind ankreuzen, um die *Guillaume Tell* zu sichten und zu verfolgen. Aber die *Penelope,* eine Fregatte mit sechsunddreißig Achtzehnpfündern, lag südlich von der Hafeneinfahrt.

Als dort Signalraketen zum Himmel stiegen, gab David sofort Befehl, Kurs Ost zu steuern, um den Kurs der *Guillaume Tell* zu unterbrechen und sie aufzuhalten, bis die *Foudroyant* heran war. Die Seeleute waren in ausgezeichneter Stimmung, trimmten die Segel, feuchteten sie an und schleppten bereitwillig Wasserfässer an andere Plätze, um den Trimm zu verbessern.

Die Nachtausgucke hatten die *Guillaume Tell* und die *Penelope* längst gesichtet, und Mr. Watt berichtete begeistert von den Manövern der britischen Fregatte. »Sie hat dem Franzmann eine Salve ins Heck gejagt, jetzt wendet sie und beharkt sein Heck mit der anderen Batterie. Nun dreht sie ab, aber die *Guillaume Tell* antwortet nur mit ihren Heckgeschützen. Die *Penelope* segelt wieder einen Angriff. Sir, besser könnten Sie es auch nicht machen. Sie jagt dem Franzosen die Salven durchs Schiff, und der kann nichts machen, wenn er nicht zurückfallen will. Er will anscheinend nur entkommen.«

»Ausguck!« rief David. »Wie peilt die *Foudroyant*?«

»Vierundzwanzig Strich West, Sir. Etwa vier Meilen.«

»Sir!« rief Mr. Watt erregt. »Die *Penelope* hat der *Guillaume Tell* die Bramstengen am Groß- und Kreuzmast weggeschossen!«

David überlegte. Um die *Guillaume Tell* wirklich aufzuhalten, mußte die *Thunderer* eingreifen und den Franzosen ernsthaft treffen. Das konnte die *Penelope* nicht. Aber für die *Thunderer* bedeutete das einen Kampf auf Leben und Tod.

»Ruder fünf Strich backbord. Steuerbordbatterie mit drei Kugeln laden. Wir geben ihr eine Breitseite, wenn wir dran sind.« Und laut rief er durch die Sprechtrompete: »*Thunderer*s, die *Tell* ist bei Abukir entkommen und hat danach die kleine *Leander* zusammengeschossen. Aber wir werden es ihr zeigen! Uns entkommt sie nicht. Gebt euer Bestes!«

Es war hell geworden. Die *Thunderer* signalisierte der

Penelope, daß sie angreifen würde. Sie näherten sich so, daß der Franzose sie noch nicht mit der Breitseite treffen konnte. Sie hatten ihre Besegelung noch nicht reduziert und kamen von hinten auf. Jetzt war der Winkel so, daß ihre Geschütze die *Guillaume Tell* schon treffen konnten. David wartete noch einen Augenblick und ließ die Melder ausrichten, daß nach der ersten Salve Einzelfeuer mit höchstem Tempo zu feuern sei. Dann rief er laut: »Feuer!«

Die *Thunderer* legte sich von der Wucht der Breitseite etwas nach backbord über. Seeleute enterten die Wanten auf, um die unteren Segel einzuholen. Die schnellsten Kanonen feuerten bereits wieder. Hurrageschrei ertönte, denn die *Guillaume Tell* verlor ihr Bugspriet.

Aber dann donnerten die französischen Kanonen. Mein Gott, ist das eine Breitseite, dachte Mr. Watt und blickte umher, wo er eingreifen mußte. Trümmer lagen an Deck. Verwundete krochen zur Seite und wurden weggetragen. Aber die Geschütze feuerten weiter, wenn auch eine Karronade umgestürzt war.

Die *Thunderer* tauschte mit der *Guillaume Tell* Schüsse im offenen Schlagabtausch aus. Die Entfernung betrug nur noch fünfzig Meter. Das ist doch sonst nicht Art des Kapitäns, dachte Mr. Watt. Aber dann hörte er schon dessen Befehl. »Segel setzen. Ich will vor ihrem Bug kreuzen und sie dann von der anderen Seite fassen.«

Sie überholten den Franzosen, legten Ruder, wandten ihre Breitseite seinem Bug zu und schossen eine Salve. Der Fockmast der *Guillaume Tell* wankte und fiel. Aber in ihr Hurrageschrei schossen die Franzosen ihre Antwort, und das Ruderrad der *Thunderer* wurden mit den Rudergängern hinweggefegt. Die *Thunderer* taumelte, änderte unkontrolliert die Richtung, und David schrie durch die Sprechtrompete: »Bootsmann! Wir steuern über die Ruderpinne. Nottrupp ins Unterdeck! Benutzt die Reeps, wenn es noch geht.« Vier Midshipmen rief er, um eine Melderkette zu bilden.

Sonst wurden vom Steuer oder Helm über Taue oder Reeps die Bewegungen an die große Pinne unten im Schiff weitergeleitet, die das Ruder legten. Jetzt mußten sie direkt die Ruderpinne bedienen und über Melder die Befehle erhalten. Das verzögerte die Beweglichkeit erheblich. An ein Aussegeln des Feindes war nicht mehr zu denken. Jetzt mußten sie Breitseite an Breitseite aufeinander einhämmern.

»Mr. Watt! Sagen Sie allen Batterieoffizieren, daß unsere Ruderanlage beschädigt ist. Jetzt müssen wir uns auf das Tempo und die Geschwindigkeit der Kanonen verlassen.«

»Denken Sie nicht an einen Enterangriff, Sir?«

»Nein, die *Guillaume Tell* hat überzählige Mannschaften an Bord, wie ich gesehen habe. Sie würden uns überwältigen.«

Es war wie ein Alptraum. Die Geschütze donnerten unaufhörlich. Der Pulverrauch hüllte das eigene Schiff ein, kroch in die Augen und Lungen und hinderte die Sicht auf den Gegner. David band sich ein Tuch um den Mund und mußte es doch dauernd hinunterreißen, um Befehle zu schreien. Splitter fegten über das Deck, bissen sich in Fleisch. Seeleute wälzten sich schreiend. Leichen wurden über Bord geworfen. In den Netzen, die über ihnen gespannt waren, lagen Trümmer der Takelage.

Die *Guillaume Tell* schoß gut, wenn auch nicht in dem Tempo wie die *Thunderer*. Aber wieder fegte eine Salve über das Deck des Briten. Einem Kanonier auf dem Achterdeck riß eine Kugel den linken Unterarm weg. Er lag an Deck, und das Blut sprudelte aus dem Armstumpf. David sprang hinzu, riß das Tuch ab, das sich der Mann um die Ohren gebunden hatte, und band den Oberarm fest ab. Andere liefen hinzu und trugen ihn unter Deck.

David blickte sich um. Kanonen lagen umgestürzt an Deck. An einigen anderen arbeiteten nur noch wenige Männer. Er hob die Sprechtrompete: »Scharfschützen vom Topp an die Kanonen!« Die Männer kletterten hastig die Wanten hinunter, umgingen zerschossene Stellen und reihten sich unter die Kanoniere ein. Gregor und Alberto mit ihren Riesenkräften richteten eine Karronade wieder auf und schossen mit ihr auf den Franzosen.

»Achtung! Mast fällt!« brüllte eine Stimme. Alle blickten hastig nach oben und sprangen zur Seite. Großmarsstenge und Großbramstenge fielen herab und durchschlugen die aufgespannten Seile. Die Seeleute hatten sich in Sicherheit gebracht und hackten nun die Taue entzwei, die die Stengen noch mit dem Schiff verbanden. Die *Thunderer* verlor an Fahrt.

Wie lange sollen wir dieses stumpfsinnige Aufeinandereingehämmere noch ertragen, dachte David gerade, als eine Zweiunddreißigpfünder-Kugel Zentimeter an seinem Kopf vorbeiflog. Der Luftdruck vor der Kugel stieß seinen Kopf nach hinten, der Sog riß David um. Er schien taub und war Sekunden besinnungslos, als er an Deck lag. »Aufhören!« rief er und war doch kaum zu hören. »Aufhören mit dem Abschlachten! Streicht die Flagge!« Animalische Angst trieb ihn an, auf Händen und Füßen hinter den Maststumpf zu kriechen, um etwas Sicherheit zu finden.

Gregor sprang hinzu. »Sind Sie getroffen, Gospodin?« Und er hob Davids Oberkörper an und schaute auf Brust und Rücken, auf die Arme und den Bauch. Dann stellte er David auf die Füße und sagte: »Nichts getroffen, Sir. Das ging um Millimeter.«

David gewann wieder seine Selbstkontrolle, sah bei Gregor kein Zeichen, daß er seine Worte verstanden hatte, rettete sich in die seit Jahren eingeübte Rolle des Flottenkapitäns, klopfte Gregor auf die Schulter und sagte: »Danke! Alles in Ordnung.« Dann rief er nach dem Sergeanten mit dem Dudelsack und befahl ihm, sich hinter den Mast zu stellen und aufmunternde Melodien zu spielen.

Er selbst lief von Geschütz zu Geschütz und rief: »Gebt es ihnen! Bald haben wir sie!« Die *Guillaume Tell* verlor ihren Kreuzmast, und die Thunderers jubelten. Aber bald darauf gingen ihr eigener Fock- und Kreuzmast über die Seite, und sie fielen zurück. Aber sie legten ihr Ruder so, daß ihre Geschütze immer noch die *Guillaume Tell* erreichen konnten.

Und dann war die *Foudroyant* heran. Sie feuerte eine furchtbare Breitseite, aber die Antwort war so, daß die *Foudroyant* selbst zwei Masten verlor und kaum noch manövrieren konnte. Warum haben sie den Franzosen nicht ausgesegelt, dachte David. Sie hatten doch noch Ruder und Takelage.

Aber nun lagen alle Schiffe dicht beieinander. Die Briten hatten die *Guillaume Tell* in ihre Mitte genommen und schossen, was noch hinausging. Vor dem Franzosen lag die *Penelope* und beschoß ihn vom Bug zum Heck. Warum geben sie nicht auf, fragten sich die Briten immer wieder.

Es verging noch eine Stunde, in der die Kanoniere am Rande ihrer Kräfte nur noch wie Automaten luden und schossen, bis die *Guillaume Tell* gegen 8.20 Uhr ihre Flagge strich.

David sah sich um. Mr. Watt war mit einem Splitter im Oberschenkel unter Deck geschafft worden. Mr. Shield vertrat ihn. »Mr. Faulkner soll mit einem Kutter zum Franzosen übersetzen.«

»Sir, Mr. Faulkner ist vor einer halben Stunde gefallen.«

»Dann soll Mr. Jaling als amtierender Leutnant kommandieren.«

Die Zimmerleute begannen die dringendsten Reparaturen, um die *Thunderer* wieder manövrierfähig zu machen. David holte die Meldungen ein, welche Schäden und Verluste sie hatten. Dann ging er ins Lazarett, wo Mr. Cotton in seinem blutbesudelten Kittel verband und amputierte. »Neun Tote und etwa vierundzwanzig Verwundete bis jetzt, Sir«, meldete er ohne hochzuschauen.

»Wie geht es Mr. Watt?«, fragte David.

»Nur ein glatter Schnitt. Ich hab ihn in sein Quartier bringen lassen. Hier ist er nur im Wege.«

David besuchte noch Mr. Watt und fand ihn in guter Stimmung. »Morgen bin ich wieder an Deck, Sir.«

»Seien Sie vorsichtig. Ich wollte in der Karibik auch zu schnell wieder an Deck, und es hat mich fast mein Bein gekostet. Aber Mr. Cotton wird schon aufpassen.«

An Deck richteten die Zimmerleute einen Notmast auf, und die Seeleute vertäuten die Kanonen. Der Bootsmann und seine Maate liefen herum und kommandierten. Aber sie griffen auch selbst zu.

Die *Penelope* nahm die *Guillaume Tell* in Tau und schleppte sie ab. Das hat sie verdient, dachte David. Als sie langsam an der *Thunderer* vorbeizogen, rief David durch die Sprechtrompete: »Herzlichen Glückwunsch zu Ihrer hervorragenden Leistung, Kapitän Blackwood. Schleppen Sie die Prise nur an der Hafeneinfahrt vorbei, damit die Franzosen sehen, daß auch diese Hoffnung geschwunden ist.«

Blackwood winkte zurück.

Die *Thunderer* segelte mühsam nach Syrakus, um in wenigen Tagen neue Masten zu empfangen und größere Reparaturen durchzuführen. David drängte unermüdlich auf eine schnelle Rückkehr, und nach einer Woche waren sie wieder vor Malta. Der April verlief ereignislos, aber am 4. Mai tauchten Segel auf, die sich bald als britische herausstellten.

David fragte zweimal nach, als ihm der Midshipman Nelsons Flagge meldete. Nelson kehrte nach Malta zurück und übernahm formal die Leitung der Blokkade. Aber auf seinem Schiff waren Emma und Sir William Hamilton. Es war gewissermaßen Hamiltons Abschiedsbesuch, denn seine Ablösung durch einen Mr. Paget war nun offiziell.

Emma sprühte auf dem offiziellen Empfang vor Lebenslust wie immer. Aber Ball und Troubridge waren zu ihr von kaum verhüllter Abneigung. Nelson schien es nicht zu bemerken und lobte den Erfolg über die *Guillaume Tell* in den freundlichsten Worten. David benutzte die Gelegenheit, um die Beförderung Mr. Jalings zum Leutnant zu erreichen und den Zusammentritt einer Kommission zur Abnahme der Leutnantsexamen. Osgood, Heskill und Dixon bestanden drei Tage später ihr Examen und mußten in der Kadettenmesse eine große Feier ausrichten.

Nelson mischte sich wenig in die Blockade und Belagerung ein und reiste nach gut zwei Wochen wieder ab. Wenige Wochen später erfuhr David, daß er die Hamiltons und die Königin mit seinem Flaggschiff von Palermo nach Leghorn (Livorno) geleitet und seinen Abschied eingereicht habe, um die Hamiltons auf dem Landweg über Wien nach England zu geleiten. Admiral Keith hatte sich geweigert, ein Kriegsschiff für die Heimreise abzuordnen. Aber um diese Zeit leitete David schon die Blockade vor Malta, nachdem Troubridge aus Gesundheitsgründen nach England zurückgekehrt war.

Es war eine eintönige und ereignislose Blockade. Sie fingen einige Feluccas ab, die von Tunis aus Getreide nach La Valetta schmuggeln wollten, und verteilten die Nahrung an die Malteser. Die französische Brigg *La Marguerite* schlüpfte in dunkler Nacht in den Hafen.

Auf der Insel gab es nicht viel Abwechslung für die Seeleute, und auch die Offiziere wurden selten eingeladen, denn die wohlhabenderen Familien waren fast alle nach Sizilien geflüchtet. Der Hunger auf dem Lande war groß.

David beriet sich oft mit Kapitän Ball und General Graham, wie man den Fall der Festung beschleunigen könnte. Beide hofften auf Verstärkung aus Menorca, denn diese Mauern konnten sie nicht zerstören. Auch David sah keinen Weg, so oft er auch mit dem Teleskop die Festung studierte.

An einem heißen Tag Anfang Juli machte Balls Adjutant eine Äußerung, die in David langsam eine Idee keimen ließ. Er hatte auf einen größeren Schuppen in Floriana gezeigt und gesagt: »Dort haben sie jetzt ihr

Vorratsdepot, Sir David. Aber mehr als ein paar Säcke oder Fässer schaffen sie am Tag nicht heraus.«

David studierte die Karte in seiner Kajüte und überlegte. Auf dem Landweg konnte niemand zum Depot durchbrechen. Und der Weg durch den Großen Hafen war durch Batterien und die vor Anker liegenden Schiffe bewacht. Nichts zu machen! Oder doch?

Er ritt am nächsten Tag wieder hinaus. Gregor und Alfredo begleiteten ihn wie üblich. Vor ihrer Batterie südwestlich von Floriana war das Ufer des Großen Hafens steil und felsig. »Ob man da unten ein kleines Boot verstecken könnte?« sagte David mehr zu sich selbst.

»Ich sehe nach, Gospodin«, sagte Gregor, sprang vom Pferd, kletterte die Felsen hinunter und ging am Ufer hin und her. »Hier bilden die Felsen eine kleine Höhle. Fünf Meter lang und zwei Meter breit, würde ich sagen. Da paßt ein kleines Boot rein.«

David sah, wie sich von der nächsten französischen Batterie Teleskope auf sie richteten und befahl: »Komm rauf, wir reiten weiter!«

Bei Nacht war kein ganzes Boot über die Felsen zu transportieren. Das würde viele Menschen erfordern und nicht ohne laute Geräusche abgehen. Aber wenn man ein Boot zerlegte und unten wieder zusammensetzte? David beriet sich mit dem Zimmermann. Ja, man konnte eine kleine Gig in vier Teile zerlegen. Jedes Teil konnten zwei Mann leicht tragen. Aber um die Teile zusammenzusetzen, mußte man Verbindungsleisten einfräsen und einkleben, die dann zu verschrauben waren, denn in der kleinen Höhle durfte nicht gehämmert werden. »Fünf, sechs Mann könnte es tragen, Sir, aber nicht in rauher See.«

»Gut, fangen Sie an. Aber suchen Sie sich in Marsaxlokk einen Schuppen, wo Sie niemand sieht. Zwei Gehilfen dürfen Sie maximal mitnehmen, aber niemand soll etwas verraten.«

Bevor die Zimmerleute die Vollendung ihres Werkes meldeten, wurde ein Segel gesichtet. Eine britische Fregatte näherte sich und signalisierte, daß ein Offizier mit Nachrichten an Bord komme. Der Ausguck sah einen General in dem Boot, und David ließ die Wache antreten. Hoffentlich Verstärkung!

Als der Kopf des Generals über der Reling auftauchte, blieb David vor Erstaunen fast die Sprache weg. »Bitte an Bord kommen zu dürfen«, schnarrte der General, und David stotterte: »Herzlich willkommen, Sir Ralph. Wie kommen wir zu dieser Ehre?«

Generalleutant Abercromby schüttelte ihm herzlich die Hand und sagte: »Ich bringe Verstärkung, mein Lieber. Das hätten Sie in der Karibik wohl auch nicht gedacht, daß wir uns hier vor Malta wiedersehen. Stellen Sie mir bitte Ihre Offiziere vor, und dann bringen Sie mich zu den Herren Ball und Graham, Sir David. Ja, ich habe verfolgt, daß Sie die Baronie erhielten, nachdem Sie den Vierundsechziger erobert hatten. Haben es mehr als verdient, mein Lieber.«

Er war ganz der Alte: direkt, zupackend, offen und tatkräftig. An Land ließ er sich die Stellungen zeigen, inspizierte auch die Unterkünfte der Truppen und knurrte manchmal seine Unzufriedenheit hinaus. Wenn Ball und Graham klagten, daß sie aus Menorca und Sizilien nicht genügend Nachschub erhielten, dann polterte er los: »Denen werde ich Feuer unter dem Arsch machen!« Und alle wußten, das würde er tun.

In Balls Hauptquartier stellte er dann die Frage, auf

die David schon lange gewartet hatte: »Was hat denn Sir David bisher für Kommandounternehmen durchgeführt?«

Ball verstand überhaupt nicht. »Sir David kommandiert die Blockadeschiffe, Sir Ralph. Was meinen Sie mit Kommandounternehmen?«

»Ja, wissen Sie denn nicht, daß Sir David einer unser verwegensten Ranger ist? Wie gern hätte ich ihn in der Armee. Na, Sir David, denken Sie noch an das Lager des Todes, wo Sie den Massenmörder Fédon erlegten? Ist der Malaie mit seinem Blasrohr noch bei Ihnen? Werfen Sie noch so gut mit dem Messer?«

Ball und Graham sahen David wie einen Geist an. Der sagte lächelnd. »Der Malaie ist heimgekehrt, aber ich habe noch meine Wurfmesser ...«, er streifte den Jackettärmel hoch und zeigte auf die lederne Manschette mit den Messern, » ... und außerdem haben wir zwei Windbüchsen, die lautlos auf hundert Meter töten. Gegen die Mauern der Festung hilft das alles nicht, aber ich habe einen Plan, den ich Ihnen morgen vorstellen kann.«

Abercromby merkte, daß David jetzt nicht mehr sagen wollte, und kündigte an, daß ihm tausendsiebenhundert Briten unter General Pigot in den nächsten Tagen folgen würden. »Vor dem Winter will ich dann aber diesen Hafen haben, meine Herren, denn ich brauche ihn, um die französische Armee aus Ägypten zu verjagen. Ohne ihren Bonaparte ist sie ja nur die Hälfte wert.«

David, Gregor und Alfredo hatten in verschiedenen Verkleidungen immer wieder das Depot beobachtet. Sie wußten, wie die Arbeiter angezogen waren, die die

Waren trugen. Sie hatten die Entfernungen gemessen und die Posten am Kai und vor dem Depot beobachtet. Das Boot war in Teilen nachts ans Ufer geschafft und in der nächsten Nacht zusammengebaut worden. Drei weitere Leute mit guter Nachtsicht und Erfahrung im Messerwerfen waren ausgesucht und eingewiesen worden. Kanister mit ihrem Lampenöl hatten sie wie die Getreidesäcke verpackt, und für den starken Alfredo war noch ein kleines Pulverfäßchen dazugelegt worden. Außer den beiden Windbüchsen und Davids Pistole hatten sie nur Messer und Garotten.

Als Pigots Truppen in die Linien einrückten, absorbierten sie genug Aufmerksamkeit der Belagerten. David hatte die Blockadeschiffe angewiesen, eine Felucca durchzulassen, falls sie es in der nächsten Nacht versuchen sollte. Und sie hatten Glück! Ein Tunesier schlüpfte in der dunklen Nacht in den Hafen.

David hockte mit seinen fünf Leuten in der Felsnische und sah, wie die Felucca am Kai festmachte, wie Fackeln entzündet wurden, wie die Posten jubelten und die Arbeiter müde heranschlurften. »Los!« befahl David. Sie hoben das Boot ins Wasser und ruderten langsam und leise zum Kai, sich immer im Dunkeln haltend. Einer spähte mit dem Nachtglas voraus und deutete auf den Posten am Kai.

David legte Gregor die Hand auf den Arm, und der flüsterte: »Ja.«

Sie hörten auf zu rudern und bewegten sich nicht. Gregor hob seine Windbüchse und zielte sorgfältig. Als die Wache am Rand des Kais stand, machte es leise »Plopp«, und der Posten fiel ins Wasser. Sie warteten noch kurze Zeit und ruderten dann weiter.

David steuerte auf das Heck der Felucca zu, das im Schatten lag. An der Gangway und am Eingang zum Depot brannten Fackeln. Dazwischen war ein dunkler Raum. Sie hoben ihre Lasten leise auf den Kai und stiegen hinauf. Gregor blieb zurück, und David zeigte ihm die Posten am Eingang des Depots.

Dann gingen die fünf leise durch die Dunkelheit und schoben sich in eine Lücke, die die Arbeiter gelassen hatten. Die Posten am Eingang schauten überhaupt nicht auf die Arbeiter. Sie schienen im Stehen zu schlafen. Aber im Eingang stand ein Aufseher und machte einen Strich bei jedem Sack, der eingeliefert wurde. Ihr erster Mann, ein Italiener, war gewitzt. Er tat, als ob er strauchelte und lenkte den Aufseher von ihren Gesichtern ab. Sie gingen zielstrebig weiter.

Als die anderen Arbeiter ihre Säcke niederlegten, trotteten sie weiter und bogen um einen Stapel herum. Ein uniformierter Wächter kam drohend auf sie zu. David gab einem der Männer einen Wink. Der redete auf den Wächter ein, und sein Kamerad erdrosselte ihn von hinten mit der Garotte. Sie legten die Leiche zwischen die Säcke und sahen sich schnell um.

Alberto zischte leise. Dort in einer Ecke lag ein Haufen Bretter, die von Kisten stammten. An einer anderen Stelle standen Fässer mit Olivenöl. David zeigte, daß zwei die Fässer mit ihren starken Messern öffnen sollten, damit das Öl ausliefe. Ein anderer schleppte Bretter herbei und stapelte sie auf. David schnitt die Säcke mit dem Korn auf und übergoß das herausrieselnde Getreide mit ihrem Lampenöl. Andere bespritzten die Bretter mit Öl. Und dann entdeckten sie noch in einem Verschlag die Buchhaltung des Depots. Die Folianten würden auch gut brennen. Sie rissen sie auseinander, warfen sie auf den Boden, benetzten sie mit Öl, und

Alberto zog mit seinem Pulverfäßchen dünne Linien zu den Brandherden.

David hantierte mit Stahl und Zündstein, als ein Posten sie anrief. Einer seiner Leute warf ihm ein Messer in den Hals. David zündete die Lunte, hielt sie an das Pulverhäufchen, und als sich die Flamme zischend zu den Haufen fraß, winkte er seine Leute zum Ausgang. Jetzt loderten die ersten Flammen empor. Sie warteten noch einen Augenblick, bis sie sicher waren, daß alle Herde hellauf brannten. Dann schlugen sie am Ausgang den Aufseher und die Posten nieder, riefen »Feuer!« und liefen ins Dunkel.

Aber zwei Posten kamen zur Ablösung von der Seite und riefen »Halt!« David pfiff nach Gregor, blieb stehen und sagte seinen Leuten, sie sollten so zum Boot laufen, daß Gregor freies Schußfeld hatte. Ein Posten legte an, um auf die Flüchtenden zu schießen. Der andere näherte sich David mit vorgestrecktem Bajonett. Jener, der schießen wollte, sank plötzlich zusammen. Gregors Kugel hatte ihn getroffen. Vor dem anderen hob David die Hände hinter den Kopf, zog ein Wurfmesser aus der Armmanschette und warf es ihm in die Brust. Im selben Moment traf ihn Gregors Kugel. David drehte sich um und rannte zum Boot.

Die anderen saßen schon an den Riemen. David sprang hinein, und sofort ruderten sie los. Als er sich umsah, sah er schon die Flammen aus dem Depot schlagen. Von allen Seiten stürzten Menschen hinzu. Viele trugen Eimer, aber da war nichts mehr zu löschen. Dann krachten Schüsse vom Kai, und es platschte im Wasser neben ihnen. Gregor zielte sorgfältig mit der Windbüchse, aber er traf nur einen, weil sie so heftig ruderten, daß das Boot schwankte. Nun waren sie aus dem Schußfeld. Dort war das Ufer. Sie sprangen aus dem Boot. Von oben riefen englische Stimmen: »Halt! Wer da?« Sie gaben sich zu erkennen, blickten zurück in das Flammenmeer und fielen sich erleichtert in die Arme.

»Dieser Kapitän ist wirklich so ein Teufelskerl, wie Sir Ralph gesagt hat. Nun gebe ich Vaubois höchstens noch einen Monat. Dann muß er kapitulieren«, sagte General Pigot zu General Graham und Kapitän Ball.

Auf der *Thunderer* wurde jetzt bekannt, was der kleine Trupp geleistet hatte. Die Seeleuten erhielten eine Geldprämie, wurden vor der Mannschaft gelobt und im Bericht an Admiral Keith erwähnt. Aber David konnte sich trotz der Glückwünsche seiner Offiziere nicht freuen. Er machte sich Vorwürfe, daß er sich auf ein solches Himmelfahrtskommando eingelassen hatte. Er hatte doch eine Frau und drei Kinder, die er herzlich liebte. Warum trieb ihn die Abenteuerlust immer zu solchen verwegenen Aktionen? Oder war es nicht nur Abenteuerlust? Sah er Möglichkeiten, die andere nicht sahen und die ihnen helfen und dem Feind entscheidend schaden konnten? Aber warum mußte er die Ideen auch ausführen? Konnte er es wirklich besser als die jüngeren und schon erprobten Offiziere? Oder war das nur ein Vorwand, um diesen Kitzel zu spüren, der dem Erfolg erst die Würze gab?

Die französischen Deserteure wurden in den nächsten Wochen zahlreicher. Alle berichteten, daß Soldaten und Einwohner außer dem wenigen, was sie in Blumenkästen und Beeten zogen, und den Vögeln und Fischen nichts mehr zu essen hatten. Pferde, Hunde, Katzen waren längst verzehrt, und Ratten fing man auch nicht mehr. Aber sie berichteten auch, daß die beiden Fregatten *La Justice* und *La Diane* zum Auslaufen vorbereitet würden.

»Bei einer Kapitulation müßten sie uns ausgeliefert werden. Das werden sie durch einen Ausbruch verhindern wollen. Wir müssen die Sperre vor der Einfahrt enger ziehen, Mr. Watt. Soweit das Wetter es erlaubt, soll unser Kutter vor der Einfahrt patrouillieren. Bei einem Ausbruch genügt ein Musketenschuß, und wir slippen unseren Anker.«

In der Nacht des 24. August, David hatte gerade seine Offiziere zum Essen eingeladen, und sie aßen den Nachtisch, stürmte der Midshipman der Wache herein und rief: »Kutter schießt Signal, Sir.«

Alle sprangen auf. David rief: »Anker slippen! Segel setzen! Klar Schiff zum Gefecht. Alle Lichter löschen! Tempo, meine Herren!«

Alex knurrte, und die Nachtausgucke sahen zwei Schatten voraus. David signalisierte der nun britischen *Généreux*, daß sie den Schatten verfolgen sollte, der in östlicher Richtung floh. Die Fregatte *Sussex* und die *Thunderer* würden den Schatten in nordöstlicher Richtung jagen.

Die *Sussex* segelte am schnellsten und tauschte mit dem Schatten schon Schüsse, bevor die Jagdgeschütze der *Thunderer* eingreifen konnten. Aber dann dauerte es nicht lange. Die verfolgte Fregatte verlor ihre Masten, strich die Flagge und ergab sich. Es war die völlig unterbemannte Fregatte *La Diane*.

David befahl: »Signal an *Sussex*: ›Der anderen Fregatte folgen!‹« Dann ging er zu seinem Ersten Leutnant:

»Übernehmen Sie mit vierzig Mann, Mr. Watt, setzen Sie Hilfsmasten und segeln Sie nach Syrakus. An meinem Brief an den Admiral wird es nicht liegen, wenn er Ihnen das endgültige Kommando über die Fregatte verweigert.«

Die andere Fregatte entkam, aber als die *Diane* an der Hafeneinfahrt vorbeisegelte, die britische Flagge über der französischen, sank die Stimmung der Franzosen auf einen Tiefpunkt. Überläufer berichteten, daß General Vaubois einen Kriegsrat einberufen habe.

Am 4. August 1800 verließ ein Parlamentär mit großer weißer Flagge die unbesiegte Festung und ließ sich zu General Pigot führen. Bald darauf bat Pigots Adjutant David ins Hauptquartier. »Die Franzosen wollen nur vor den Briten kapitulieren, nicht vor dem König beider Sizilien, der die Souveränität über Malta beansprucht, Sir David.«

David überlegte. Kapitän Ball war vorläufiger Gouverneur im Auftrag des Königs beider Sizilien. Er und die Malteser hatten gewaltigen Anteil am Erfolg, keinen Zweifel. Die Malteser verehrten Kapitän Ball. Er vertrat sie, nicht dieses Monster von einem König.

Aber als David das Thema ansprach, sagte Pigot: »Tut mir leid. Meine Anweisungen sind ganz klar. Wenn die Kapitulation uns Briten angeboten wird, darf ich nicht auf der Einbeziehung der Neapolitaner bestehen. Wir alle – auch General Abercromby – haben den größten Respekt vor den Verdiensten Kapitän Balls. Aber die Kapitulation unterzeichnen nur die Vertreter der britischen Armee und der Flotte, also Sie, Sir David, und ich.«

David und General Graham liefen mit der Barkasse

der *Thunderer* am nächsten Tag in La Valetta ein, um über die Bedingungen der Kapitulation zu verhandeln. Pigots Generaladjutant begleitete sie. Im Palast des Großmeisters der Johanniter wurden sie von General Vaubois und Admiral Villeneuve empfangen.

Es war eine sehr konziliante und sachliche Atmosphäre. David hatte keine Erfahrungen in solchen Verhandlungen, aber die meisten Abmachungen waren sowieso Sache der Armee, und Pigots Adjutant war juristisch sehr versiert.

Die Franzosen erwarteten einen Ausmarsch mit allen militärischen Ehren und den Abtransport der Truppen nach Marseille sowie der Seeleute nach Toulon. Das war nicht strittig. David mußte nur darauf hinweisen, daß es einige Tage dauern konnte, bis der erforderliche Transportraum verfügbar war. Man einigte sich, daß die Franzosen, die etwas warten mußten, in Fort Manoel unterzubringen waren.

Die Franzosen verpflichteten sich, nicht gegen Briten und ihre Verbündeten zu kämpfen, bevor nicht die entsprechende Anzahl gefangener Briten entlassen worden sei. Die höheren Offiziere durften ihre Waffen behalten. Wer mit den Franzosen gekämpft hatte, durfte mit ihnen fahren.

Strikt abgelehnt wurde das Ersuchen der Franzosen, die Schiffe im Hafen nach Frankreich überführen zu können und den französischen Schiffen, die in den nächsten zwanzig Tagen La Valetta anlaufen würden, die freie Rückkehr nach Frankreich zu ermöglichen. Aber die Franzosen hatten hier wohl mit der Ablehnung gerechnet und waren schließlich mit den gefundenen Regelungen einverstanden.

Als sie mit einem Glas Champagner auf die Einigung angestoßen, das sofortige Ende aller Feindseligkeiten und die Unterzeichnung der Kapitulation für den nächsten Tag verabredet hatten, fragte General Vaubois David: »Haben Sie wirklich selbst das Kommando angeführt, das unser Depot angezündet hat?«

»Ja, mon général, manchmal geht der jugendliche Leichtsinn noch mit mir durch.«

Vaubois entgegnete lächelnd: »Da kann ich im Interesse Frankreichs nur hoffen, daß Sie bald besonnener werden, Sir David. Unser Geheimdienst hat ein dicke Akte über Sie, und Sie haben uns wahrlich manchen Schaden zugefügt.«

Am nächsten Tag lief die *Thunderer* mit General Pigot in den Hafen ein, und David und er unterzeichneten mit beiden Franzosen die Kapitulation. Auch die ersten Transporter hatte David aus der Marsaxlokk Bucht beordert, so daß die Ausmarschzeremonie stattfinden konnte. Wenn auch die Fahnen flatterten und die Trommeln wirbelten, David blieb nicht verborgen, daß manchem französischem Veteranen die Tränen über die Wangen liefen. Hoffentlich bleibt mir das erspart, dachte er.

Aber dann überwältigte ihn die Fülle der Arbeit. Die im Hafen liegenden Schiffe mußten inspiziert und inventarisiert werden. Die Werft war zu besichtigen und ihre Funktionsfähigkeit festzustellen. Die Arsenale waren zu übernehmen. David und alle britischen Flottenoffiziere waren Tag und Nacht beschäftigt.

Die Nachricht von der Kapitulation wurde ausgesandt, und unter den einkommenden Nachrichten war eine, die David seinen Offizieren ungeachtet allen Trubels verlas. Die Urkunden über die Gründung der ›Republik der Vereinten Sieben Inseln‹ waren unterzeichnet und sollten in Kürze ratifiziert werden. Der neue Staat würde von Rußland und der Türkei gleichermaßen geschützt werden. Aber Admiral Ushakow, der Vater der ›Repubblica Settinsulare‹, wie sie der italienisch sprechende Adel auf den Inseln nannte, war nicht mehr dort. Auf Befehl des Zaren führte er seine Flotte in das Schwarze Meer zurück und lag jetzt am Bosporus. Was würde er empfinden, wenn er erfuhr, daß die Briten Malta allein in Besitz genommen hatten?

»Sir, wir sind doch noch mit Rußland verbündet, nicht wahr?« fragte Leutnant Everett.

»Das schon, Mr. Everett, aber die Spannungen zwischen Rußland und Österreich und zwischen Rußland und uns haben sich so verschärft, daß niemand weiß, wie lange das Bündnis noch bestehen wird. Aber nun müssen wir mit der Arbeit weitermachen. Sie, Mr. Everett, übernehmen als Prisenkommandant den ehemals maltesischen Vierundsechziger *Athénien*, aber im Augenblick können sie nicht mehr als dreißig Mann mitnehmen. Mr. Osgood wird amtierender Vierter Leutnant.«

Noch einige Tage vergingen, dann lief der letzte Transporter mit französischen Truppen aus, und am nächsten Tag sollte der Einmarsch der Sieger gefeiert werden. Auf einer Tribüne vor dem Palast des Großmeisters standen die Generäle Pigot und Graham sowie Kapitän Ball und David und nahmen den Vorbeimarsch ab. Die Seesoldaten der *Thunderer* mit Hauptmann Ekins und dem Dudelsackpfeifer waren wiederum eine der am meisten bewunderten Truppen. Aber die Malteser jubelten natürlich besonders ihren Milizen zu, und sie riefen immer wieder nach Kapitän Ball, den die drei anderen Offiziere auf der Tribüne dann auch in den Vordergrund rückten und ihm applaudierten. Doch die Fahnen, die über La Valetta wehten, waren nur britische Fahnen.

Der nächste Tag begann wieder als Alltag mit all der Arbeit und änderte doch seinen Charakter zumindest für David gründlich. Die Patrouillenfregatte vor der Einfahrt meldete ein Segel, und bald erschien der Signal-Midshipman bei David. »Die *Falcon* läuft den Hafen an, Sir.«

»Danke. Signalisieren Sie bitte: ›Kommandant zum Rapport!‹«

Leutnant Ross wurde nicht nur mit allen Ehren, sondern auch herzlich empfangen. »Wie schön, Sie wieder zu sehen, Mr. Ross«, sagte Leutnant Shield und reichte ihm die Hand.

»Die Freude ist ganz auf meiner Seite. Was hatten wir doch in der Adria für eine schöne Zeit. Jetzt hetze ich für den Admiral von Gibraltar nach Menorca, von dort nach Leghorn, nach Palermo und Syrakus. Und nirgendwo dürfen wir verweilen. Aber wenn ich meine Depeschen abgegeben habe und die Messe noch ein Glas für mich hat, bestelle ich Ihnen die Grüße von den alten Gefährten.«

David reichte Ross die Hand und bot ihm ein Glas Port an. »Gut sehen Sie aus, Mr. Ross. Ihnen bekommt es, daß ich Sie nicht mehr schinden kann.«

»Sie wissen, Sir David, daß ich mich gern wieder schinden lassen würde. Ohne dem Admiral vorgreifen zu wollen, möchte ich Ihnen die herzlichsten Grüße von den Herren Harland, Neale und Watt ausrichten, die sich bester Gesundheit erfreuen. Die Post sortieren schon der Zahlmeister und Mr. Ballaine.«

»Ich möchte noch einige Worte mit Ihnen plaudern, Mr. Ross, wenn ich die Depeschen studiert habe. Bis gleich!«

David öffnete zuerst das Schreiben von Admiral Keith. Es war sehr herzlich gehalten. »*...wo die Lords der Admiralität Sie nun in die Heimat zurückkommandieren, möchte ich nicht versäumen, Ihnen für die hervorragenden Dienste zu danken, die Sie dem Mittelmeergeschwader geleistet haben. Stets konnte ich mich auf Ihre Zuverlässigkeit, Ihre Tapferkeit und Ihren Einfallsreichtum verlassen. Ihre Erfolge sprechen für Sie, vor allem auch die als Kommodore, als ich noch nicht die Ehre hatte, Sie in meinem Geschwader zu haben. Um so schwerer fiel es mir, Ihrem Wunsch bezüglich Mr. Watt nicht entsprechen zu können. Die Fregatte, die wir als* Niobe *in die britische Flotte übernommen haben, da bereits eine* Diane *in unseren Diensten steht, mußte ein anderer erhalten. Aber Sie werden nicht böse sein. Commander Neale, der mit seiner Brigg eine französische Fregatte zwang, die Flagge zu streichen, ist von mir mit dem Kommando betraut worden und wird, wie ich zuversichtlich annehme, von den Lords der Admiralität im Kommando und Rang bestätigt werden. Gleiche Erwartung hege ich auch für Commander Watt, dem ich die Bulldog übergab. Beide Herren waren gleichermaßen glücklich und übermitteln Ihnen ihren Dank und ihre besten Wünsche. Ich schließe mich dem an und bleibe Ihr stets gewogener George Keith, C in C.*«

David ließ den Brief sinken und war berührt. Wie motivierend und beglückend wirkte es doch, wenn ein Vorgesetzter so herzlich und höflich schrieb. Er nahm sich vor, daraus zu lernen und nicht so häufig wortkarg und sparsam mit Lob zu sein. Aber was war das mit der

Rückkommandierung? Er schnitt das Schreiben der Admiralität auf.

Es besagte in dürren Worten, daß er ersucht und angewiesen werde, nach einer Kapitulation von La Valetta unverzüglich mit der *Thunderer* nach Portsmouth zurückzukehren und sich zum frühestmöglichen Termin mit allen verfügbaren Informationen über den Hafen und die Festungen in der Admiralität zu melden.

Jetzt erst begriff er richtig. Er sollte heimkehren. Jetzt war der 20. September. Morgen hatte sein jüngster Sohn seinen ersten Geburtstag. Das würde er nicht mehr schaffen, lächelte er. Aber wenn er keine Zeit versäumte, konnte er zu seinem Geburtstag am 27. Oktober daheim sein, bei Britta und den Kindern. Neununddreißig Jahre wurde er schon. Was für ein Alter! Aber dann rief er nach Edward, seinem Diener. »In einer Stunde sollen alle Offiziere, der Master, der Bootsmann und der Zahlmeister zu einer Besprechung bei mir sein.«

Nun widmete er sich Brittas Briefen, die wieder so lebendig über die Kinder schrieb, daß er schmunzelte und hin und wieder laut auflachte. Aber auch eine sehr traurige Nachricht folgte. Sein erster Kapitän, Sir Edward Brisbane, war gestorben. Britta war zur Beisetzung gefahren und hatte auch Ms. Grant dort getroffen, die ihr für Davids Fürsorge dankte. Ihr Sohn sei begeistert von seiner Zeit als Midshipman unter ihm. »Wann kannst du dich endlich so um deine eigenen Kinder kümmern und auch um deine Frau, die sich so nach dir sehnt?« Bald, liebste Britta, dachte er. So Gott will, bald.

»Meine Herren, die *Thunderer* ist nach Portsmouth zurückbeordert. Wir laufen in zwei Tagen aus. Sofern ein maltesisches Schiff seetüchtig und geeignet für die Übernahme in die britische Flotte ist, sollen wir es nach Gibraltar geleiten, sofern wir eine Minimalbesatzung stellen können. Das trifft nur für die *Athénien* zu. Leutnant Everett erhält noch zehn Seeleute und zehn Seesoldaten unter Leutnant Campbell sowie Mr. Heskill als amtierenden Leutnant und Vertreter. Ich werde versuchen, über Kapitän Ball noch maltesische Seeleute für die eine Reise anzuheuern. Wir nehmen auch alle Invaliden der *Thunderer* mit, die noch im Hospital sind. Sicher wird uns die Armee noch einige Gäste aufhalsen. Ich bitte Sie, meine Herren, mit aller Beschleunigung segelfertig zu machen und mir Ihre Anforderungen schnellstens einzureichen. Admiral Keith hat mir für den Dienst im Mittelmeergeschwader gedankt. Ich gebe diesen Dank an Sie weiter. Sie haben immer mehr als Ihre Pflicht getan und waren ein in jeder Beziehung herausragendes Offizierskorps. Auf eine gesunde Heimkehr!«

Als die Offiziere die Kajüte verlassen hatten und ihren Divisionen von der Neuigkeit berichtete, brandeten an Deck die Hurrarufe auf. David lächelte und blickte versunken auf die großen Festungen, die den Hafen umrundeten. Auf allen Türmen wehte die britische Flagge. Nun brachte er einmal einen Erfolg an Land mit in die Heimat. Es machte die Heimreise noch schöner.

ENDE

Nachwort

Die ›Republik der Sieben Inseln‹ wurde im Frieden von Amiens 1802 bestätigt. Ungeachtet dieser formellen Anerkennung auch durch Frankreich versanken die Inseln immer tiefer in innere Wirre und äußere Bedrohung durch Piraten.

1803 und 1804 entsandte Rußland als Schutzmacht mehrere Flotten- und Armee-Einheiten, die den inneren Frieden garantieren und die äußere Bedrohung abwenden sollten. Im Januar 1806 erschien der russische Admiral Seniavin vor Korfu und griff von dort aus die französischen Positionen in Dalmatien an. Frankreich beobachtete den russischen Einfluß während der Zeit des Bündnisses mit Rußland wachsam und kritisch und ging offen feindselig vor, nachdem das Bündnis gebrochen war. Aber die russische Flottenmacht war für eine Besetzung der Inseln zu stark.

Nach den Bestimmungen des Friedens von Tilsit 1807 mußte Rußland die Sieben Inseln an Frankreich übergeben. Eine französische Flotte aus Toulon landete die neuen Besatzungstruppen im Februar 1808 in Korfu und kreuzte danach zwischen den Inseln.

Die Briten begannen sofort mit der Blockade der Inseln und behinderten den französischen Nachschub. Im Oktober 1809 besetzten die Briten dann Zakynthos, Kefalonia, Ithaka, Paxi und Kythira, während Korfu und die Festung Santa Maura noch längere Zeit von Franzosen verteidigt wurden.

Der Wiener Kongreß stellte 1815 die ›Republik der Sieben Inseln‹ unter britischen Schutz, aber England hat sie unter einem Hochkommissar mehr wie eine Kolonie behandelt. Unbeschadet dessen wurden in dieser Zeit die Wasserversorgung und die Verkehrswege auf den Inseln entscheidend verbessert. Erst 1864 konnte sich die ›Republik der Sieben Inseln‹ mit dem nun aus türkischer Hoheit befreiten Griechenland vereinigen.

Erwähnt werden sollte noch, daß Großbritannien zum Entsetzen der Welt die freie Stadt Parga 1819 an die Türken verkaufte. Die Bewohner flohen auf die Sieben Inseln.

Glossar

abfallen: Vom Wind wegdrehen, so daß er mehr von achtern einfällt

Achterdeck: Hinterer Teil des Decks, auf größeren Schiffen erhöhter Aufbau. Dem Kapitän und den kommissionierten Offizieren vorbehalten

achtern: achterlich, achteraus: hinten, von hinten, nach hinten. ›Achter‹ (engl. after) deutet in verschiedenen Zusammensetzungen auf Schiffsteile hinter dem Großmast hin, z. B. Achterschiff

am Wind segeln: Der Wind kommt mehr vorn als von der Seite. Das Schiff segelt in spitzem Winkel zum Wind

Ankerspill: siehe ›Gangspill‹

anluven: Gegenteil von abfallen. Zum Wind hindrehen, so daß er mehr von vorn einfällt

aufgeien: Aufholen eines Rahsegels an die Rah mit Hilfe der Geitaue

aufschießen: Zusammenlegen von Leinen oder Tauen in Form eines Kreises oder einer Acht

ausrennen: Schiffsgeschütze mit Hilfe der Taljen nach vorn rollen, so daß die Mündung aus der Stückpforte ragt

ausschießen: siehe Wind

Back: 1. Erhöhter Decksaufbau über dem Vorschiff. 2. Hölzerne Schüssel für das Mannschaftsessen. 3. Meist hängender Tisch zum Essen für die Backschaft (Gruppe, die zu diesem Tisch gehört). Der Backschafter (Tischdienst) tischt auf (aufbacken) oder räumt ab (abbacken). Mit ›Backen und Banken‹ wurde zum Essen gerufen

Backbord: Die linke Schiffsseite, von achtern (hinten) gesehen

backbrassen: Die Rahen mit den Brassen so drehen, daß der Wind von vorn einfällt und die Segel gegen den Mast drückt. Dadurch wird das Schiff gebremst

Bark: Segelschiff mit mindestens drei Masten, von denen die vorderen Rahsegel tragen, während am (hinteren) Besanmast nur ein Gaffelsegel gefahren wird

Barkasse: Größtes Beiboot eines Segelkriegsschiffes, etwa 12 m lang

belegen: 1. Leine festmachen. 2. Befehl widerrufen

Belegnagel: Großer Holz-(oder Eisen-)stab mit Handgriff, der zum Festmachen der Leinen diente. Er wurde in der Nagelbank an der Reling aufbewahrt und diente auch als Waffe im Nahkampf

Besan: 1. Der hintere, nicht vollgetakelte Mast eines Schiffes mit mindestens drei Masten. 2. Das Gaffelsegel an diesem Mast

Besteck nehmen: Ermittlung des geographischen Ortes eines Schiffes

Bilge: Der tiefste Raum im Schiff zwischen Kiel und Bodenplanken, in dem sich Wasser ansammelt

Blindesegel: siehe Schemazeichnung Segel

Block: Rolle in Holzgehäuse, über die Tauwerk läuft

Blunderbüchse: (blunderbuss) auch Donnerbüchse: großkalibrige, kurzläufige Muskete mit trichterförmig endendem Lauf, aus der Grobschrot u. ä. auf kurze Entfernung verschossen wurde

Bombarda: Spanische Bezeichnung für die Handelsversion eines Mörserschiffes. Der vordere große Mast mit Rahsegeln steht weit hinten, damit vor ihm die im Rumpf eingebauten Mörser schießen können. Der Besanmast ist auch nach hinten verschoben. Die Schiffe sind flach gebaut, um auch in Ufernähe schießen zu können

Bootsgast: Mitglied der Besatzung eines Beibootes

Bramstange: siehe Schemazeichnung: Masten

Brassen: 1. Hauptwort: Taue zum waagerechten Schwenken der Rahen. 2. Tätigkeitswort: Die Rahen um die Mastachse drehen. Vollbrassen = ein Segel so stellen, daß der Wind es ganz füllt; lebend brassen = das Segel so stellen, daß es dem Wind keinen Widerstand bietet, also längs zum Wind steht; backbrassen = siehe dort

Brigantine: Zweimaster, dessen vorderer Mast vollgetakelt ist, während der hintere Gaffelsegel trägt

Brigg: Schiff mit zwei vollgetakelten Masten

Brooktau: Tau, das den Rücklauf einer Kanone nach dem Schuß abstoppt

Bug: Vorderer Teil des Schiffes

Claret: In der Navy üblicher Ausdruck für Rotwein

Cockpit: (hier) Teil des Orlop- oder Zwischendecks am achteren Ende, das in Linienschiffen den Midshipmen als Wohnraum und während des Gefechts als Lazarett diente

Commander: Kapitän eines Kriegsschiffes unterhalb der Fregattengröße mit mindestens einem Leutnant

Corneta: Spanische Bezeichnung für Fähnrich, übertragen auch für Midshipman

Davit: Kranartige Vorrichtung zum Aus- und Einsetzen von Booten

Deckoffiziere: (warrant officers) 1. Master, Proviant- und Zahlmeister, Schiffsarzt mit Zugang zur Offiziersmesse. 2. Stück-(Geschütz-)Meister, Bootsmann, Schiffszimmermann, Segelmacher u. a. ohne Zugang zur Offiziersmesse

Dingi: Kleinstes Beiboot
dog watch: siehe Wacheinteilung
Dollbord: Obere, verstärkte Planke von Beibooten, in die die Dollen (Holzpflöcke oder Metallgabeln) für die Riemen eingesetzt werden
Draggen: Leichter, vierarmiger Bootsanker ohne Stock, der auch als Wurfanker benutzt wurde, um Leinen am feindlichen Schiff festzumachen
Drehbassen: (swivel gun) Kleine, auf drehbaren Zapfen fest angebrachte Geschütze mit einem halben bis zwei Pfund Geschoßgewicht
dwars: Quer, rechtwinklig zur Kielrichtung
Ende: Kürzeres Taustück, dessen beide Enden Tampen heißen
en flûte: Ein Kriegsschiff segelt en flûte, wenn es den größeren Teil seiner Kanonen und Mannschaften abgegeben hat, um Platz für dringend benötigte Waffen oder Lebensmittel zu schaffen, die durch ein Kriegsschiff schneller und sicherer zu transportieren sind als durch ein Handelsschiff
Entermesser: Schwerer Säbel mit rund 70 cm langer Klinge
entern: Besteigen eines Mastes oder eines feindlichen Schiffes
Faden: siehe Längenmaße
Fall: Tau zum Heißen oder Fieren von Rahen oder Segeln
Fallreep: Treppe, früher Jakobsleiter, die an der Bordwand heruntergelassen wird
Fallreepspforte: Aufklappbare Pforte in einem unteren Deck zum Einstieg vom Fallreep
Fender: Puffer, früher aus geflochtenem Tauwerk
fieren: Ein Tau lose geben (lockern), etwas absenken, hinunterlassen
Finknetze: Kästen am Schanzkleid zur Aufnahme der Hängematten, meist aus Eisengeflecht
Fock: siehe Schemazeichnung: Segel eines Zweideckers
Fockmast: Vorderster Mast
Fregatte: Kriegsschiff der 5. und 6. Klasse mit 550–900 Brit. Tonnen, 24–44 Kanonen und 160–320 Mann Besatzung
Fuß: siehe Längenmaße
Fußpferd: Das unter einer Rah laufende Tau, auf dem die Matrosen stehen, wenn sie die Segel los- oder festmachen oder reffen
Gaffel: Der obere Baum eines Gaffelsegels
Gaffelsegel: Längsschiffs stehendes viereckiges Segel, z. B. Besan
Gangspill: Winde, die um eine senkrechte Achse mit Spill- (= Winde) oder Handspaken (= kräftigen Steckhölzern) gedreht wird, um den Anker zu hieven oder Trossen einzuholen
Gangway: 1. Laufbrücke an beiden Schiffsseiten zwischen Back-

und Achterdeck. 2. bewegliche Laufplanke zwischen Schiff und Pier

gecobt: Strafe bei Offiziersanwärtern. Schläge mit einem schmalen Sandsack

Geitau: Tau zum Aufgeien (Emporziehen) eines Segels

gieren: Unbeabsichtigtes Abweichen vom Kurs durch Wind, Seegang oder ungenaues Steuern

Gig: Beiboot für Kommandanten

gissen: Möglichst genaues Schätzen des Schiffsortes durch Koppeln

Glasen: Anschlagen der Schiffsglocke, nachdem die Sanduhr (Glas) in 30 Minuten abgelaufen ist. 8 Glasen = 4 Stunden = 1 volle Wache

Gordings: Taue, mit denen ein Segel zur Rah aufgeholt wird

Gräting: Hölzernes Gitterwerk, mit dem Luken bei gutem Wetter abgedeckt waren. Zum Auspeitschen wurden Grätings aufgestellt und die Verurteilten daran festgeschnallt

Großsegel: siehe Schemazeichnung: Segel eines Zweideckers

halsen: Mit dem Heck durch den Wind auf den anderen Bug gehen

Heck: hinterster Teil des Schiffes, in der damaligen Zeit bei Linienschiffen mit verzierten Galerien ausgestattet

heißen (hissen): Hochziehen eines Segels, einer Flagge

Helling: Schräge Holzkonstruktion am Ufer, auf der Schiffe heraufgezogen oder hinuntergelassen werden

Helm: Auf kleineren Schiffen das Steuer oder Ruder selbst, auf größeren Schiffen die Ruderpinne

Heuer: Lohn des Seemanns

Monatliche Heuer für Offiziere und Mannschaften um 1785:

Kapitän, 100-Kanonen-Schiff	28 £	
Kapitän, Fregatte	8 £	8 s
Leutnant	5 £	12 s
Master, Fregatte	4 £	
Midshipman	1 £	10 s
Segelmacher	1 £	10 s
Vollmatrose	1 £	4 s
Leichtmatrose		19 s

Durchschnittspreise für einige Waren und Dienstleistungen:

1 Pfund Schweinefleisch		6 p
1 Pfund Butter	2 s	
1 Pfund Zucker	1 s	
1 Pfund Tee	10 s	
1 Liter Cognac	4 s	6 p
Anzug für Büroangestellte	5 £	
Hemd, Anfertigung	12 s	

Postkutschenfahrt von London
nach Carlisle (500 km, 3 Tage)

Innenplatz	3 £ 4 s 9 p
Außenplatz	2 £ 2 s

1 Pfund Sterling (£) = 20 Shilling (s) = 240 Pence (p)

hieven: Hochziehen einer Last, meist mit Takel und Geien

Hulk: altes Schiff, abgetakelt, meist als Wohn- oder Gefangenenschiff benutzt

Hundewache: siehe Wacheinteilung

Hütte: Aufbau auf dem Achterschiff, auch Poop oder Kampanje

Inch: siehe Längenmaße

Jagdgeschütze: Lange Kanonen im Bug, die einen verfolgten Gegner beschießen konnten

Jakobsleiter: Leichte Tauwerksleiter mit runden Holzsprossen

Jakobsstab: Altes Navigationsinstrument zur Messung der Breite

John Company: Spitzname der britischen Ostindischen Handelsgesellschaft

Jurymast: Behelfsmast

Kabelgatt: Lagerraum für Tauwerk

Kabel: 1. dickes Tau. 2. Längenmaß (185,3 m)

kalfatern: Dichten der Ritzen zwischen den Planken mit Teer und Werg

Kanonenboot: Häufig mit Riemen angetriebenes Boot mit einem schweren Geschütz im Bug

kappen: Ab-, durchschneiden, z. B. Anker kappen = Ankertau mit der Axt durchschlagen

Kartätschen: Zylinderförmige Kanonenmunition, gefüllt mit Musketenkugeln oder Eisennägeln, vornehmlich zur Abwehr von Enterern

kentern: 1. ›Umkippen‹ eines Schiffes. 2. Umschlagen des Windes. 3. Wechsel der Strömungsrichtung zwischen Ebbe und Flut

Ketsch: Segelschiff mit zwei Masten. Der vordere Mast ist wesentlich größer als der hintere. Die Ketsch führt Schratsegel

Kettenkugeln: Zwei Voll- oder Halbkugeln waren durch Ketten oder Stangen verbunden, die sich während des Fluges spreizten, um die feindliche Takelage zu zerfetzen

Kiel: In Längsrichtung des Schiffes verlaufender starker Grundbalken, auf dem Vor- und Achtersteven und seitlich die Spanten aufgesetzt sind

Kielschwein: Auf den Kiel zur Verstärkung aufgesetzter Balken

kielholen: 1. Ein Schiff am Sandufer so krängen (neigen), daß der Schiffsrumpf ausgebessert bzw. gesäubert werden kann. 2. Einen Menschen mit einem Tau von einer Schiffsseite unter dem Kiel zur anderen durchziehen. Diese lebensgefährliche Strafe war in der englischen Kriegsmarine nicht üblich

killen: Das Schlagen oder Flattern der Segel, weil sie ungünstig zum Wind stehen

Klampen: Profilhölzer zur Lagerung von Beibooten an Deck

Klarschiff: Gefechtsbereitschaft eines Schiffes (klar Schiff zum Gefecht)

Klüse: Öffnung in der Bordwand für Taue

Klüver: siehe Schemazeichnung: Segel eines Zweideckers

Klüverbaum: Spiere zur Verlängerung des Bugspriets

Knoten: 1. Zeitweilige Verknüpfung von Tauenden. 2. Geschwindigkeitsangabe für Seemeilen pro Stunde

koppeln: Ermittlung des Schiffsortes durch Einzeichnen der Kurse und Distanzen in die Karte (= mitkoppeln)

Krängung: Seitliche Neigung des Schiffsrumpfes

kreuzen: Auf Zickzackkurs im spitzen Winkel zum Wind abwechselnd über Back- und Steuerbordbug segeln

Kreuzmast: siehe Schemazeichnung: Segel eines Zweideckers

krimpen: siehe Wind

Kuhl: Offener Teil des obersten Kanonendecks zwischen Vor- und Achterdeck

Kutter: 1. einmastiges Schiff mit Gaffelsegel und mehreren Vorsegeln. 2. Beiboot

Landfall: Erste Sichtung von Land nach längerer Seefahrt

Längenmaße: Britische nautische Meile = 1,853 km, Kabel = 185,3 m, Faden = 1,853 m, Seemeile = 1,852 km, Yard = 91,44 cm, Fuß = 30,48 cm, Inch = 2,54 cm, 1 Knoten = 1 Seemeile pro Stunde

längsseits holen, kommen, liegen: Seite an Seite mit einem Schiff, Kai, Steg u. a. zu liegen kommen

laschen: Zusammenbinden, festbinden (-zurren)

Last: Vorrats- oder Stauraum

Laudanum: Opiumtinktur zur Betäubung der Verwundeten

Lee: Die dem Wind abgewandte Seite

Legerwall: Küste in Lee, auf die der Wind weht; das Schiff ist hier in Gefahr zu stranden, wenn es sich nicht freisegeln oder Anker werfen kann

Leinen: Allgemeiner Begriff für Tauwerk

lenzen: Leer pumpen

Log: Gerät zur Messung der Fahrt des Schiffes durchs Wasser (loggen)

Lot: Gerät zur Messung der Wassertiefe

Lugger: Küstensegler mit zwei oder drei Masten und viereckigen, längsschiffs stehenden Segeln. Schnelle Lugger waren bei den Franzosen als Kaperschiffe häufig

Luv: Die dem Wind zugewandte Seite

Manntaue: Bei schwerem Wetter an Deck zum Festhalten gespannte Taue

Mars: Plattform am Fuß der Marsstenge, an den Salings. Gefechtsplatz von Scharfschützen

Marsstenge: siehe Schemazeichnung: Masten

Mastgarten: Einrichtung am Mast zum Belegen von laufendem Gut

Master: Ranghöchster Deckoffizier (siehe dort), der nur dem Kapitän unterstand und für die Navigation, die Verstauung der Ladung und den Trimm verantwortlich war

Messe: Speiseraum der Offiziere, von dem meist auch die Schlafplätze abgingen

Navy Board: Der Admiralität nachgeordnete Behörde, die für den technischen und finanziellen Bedarf der Flotte zuständig war

Niedergang: Treppe zu den unteren Decks

Nock: Ende eines Rundholzes

Oberlicht: Fenster im Oberdeck zur Beleuchtung darunterliegender Räume

Ölzeug: Schlechtwetterkleidung aus dichtem, mit Leinöl getränktem Stoff

ösen: Ausschöpfen des Wassers aus einem Boot

Orlop: Niedriges Zwischendeck über dem Laderaum

Pardunen: siehe Schemazeichnung: Masten

peilen: 1. Flüssigkeitsstand im Schiff messen. 2. Richtung zu einem anderen Objekt feststellen

Penterbalken, Penterhaken: Teile der aus Balken, Seilzügen und Haken bestehenden Vorrichtung, um große Anker einzuholen

Pinasse: 1. größeres Beiboot, 2. kleiner Küstensegler mit Schratsegel

Pinco: Spanischer Ausdruck für ein Handelsschiff mit drei Pfahlmasten, das am häufigsten in Spanien und im Königreich Neapel verbreitet war. Die Masten trugen Lateinersegel

Poop: siehe Hütte

Poopdeck: Über das mittlere Deck, die Kuhl, hinausragender Aufbau am Heck des Schiffes

preien: Anrufen

pressen, Preßkommandos: In Kriegszeiten erlaubte das Gesetz, in Küstenstädten Seeleute aufzugreifen und zum Dienst in der Flotte zu zwingen = zu pressen

Prise: Legale Beute, meist ein feindliches Schiff, dessen legale Aufbringung durch ein Prisengericht bestätigt wurde

Profos: Meist Maat des Bootsmanns, der für Bestrafungen und Arrest zuständig war

Polacca: Dreimastiges Schiff im Mittelmeer. Charakteristisch ist, daß die Masten Pfahlmasten sind, d. h. aus einem Stück ohne

Marse oder Salinge. Die Rahsegel sind mit Tauen am Mast verankert. Dadurch können alle Segel bis zum Deck hinuntergelassen werden. An Stelle der Wanten hängt von der Mastspitze bis zum Deck eine Sturmleiter

Pütz: Eimer

pullen: 1. Ziehen an einem Tau, 2. Rudern (Riemen durchs Wasser ziehen)

Rack: 1. Vorrichtung zur Befestigung der Rahen am Mast. 2. Holzkasten mit schalenförmigen Vertiefungen zur Aufnahme der Kanonenkugeln in der Nähe des Geschützes

Rah: Holzspiere, die horizontal und drehbar am Mast befestigt ist und an der Segel angeschlagen werden

Rahnock: Äußere Enden der Rah

Rahsegel: Rechteckige Segel, die quer zur Längsachse des Schiffes an seitlich schwenkbaren Rahen befestigt sind

Rammer: Holzstange mit Aufsatz etwa in Kaliberdurchmesser. Mit dem Rammer wird die Kartusche fest ins Kanonenrohr gestoßen

raumer Wind: Wind aus achterlichen Richtungen, für Rahsegler günstig

Reede: Geschützter Ankerplatz außerhalb des Hafens

Reff, Reef: Teil des Segels, der bei starkem Wind durch Reffbändsel zusammengebunden wird, um die Segelfläche zu verkleinern (Segel reffen)

Riemen: Rundholz mit Blatt, das zum Pullen oder Wriggen benutzt wird

Rigg: Sammelbezeichnung für die gesamte Takelage mit Rahen

riggen: Auftakeln eines Schiffes

rollen: Seitliches Schwingen des Schiffes um seine Längsachse (s. a. schlingern und stampfen)

Ruder: 1. Ruderblatt im Wasser, 2. allgemeiner: Steueranlage

Saling: Gerüst am Topp der Masten und Stengen zum Ausspreizen der Wanten

schalken: Abdichten der Schiffsluken

Schaluppe: 1. Einmastiges Küstenfrachtschiff mit Gaffelsegel, 2. Großes Beiboot (s. aber Sloop)

Schanzkleid: Erhöhung der Außenplanken des Rumpfes über das oberste Deck hinaus zum Schutz der Besatzung. Das Schanzkleid ist im Unterschied zur Reling geschlossen, hat aber Speigatten zum Abfluß übergekommenen Wassers

Schebecke, Xebeke: Dreimastiges Segelschiff mit Lateinersegeln (= Schratsegel), vor allem im Mittelmeer gebräuchlich

scheren: Taue durch Block oder Öse ziehen

schlingern: Gleichzeitige Bewegung des Schiffes um Längs- und Querachse

Schnau: Meist zweimastige Schiffe, die hinter den Masten noch zusätzliche dünnere Masten haben, an denen Gaffelsegel befestigt sind

Schoner: Zwei- oder mehrmastiges Schiff mit Schratsegeln

Schratsegel: Sammelbegriff für alle Segel, deren Unterkante in Längsrichtung des Schiffes steht, z. B. Stag-, Gaffel-, Besansegel

schwoien, schwojen: Das Schiff bewegt sich um den Anker

schwabbern: Reinigung des Deckes

Seite pfeifen: Auf Pfeifsignal des Bootsmannes versammeln sich Offiziere und Seesoldaten an der Fallreepspforte, um von und an Bord gehenden Kommandanten und Flaggoffizieren eine Ehrenbezeigung zu erweisen

Sextant: Winkelmeßgerät für terrestrische und astronomische Navigation. Vor allem zur Messung der Gestirnhöhen über der Kimm benutzt

Sloop: Engl. Bezeichnung für vollgetakeltes kleineres Kriegsschiff mit im allgemeinen bis zu 20 Kanonen (französisch: Korvette). Die Übersetzungen Schaluppe oder Slup sind irreführend, da damit vor allem einmastige Segelschiffe bezeichnet werden, während die Sloop drei Masten hatte

Speigatt: Öffnung in Fußreling oder Schanzkleid, durch die eingenommenes Wasser abfließen kann

Stage: Dicke, nicht bewegliche Taue, die die Masten gegen Druck von vorn sichern

Stern: Bezeichnung für Heck

Stropp: Tau, das als Ring gespleißt ist. Dient meist zur Lastaufnahme

Stückmeister: Für die Kanonen (die Stücke) und Munition zuständiger Deckoffizier. Im Gefecht gab er Kartuschen in der Pulverkammer aus.

stütz!: Befehl an den Rudergänger, eine Schiffsdrehung durch Gegenruderlegen abzufangen

Takelage: Gesamtheit der Masten, Segel, des stehenden und laufenden Guts

Takelung: Art (Typ) der Takelage

Taljen: Flaschenzug aus Tauen und zwei Blöcken

Tamp: Kurzes Ende eines Taus, auch Tampen

Tender: Bewaffnetes Begleitschiff eines größeren Kriegsschiffes. Tender wurden im allgemeinen von Offizieren der Linienschiffe finanziert, um Prisengeld einzubringen

Tonne: Maß für die Masse von Schiffen. 1 brit. Tonne entspricht 1016,05 kg

Topp: 1. Mastspitze. 2. Mast mit Takelage

Toppgast: Seemann, der im Topp die Segel bedient

Toppsegel: siehe Schemazeichnung: Segel eines Zweideckers Nr. 12 und 21

Toppsegelschoner: Schoner mit ein oder zwei Rahsegeln am oberen Mast zusätzlich zu den Schratsegeln

Traubengeschosse: Eine Art sehr grober Kartätsche. 900 g schwere Kugeln wurden in Segeltuch in Kalibergröße verschnürt

Trosse: Sehr starkes Tau

verholen: Schiff über geringe Entfernung an einen anderen Liegeplatz bringen

Verklicker: Windrichtungszeiger an der Luvseite des Steuerrades. Er bestand aus einem Stab, an dessen Spitze ein Faden befestigt war, auf den kleine Federkreise auf Korkscheiben gezogen wurden

versetzen: Durch Strömung oder Wind aus dem Kurs bringen

Vortopp: 1. Die Spitze des Fockmastes (vorderster Mast). 2. der Fockmast mit seiner Takelage

Wacheinteilung: Der nautische Tag beginnt um 12 Uhr mittags, wenn der Standort des Schiffes gemessen wird. 12–16 Uhr: Nachmittagswache. 16–20 Uhr: Dog watch (Verstümmelung von ›docked‹ oder verkürzt), da hier zwei verkürzte Wachen von 16–18 und 18–20 Uhr dauerten, damit die Mannschaft nicht alle Tage die gleiche Wachzeit hatte. 20–24 Uhr: Erste Wache (Abendwache). 0–4 Uhr: Hundewache. 4–8 Uhr Morgenwache. 8–12 Uhr Vormittagswache (siehe auch glasen)

warpen: Ein Schiff bei Flaute bewegen, indem der Anker mit einem Beiboot in Fahrtrichtung ausgebracht und das Schiff mit dem Ankerspill an den Anker herangezogen wird

wenden: Mit dem Bug durch den Wind auf einen anderen Kurs gehen

Wind: ausschießen = der Wind dreht auf den Kompaß bezogen nach rechts; krimpen = der Wind dreht auf den Kompaß bezogen nach links; raumen = der Wind dreht so, daß er mehr von achtern einfällt; schralen = der Wind dreht so, daß er mehr von vorn kommt

Wischer: Stange mit feuchtem Wischer – meist aus Schaffell, mit der nach Entfernung von Rückständen das Kanonenrohr ausgewischt wurde

Wurm: Stange mit ein oder zwei Eisenspiralen an der Spitze. Mit ihr wurden nach dem Abfeuern einer Kanone Rückstände im Rohr gelöst und entfernt

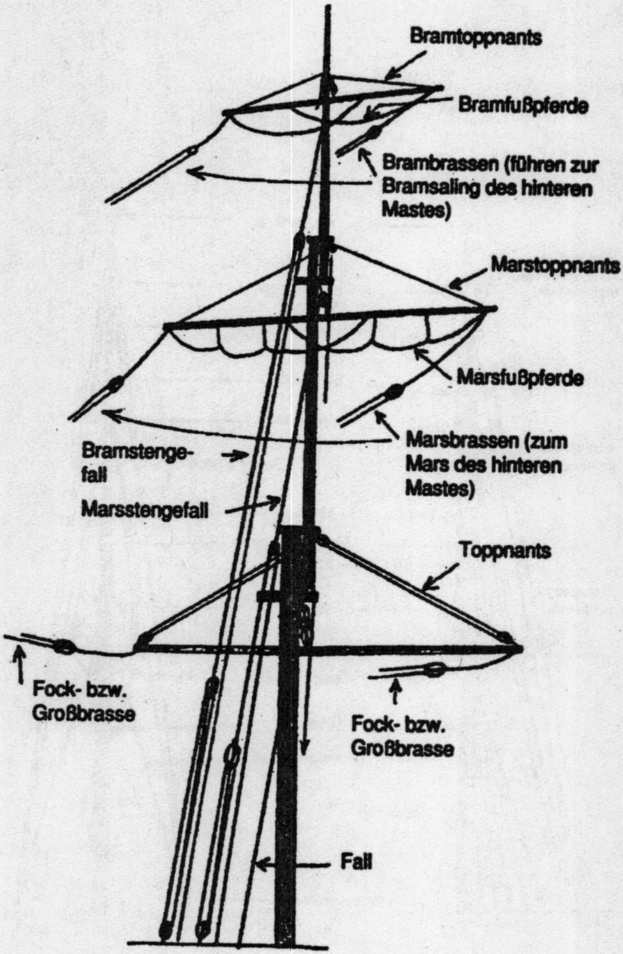

Teil des laufenden Gutes: Brassen, Fallen und Toppnants

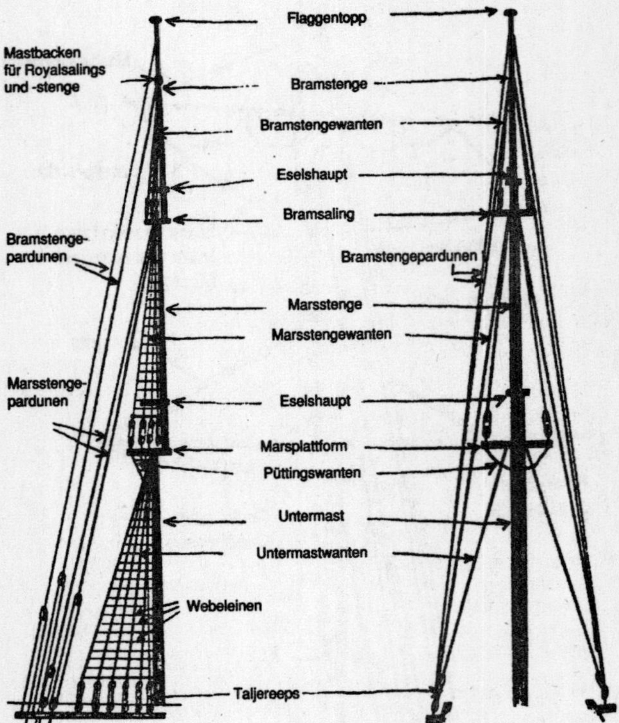

Masten (ohne Royal- oder Oberbramstenge) von der Seite (links) und von achtern (rechts) sowie stehendes Gut.

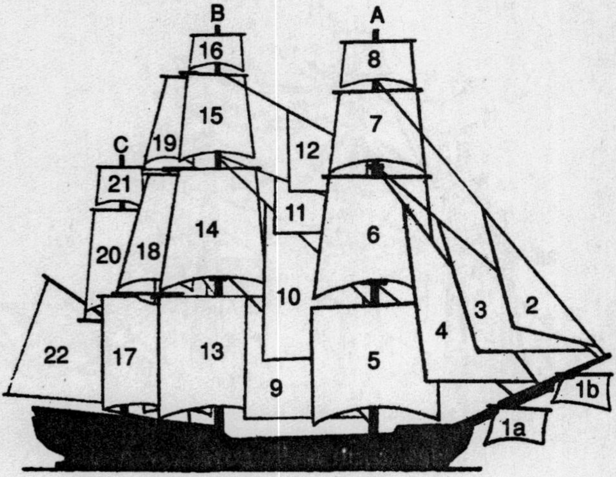

Segel eines Zweideckers

1a Blinde (spritsail)
1b Schiebblinde (fore spritsail)
2 Außenklüver (outer oder flying jib)
3 Klüver (jib)
4 Vorstengestagsegel (fore topmast staysail)
5 Fock (foresail oder fore course)
6 Vormarssegel (fore topsail)
7 Vorbramsegel (fore topgallant sail)
8 Vorroyalsegel (fore royal)
9 Großstagsegel (main staysail)
10 Großstengestagsegel (main topmast staysail)
11 Mittelstagsegel (middle staysail)
12 Großbramstagsegel (main topgallant staysail)
13 Großsegel (main sail oder main course)
14 Großmarssegel (main topsail)
15 Großbramsegel (main topgallant sail)
16 Großroyalsegel (main royal)
17 Großleesegel (main studding sail)
18 Großmarsleesegel (main topmast studding sail)
19 Großbramleesegel (main topgallant studding sail)
20 Kreuzmarssegel (mizzen topsail)
21 Kreuzbramsegel (mizzen topgallant sail)
22 Besan (driver)
A Fockmast
B Großmast
C Kreuzmast

(Für Royalsegel ist im Deutschen auch die Bezeichnung Oberbramsegel gebräuchlich. Leesegel wurden bei schwachem Wind an allen Masten geführt, hier aber der Übersichtlichkeit wegen nur beim Großmast eingezeichnet).

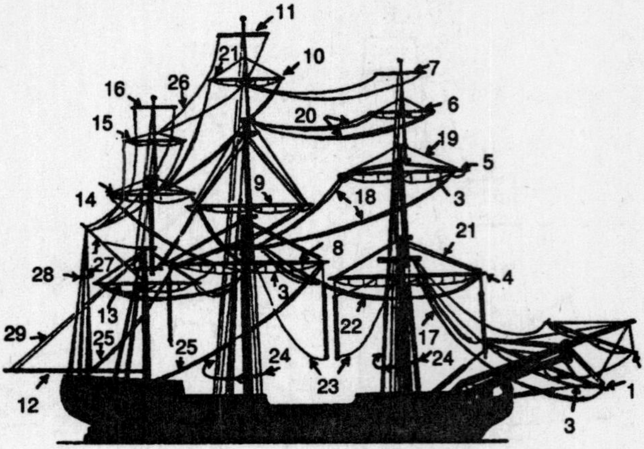

Rahen und Tauwerk

1 Blinde Rah (spritsail yard)
2 Oberblindenrah (sprit topsail yard)
3 Fußpferde (horses): Taue, auf denen die Matrosen beim Setzen und Bergen der Segel standen. 4 Fockrah (fore yard)
5 Vormarsrah (fore topsail yard)
6 Vorbramrah (fore topgallant yard)
7 Vorroyalrah (fore royal yard)
8 Großrah (main yard)
9 Großmarsrah (main topsail yard)
10 Großbramrah (main topgallant yard)
11 Großroyalrah (main royal yard)
12 Besanbaum (spanker boom)
13 Kreuzrah (crossjack)
14 Kreuzmarsrah (mizzen topsail yard)
15 Kreuzbramrah (mizzen top-gallant yard)
16 Kreuzroyalrah (mizzen royal yard)
17 Blindenbrassen (spritsail braces)
18 Vormarsbrassen (fore topsail braces)
19 Toppnants (lifts)
20 Vorbrambrassen (fore topgallant braces)
21 Toppnants (lifts)
22 Fockbrassen (fore sail braces)
23 Taljen zum Einholen von Booten usw. (tackles)
24 Wanten und Fallen (rigging and halyards)
25 Großbrassen (main braces)
26 Großroyalbrasse (main royal brace)
27 Besangaffel (gaff)
28 Piekfallen (peak halyards)
29 Besandirk (boom topping lift)

1794 hat England die meisten der französischen Inseln in der Karibik besetzt. Aber dann verkündet Frankreich die Befreiung der Sklaven und das Ende der Ausbeutung. Das Gelbfieber rafft die Hälfte der britischen Söldner dahin. Sklavenaufstände vertreiben die Reste der britischen Truppen von vielen Inseln.
In dieser Situation kommt David Winter mit der Fregatte Apollo 1796 in die Karibik, erlebt die verzweifelten Kämpfe, wird von Voodoo-Anhängern gefangen und gefoltert, kapert reiche Beute und lernt den charismatischen Sklavenführer Toussaint Louverture, den ›König von Haiti‹, kennen und achten.

ISBN 3-404-14215-2

BASTEI LÜBBE

In einer klaren Nacht im Jahr 1629 läuft die Batavia – das stolze Flaggschiff der holländischen Ost-Indischen Handelsgesellschaft – bei ihrer Jungfernfahrt nach einer langen und ereignisreichen Reise auf ein Riff auf. Das Schiff bricht auseinander und droht zu sinken, doch vorher können sich Passagiere und Mannschaft auf einige kleine Inseln retten. Aber die Freude über die geglückte Rettung währt nur kurz, denn Wasserknappheit, ein Streit zwischen den führenden Offizieren, die Liebesaffäre des Kapitäns mit einer schönen Frau sowie die Anwesenheit einiger weiblicher Passagiere und das Wissen um die wertvolle Fracht der Batavia führen zur Unruhe. Eine blutige Meuterei entspinnt sich …

ISBN 3-404-14365-5

BASTEI LÜBBE

Fletcher Christian war der Mann, der 1789 die Meuterei auf der Bounty anführte. Wie könnte sein Leben weitergegangen sein?
William Kinsolving spinnt ein faszinierendes Seemannsgarn, das Christian über die Weltmeere nach England und bis in die Schlacht von Trafalgar führt. Eine geheime Liebe ist der einzige Fixpunkt in Christians Leben auf der Flucht.

ISBN 3-404-12990-3

BASTEI LÜBBE